U0681679

新时代北外文库

悠远的回响
—— 中法文学与文化

Everlasting Echoes
Chinese and French Literature and Culture

车　琳　著

人民出版社

作者简介
ABOUT THE AUTHOR

车琳　北京外国语大学外国文学研究所教授、博士生导师，曾任教于法语系（学院）；兼任教育部高等学校教学指导委员会法语专业教学指导分委员会委员、全国翻译专业资格（水平）考试法语专家委员会委员、中法语言文化比较研究会副会长、法国文学研究会副会长、中国比较文学研究会海外汉学研究分会理事。

主要研究方向为法国文学、中法比较文学与文化。主编《当代外国纪事（1980—2000）·法国卷》（2015），在法国出版的比较诗学专著 *Entre la tradition poétique chinoise et la poésie symboliste française*（《法国象征主义诗歌修辞及其与中国诗歌的会通》，2011）荣获第七届教育部高等学校科学研究优秀成果奖（人文社会科学），《法国文学简明教程》（2017）被评为北京市优质本科教材；主持和参与多项国家级、省部级和校级科研项目，其中有国家社科基金后期资助项目"中国古代文学20世纪在法国的译介与传播"、国家社科基金重大项目"经典法国文学史翻译工程"和"多卷本《中国文化域外传播百年史》（1807—1949）"子项目等。

内 容 提 要
EXECUTIVE SUMMARY

　　本书精选了作者 2000 年之后公开发表的一些学术论文和译文，是作者二十年来在法国文学、比较文学和文化领域的成果集萃。第一部分的学术成果涉及巴尔扎克、雨果、马尔罗、昆德拉等作家研究以及法国当代诗歌和小说创作问题；第二部分包括中法比较文学、中国古代典籍在法国的译介以及法国汉学等方面的主题。本书体现了北京外国语大学外国语言与文学专业学者宽广的学术视野以及在新时代中所肩负的"把世界介绍给中国，把中国介绍给世界"的双重学术使命。本书可供对法国文学与文化和对中法文学文化交流感兴趣的读者阅读和参考。

《新时代北外文库》编委会

主　　编：王定华　杨　丹

副主编：袁　军　贾文键　孙有中

编　　委：王　炎　王文华　王文斌　王克非　王明进
　　　　　王馥芳　车　琳　文秋芳　石云涛　刘　捷
　　　　　米　良　李雪涛　何　伟　何明星　张　威
　　　　　张　剑　张　颖　张西平　张建华　林建华
　　　　　金　莉　姜　飞　秦惠民　顾　钧　韩宝成
　　　　　穆宏燕　戴桂菊　戴曼纯

编委会办公室成员：
　　　　　刘生全　刘博然　苏大鹏　张文超　郑大鹏

出版说明

　　2021年是中国共产党成立100周年,也是北京外国语大学建校80周年。作为中国共产党创办的第一所外国语高等学校,北外紧密结合国家战略发展需要,秉承"外、特、精、通"的办学理念和"兼容并蓄、博学笃行"的校训精神,培养了一大批外交、翻译、教育、经贸、新闻、法律、金融等涉外高素质人才,也涌现了一批学术名家与精品力作。王佐良、许国璋、纳忠等学术大师,为学人所熟知,奠定了北外的学术传统。他们的经典作品被收录到2011年北外70年校庆期间出版的《北外学者选集》,代表了北外自建校以来在外国语言文学研究领域的杰出成果。

　　进入21世纪尤其是新时代以来,北外主动响应国家号召,加大非通用语建设力度,现获批开设101种外国语言,致力于复合型人才培养,优化学科布局,逐步形成了以外国语言文学学科为主体,多学科协调发展的格局。植根在外国语言文学的肥沃土地上,徜徉在开放多元的学术氛围里,一大批北外学者追随先辈脚步,着眼中外比较,潜心学术研究,在国家语言政策、经济社会发展、中华文化传播、国别区域研究等领域颇有建树。这些思想观点往往以论文散见于期刊,而汇编为文集,整理成文库,更能相得益彰,蔚为大观,既便于研读查考,又利于学术传承。"新时代北外文库"之编纂,其意正在于此,冀切磋琢磨,交锋碰撞,助力培育北外学派,形成新时代北外发展的新气象。

　　"新时代北外文库"共收录32本,每本选编一位北外教授的论文,均系进入21世纪以来在重要刊物上发表的高质量学术论文。既展现北外学者在外国文学、外国语言学及应用语言学、翻译学、比较文学与跨文化研究、国别与区域研究等外国语言文学研究最新进展,也涵盖北外学者在政治学、经济学、教育学、新闻传播学、法学、哲学等领域发挥外语优势,开展比较研究的创新成果。希望能为校内外、国内外的同行和师生提供学术借鉴。

北京外国语大学将以此次文库出版为新的起点,进一步贯彻落实习近平新时代中国特色社会主义思想和党中央关于教育的重要部署,秉承传统,追求卓越,精益求精,促进学校平稳较快发展,致力于培养国家急需,富有社会责任感、创新精神和实践能力,具有中国情怀、国际视野、思辨能力和跨文化能力的复合型、复语型、高层次国际化人才,加快中国特色、世界一流外国语大学的建设步伐。

谨以此书,
献给中国共产党成立100周年。
献给北京外国语大学建校80周年。

文库编委会
庚子年秋于北外

目　录

比较文学与文化

自　序

2020 年初,得知自己的学术成果入选《新时代北外文库》时,我的心情是自豪而又惭愧的:作为北外历史悠久的法语语言文学专业的一名教师,能够将近年来积累的学术文章作为 80 周年校庆的重要献礼,我深感荣幸和自豪;在教书之余完成的这些零散的文章固然足以证明我个人 20 年来的劳动和收获,但是若以文库"代表新时代北外学术水准,呈现北外学者风貌"的宗旨来参照,我却愧不敢当。怀着这样矛盾的心情,我开始了文章的整理,并按照学术研究方向进行大致的分类。

第一编以"法国文学与文化"为题,汇集了 13 篇文学论文和两篇社会文化主题论文。除了语言教学工作,由于工作需要,我承担了从本科生到研究生的多门法国文学课程。我一直认为教学需要形成体系,要以人才培养为重,不可只以自己的学术研究方向或课题作为教学内容,个人在学术研究中应是专才,在教学工作中应是全才。所以,在法国文学课程体系建设之初,我要求自己潜心阅读多种法国文学史著作以及从中世纪到当代的重要文学作品,以撷采精华投入教学之中。这样的工夫对于提高一个文学教师的素养是必要的,可以使课堂内容变得丰富充实。我对从中世纪到 18 世纪的法国文学兴趣盎然,但是深感自己在古法语和历史研究上底蕴不深,不敢贸然动笔写文章。目前发表的论文都是以 19、20 世纪作家为研究对象,主要有巴尔扎克、雨果、马尔罗、普雷维尔、圣埃克絮佩里和昆德拉等人。由于并不专事一人,因此难免肤浅。我在博士论文中研究过法国象征主义诗歌,所以在 2008—2012 年间与同事们从事金莉教授主持的国家社科基金重大项目"当代外国文学纪事(1980—2000)"法国卷子项目研究时,义不容辞地承担了诗歌部分的内容,撰

1

写了约100个诗歌词条共计10万字,在此基础上完成了一篇阐述法国当代诗歌创作态势的综述文章,提出了法国诗歌从文本回归抒情的学术观点,这一诗歌创作转向与法国当代小说回归叙事的转向是一致的。文学研究论文中还有几篇偏向理论研究,体现了我对当代小说中虚构问题的探求之心。这也同样归功于法国当代文学研究项目,当时"新虚构"和"自我虚构"这两种僭越了现实与虚构之间界限的小说创作理念引起了我的极大兴趣,后来我对此所进行的阅读和研究其实全为满足自己的学术好奇心。第一部分中还有一篇文章与众不同:2019年夏天,我应邀在国家图书馆举办讲座,以另外一种视角解读了被普遍认为是儿童文学的《小王子》,讲座当时很受欢迎,经过整理的讲座稿也传播甚广。我第一次在大学校园之外讲解法国文学作品,深感公众对了解经典作品的渴望和需求,而作为一名高校教师,有必要为文学教育普及工作做一点力所能及的贡献。文学并不是与现实脱离的,相反,无论是哪一个时代的优秀文学作品,都可以帮助我们更好地理解现实,理解生命的价值、生活的真谛和我们人类自身的境遇。

第二部分以"比较文学与文化"为题,收录了我在比较文学和法国汉学研究领域的部分成果。从本科时候起,我对中法文化交流史就非常感兴趣:两种距离遥远的文化,它们是如何相互吸引、接触、了解、认知并产生交流的?哪些部分是容易相互理解的?什么时候却会产生文化冲突?萦绕我的这些问题或许过于宽泛,但是引导了学生时代的我在每一个阶段都会选择跨文化研究课题作为学术论文的题目。这种兴趣随着时间的流逝反而更加浓厚,因为学习另一种语言、文学和文化的过程促进了我对母语文化的认知和反思。《法国象征主义诗歌修辞及其与中国诗歌的会通》是一部综合运用了影响研究和平行研究的比较诗学专著,在巴黎出版后受到法国诗人波尔德(Xavier Bordes)和作家陆尤(Michel Louyot)的好评,我与他们素不相识,却有幸辗转收到他们写来的书评或邮件,称赞拙作以相互参照的方式帮助他们更好地理解了中国诗歌传统以及中法诗歌的异同。然而,惭愧的是,由于教学工作繁忙,而且受到其他科研课题的召唤,把这部法文专著改写为中文的工作一直耽搁下来,只有一篇题为《马拉美与中国古典诗歌》的论文从中脱胎并在我的母语中降生,聊以自慰。法国是一个汉学大国,历代汉学家们从事中国研究的方法值得我们借鉴,他们研究成果丰硕。这种研究之研究使我受惠良多,使我可以以另外一重目光重新审视自己国家的文学和文化传统。受张西平教授主持的"20世纪中国古代文化经典在域外的传播与影响"研究项目的启发,近十年来我更加关注中国古典文学在法国的译介和接受,尤其是在中国古代散文部分着力甚多并有所突破。

此外,在这两部分文选中都选录了几篇非常重要的译文,作者都是文学理论、作家研究、比较文学和汉学研究领域有名的法国专家,如夏尔·莫隆(Charles Mauron)、桀溺(Jean-Pierre Diény)、克里斯蒂娃(Julia Kristeva)、达尼埃尔-亨利·巴柔(Daniel-Henri Pageaux)等。这些文章具有很高的理论价值和研究方法论价值,对国内学者颇有裨益。感谢钱林森、史忠义和方维规教授的提议,我完成了这些文章的翻译,费力良多,也从中受益匪浅,故宁愿舍弃一些自己的文章而把这些译文一并选入。此外,它们与本人相关主题的论文之间也存在着密切关联。例如,夏尔·莫隆的《马拉美与"道"》便是拙作《马拉美与中国古典诗歌》开篇引用的文章。毫无疑问,这些国外学者的文章比我的论文更具学术价值,我希望它们为更多国内同仁所知。对于外国语言与文学专业的学者而言,翻译与研究是双翼,应当并行结合。

总之,游曳于法国文学、比较文学、法国汉学之间,我顺其自然;也许失之精通,流于浅薄,但是宽阔了视野,而且冥冥之中,我常常感受到古今中西之间一种悠远的回响。最后,我虽然对于自己微薄的学术成果感到忐忑不安,但是却可以为自己是外国语言文学学术园地里的一名耕耘者而自豪:驾驭一门语言以了解他国文化,此为第一幸事;撷取两种或多种文化之精华,成为文化间沟通的桥梁,此为第二幸事;以他者的目光反观自身,更加理解和热爱自己的语言和文化,此为第三幸事,也是最高之幸事。

车 琳

2020 年春

法国文学与文化

从文本回归抒情

——1980—2000 年法国诗歌创作评述

引 言

在法国,如今诗歌作品在各类图书年销售总额中只占约 0.4% 的份额。[①] 在书店里,诗集往往被置放在一个不引人注目的僻静角落,等待少数读者的亲近。即使是著名诗人的作品,其发行量与畅销小说相比也有天壤之别。这一切难免使人担忧诗歌的命运。诗歌在社会生活中逐渐被边缘化的事实不容否认。法国当代著名诗人米歇尔·德基(Michel Deguy)曾经这样从诗歌与现实社会的关系上来阐述诗歌所处的困境:"力量衡量于它所遇到的阻力。如今,诗人所感觉到的来自社会的压力比一百年前要弱很多,诗歌语言也缺少了冲击力。诗歌存在的环境似乎比 19 世纪末要安逸许多,但是实际上它传递的声音更加虚弱:因为它在没有遭遇阻力的情况下反而不能爆发自身的力量。诗歌仿佛是在同它自己的影子抗争,自耗于空虚的境遇之中。"[②]

然而,现在宣布"诗歌已经死亡"还为时过早。在当代法国文学园地中,诗歌创作依然繁荣和活跃,是不可忽视的一隅,虽没有统一的思潮和流派,却呈现出前所未有的多元化表达方式。

[①] 参见 Dominique Viart et Bruno Vercier.*La littérature française au présent*,*héritage*,*modernité*,*mutations*(2e édition augmentée).Paris:Bordas,2008,p.437.

[②] Michel Deguy,Robert Davreu,Hédi Kaddour.*Des poètes français contemporains*.Paris:Adpf,2006,p.10–11.

一、江山代有诗人出

泛泛而言,法国19世纪文学艺术的繁荣建立在古典主义和崇尚现代的浪漫主义相互对立的基础上,从浪漫主义经由帕纳斯派到象征主义,各种诗歌思潮和流派应运而生。20世纪前半叶,超现实主义的出现再一次带来美学思想和写作方式上的冲击,由此产生的冲突和对立激发了诗人们的创作。在这一个多世纪当中,写作者总是可以在一种意识形态或一种主义中找到支点,从维克多·雨果(Victor Hugo)到安德烈·布勒东(André Breton),大师层出不穷。然而,随着超现实主义运动的平息和一代积极介入社会的知识分子的逝世,法国诗坛告别了波澜起伏的时代,失落于一种平静之中,在最近30年中不曾出现有规模、有体系的诗歌流派。

在80年代,出生于20世纪初的一代著名诗人如亨利·米肖(Henri Michaux,1899—1984)、弗朗西斯·蓬热(Francis Ponge,1899—1988)和勒内·夏尔(René Char,1907—1988)等相继离世,欧仁·吉耶维克(Eugène Guillevic,1907—1997)和让·凯罗尔(Jean Cayrol,1911—2005)这样在80年代后仍有杰作的老诗人可以说是硕果仅存。但是,法国诗坛从来不缺少优秀诗人,在20世纪最后20年,活跃着这样几代诗人:那些出生于一战后的诗人,如阿兰·博思凯(Alain Bosquet)、伊夫·博纳富瓦(Yves Bonnefoy)、雅克·杜潘(Jacques Dupin)、贝尔纳·诺尔勒(Bernard Noël)、米歇尔·德基和亨利·德里(Henri Deluy)等都已是诗坛宿将,已经完成许多重要作品,享有盛名,依然在晚年笔耕不辍,继续奉献佳作并对诗坛产生影响;另一代诗人出生于二战前后,如雅克·达拉斯(Jacques Darras)、艾玛纽埃尔·奥卡尔(Emmanuel Hocquard)、马蒂厄·贝内才(Mathieu Bénézet)等,他们曾或多或少受到前辈诗人的影响,并有所突破,已经寻找到自己的道路,在80年代进入创作的鼎盛时期。而50年代出生的一代诗人如让-米歇尔·莫普瓦(Jean-Michel Maulpoix)等恰好在80年代登上诗坛,形成自己的风格,成为法国诗歌的生力军。像塞德里克·德芒若(Cédric Demangeot)这样的新生代诗人在90年代末开始崭露头角,出版了他们最早的诗作。可以看出,法国诗坛代代人才辈出,以各自的诗风丰富着法语诗歌的表达方式。

在闪耀的群星中,有两颗最为璀璨的朗星——伊夫·博纳富瓦与米歇尔·德基,他们是法国当代诗坛最具影响力的诗人。

2007 年 10 月,84 岁高龄的伊夫·博纳富瓦前往捷克,领取了以著名作家卡夫卡命名的文学奖。在博纳富瓦所获诸多奖项中,这最后一个大奖充分肯定了他的国际声誉。他的创作秉承波德莱尔以来的象征主义传统,早期作品曾受到超现实主义诗歌的浸染,后来逐渐怀疑和摆脱一种完美的、不可实现的理想世界,转而接受生活的现实并与之和解,创造了一种新的抒情方式,代表了当代法国诗歌主流,对后来的诗人们产生重要影响。他曾说“没有现实与超现实,……而只有在场”,“在场”(présence)就是现实世界中纯粹、统一的即时体验。在告别超现实主义后,博纳富瓦不满足于抽象的思想而越来越注重表达现实经验,关注有限的现实和现时的丰富经历,同时又超越现实的脆弱而寻找一种可以共同分享的意义,在语言中重现对人与物现在的直觉。博纳富瓦认为诗歌不应封闭在纯粹的语言结构中,而应面向现实世界,把语言植入所经历的生活的厚实基础中,诗歌中的情感应当高于语言。50—70 年代是他诗歌创作的高峰期,80 年代后仍然有佳作问世,如《没有光芒的照耀》《雪落雪消》《流浪的生活》《夏雨》等都充分体现了其后期“在场”诗学思想。博纳富瓦具有开掘语言和意识之深刻内涵的能力,令平凡生活中的事物变为生成梦幻意象的依托,可谓“依实出华”。诗人克罗德·罗阿(Claude Roy)评价他是“最神秘,也是最平易的诗人”,他的作品是光与影之间的诗歌,“既玄秘又透明”。①

另一位重要诗人是米歇尔·德基。从 1959 年至今,他发表诗歌作品和评论著作 50 余部,著名的伽利玛出版社于 1973 年、1986 年和 1999 年先后出版了他不同时期创作的诗歌选集共 3 部。1989 年和 2004 年,德基先后荣获法国国家诗歌大奖和法兰西学院诗歌大奖。他的诗歌既有古典风韵,又具现代色彩,内容具有哲学深度,语言风格独特而不艰涩,闪烁着智慧的光芒。著名

---

① Claude Roy.*La Conversation des poètes*.Paris:Gallimard,1993,p.271.

诗人和诗歌评论家让-马利·格莱兹(Jean-Marie Gleize)准确评价了他独树一帜的诗风:"米歇尔·德基与纯粹的形式主义以及现实主义都保持距离","他主张诗歌参照和表达现实存在,但不确信诗歌能够完全地表现谜语一般的现实和世界"。①

　　值得一提的是法国当代诗坛上活跃着许多优秀的女性诗人,她们形成一支不可忽视的创作力量。曾任巴黎诗歌协会主席的玛丽-克莱尔·邦卡尔(Marie-Claire Bancquart)的诗歌既关注自然景物和日常生活等现实元素,也具有超现实主义色彩。她擅长将个人内心悸动与芸芸众生的命运交织在一起,探索人性的矛盾和宇宙的奥秘。同样,安德蕾·谢迪德(Andrée Chédid)的诗歌也是对人类生活状态和人与世界关系的不倦思考和追问,以清新自然的文字表达万事万物的错综复杂性。弗朗索瓦兹·安(Françoise Hàn)的作品也可以说是智慧和直觉的完美结合,闪烁着晶莹的光芒,其中既有具体可感的意象,也有开放到宇宙空间的冥想。她用诗歌超越一切差异和矛盾,实现自身与外部世界之间的和谐。加布里埃尔·阿勒唐(Gabrielle Althen)在一次访谈中表达了这样一个观点:诗歌会思想,但不完全以理性的方式进行,而是以抽象思维与感觉、记忆、情绪、文化素养等因素的综合方式来进行。作为女性诗人,她的诗歌既有敏锐的直觉,更充满睿智和哲思。这些当代女诗人的诗歌兼具感性与智性,她们似乎有意抑制与生俱来的温婉气质和抒情天赋,在文字中注入更多的理性,作品显得更加开放和思辨,大大改变了人们对女性诗人的传统看法。

二、两种主要创作倾向

　　法国当代诗人们或在探索求新的道路上继续前进,或回归传统,辛勤地耕耘着诗歌这片田地,虽没有一枝独秀的局面,却呈现出一种百花齐放的态势。

----

　　① Jean-Marie Gleize.Michel Deguy,Michel Jarrety(dir.).*Dictionnaire de Poésie,de Baudelaire à nos jours*.Paris:Presses Universitaires de France,coll.Grands dictionnaires,2001,pp.188-189.

尽管没有波澜壮阔的诗歌运动,法国评论界普遍认为两种明显的趋势代表了当代诗歌创作的总体状况。

第一种创作趋势以摒弃抒情和形式探索为特征,这也是对 60—70 年代形式主义文学创作和研究的延续:一是"潜在文学坊"(Oulipo)所进行的文学实验;二是深受起源于语言学的结构主义和符号学的影响,法国文学界和思想界出现了以罗兰·巴尔特(Roland Barthes)为代表的"新批评"和以菲利普·索莱尔斯(Philippe Sollers)为中心的"原样派",科学性的文本分析和形式主义文本实践成为主流。受先锋思潮的影响,这一时期许多诗人大胆突破传统的诗歌表达方式,在形式方面进行前所未有的尝试,这种形式创新至今没有停止过。

作为"潜在文学坊"最重要的诗人,雅克·鲁博(Jacques Roubaud)的作品结构和形式中吸收了大量数学元素,在严格的限制中寻找创作的愉悦。女诗人米歇尔·格朗葛(Michel Grangaud)的作品集中体现了游戏风格,通过对字母、词序进行重置排列而达到奇妙效果,句子首尾相连,上递下接,读来令人拍手叫绝。这一类诗人把形式上的自我限制作为创作动力,把标新立异作为写作追求,同时,他们也发现没有内容的形式只是文字游戏和语言堆砌,所以也越来越注意为作品增加内涵。

当代诗人所寻找的"真实语言"往往就是对固有诗歌语言的解构和破坏,原来安全、稳固的诗歌结构——诗体、诗行和词语——无不一一解体,取而代之的诗页上是更多的空白和断裂,更少的句首大写字母和标点符号,整齐的诗行逐渐让位于错落突兀、疏密相间的排列。变换的字体和间隔的空白都成为诗歌语言表达的重要形式手段,尤其是空白被视为一种沉默的声音,同样起着调节节奏的作用。青年时期深受"原样派"先锋思潮和形式主义影响的安娜-玛丽·阿尔比亚克(Anne-Marie Albiach)为数不多却独树一帜的作品对许多当代诗人产生过深远影响。她的诗歌是一种理性、思辨性的写作,完全摒弃抒情和修饰,诗歌语言尖锐深刻、艰涩抽象,并且具有颠覆性的力量。她以智性的文字探索诗歌的意义,常常把写作行为本身作为诗歌审视的对象。在其第三部诗集《浅吟低唱》中,诗人呈现给读者一个大胆的戏剧化写作构想。整部作品仿佛是一部戏剧,而每一篇诗页便是戏剧的舞台。诗人对语言进行精简、剥离和更新,使读者得以把握语言的内部联系和体会诗句的顿挫,整个作品是不断运动、变化的文本生成过程。

形式上的突破往往伴随着对抒情语言的抑制。著名诗人、评论家克里斯蒂昂·普里让(Christian Prigent)创办的诗歌杂志《文本》(*TXT*, 1969—1993)主张文本独立,堪称诗歌界的《原样》杂志。他反对诗歌中那种众口一词、司空见惯的无味抒情,他的诗歌语言节奏短促有力,句法割裂,以看似冷酷的笔调制造出切肤之痛,充满嘲讽、辛辣的风格。克洛德·鲁瓦耶-儒尔努(Claude Royet-Journoud)的诗歌早年不为大众所知,其独特的诗风近年来逐渐受到认可,被认为是法国诗歌现代性的又一个转折点。其诗歌创作受到美国"客观主义"(l'objectivisme)诗歌流派的影响,排斥主观抒情,而以一种冷静、客观的态度进行纯粹的写作。也有一些诗人以一种缓和而不失揶揄的态度来与传统的诗歌语言保持一定距离。安德烈·杜布歇(André Du Bouchet)也是主张抑制抒情的一位重要诗人,他曾经说:"我的诗歌要尽量远离自己",他的愿望就是"取消主观性,为了让我自身的存在与世界的存在得以融合"。① 杜布歇抛弃整齐排列的诗节和诗行,在每一诗页上,空白多于词语,稀疏的文字制造了断裂的视觉效果和跃动的、切分的、喘息般的节奏。他在诗歌意义和形式上的探索被认为颇得 19 世纪诗人马拉美(Stéphane Mallarmé)之风,深邃并且晦涩。

总之,这一类诗歌创作明显地趋向文本和形式,无关自我,无关抒情,而着重关注言语本身,认为诗歌独立于现实,是语言的自在物。诗人们以不同寻常的想象力和创造力努力进行形式革新,不断挑战语言的极限和诗歌的极限,同时,对于总是习惯在文字中寻求意义的读者来说,其感知力和理解力也在不断受到挑战,故而感觉诗歌越来越晦涩难解。

与这种远离大众的文字性诗歌相反,有许多当代诗人不随波逐流,或回归自我和抒情,或关注现实和平凡生活。他们在创作理念和形式上没有什么新鲜元素,也很少提出系统的理论,但是相对于自 60 年代以来越来越抽象和越来越符号性的诗歌,他们恢复了现实、主体和情感在诗歌中的位置,重新赋予

---

① 转引自 Michel Collot. André Du Bouchet, Michel Jarrety(dir.). *Dictionnaire de Poésie, de Baudelaire à nos jours*, *op.cit.* p.86。

诗歌可以吟咏的感觉,因此反倒犹如一阵清新的春风吹过冬季的荒原。

有的诗人相信事物的物质性和可表达性,也有的诗人相信万事万物的神秘性,无论怎样,所有关注事物的诗人在词与物的关系上都有着大致相同的主张:诗歌就是要体验和表达明暗之际的真实,在感觉与意识之间的沟通中捕捉"延伸的意义",诗歌的使命就是揭示这种玄秘所暗藏的光辉;诗人应把观物者与世间万物紧密联系起来,并且通过内省来接近真实,揭示被表象所遮蔽的事实和世界的本质。

诗集《无影无形》体现了诗人雅克·昂塞(Jacques Ancet)在平凡中寻找真实的诗歌思想。他认为诗人要用敏感的心灵去洞察和倾听世界,领悟事物的动静、虚实、有无,探索事物的物质性和真实性,挖掘往往被常人忽视的感觉和体验。归根结底,就是透过外在对存在本身进行探究。保罗·德鲁(Paul de Roux)擅长观察、发现和撷取平常生活中的情景,化作诗歌意象。他从不追随日益翻新的诗歌形式,坚持个人的写作风格,文字浅显易懂,舒卷自如,不事雕琢,把平凡的生活情景和感悟娓娓道来。文学家罗贝尔·萨巴蒂埃(Robert Sabatier)称赞他是一位善于"发现和把感受转化为文字"的诗人,能够"从平凡普通的事物中发掘出意义的存在,作品中总流露出'美'和'真'。"①达尼埃尔·比加(Daniel Biga)的诗歌作品关注自我,关注人生中生与死之间的种种忧虑不安,他认为文字的实践与对社会现实的参与是密切关联的,他的诗歌作品也被公认为是"诗歌与生活的联体"("Poévie"②)。诗歌创作中的梅肖尼克(Henri Meschonnic)迥异于学术研究中的梅肖尼克,他以一种接近生活、融入生活的姿态来写作诗歌,开放身体的每一种感官来接触生活并汲取感想。

也有诗人更多地关注社会现实。出生于乡村的诗人亨利·托马(Henri Thomas)、居伊·戈菲特(Guy Goffette)和乔治-路易·戈多(Georges-Louis Godeau)都对乡土怀有真挚的情感,了解土地劳作的辛苦和丰收的喜悦,熟悉农民的生活。他们擅长从日常生活场景中汲取诗歌创作灵感,捕捉着每一个平凡的细节,以朴实无华的语言表达平民百姓的劳作、生活以及他们内心深处

---

① Robert Sabatier. *Histoire de la poésie française*, *la poésie du vingtième siècle*-3 *Métamorphoses et modernité*. Paris: Albin Michel, p.389.

② "poévie"一词系诗人创造,是"poésie"和"vie"两个词结合而来。

的悸动、疑问、欢欣和痛楚，笔尖下流淌出生活化的诗歌，表现的是诗歌化的生活。老诗人雅克·夏尔庞托（Jacques Charpenteau）的诗作颇得 20 世纪大众诗人雅克·普雷维尔（Jacques Prévert）之风，在一个追逐标新立异的当代诗坛，他的诗歌难免被淡忘，似乎被认为不能代表当代诗歌的发展趋势。然而，他一向秉持为民众、为孩子们写作的原则，无意把诗歌建筑于脱离生活的玄思之中，而是从最平凡的场景和事物中提取意象并展开想象，用最贴近老百姓的语言来表达普通人的情感。诗人塞尔热·索特罗（Serge Sautreau）被认为是一个"极具人文关怀的作家"，诗集《伊甸园之华》延续了诗人针砭时弊的一贯作风，用诗歌的形式和形象的语言猛烈抨击市场经济下物质利益至上的畸形道德观，用诙谐幽默的风格来讽喻现实。新锐小说家米歇尔·乌埃尔贝克（Michel Houellebecq）曾以诗歌开始他的文学生涯，在《奋斗的意义》这部诗集中，他以敏锐而辛辣的目光发现了现代物质文明——科技、信息、商品对人们的身体和思想带来的冲击，把现代人的欲望和苦闷焦虑表现得具体可感，把人对生活意义的追求、希望及彷徨淋漓尽致地展现在文字中。

在经历了理论化思潮和符号性实践之后，回归抒情是许多当代诗人的选择。80 年代后的诗坛上出现了被冠以"新抒情派"（le nouveau lyrisme）之称的诗人。他们感物于心，既关注身外之物，更倾听内心的声音，以理性来过滤丰富的感情，在文字中表达节制的抒情，诗风平易优美，语言清新自然，朴素而不乏诗意。

让-皮埃尔·柯隆比（Jean-Pierre Colombi）的诗歌中充满感觉意象，在"物"与"我"中寻找和谐，让情绪自然流露，其清澈流畅、温和细腻的文字韵律与情感的律动如水乳交融，容易引起人们的共鸣。贝尔纳·戴尔瓦伊（Bernard Delvaille）徜徉在不同的城市风景中，书写对生活、对时间和生命的点滴感悟，一切消逝的、无法挽留之物和孤独的快乐与苦楚都尽现文字之中。作家让·奥利才（Jean Orizet）称他"或许是法国最后几个真正的浪漫诗人之一"。詹姆斯·萨克雷（James Sacré）是一位公认的抒情诗人，他的作品总是以情感为主线，把现在的感悟与远近不同的回忆交织在文字中，感觉丰富细腻，笔触温馨灵动，而且用婉约、朴素的语言滤去了过余的伤感，有一种哀而不伤、婉而不迫的从容。这种节制的抒情就是"新抒情派"诗人们区别于传统抒情诗人的特点。

有的诗人在其创作生涯中会保持统一的诗歌风格,也有一些诗人在不同时期经历变化的风格。利奥奈尔·雷(Lionel Ray)便是当代诗人中经历这两种创作倾向且兼收并蓄的代表人物。他从50年代开始发表作品,早期诗歌以流畅的抒情风格为主,在70年代中曾受先锋派理论影响,以断裂的诗句突破传统、摒弃抒情,而在80年代后又重新回归个人风格,诗艺日臻完善。诗人后来说,他有意脱离深受语言学和理论派形式主义影响的诗歌创作,而要"寻找书写与生活之间最准确的契合"。诗人伯努瓦·柯诺尔(Benoît Conort)曾这样评价道:"利奥奈尔·雷从未放弃对形式的追求,同时也不排斥抒情。他的诗歌艺术就是在这两种时常被人们对立的倾向中寻求一种奇妙的结合。"①而雅克·鲁博在80年代后最为人称道的作品是《黑色的忧郁》,诗人在作品中抒发了对亡妻的怀思和感伤。诗集在结构安排上依然别具匠心,体现了作者的数学思维,但是这部作品最成功之处在于"情"字:诗人无意渲染悲伤的情绪,却在平淡的文字中蕴藉深情,谱写了一曲情深意切的挽歌。该诗集当年出版时打动了众多读者,文字间所表达的真情至今感人肺腑,可以跻身于少数能够不被时光褪色的作品行列。

由"主情诗"而造成滥情之流弊,于是兴起"主智诗",强调理性和智慧,后来又出现"主形诗",努力打破常规追求形式而放逐抒情,再到回归节制而不滥情的言物抒怀,这就是法国诗歌从浪漫主义到现代主义的嬗变过程。无论是追求变化的形式还是回归意义和抒情,法国当代诗歌在这两种不同的方向上都有丰富的尝试,体现了诗人们推陈出新的创作传统,他们不落窠臼,不断寻求诗歌发展的可能性。

三、多样化的诗歌实践

法国一向具有文化多样性的传统。在多元化的当代社会,以追求自由为

---

① Benoît Conort. Lionel Ray, Michel Jarrety(dir.). *Dictionnaire de Poésie, de Baudelaire à nos jours, op.cit.* p.654.

精神理念的法国诗歌更加呈现出百花齐放的态势。上述两种总体上的创作趋势并不能够囊括众多诗人各种各样的表达方式,还有一些具有代表性的创作实践值得我们关注。

从19世纪末开始,法国诗人在诗歌形式方面的探索从来没有停止过。到了20世纪末,当代诗歌表现出丰富多样的形式,自由创作的空间越来越大,主要变化体现在两个方面:一是从内部来看,诗歌的各种形式同时并存;二是从外部来看,有些诗人打通了诗歌与其他文学体裁之间的界限。

突破格律、长短相间的自由诗已经是一个世纪前诗体解放的成果,也是当代诗人们普遍采用的形式,但是诗体并不是唯一的体裁。散文诗经过波德莱尔、兰波的实践,已经由新生事物变成诗人们经常使用的形式。诗歌散文化趋势使得散文诗成为当代诗歌中越来越重要的部分。著名诗人博纳富瓦、雅各泰(Philippe Jaccottet)的后期诗作很多就采用散文诗体,多产诗人让—皮埃尔·莫普瓦也以创作散文诗见长。越来越多的诗人在作品中将诗行和散文诗穿插并用,如多米尼克·福尔卡德(Dominique Fourcade)在《天无隅》中把散文体与诗体有机地结合起来,把它们都当作思想的载体。加斯东·皮埃勒(Gaston Puel)在《漂泊的灵魂》中也用和谐的韵律和形象的语言淡化了这两种文学形式的差别。另外,也有许多诗人采用更能自由表达心灵感悟的断章和格言形式,如被公认为法国当代文笔最美诗人之一的多米尼克·格朗蒙(Dominique Grandmont)在《不可能的故事》中采用警句形式表达了现实中和写作中的种种悖论,揭示貌似矛盾的关系中产生的隐秘和谐,诗意与哲思兼备。格扎维埃·波尔德(Xavier Bordes)荣获1999年法国马克斯·雅各布诗歌奖(le prix de poésie Max Jacob)的作品《源声》采用了格律诗、自由诗和散文诗及断章等各种形式,将浪漫主义、玄秘主义、现代主义和形式主义等各种诗歌风格兼容并蓄。埃德蒙·雅贝斯(Edmond Jabès)的创作往往集诗体、散文、断章、冥想、警句为一体,对他而言,诗的形式亦为诗的内容,破碎的诗意呈现一种错位的美感。总之,我们经常看到诗节、散文诗段落、精炼的断章、格言等多种形式出现在一本诗集内,层次错落,节奏舒缓有致。

格律诗已经处于边缘地位,但是仍然得到不少诗人的眷恋。他们喜欢保留一定的形式限制,同时有意突破传统的严格韵律,诗句长短、音节数目更加随意自然,似乎要在古典格律诗和现代自由诗之间寻找一种折中和平衡。马蒂厄·贝内泽 1992 年出版的诗集《诗颂》采用了古老的"颂歌"形式。在中世纪时期,它是一种诗句长短有所变化但结构工整的抒情诗歌,后世的诗人很少使用,而马蒂厄·贝内泽成为继雨果(Victor Hugo)、保罗·克罗岱尔(Paul Claudel)之后成功驾驭这一传统诗歌形式的少数现代诗人,因而受到好评。让-伊夫·马松(Jean-Yves Masson)的《夜与欲(十一行诗)》①这部作品不仅在内容上凝聚怀旧情绪,而且在形式上也体现怀旧风格,颇具"新古典主义"之风,即回复到形式工整的格律诗,同时有所突破和创新。诗人有意在保持格律的同时寻求变化:虽然经常使用近似亚历山大体的十二音节诗行,但又往往利用跨行制造起承转折、节奏摇曳的效果。十四行诗贯穿了整个欧洲诗歌发展历史,雅克·达拉斯、利奥奈尔·雷都分别在《淙淙的索姆河——71 首十四行诗》和《沙之音节》中运用这种诗体,虽然全部为十四行的诗作,但并不完全遵循严格的传统格律,在音节和韵脚方面都有所突破,并融入了现代诗歌元素。1980 年出版的《世纪末的十四行诗》是阿兰·博斯凯的代表作,共收录诗作 150 余首,虽然采用了传统的格律诗形式,但在内容上却表现了生活在 20 世纪末的诗人所经历的社会现实和思想焦虑。受到日本俳句的影响,一些法国当代诗人也曾尝试东方的格律诗。雅克·鲁博早年仿照日本传统诗歌形式而创作了《物哀》,米歇尔·格朗葛借鉴日本俳句形式并以前人十四行诗为素材创作了《融合的诗篇》。东方传统诗歌一向以形式精粹、言简意赅而闻名,在其影响下,短诗也成为一些法国诗人们钟爱的形式。让·托德拉尼(Jean Todrani)喜用短句,通常只有二至五个音节,而且奇数、偶数音节的诗句交替出现,产生一种朗朗上口的效果。他以精益求精的态度斟酌诗句,正如他在晚年作品《未竟之作》中所表达的那样:"从今往后/我皆须/提炼诗句/莫叫一字闲余。"自 1970 年因诗集《补阙》荣获马克斯·雅各布诗歌奖以来,达尼埃尔·布朗热(Daniel Boulanger)至今共创作了近 20 部被其自称为"补阙体"的系列诗集。诗篇长度为二至十句,句式短小,但言语之间形象丰富,富有哲理。

---

① 该诗集中每首诗作都采用 11 行诗,既保持工整的形式,又有意突破偶数的对称,而诗集一共收录 121 首作品,恰是数字 11 的平方。

有评论者认为达尼埃尔·布朗热的"补阙"采用了一种近似日本俳句的形式，只是他追求更多的是意象生动而不是严谨的格律。他把具体化和个人化的生活感悟以精练的方式表达出来，形象与意义浓缩在有限的文字中。

当代文学一个总的特点就是各种体裁之间的界限有时显得很模糊，许多作家的文学创作涉及小说、诗歌、戏剧等各领域。贝尔纳·诺艾勒被认为是法国当代最具独特思想和表达方式的作家之一，《肉体之苦》是他的一部形式独特的作品，介乎诗歌、散文和叙事之间。作品以优美的语言和细腻的笔触描述了一个形同虚设、残缺、病态的身体所感受到的痛苦和衰落的过程，以及在陪伴它的孩子身上所引发的不安和焦虑。莫里斯·罗舍（Maurice Roche）的作品有一种狂野不羁的诗意和诡异的色彩，他的创作别出心裁，打破了各种表达形式之间的界限。其作品《疾病之旋律》采用了一种介于小说、诗歌、杂文之间的形式，体裁难以界定，但本质上仍然是从诗歌衍生而来。一些诗人喜欢在诗行中进行简短的叙事。诗人让·戴乌（Jean Daive）的《平衡叙述》共有4卷，他在诗中引领读者进行了一次漫长的旅行，从维也纳到美国，从美国到印度支那，从童年到沧桑。但是作者并不着力于所到之处的风情描述，而是把旅居中的生活情节和点滴感悟素描下来，虚实相间。他以短小的诗句的诗节、明快的节奏、精练的笔触勾勒出人、事和情节，毫无叙述的累赘感。乔治-埃马纽埃尔·克朗西埃（Geroges-Emmanuel Clancier）在诗集《时光的过客》中尝试用诗歌来书写自己的人生，这部诗作像小说一样亦有章节的划分，被诗人本人及评论界都称作"自传诗"。克朗西埃力图像普鲁斯特那样"追忆似水年华"，试图在诗歌中达到另一种时间体验，他认为诗歌可以实现这个愿望，因为诗歌能够捕捉"像火花一样一闪而过的时间片断"。路易-勒内·德福莱（Louis-René Des Forets）的《固定音型》被赞为法国"20世纪最后十年中最美的作品"①，其文体也很难界定。它虽有自传叙事特点，但是作品的音乐性和抒情性更使人愿意称之为长篇自传体散文诗。伊夫·沙尔奈（Yves Charnet）在《愤怒的心》中也同样创作了这种具有自传色彩的诗歌，其中的散文诗不仅具有叙述性，而且具有节奏感和抒情性。查理·杜布津斯基（Charles Dobzynski）

---

① Pierre Brunel.*Où va la littérature française aujourd'hui?* Paris：Vuibert，2002，p.24.

的《40 篇微型侦探故事》则以诗歌的形式精巧地叙述了一些别具一格的案情，比如被隐身人追捕的逃犯、杀害了蝴蝶的罪犯、为逃避影子追随而"杀害"影子的凶手。诗人把距离现实遥远的此类"犯罪事件"以一种轻松幽默、浅显明朗的文字表现出来，不乏悬疑惊险、引人入胜的气氛，而且时常在独特的故事情节中制造出神奇意象和奇幻色彩。从 1983 年的《睡美人的树林》开始，热拉尔·马瑟(Gérard Macé)创作了一系列融故事、散文、诗歌、随笔等各种文体于一炉的作品，如《三个箱子》《最后的埃及人》和《前生》等，其独树一帜的写作风格近年来引起文体学者和语言学者的研究兴趣，被广泛认为是一个"最超越体裁概念的当代诗人"，并荣获 2008 年法兰西学院诗歌大奖。

当代诗歌还向其他艺术寻求借鉴和融合，最突出的就是与视觉艺术的结合。《知识与技能之堆栈》是德尼·罗什(Denis Roche)最具实验色彩的一部诗集。作者从摄影艺术中汲取灵感，以取景框的方式来安排页面。早年以创作"新小说"而闻名的米歇尔·布托(Michel Butor)自 70 年代开始将主要经历投入到诗歌创作和画论研究当中，尤其在 80 年代后期逐渐探索文学、音乐、绘画和电影等不同艺术形式之间的融会贯通，诗画集《生命的维系》和《受磔刑的雨果》代表了两种艺术语言的融合。如今，不仅许多诗集都配有画家的创作，而且诗人们自己也试图用文字创造视觉艺术。让-弗朗索瓦·鲍利(Jean-François Bory)常以字谜画谜、图形字母入诗，将文字与图形巧妙结合，把纸页变成自由创作的游戏空间，使诗歌脱离了单一的文字形式而变成一种视觉艺术。从形式上看，他的诗集《弗斯特和古登伯格的藏室》每一篇诗页都展现了一首图形诗。首先令人印象深刻的是每个字母的字体、字号、字形(或直或斜或弯曲)都不同，在一行之中形成高低不同的曲线，字符的颜色深浅也有差异，浓淡相间，形成活泼生动的画面。莫里斯·罗什擅长把文字和绘画创作结合为一体，他认为书籍是一个自由创作的空间，文字的书法形式和排列空间都成为表达手段，他不断深入开掘文字符号本身的潜力和内涵，探索文字文本与绘画文本之间的关系。创办马赛国际诗歌中心的于连·布莱恩(Julien Blaine)是一位认为各种元素都可以融入诗歌的"多元素诗人"，其文字作品被称作"符号型诗歌"，因为字母和词语不是仅有的表意手段，其他各种能指符号都被融入诗歌页面中，字符的字体、字号、间距等书法形式以及色彩、图案、线条等非字母符号的版面艺术都被赋予意义,从而丰富了各种书面符号的表意功能,拓宽表达诗歌意义的自由空间,塑造了一种视觉形象诗歌。

于连·布莱恩还创作了一种类似于行为艺术的"行为诗歌"(poésie action),不仅以文字而且以声音朗诵、肢体语言以及文身、面具、图像、电脑等各种辅助工具为表达手段,力图全方位地呈现诗歌的意义。他呼吁"诗歌离开纸页到实际当中去"。在其本人的诗歌生涯中,文字创作与诗歌表演相辅相成,直到 2005 年在一次巡回演出后,他宣布因身体原因告别 40 多年的行为诗歌舞台。贝尔纳·埃德希耶克(Bernard Heidsieck)的创作方式亦改变了诗歌的平面存在方式,他是法国"有声诗歌"的创始人及推动者之一。其作品不仅发表在国内外文学杂志上,而且是有声读物,赋予了诗歌作品独特的生命力,建立起诗人、作品与受众之间的直接联系,丰富了诗歌的表现形式和推广方式。埃德希耶克曾于 1976 年在巴黎举办首届国际有声诗歌艺术节,在约 15 个国家举办过 360 多场诗歌朗诵会。《永远的呼吸和短暂的相遇》①是贝尔纳有声诗歌的代表作品之一,诗人为文字加入声音元素,这种创新做法为诗歌注入了新鲜活力,增强了作品的艺术感染力,同时使欣赏者更加感性地走入作品世界。

四、诗亦思

自从 90 年代以来,众多诗人对诗歌创作本身进行理论反思,并产生大量诗歌评论著作,成为一个值得关注的现象。让-克洛德·潘松(Jean-Claude Pinson)、让-马利·格莱兹、雅克·鲁博、让-米歇尔·莫普瓦、克里斯蒂昂·普里让等著名诗人无不是出色的诗歌理论家。

---

① 在作品中,每首诗歌都取材于诗人与一位已逝作家在其生前的邂逅经历,他们当中有克洛岱尔、艾吕雅、保罗·瓦雷里(梵乐希)、艾略特、布莱希特、安托南·阿尔托等。埃德希耶克从现存各种有声档案中提取了他们的声音资料,选取了每个人在谈话时不经意流露的气息声。这些真实而又特别的声音营造出一种魂灵存在的效果,亦真亦幻,独具魅力。此外,诗人在为数颇多的诗歌片段中加入了日常生活的背景声音,如咖啡馆里嘈杂的人声、马路上喧嚣的车辆声等,这些背景音使得诗歌更加真实、生动、立体,使欣赏者产生身临其境的感觉。

伊夫·博纳富瓦在 80 年代后更多转向对诗歌的思考和散文体创作,尤其是 1981—1993 年间在法兰西公学院讲授诗歌理论和比较诗学,总结了多年诗歌实践和主张。米歇尔·德基于 1977 年创办并主编《诗歌》杂志,他同时担任《现代》和《评论》杂志的编委,诗歌创作与评论在其写作空间中占据同等地位。德基经常以理论者的身份来审视诗歌,在创作中注入理论思考。他认为"诗歌是有所参照的"①,强调主体、客体、作品和语言材料之间的相互性和互动性,写诗就是通过比喻性的思考和文字靠近现实和客体。克洛德·艾斯特班(Claude Esteban)在诗集《梦醒花园》中思考了诗人对现实的态度与诗歌创作的关系,他感到词语符号与世界的冲突和不适,对语言至上的原则产生怀疑;他认为抗拒现实是徒劳的,因为身体已被唤醒,它需要自我表达,因此应当顺其自然地接受现实的影响,让现实带来的灵感解放被局限的身体和灵魂。

诗歌创作与评论以及出版活动共同建立了让-皮埃尔·莫普瓦丰富的文学空间。他把语言上升为本体问题,认为"我们是一个令人不安的宇宙中无所适从、惊慌失措的居民",而语言是寄托和成就自我的所在。安托万·埃玛兹(Antoine Emaz)的诗歌可以说是对诗歌本体的思考,诸多作品以"……的诗歌"命题,《此内》和《此间》等诗集名称也体现出诗人不断寻找诗歌与世界的关系。在诗集《沙》中,他以"沙"的意象作为隐喻,其形象与质地都适合来表现诗歌语言,因为它既坚硬又柔软、既有稳定性又有流动性,正如诗人手中难以掌握的语言,"词语闪烁若沙粒/终散落"。语言被赋予了物质性,正是由于语言的脆弱性和不稳定性,主体的存在至关重要,并且主体要与词语一同融入诗歌中去,主体应当存在于作品之中。

在克洛德·鲁瓦耶-儒尔努的《物蕴无限》这部诗集中,诗歌被认为是将身体感觉转化为抽象思维的升华过程。开篇《母性的温床》的第一句"初生的几缕光线"暗示了黎明般的曙光和诗人对即将来临的写作行为的急切等待,文字似乎将要同晨曦一起出现在地平线上。《她在重复之中》则以看似不经意的方式叙述了一个女性的劳作,其实象征着空白纸页上一只书写的手,书写行为时而继续时而中断,在反反复复中进行。在诗人看来,诗歌不仅是精神层

---

① Michel Deguy, Robert Davreu, Hédi Kaddour. *op.cit.* pp.10—11.

面的创作,而且是身体的投入,他关注书写过程中每一个具体可感的身体姿态传达于文字中的意象。

阿兰·博斯凯在作品中思考在现代社会文明和风气中文字的力量与诗人的位置:诗人是否能够保持清醒,还是已经陷入泥淖? 他是否已经寻找到平衡,还是仍在苦苦求索? 最终,作者认为,能够拯救诗人的道路只有一条,那就是继续书写诗歌,"我创造词语/为了少一些孤独"。普里让的诗歌创作常常带有对诗歌本身的反思,并且认为诗人应当成为个体创作经验与读者群体阅读体验之间的桥梁,是一位在创作和理论方面都颇有建树的诗人。

总而言之,很多当代诗人继承了 19 世纪象征主义诗人马拉美的精神遗产,把诗歌写作本身作为思考空间和写作对象,其创作具有明显的本体论意义。

结　语

当代法国诗歌欣然接受诗歌传统的历史遗产以及东西方各国诗歌的积极影响,传统与现代、现代与后现代、怀旧与先锋、诗歌与散文等一系列对立都被熔于一炉,这一"融会贯通"的总体面貌可以用"历时同代"(extrême contemporain)①来概括,即古往今来所有的诗歌表达方式都共存于同一时代与空间。

尽管诗歌远离市场,但正如德基所言,它并不孤立地存在,生活依然是孕育诗歌的土壤,诗歌依然伴随着我们的生活。当代法国诗人们依然把诗歌作为一种生活方式,把诗歌当作一种行动方式。他们的创作题材广泛,形式多样,并在创作中注入对诗歌的反思。《诗歌》《诗歌行动》《新诗刊》《南方诗刊》等一些诗人们自己创办的杂志依然活跃。如果说著名出版社更多关注的是业已成名的诗人,那么一些小规模的出版社则不计物质利益为推广诗歌而不遗余力。和许多当代诗人一样,安德烈·维尔泰(André Velter)重视声音,

---

①　语出法国当代作家米歇尔·沙尤(Michel Chaillou)。早在 1987 年,法国第 41 期《诗歌》杂志就曾以此为专号标题,发表了风格各异的众多诗歌作品。

重视朗诵,努力赋予法语诗歌以口语性和朗读性,特别希望"把声音的力量还给诗歌"。他以广播电台为媒介,在 1987—2007 年间为法国广播电台文化台创办并长期主持诗歌栏目《谈诗歌》,听众达百万。为了拉近诗歌与大众的距离,诗人们经常举办朗诵会和诗歌节等活动,让人感觉到诗歌的生命力。规模和影响较大的有诗人亨利·德里创办的两年一度的瓦尔德马恩省国际诗会,邀请世界各国诗人朗诵自己的作品。每年一次的"诗歌节"以及"诗人的春天"等活动都得到法国地方和中央政府的支持。可以说,法国当代诗歌在 1980 年以来呈现出繁荣生机。然而,随着一代老诗人们渐渐年事已高,未来是否能够出现一代年轻诗人继承法国诗歌悠久的创新传统并恢复法国诗歌在国际诗坛的地位,我们拭目以待。

参考文献

Pierre Brunel. *Où va la littérature française aujourd'hui?* Paris:Vuibert,2002.

Deguy,Michel,Robert Davreu et Hédi Kaddour.*Des poètes français contemporains*.Paris:Adpf,2006.

Jarrety,Michel(dir.).*Dictionnaire de Poésie,de Baudelaire à nos jours*.Paris:Presses Universitaires de France,2001.

Roy,Claude.*La Conversation des poètes*.Paris:Gallimard,1993.

Sabatier,Robert. *Histoire de la poésie française,la poésie du vingtième siècle - 3 Métamorphoses et modernité*.Paris:Albin Michel,1988.

Viart,Dominique et Bruno Vercier. *La Littérature française au présent,héritage,modernité,mutations*(2ᵉ édition augmentée).Paris:Bordas,2008.

（原文刊于《外国文学》2011 年第 2 期）

法国当代"新虚构"小说

——兼论昆德拉小说中的"新虚构"色彩

　　真实与虚构的关系永远是文学争论的重要主题。简单而言,"新虚构"既可以被狭义地看作是一个文学流派,也可以被广义地看作是一种新的小说创作手法。它于 20 世纪 80 年代开始出现在法国当代小说创作里。90 年代初,在小说家弗雷德里克·特里斯坦(Frédérick Tristan)的建议下,几个具有共同创作理念或仅仅是相互好感的作家聚会讨论,其中让-吕克·莫罗(Jean-Luc Moreau)概括总结了他们的创作特点,提出"新虚构"这个名词概念,1992 年出版了一部文选结合评论的集体著作,书名就是《新虚构》(*La Nouvelle fiction*)。这一名称一度为法国文学评论界所接受。它力图成为"新小说"之后又一新的小说流派,但是在一个缺乏大师、思想多元的时代,"新虚构"的势力不足以一统天下。作为一个松散的文学小团体,"新虚构"只存在了十年左右,并未掀起风起云涌的文学运动,但是其风格和特点却可以在越来越多的当代小说作品中被发现,也就是说已经融入普遍的创作中去了。

一、"新虚构"小说的创作特征

　　"新虚构"之"新"在于何处?任何新的文学流派都要有破有立。那么,"新虚构"有何所"破"又有何所"立"呢?

　　"新虚构"反对以描摹和反映现实为宗旨的传统文学创作理念,认为"新小说"的尝试已成强弩之末,并力图摆脱"新批评"的理论桎梏。六七十年代在法国是理论盛行的年代,这一时期出现了一些带有实验色彩的文本主义和形式主义作品,淡化了小说的叙事性。"新小说"反对传统叙事形式,虽然一度引发风潮,得到"新批评"高度关注,但是在 80 年代后日渐式微。这时,法国小说重新回归叙事,但是擅长描摹和写实的传统已经不可能成为参照,因此处于"破旧"尚未"立新"的尴尬境地。"新虚构"一派应运而生,他们提倡一种超越"实"与"虚"二元对立的文学创作,拒绝把文学作为对现实的虚构,强调虚构的自由,重视想象的空间,认为虚构空间中同样蕴含着真实的成分。弗雷德里克·特里斯坦在《虚构,我的自由》一书中写道:"与荷兰的风车相比,塞万提斯笔下转动的风车更加属于我们对真实的体验。"[①]

可见,"新虚构"力图在创作中打破真实惯例的束缚。"新虚构"的代表作家之一马克·珀蒂(Marc Petit)在获得 2000 年法国文学评论大奖的《虚构的赞歌》一书中总结了他们的创作思想。他认为,人们普遍认为存在的"真实"不过是个幻影而已,是可望而不可即的,现实主义只是一个幻觉,只有虚构才能创造世界,虚构是比现实更加真实的存在;事实上,我们一直生存在虚构之中,从远古的神话和传奇,到每个人最意想不到的灵感和敏悟,甚至看似毫无意义的梦境,人的生存空间中充斥着想象,以至于没有了现实的位置。比如,贝克特(Samuel Beckett)剧作《等待戈多》中的流浪汉以及福楼拜(Gustave Flaubert)笔下夏尔·包法利先生的帽子并不存在于真实之中,却比现实存在过的任何流浪汉或帽子更能留下鲜明的印象,因此更加真实。一般而言,以"摹仿论"(mimesis)为主导思想的传统文学在小说创作中力求模拟现实,"逼真""反映现实""惟妙惟肖"等成为美学标准。而"新虚构"作家则提出,虚构的任务不是为了描述和反映真实,真实只有在虚构的前提下才能存在。可见,在他们的创作意识和实践中,虚构不是作为从属真实的镜像而存在的,而是被赋予了独立的空间与自由,这个空间里的真实与现实世界中的真实是同样重要的。法国当代科幻作家弗兰西斯·贝特洛(Francis Berthelot)也曾在法国著名的文学期刊《评论》和《文学杂志》上发表了两篇文章——《虚构之辩》和《新虚构》,认同"新虚构"的合理性,大力捍卫虚构的本体价值。

---

① Frédérick Tristan.*Fiction,ma liberté*.Paris:Rocher,1999,p.32.

　　"新虚构"小说家认可的"家族谱系"是荷马、但丁、拉伯雷、塞万提斯、贝洛、歌德、狄德罗、斯特恩、斯威夫特、波托茨基、安徒生、格林兄弟、斯特文森、卡夫卡、查尔斯·路德维希·道奇森(笔名路易斯·卡罗尔)、罗纳德·瑞尔·托尔金、路易吉·皮兰德娄、米哈伊尔·布尔加科夫、维托尔德.贡布罗维、费尔南多·佩索阿、博尔赫斯、纳博科夫、胡利奥·科塔萨尔、雅克·塔尔迪、卡尔维诺、贝克特、热奈、尤奥奈斯库、斯科特·林奇、佩德罗·阿尔莫多瓦。这一长串名单涵盖了从古至今欧(包括西欧和中欧)美各国以及拉丁美洲许多擅长超自然表现手法的作家和艺术家。从中可以看出,"新虚构"力图回归古老的神话和故事传统,重振 19 世纪以来的奇幻和科幻之风,认同超现实主义精神,糅合拉美文学的魔幻笔触。

　　1992 年,让-吕克·莫罗在《新虚构》一书中收录了一些与"新虚构"作家的访谈,并选录了他们的作品片段,这 7 位代表人物是帕特里克·卡雷(Patrick Carré)、乔治-奥里维·夏多莱诺(Georges-Olivier Chateaureynaud)、弗朗索瓦·库普里(François Coupry)、于贝尔·哈达德(Hubert Haddad)、让·乐唯(Jean Levi)、马克·珀蒂、弗雷德里克·特里斯坦。其中乔治-奥里维·夏多莱诺和弗雷德里克·特里斯坦在 80 年代初已有成功的创作实践,在法国文坛声名鹊起。夏多莱诺擅长把现实与荒诞、真实与梦想融合在一起,从现实的情境出发,逐渐过渡到一个虚幻的空间。代表这一写作思想的是其获得当年勒诺多文学奖的成名作《梦幻学院》。小说讲述了在一座被废弃的房屋里,居住着几个穷困潦倒的社会边缘人物,他们在这里远离尘世的烦嚣,在破碎的玻璃窗后面幻想着幸福,那所破旧的屋子因此被称作"梦幻学院"。这是一部虚实交织的作品,一方面,现实生活中的生存与物质问题时隐时现,另一方面,作品显然不以模拟现实为己任,而是在远离现实的情境中对生存的意义进行探讨。特里斯坦的小说《迷途者》获得当年龚古尔文学奖,作品讲述的也是一个现实生活中不会发生的故事:为了安心写作,一个作家分身为两个人的形象出现,两条平行的人物主线贯穿情节;一个是肉身之躯,一个是精神之灵;一个享受名利,一个笔耕不辍;一个是公众人物,一个是幕后英雄。然而,虚构的人物被现实世界容纳,真实的人物却在自己制造的虚幻世界里迷失,他们的命运展现了现代人生存境遇的悖论。这部小说虚实交融,浑然一体,深刻地表达了对人性迷失的忧虑。

从这些"新虚构"作家的小说中可以看出，作品已经明显地回归叙事，有结构完整的故事情节和清晰可辨的人物形象。然而，如果说传统的现实主义小说创作理念是声称自己不是虚构并且力图在故事中构建真实世界，那么"新虚构"则坦然承认文字就是虚构世界，并宣称虚构中存在价值和意义。可见，"新虚构"更加重视虚构空间，似乎拥有一种以虚构取代现实以直指意义之雄心。

综上所述，"新虚构"具有以下几个特征：

1）远离纯粹的文本主义，回归虚构、情节和意义；

2）故事并不完全以现实为参照物，摒弃描摹论，充实想象空间；

3）有意模糊虚实之间的界限，力图在虚构中创造和产生真实。

在许多法国当代作家的小说中，上述"新虚构"色彩也时常闪现。在贝特朗·维萨日（Bertrand Visage）的小说《烈日灼灼》中，叙述者塞蒂莫试图用回忆与想象还原已故父亲的身世，其中发生了一系列奇异事件，亡灵出没于意大利，作品中弥漫着死亡与癫狂的气氛，现实与臆想渐渐模糊了界限。作者运用拟人、通感、象征、暗喻等手法展现出各种不可思议的神奇意象，具有强烈的魔幻风格。玛丽·尼米埃（Marie Nimier）受安徒生童话启发创作了处女作《美人鱼》，故事中的玛琳娜决意告别人世永沉塞纳河底，各种回忆、幻象、传说中的意象与现实生活奇妙地交织在一起，营造出亦真亦幻的氛围。伊夫·贝尔热（Yves Berger）在《静止在河流中》中讲述了主人公奥尔贡与他的坐骑阿帕卢萨一起探索美洲深处的一块处女地的故事，他们的历险带领读者重返人类历史的开端。作者通过魔幻寓言式的笔触对创世纪进行描绘，成功地虚构了一个乌托邦式的新大陆，展现了在现代文明的驱逐下人类无处可逃的境遇。玛丽·达里厄塞克（Marie Darrieussecq）的成名作《变猪女郎》颇似卡夫卡的《变形记》：一个濒临失业的年轻姑娘为了生计而迷失了自我，渐渐变成了母猪的模样，她虽以动物的形态生活，但依然保存着人的情感和意志，这种分裂状态影射了现代人无力抗拒社会异化力量的悲剧。在迪迪埃·范·考韦拉尔特（Didier Van Cauwelaert）的小说《终止的人生》中，主人公雅克·洛尔莫是一个等待超度的亡灵，他生前身边的各个人物都通过雅克的灵魂呈现在读者眼前。

作品充满了灵异色彩,但是世间百态、人情冷暖却表现得深刻而真实。安托万·沃罗迪纳(Antoine Volodine)在《卑微天使》中则想象了一个发生在未来世界的离奇故事:世界毁灭之后,人类消失,一群拥有不死之身的萨满教女巫将统治地球,重建一个平等的世界。马克·雷维(Marc Levy)的处女作《如果这是真的……》叙述了一个人与灵魂相恋的故事,其畅销书《偷影子的人》则讲述了一个能与影子对话的小男孩的故事,展示了人与人之间应有的温情,该书被译为中文后也长居国内畅销书榜首数周。可见,在 20 世纪末的法国小说中,虚构渐渐摆脱了从属于现实的状态,它不仅仅是制造情节冲突、塑造人物形象的手段,更被赋予独立于现实的地位,虚构本身已经成为作品的主体。简而言之,"新虚构"作为一种创作手法,已经逐渐为更多作家所接受,并被融入各自的创作中。

自 20 世纪后半叶以来,泛行欧美的后现代美学打破了"社会惯例和艺术惯例之各种边缘与界限"①:艺术与生活的边界模糊了,各类艺术的传统界限衍化了,文学体裁之间的传统界限被超越了。"游戏性"和"不确定性"成为后现代美学的特征。法国当代作家中的"新虚构"小说家善于利用神话、传奇、寓言、异域、梦境、幻觉、臆想等想象形式,突破了现实的局限性,丰富了作品的"游戏性",强调作者的自由和虚构的创造力。在他们的作品中,现实是虚构的,虚构是真实的,虚实二元对立消失了,这种"不确定性"瓦解了文本与现实的对应关系。美国后现代作家罗伯特·罗威尔·库弗(Robert Lowell Coover)也曾经如是解释他本人的创作意图:"世界本身就是由虚构组成的,我相信,虚构制造者(fiction-maker)的作用就是提供更好的虚构来改进人们对事物的看法。"②由此可见,法国当代"新虚构"小说因其突破传统的虚实观体现出与所谓后现代小说类似的创作理念和写作策略。

当然,我们也应该客观地看到,文学的广阔流域里从来就不是泾渭分明的。从某种意义上说,尽管"新虚构"小说刻意与传统小说保持距离,其实它们的区别在于表现空间和表达方式的不同:传统小说通过再现现实来探求世

---

① 阎嘉主编:《文学理论精粹读本》,中国人民大学出版社 2006 年版,第 295 页。
② 阎嘉主编:《文学理论精粹读本》,中国人民大学出版社 2006 年版,第 149 页。

界的意义,而"新虚构"虽不追求情境的真实,但是仍然在虚构的空间里努力追求意义的真实。也就是说,无论关注的是"虚"还是"实",文学创作的本质和使命并没有根本的不同。

二、昆德拉小说世界中的"新虚构"色彩

上述当代法国作家大多数不为中国读者所了解,下面我们将试图从大家熟知的作家米兰·昆德拉(Milan Kundera)的作品中发现"新虚构"元素。

首先,昆德拉作品中的一个显著特征是梦幻叙事。他在《小说的艺术》中写道:"梦幻叙述,更确切地说:是想象摆脱理性的控制,摆脱真实性的要求,进入理性思考无法进入的景象之中。梦幻只不过是人类想象的一个典范,而这类想象在我看来是现代艺术的最伟大的成果。"[①]在数十年的写作中,他持之以恒地将梦幻诗学纳入小说叙述策略,其间经历了两个阶段:在前期作品中,昆氏尚未显示出宏大的雄心,谨慎地把梦境作为间歇的、片段的情节性因素,作为题旨的隐喻和复调叙述手段。昆德拉曾说:"我与卡夫卡(也与诺瓦利斯)一样,我很喜欢让梦和梦所特有的想象进入小说。我所用的方法不是'梦幻与真实交融',而是复调的对照。梦的叙述是对位的线条之一。"[②]确实,昆德拉的作品中不乏梦的痕迹,从内容和结构上与主体叙述形成虚实对应。

《生活在别处》这部作品的一个独特之处便在于第二部分"克萨维尔",昆德拉本人在介绍此作的结构艺术时明确指出这一部分采用了梦幻式叙述。其实,克萨维尔并非主人公雅罗米尔的成长经历和故事情节中的实质性人物,他只是昙花一现般从主体叙述中穿越而过,直到雅罗米尔弥留之际才再次出现在他的幻觉之中。他只是主人公的一个幻影、一个镜像、一个想象的自我,在整个小说虚构中处于虚中之虚的位置;但是这一章节的虚幻故事与占据整部小说十分之九的主体叙述——雅罗米尔的人生经历和精神遭遇——形成叙事

---

① [捷]米兰·昆德拉著,董强译:《小说的艺术》,上海译文出版社 2011 年版,第 101 页。
② [捷]米兰·昆德拉著,董强译:《小说的艺术》,上海译文出版社 2011 年版,第 102 页。

对位和复调的对照。

在《生命中不能承受之轻》这部作品中,"梦"犹如一个音乐动机反复出现,在托马斯和特丽莎的共同生活中扮演重要角色。特丽莎总是"旧梦重温,最后把它们变成了铭刻。而托马斯就在特丽莎的梦呓下生活,这梦呓是她梦的残忍之美所放射出来的催眠谜咒"①。特丽莎一直企望性与爱的统一、灵与肉的合体,然而却总是不能逃脱这"不可调和的两重性"②。她的痛苦是无可倾诉、难以言喻的,而通过对梦境的描写,昆德拉把这个女性人物的内心世界丝丝缕缕地剥析开来,从这个意义上说,梦中难道不是蕴含着最大的真实? 正如作者在小说中通过人物之口所言:"表面的东西是明白无误的谎言,下面却是神秘莫测的真理。"③昆德拉的梦境叙述并非梦象之中简单的视觉描写,而是对人物生存状况的洞察。

形诸文字的梦境显然不是作为生理之梦而存在,而具有强烈的隐喻色彩,是昆德拉小说中复调和变奏艺术手法的重要元素。尤其需要认识的是,昆德拉强调的小说对位法以各条叙述线路的平等性和整体不可分性为原则,也就是说,虚与实之间并非陪衬关系,它们相互阐明,相互解释,审视的是同一个主题,同一种探寻。这也意味着昆德拉赋予梦境与所谓主体叙述同等重要的地位,这就是一种超越了"实"与"虚"二元对立的文学创作,与"新虚构"的主张是不谋而合的。

在后期的法语作品中,昆德拉对梦境的使用可以说达到了"梦幻与真实交融"④。在其第一部法语小说《慢》中,梦幻的结构性作用得到提升,虚与实已经产生交错。在两年后的小说《认》⑤中,作者把现实的记忆不知不觉地延伸到了荒诞的梦境中,"真"与"幻"在作者巧妙的文字下被融合得不留痕迹,

---

① [捷]米兰·昆德拉著,董强译:《小说的艺术》,上海译文出版社 2011 年版,第 102 页。

② [捷]米兰·昆德拉著,韩少功、韩刚译:《生命中不能承受之轻》,作家出版社 1992 年版,第 59 页。

③ [捷]米兰·昆德拉著,韩少功、韩刚译:《生命中不能承受之轻》,作家出版社 1992 年版,第 39 页。

④ [捷]米兰·昆德拉著,韩少功、韩刚译:《生命中不能承受之轻》,作家出版社 1992 年版,第 64 页。

⑤ 该小说有三种中文译名:《认》《本体》和《身份》。

这种融合正是寻找自我身份的过程。读者一直跟随着叙事不知在何时走入了幻境，直到最后才恍然大悟，原来全部故事都是一枕幻梦："于是我问：谁做了梦？谁梦出了这么一个故事？谁把它想象出来的？她？他？两个人？每个人为另一个人？那么从什么时刻开始他们的真实生活变成了这个凶险而离奇的故事？……是在哪个准确的时刻真实变为非真实，现实变为梦？边界那时候在哪里？边界在哪里？"①在男女主人公尚达尔和让-马克的故事里，目光与梦境、梦境与真境之间几乎是幻化连接而成。正如作者所意愿的那样，它们之间的界线是极其模糊的，从一个世界到另一个世界的穿越完全是不知不觉的，唯其如此，小说才能以最极致的方式表达其主旨：人的自我认知是脆弱的，是不可承受的脆弱。所谓真实的自我与他人对自我的想象之间几乎是没有屏障的。昆德拉的力量就在于他在亦真亦幻中揭示人在"世界中的存在"（in-der-Welt-sein）。他在《被背叛的遗嘱》中如此表述小说所可能接受的"梦的召唤"："小说是这样一个场所，想象力在其中可以像在梦中一样迸发，小说可以摆脱看上去无法逃脱的真实性的枷锁。"②也就是说，小说应该向梦幻开放，因为梦中存在巨大的想象生产力，或者借用他本人的另一个术语，就是梦境具有一定之"想象的浓度"。

其次，除了梦境之外，神话和奇幻也是昆德拉后期小说中日益明显的元素，这一点也是"新虚构"所主张的创作手法。在探讨记忆与遗忘、移民归宿问题的小说《无知》中，昆德拉依然从容地驾驭复调叙事和梦幻变奏，以移居欧洲的两个捷克人——伊莱娜和约瑟夫的归国经历为两条实线进行叙述，而古希腊史诗人物尤利西斯的归乡之旅也是一条不可忽视的虚线叙事。昆德拉在《慢》中采用的叙事线条之一是文学用典——18世纪法国作家维旺·德农（Vivant Denon）一个短篇小说中的故事：过去的古典时代，优雅和抒情的风尚，年轻骑士与贵族夫人独享的幽会之夜，他们对美好感觉的悠然品尝延伸了短暂时光的长度。另一则叙事也发生在同一夜晚同一地点，然而，原来的私人古堡改建为向大众开放的旅店，在一夜之间成为20世纪末形形色色的人物表

---

① ［捷］米兰·昆德拉著，孟湄译：《认》，辽宁教育出版社2001年版，第101页。

② ［捷］米兰·昆德拉著，余中先译：《被背叛的遗嘱》，上海译文出版社2003年版，第22页。

演一出出当代社会风俗闹剧(政治家的"舞蹈"、媒体的骚动和性的暴露)的舞台,充满漫画式的诙谐和讽刺。在两百年间,人类的生活方式"从慢的时代转入到快的时代,也是从保守秘密转入到传播张扬的时代"①,人们丧失了记忆和回味,被速度和遗忘所侵袭:"慢的程度与记忆的强度直接成正比;快的程度与遗忘的强度直接成正比。"②古今并行的两条叙事线条,它们出人意料地在小说最后5个章节里交错。一个18世纪的贵族骑士和一个20世纪的庸俗男子梦游般的相遇令人有穿越古今之感,二者不同的态度和行为方式则反映了不同时代里人的不同精神状态,而虚线和实线的对接和交错令人有错时之感。昆德拉的这一"游戏"手法也令人想到另一部作品《不朽》中歌德与海明威在冥界的对话。

最独具匠心之处在于小说中自我指涉的写作者暨同源叙述(narrateur homodiégétique)的想象被巧妙地过渡到一个辅助人物的梦境之中,造成故事内(intradiégétique)与故事外(extradiégétique)两个叙事层次之间、文学虚构与写作行为之间的渗透和模糊。"我"是写作者,是故事的叙述者,也是故事的见证人,而妻子薇拉的角色设置看似多余却别有意味。她与"我"到达城堡酒店,共进晚餐,一起散步,而后便在客房中睡去。她并没有亲眼看见城堡里一幕幕表演和闹剧,但是有两次梦醒颇显灵异。薇拉犹如被施以魔法,她的梦中体验与当天夜里城堡里发生的一切有着惊人的相似或应和,仿佛是在睡梦中把所有丑剧和闹剧都感知感觉。而"我"的答复更值得玩味。第一次,他对薇拉说:"原谅我","你是我深夜写作的受害者","你的梦好比是一只垃圾箱,我把写得太不像话的废稿往里面扔";③第二次,他又说:"请原谅我。又是我的想象出了错。"④可见,昆德拉在作品中令"虚构"本身出场,赋予了其重要地位,因为一切或真或假、或古或今、或虚或实、或梦或醒,都在虚构的主宰下实现完美的糅合。可以说,作者在文中看似不经意实则别具用心地表露出"真相":作品中的一切都是"我"所制造的梦幻。整部小说充满了离奇和怪诞色

---

① [捷]米兰·昆德拉著,马振骋译:《慢》,上海译文出版社2011年版,第178页。
② [捷]米兰·昆德拉著,马振骋译:《慢》,上海译文出版社2011年版,第39页。
③ [捷]米兰·昆德拉著,马振骋译:《慢》,上海译文出版社2011年版,第92页。
④ [捷]米兰·昆德拉著,马振骋译:《慢》,上海译文出版社2011年版,第144页。

彩,历史与当今、虚构与现实、幻象与真实被巧妙地融合起来。昆德拉改变了传统小说中隐藏叙事行为的做法,小说家仍在讲故事,但他在讲故事的同时又故意揭穿其虚构性的本质,这是"新虚构"小说与后现代元小说叙事手法的异曲同工之妙。

最后,我们也很容易从《被背叛的遗嘱》中发现,"新虚构"小说家所列举"家族谱系"中的许多作家也为昆德拉所推崇,如拉伯雷、塞万提斯、歌德、狄德罗、劳伦斯·斯特恩、卡夫卡、纳博科夫等。昆德拉认为德国诗人诺瓦利斯最早提炼了一种梦的"炼金术";他对卡夫卡推崇备至,认为他虽然没有提出理论但是却实践了法国超现实主义提倡却未能真正实现的"对梦幻与现实的解决办法",并且在 120 年后实现了诺瓦利斯的美学意图:"卡夫卡的小说是梦幻与现实丝丝入扣的交融,既是向现代世界投去的最清醒的目光,又是最不受拘束的想象。"他称赞其作品是"一场巨大的美学革新,一个艺术奇迹"。①此外,昆德拉从奥地利作家布洛赫的《梦游者》中读到了梦幻和非理性的逻辑:"布洛赫让我们明白了,任何行动,不管是个体的还是集体的,它的基础都是一个混沌的体系,一个象征思维的体系。只要审视一下我们自己的生活就可以知道这一非理性的体系在很大程度上要比一种理性思考更能影响我们的态度……"②

昆德拉的小说观决定了他不重写实,却十分重视想象在创作机制中的作用。他在《小说的艺术》中提出一个著名的观点:小说是"关于存在的一种诗意思考"③,"小说审视的不是现实,而是存在。而存在并非已经发生的,存在属于人类可能性的领域"④。那么,小说的审视对象不局限于现实,它的思考方式也不必以现实主义为唯一选择,自古以来的"摹仿论"已经不再被现代小说奉为圭臬。在《被背叛的遗嘱》中,昆德拉如此定义"现代艺术":"以艺术的自治法则的名义反抗对现实的模仿。"⑤"新虚构"小说家们也声称现实主义

---

① ［捷］米兰·昆德拉著,余中先译:《被背叛的遗嘱》,上海译文出版社 2003 年版,第102 页。

② ［捷］米兰·昆德拉著,余中先译:《被背叛的遗嘱》,上海译文出版社 2003 年版,第79 页。

③ ［捷］米兰·昆德拉著,董强译:《小说的艺术》,上海译文出版社 2011 年版,第45 页。

④ ［捷］米兰·昆德拉著,董强译:《小说的艺术》,上海译文出版社 2011 年版,第54 页。

⑤ ［捷］米兰·昆德拉著,董强译:《小说的艺术》,上海译文出版社 2011 年版,第166 页。

是没有意义的。《小说的艺术》中有一篇《六十七个词》，其中有一个词条便是"想象"，以《笑忘录》中建立在梦境叙述基础之上的第六部分——塔米娜在"儿童岛"遗失记忆的奇异经历来解释想象的生产力。"这个故事起先是一个使我着迷的梦，然后我在醒着的时候又对它进行幻想……这一意义并没有先于梦，是梦先于这一意义。所以在读这段叙述时，要任凭想象的驰骋。"①昆德拉认为，小说"或许还没有开发出它所有的可能性、认识和形式"，小说家仍然听得见"游戏""梦""思想"和"时间"这四者的召唤。正如国内学者吴晓东所总结的那样："20世纪现代主义小说最大的发现就是把小说的疆域从现实性的维度拓展到可能性的维度，这一新的开拓疆土的壮举完全可以和哥伦布发现新大陆媲美。"②

结　语

总之，昆德拉的小说创作保留了传统小说中的情节元素，叙事性和可读性比较强，人物也是有面目、有性格和思想特征的。但是，他将"哲学、叙述与梦幻的统一"③作为小说美学追求并自觉恒久实践之，其作品又具有和传统叙事不同的路线和方式，比如哲学随笔风格、音乐性的复调、叙述者的自我指涉、梦幻叙述、神话和奇幻色彩，其小说创作理念是重视想象和虚构。韩少功1986年在评价《生命中不能承受之轻》时称之"显然是一种很难严格类分的读物，它是理论与文学、杂谈与故事的结合，还是虚构与纪实的结合，梦幻与现实的结合，第一人称和第三人称的结合，通俗性与高雅性的结合，传统现实派和现代先锋派的结合"④。这种写法在当时还没有名称，但是现在看来，其中有一部分特征是具有"新虚构"色彩的，尽管我们不应该轻易地给昆德拉贴上"新

---

① ［捷］米兰·昆德拉著，董强译：《小说的艺术》，上海译文出版社2011年版，第182页。

② 吴晓东著：《从卡夫卡到昆德拉——20世纪的小说和小说家》，生活·读书·新知三联书店2009年版，第332页。

③ ［捷］米兰·昆德拉著，董强译：《小说的艺术》，上海译文出版社2011年版，第84页。

④ ［捷］米兰·昆德拉著，韩少功、韩刚译：《生命中不能承受之轻》，作家出版社1992年版，第11—12页。

虚构"作家的标签。如前所言,"新虚构"曾是 20 世纪最后十年法国一个文学团体的名称,而如今,这个概念包含的是当代小说的一种创作方式和特征,它已经不局限于少数作家,也不局限于法国文学,而是当今世界上许多作家在探寻小说创作未来出路的过程中一种不谋而合的选择。

参考文献

［捷］米兰·昆德拉著,韩少功、韩刚译:《生命中不能承受之轻》,作家出版社 1992 年版。

［捷］米兰·昆德拉著,孟湄译:《认》,辽宁教育出版社 2001 年版。

［捷］米兰·昆德拉著,余中先译:《被背叛的遗嘱》,上海译文出版社 2003 年版。

阎嘉主编:《文学理论精粹读本》,中国人民大学出版社 2006 年版。

吴晓东著:《从卡夫卡到昆德拉——20 世纪的小说和小说家》,生活·读书·新知三联书店 2009 年版。

［捷］米兰·昆德拉著,袁筱一译:《生活在别处》,上海译文出版社 2011 年版。

［捷］米兰·昆德拉著,王东亮译:《笑忘录》,上海译文出版社 2011 年版。

［捷］米兰·昆德拉著,董强译:《小说的艺术》,上海译文出版社 2011 年版。

［捷］米兰·昆德拉著,王振孙、郑克鲁译:《不朽》,上海译文出版社 2011 年版。

［捷］米兰·昆德拉著,马振骋译:《慢》,上海译文出版社 2011 年版。

［捷］米兰·昆德拉著,许钧译:《无知》,上海译文出版社 2011 年版。

Berger, Yves. *Immobile dans le courant du fleuve*. Paris: Grasset, 1994.

Berthelot, Francis. Le Débat fictionnel. *Critique* 635, 2000.

Berthelot, Francis. La Nouvelle fiction. *Magazine littéraire* 392, 2000.

Châteaureynaud, Georges-Olivier. *La Faculté des songes*. Paris: Grasset, 1982.

Darrieussecq, Marie. *Truismes*. Paris: P.O.L, 1996.

Gado, Frank. *First Person: Conversations on Writers & Writing*. Schenectady, New York: Union College Press, 1973.

Kundera, Milan. *La Vie est ailleurs*. Paris: Gallimard, 1973.

Kundera, Milan. *Le Rire et l'oubli*. Paris: Gallimard, 1979.

Kundera, Milan. *L'Insoutenable légère de l'être*. Paris: Gallimard, 1984.

Kundera, Milan. *L'Art du roman*. Paris: Gallimard, 1986.

Kundera, Milan.*L'Immortalité*.Paris：Gallimard,1990.

Kundera, Milan.*Les Testaments trahis*.Paris：Gallimard,1993.

Kundera, Milan.*La Lenteur*.Paris：Gallimard,1995.

Kundera, Milan.*L'Identité*.Paris：Gallimard,2000；première édition en 1997.

Kundera, Milan.*L'Ignorance*.Paris：Gallimard,2002.

Levy, Marc.*Et si c'était vrai.* Paris：Robert Laffont,2000.

Levy, Marc.*Le Voleur d'ombres*.Paris：Robert Laffont,2010.

Moreau, Jean-Luc. *La Nouvelle fiction*.Paris：Critérion,1992.

Nimier, Marie.*Sirène*.Paris：Gallimard,1985.

Petit, Marc.*Éloge de la fiction*.Paris：Fayard,1999.

Tristan, Frédérick.*Fiction, ma liberté*.Paris：Rocher,1999.

Tristan, Frédérick.*Les Égarés*.Paris：Seuil,1983.

Visage, Bertrand.*Tous les soleils*.Paris：Seuil,1984.

Van Cauwelaert, Didier.*La Vie interdite*.Paris：Albin Michel,1997.

Volodine, Antoine.*Des Anges Mineurs*.Paris：Seuil,1999.

（原文刊于《外国文学》2016 年第 3 期）

自 我 虚 构

引　言

　　"自我虚构"（Autofiction）已经成为法国当代文坛的一个重要的文学现象和创作方式。1977年，法国作家、文学评论家塞尔日·杜布洛夫斯基（Serge Doubrovsky, 1928—2017）在作品《儿子的心路》（*Fils*）①这本书的封底介绍文字中，第一次提出"自我虚构"这一名称。四十余年来，以自我虚构为特征的文学作品在法国层出不穷，并引发了文学、美学和伦理方面的众多讨论。实际上，自我虚构并非在20世纪70年代末横空出世，而是一定哲学思想、社会环境和文学创作实践自然发展的产物，它尝试在客观准确性和主观虚构性之间保留一份自我的位置和寻找相对自由的书写空间。自我虚构写作策略是一种对泾渭分明的体裁界限的突破和超越，这种模糊性恰好是后现代美学的特征之一。

一、何为自我虚构?

　　杜布洛夫斯基出生于巴黎的一个犹太家庭，父亲具有俄罗斯血统，母亲家族则祖籍法国阿尔萨斯地区。他曾长期执教于美国的大学，先后在哈佛大学

---

　　①　法语单词 fils 在这里一语双关，它既是"儿子"的意思，也是"线"（fil）的复数形式，指作品是各种线条纹路交织的结合体。综合这两种意义，该作品名字似乎可以译为《儿子的心路》。

和纽约大学担任法国文学教授,发表过关于高乃依(Pierre Corneille)和普鲁斯特(Marcel Proust)以及新批评的研究专著,在文学教学和研究之余从事写作。1969年,他创作了第一部自我虚构作品《分散》(*La Dispersion*),但是此时并未寻找到合适的体裁名称为之定义。

1977年,《儿子的心路》一书正式出版时,杜布洛夫斯基在封底文字中提出了"自我虚构"一语,以说明作品的体裁:"自传?非也。自传是名人的特权,他们在人到晚年时用优美的文笔为自己立传。本书是在完全真实的事件和事实基础上进行的虚构,可以说是自我虚构,是把叙述历险的文字托付给文字的历险,毫不循规蹈矩,有别于传统小说和新小说的遣词造句。"

1989年,杜布洛夫斯基出版的另一部作品《破裂之书》(*Le Livre brisé*)为自我虚构的流行推波助澜。故事从1985年开始,杜布洛夫斯基从5月份开始创作一部自传体小说,但是不久因无法回忆起初恋情人的姓名而搁笔。他为寻找这个名字而想尽一切办法,最终如愿以偿,并继续写作。然而,作家的妻子因他怀念昔日恋人而心生妒意,要求也成为书中主人公,于是二人开始了共同创作。他的妻子阅读他完成的手稿,并可以随意修改。然而,作家的妻子渐渐被写作激发的情感压垮,开始酗酒。当杜布洛夫斯基把书稿倒数第二章交给妻子审阅的时候,他已经在构思一个积极的结局,即夫妻二人相濡以沫,最终迈过生活中的种种坎坷。可是,他的妻子在阅读这一章的时候因饮用过量伏特加而不幸身亡。最后,悲伤的杜布洛夫斯基独自一人完成了这本"破裂"的书。这部作品荣获法国美第奇文学奖,其独特的写作方式和过程在出版当年便引发了60多篇评论文章,而杜布洛夫斯基妻子之死也引起轩然大波,作家本人甚至被指责犯有弑妻之罪。

从1977年到2014年,在写作实践之余,杜布洛夫斯基以学者身份研究自我虚构,发表了《自传/真理/心理分析》(*Autobiographie/vérité/psychanalyse*)、《生活,瞬间》(*La Vie l'instant*)等文章和著作,多次思考和修订对自我虚构的定义,最终在2011年的一次访谈中确定了如下表述:"自我虚构是一种以完全自传性内容为题材、以完全虚构为写作方式的叙事作品。"①

---

① Cité dans Philippe Forest.Je & Moi.in *La NRF*,n° 598,2011,p.24.

从构词法来看,"自我虚构"这个复合词由两部分构成:"自我"(auto)说明的是写作内容,即关于自我的书写,这一前缀自然令人联想到自传(autobiographie);而"虚构"(fiction)说明其中有创作的成分和风格的体现。杜布洛夫斯基提出的这一新词在一开始并未引起关注,因为当时法国文学界流行的观点认为自传不是文学,自传体作品是小说贫瘠化的表现,而文学就是虚构,因此"自我虚构"是一个无谓而多余的名词。然而,进入 80 年代,从事自我虚构创作的法国作家越来越多,同时关于这一文学现象的评论日益增多。在 1982 年出版的一本法国当代文学史著作《1968 年以来的法国文学》(*La Littérature française depuis* 1968)中,便有一章以"难以界定的自我虚构"为标题。1989 年,年轻学者柯洛纳(Vincent Colonna)完成了题为《自我虚构——论文学中自我的虚构化》(*L'Autoficiton, essai sur la fictionnalisation de soi en littérature*)的博士论文,这是关于自我虚构的第一本专著。2002 年,法国著名的《文学杂志》(*Magazine littéraire*)出版专刊,主题就是"自我的书写——从自传到自我虚构"。1990 年、1992 年、2008 年、2012 年,在法国先后召开了四次以自我虚构为主题的学术研讨会。从 80 年代至今,关于自我虚构的研究方兴未艾,仅书名中出现"自我虚构"的研究著作不下 20 本,其他涉及该主题的著述数目更多。

很多评论家都针对自我虚构提出了各自的阐释。巴黎第三大学文学教授勒卡姆(Jacques Lecarme)是最早关注到《儿子的心路》这部作品的学者之一,是他最早在 1984 年为法文《世界大百科全书》(*Encyclopædia Universalis*)撰写了"自我虚构"词条,分析了这一写作形式的矛盾性,并且在 20 世纪法国文学史上自我书写的发展链条中考察了自我虚构。勒卡姆认为,在杜布洛夫斯基之前早已存在类似写作方式,洛蒂(Pierre Loti)、雷沃托(Paul Léautaud)、莫朗(Paul Morand)、柯莱特(Colette)、布隆丹(Antoine Blondin)、巴尔特(Roland Barthes)等都可以算作先行者,因为他们都曾经在具有自传元素的作品中直接使用自己的真实姓名,只不过都没有明确提出体裁的名称。勒卡姆认为存在两种自我虚构:一种是杜布洛夫斯基所界定的严格意义上的自我虚构,确实在杜氏作品中没有一个虚构人物,《罗兰·巴尔特自述》(*Roland Barthes par Roland Barthes*)也可列入其中;另一种是广义上的自我虚构,就是将个人经历的回忆与想象相融合的作品,例如,罗布－格里耶(Alain Robbe-Grillet)的"传奇"三部曲(*Romanesques*),作者在作品中以另外一个人物出现,但是这个人物完全可以与社会现实中的作者对应辨认出来,是自我的虚构。

自我虚构也引起了法国叙事学专家热奈特(Gérard Genette)的关注,他在1991年出版的《虚构与行文》(*Fiction et diction*)一书第三部分"虚构叙事与纪实叙事"中进行了评述,尤其提及自我虚构体现了一种"独特的、完全矛盾的契约"。他在一个注释中专门区分了"真正的自我虚构"和"伪自我虚构":"我在这里说的是一些真正的自我虚构作品,我可以说它们的叙述内容具有真正的虚构性,例如《神曲》;我说的并非伪自我虚构作品,它们不过是一些号称'虚构'的作品,其实就是不敢公开言称的自传。"①热奈特认为自我虚构就是"与作者身份相同的叙述者从中编造了一个同源故事虚构叙事",按照这样的理解,众多以第一人称叙述的小说几乎都可以算作自我虚构,包括但丁的《神曲》或博尔赫斯的《阿莱夫》(*Alef*),而杜布洛夫斯基式的作品反而被归为"伪自我虚构"一类。可见,热奈特强化了"自我虚构"这个复合词中的虚构性,而并不信任作品中个人叙事的真实性;尽管自我虚构的作者表明自己在作品中讲述的是本人的真实故事,热奈特认为在绝大多数第一人称叙述的作品中,即使形式上出现叙述者＝人物＝作者的情况,也无法确认三者之间完全等同,例如"作为作家、阿根廷公民、诺贝尔文学奖获得者、《阿莱夫》的署名作者博尔赫斯从功能上与《阿莱夫》的叙述者兼主人公的博尔赫斯并不相同,即使他们的许多(并非全部)生平特征相似"②。因此,热奈特总结说,在自我虚构中,"这是我又不是我"③,存在逻辑上的矛盾,而只要"作者与叙述者背离,则决定着虚构体制,即作者不敢严格保证其真实性的叙事类型"④。

热奈特的学生柯洛纳同样采取了拓宽方法,把自我虚构扩展为自我的虚构化(fictionnalisation de soi)。与热奈特质疑自我虚构的叙事真实性不完全相同,柯洛纳认为只要根据作者、叙述者和主人公同名原则便可宣称是自我虚

---

① Gérard Genette.*Fiction et diction*.Paris:Seuil,1991,p.87.
② Gérard Genette.*Fiction et diction*.Paris:Seuil,1991,p.86.
③ Gérard Genette.*Fiction et diction*.Paris:Seuil,1991,p.87.
④ Gérard Genette.*Fiction et diction*.Paris:Seuil,1991,p.82.

构,至于所讲述的故事是否真实并不重要。因此,他把自我虚构理解为"作家在其中自设一种形象人格和一种生活同时保留真实身份的一部文学作品"①。这个富有弹性的定义同样可以容纳古今众多虚构作品。柯洛纳将自我虚构分为四类:第一种是"奇幻性自我虚构"(autofiction fantastique),可以追溯到公元2世纪罗马帝国希腊语作家琉善(Lucien de Samosate)讲述自己发现海洋彼岸大陆这一传奇经历的科幻小说《真实的故事》(Histoires vraies),也包括但丁的《神曲》,甚至延续到博尔赫斯或贡布罗维奇(Witold Gombrowicz)的某些作品。第二种是"生平的自我虚构"(autofiction biographique),指的是"作家一直是故事的主人公……但是他从真实材料出发进而虚构了自己的生活,尽可能地做到逼真,并至少在主观上赋予作品真实性"②。这第二类应该接近于杜布洛夫斯基式自我虚构,但也并不完全相同,因为19世纪末、20世纪初的一些自传体小说也可以被列入其中。第三种是"思辨性自我虚构"(autofiction spéculative),也就是说作家参与虚构并以一种思考的姿态出现,但不一定是作品的中心;例如在《堂吉诃德》的第二部分或杜拉斯的《情人》中,作家像镜子一样反思自身的存在。第四种是"侵入式自我虚构"(autofiction intrusive),也就是说作家变身为叙述者或评论者,在情节之外产生话语,比如巴尔扎克小说中看似离题的评论话语;在这种情况下,第三人称叙述其实被看作第一人称叙述的变体。可见,热奈特和柯洛纳都将自我虚构的内涵和外延向虚构性方向进行了最大限度的拓展,不过杜布洛夫斯基本人并不认同这样的定义和分类。

综上所述,自上世纪80年代以来,法国评论界关于自我虚构的认识可以概括为两大趋向:一类强调的是该词的前缀"自我"所暗示的参照性和真实性;一类突出的是词根"虚构",也就是作品的虚构性和小说特征。勒卡姆认为自我虚构未来的命运可能也有两种:一种是分裂,即强调书写真实自我的作品回归自传,而强调虚构特征作品的回归小说;第二种命运则可能是在上述两种张力中发展得更为强大。笼统而言,自我虚构是自传和小说的结合体,是借

---

① Vincent Colonna. *L'Autoficiton* (*Essai sur la fictionnalisation de soi en littérature*). Paris: EHESS,1989,p.34.

② Vincent Colonna. *L'Autoficiton* (*Essai sur la fictionnalisation de soi en littérature*). Paris: EHESS,1989,p.93.

鉴虚构创作手法书写自我和认知自我的写作方式。目前,自我虚构还不能算作一个独立的体裁,至少还不是一个与小说、诗歌、戏剧等同级别的体裁,但是已经作为文学术语被收入法国最通行的语言和文学词典,其名称下已经汇聚了众多的作品和评论。

二、自我的书写

杜布洛夫斯基的母亲在 1968 年离开人世,他因此接受精神分析治疗。医生建议他记录下自己的梦,于是有了《病例先生》(*Monsieur Cas*),这份将近两千页的笔记便是作品《儿子的心路》的雏形。可见这部作品是精神分析的成果,产生于自我分析和书写的需要,勒卡姆认为杜氏作品的独特性就在于"文学性书写中真实自我的无限投入"①。

自 19 世纪末以来,西方现代文学一直在此消彼长的潮汐之间寻找自己的表达方式:一种是排除自我的客观性写作,一种是对自我意识更加深入的发现和表述。从 20 世纪 50 年代到 70 年代,作为文学研究者的杜布洛夫斯基一方面吸收了为自己打开视野的新小说和结构主义理论,另一方面也并不完全接受所有主张,他表示"作者之死对我而言是完全无法想象的"②。尽管他强调自己的作品中虚构的成分是叙事方式,但是在言语陈述(énonciation)之外依然存在深层原因,那就是自我的缺失和表达的需求。正如他在《破裂之书》中所言:"沿着自我的轨迹……我是缺失的,我什么也没有发现。在我的位置上是一个虚无……我是一个虚构的存在……我是我自己的孤儿。"③在 20 世纪下半叶,随着家庭、社会、政治、文化、伦理等传统价值观的逐渐遗失,人似乎被抛入了"怀疑的时代"(l'ère du soupçon);正是在确定性的消失过程中,自我虚构"趁虚而入",表达了后现代社会中被边缘化的"我"依然有自我言说的欲

---

① Jacques Lecarme. Autofiction, *Encyclopædia Universalis*. URL: http://www.universalis-edu.com/encyclopedie/autofiction/.

② Serge Doubrovsky. *Parcours critique II*(1959-1991). Grenoble: ELLUG, 2006, p.16.

③ Serge Doubrovsky. *Le Livre brisé*. Paris: Grasset, 1989, p.212.

望,作为一种文学创作形式——无论是自传还是虚构,它尝试以新的方式对本体"我"的不确定性问题给出解答方案。当然,不同的作家选择自我虚构的写作方式会出于各自独特的生活经历和阅读经历。例如,法国南特大学文学教授、作家弗雷斯特(Philippe Forest)的创作经历始于年幼的女儿去世事件,而他本人深受书写个人心境与情感的日本"私小说"的影响。

"无论人们愿意接受与否,意识生活、与他人和自我之间关系的现象学从此构成了现代小说的创作土壤。"①确实,从上世纪 70 年代末至 80 年代,在法国出现了自传性书写的回归:"新小说"家罗布-格里耶的"传奇三部曲"、萨洛特的《童年》(Enfance)、杜拉斯的《情人》、西蒙(Claude Simon)的《洋槐树》(L'Acacia),"新批评"家巴尔特的《罗兰·巴尔特自述》。巴尔特可能是在"自我虚构"这一名称没有出现之前就最早谈论这一写作方式的评论家之一,他在 1973 年出版的《文之悦》(Le Plaisir du texte)中提到主体的回归和虚构:"于是,也许主体回归了,不是作为幻象,而是作为虚构。把自身想象成独特的个体,创造一种具有终极意味且难得一见的虚构——同一性虚构(le fictif de l'identité),某种特定的喜悦就来自于这样一种写作方式。"②所谓"同一性虚构",其实就是后来他在《罗兰·巴尔特自述》写作中实践的作者与人物的同一。他在作品的扉页中写道:"所有这一切都应当被视作如同一个小说人物所言"③,这说明巴尔特在写作自述之前就暗示要通过一种类似自我虚构的方式来回归自我书写。

因此,自我虚构其实是承续了 20 世纪上半叶以来从超现实主义、新小说等写作实验,与结构主义也不无关联,反映了一个逐渐消解了确定性的世界上已经碎片化的自我,以及在意识生活中寻找自我完整性或统一性的需要。需要指出的是,自我虚构的叙事烙上了后现代意识的印记:"我们不得不承认后现代主义敲响了客观性概念的丧钟,开启了主观性的统治时代,大家都集体意

---

① Yves Baudelle. L'autofiction des années 2000: un changement de régime? in Bruno Blanckeman et Barbara Havercroft (dir.). *Narrations d'un nouveau siècle. Romans et récits français* (2001–2012).Paris:Presses Nouvelle Sorbonne,2012,p.152.

② Roland Barthes.*Le Plaisir du texte*.Paris:Seuil,1973,pp.88–89.

③ Roland Barthes.*Roland Barthes par Roland Barthes*.Paris:Seuil,1975.

识到视角是多元的,而角度的变化就改变了事件的陈述。"①自我虚构在叙事中有意引入双重自我视角,即"真实自我"(Je réel)与"虚构自我"(Je fictif),这个双重性或许可以同时体现"我"与"他者"的双重目光。正如法国学者库蒂利耶(Maurice Couturier)所言,"西方人自我言说和叙述的需要与'成为他者的激情'是并行不悖的"②。

当然,在大多数情况下,自我虚构表达的是本体的缺裂、存在中的缺失以及主体完全自知的不可能性。这个自我往往是缺乏完整性和统一性的,而自我虚构这种形式本质上反映了进行书写的主体"我"与被书写的客体"我"之间、生活经历与文字叙述之间、现实与真实之间的断裂。因此,自我虚构可以被视作是对缺憾的书写,这一点充分体现在作品主题上,如战争带来的震痛、亲人死亡的悲恸、疾病的痛苦、情感的孤寂以及身份的错位等。杜布洛夫斯基的《儿子的心路》表达的是不能直面母亲去世的创伤;弗雷斯特的《永恒的孩子》(L'Enfant éternel)写作于四岁女儿因罹患癌症去世之后;吉贝尔(Hervé Guibert)的《献给没有拯救我的朋友》(A l'ami qui ne m'a pas sauvé)则是身患艾滋病的作家记述面对死亡的恐惧、孤独和抗争;赛巴尔(Leïla Sebbar)在《我不会说父亲的语言》(Je ne parle pas la langue de mon père)中表达了经历过法国殖民统治的阿尔及利亚人在语言、文化和民族身份上的分裂感。在这些极限体验的领域,自我虚构体现了一种适宜于书写缺失的写作方式和理念,即通过语言书写存在缺憾的人生经历,通过写作寻找自己在这世间存在的不确定位置。

在当今社会,传统的地域和家庭组织方式日益消解,社会观念和价值观发生巨大变化,人类所生存的世界经历着文化、社会和政治动荡以及科学技术给现实生活带来的巨大冲击,虚拟正在僭越现实。自我虚构是作家对自身进行清醒地虚构,通过无意识中涌现的认知去接受逃脱自我的东西,通过一种有意为之的解构方式从事写作,向读者透明地呈现一个处于困境中和寻找自我身

---

① Arnaud Schmitt.*Je réel/Je fictif.Au-delà d'une confusion postmoderne*.Toulouse:Presses Universitaires du Mirail,2010,pp.48-49.

② Maurice Couturier.*La Figure de l'auteur*.Paris:Seuil,1995,p.199.

份的主体的分裂性。并且,作者勇敢地承认自己同时也是书中的叙述者和主人公,这一行为本身也说明自我虚构"是一种对真实性有所承诺的文学,以后弗洛伊德(Sigmund Freud)真实契约的方式,通过美学途径加工自己的生活,展现了一个生命个体的个性(心理层面)、与他人的关系以及所代表的普遍性(历史和社会层面)"①。同时,自我书写虽然属于私人叙事,但是也融入了一定时代、一定地域、一段历史、一个社会以及一种境遇的因素,在书写自我的同时也反映了当代人的精神境况。

三、阅读契约:在虚构与真实之间

在法国,关于自我虚构的接受,出现了两种对立的倾向:一种观点认为自我虚构不是新事物,具有矛盾性,叙事作品不可能同时具有真实性和虚构性。于是叙事学专家热奈特通过强化虚构性把自我虚构归入小说体裁,而自传文学研究专家勒热讷(Philippe Lejeune)则认为自我虚构属于自传范畴。另一种则以开放的心态接受自我虚构为新生事物,看到的是它融合真实与虚构的混合性和模糊性。

在美国,自我虚构与文学理论界的主流观点不相符合。汉伯格(Kate Hamburger)曾断言"任何第一人称叙事作品……都是非虚构性质的,是历史文献"②,也就是说把第一人称小说排除在虚构范畴之外。科恩(Dorrit Cohn)从叙事学角度力图证明自我虚构是"不存在的体裁",因为"某些适用于小说的叙述方式并不适用于自传,比如同时叙述"③,因此有意混淆两种体裁形式的自我虚构是不伦不类的。美国学者尚可接受自传体小说作为体裁,但是没有赋予探索虚构与自传之间孔隙度的自我虚构以合法性。杜布洛夫斯基有在美国大学长期执教的经历,其作品也大多创作于美国,他在 2008 年 7 月法国巴黎的一次学术研讨会上解释过自己是受到美国上世纪 60 年代出现的"事

① Isabelle Grell.*L'Autofiction*.Paris:Armand Colin,2014,p.27.

② Kate Hamburger.*Logique des genres littéraires*.Paris:Seuil,1986,p.259.

③ Dorrit Cohn. *Le Propre de la fiction*.Paris:Seuil,2001,p.31.

实虚构"(faction＝fact＋fiction)的启发而创造了新词"自我虚构",不过他的创作实践并未得到美国学界的普遍认可。

根据西方的传统认知模式,虚构与真实是对立的,文学界也一向认为虚构与非虚构是有界限区分的。其实,虚构与真实并非泾渭分明。巴尔扎克(Honoré de Balzac)临终前曾呼唤《人间戏剧》中比昂雄医生(Bianchon)的名字来拯救他于死神面前;福楼拜曾言"包法利夫人,就是我";作家们深知虚构中投入了多少真实。科学和哲学的发展总是在不断更新人们的观念,从19世纪末到20世纪,自弗洛伊德创立现代精神分析学说始,随着胡塞尔的现象学的出现,人们对所谓客观实在性提出了质疑。而以模糊性和不确定性为特征的后现代美学,进一步颠覆了人们对虚构与真实二元对立的看法。

弗洛伊德告诉人们,真实性已经不仅仅局限于亲身经历的事实,它也需要到心理和精神领域去寻找。越来越多的作家将笔触延伸到有待开掘的无意识领域,这就解释了为什么在重视事实和事件本身叙述的传统自传之外,会产生重在挖掘意识生活的自我虚构。另一方面,"自我在一开始就可能被引入虚构的线条"①,拉康的这句话似乎无意中为自我虚构提供了理论依据;他认为人的无意识是像语言那样被结构的,而语言所表述的就具有虚构性质。巴尔特、福柯(Michel Foucault)和德里达(Jacques Derrida)等人也都认为自我是言语的产物,存在体只是通过陈述而存在。人对自我和世界的感知并不总是确定和一致的:在隐蔽意识中突然出现的印象有时相互交叠,没有秩序,相互更替,却并不相连。记忆和言语的表达并不总是清晰和连贯的,而是存在模糊区域和片段性。对自我的书写,即记忆的再现,必然糅合了真实与虚构,任何自我的形象中都多多少少存在虚构成分。"一切关于我们的经验的表述,一切关于'现实'的谈论,其本质都是虚构的。"②即使是以客观真实性为目标的自传,在书写的过程中也难以逃离虚构,而自我虚构不过是承认了自我书写中必然存在的虚构性质。心理分析师出身的法国当代女作家达里厄塞克(Marie Darrieusecq)指出,自我虚构"对'天真'的自传写作提出质疑,告诫人们第一

---

① Jacques Lacan. *Ecrits*.Paris:Seuil,1966,p.94.
② [美]杰拉尔德·格拉夫著,陈慧等译:《自我作对的文学》,河北人民出版社2004年版,第171页。

人称的事实陈述和写作无法避免虚构"①。热奈特本人也承认虚构与非虚构的理论研究与实践之间存在差别："如果我们考察一下现实的实践,那么我们应该承认,纯虚构和没有任何'情节化'痕迹、没有任何小说手法的完全严格的历史书写都是不存在的;两种体制不像我们远距离看去那么遥远,每种体制也不像我们想象的那么纯粹。"②

勒热讷 1975 年出版的《自传契约》(Le Pacte autobiographique)是对传统自传体这一创作实践的理论化,他提出的以"作者—叙述者—人物三位一体"为中心原则的自传契约理论受到广泛认可。他认为,当作者、叙述者和人物为同一人物时,却公然宣称一部作品是小说而非自传的假设是不太可信的。而杜布洛夫斯基提出的"自我虚构",恰好是在上述三位一体存在的前提下宣称作品是对自传性内容的虚构创作,构成了对勒热讷所谓自传契约的突破。1977年 10 月 17 日,杜布洛夫斯基曾经致信勒热讷陈述了自己的观点："我深切地希望填补您在分析中留下的空白,正是这一真诚的愿望将您的评论著作与我正在写作的文字联系起来。"③

1980 年,勒热讷出版了另一本专著《我是他者——自传:从文学到媒介》(Je est un autre. L'autobiographie, de la littérature aux médias),修订了自己的自传契约理论,吸收了自我虚构概念,但是他将之纳入自传的一种变异类型,同时属于小说题材。在他看来,自我虚构具有双重性质,是一种新的写作尝试,是对一段真实历史/故事进行新式构建。不过在自我虚构中,碎片化的记忆和人生经历通过语言的历险呈现出来,无意识在符指中涌现,虚构手段赋予了作者暨第一人称叙述者"我"更多的自由和更大的空间,比自传提供了更加丰富多变的认知维度。从某种意义上说,自我虚构的出现把自传写作引入了后现代的潮流。

如果说勒热讷接受了自我虚构的实践,他不过是将之作为传统自传的变体,而勒卡姆则认可自我虚构是一种崭新的文学现象。杜布洛夫斯基本人始

①　Marie Darrieussecq. L'autofiction, un genre pas sérieux, *Poétique*, 1996, No.107, p.376.

②　Gérard Genette. *op. cit.*, p.91.

③　Cité dans Philippe Lejeune. *Moi aussi*. Paris:Seuil, 1986, p.63.

终强调自我虚构在写作材料上的真实性:"我的虚构并非小说。我的存在在于想象之中"①;勒卡姆也认为在自我虚构中,小说与自传这两个方面并不互相排斥,是一种"主人公与叙述者、作者姓名相同的小说"②。毋庸讳言,自我虚构是一种模糊的混合体裁,它有意结合小说的虚构性和自传的真实性,因此它与读者达成的契约具有矛盾性,正如萨特(Jean-Paul Sartre)曾经预言的那样,将出现"一种并非虚构的虚构"③。

在虚构的标签下,自我的书写可能更加接近真实。这一点看似为悖论,其实是有道理的。其一,小说的"面具"起到了保护的作用,使得写作者可以在"是我又不是我"的游戏中摆脱被审视的目光,更加自由地揭示自己的真实人格。其二,自我虚构也是一种有意识的写作,因为写作者充分"意识到自己的无意识"④,而无意识中蕴藏的本我和一部分自我同样是真实和有意义的,那些被弗洛伊德称为"被遗忘的部分"和"被掩藏的成分"⑤是值得记录留存的。

"自我虚构是我——作为作家——对我自身的虚构,其中引入了完全意义上的分析体验,不仅是在主题上,而且是在文本的生产中。"⑥那么,有意模糊自传与小说之间界限的自我虚构在叙述上具有怎样的特征呢?加斯帕里尼(Philippe Gasparini)进行了细致的总结:

1. 作者与主人公—叙述者名称统一;

2. 封面上标明作品为"小说";

3. 叙事特征明显;

4. 追求独特的形式;

5. "即时言说"的写作方式;

6. 对线型时间的重新塑造(选择性、强调性、层次性、断裂性、模糊性……);

---

① Serge Doubrovsky.*La Vie l'instant*.Paris:Balland,1985,p.36.

② Jacques Lecarme,B.Vercier.*La Littérature en France depuis* 1968.Paris:Bordas,1982,p.155.

③ Jean-Paul Sartre.*Situations X*.Paris:Gallimard,1976,p.145.

④ Alain Robbe-Grillet.*Les Derniers jours de Corinthe*.Paris:Minuit,1994,p.17.

⑤ Alain Robbe-Grillet.*Les Derniers jours de Corinthe*.Paris:Minuit,1994,p.116.

⑥ Serge Doubrovsky. Autobiographie/vérité/psychanalyse, *L'Esprit créateur*, 1980, No. XX‐3, p.66.

7. 大量使用叙述现在时;

8. 承诺只叙述"完全真实的事件和事实";

9. "在真实中自我呈现"的冲动;

10. 对读者产生影响的策略。①

可以看出,自我虚构与自传的共同点在于上述第1、3、8、10点,而其他部分则体现了差别。首先,自我虚构承认书写中不可实现的客观真实性,作家在写作中容纳了无意识作用下产生的模糊性和虚构性,所以自称为"小说"。同时,二者在叙述方式上存在明显差异。自传的书写是历史性叙述,通常采用过去时,这便使文本具有确定性,按照历史时间顺序进行的倒叙给人一种稳定性和连续性的印象。如果回归到杜布洛夫斯基的定义,可以发现"自我"和"虚构"这两个看似悖论的成分被有机结合起来。自我虚构虽然出发于人生经历,但是重在开掘意识生活,它无意在一本书中像自传那样重述一个完整的人生,故而在表现形式上也体现出片段性;对无意识的开掘和分析使作家通常采用同时叙述,把过去和现在连接和交织起来,言语体现出不能尽说和无法完成的特征,因此通常需要用现在时进行叙述,而且往往这种言不尽意的书写似乎也在呼唤另一部作品的到来,于是产生模糊性。这种写作展示的是一个动态的、变化的自我。自传体小说看似与自我虚构更加接近,但是前者更近于小说,无需与读者达成任何阅读契约,无需对真实性负责;另外,自传体小说在叙述人称上未必需要使用第一人称,例如杜拉斯的《情人》中就交替使用了第一和第三人称,而柯莱特的很多自传体小说则完全使用第三人称。根据传统的叙事学研究,故事的虚构/真实性与叙述的虚构/真实性应该是协调对应的,它们共同决定了叙事的虚构/真实性;而自我虚构的矛盾性和模糊性就在于故事的真实性与叙述的虚构性并不对应,从而打破了自传或是小说的传统契约。

加斯帕里尼尽管认可自我虚构的模糊性,但是也指出这种虚实糅合的写作难以达到杜布洛夫斯基严格定义上的完全平衡,因此在虚实两端上容易产生两种情形:一是高度自传性的小说,二是高度虚构性的自传。因此,自我虚构必然引发两个主要问题:一是自我在作品中的位置,二是作品与现实的关

---

① Philippe Gasparini.*Autoficiton.Une aventure du langage*.Paris:Seuil,2008,p.209.

系。由于同名原则,作家必然在作品中暴露自我的真实经历、情感和意识状态,事实上也有作家因此而受到道德的非议,被指责为"自恋"或"暴露癖"。安戈(Christine Angot)便是一位备受争议的女作家,她成为自己大多数作品的主人公,经常涉及同性恋、乱伦等主题,经常描述或评论自己的写作过程,与读者的直接对话或自言自语也时而穿插于作品中。有评论家认为安戈的自我虚构看似自传实则虚构,而她本人则认为现实与虚构只有一墙之隔,而且这墙壁单薄得几乎不存在。1999 年出版的《非常关系》(*L'Inceste*)讲述了她与一位女医生的同性恋情以及与父亲之间的不正常关系,书一出版便引发波澜,成为当年法国文学季的重大事件,各界褒贬不一:有人认为此种写作方式让读者潜入人物的内心世界,有人则认为其语言露骨到令人无法忍受。由于主人公与作者同名,不少人把此书当作作者的真实生活,对作品的评价也波及作者的现实生活。另一部作品也同样引发人们对自我虚构中真实与虚构的思考。2016年,文坛新人爱德华·路易(Edouard Louis)出版了《暴力的故事》(*Histoire de la violence*),讲述的是作者本人作为受害者在 2012 年圣诞节夜晚所亲身经历的一次遭遇抢劫和性侵犯的暴力事件;故事的另一位主人公则是一个名为勒达的北非移民后代,他在实施侵犯之后被路易举报。2016 年初,《暴力的故事》出版之际,恰巧案件也开始了审理,嫌疑人"勒达"认为爱德华的作品不仅侵犯了他的隐私,而且影响了无罪推定,要求他赔偿 5 万欧元,不过法庭以"保护文学创作"为由没有支持这一申诉。这也是司法介入自我虚构小说在真实与虚构界限问题上的一个现实案例。

一部作品虚构性与真实性的确认需要同时考虑作者和读者的意向性。如果严格按照杜布洛夫斯基的定义,在自我虚构中,作者和读者之间仍然建立了一种契约,被陈述的故事是"完全真实的事件和事实",即虚构不在于叙述的内容,而在于叙述的方式;虚构的成分不是陈述,而是陈述行为本身。尽管如此,这里对虚构与真实的确认只是作者的意向,而读者的意向同样重要,需要他们在其中捕捉和确认二者的成分和元素。如果考虑勒卡姆广义的自我虚构定义,即回忆中渗入更多的想象,虚构已经触及叙述的内容,那么从读者的接受角度而言,二者之间的边界更加成为模糊不清的问题,没有明显界限也就没有区分的工具。归根结底,"自我虚构无法让读者掌握钥匙来区分判断真实的陈述和虚构的陈述"①,而可能正是这一谜团成就了自我虚构的成功,因为作者和读者可能在似是而非的互动游戏中使文本释放出最多的信息和能量。在这种情况下,唯一可以达成的阅读契约可以说是作者提供了内在经验和情感真实,而读者也不必追究外在经验和事实的完全真实。

结　　语

自我虚构在写作实践中一方面以自传性内容和自我的在场宣告主体的回归,另一方面将虚构引入自我书写以突破已成定解的自传契约,探讨了自我书写的另一条途径。自我虚构如同其他虚构作品一样,都体现了人类特有的"虚构功能"(faculté de fabulation),即"我们创造人物的能力"②。凭借着"虚构功能",人类创造一个超越现实的虚构,同时它也是真实的,产生于人类的生存境遇,并构成现实世界的象征场域。自我虚构并不是当代法国文学中的孤立现象,在世界范围内,20世纪中期以来,文学创作中普遍出现了模糊虚构与现实之间界限的倾向,在法国文坛盛行近半个世纪的自我虚构正是这一转向的典型体现。

参考文献

[美]杰拉尔德·格拉夫著,陈慧等译:《自我作对的文学》,河北人民出版社2004年版。

Angot,Christine.*L'Inceste*.Paris:Stock,1999.

Barthes,Roland. *Le Grain de la voix*.Paris:Seuil,1981.

Barthes,Roland. *Le Plaisir du texte*.Paris:Seuil,1973.

Barthes,Roland. *Roland Barthes par Roland Barthes*.Paris:Seuil,1975.

Baudelle,Yves. L'Autofiction des années 2000:un changement de régime? in Bruno Blanckeman et Barbara Havercroft (dir.). *Narrations d'un nouveau siècle. Romans et récits*

---

① Philippe Lejeane.Nouveau Roman et retour à l'autobiographie.in Michel Coutat(dir.) *L'Auteur et le manuscrit*.Paris:PUF,1991,p.23.

② Henri Bergson.*Les Deux sources de la morale et de la religion*.Paris:Félix Alcan,1932,p.111.

français(2001-2012).Paris：Presses Nouvelle Sorbonne,2012.

Bergson,Henri.*Les Deux sources de la morale et de la religion*.Paris：Félix Alcan,1932.

Cohn,Dorrit. *Le Propre de la fiction*.Paris：Seuil,2001.

Colonna, Vincent. *L'Autoficiton (Essai sur la fictionnalisation de soi en littérature)*. EHESS,1989.

Couturier,Maurice.*La Figure de l'auteur*.Paris：Seuil,1995.

Couturier,Maurice.*Autofiction & autre mythomanies littéraires*.Paris：Tristram,2004.

Darrieussecq,Marie.L'autofiction, un genre pas sérieux.in *Poétique*,No.107,1996,pp. 369-380.

Doubrovsky,Serge. *Fils.* Paris：Galilée,1977.

Doubrovsky,Serge. Autobiographie/vérité/psychanalyse.in *L'Esprit créateur*.No.XX-3, 1980,pp.65-78.

Doubrovsky,Serge.*Un amour de soi*.Paris：Hachette,1982.

Doubrovsky,Serge.*La Vie l'instant*.Paris：Balland,1985.

Doubrovsky,Serge.*Le Livre brisé*.Paris：Grasset,1989.

Doubrovsky,Serge. *Parcours critique II*(1959-1991). Grenoble：ELLUG,2006.

Forest,Philippe.*L'Enfant éternel*.Paris：Gallimard,1997.

Forest,Philippe.*Le Roman, le réel, un roman est-il encore possible?*.Nantes：Ed. Plein Feux,1999.

Forest,Philippe.Je & Moi.in *La NRF*,n° 598,2011,pp.21-30.

Freud,Sigmund.*Névrose,Psychose Perversion*.Paris：PUF,2010.

Gasparini,Philippe.*Autoficiton.Une aventure du langage*.Paris：Seuil,2008.

Genette,Gérard.*Fiction et diction*.Paris：Seuil,1991.

Grell,Isabelle.*L'Autofiction*.Paris：Armand Colin,2014.

Guibert,Hervé.*A l'ami qui ne m'a pas sauvé*.Paris：Gallimard,1990.

Hamburger,Kate.*Logique des genres littéraires*.Paris：Seuil,1986.

Lacan,Jacques.*Ecrits*.Paris：Seuil,1966.

Lecarme,Jacques,B.Vercier.*La Littérature en France depuis 1968*.Paris：Bordas,1982.

Lecarme,Jacques.L'Autofiction：un mauvais genre?.*Autofiction & Cie*(Actes du colloque de Nanterre,1992),*RITM* 6,1993,pp.27-49.

Lecarme,Jacques. Autofiction,*Encyclopædia Universalis* [EB/OL]. URL：http://www.

universalis-edu.com/encyclopedie/autofiction/.

Laurens, Camille. *Dans ces bras-là*. Paris: POL, 2000.

Lejeune, Philippe. *Le Pacte autobiographique*. Paris: Seuil, 1975.

Lejeune, Philippe. *Je est un autre. L'autobiographie, de la littérature aux médias*. Paris: Seuil, 1982.

Lejeune, Philippe. *Moi aussi*. Paris: Seuil, 1986.

Lejeune, Philippe. Nouveau Roman et retour à l'autobiographie. in Michel Contat (dir.). *L'Auteur et le manuscrit*. Paris: PUF, 1991, pp.22-35.

Louis, Edouard. *Histoire de la violence*. Paris: Seuil, 2016.

Robbe-Grillet, Alain. *Les Derniers jours de Corinthe*. Paris: Minuit, 1994.

Robbe-Grillet, Alain. *Le Miroir qui revient*. Paris: Minuit, 1985.

Samé, Emmanuel. *Autofiction, Père & Fils. S. Doubrovsky, A. Robbe-Grillet, H. Guibert*. Dijon: Edition Universitaires de Dijon, 2013.

Sartre, Jean-Paul. *Situations X*. Paris: Gallimard, 1976.

Schmitt, Arnaud. *Je réel/Je fictif. Au-delà d'une confusion postmoderne*. Toulouse: Presses Universitaires du Mirail, 2010.

Sebbar, Leïla. *Je ne parle pas la langue de mon père*. Paris: Julliard, 2003.

（原文刊于《外国文学》2019 年第 1 期）

小说世界里的真实与虚构

——2016 年法国小说概览

概　　述

作为一个文学大国,法国每年的文学创作产量丰富,图书市场活跃,传统上一直有冬秋两个图书季。根据法国《图书周刊》(*Livres Hebdo*)的报告,在2016 年 1 月初至 2 月末的图书季共出版 476 部小说,其中有 308 部法语作品(中长篇小说和短篇故事集)和 168 部翻译作品,相比于 2015 年同一时期,出版量下降了 13.3%,这也是近五年来的同期最低点,被出版界戏称为"小年"。不过,在 8 月中旬至 10 月末这个更为重要的图书季中,文学作品出版量基本保持稳定,共出版小说作品 560 部,其中有 363 部法语作品和 197 部翻译作品,比 2015 年秋图书季只减少了 29 部,近五年来同期相比略高于 2013 年。数量减少主要体现在法语作品部分,因为 2015 年同期出版的法语小说高达393 部。

尽管 2016 年法国小说创作的产量不是历史最高,但小说界依然保持了繁荣态势,新生代作家尤其活跃,在年初出版了 73 部处女作,占所有法语小说出版量的 24%;秋季出版的小说作品中有 66 部是新人之作,即每 5 部法语小说中就有一部是处女作。法国的小说创作有推陈出新的传统,在 2016 年出现了很多优秀的处女作,创作队伍中不断出现新生力量。

在 2016 年的法国文坛,出现了很多关切现实和社会的小说作品,是社会阶层分化、社会冲突、移民的现实生活和精神困境、身份认同危机等社会现状的真实反映;作家们在爱情题材和人物故事等传统主题上尝试了新的创作手法,也有一些作品更愿意遁入想象和虚构空间来隐喻人的精神状况。从真实和虚构的关系角度来观察,可以发现 2016 年的法国小说作品如何以新的创作实践反映现实世界。

一、社会冲突

根据法国《图书周刊》的分析,2015 年法国遭受恐怖袭击事件在文学创作中有所反映,在 2016 年多部小说作品中有所提及。在 2016 年法国文学奖榜单上,社会差异、社会冲突、移民与身份认同都是不可忽视的主题。

11 月 3 日,第一轮投票便选出了龚古尔奖(le prix Goncourt)的获奖小说——莱伊拉·斯里玛尼(Leïla Slimani)的第二部小说作品《摇篮曲》(*Chanson douce*,又译《温柔之歌》),莱伊拉·斯里玛尼也成为龚古尔奖百余年历史上第 12 位女性获奖作家。与作品名称所暗示的情调形成反差的是,这部小说讲述了一个保姆杀死两个孩子的故事。这并非一部侦探小说,因为在一开始,随着一个年轻母亲一声凄厉的尖叫,故事在展开的同时已经交代了结局和凶手。在后面的倒叙中,读者了解到一个重返职场的年轻母亲米里娅姆聘用了一个能干的保姆露易丝,她管理家务和照顾孩子,解决了米里娅姆的后顾之忧。就在一切看似美好顺利的时候,一些不协调的迹象显现出来:米里娅姆全心在职场上打拼,难以在家庭和事业中找到平衡;而露易丝这个保姆阿姨的平静外表下隐藏着对社会差异的种种偏见。终于,在内心冲突和外在冲突达到不可调和的地步时,悲剧发生了。作者不动声色地从对摇篮曲的描写过渡到对犯罪场面的描述,也以寓言的方式揭示了社会差异对人性的扭曲。龚古尔奖评委之一的摩洛哥作家塔哈尔·本·杰鲁恩(Tahar Ben Jelloun)曾于 1987 年获得该奖,他评论道,莱伊拉·斯里玛尼虽然具有摩洛哥血统,但是她的作品并不是人们通常认为的那种具有北非风情的马格里布小说(roman maghrébain),同时他也表示很高兴看到龚古尔奖在 30 年内奖励了两位摩洛哥作家。

2016 年度获得美第奇文学奖(le prix Médicis)的是伊凡·雅布隆卡(Ivan

Jablonka)根据真实人物和素材创作的《莱蒂茜娅,或人类的终结》(*Laëtitia ou la Fin des hommes*)。2011 年 1 月,在法国卢瓦尔—大西洋地区发生一起惨案:一个名叫托尼·梅翁的男子绑架、强奸、杀害了 18 岁姑娘莱蒂茜娅,并以残忍的手段肢解了受害者的尸体。这一骇人听闻的社会新闻当时在法国引起轩然大波。作为一名社会学和历史学学者,伊凡·雅布隆卡对事件展开了调查,走访了莱蒂茜娅的家人、证人、警方办案人员、法官等。这些内容以调查报告形式穿插在叙述中,代表了作者力图还原事件真相的意图。莱蒂茜娅和孪生姐姐杰西卡自幼被亲生父母抛弃,辗转于社会福利院和收养家庭之间,作者在调查过程中发现杰西卡也是受到收养家庭性侵犯的受害者。伊凡·雅布隆卡不仅讲述了一个受害女子的命运,而且"对 21 世纪初的法国社会进行了冷静客观的 X 光检查"①,揭露了其中最阴暗的角落,正如他所言,是"我们这个社会制造了巨大苦难"。他分析了人物在童年时期所遭受的种种不平等,以揭示当今民主社会中媒体的角色、司法的无力和政治力量对个人悲剧的利用。法国评论界认为这部作品体裁难以界定,它既不是纯粹的小说和评论,也不完全是新闻调查,而是兼而有之的混合体。这是一部源于现实的小说,其中的虚构也给读者一种真实可信的感觉,从某种意义上说,这部纪实文学也是一部救赎文学,它表达了对死者的尊重和祭奠,同时深刻剖析了沉重的现实。

以戏剧创作而闻名的女作家亚斯米娜·赫扎(Yasmina Reza)完成了她的第三部小说作品《巴比伦》(*Babylone*),荣获 2016 年勒诺多小说奖(le prix Renaudot)。小说讲述了三月的一个夜晚,在沉闷的巴黎郊区一个普通住宅楼里,花甲之年的伊丽莎白和丈夫在家里组织了一个"春天的聚会",邀请了一些老朋友、老同事和邻居参加,其中有伊丽莎白的好友、楼上的年轻邻居让-里诺,他是一个移居法国的犹太裔意大利人。客人们相聚甚欢,微醉告别。让-里诺回到家中,却因为琐事与妻子发生争吵,失手将她掐死。他惊慌失措下楼来告诉伊丽莎白。小说以闪回的方式展开叙述。故事看似侦探小说,重点却不在探案本身,而是为了揭示日常琐事引发的严重冲突与不良后果,而这也是

---

① http://www.europe1.fr/culture/le-prix-medicis-attribue-a-ivan-jablonka-pour-laetitia-ou-la-fin-des-hommes-2889008,2017 年 2 月 5 日。

亚斯米娜·赫扎一贯的戏剧创作手法。赫扎擅长在作品中探讨巴黎郊区的平庸生活、夫妻关系、人到晚年的孤独感等社会问题。这或许与她的生活经历有关。作家本人的移民家庭背景使她格外关注移民的社会融入和精神困境。小说中的伊丽莎白和让-里诺对外在事物和世界都缺乏认同感和归属感。小说的名字源自《圣经》赞美诗第 137 篇。在小说中,让-里诺回忆说他小时候一直不曾理解父亲在晚饭后经常给他读的这句诗:"我们曾坐在巴比伦的河畔,在那里我们一想起锡安就哭了。"①赫扎认为,在一个移民和难民急剧增多的社会中,人们难以摆脱远离故土导致的无身份感与离散感,正如她本人所言,"人们无法希望存在的连续性","语言也只能表达出自我表达的障碍"。② 不过,亚斯米娜·赫扎仍然通过小说成功地表达出很多人隐藏在内心深处无法道出的忧虑和秘密。

妮娜·雅日柯夫(Nina Yargekov)以一本长达 684 页的长篇小说《双重国籍》(Double nationalité)同样探讨了移民的身份问题,再次引起文坛关注,获得"花神"文学奖(le prix Flore)。故事的开篇安排在机场这样一个特殊的中间转换地域。在免税店里的女主人公忽然暂时失忆,完全忘记自己的姓名和身份。当她打开自己的随身行李,发现自己有两本护照、两个手机、两个钱包、两张银行卡和两串钥匙。这个对自己也感到陌生的女人在一本护照上发现了"热柯娃诺耶格"的姓名,出生地是法国里昂,父母是匈牙利人。可见,其实她拥有双重国籍,而且生活中的一切都是双重的:两种语言,两种文化,连电脑中的文件也提示她在两个国家拥有两份平行的生活,而两种环境对她而言都是既熟悉又陌生。与作品中的人物一样,作者妮娜·雅日柯夫本人就是一个匈牙利裔法国人,以法庭翻译为职业,而这个职业要求她始终在两种语言和文化之间转换角色。或许是受到当年的新小说派作家米歇尔·布托(Michel Butor)小说《变》(La Modification)的启发,妮娜·雅日柯夫采用第二人称叙

---

① 这句诗的历史背景是巴比伦之囚的故事。公元前 586 年,很多犹太乐师和其他工匠被掠夺到巴比伦,国王命令乐师为其演奏,乐师们宁死不屈,国王大怒,令人砍去他们的双手,被迫离开祖国的犹太人坐在巴比伦河边彻夜哭泣。

② 转译自 http://www.telerama.fr/livre/rentree-litteraire-2016-nos-indispensables-1-2,146311.php,2017 年 2 月 6 日。

述,从一开始就把读者带入女主人公不断寻找自我的记忆空间,零距离地跟随她最细微的思维活动。这种探索并非总是以严肃的方式进行,作者以大量的生活细节和幽默的语言调动读者参与人物的追寻之旅,颇有爱丽丝漫游仙境的意味,充满新奇,耐人寻味。故事发生在 2015 年夏天,也是法国和整个欧洲经历多起恐怖袭击之后,难民潮的问题愈演愈烈,法国已经开始考虑取消对双重国籍的承认。所以,小说其实是以轻松的口吻和不乏诙谐的故事来引导人们面对沉重的现实和思考走出困境的可能。

23 岁的文坛新人爱德华·路易(Edouard Louis)在 2014 年出版了第一部小说《别了,艾迪·白勒格尔》(*En finir avec Eddy Bellegueule*),讲述了自己因为同性恋不被理解而逃离家庭并从一个平民子弟考上著名学府巴黎高等师范学院的经历,此书热销 20 万册。之后,评论界都在询问爱德华·路易何时再出下一本书。在 2016 年,第二本自传体小说《暴力的故事》(*Histoire de la violence*)终于满足了人们的好奇心。2012 年圣诞节夜晚,爱德华路遇一个陌生的青年男子勒达搭讪,并邀他在单间公寓继续聊天,得知勒达的父亲是北非移民,60 年代来到法国,艰难地融入法国社会。二人相谈甚欢,可是到早上六点钟,爱德华发现手机不翼而飞,这时行窃得手的勒达殴打爱德华并且拔枪威胁,甚至进行了性侵犯。于是,爱德华在勒达离开后向警方报案。故事讲述的是爱德华作为受害者所亲身经历的一次暴力事件。但是,作为写作者,爱德华·路易关注的不仅是事件本身,而是由此再现了法国的社会差异、移民边缘化和社会暴力问题,因为从某种意义上说,"勒达"既是一个侵犯者,也是法国社会阶级差异和移民体制的受害者。路易本人的父亲是工人,母亲无业,作为来自法国北方一个贫民家庭的孩子,他深度认同社会学家布尔迪厄(Pierre Bourdieu)的"社会再生产"(la reproduction sociale)学说,而且他认为社会阶级的差异和壁垒不仅存在于社会制度和机构层面,而且存在于人的话语中,整个社会关系的网络就是由暴力构成的,而他就是要把这种暴力作为文学空间。此外,路易敏锐地发现,同一事件被家人、警方、医生等根据各自的立场进行了不同转述,更加凸显了社会差异和言语暴力,因此他决定用文学的方式和自己的书写来恢复事件真相。2016 年初,《暴力的故事》出版之际,恰巧案件也开始了审理,嫌疑人"勒达"认为爱德华的作品不仅侵犯了他的隐私,而且影响了无罪推定,要求他赔偿 5 万欧元。不过,法庭以"保护文学创作"为由没有支持这一申诉。这也是司法介入"自我虚构"(autofiction)小说在真实与虚构界限问题上的一个现实案例。

2016 年有一部小说出现在多个文学奖候选名单中,并且最终获得包括龚古尔和小说处女作奖(le prix du premier roman)在内的 5 个奖项。这部作品就是《小小国》(Petit pays),它的作者伽艾勒·法伊(Gaël Faye),而在此之前人们只知道他是个说唱歌手。伽艾勒·法伊的父亲是法国人,母亲是卢旺达人,他们在非洲另一个国家布隆迪相识并结婚。在书中,法伊塑造了一个名为加布里埃尔的主人公,他以第一人称回忆了在布隆迪度过的快乐童年。1993年,布隆迪发生政变;1994 年,卢旺达发生种族大屠杀,宁静幸福的生活从此破碎。1995 年,13 岁的加布里埃尔跟随父母举家迁到巴黎,在移民聚居的郊区安家落户。小说以第一人称回忆了非洲故乡的童年往事,以儿童视角讲述了胡图族与图西族之间的种族恩怨和战争,其中也穿插了 20 年后一个成年男子的叙述声音,讲述他对自己成长经历和身份认同的思考。最终,加布里埃尔决定回到母亲的故乡卢旺达,去非洲土地上寻根。如同很多处女作,这部小说具有很强的自传色彩:现实生活中,35 岁的伽艾勒·法伊在童年时期与家人一同经历了种族屠杀和政变,并移居法国多年,直到三年前回到卢旺达定居。作品的成功之处在于以孩子的视角观察和理解所处的动荡世界:种族问题、移民问题、身份危机与社会融入等,文字真挚自然,感性的笔触令人为之动容。

这是一个被撕裂的世界,一个让人失去方向的世界,一个孩子的目光其实更加有助于人们睁开眼睛认识真相。一部文学作品首先是作家个人的写作需要,不过作为读者,我们完全可以从这些作品中发现法国当代小说回归到对现实问题、对社会问题的关注,因为作者的困惑常常产生于作为个体的人与外部世界的关系。2016 年的诸多获奖小说不约而同地聚焦移民、身份、社会差异和融入以至于种族冲突,正如 2015 年的很多作品聚焦穆斯林族群问题,这当然说明了作家的写作环境——法国当前社会中的各种问题(而且这也是世界性的问题)集中显现并且愈发尖锐,而文字正是折射种种世间万象的万花筒。

2016 年的法国文坛有一部未获任何奖项的独特作品,它同样受到评论界的关注。让-马克·瑟西(Jean-Marc Ceci)的《折纸先生》(Monsieur Origami)

以简洁凝练的文字讲述了一个东方与西方相遇的故事。折纸起源于中国,传到日本,得到发扬光大,被称为"和纸"。《折纸先生》也将联合国教科文组织政府间委员会 2014 年 11 月 24—28 日讨论"和纸"列入非物质文化遗产这一真实事件穿插到叙述中。故事的主人公是虚构人物——一位日本折纸艺人墨菊先生(Kurogiku),他年轻时有一天远远看见了一个美丽的意大利女子,这种精神的爱恋使他跋山涉水来到异国他乡寻找梦中情人。不过这个爱情故事只是一个朦胧的背景。作品以几乎禅语偈句的形式和水墨画的风格勾勒了墨菊先生在折纸艺术上苦心孤诣的剪影。他青年时期跟随父亲学习纸艺,后来在异国他乡无期的等待中几十年如一日地钻研纸艺,而他周围的异乡人皆不知其名,只把他唤作"折纸先生"。一天,一个名叫卡斯帕罗的年轻人路过,错把折纸先生的居所当作客栈,并在此居留数日。卡斯帕罗的理想是制作一种世界上功能最齐全、结构最复杂的钟表。他与折纸先生的相遇相识其实是一个学习和领悟的过程,卡斯帕罗从折纸艺术中学会了忍耐方有成就,学会了化繁为简才是生活真谛,懂得了人应该知道自己的本源。最后,他决定要制作一只世界上最简单的手表,"用来衡量时间的皱痕"。《折纸先生》的形式与一般意义上的小说非常不同,它几乎没有起伏的情节和变化的人物,更像是一个寓言故事,每一页的编排如同散文诗,有语句的重复和空白,似乎是留给读者冥思的空间。墨菊先生简朴、冥思的隐士生活,他的坚忍和沉默,让人不禁感叹一位折纸艺人的艺术家品格,而且感受到了东方哲人的气质,而一个西方青年在他身边的停留则意味着向东方文明学习智慧。作者让-马克·瑟西在文字中多次以折纸这门东方艺术暗示和平与和谐主题,或许他认为至朴至简至忍的东方智慧可以为解决西方人的逻各斯困境提供一种选择?

二、爱情故事

2016 年的法国小说在虚构空间里展现了现实生活中爱情的种种形态:看似门当户对的婚姻却因历史原因而阴错阳差,看似错位的爱情却成为现实,虚拟空间里的爱恋终究不可取代现实,而被抛弃的人亦可以重逢爱情。在虚实交织的小说空间里,爱情主题得到了充分的诠释。

阿德拉伊德·德·克莱蒙-托奈尔(Adélaïde de Clermont-Tonnerre)的第三部小说《我们家族的最后一人》(Le Dernier des nôtres)荣获法兰西学院小说大奖(le Grand prix du roman de l'Académie française)。这个爱情故事始于一次美丽的邂逅:1945 年 2 月,在盟军轰炸德国的炮弹声中,小韦讷的母亲生下他之后便离开人世,家人带着他逃离德国来到美国;1969 年,事业蒸蒸日上的房地产开发商韦讷在纽约曼哈顿偶遇美丽的富家千金罗贝卡,二人一见钟情。热恋中的罗贝卡邀请韦讷拜见自己的父母,可是当罗贝卡的母亲朱迪特见到韦讷时,吃惊地认出了眼前的年轻人是韦讷家族的后代,而韦讷家族在二战时期的德国集中营里曾经迫害过许多人,尤其是妇女,朱迪特则是一个侥幸从集中营里逃脱的人。20 多年后,韦讷的出现勾起了恋人母亲的痛苦回忆。于是,罗贝卡不辞而别,韦讷沉浸到无可安慰的失恋和失眠状态中。这个与法国现实毫无关联的爱情故事被置于详细的历史背景和地理环境中,作品对 40 年代的德国和 60 年代的美国进行了交叉叙述,直到最后才揭示悲剧的历史缘由。

与此不同的是,塞尔日·荣库尔(Serge Joncour)为 2015 年以来动荡不安的巴黎贡献了一部治愈系的当代都市爱情小说——《让我安慰你》(Repose-toi sur moi)。在巴黎一幢看似普通的住宅公寓楼的新旧两个楼区里,住着不同社会阶层的两群人。事业有成的女服装设计师罗洛尔和为生计到处奔波的追债人吕多维克这两个看起来不可能产生任何交集的人偶然相遇,尽管存在着社会差异,都市里的两个孤独者却彼此敞开心扉,寻找到知音和可以互相关爱的臂膀。土生土长的巴黎作家塞尔日·荣库尔善于描写都市生活和家庭主题,在这部作品中对现代都市人的孤独感进行了细致入微的描写。这部给人带来温暖的爱情小说摘得 2016 年的联盟文学奖(le prix Interallié)。

知名小说家卡米耶·洛朗丝(Camille Laurens)延续了她熟悉的主题和风格,在《你相信的女人》(Celle que vous croyez)中探讨互联网时代的社交媒体与人们的爱情心理。女主人公克莱尔·米勒康是一个已经离异的 48 岁语文老师,30 多岁的摄影师男友刚刚与他分手。为了监视他,她在社交网站"脸书"上注册了虚假身份,变成了一个漂亮的 24 岁姑娘,名字仍是克莱尔。正是这个虚拟的克莱尔吸引了前男友,两个人在虚拟空间里谈情说爱,直到真相大白。于是,再次失恋的克莱尔受到极大的精神打击,不得不去接受心理疗伤。《你相信的女人》堪称其 2000 年小说《在他们的臂膀里》(*Dans ces bras-là*) 的姊妹篇:情爱一直是卡米耶·洛朗丝偏好的主题,她尤其擅长剖析女性人物的爱情心理和欲望。在新作中,爱情与欲望的主题探讨层次更加丰富:首先是真实世界与虚拟世界的界限,以及网络恋情带来的心理和伦理问题;其次是在情爱角逐中的年龄和性别差异。卡米耶·洛朗丝敏锐地感知到网络时代虚拟世界对真实世界的僭越,从而引导人们思考情感的真正归宿。

在 2010 年以《人生短暂欲望长》(*La Vie est brève et le désir sans fin*) 荣获费米娜文学奖 (le prix Femina) 的作家帕特里克·拉佩尔 (Patrick Lapeyre) 在 2016 年出版的爱情小说《芳草犹绿》(*La Splendeur dans l'herbe*) 则给人带来慰藉。主人公候莫和西比尔是两个失意者,他们偶然相识,在攀谈中才发现正是候莫的妻子和西比尔的丈夫双双远走高飞,抛下了他们。于是,这一对薄情寡义的人成了伤心人候莫和西比尔对话中最经常被提及的人。久而久之,他们在絮絮叨叨的哀怨和言语间的沉默中不知不觉产生了爱恋。小说取名于英国诗人华兹华斯 (William Wordsworth) 的诗句:"尽管一切无法重来,草原中芳草犹绿,繁花似锦的时刻,我们无需悲伤感怀,就在残留中寻找力量!"

三、人物传奇

2016 年有一些优秀的小说作品以人物为重心,体现了对生命的尊重、对人性的关怀和对人性价值的肯定。这也是法国文学的一个重要传统。

著名作家玛丽·恩迪亚耶 (Marie Ndiaye) 在《女厨神》(*La Cheffe*) 中塑造了一个令人印象深刻的女性形象。她只是一个贫家女子,15 岁时被送到当地一个大户人家当女佣,有一天被临时唤来接替放假探亲的厨娘,不想这个偶然的安排为她带来了发现和展示自己无师自通的厨艺的机会,为主人带来了无与伦比的美味和精神享受。从此,这个具有烹饪天赋的姑娘把钻研厨艺作为了人生乐趣和志向,烹饪于她不仅是谋生的技能和方式,而且是一种艺术和精神追求。她在一个男性主导的行业里获得了成功,而且这种成功最重要的收获是对烹饪之道的体悟,因为她善于把口腹之需与精神愉悦完美地结合在一起。其实,这部作品并非以烹饪和美食为主题,虽然书中出现了不少极具创意且令人产生美好遐想的菜品名称,全书中完整细致地描写烹调过程其实只有一次,就是女主人公第一次下厨做饭,这是她神奇厨师生涯的开始。玛丽·恩迪亚耶坦言她所塑造的这个人物受到了 20 世纪作家乔治·贝尔纳诺斯(Georges Bernanos)的影响,那就是如何书写一个平凡人物的"圣徒传记"。作品中的女主人公就是这样一个成就传奇人生的平凡女子,她之所以成为英雄是因为她朴实、自尊、独立、果敢、坚毅、大度和淡定,在她身上,人们能够发现一种普通职业的最高艺术境界,而艺术是由天赋、灵感、创作和研磨共同锻造而成的。恩迪亚耶无意把她塑造成一个完美女人:她并不美丽,甚至还有明显的外貌缺陷;她没有完整的爱情和家庭,年轻时便做了未婚妈妈,事业打拼的过程中也有对女儿的疏忽,而之后出于补偿心理对女儿有求必应,养成了女儿骄纵跋扈的个性。然而,这些不足并没有影响我们对她的尊敬,反而觉得人物真实可信,富有人性。小说以最了解和最仰慕女主人公的助手(二厨)的男性视角进行第一人称倒叙,间或穿插现在时叙述。更为神奇的是,女主人公的名字"加布里埃尔"(Gabrielle,意为天堂中的天使长),直到小说最后一段才由外孙女(二厨与她女儿的孩子)透露,文中则一直以厨师长的职业头衔(la cheffe)尊称,为人物更添神话色彩和谜韵,而且个体命运也因此被赋予普遍意义,引导人们思考众多女性的人生与价值。2009 年,玛丽·恩迪亚耶曾以小说《三个女强人》(Trois femmes puissantes)荣获龚古尔文学奖,而《女厨神》再次展现了一位已经非常成熟的女性作家高超的叙述手法和创作实力。毫无疑问,她笔下的女性人物长廊中又添传奇。

约瑟夫·昂德拉(Joseph Andras)的《我们受伤的兄弟》(De nos frères blessés)意外获得龚古尔小说处女作奖。与《女厨神》的虚构人物不同,该小说取材于真实的历史事件和人物,故事发生在前法国殖民地阿尔及利亚。欧裔阿尔及利亚人费尔南·伊夫通(Fernand Iveton)是一个具有个人英雄主义情结的普通工人和共产党员,他热爱家庭和生活,也热爱法国,但是反对殖民主义,希望阿尔及利亚获得独立。1956 年,年仅 30 岁的伊夫通独自在工厂里一个远离人群的地方安置了一颗炸弹。他这么做只是希望通过制造一个事件来推进阿尔及利亚的独立进程。爆炸并未发生,但他被捕了,此后遭受一系列审讯,最终被处以绞刑,并成为在阿尔及利亚战争中唯一因为政治观点和行动而被处决的"欧洲人"。伊夫通是受到殖民意识形态和司法制度迫害的牺牲品,也是反殖民主义的英雄。正义与非正义需要在历史长河中去审视,作品谴责了殖民时期的法国司法暴力,以文学的方式为费尔南·伊夫通这一为阿尔及利亚独立事业而牺牲的英雄人物平反昭雪。小说以让-吕克·艾诺迪(Jean-Luc Einaudi)撰写的传记为基础创作而成,在叙述历史事件的过程中穿插了对人物生平的追述,融合了真实与虚构、传记与小说。这部作品受到读者和评论界的好评,而获奖三天后,约瑟夫·昂德拉致信龚古尔评委会婉拒奖项,因为在他看来"任何比赛和竞争都是与写作和文学无关的概念"。这一不同寻常的举动引起了人们对这位名不见经传的作者的好奇和关注。

伊夫通是一个为政治而牺牲的人物,而埃尔顿·塞纳(Ayrton Senna)则是一位为体育运动而献身的英雄,这位在 20 世纪 80 年代叱咤风云的巴西赛车手是法国诗人和小说家贝尔纳·尚巴兹(Bernard Chambaz)的小说《敞开的坟墓》(A tombeau ouvert)的主人公。正如作品名称所暗示的那样,小说自始至终笼罩着死亡的阴影。开篇伊始,第一人称叙述者讲述了 1994 年 5 月 1 日在电视上观看 F1 圣马力诺大奖赛的情形,屏幕定格在悲剧意外发生的那个画面:伊莫拉赛道第七圈弯道上,埃尔顿·塞纳驾驶的时速 300 公里的赛车突然间脱离了既定轨道,在一声沉重的巨响中撞击混凝土护墙而支离瓦解,黄绿色的头盔无神地垂落一旁……虽说是意外事故,其实之前接二连三的不祥预兆曾经让塞纳想到放弃,然而他终于还是选择了面对潜伏在赛道上的死神。尚巴兹利用倒叙和平行叙述呈现了这位天赋高超的车神从 4 岁开始的赛车生涯,期间穿插了多位著名赛车手魂归赛道的案例,他们中有塞纳少时的崇拜对象,也有后来以塞纳为崇拜对象的年轻一代。一代又一代赛车手前赴后继,他们在挑战速度和极限的时刻其实已经接受了危险和死亡的降临。《敞开的坟墓》是对这些选择在风华正茂的年代为所崇尚的极速运动而奉献生命的年轻英雄们的歌颂,也是一首挽歌、一声哀悼、一份祭奠和对后来人的一种警示。作者尚巴兹坚持在这本看似传记的作品封面上标注"小说",是因为与上述

《我们受伤的兄弟》一样,作品在真实人物真实事件基础上通过文学的结构和多样化的叙事,打乱了传统传记的时间顺序,并且增加了虚构成分,而且这些虚构成分看起来也真实可信。

这种创作实践被称作"外他虚构"(exofiction),近年来在法国文坛颇为流行。根据文学评论家米里耶尔·斯泰恩迈兹(Muriel Steinmetz)的定义,"外他虚构指的是这样一种小说,它模糊(或者至少是调整)了虚构与传记界限、以具有或多或少知名度的人物为创作对象,或从不同时代的历史题材中汲取灵感"。① 这种创作手法与"自我虚构"类似。法国作家塞尔日·杜布洛夫斯基(Serge Doubrovsky)被认为是最早使用"自我虚构"这一用语的人,他在 1977年出版的小说《儿子的心路》(Le Fils)的封底文字中将作品定义为"自我虚构"(autofiction),并解释自己的创作方法是"从绝对真实的事件出发写一个虚构的故事"。这种写作方式革新了自传文学,在自我书写的过程中将虚构成分融入真实经历中。可见二者的相似之处主要体现在个人经历的书写不以真实为唯一维度,而是纳入了虚构的内容和手法;不同之处则在于书写对象:"自我虚构"是作家对亲身经历的再创作,而"外他虚构"是对他者经历的重写书写,因此也区别于以尊重事实为原则的传记。对这种新方式加以实践的作家对他人和外在世界更加关注,通过重新书写公众人物及其经历来提炼某些具有典范性的人生意义。根据另一位文学评论家玛蒂尔德·德·肖朗热(Mathilde de Cholange)的观点,"自我虚构"作家在重新书写自己的历史和塑造人物方面往往很有难度,因为他们其实一直是了解事实真相的;在"外他虚构"中,作家在书写他人生活和历史的时候会更有自由度。②

可以说,"外他虚构"与"自我虚构"形成对应。最早使用这个术语的是记者、作家菲利普·瓦塞(Philippe Vasset),他在 2013 年接受《解放报》(La Libération)的访谈时说:"我在尝试一些融入真实信息的虚构作品","如今的

---

① 参见 Mathilde de Chalonge.*De la fiction à la biographie*,*l'exofiction*,*un genre qui brouille les pistes*,*le* 10/08/2016, https://www. actualitte. com/article/monde − edition/de − la − fiction − a − la − biographie-l-exofiction-un-genre-qui-brouille-les-pistes/66392,2017 年 4 月 15 日。

② 参见 Mathilde de Chalonge.*De la fiction à la biographie*,*l'exofiction*,*un genre qui brouille les pistes*,*le* 10/08/2016, https://www. actualitte. com/article/monde − edition/de − la − fiction − a − la − biographie-l-exofiction-un-genre-qui-brouille-les-pistes/66392,2017 年 4 月 15 日。

小说往往建构于现实中存在的谜",并且将这种新的尝试命名为"外他虚构"。① 确实,正是现实世界中存在的谜团或历史遗留的空白为作家提供了想象和虚构的空间。作家和评论家马兰·德·维利(Marin de Viry)则在 2014 年 9 月《文学杂志》月刊中证实了这种虚实交融的创作实践已经蔚然成风。② 据统计,从 2013 年至 2016 年,法国在 4 年间出版 40 余部"外他虚构"作品。③

2016 年,这一潮流更加势不可挡,十余部"外他虚构"作品引起了评论界的关注。这些被"虚构"了的公众人物有艺术家凡·高和莫奈、电影导演让-吕克·戈达尔(Jean-Luc Godard)、诗人兰波(Arthur Rimbaud)和布莱兹·桑德拉尔(Blaise Cendrars)、作家让·科克托(Jean Cocteau)、科学家爱迪生、飞行员阿尔贝·普莱兹奥斯(Albert Preziosi),甚至还有法国时任总统弗朗索瓦·奥朗德(François Hollande)。真实人物亦有不为人知的经历,而虚构则赋予了人物一种或多种可能性。这一创作手法在之前的文学创作中已有零星实践,而近年来形成一种集体风潮,因而被冠以"外他虚构"之名。在"新虚构""自我虚构"之后,法国文学创作再次表现出在探索真实与虚构界限方面的推陈出新。

四、"世外桃源"

2016 年还有几部小说把读者带到一个远离现实的想象世界。

奥利维·布尔多(Olivier Bourdeaut)是一个房地产经纪人,喜欢写作,他在第一部基调忧郁的小说被所有出版社拒绝后,决定改换风格,创作了《等待"博杰格斯先生"那首歌》(En attendant Bojangles)。这部小说在年初出版后大获成功,4 个月内销售到 20 多万册,并在 2016 年获得法国电视公司、RTL

---

① Philippe Vasset,cité par Frédérique Roussel.De passage secret,*Libération*,2013,No.n 10039, 23,p.28,http://next. liberation. fr/livres/2013/08/22/philippe－vasset－de－passage－secret_926385, 2017 年 4 月 16 日。

② Marin de Viry.Une rentrée(enfin)concentrée,*Le Magazine Littéraire*,2014,No.9(n 546), http://pprod.magazine-litteraire.fr/parution/mensuel-546,2017 年 4 月 16 日。

③ http://bibliotheque.sceaux.fr/opacwebaloes/Paragraphes/pdf/dossiers/2015－04_exofiction. pdf,2017 年 4 月 15 日。

广播电台—《读书》杂志、法国文化广播电台—《电视博览》杂志等数个奖项。"博杰格斯先生"是美国黑人歌手妮娜·西蒙(Nina Simone)在70年代创作演唱的一首歌曲,也是小说中的主旋律。作品以轻松诙谐的语调讲述了一个三口之家日复一日的幸福生活。与童话故事相似,整个故事没有明确的发生时间和地点,现实世界里的一切烦恼都与他们无缘。或许正是这种世外桃源般的生活给读者们提供了一个逃离沉重现实的可能和令人向往的憩所?

著名作家让·艾什诺兹(Jean Echenoz)在2016年出版了第17部小说作品《远行的女人》(*Envoyée spéciale*),受到忠实读者们的喜爱。这部作品富有艾什诺兹早期小说的各种成功元素:间谍与侦探小说中的悬念——女主人公的被绑架案、周游世界的各种奇遇——从法国克鲁兹省到朝鲜首都平壤,轻松调侃的叙事风格和一个时隐时现、像说书人一样始终把握读者心理的叙述者等。艾什诺兹的小说创作完全不受任何主题或思想的羁绊,虽然存在现实的情境但是并不拘于现实的约束,对他而言,小说就是天马行空的想象,然而,虚构空间依然是现代人的精神写照。2016年,艾什诺兹因其全部作品而荣获法国国家图书馆文学大奖。

另外一位文坛老将奥利维·罗兰(Olivier Rolin)的作品常常围绕一位神秘的女性形象展开叙述。小说《维拉科鲁兹》(*Veracruz*)也不例外。古巴姑娘达丽亚娜来去无踪,她的消失使叙述者陷入痛苦和回忆,继而出现了一个装有四篇故事的邮寄包裹,每一篇都讲述了一个爱情与死亡的故事。如同罗兰之前的小说《梅洛埃》(*Méroé*,1998),《维拉科鲁兹》也是一个爱情寓言,爱情与死亡、现在与过往、文学与现实往往交织在一起,而异域的人物和情境使故事远离现实场,融入作家对艺术和时间的思考。

2016年是法国文坛群星凋落的一年,因为在同一年,伊夫·博纳富瓦(Yves Bonnefoy)、米歇尔·布托(Michel Butor)和米歇尔·图尔尼埃(Michel Tournier)这三位重要作家相继离世。2016年也是小说创作传承和创新并举的一年。已经成功的作家们依然笔耕不辍,也有很多新人登上文坛,这要归功于法国各大文学奖尤其关注新作家的机制,从而保证了法国的小说创作源源不断的新生力量。另外需要提及的是,很多获奖作家本身就是移民或是移民的后代,他们的双重文化背景其实是丰富的写作资源,他们的获奖也体现了法国文学对文化多样性的认可。然而,法国社会阶层分化、社会冲突、移民的现实和精神困境、身份认同危机以至于整个西方价值观的动摇是无法回避的现实问题,而作家往往是最具直觉和预见能力的群体之一,他们在文学虚构中对社会现实作出了非常真实的反映。

附:2016 年法国诗歌和戏剧

一、诗歌:"墙角数枝梅"

与喧嚣热闹的小说世界相比,诗歌似乎是"墙角数枝梅,凌寒独自开",但是它依然是法国文学园地中不可忽视的一隅。

2016 年法国各项诗歌奖的名单上既有我们熟悉的名字,如皮埃尔·戴诺(Pierre Dhainaut)、夏尔·于利叶(Charles Juliet)和艾丝泰尔·戴乐曼(Esther Tellermann)都是作品丰硕的诗坛宿将,更多的名字对于我们则比较陌生。

81 岁的诗人皮埃尔·戴诺以其全部诗歌作品荣获阿波里奈尔诗歌奖(prix Apollinaire)。戴诺从 1969 年发表第一部诗集《诗已始》(*Le Poème commencé*)至今笔耕不辍,陆续出版 40 余部作品,从 20 世纪 90 年代开始显示出在法国诗坛的影响。戴诺的早期诗歌受到超现实主义影响,后转而关注现实世界,善于从外界一切可以感知或不可感知之物中获得感悟和反省,表达了对宁静精神家园的向往。2015 年的《声声相应》(*Voix entre voix*)获得诗坛关注,也是阿波里奈尔奖评委会尤其欣赏的作品。11 月 7 日在巴黎著名的双偶咖啡馆举办了颁奖典礼,法国著名女演员朱丽叶·比诺什(Juliette Binoche)受邀参加并朗诵了诗人的作品。

82 岁夏尔·于利叶荣获夏尔·克罗学院诗歌奖(prix de l'Académie Charles Cros),其文学创作涉及诗歌、小说、戏剧等各种形式。作为诗人,夏尔·于利叶第一部比较成熟的作品是 1980 年出版的诗集《隐地》(*Affûts*),其他主要诗作还有《沉寂的国度》(*Le Pays du silence*,1987)、《低吟》(*A voix basse*,1997)。他的诗歌语言风格简洁,文字质朴,于平淡中透露出坚定,在文字中表述心灵跋涉的痛苦和对内心安宁的追寻。2013 年,夏尔·于利叶以其全部作品荣获龚古尔诗歌奖。2016 年的获奖作品《与你重逢》(*Te rejoindre*)是一部独特之作,是晚年的诗人献给从未晤面的母亲的怀念和致敬之作,也是诗人自己朗读的有声读物。

另一位 80 高龄的诗人吉拉尔·拜约(Gérard Bayo)以《雪/闪耀的星星》的合集(*Neige, suivi de Vivante étoile*)荣膺 2016 年马拉美诗歌奖(prix Mallarmé)。这本诗集体现了拜约的诗歌思想:诗歌是一个凝练不可再分的内核,是捕捉真实与存在之间辩证关系的方式:由于诗歌所依托的词语已经沦为虚构,一首诗只是在现实中回忆仅存真实的工具。拜约在 20 岁时便出版第一本诗集《怀念天堂》(*Nostalgies pour paradis*, 1956),1977 年已经凭借《苦春》(*Un Printemps difficile*)获得安托南-阿尔托(prix Antonin-Artaud)诗歌奖,至今已出版 20 余部作品,他还发表了至少 5 部研究诗人兰波的专著。这位在诗人圈子里颇受好评的低调诗人长久以来没有进入大众视野,马拉美诗歌奖这一法国诗坛殊荣是对其诗歌才华最好的认可。

另一个重要的诗歌奖项——马克斯·雅各布奖(prix Max Jacob)被授予年近古稀之年的女诗人艾丝泰尔·戴乐曼。40 年前,这位心理分析师的诗歌处女作《第一次凸现》(*Première apparition avec épaisseur*, 1986)一出版便获得了法兰西学院诗歌大奖。2016 年,她的获奖作品是《君之名下》(*Sous votre nom*)。戴乐曼的诗歌文字飘逸灵动,诗风凝练,感性的笔触下深藏奥义,体现了诗人的敏感和冥思。

已逾花甲之年的诺曼底诗人吉·阿里克斯(Guy Allix)以作品《血色夜晚》(*Le Sang le soir*)荣获法兰西学院弗朗索瓦·柯佩诗歌奖(prix François Coppée de l'Académie française)。阿里克斯童年时家境困窘,经常遭受酗酒的继父殴打,所幸在学校遇到关心他的老师,在其鼓励下完成学业并开始写作,1974 年已经开始出版诗集。阿里克斯认为生活是诗歌创作唯一的灵感源泉,在生活中处处可以发现诗歌素材,诗人作品中的常见主题是爱、死亡、痛苦和孤独,这可能与其不幸的童年经历有关。阿里克斯承认他的诗歌是百经磨难而成,也从未奢望为大众所了解。在获奖后,他在个人博客上留言:"我从来不追求花里花哨的东西和荣誉,不过获奖算是一件令人开心的事情。"①

---

① http://guyallixpoesie.canalblog.com/archives/2016/06/27/34019087.html, 2017 年 3 月 5 日。

吉·阿里克斯所欣赏并合作过的同代诗人玛丽-约泽·克里斯蒂安（Marie-Josée Christien）是一位知名的布列塔尼诗人和评论家，她因其全部作品以及为诗歌推广所作贡献在 2016 年荣获法语诗歌国际大奖（Grand prix international de poésie francophone）。她的诗歌简短凝练，微言大义，以简单的词语、灵活的节奏组成诗行，以轻盈的形式叩问生活的真谛和写作的意义。她的作品已被选入 30 多本诗集，也被翻译成多种语言。

2016 年的南方抒情诗人奖（Prix Troubadours/Trobadors）和北方抒情诗人奖（Prix des Trouvères）分别颁发给安托万·迈纳（Antoine Maine）和洛朗丝·雷比纳（Laurence Lépine）。这是两位逐渐开始得到诗坛认可的中年诗人。安托万·迈纳的获奖作品是《与天空一起生活》（Une vie avec du ciel），收录其中的每一首诗都好似一幅图画，寥寥几笔勾画出夜中景色、雨中即景或是河边行人。这种文字素描的功力或许与安托万·迈纳同时从事绘画创作很有关系。洛朗丝·雷比纳的获奖作品《奇迹在身》（Je porte la merveille）被认为表现出捕捉言语绽放瞬间那种颤抖的敏感，是对这种诗意来临的"奇迹"既强烈又含蓄的表达。这两篇并非正式单行本的诗作因获奖而获得资助出版。

另一位中年作家佩丽娜·勒凯莱克（Perrine Le Querrec）以《巴塔哥尼亚》（La Patagonie）荣获安托万与玛丽-伊莱娜·拉贝基金会设立的诗歌处女作奖（le prix du premier recueil de la Fondation Antoine et Marie-Hélène Labbé）。这是一个比利时的基金会和奖项，奖励的是法语国家和地区的诗人和作品。佩丽娜·勒凯莱克并不是文坛新人，已经出版过一些叙事作品，但是以《巴塔哥尼亚》初涉诗坛。这部作品介于诗歌和散文、抒情与叙事之间，有诗行，也有类似散文诗的段落，作者在其中回顾了童年的痛苦，也涉及其他主题，如家庭暴力、战争、社会不公现象等。这种模糊各种体裁之间界限的实践也是自 20 世纪末以来法国诗歌的一种新的尝试。

创办于 1985 年的龚古尔诗歌奖通常颁发给一位诗人，以奖励其所有诗歌作品而并非一部诗集。2016 年的龚古尔诗歌奖却打破常规，没有颁发给个人，而是褒奖了一项具有重要意义的法语诗歌节——"诗人的春天"。"诗人的春天"创办于 1999 年，旨在大众中推广和普及诗歌这种文学艺术形式，为期一周,每年的活动围绕一定的主题进行,例如 2006 年的主题是"城市",2007年的主题是"爱",2008 年的主题是"赞美他人",2009 年以"笑"为主题,2010年的主题是"女性的色彩",2011 年是"风光无限",2012 年是"童年",2013 年是"诗的声音",2014 年是"艺术之心",2015 年是"诗的抗议"。每年 3 月,"诗人的春天"主要在法国和加拿大魁北克举行,但是法国拥有强大的驻外文化推广机构网络,因此把这项活动带到世界各地,当地的法国使馆和文化机构邀请一些法国当代诗人与所在国诗人一起举办诗歌创作、翻译和朗诵会。在"诗人的春天"活动期间,全球范围组织的各种诗歌活动总计达一万多场。"诗人的春天"呼唤现代生活中的人们不要忘记诗歌这种最古老的文学形式,让诗歌回到大众的生活中,在国际上促进了不同国家之间以诗歌的方式进行文化交流和精神沟通。作为一种大众性的诗歌文化活动,"诗人的春天"获得龚古尔奖的青睐可谓别有深意,意味着诗歌不仅是诗人的生活方式和小众读者的阅读品味,也应该成为大众的精神家园。

2016 年,法国著名的伽利玛出版社庆祝"诗歌丛书"(Poésie/Gallimard)50周年华诞。该丛书创办于 1966 年 3 月,出版的第一本诗集是艾吕雅的《痛苦之都》(Paul Éluard, *Capitale de la douleur suivi de L'Amour la poésie*),迄今已出版了 259 位诗人共 503 部诗作,平均每年出版新作 8 种,总销售量达 17535000册,其中最畅销的作品是 1966 年出版的 20 世纪初诗人阿波里奈尔的《醇酒集》(Guillaume Apollinaire, *Alcools*),其销售量达 1472600 册。最受欢迎的其他几种诗集分别是波德莱尔的《恶之花》(Charles Baudelaire, *Les Fleurs du mal*)、艾吕雅的《痛苦之都》、兰波的《诗集》(Arthur Rimbaud, *Poésies*)、弗朗西斯·蓬热的《以物之见》(Francis Ponge, *Le Parti pris des choses*)。① 伽利玛出版社"诗歌丛书"在 1971 年之前专注 20 世纪诗人的作品,从七八十年代开始逐渐收录年代相对久远的经典之作,并且向国外优秀诗人打开大门。因此,现在,这部丛书可以说是荟萃法国古今诗人之精华,汇聚各国诗歌韵律之交响。作为 50 周年的纪念活动,伽利玛"诗歌丛书"在 2016 年推出 12 种诗歌著作。著名诗人和评论家安德烈·维尔特(André Velter)从 1998 年开始担任该丛书总

---

① http://www.gallimard.fr/,2017 年 2 月 3 日。

编,他表示要"尽可能地呈现当今诗坛多样性创作实践的全貌"①。

伽利玛出版社庆祝"诗歌丛书"创办 50 周年亦是我们反思诗歌出版和创作问题的时机。实际上,入选"诗歌丛书"都是著名诗人的经典之作,能够像伊夫·博纳富瓦(Yves Bonnefoy)那样在有生之年入选丛书更是殊荣。戴诺和于利叶二位诗坛老将目前尚无缘伽利玛,一直是在一些中小出版社发表作品,还有更多的诗人则难以得到出版机会。能够为尚未成名的诗人出版作品的往往是一些规模很小却勇敢承担推广诗歌使命的出版社,例如皮埃尔·戴诺和吉拉尔·拜约 2016 年的两部获奖作品都出自颤微草出版社(éd.L'herbe qui tremble),它成立于 2008 年,专门从事诗歌出版,是保护和推广法语诗歌创作的重要力量。

不难发现,当代的法国诗坛告别了波澜壮阔的运动和流派,缺乏大师之作。2016 年的法国诗坛带给我们的是喜忧参半的心情:一方面,无论是官方机构还是重要的文化出版机构或文学奖评委会都在努力让大众亲近诗歌,让诗歌在现代生活中焕发新的生命力;另一方面,我们也注意到法国诗坛显示出青黄不接的迹象,年富力强的诗人慢慢老去,老一代诗人渐渐离去,却几乎没有看到年轻诗人的身影。2016 年 7 月 1 日,法国诗坛泰斗伊夫·博纳富瓦去世,享龄 93 岁,留下了一个空寂的舞台中央,标志着法国一个诗歌时代的结束。在 19、20 世纪的法国,诗歌曾经是两百年中一浪一浪掀起时代思潮的文学样式,在 21 世纪初回归了平寂,或许我们所处的时代不是诗歌的时代,而这种平静是在酝酿下一个需要诗歌的时代的到来。

二、戏剧:浓缩的舞台

2016 年法国戏剧界最引人注目的是出生于 1963 年的剧作家、导演若埃勒·鲍姆拉(Joël Pommerat),他以《路易的末日》(Fin de Louis)荣获法国最重要的莫里哀戏剧奖(les prix Molière du théâtre)的多个奖项——大众戏剧奖、大众戏剧导演奖和法语戏剧创作奖。《路易的末日》把一段法国大革命历史

---

① Entretien avec André Velter, http://www.en-attendant-nadeau.fr/2016/02/05/cinquante-ans-poesie-gallimard/,2017 年 2 月 3 日。

搬上了舞台:1789年,法国国王路易十六意欲采取激进措施进行税制改革,遭到教会和贵族的反对,因为他们担心既得利益受到损害。为了拖延时间,他们建议召开三级会议进行讨论,于是第三等级的人民借此机会呼吁自己的代表成立国民议会。路易十六在激进和保守势力之间左右为难,国家命运难以抉择。这部三幕剧在场景上也别出心裁,因为现场观众不知不觉在导演若埃勒·鲍姆拉安排下成为群众演员。此外,这并非一部古装戏,舞台服装是21世纪的风格,但内容却是一部历史剧。讲述一个观众已经了解结局的历史故事对创作者来说是个难题。《路易的末日》实现了一次古今的穿越,在历史和虚构之间,通过一个重要历史事件对权力、革命以及目前的民主危机进行了深入思考,在演出时博得观众喝彩,也获得评论界好评。该剧第一次公演于2015年,剧本出版于2016年。若埃勒·鲍姆拉把空间、灯光、声音、身体等要素打造为一个"整体戏剧",也因此被称为"舞台上的作家"。

早在20世纪80年代就已创作多部作品的剧作家和导演巴斯卡尔·朗贝尔(Pascal Rambert)在2016年以全部作品荣获法兰西学院戏剧奖。他是法国当代具有一定国际影响的戏剧家,作品被翻译成多国语言,也在世界各国的戏剧舞台上巡演。朗贝尔在2016年同样创作了一部具有历史背景的戏剧《争辩》(Argument),这部剧把观众带回到1871年巴黎公社时期。正当巴黎公社组织起义的时候,在诺曼底一个小镇有一个三口之家,父亲是思想保守的旧式家长,母亲因心绞痛而去世,然后,这位亡人从墓中出来,参与到现实世界中的纷争。夫妻之间感情并不和睦,政治观点一个信奉保守思想,一个亲近社会主义思想。他们的孩子则对着月亮胡言乱语,最后像一只夜蝙蝠一样在荒原上飞走。整个戏剧中充满了怪诞和压抑气氛,人物之间的对话争锋激烈。巴斯卡尔·朗贝尔在《争辩》中表现了一个特定历史时期中的普通资产阶级家庭危机,同时也借用情感问题表现政治主题。

著名剧作家让-克洛德·格兰伯格(Jean-Claude Grumberg)已创作了50多部戏剧作品,他在2016年出版的新作《是不是》(L'être ou pas)关注的是一个当今依然存在的历史问题。一个"犹太裔法国人"和"一个信天主教的法国人",这两个彼此并不熟悉的邻居忽然有一天就犹太人问题进行了探讨。"您是犹太人吗?"是剧中人物初次见面时的交流话语。其中的犹太人邻居对各种反犹太人的偏见和思想进行了调侃。让-克洛德·格兰伯格认为反犹思想在当代社会依然存在,2015 年以来的各种恐怖事件说明种族偏见愈加严重,而他选择以幽默的方式在这部对话作品中讨论这个沉重的话题。《是不是》在上演时也获得好评,获得法语戏剧创作奖提名。

36 岁的年轻剧作家和导演默罕默德·艾尔·卡提布(Mohamed El Khatib)荣获 2016 年戏剧文学大奖,获奖作品是《美丽的别离》(Finir en beauté)。这是一个独幕剧,默罕默德·艾尔·卡提布在舞台上再现了陪伴身患肝癌的母亲临终时刻的场景,有人物独白,也有现实生活中母子之间以及与医生对话的录音。这部戏剧作品源自作者的亲身经历和生活,剧情感人,充满了亲情和人性关怀。

纵观这 4 部具有代表性的剧作,我们可以看到,法国当代戏剧选材多元化:既有个人内心世界的陈述,也有重要事件的宏大叙事;有的作品从历史中汲取素材,有的从当代社会问题引发思考,还有的作品关怀个体生命。戏剧风格也是丰富多样,有的庄重,有的诙谐,有的怪诞,也有内心独白。从 2016 年的戏剧获奖作品可以看出,在 20 世纪上半叶之前,曾经是剧作家主宰戏剧;而此后的戏剧一度以舞台导演为主导;进入 21 世纪以后,成功的戏剧家则表现为兼创作与舞台导演于一身者。

参考文献

Allix, Guy. *Le Sang le soir*. Paris: Le Nouvel Athanor, 2015.

Andras, Joseph. *De nos frères blessés*. Arles: Actes Sud, 2016.

Bayo, Gérard. *Neige, suivi de Vivante étoile*. Paris: éd. L'Herbe qui tremble, 2015.

Beinstingel, Thierry. *La Vie prolongée d'Arthur Rimbaud*. Paris: Fayard, 2016.

Bergson, Henri. *Les Deux sources de la morale et de la religion*. Paris: Félix Alcan, 1932.

Bernard, Michel. *Deux remords de Claude Monet*. Paris: La Table Ronde, 2016.

Bourdeaut, Olivier. *En attendant Bojangles*. Bordeaux: Finitude, 2016.

Ceci, Jean-Marc. *Monsieur Origami*. Paris: Gallimard, 2016.

Chambaz, Bernard. *A tombeau ouvert*. Paris: Stock, 2016.

Clermont-Tonnerre, Adélaïde (de). *Le Dernier des nôtres*, Paris: Grasset, 2016.

Cloarec, Françoise. *L'Indolente.* Paris: Stock, 2016.

Dhainaut, Pierre. *Voix entre voix.* Paris: éd. L'herbe qui tremble, 2015.

Delfino, Jean-Paul. *Les Pêcheurs d'étoiles.* Paris: Le Passage, 2016.

Désérable, François-Henri, et Évarist Michel Embareck. *Jim Morrison et le diable boîteux.* Paris: L'Archipel, 2016.

Echenoz, Jean. *Envoyée spéciale.* Paris: Minuit, 2016.

El Khatib, Mohamed. *Finir en beauté.* Besançon: éd. Les Solitaires Intempestifs, 2016.

Faye, Gaël. *Petit pays.* Paris: Grasset, 2016.

Grumberg, Jean-Claude. *L'Etre ou pas.* Arles: Actes Sud, 2016.

Guenassia, Jean-Michel. *La Valse des arbres et du ciel.* Paris: Albin Michel, 2016.

Jablonka, Ivan. *Laëtitia ou la Fin des hommes.* Paris: Seuil, 2016.

Joncour, Serge. *Repose-toi sur moi.* Paris: Flammarion, 2016.

Juliet, Charles. *Te rejoindre*, livre-audio. Paris: éd. des femmes, 2016.

Lapeyre, Patrick. *La Splendeur dans l'herbe.* Paris: P.O.L., 2016.

Laurens, Camille. *Celle que vous croyez.* Paris: Gallimard, 2016.

Layaz, Michel. *Louis Soutter, probablement.* Paris: Éditions Zoé, 2016.

Le Querrec, Perrine. *La Patagonie.* Bruxelles: Les Carnets du Dessert de Lune, 2016.

Louis, Edouard. *Histoire de la violence.* Paris: Seuil, 2016.

Ndiaye, Marie. *Trois femmes puissantes.* Paris: Gallimard, 2009.

Ndiaye, Marie. *La Cheffe.* Paris: Gallimard, 2016.

Pommerat, Joël. *Ça ira(1) Fin de Louis.* Arles: Actes Sud, 2016.

Rambert, Pascal. *Argument.* Besançon: éd. Les Solitaires Intempestifs, 2016.

Reza, Yasmina. *Babylone.* Paris: Flammarion, 2016.

Rolin, Olivier. *Veracruz.* Lagrasse: éd. Verdier, 2016.

Slimani, Leïla. *Chanson douce.* Paris: Gallimard, 2016.

Tellermann, Esther. *Sous votre nom.* Paris: Flammarion, 2015.

Viart, Dominique, et Bruno Vercier. *La littérature française au présent, héritage, modernité, mutations* (2e édition augmentée). Paris: Bordas, 2008.

Yargekov, Nina. *Double nationalité.* Paris: P.O.L., 2016.

http://www.livreshebdo.fr/.

http://www.telerama.fr/livre/.

http：//www.theatredunord.fr/.

http：//www.gallimard.fr/.

http：//culturebox.francetvinfo.fr/.

http：//www.theatre-contemporain.net/.

https：//www.franceculture.fr/.

https：//www.printempsdespoetes.com/.

http：//www.prix-litteraires.net/.

https：//www.lemondefr/livres.

http：//www.magazine-litteraire.com/.

http：//www.lexpress.fr/culture/livre/.

https：//www.actualitte.com/.

http：//next.liberation.fr/livres/.

（原文刊于《法语学习》2017 年第 5 期）

封闭的文本①

一、作为意素的陈述

1. 目前,符号学的研究对象不仅是言语(discours),而且是多种符号学实践(plusieurs pratiques sémiotiques),它们被认为具有贯穿语言(translinguistique)的特性,即通过语言而实践,但又不属于现今所确定的各类语言范畴。

从这个角度来看,我们把文本(le texte)定义为一种重新分配了语言次序的贯穿语言之机构,它使直接提供信息的交际话语(parole communicative)与已有的或现时的各种陈述语(énoncé)产生关联。因此,文本是一种生产力(productivité),这意味着:(1)文本与其所处的语言之间是(破坏—建立型)再分配关系,因此,从逻辑范畴比从纯粹语言手段更便于解读文本;(2)文本意味着文本间的置换,具有互文性(intertextualité):在一个文本的空间里,取自其他文本的若干陈述相互交会和中和。

2. 符号学所研究的问题之一可能是以文本类型(typologie des textes)取代原来修辞学意义上的体裁划分。也就是说,对各种不同文本系统特性的描述需要将它们置于广义的文本(文化)中,它们之间是相互隶属关系。② 某种特

---

① 原文题名"Le texte clos",见 Julia Kristeva.*Recherches pour une sémanalyse*.Paris:Seuil,1969。

② 在考察各种符号学实践与符号的关系时,我们可以总结出三种类型:1.建立在符号、也就是意义基础上的系统性(systématique)符号实践,它是保存性的、有限的,其内容是引向指涉物的,它是逻辑的、解释性的、不变的和不改变他方(接收者)的;2.转换性(transformative)符号实践:"符号"脱离于指涉物,转向于它们所改变的他方;3."顶针式"(paragrammatique)符号实践:符号被一种可称为"四元命题"(tétralemme)的相互关联的顶针式序列所排除:每个符号都有一个指涉物;每个符号都没有指涉物;每个符号既有也没有指涉物;每个符号既有也没有指涉物,这不是真的。参见作者《论"顶针式"符号学》(*Pour une sémiologie des paragrammes*),第196页。

定的文本系统(一种符号学实践)与其吸收到自身空间中的陈述语(句段)或是发送到外部其他文本(符号实践)中的陈述语(句段)之间的交会被称作意素(idéologème)。意素是在每个文本结构的不同层面上均可读到的"具体化"了的互文功能,它随着文本的进程而展开,赋予文本以历史、社会坐标。这里所说的并非分析之后加以运用的一种解读方法,用"意识形态"来"解释"原来"已知"的"语言性质"。以意素来理解文本的态度决定了一种符号学思考方法,在互文性中研究文本,并且在社会和历史(文本)中来思考文本。在文本意素这个熔炉中,认知理性在一个(文本)整体中来看待(无法等同于文本的)各种陈述语的转化,并且依此类推,进而把这个整体纳入社会和历史的广义文本中来解读。①

3. 被视作文本的小说是一种符号学实践,其中可以读到多种陈述语的轮廓和综合。

在我们看来,小说陈述文不是一个最小意义单位(最低限度的实体)。它是一个运作过程(opération),一个联系或者更进一步说是组织各种运作材料的运动,在书面文本研究中,这些材料或是字词,或是作为义素(sémème)②的字词连缀(语句、段落)。我们无意对这些实体(义素本身)加以分析,而是要研究把它们兼容并蓄到文本整体中的性能(fonction)。这确实是一种性能,也就是说具有变化性和关联性,每次取决于它所联系的互不关联的变项,或者更清楚地说,是字词之间或语句、段落之间的单义对应。显然,我们所提出的分析方法虽然通过(字词句段等)语言单位来进行,却具有贯穿语言的性质。打个比方来说,语言单位(主要是语义单位)只是我们划分小说陈述类型(types des énoncés romanesques),即诸多性能的跳板。我们忽略各种语义单位是为了提炼出起组织作用的逻辑应用(application logique)关系,从而达到一种超

---

① "文学理论是囊括……人类所有意识活动领域的各种意识观念学这一广袤学科的一个分支。"——P.N.Medvedev《文学理论中的形式主义方法,诗学的社会学批评导论》(*Formalnyi metodv literaturovedenii.Krititcheskoie vvedeniie v sotsiologitcheskuiu poetiku*),列宁格勒,1928年。本文借用其"意素"一词。

② 此处使用的"义素"一词借鉴了 A.-J.格雷玛斯赋予该术语的定义:义素是语义核心与语境词素的结合,属于表象层次,与词素所属的内在层次相对立。参见 A.-J.格雷玛斯《结构语义学》(*Sémantique structurale*),拉鲁斯出版社1966年版,第42页。

越切分(suprasegmental)的层次。

属于这个超越切分阶段的各种小说陈述语在小说创作中连接成为一个整体。以这种方式进行研究,我们就会建立起小说陈述类型划分,进而寻找小说之外的来源。只有如此,我们才能从整体上定义"并且/或者"(et/ou)作为意素的小说。换句话说,在小说外部(extra-romanesque)文本整体(Te)基础上形成的性能在小说自身文本整体(Tr)中发生作用。小说意素正是这个来自小说外部文本并在小说自身文本中发生作用的互文性功能。

因此,两种可能难以区分的分析方法将有助于我们提炼出小说中的符号意素:

——对小说范围内的陈述语进行超越切分的分析,它将揭示小说是一个封闭的文本:开篇的构思,结尾的任意,双元对立结构,偏离和关联;

——对陈述语进行互文性分析,它将揭示小说文本中"话语"(parole)与"文字"(écriture)之间的关系。我们将论证小说文本的性质更接近于"话语"而非"文字",并将对其"语音次序"(言语各机制的排序)的拓扑学(topologie)进行分析。

既然小说是类属于符号意素的文本,那么有必要简略描述一下作为意素的符号所具有的特点。

二、从象征到符号

1.中世纪后半叶(13 至 15 世纪)是欧洲文化的转型期:符号思维替代了象征思维。

13 世纪,象征符号体系是欧洲社会的特征,并且明显地表现在文学和绘画艺术中。这是一种体现宇宙观念的符号实践:事物(象征)代表的是一个(或多个)无法表现和无法认知的宇宙超验力量;超验力量与代表它们的事物之间存在单义联系;象征与它所象征的对象之间并无"相像";这两个空间(象征本体—象征体)本来彼此分离、不相关联。

象征承载了象征本体(共相),而象征本体不可约减于象征体(标志)。体现在史诗、民间故事、武功歌(chanson de geste)等文学样式中并转向象征领域的神话思想在表达时需要依赖一些具有象征性的事物,相对于被象征的抽象概念("英雄主义""勇敢""高贵""美德""恐惧""背叛"等)而言,它们是一些具体元素(unités de restriction)。象征功能的纵向意义(共相—标志)是具体和限定(restriction),它的横向关系(符征体系之间的关联)是回避悖论(paradoxe);在横向意义上可以说,象征意味着回避矛盾(anti-paradoxal);在其"逻辑"中,两个对立项之间相互排斥。① 善与恶是不可调和的,正如食物的生与熟、蜂蜜的甘甜与灰烬的苦涩等,矛盾一旦出现便立即要求化解,矛盾因此被掩盖和"解决",也就被搁置。

象征言语体系在一开始便体现出这种符号实践的实质:其思维范式呈环状,开头蕴含并预设了结局(首尾相应),因为象征性能(即意素)先于象征性表述本身而存在。于是产生了象征符号实践的一般特点:象征数量的有限性,象征的重复性、限制性、普遍性。

2.13—15 世纪对象征思维提出质疑,削弱了它的重要性,但并未使其完全消失,而是基本过渡(同化)到符号思维当中。支撑象征的超验基础——它的"彼岸"世界和精神根源——受到质疑。正因如此,在 15 世纪末之前,戏剧舞台上表现的耶稣基督故事皆取材于《福音书》(有正有伪)或是《圣徒传》(参见朱彼纳勒根据圣热纳维耶芙图书馆馆藏公元 1400 年左右的手稿而出版的中世纪神秘剧②);从 15 世纪开始,戏剧上表现的主要就是耶稣的平凡生活,艺术上也出现同样变化(如埃夫勒圣母院③)。象征所表现的超验精神基础似乎开始动摇。一种新的表意关系初露端倪,它联系的是"此岸"世界中两

---

① 在西方科学思想史中,在从以象征为主导的思维,经过符号思维到多变思维的发展过程中先后出现了三种基本思潮,就是柏拉图主义(platonisme)、概念论(conceptualisme)和唯名论(nominalisme)。参见蒯因(W.Quine)《共相的物化》,收入《来自一个逻辑观点》(*From a Logical Point of View*),哈佛大学出版社 1953 年版。本文借鉴其区分两种符征体系(unité signifiante)的观点:一种位于象征空间,另一种位于符号空间。

② 阿西勒·朱彼纳尔(Achille Jubinal,1810—1875),法国中世纪学专家,1837 年曾整理出版《未发表的 15 世纪神秘剧》(*Mystères inédits du XVe siècle*)。——译注

③ 位于法国厄尔省的埃夫勒圣母院(Cathédrale Notre-Dame d'Évreux)曾在 12 世纪毁于火灾,后于 13 世纪开始重建,在 15 世纪修复的中心小教堂中央立有著名的怀抱圣婴的圣母像。——译注

个"现实的"和"具体的"事物。因而,在 13 世纪艺术中,先知与圣徒是泾渭分明的;然而,到了 15 世纪,四大福音传道者不仅与四大先知而且与罗马教廷四大圣师(圣奥古斯丁、圣热罗姆、圣昂布鲁瓦兹和伟大的格里高利,参见阿维奥特圣母院祭台)相提并论。史诗般规模宏大的建筑和文学巨制不再可行:取代大教堂的是具体而微的小教堂,15 世纪是细密画家们(miniaturistes)大展才华的时期。象征所代表的单一而明确的关系被符号所包含的模糊联系所取代,符号试图表现它所连接事物之间相似且相通的关系,尽管它们之间的联系以二者之间本质不同为前提。于是,在这段过渡时期,两个不可等同而又类似事物之间的对话(引发悲怆情感和心理活动的对话)成为常见的主题。比如,在 14 和 15 世纪大量出现上帝与人类心灵的对话:十字架与朝圣者之间、罪孽的灵魂与耶稣之间的对话,等等。在这个过程中,《圣经》被赋予了道德教化的作用(参见勃艮第公爵图书馆馆藏强化道德教化作用的著名《圣经》版本),甚至出现了替代它的仿作(穷苦群众阅读的《圣经》版本和《人类救赎之鉴》①)②,忽视乃至完全抹消了象征的超验精神背景。

3. 在这种变动当中出现的符号保留了象征的基本特点:各词项之间的不可约同性(irréductibilité),在符号当中体现于指称物(référent)与所指(signifié)、所指与能指(signifiant)之间,以及依此类推,在表意结构(structure signifiante)的各个单元之间。因此,符号意素总体上类似于象征意素:符号是二元的,有层次的并且具有区分等级层次的功能。然而,无论在纵向还是横向上,符号与象征又存在差别。从纵向上看,符号指涉的实体比象征指涉的事物更加具体化——经过具体物化(réifié)的共相变成严格意义的事物;而如果把符号结构套用到象征中,被考察的实体(现象)被抽象化,提升到超验层次。可见,符号思维实践吸收了象征的形而上学思维方式,并把它投射到"显而易见"(immédiatement perceptible)的层面;经过这样的发挥,"显而易见"者就转化成客观性——符号文化言语体系的主要原则。

---

① 《人类救赎之鉴》(Speculum humanae salvationis)是 14—15 世纪出现的一个普及宗教教义插图手抄本。——译注

② 马勒《中世纪末期的法国宗教艺术》(E. Mâle, L' Art religieux de la fin du Moyen Age en France),巴黎,1949 年。

从横向上看,符号思维实践中各个环节的联接方式表现为各种偏离之间换喻性关联(enchaînement métonymique d'écarts),意味着渐进式的隐喻创造(création progressive de métaphores)。相互对立的事项原本一直相互排斥,现在被融入一个充满多样性和可能性偏离的复杂系统(如叙述结构中的各种意外情节),令人产生一种开放结构的幻觉,结局呈任意性,难以闭合。比如,在文学言语中,符号思维实践在欧洲文艺复兴时期第一次以明显的方式表现于历险小说中,它建构在不可预见性和意外性(surprise)基础上,是在叙述结构层面上把任何符号思维所特有的偏离具体物化。种种偏离之间的这种连接几乎可以无限延续,因此就会产生作品结局具有任意性(arbitraire)的感觉。这是一种可以描述任何"文学"("艺术")的虚幻印象,因为这个过程实际上已经被具有构建作用的符号意素所规划,表现于封闭(闭合)型二元思维方式:1)确立指称物—所指—能指之间的层次;2)在对立项关系层面上消化二元对立,如同象征一样提供一个矛盾化解(solution de contradiction)方式。在象征方式的符号实践中,矛盾的解决方案或者是排他性析取方式(disjonction exclusive),即两个词项不等值(non-équivalence),可以用"— ≠ —"来表示,或者是不相容析取式(non-conjonction),可以用"—丨—"来表示;而在符号方式的符号实践中,矛盾的解决方案则是非析取式(non-disjonction),可以用"—∨—"来表示(以下还会详谈)。

三、小说意素:小说的陈述行为

因此,作为意素的任何属于符号思维体系的文学作品(直到19—20世纪认识论革新之前的全部文学),在开卷伊始便已经显示结局,呈现闭合结构。它符合概念化(非实验性)思维方式,正如象征思维近似柏拉图主义。小说是符号这种双重性意素(封闭、非析取式、偏离的联接)的典型表现方式之一,下面我们通过安托万·德·拉萨尔(Antoine de La Sale)的《让·德·圣特雷》(Jehan de Saintré)这部作品来进行分析。

安托万·德·拉萨尔在经历了从年轻侍从、战将到税务官的漫长职业生涯后,于 1456 年写作《让·德·圣特雷》,目的一是为了起到教化作用,二是为了抒发怀才不遇的幽怨(1448 年,他离开为之服务了 48 年之久的安茹朝廷,辞别原因不明,赴任圣保罗伯爵三个儿子的家庭教师)。德·拉萨尔的著作被其本人分为几类:具有教化作用的故事集(《厅堂集》,1448—1451)、"科学"论文或游记(1459 年《关于骑士比武赛会致雅克·德·卢森堡的信》;1457 年《致德·弗莱斯讷夫人慰问信》),还有一些历史题材的演说辞和其他杂章,而《让·德·圣特雷》是他唯一的小说作品。法国文学史家很少提及这部著作,而如果我们把属于符号这种模糊意素的文本视作小说的话,那么它可能是第一部可以冠以小说之名的散文体作品。关于这部小说,数目有限的研究①都是围绕作品产生的历史年代中的社会风俗而展开,试图在德·拉萨尔交往的现实人物中寻找理解书中人物的线索,指责作者没有足够重视他所处时代的历史事件(百年战争等),是个迷恋过去的反动者,云云。因为过于关注模糊不清的社会历史背景,文学史不曾阐明这部处于时代之交的作品本身具有的转型结构,其实在德·拉萨尔尚不成熟的创作手法中,该小说体现了直至今日支配我们智识视阈的符号意识思维②。此外,德·拉萨尔创作的故事与写作自身的叙述是重合的:德·拉萨尔在说话,并且在写作的同时对自己说话。让·德·圣特雷的故事与书的撰写过程合为一体,而且从某种意义上说,

① 其中最重要的研究成果如下:F.Desonay,《让·德·圣特雷》,刊于《16 世纪杂志》第 14 期,1927 年,第 1—48 和 213—280 页;《一个 15 世纪的作家如何自己校对手稿》,刊于《比利时文献历史杂志》第 6 期,1927 年,第 81—121 页。Y.Otaka,《〈让·德·圣特雷〉之定稿》,刊于《法国语言文学研究》第 6 期,东京,1965 年,第 15—28 页。W.S.Shepard,《安托万·拉萨尔的句法》,刊于《美国现代语言协会会刊》第 20 期,1905 年,第 435—501 页。W.P.Söderhjelm,《15 世纪法国短篇小说》,巴黎,1910 年;《安托万·德·拉萨尔及其作品》,赫辛弗斯,1904 年。我们所参考的版本由 Jean Misrahi(福特汉姆大学大学)和 Charles A.Knudson(伊利诺依大学)校订,日内瓦,德罗兹出版社 1965 年版。

② 如今任何纠结于"现实主义"和"书写过程"问题的小说都近似于《让·德·圣特雷》的双重性结构:位于小说发展史终端(发展到了自我更新以进入书写生产力阶段,接近叙述又不受其限制)的当代现实主义文学令人重温了安托万·德·拉萨尔在小说体裁萌芽时期的实践,即把各种杂乱的陈述加以组织的工作。这种相似在路易·阿拉贡(Louis Aragon)的小说《处死》(La Mise à mort)中十分显著,而且正如作者所承认的那样,是有意的,这部小说中的作者(安托万)甚至借用"安托万·德·拉萨尔"一名以区别于表演者(阿尔弗莱德)的身份。(路易·阿拉贡全名为"路易-玛丽-阿尔弗莱德-安托万·阿拉贡"——译注)

前者成为后者的修辞表现、一个"伴侣"、一个"替角"。

1. 文本开头的引言勾画(概述)了整个小说的思路:安托万·德·拉萨尔谂知自己的作品是何("三个故事")和为何(向让·德·安茹表达自己的思想)。如此介绍了写作意图和信息接受对象,作者用 20 行文字便完成了第一个环状结构①,勾勒了整个作品的谋篇布局,视之为交流媒介,也就是符号,即陈述文(交换物)/接收者(公爵,或概而言之就是读者)之间的联系。接下来就是要讲述故事,也就是在笔与纸接触的刹那前充实和细化已知的构思——"词语间延续的故事"。

2. 这时宣布了标题:"首先是白丽库齐娜夫人和圣特雷的故事",这意味着出现处于内容主题层次的第二环状结构。安托万·德·拉萨尔简要叙述了让·德·圣特雷的一生,直至去世("他撒手人寰",第 2 页)。于是我们已经知道故事的结局:故事尚未开始就已经交待了结果。其间的所有情节插曲都失去意义:小说将在从生到死这段历程中展开,所记载的无非是偏离(意外)性情节,它们不会破坏贯穿全局的这个"生—死"主题环。文本在主题上紧扣中心:这将是两个相互排斥的对立项之间的演绎,名称有所不同(善/恶、爱/憎、褒/贬:比如,作者引用古罗马作品中对贵妇遗孀的赞语,紧随其后就是圣热罗姆对女性的批判言辞),但始终围绕着(正/反)这个语义轴(axe sémique)进行。在整个过程中,对立主题间隔出现,不受限制,除了一个先决条件,即排他性(tiers exclu),也就是说,在对立项中必须作出非此即彼("ou" exclusif)的选择。

在小说意素(如同在符号意素)中,只有当分离对立项的空间被一些模糊的语义组合完全占据的时候,二者的不可约同性才被接受。开篇所公认的对立概念引发了小说思路,但是立刻就会被抑制到一种过时状态,在现时中让位于丰富曲折的情节交织成的网络,一系列偏离现象联系对立两极,并且以一种糅合的态度消融在伪装(feinte)或面具(masque)形象当中。否定被容纳到对双重性的肯定当中,小说主题环中对立项之间的相互排斥性被一种暧昧的肯

① 这个说法曾被 V.Chklovski 在《文学理论》中《短篇小说与小说建构》(*La Construction de la nouvelle et du roman*)一文中使用,见《原样文丛》(*Tel quel*),瑟伊出版社 1965 年版,第 170 页。

定(positivité douteuse)所取代,以至于开启和结束小说的析取式(disjonction)让位于(非析取式的)既是而非(oui-non)。这种性能不会因为折中而出现休止(silence parathétique),而是把狂欢节规则和自身非推理逻辑结合起来,继承了狂欢节特点的小说正是按照这种功能模式组织起它所包含的各种双重意义形象:诡计、背叛、陌生人、双性人、双关语(小说表意对象层面)、颂言、市井之声(小说表意手段层面)等。如果没有这种在小说伊始就主导作品脉络的非析取逻辑(我们下文还会谈到),即双重性,小说就无法演绎。安托万·德·拉萨尔把双重性引入贵妇的双关语:在其女伴或是朝廷听来,这些话意味着对圣特雷的挖苦;而在圣特雷本人听来,这些话蕴含了既"温柔"又"难以忍耐"的爱情。了解贵妇人言语中的非析取逻辑如何逐步展现是很有意思的。起初,只有说话者本人(贵妇)、作者(小说陈述的主体)和读者(小说陈述的接受者)了解话语的双关性:朝廷(中性机构=客观看法)和圣特雷(信息受述者)都不曾觉察贵妇人弦外之音中明明白白的挖苦之意。然后,双重性发生了转移:圣特雷进入会话并且接受信息,与此同时,他不再是受述者,而是变成了言语主体。在第三阶段,圣特雷忘记了非析取式逻辑,把先前所知道的同时具有反面意义的言语完全理解成正面言语,忽略了假象并且错误地把始终具有双重性的信息(错误地)进行单义理解。圣特雷的失败——故事的结局——就归因于他错误地用单一的析取式逻辑替代非析取式逻辑来理解一个陈述。

小说的否定因此具有双重模式:模态逻辑(相反函项之间对立的必然性、可能性、偶然性,或不可能性)和道义逻辑(相反函项之间结合的必须性、许可性、等值性,或禁止性)。当对立关系的模糊逻辑(aléthique)和结合关系的道义逻辑(déontique)并存的时候①,小说方能发展下去。小说依据道义逻辑的综合思路展开,然后弃置不用,转而肯定模态逻辑中的对立关系。双重性(伪装与面具机制)本是狂欢节的基本表现形式②,却成了填充小说的主题—结构

① 参见 Henrik von Wright《论逻辑模式》(*An Essay on Modal Logic*),阿姆斯特丹,北荷兰出版公司,1951 年。
② 把双重性、模糊性作为小说的基本特点,并且与狂欢节的口语传统、笑和面具机制以及梅尼普式(ménippée)讽喻结构联系起来,这一观点得益于巴赫金的《陀思妥耶夫斯基的诗学问题》(*Problemi poetiki Dostoïevskovo*)和《弗朗索瓦·拉伯雷的作品》(*Tvortchestvo François Rabelais*)。参见《巴赫金:词语、对话和小说》(*Bakhtine, le mot, le dialogue et le roman*),第 143 页。

环状结构中分离功能所产生间隙的各种偏离现象的驱动支柱。因而,小说吸收了狂欢节场景的双重性(对话模式),同时又使之服从于象征思维分离功能的单向性(独白模式),保障其可能性的是一个超越性机构——承担全部小说陈述的作者。

3. 正是在文本发展到此处时,也就是说在文本的结构环(信息—接收者)和主题环(生—死)都得到完整表述之后,就出现了表演者。他此后多次出现以引入故事书写者的话语,把它当作剧中人物的表述,而他就是作者。安托万·德·拉萨尔巧妙运用(拉丁语中 *actor-auctor*,即法语中 acteur-auteur)谐音关系,触及了从话语行为(生产)到话语效果(产品)这个运动过程,并且由此完成了"文学性"产物。在安托万·德·拉萨尔看来,作家既是表演者也是作者,这就是说,他在构思小说文本的时候同时从操作层面(表演者)和产品层面(作者),过程(表演者)和结果(作者),技术层面(表演者)和价值层面(作者)来进行,而不会因为作品(信息)和主有者(作者)概念业已存在而遗忘成品之前的过程。[1] 小说中的话语机制(小说文本中言语机制的拓扑学另作研究[2])因而被纳入小说陈述文中并且表现为其中一部分。它揭示了作家其实是他所引发的言语活动的主要表演者,与此同时也将小说陈述的两种模式——叙述(narration)和引述(citation)——联接到同一个人的话语当中,这个人既是书的主体(作者)又是舞台上的客体(表演者),因为在小说的不分离功能中,信息同时是言语又是一种表现形式。作者—表演者的表述逐步展开,分化并发展成两个部分:1)内容性陈述,叙述——自我书写的表演者—作者

---

① "作者"概念出现于 12 世纪的罗曼语诗歌中,贵族诗人发表自己的作品并信赖于游吟诗人的记忆力,要求后者进行准确诵诵,稍有差错就会被发现和评判。"'一切都归罪于游吟诗人!'这位加利西亚的贵族诗人如此愤愤地声讨。由于这个原因,再加上一些文人们的诗歌已经不再接受吟唱,游吟诗人便被排除在文学之外了。他们的身份仅剩下了乐师这一项。而即便是这个行当,最终也不免为来国外的管乐师取代。而在 14 世纪到 15 世纪,这些乐师本来是与游吟诗人共享社会舞台的。"(参见 R.Menendez Pidal《游吟诗歌和游吟诗人》(*Poesia juglaresca y juglar*),马德里,1957 年,第 380 页)。因此,早期的游吟诗人不仅是表演者(剧中人物,表现者;拉丁语"*actor*"的意思是表现故事的人),而且还是作者(产品的构造者,制作、安排、掌握、产生、创造事物的人,继而从生产者变成推销者;拉丁语"*auctor*"有出售者的意思)。

② 参见本文作者著作《小说文本,转换言语结构的符号学方法》(*Le Texte du roman,Approche sémiotique d'une structure discursive transformationnelle*),默东出版社 1970 年版。

所承担的话语;2)一些文本片段,引文——被转让他人的话语,自我书写的表演者—作者承认他言。这两个部分相互交叉甚至相互混淆:安托万·德·拉萨尔很容易从他"旁观"(叙述)到的白丽库齐娜夫人"亲身经历"的故事转移到所阅读(引用)的"埃奈和狄东"①等故事中。

4. 我们可以总结说,小说的陈述方式是一种推论(inférentiel)方式:在这个过程中,小说陈述主体根据推论前提(les prémisses de l'inférence)、即被认为真实的其他片段(内容性的,即叙述性的,或者是文本性的,即引文性的)确认某一个片段为推论结果(conclusion de l'inférence)。小说推论在两种前提的表述过程中尤其是在它们的联接过程中渐渐削弱,最终不能达到逻辑推理所特有的三段论之结论(la conclusion syllogistique)。作者—表演者之陈述行为在于把他本人的话语与他所阅读的内容、把他本人的话语机制与他人的话语机制黏合起来。

把这个推论过程中起媒介作用的词语(les mots-agents)整理出来是一件很有意思的事情:"在我看来……","如同维尔吉勒所说……","圣热罗姆于是说",等等。这些词并无实质意义,同时起连接(jonctif)和转述(translatif)作用。作为连接词,它们在小说的总体陈述当中联系(综合)了两类最基本的陈述(叙述和引语),因此是元核之间(internucléaire)的连接;作为转述词,它们通过改换意素把一个文本空间(声音话语)中的表述转移到另一个文本空间(书)中,因此是同一元核内部(intranucléaire)的转换②(比如,将市井之声和颂言引入书面文本)。

推论中的媒介语意味着把赋予某一主体的言语与另外一个有别于作者言语的陈述并列起来。它们使得小说陈述偏离主题和自身成为可能,从话语交际层次(信息性,交际性)转移到文本(生产力)层次成为可能。通过推论行为,作者拒绝成为一个客观的"旁观者",用"言"(Verbe)来表示真理并占有真

① 埃奈(Enée)和狄东(Didon),古希腊神话人物:埃奈是特洛伊的王子,狄东是蒂尔王(Tyr)的女儿。故事取材于公元前1世纪罗马诗人维吉尔的作品《埃奈曲》(Eneide),后来又被绘画、歌剧等多种艺术形式所演绎。

② 对于这些结构句法术语,请参见吕西安·泰尼埃(L.Tesnière)《结构句法初论》(Esquisse d'une syntaxe structurale),P.Klincksieck,1953年。

理,而是以读者或听众的身份来参与书写,通过其他言语的转换来组织自己的文本。他的解读(déchiffre)行为多于话语(parle)行为。推论中的媒介语使他能够把内容性陈述(叙述)转换为文本性片段(引文),反过来把引文转换为叙述;它们在两种不同的言语之间建立起相似、类同和互换关系。符号意素在这里再次出现,出现在小说陈述的推论模式当中:只有当它把另外一个话语化为己有时,它才会承认其存在。史诗体裁不曾经历过这种陈述模式的分化:武功歌讲述者的表述是单义的,它有确定的表意对象("真实的"物体或言语),它是一个表意手段,象征着超验客体(共相)。受象征思维主宰的中世纪文学因此是一种以超验力量这块"磐石"为表意对象和基础的"表意"文学和"表音"文学。狂欢节引入了言语机制(instance du discours)的双重性:表演者和观众轮流既是言语主体又是言语对象;狂欢场面还是连接业已分化的双重主体的桥梁,双方都在其中找到认同:作者(表演者+观众)。小说推论采用的正是这第三种机制并通过作者的言语加以实现。小说的陈述模式不可以归结于任何一个推论前提,它是一个潜在的熔炉,声音话语(内容性陈述、叙述)和书面文字(作品片段、引语)交会其中;它是一个虚空的、无形的空间,"如同","在我看来","于是说"或其他一些起着引导、联接和总结作用的关联词标志其存在。我们由此提炼出小说文本的第三种思路,真正意义上的故事尚未开始就已经结束:小说陈述行为表现为一种非三段式的推论方式,是叙述与引述之间的折中,声音与文字的结合。小说就是在这个联系不同并且不可等同"主体"的两种陈述类型的中空地带和无形范围内展开。

四、小说的非析取式功能

1. 小说陈述在构思时把对立项之间的关系视作势不两立、互不关联、不相互补、不可调解的两个组织之间绝对的、非交替性、一成不变的对立。为了使这种非交替性的析取式逻辑能够启动小说言语的发展进程,势必要引入一种否定功能将其包含在内,这就是非析取式逻辑。它出现在第二阶段,还不是一个弥补二分性的无限性(infinité complémentaire à la bipartition)概念(这个概念可形成于不同于"根本性否定"的一种否定观中,意味着把二元对立与对称二元的统一或综合同时加以考虑),是引入了伪装、暧昧性和双重性机制。原来的非交替性对立渐渐表现为一种伪对立(pseudo-opposition),只存在于萌芽状态,因为它还没有纳入自我否定的力量,即把对立双方统一起来。如果不存在这个补充性的否定把二分性转化成一个节律运动性整体,生与死(爱与憎,美德与丑行,善与恶,有与无)当然是绝对对立的。这个双重否定程序把对立项 之 间 的 差 异 (différence) 缩 减 为 一 种 可 以 相 互 转 换 的 根 本 性 分 离(disjonction),也就是说,使实体消失转化为交替的节奏所围绕的虚空,否则,否定是不完整和未完成的。这种否定包含两个对立项,在否定对立的同时并不肯定它们的同一性,这样,根本性否定(la négation radicale)程序就被分化成两个阶段:(1)分离功能;(2)不分离功能。

2.这一分化首先引入了时间概念:时间性(故事)本可能是断裂性否定行为之间的间隔(espacement),出现于两个彼此隔离、无法交替的运动(对立—协调)之间。而在其他文化体系中存在一种无限延续的否定,把这两个运动联系到一个均衡转换的系统中,因而避免了否定行为造成的间隔(持续时间),取而代之的是产生转换的虚空(空间)概念。

否定的"模糊化"同样引申到一种终极意义和一种神学原则(神旨,"意义")。前提是以分离功能作为起点,然后贯彻合二为一的意图,仿佛以统一"忽略"对立,同样,对立并不因为"在意"统一而存在。后来如果上帝出现,表明以非交替性否定为原则的符号思维范式到此终结,显然,这种终结在第一阶段的简单绝对对立(非交替性分离阶段)中已经存在。

正是在这种分化的否定中产生了一切摹仿论(mimésis)。非交替性否定是叙事法则:任何叙述都以时间、意图、故事情节和神为要素。史诗和叙事性散文使这个间隔发挥作用,目的在于表现由非交替性否定衍生的神学意义。我们应当到其他文明中去寻找一种科学的或宗教的、道德的或仪式性非摹仿性言语,它匿形于节奏性交替中,用协调性行为包容了一组组语义对立的矛盾①,在此过程当中形成了自己。小说也不例外,符合这种叙事法则。在各种

---

① 葛兰言《中国人的思想》(M.Granet, *La Pensée chinoise*),第50页。

各样的叙事文中,小说的特性在于不分离功能落实在整个小说陈述的每个叙事层次中(主题、意群、行动元,等等)。此外,主导小说意素的正是非交替性否定的第二阶段,即非析取式功能。

3. 确实,析取式逻辑(生—死,爱—憎,忠诚—背叛这一主体环)是小说的框架,我们在小说开篇的封闭型构思中已经有所发现。然而,只有当对立项之间的分离在得以保存、肯定和认可的同时又可以被否定时,小说才有可能展开。因此,小说中的析取式逻辑主要表现为双重一体(un double),而不是两个不可约同体(deux irréductibles)。背叛者、受嘲弄的君主、失败的战将、不忠的女人等形象都源自小说起源时期就出现的这种非析取式逻辑。

史诗主要围绕着排他性析取或者是不相容析取式逻辑而进行。在《罗兰之歌》(La Chanson de Roland)和所有"圆桌骑士"系列传奇中,英雄与叛徒、善人与恶人、战士的职责与内心的爱情等贯穿小说始终,成为不可调和的冲突,没有任何折中的可能。因此,服从于不相容析取式(象征)逻辑的"经典"史诗中不可能产生性格塑造和心理描写①。随着非析取式符号思维出现才产生人物心理描写,并且在模糊暧昧状态中找到适合表达曲折心理的土壤。通过史诗的演变,我们可以看到双重性形象的出现成为性格塑造的前身。于是,在12世纪末,尤其是13、14世纪,一种模糊的史诗性作品发展起来,其中的皇帝被人嘲弄,宗教和贵族变得滑稽可笑,英雄也有懦弱和可疑之处(《查理大帝朝圣记》),国王愚蠢无比,美德不会得到回报(《加兰·德·蒙格朗》②),背叛者成为主宰(《杜恩·德·马扬斯》武功歌系列中的《拉乌尔·德·康布莱》③)。既非讽刺也非赞扬,既不批判也不认同,这种史诗体现了一种建立在相反亦相像基础上、赋有兼容并蓄和暧昧模糊特征的双重性符号学实践。

---

① 在史诗中,人的个性受限于两种简单类型:好人和坏人、正面人物和反面人物。人物心理状态似乎"无关于性格,因此有可能以惊人的速度发生转变而达到令人难以置信的状态。好人可以变成坏人,而其中的心理变化是以迅雷不及掩耳的速度进行的"。D.S.Lixachov,《古代俄罗斯文学中的人物形象》(Chelovek v literature drevnej Rusi),莫斯科—列宁格勒,1958年,第81页。

② 《加兰·德·蒙格朗》(Garin de Monglan)是法国中世纪末期的武功歌作品,可能形成于15世纪初。——译注

③ 《杜恩·德·马扬斯》(Doon de Mayence)又称"离经叛道的贵族"系列武功歌,其中的主人公形象与中世纪传统的道德规则相悖,《拉乌尔·德·康布莱》(Raoul de Cambrai)是其中一首。——译注

4.在从象征到符号的过渡中,法国南方的贵族爱情文学(la littérature courtoise)表现出特殊价值。最近的一些研究①证明了法国南方文学中对贵族女性的崇敬与中国古代诗歌之间的一些相似。似乎可以得到这样一个结论:建立在"合取性析取"(辩证的否定)思维方式上的象形表意实践首先也就是既相同又截然不同的两种性别之间的"合取性析取",它对以非析取式对立为特点的表意实践(基督教,欧洲)产生了影响。这就可以解释为什么在相当长的一段时期里,一种西方社会中的表意实践(贵族情诗)赋予"他者"(女性)结构上最重要的角色。不过,在从象征到符号过渡中的西方文化体系里,对合取式析取的歌颂转变为对两个对立项中的唯一一项——他者(女性)——的赞扬,而本者(作者,男性)在其中找到认同并且后来与之融合。于是自然会产生对他者(Autre)的排斥,这必然表现为对女性的排斥,表现在对性别(和社会)对立的不认同。东方文学作品中所固有的阴阳之序在合取性析取(男女神结合)中安排性别(差异),到了西方就被一个以他者(女性)为中心的体系所取代,而这个中心的存在只是为了让本者(Même)能够从中找到认同。因此这是个伪中心,一个故弄玄虚的中心,一个盲目的中心,它有益于本者,他自立了一个他者(中心),实际上是为了在此一、同一、唯一当中感受自己。对这个盲目的中心(女性)所持的排他性肯定(positivité exclusive)被无限放大("高贵","心灵的美德"),消泯了析取(性别差异)并且融会到(从天使到圣母玛利亚)一系列形象当中。因此,在没有指定他者(女性)作为对立方、与此同时也是与本者(男性、作者)地位平等的对立方之前,在它自身还没有被对立之

① 参见《与古代普罗旺斯诗人关系中的西班牙—阿拉伯诗歌》(Alois Richard Nykl, *Hispano-arabic poetry on its relations with the old provençal troubâdours*),巴尔的摩,1946年。这份研究论证了阿拉伯诗歌虽然没有对普罗旺斯地区诗歌产生生搬硬套的"影响",但是如何通过与普罗旺斯地区话语体系的接触在内容、体裁和节奏、诗韵、诗节等形式方面推动了贵族爱情诗歌的形成和发展。然而,苏联学者N.I.Konard又证明了,阿拉伯世界的另一端与东方及中国保持接触(公元751年,巴格达哈里发军队与中国唐朝军队曾在怛逻斯河边交战)。两部公元3—4世纪的中国诗集《乐府》和《玉台新咏》在主题和结构上与公元12—15世纪普罗旺斯的贵族爱情诗歌有近似之处,当然,中国诗歌自成体系,属于另外一种思维体系。但是仍然应该看到阿拉伯文化和中国文化这两种文化之间接触和融合的事实(中国的"伊斯兰化"+中国的符征结构、艺术、文学在阿拉伯修辞体系中、以及由此对地中海文化的渗入)。参见N.I.Konard,《当代比较文学的各种问题》,收入苏联 *Izvestija Akademii nauk*,"文学与语言"系列,1959年,第18卷(fasc.4),第335页。

间的联系(男女有别同时又具有同一性)否定之前,这个尚未完成的否定行为已经构成一个被神学化的行为。在恰当的时候,它与宗教行为联系起来,把未竟的事业敬献给柏拉图主义。

在贵族爱情文学的神学化过程中,有人认为那是为了从宗教迫害[①]中拯救爱情诗歌,或者相反,有人认为那是阿尔比人[②]在法国南方教会势力溃败[③]之后,宗教裁判所或多明我修会(ordre dominicain)和方济各修会(ordre franciscain)对文学的渗透。无论事实情况如何,在这种以伪否定、不承认语义项合取式析取为特点的符号学实践结构里,贵族爱情文学的宗教化已经是不争事实。在这样的意素中,对女性(他者)的理想化意味着拒绝承认对立群体之间存在角色差别(différentiel)但无等级之分(non-hiérarchisant)的状况,同样也拒绝承认这个社会在结构上需要一个转换中心、一个只在同性当中具有交换物(objet d'échange)价值的异性他者(autre)。社会学已经描述了女性如何占据这个转换中心(交换物[④])的位置。这种贬低性质的崇尚预示了14世纪以后市民文学(寓言诗、滑稽剧、闹剧)中女性地位所受到的明显贬抑,这两种现象其实并无本质差别。

5. 安托万·德·拉萨尔的小说介于两种类型的陈述之间,它包含了这两种思维方式:在小说结构中,贵妇是一个双重性形象。她不再纯粹是贵族情诗模式中那个被神化的爱情主宰,也就是说是非析取关系中被升值的一项。她也是不忠的女子、忘恩负义和卑鄙无耻的人。象征表意实践(贵族爱情文学陈述)中本应有的不相容析取式的语义对立项在《让·德·圣特雷》中不复存在;在这里,它们是说明符号意素内涵的双重统一体中不可分离的部分。贵妇

---

① 《普罗旺斯诗人吉莱姆·蒙塔加尔》(J.Coulet, *Le Troubadour Guilhem Montahagal*),图卢兹:中世纪图书馆,1928年,第12卷第4册。

② 法国南方城市阿尔比在历史上是一座"圣城",中世纪异端——"纯洁教派"的信徒们正是用这座城市的名字为本教派命名——阿尔比教派(Albigeois),他们在13世纪时遭到了天主教会的镇压。——译注

③ 《普罗旺斯诗人吉罗·利奇耶:古代普罗旺斯诗歌的衰落》(J.Anglade, *Le Troubadour Guirault Riquier, Etude sur la decadence de l'ancienne poésie provençale*),1905年。

④ 《15世纪的妇女问题》(Campaux, *La question des femmes au XVe siècle*),刊于《法国文学与外国文学教学杂志》I.P.1864年,第458页;《古代法律和现代法律中的女性隐私情况研究》(P. Gide, *Etude sur la condition privée de la femme dans le droit ancien et moderne*),1885年,第381页。

既未被神化,也不被嘲讽,既非母亲,也非情人,她既不钟情于圣特雷也不忠实于神甫,她是一个最典型的非析取式形象,这也是小说的轴心。

圣特雷也属于这种非析取式形象:少年与战将,侍从与英雄,情场受骗却从战场凯旋,既受到保护也曾被背叛,她是贵妇的情人但同时也是国王或是战友布希科的情侣(第141页)。他从来不是一个真正的男性化角色,在贵妇身边他身兼孩子—情人的角色,又与国王或布希科同床共枕,圣特雷是一个名副其实的两性人,这个角色是对性的崇高化(而不是对崇高的性化),他的同性恋只是把他所隶属的符号学实践中非析取式逻辑加以故事化。他是一个位居轴心的镜子,小说系统中的其他论述投射其中并且自相融合:对贵妇来说,他既是异性又是同性(他虽是男性也仍然是孩子,所以她从中发现了与他者并无不同的自我身份,同时也并不排除二者之间不可忽视的差异),对国王、其他战友或布希科来说,他既是同性又是异性(他是男性,但也是主宰他们的女性角色)。圣特雷类似于贵妇的非析取式特性使他在男性社会中具有了交换物的价值;而他本身所具备的非析取式特性使他在社会中男性与女性之间成为交换物。这两点共同将一个文化文本中的各个元素联系在一个以非析取式(符号)逻辑为主导的稳定系统中。

五、偏离性陈述的联接

1. 小说非析取式功能体现在各种内容的陈述文之间的关联上,也就是各种偏离的联接(accord d'écarts):原本对立的两个论述(形成主题环的生/死、善/恶、始/终等)通过一系列陈述文联系和协调起来;这些陈述文与预设的对立结构之间没有明显关系和逻辑上的必然联系;而它们之间的罗列和连接也并没有受到重大的阻碍。相对于小说整体的对立结构而言,这些偏离性陈述是对事物(服饰、礼物、武器)或事件(军队出征、节日庆典、战争场面)的褒扬性描写(descriptions laudatives)。比如书中对商品买卖、人物着装(第51、63、71—72、79页)和对武器装备(第50页)的描写。此类陈述反复出现,少有变化,使得文本形成一个回旋往复的整体,出现一系列围绕着各自中心点而存在的封闭、循环、完整的陈述,每一个中心点都是对空间(商贩的店铺、贵妇的闺阁)、时间(军队出发、圣特雷返回)和陈述主体的内涵作分别或同时的介绍。这些描写性陈述细致入微,而且周期性反复出现,其重现节奏可以为小说的时间性提供参照。事实上,安托万·德·拉萨尔不对任何事件在时间上的发展进行描述。当出现表演者(作者)的陈述来进行时间上的连接时,无非是言简意赅地把一些令读者身临其境的描写连缀起来,比如整装待发的军队、商家店铺、衣服首饰,这些赞美之辞并不包含任何因果关系。偏离性陈述的罗列可以没完没了,夸赞性描写可以永远重复,可是它们最终还是被小说陈述的基本运行机制——非析取式逻辑——结束了(封闭和终结)。用回顾的眼光来看就会发现,在结局中,原来的歌颂反过来变成了悲叹,最后以死亡而结束,因而这些受限于小说结构整体的褒扬性描写就失去了绝对性,变得模糊暧昧,具有迷惑性和双重性:其单义性变成了双重性。

2.除了上述褒扬性陈述,非析取式逻辑联接的另一种偏离出现在小说进程中:拉丁语引文和道德说教。安托万·德·拉萨尔引用了蒂勒·德·米莱齐、苏格拉底、特里米德、皮塔库斯·德·米瑟莱恩、《圣经福音书》、加图、西尼加、圣奥古斯丁、伊壁鸠鲁、圣伯纳、圣格里高利、圣保罗、阿维森纳等等,而且除了他所明确表示的引用之外还可以发现相当数量的抄袭。

我们很容易就能发现这两种偏离陈述——褒扬性描写和引文——出自小说之外的来源。

第一个文本外来源是集市、市场或是广场。言语来自夸赞自己商品的商贩之口或是宣告战争开始的传令官。语音话语、口头表述甚至是声音本身都变成了书:小说不完全是书面文字,它也是口头交际的记载。纸上记载了一个具有任意性的语音(话语=声音),它想要与参照物和语义相符合,代表一个业已存在的"事实",为表意手段补充表意对象并将其容纳到一个交流机制中,也就是把它限定为一个可操纵和交流的符号表现体(符号),其作用在于保证一个承载意义(价值)的交际(沟通)结构的完整和严密性。

这些褒扬性表述在14、15世纪的法国大量存在,并以颂言(blason)之名为人所知。它来自口头交际话语,或在广场上大声宣读,目的是将有关战事消息直接公布于众(士兵数量、来源、武器装备),或是市场里的叫卖声(商品名称、质量、价格)①。这些嘈杂纷乱、夸大其词而又郑重其事的罗列之词属于一种语音(phonétique)文化:欧洲文艺复兴时代才最终确立的这种以交换为意图的文化通过声音手段和话语体系(言语、声音)内的结构而进行——它必然指涉一个所认同的现实,并且(通过表意手段)赋予它表意效果。"语音"文学就是以这种褒扬性、重复性的表述和表述行为为特征。②

后来,颂言失去了单义性而变得模糊,往往兼具褒贬两种功能。到15世纪,颂言已经成为一种典型的非析取性表现形式。③

安托万·德·拉萨尔恰好在颂言产生褒与(或)贬两重性之间的阶段使用了这一形式。书中所记录的颂言确实是单义性的褒扬之言。可是一旦从小说文本的整体结构来看,它们就变得模棱两可了:贵妇的背叛使得赞誉之词显得虚伪和暧昧。如前所说,颂言变成了指摘,并且被融入小说的非析取式逻辑当中;形成于文本之外(Te)的性能在小说文本整体(Tr)中发生变化,并因此使小说成为意素。

单义性的分化是整个中世纪言语空间(口语)中的一个典型现象,尤其是在狂欢节情境中。分化是符号(事物—声音,参照物—语义—语音)的本质特征和交际系统的形态特征(主体—受述者,本者—假代者—他者),进入了陈述语(声音)的逻辑层次,并且表现为一种非析取式逻辑。

3. 第二种偏离——引文——来自一个书面文本。拉丁语和其他(已读)书籍进入小说文本,或是被直接抄袭(引用),或是化为记忆的痕迹(回忆)。

---

① 比如有名的"巴黎城叫卖声"——重复性、列举性、褒扬性的陈述语,在当时社会中起着现代社会中的广告作用。参见《古代的个人生活》(Alfred Franklin, *Vie privée d'autrefois*)中第一章"布告与广告",1881年;《巴黎之声——民间叫卖的文学和音乐史》(J.-G.Kastner, *Les Voix de Paris, essai d'une histoire littéraire et musical des cris populaires*),1857年。

② 参见《古老遗嘱之谜》(15世纪):古巴比伦国王尼布甲尼撒二世的军官曾列举43种武器,在《圣坎特恩殉道者》(15世纪末)中,罗马军队首领列举45种武器,等等。

③ 比如在格里美豪森的《讽刺的香客》(Grimmelshausen, *Der Satyrische Pylgrad*,1666)中,有20个陈述语首先以正面意义出现,后来又以贬义重新出现,最后表现为双重意义(非褒非贬)。颂言形式在中世纪神秘剧和讽刺滑稽剧中大量存在。参见《15和16世纪法国诗歌集》(Montaiglon, *Recueil de Poésies françaises des XV et XVI siècles*, Paris, P.Jannet-P.Daffis,1865—1878年,第一卷第11—16页,第三卷第15—18页),还有《民间故事集》(*Dits de pays*)第五卷第110—116页。关于颂言,参见《法国民间颂诗》(H.Gaidez et P.Sébillot, *Blason populaire en France*),巴黎,1884年;《颂言》(G.D'Harcourt et G.Durivault, *Le Blason*),巴黎,1960年。

它们从自身空间原封不动地被转移到正在书写的小说当中,被加上引号袭用或是仿用。①

　　中世纪末期重视声音文本并在文字文本中引入集市、市场、街头等(城市)空间,同时这个时期也以大量书面文本的进入为特征:书籍得到推广,不再是贵族和学者的特权②。这样的结果是声音文化也试图跻身于书写文化。由于在我们的文明中,任何书都是对口头言语的记录③,因而引用或抄袭与颂

---

　　① 关于安托万·德·拉萨尔作品中的引用和袭用问题,参见《安托万·德·拉萨尔与西蒙·德·艾斯丹》(M.Lecourt,*A. de la Sale et Simon de Hesdin*),收入《致埃米尔·夏特兰信札》(*Mélanges offerts à M. Emile Châtelin*),巴黎,1910 年,第 341—350 页;《安托万·德·拉萨尔的一个借鉴:西蒙·德·艾斯丹》(*Une Source d' A. de la Sale:Simon de Hesdin*),收入《罗马尼亚》(*Romania*),第 76 期,1955 年,第 39—83、183—211 页。

　　② 我们知道在中世纪初期,书籍经历了一段被"神圣化"(圣书=拉丁文书籍)的时期,之后书的地位被降低,出现了由画本代替文字的现象。而"自 12 世纪中期,书的作用和地位发生了变化。作为生产和交换场所的城市接受了书籍的存在并引发了书籍的产生。人们的言行在其中产生反响,在一种活跃的气氛中交流和丰富。书籍成为最需要的产品,进入了中世纪的生产体系中:它变成一种可以货币买卖的产品,也是一种受保护的产品。"(Albert Flocon,*L'Univers des livres*,Hermann,1961 年,第 1 页)一些非宗教的书籍开始出现,如罗兰系列;还有宫廷小说:亚历山大大帝传奇、底比斯传奇;布列塔尼传说:亚瑟王、寻找圣杯的故事、《玫瑰传奇》;法国南方和北方的情诗、鲁特伯夫的诗歌,寓言诗《列那狐传奇》,圣迹剧和宗教戏剧等。手抄书本形成一种真正的商品交易,并在 15 世纪获得长足发展:在欧洲各大城市巴黎、布鲁日、格朗德、安特卫普、奥格斯堡、科隆、斯特拉斯堡、维也纳的集市上,在教堂附近,书本抄写者摆摊设位展示他们的商品。(参见《从古至今话书籍》,Svend Dahl,*Histoire du livre de l'antiquité à nos jours*,P.-Ed. Poinat,1960 年。)在安托万·德·拉萨尔所奉职的安茹朝廷(与意大利文艺复兴关系密切),历任国王都非常尊崇书籍:勒内国王(1480)拥有 24 部土耳其和阿拉伯手抄本,在他卧室中悬挂着"一幅巨画,上面写着所有基督教国家和撒拉逊国家的字母"。

　　③ 西方思想似乎历来把任何文字都视为次要,是言语之后的事物。这种对文字的轻视,正如许多哲学先决命题,要追溯到柏拉图:"我肯定没有写过(关于这个主题)的书,将来也不打算这样做,因为这种学说是无法像其他学问一样见之于文字的。倒不如说,要熟悉它就要长期接受这方面的教导,与之保持亲密关系,然后终有一天,它就像突然迸发的火花在灵魂中生成,并马上成为不证自明的东西"。除非文字能够等同于一种权威,一种永定的真理:"写成这样一本能够给全人类带来巨大利益,把事物的本性启示给所有人的著作"。可是,唯心主义以怀疑的态度发现"语言是一种无能的工具……因此,没有一个有理智的人会如此大胆地把他用理性思考的这些东西置于语言当中,尤其是以一种不可更改的形式,亦即用所谓书写符号来表达"(柏拉图《第七封书信》)。研究文字的历史学家普遍认同这个观点(参见《文字的历史》,James G. Février,*Histoire de l'écriture*,巴黎,Payot,1948 年)。相反,张成明(Tchang Tcheng-Ming)在《中国文字与人类行为》(*L'Ecriture chinoise et le Geste humain*,巴黎,1937 年)中和 P. Van Ginneken 在《人类古老语言的类型重建》(*La Reconstitution typologique des langues archaïques de l'humanité*,1939 年)中肯定书面文字先于声音语言而存在。

言一样具有语言文化特征,即使它们出自文字之外(言语)的来源参照的是安托万·德·拉萨尔的作品产生之前的书籍。

4.尽管如此,对书面文本的引用扰乱了口头言语记录带入文本的规则:列举、重复,即时间性(如前所述)。书写机制带来了两个重要后果。

第一,安托万·德·拉萨尔的文本中的时间性与其说是话语型(discursive)时间性(各个叙述段落并不按照言语段落发生的时间顺序来安排),不如被称为书写型(scripturale)时间性(各个叙述段落按照书写行为来引导和推进)。"事件"的进程(描写性陈述或是引用)服从于在空白之页上书写的手,服从于文字记录的布局。安托万·德·拉萨尔经常中断话语型叙述时间进程以引入文本书写工作的现在时。"言归正传""简而言之""何从说起""此处不言夫人及其女伴,且说圣特雷",等等——类似的连接句标志着一种有别于话语型(线性)的时间性:表示(书写工作的)推论性陈述行为的现在时大量涌入。

第二,(语音)陈述语被转录入纸面,其他文本(引文)被转载,二者共同形成了一个书面文本,其中书写行为本身退居其次,从整体上来说处于次要地位:仿佛进行了抄录工作,成为一个标记,这封"书信"似乎不再具有记录意义而成为一个交换物:"以之为书信相寄"。

如此结构的小说有如一个双重空间:同为声音陈述和文字陈述,而占据绝对主导地位的是话语(声音)层次。

六、任意性结局和完整性结构

1.任何表意行为都表现为表达形式上完成的陈述。这种完成有别于结构性完整(finition structurale),后者只有少数哲学体系(黑格尔哲学)和各种宗教有所企及。在我们的文化中,"文学"被作为成品(效果、印刷)来消费,其生产过程却不被关注,而具备完整的生产工序就是文学的一个基本特征。小说在文学中占据主要地位。从小说的历史起源和它们共同的封闭结构来看①,

---

① 参见 P.N.Medvedev《文学理论中的形式主义方法,诗学的社会学批评导论》(*Formalnyi metodv literaturovedenii.Krititcheskoie vvedeniie v sotsiologitcheskuiu poetiku*),列宁格勒,1928 年。

文学概念与小说概念是重合的。小说中往往缺少显而易见的结局,或是模糊朦胧,或是意味深长。这种意犹未尽的感觉并不意味着文本结构不够完整。每一体裁都有其特殊性,我们将揭示出作为小说的《让·德·圣特雷》所具有的完整性结构。

2. 该书开头的谋篇布局已经体现了完整的结构。在我们先前描述的提纲当中,各条思路自称体系,或是首尾呼应,或是因为某个抑制性因素而彼此重合,最终勾勒出一个封闭言语系统的轮廓。除此之外,该书在写作的结束方式上再度实现结构的完整性。作者以对贵妇的惩戒而结束笔下人物圣特勒的故事,然后叙述戛然而止,小说最后以一句作者的陈述语结尾,宣布了终局:"本故事到此结束……"(第 307 页)

小说开头的思路所设立的各个环状结构当中如果有一个得以完成,故事就可以视作结束。这个环状结构就是对贵妇人的批判,这也意味着对暧昧的批判。叙事(récit)止于此。我们把完成一个具体环状结构而产生的叙事完成称为一次结局。

可是,文本基本结构(二元对立及其与非析取功能的关系)的具体实现所表现的结构性完整不足以使作者的陈述成为闭合的体系。话语中没有什么因素可以结束无穷无尽的一环套一环,除非加以任意(arbitraire)处置。在小说陈述中,真正的终止行为发自当下在纸页上生产了小说的写作行为本身。当主体死亡的时候,言语停止,而制造了这个"谋杀"的是写作(生产)机制本身。

此外,表演者标志着出现第二次、也是真正一次结局:"一个英勇骑士之书就此结束……"(第 308 页)。然后是简单回顾故事情节,并把陈述引回到写作行为("此时,崇高而杰出的君主和令人景仰的王爷勿因文字过多或过少……而圣特雷说,鄙人完成此书,以之为书信相寄"),同时用书写行为的现在时取代故事叙述的过去时("尊敬的王爷,此时此刻,无他人致信于您……"第 309 页),从而结束小说。

在文本的双重进行过程中(圣特勒的故事—写作过程),书写的生产力被转化为叙述,而叙述经常被中止以显现生产行为,作为修辞形象出现的(圣特雷的)死亡与言语的终止(表演者的消失)同时发生。不过,在文本结语中被重提的这个死亡不是被话语引入的,而是由文字(小说文本)用引号引入(墓碑上)的文字从而推论得知的,因此,此处话语的作用后退一步。另外还发生了一个后退,这回是语言的后退,引用的墓碑铭文使用了一门已死的语言(拉丁语):拉丁语已经让位于法语,它也到达了死亡的时刻;此时结束的不仅是故事(在前一段已经结束:"本故事从此结束……"),而且是言语及其产物——"文学"/"书信"("本书就此结束……")。

3.故事本可以继续讲述圣特勒的历险或其他经历。可是故事就此而止,完成了生死之环:在结构上完成小说的是我们上面提到的符号意素的各项封闭性能,故事在叙述过程当中只是变换了形式;在写作行为上完成作为文化产品的小说者,就是突出叙事行为,把叙事文当作被书写的文本加以阐述。

因此,在中世纪末期,也就是在"文学"意识和"社会"(文学是其上层建筑)意识尚未巩固之前,安托万·德·拉萨尔以双重方式结束了自己的小说:作为故事(结构性)和作为言语(写作性),而这种写作行为的结局方式以其幼稚性反而凸显了后来为资本主义文学所遮掩了的一个重要事实,那就是:

小说具有双重符号地位:它是一种语言现象(故事),同样还是话语体制(书信、文学);作为故事的存在是具有文学存在这个基本特性之前的一种表现形式。现在我们就发现了小说区别于故事的特征:小说已经是"文学",也就是说是言语行为的产品,是主有者(作者)和消费者(大众、接收者)之间一种具有价值的(言语)交换物。故事的结束就是某一环状结构的完成。① 相反,小说的终结不止于这个故事的结束。话语机制往往表现为尾声的形式,出现在最后,缓和叙述进度,表示这其实是由一个说话主体控制的言语结构。② 故事讲述的就是情节,而小说表现为一个言语体系(无论作者——多少有此意识——是否如此认为)。在此方面,在说话主体对其话语的批判意识发展过程中,小说成为具有决定意义的一步。

---

① "short story"一词总是意味着一个故事,而且要满足两个条件:短小的篇幅和重视结局。B.Eikhenbaum,《论散文体作品的特征》,载《文学理论》,第203页。

② 游吟诗歌以及民间故事和游记等,在作品结束时往往引入言语者机制,作为所叙述"事实"的见证者或参与者。可是在小说结语当中,作者发表话语并不是为了见证某个"事件"(如同在民间故事中),也不是为了公开表达自己的"情感"或"艺术"(如同游吟诗歌),而是为了把前面假装转让他人(小说人物)的言语主权收归所有。他以话语(而不是一系列事件)的表演者身份存在,在所有情节性意义都完成之后(比如主要人物的死亡)还一直追随到话语的结束(消亡)。

把小说作为故事来结束,这是一个修辞问题,其方式在于重新打开曾经开启小说的封闭性符号意素。把小说作为一种文学事实(作为言语或符号来理解)来结束,这是一个社会实践和文化文本的问题,其方式在于把话语(产品、作品)与话语的终结——书写(文本生产力)进行对照。这里就出现了把书看作一种生产的第三种观念,而不再是现象(故事)或文学(言语)。安托万·德·拉萨尔当然并没有意识到这样的含义。他之后的社会文本排除了任何生产的观念,取而代之的是产品观念(效用、价值):文学的作用是商品价值的作用,这甚至掩盖了安托万·德·拉萨尔曾经在模糊意识中的实践:文学产品的话语起源。后来等到对资本主义社会文本产生怀疑时,随着文本中书写工作显示出重要性,人们才对(言语的)"文学"产生怀疑。①

4. 在此期间,这种打破了表现(文学事实)论的文学书写功能仍然是潜在的、无人理解和无人表述的,尽管它经常出现在文本中而且是显而易见的。对于安托万·德·拉萨尔和任何"现实主义"作家而言,写作就是话语,这是一个(不可逾越的)法则。

在一个以"作者"的身份自我反思的人看来,写作是一种磨砺、推敲和定形的功能。自文艺复兴以来的语音意识②认为,写作是一种人为的限定、一条任意的法则和一个主观的产物。文本中书写机制的干预往往就是作者为了解释故事的任意性结局而自圆其说的理由。安托万·德·拉萨尔就是这样在叙述时不断写到写作过程,以此来证明结局的理由:他的故事是一封书信,书信的结束就是思路的结束。另一方面,作者在写圣特雷之死时并没有讲述过程:一贯不惜笔墨、不厌其烦的安托万·德·拉萨尔在介绍这个重要事件时只是转录了一块墓志铭,并且采用了两种语言——拉丁语和法语。

我们现在面临着一个以不同形式贯穿小说历史的悖论现象:书写过程的贬值,把它划为毫无作用、多此一举、缺乏生气的一类。伴随这个现象的是对作品本身、作者和文学事实(言语)的重视。书写行为的出现只是为了结束这本书,也就是结束言语。开启书的是作者的话语:"且谈白丽库齐娜夫人"(第

---

① 比如,菲利普·索莱尔斯(Philippe Sollers)的作品《公园》(*Le Parc*,1961 年)在描写作为言语现象(表现)的作品所产生的逼真效果之前讲述了写作的生产过程。

② 关于语音思想(phonétisme)对西方文化产生的影响,参见德里达(J.Derrida)的著作。

1 页)。书写行为是一个极具区分性的行为,使得文本具备了一个不可与其他混淆的特殊性质;它也是一个极具联系性的行为,避免了一个完备的意素当中各个序列的封闭,而使它们开放到一个无限的布局中,这个行为将会消失,但是它的出现无非是为了提醒在客观现实(陈述、声音言语)之外还存在着主观创造(书写实践)行为。存在于资本主义小说中的这种语音/书写、陈述/文本的对立以及其中第二项的贬值(书写、文本)误导了俄罗斯形式主义理论家,这使他们把故事中出现的书写机制的干预诠释为文本的"任意性"(artibraire)或是所谓作品的"文字性"(littéralité)。显然,"任意性"和"文字性"这样的概念只会在重作品(语音、话语)轻书写(文本的生产力),也就是说在封闭的(文化)文本这种意识形态中才有可能加以考虑。

1966—1967 年

(原文刊于 2011 年 5 月《人文新视野》第七辑,[法]茱莉亚·克里斯蒂娃①著,车琳译)

---

① 茱莉亚·克里斯蒂娃(Julia Kristeva),法国著名文学理论家、符号学家。

谈巴尔扎克的现实主义

何谓"巴尔扎克的现实主义"？波德莱尔（Charles Baudelaire）和雨果（Victor Hugo）认为它是一种虚实交织的现实主义。我们补充一句，这就是一种绝对的、全面的现实主义。事实上，在对社会现实进行如此细致和完整的描绘时，巴尔扎克（Honoré de Balzac）从来没有把具体事实与阐释事实的抽象理念分开，没有把对细节的观察与对视为整体现实的全面把握分开。

对巴尔扎克来说，一切源于真实并且归于真实，这就是其作品所实现的小说"革命"所在。不过，何为"小说之真实"呢？1959年，法国的"新小说"引发人们重新思考小说传统时，娜塔丽·萨洛特（Nathalie Sarraute）对她所理解的"文学之真实"进行了界定，为此她引用了当代画家保罗·克利（Paul Klee）关于艺术作品功能的一句话："艺术作品不是复制真实，它是化隐为实。"这就是说，小说家或画家并不是向读者或观众展示"方方面面都已经被揭示和探知、任何人都不费力气就可以发现的显而易见、司空见惯的现实"，他不应满足于以众人看待真或美的普通目光来复制显然的现实，这样只会落入俗套。相反，艺术家应该撇开"平庸与俗套"，向人们展示尚不为人知的"隐"。他通过追求一种本身亦匠心独运的表现形式来完成这项工作，在其中投入了自己这种独特认知方式所要求付出的努力。

这个关于"小说之真实"的定义，肯定了创造性虚构所占据的重要地位，"作家通过虚构这一活动剥去事物的表面外壳，从中挖掘出新鲜的、不为人知的成分，将它们有机地组织起来，创作成型，这就是作品"。这样的探索要求小说家摒弃传统可靠的心理分析和情节手段，或更准确地说，小说家必须将它们从内部革新，必须潜入错综复杂的"心灵深处，幽微深邃的情感之源"。

尽管娜塔丽·萨洛特视福楼拜（Gustave Flaubert）——普鲁斯特（Marcel Proust）和乔伊斯（James Joyce）继承其风——为这种革新的先行者，她也看到，巴尔扎克虽然着意描写现实，不烦烦缕，他笔下的人物来源于生活原型并具有很强的"现实"感，其实他的现实主义源于一种强烈而深刻的洞察力，从而不落一般现实主义的窠臼。因为，"激发小说家的信念赋予其艺术表现形式以特有的活力和震撼力，与他独具慧眼所发现的事物的直接接触使他体验到的激情支持着他付出创作此种崭新形式所需的巨大努力"。

确实，用这样的表述来形容巴尔扎克的创作可谓恰如其分。现实一旦经过想象虚构这面"聚光镜"的过滤和重新组合，呈现在我们眼前的"文字世界"——正因为它是文字的——确实成为艺术家内心世界一种既具体又易解的反映。这不是另外一位法国作家司汤达（Stendhal）所谓的"沿着马路移动以记录世间万象的镜子"，而是一面聚光镜，反射到其中的物体形象发生了变化，关键是要展示不能以其他方式被看到的一切。也就是说，要以记录和分解事实的分析力，以及将经过分解的事实组成既真又美之整体的概括力这样的双重能力来表现完整的现实。巴尔扎克经常说，艺术的真实并非现实的真实。因此，他既让我们看到事物的物质性，也看到它们的"背面"，即反映事物的结构、变化和事物在精神范畴这另一面体验中发展的理念性。

自然，我们会想到巴尔扎克的忠实崇拜者波德莱尔就艺术家创作中想象的作用所做的诠释："想象既是分析又是概括，而一些精于分析也善于概括的人却可能缺乏想象力。……它是一种感觉，然而，有些敏感的人，也许还是非常敏感的人竟也缺乏想象力。……人世之初，想象力创造了类比和隐喻。它将整个创作进行分解，依循一些只存在于心灵最深处的规则，采用所积累和掌握的材料创造出一个新的世界，营造出'新'感觉。"正是这样，巴尔扎克向我们展现了一个十分熟悉又异常新奇的世界。

（原文刊于《外国文学》2000 年第 5 期，[法]阿尔莱特·米歇尔①著，车琳译）

---

① 阿尔莱特·米歇尔（Arlette Michel），法国巴黎索邦大学教授，曾担任巴尔扎克学会会长。

"人间"并非"喜剧"

　　提起法国 19 世纪文豪奥诺雷·德·巴尔扎克(Honoré de Balzac),人们自然会想到他那卷帙浩繁的作品"*La Comédie Humaine*",中文通常译作《人间喜剧》。由于约定俗成,人们很少对此译名提出质疑,但实际上,《人间戏剧》的译法更为准确。

　　一字之差,主要在于对原书名中法文单词"comédie"的理解有偏差。根据大众常用且比较权威的法国《小罗贝尔词典》(*Le Petit Robert*),该词来源于拉丁语"comoedia"(1361 年),意为"戏剧""戏剧表演"或"表演戏剧的场所"。《小罗贝尔词典》每年更新,新近几年的版本中在此义项下专门增设一条,即"La comédie humaine",解释为"以达到某种结局,根据某些规范而进行的一切人类活动",并专门举巴尔扎克的作品名称为例。"comédie"一词更晚(1500年)产生的用法是第二个义项,即"匡正社会时弊、令人发笑的戏剧作品","与悲剧相对的喜剧",在此义项中专门举莫里哀(Molière)喜剧为例。

　　确实,"comédie"一词很容易使人望文生义,大家会因为它派生的形容词"comique"(喜剧的,令人发笑的)而只注意到其"喜剧"这一义项,并以之为唯一义项,从而忽略了它更原本、更广泛的含义。实际上,"comédie"及其派生词在很多情况下是取第一种义项的,却常为中国的法语学习者所误解。如"La Comédie-Française"常常被误译为"法兰西喜剧院",其实正确的理解应该是"法兰西剧院",该词也作为例子也出现在《小罗贝尔词典》中"comédie"第一个义项下。然而,我们不能将之狭义地理解为喜剧院,须知其经典剧目中也有很多悲剧作品。同样,"comédien"这个词的含义首先是所有表演戏剧作品的演员,在很多场合下与"acteur"(演员)这个词同样适用,而不一定特指喜剧演员。

此处还可以顺便提及意大利杰出作家但丁的《神曲》，法语译作"*La Divine Comédie*"，意大利语原名为"*Divina Commedia*"。意大利文单词"commedia"与法语中的"comédie"同源于拉丁语，该作品的中文译名《神曲》二字意义丰富而精妙，因为"曲"在中国古典文学中就有"戏剧"的概念，如元曲、散曲，并不特指喜剧之义。所以，把巴尔扎克的"*La Comédie Humaine*"译作《人间戏剧》更为确切。

除了词义上的探讨，我们也可以从巴尔扎克的作品本身来探求一个更为正确的中文译名。作家1842年7月在作品前言中阐述了自己的创作动机和意图："这个念头来自人类和动物界之间的一番比较"，"既然布丰①竭力通过一部丛书来表现动物界的全貌，并为此写成了极为出色的作品，那么不是也应该给人类社会完成一部类似的著作吗？""因此，这套有待完成的作品应当……书写人与生活"，"写出一个许多历史学家所忽略的那种历史，也就是风俗史，我将不厌其烦、不畏其难，努力完成这套关于19世纪法国的著作"，"这项计划规模宏大，它包括了社会的历史、对社会的批评、对社会弊端的分析，以及对社会中种种原则的探讨。我认为，这就使我有权利给它加上如今的题名，即《人间戏剧》"。至此，巴尔扎克充分表达和解释了自己的创作理念，这不是"人间喜剧"所能恰如其分加以涵盖的。更何况在这篇序言中，作家本人也两次用到另外一个表达"戏剧"含义的词语"drame"来描述自己的作品，说它是"一台角色多达三四千人的社会戏剧"，"这就是形象云集、悲剧和喜剧同台串演的场所"。或许可以说巴尔扎克在写作中借鉴了喜剧中针砭时弊、冷嘲热讽的创作手法，但是他本人从来无意用"喜剧"来概括自己的作品。

《人间戏剧》再现了19世纪法国社会的种种繁华与凄凉，以及各个社会阶层法国人的生活状态，其中的作品几乎没有以笑声结束的，也很少有喜剧元素，这很难把它们与喜剧联系起来。仅以其中两部最为中国读者熟知的作品为例，《欧也妮·葛朗台》（*Eugénie Grandet*）的主题是"一个家庭的毁灭"，巴尔扎克说"这是一出没有毒药、没有尖刀、没有流血的平凡而残酷的悲剧"；至

---

① 布丰（Buffon），法国18世纪博物学家、作家，进化论思想的先驱，著有《自然史》36卷。

101

于《高老头》(*Le Père Goriot*),它来源于生活中一幕真实的惨剧。其中译者之一韩沪麟先生认为"从《高老头》结构、章法和节律看,这部小说酷似悲剧,至少具有很浓烈的悲剧效果",并断定巴尔扎克在创作这部小说时受到莎士比亚的悲剧《李尔王》的影响。

巴尔扎克为时代著历史,描述人间万象,可是"人间"并非"喜剧",是善与恶、美与丑、喜与悲的冲突,是一出悲剧与喜剧同台的"人间戏剧"。

(原文载沈大力等编:《北京'99 纪念巴尔扎克诞辰 200 周年文集》,外语教学与研究出版社 1999 年版)

雨果:浪漫与现实的交响

——纪念雨果诞辰 200 周年

1935 年,罗曼·罗兰(Romain Rolland)在一篇纪念雨果(Victor Hugo)逝世 50 周年的文章中写了这样一段话:"我们在一起谈论某一部伟大的作品或某一位伟大的艺术家时,我们谈论的从来不是同一部作品、同一个人。我们谈论的是我们自己和我们这个时代对其的认识……从前我认识的那个雨果完全不同于现在世人所认识的这个雨果。这个雨果也将成为过去,其他的雨果将会出现,探求不尽的是天才之泉,他的一生是一个发展变化的过程,生前死后都是如此,因为这就是他的不朽性。"①

这段话可谓是真知灼见。确实,人们对伟人的看法从来不是绝对的、唯一的、不变的,在不同的历史时期雨果所得到的接受也有所不同,在雨果的故乡和在遥远的中国都是如此;而且,不要以为我们已经认识了全部——接近伟人正如观山,我们从某一个视角望去,看到的只是一个侧面,任何人的视线都不能环抱整座山,正所谓"横看成岭侧成峰,远近高低各不同"。

1883 年 8 月 19 日,当罗曼·罗兰还是一个翩翩少年时,他与维克多·雨果有过一面之缘,那时的雨果已是年届八十的耄耋老人,被拥在爱戴他的人群中,那就是罗曼·罗兰眼中被赋予了神话色彩的雨果——"老俄耳甫斯"。罗曼·罗兰是一个杰出的传记作家,但遗憾的是他没有为我们留下关于雨果的传记文字,并非他对这位旷世文豪缺乏了解与景仰,也许是因为在他的年代,历史的间隔还不足以客观审视这位伟人的一生,也许罗曼·罗兰认为,雨果那

---

① Romain Rolland. Le vieux Orphée, *Europe*, 1952, No. Febrary-March.

充满创造、变化和矛盾的一生难以浓缩和静止在传记的书页中。

在相隔大半个世纪后，罗曼·罗兰的话给了我们鼓舞，既然人们见到的都只是一座巍峨高山的不同侧面，笔者也就不必顾虑自己目光短浅，来谈一谈一位伟人的一个侧面。

一

毋庸置疑，雨果在 19 世纪法国浪漫主义文学中具有重要地位。尽管我们渐渐抛弃了给某个作家贴上某某标签的做法，但浪漫主义之于雨果以及与他同时代的一批作家，如拉马丁（Alphonse Lamartine）、维尼（Alfred de Vigny）、缪塞（Alfred de Musset）等，却是一种自觉的倾向与行动。这里的浪漫主义当然有别于我们通俗意义上的释义，而是指 19 世纪这样一个特定历史时期在欧洲各国泛起的一种与理性主义、古典主义相对立的文艺思潮和运动。雨果以丰盛的创作精力纵横捭阖于诗歌、戏剧、小说等各文学领域，可以说是浪漫主义文学的集大成者。仅从雨果的戏剧而言，其创作之路贴合了法国浪漫主义戏剧的发展轨迹：1827 年的《〈克伦威尔〉序》（Cromwell）被视作法国浪漫主义文学的宣言；1830 年《艾那尼》（Hernani）的首演终于演化成浪漫主义与古典主义之间一场实地的较量；1838 年的《吕伊·布拉斯》（Ruy Blas）堪称雨果戏剧的巅峰之作；而 1843 年的《布尔格拉弗》（Les Burgraves）则标志着浪漫主义戏剧在法国逐渐走向低谷。至于雨果的诗歌，更是以"色彩瑰丽的意境，奇特巧妙的想象，丰富生动的语言，独具匠心的结构，反复吟咏的旋律，感情奔放的气势"而显示出雨果杰出的浪漫主义诗才。[①] 因此，每当提起雨果，人们会把他当作浪漫主义文学的代表人物，这是无可辩驳的。

当笔者试图将"现实主义"这个形容语用于雨果时，并无意否定雨果在浪漫主义文学运动中的重要角色，更无意否定其作品的浪漫主义风格，只是发现浪漫主义与现实主义在雨果身上并不是对立的两端，而人们只强调浪漫主义

---

① Romain Rolland. Le vieux Orphée, *Europe*, 1952, No.Febrary-March.

的雨果而常常忽略了一个现实主义的雨果。

<h1 style="text-align:center">二</h1>

雨果乘火车旅行时，总是喜欢把车窗打开，即使外面刮风下雨。这或许可以看作一个象征——雨果总是向生活敞开他的窗户。

按照中国人的观念，雨果可以说是一个非常"入世"的作家：其一，雨果非常关心自身及家人的物质生活；其二，对于他所处时代的社会问题和社会变革，雨果始终非常关注并投入。

古往今来，生前已功成名就并且在有生之年就享受着富裕的物质生活的作家为数不多，而雨果就是其中之一。与他同时代的作家巴尔扎克（1799—1850）虽然被冠以"现实主义文学大师"之名，但在经营自己的人生时却表现得不太现实；相反，在实际生活中，雨果以最大的现实主义，成功经营了自己辉煌的一生。

少年时代的雨果不仅早已崭露文学才华，而且表现出远大的志向。他的偶像是夏多勃里昂（Chateaubriand，1768—1848），他仰慕的不只是这位前辈的文学才华，还有社会担当——在拿破仑帝国和复辟王朝时期，夏多勃里昂不仅担任过外交使节，而且曾经身居内阁部长要职。当然，雨果后来所获得的荣誉超过了他少时的偶像，但我们从他的少年理想已经可以看出他的现实主义人生抱负。

年轻时的雨果已经表现出对时事的敏锐感受和把握机会的才能。15岁时，他悄悄地参加了法兰西学院组织的诗歌写作比赛并获奖，这成为他荣誉的起点。这一时期，雨果取材于社会生活，写作了一些颂诗。当时，有一位贝里公爵因车祸而丧生，雨果得知后立即赋诗一首，为此他得到国王颁发的500法郎嘉奖，这大约可以算作他挣到的第一份润笔。此时的雨果已经像一个富有技巧的杂技演员，在想象与现实的秋千之间游荡自如。

雨果的现实主义多多少少受到了家庭的影响和母亲的言传身教。自幼父母不和，少年时期短暂经历的拮据生活，这些都教会了雨果如何在现实生活中把握机会、追求幸福。维克多·雨果和阿黛尔·富歇青梅竹马,两小无猜。可是他们的恋爱遭到双方家庭的反对,两个人只能私递情书、倾诉衷肠。有一年夏天,阿黛尔的父母决定把度假地点选在距离巴黎稍远一点的地方,乘马车需要 25 法郎才能到达,他们知道小雨果付不起 25 法郎的车费,这样他就无法赶来同他们的女儿相会。但是他们低估了这个青年的意志和体力。富歇一家出发的第二天,雨果也踏上了征程,烈日骄阳下以步代车,沿途赏景作诗,风餐露宿,终于在第四天到达了目的地,他的出现自然令富歇一家惊讶不已。雨果早把文学作为自己的志向,虽然他已是小有名气的诗人,但是阿黛尔的父母担心文人没有一定的社会地位和稳定的收入,因此在女儿的婚姻问题上很是迟疑。此时的雨果却毫不迟疑,他懂得如何用现实的物质保障来争取自己的爱情和幸福。20 岁的雨果为自己争取到了一份国王路易十八赏赐的年金,加上他哥哥为他资助出版的《颂歌及杂诗》(Odes et Poésies diverses)所得到的稿费,雨果终于成就了自己的婚姻。初恋所遭遇的阻力和经过努力而获得的成功也许使雨果更加意识到物质基础对于家庭生活的重要。这种现实主义作风体现在日后的家政管理中,他不仅每天晚上亲自记账,还督促妻子勤俭持家。后来在与朱丽叶·德鲁艾长达半个世纪的婚外恋情中,他也同样要求朱丽叶一笔笔记录生活开销。雨果在家庭财政方面坚持悭吝节约的原则,即使是在后来稿费收入相当丰厚的情况下。他给家庭成员的用款都有一定的计划安排,从他与家人的书信中我们可以看出他对重要的家庭开支都心中有数,而且绝对要求避免不合理的支出。

雨果在与出版商打交道时也是一个出色的对手,他十分懂得捍卫自己的权益,为自己争取最大的利益。更有意思的是,雨果有一次曾向友人说,他能知道自己的每个字大约值多少钱,每天能写多少字,这样当他完成一本书时便已经大体知道可以得到多少稿费了。对于习惯于站立写作的雨果来说,当他的脑子里驰骋着浪漫主义的想象时,他的双脚是踩在坚实大地上的。

有人责怪雨果的吝啬,但是我们应该理解,他在日常生活中的现实主义或许可以用他的家庭责任感来作为注脚。雨果的全部家庭开销都维系于他的稿费和年金收入。流放于泽西岛时,雨果一度要负担分散异地的妻子、儿女、情人共四处家庭的费用。而且,他未雨绸缪,不能不考虑身后家人的生活费用,虽然事实上,生命之树常青的雨果在晚年经历更多的是白发人送黑发人的悲哀。

三

如果雨果仅仅是日常生活中的一个现实主义者,那么他也就不会成为那个伟大的雨果了。我们说雨果是一个"入世"的作家还体现在他的政治追求上。他曾经想追随夏多勃里昂已经走过的光明大道。在路易—菲利浦的时代,如果一个作家要成为上议院议员,他必须首先成为法兰西院士。这个过程虽然不顺利,但雨果坚定不移,终于在 1841 年第五次参加竞选时当选院士,时年 39 岁。1843 年后的雨果更多地投身于政治生活。1845 年,他如愿以偿,成为"七月王朝"时期的上议院议员,并于 1848 年当选为第二共和国的一名议员。

雨果所生活的年代正是法国历史上一个政治动荡的时期,他的一生几乎跨越了 19 世纪,经历了两个帝国(第一和第二帝国)、两个王朝(复辟王朝和"七月王朝")、两次革命(1830 年、1848 年)、两个共和国(第二、第三共和国)、一次政变(1851 年路易—拿破仑·波拿巴政变)、一次战争(普法战争)和一场巴黎公社运动。有人批判他在政治方向上的多变,然而这恰好证明了雨果生活在他的时代中,他始终是一个参与者,他跟随着时代的发展,从不落伍,从不后退。

雨果不仅是一个出色的社会观察家,能够体察到社会生活中最细微的变化,而且是一个积极的参与者,他个人的命运与民族的命运紧密相连,他的呼吸与时代的脉搏息息相通。1848—1850 年前的雨果似乎更关注个人荣誉与世俗幸福的追求,而此后的雨果视野更加广阔,融入了对国家命运乃至人类命运的思考。1851 年路易-拿破仑·波拿巴政变后,在政治方向上,雨果向共和国左派发展,在议会的讲坛上,他积极宣扬所有被他定义为"人权"的主题,为社会伸张正义,终于导致与"拿破仑小人"①的决裂,并走向流亡的道路,从此

---

① 1852 年雨果在流放期间写作政治讽刺性作品《拿破仑小人》(*Le Petit Napoléon*),抨击路易-拿破仑·波拿巴的政变。

他成为"共和国之父"、人民的偶像和引路的航灯。他同情和帮助弱势群体，他们是儿童、女人、苦役犯；他批判专制、揭露资产阶级对工人阶级的剥削和雇佣童工的现象、反对死刑。这些现实问题都反映在了雨果后期的文学创作中，他的作品也因此而体现出人道主义关怀和构建乌托邦社会的理想。从某种意义上说，雨果的理想主义和人道主义也是以现实主义为依托的。对现实的热爱、观察和思考使得一个资产者雨果能够保持同人民的接触。正是因为他关注现实、关注生活，因而比同时代其他一些作家更多地承负了社会责任。他受到广大民众的热烈拥戴：当共和国刚刚成立，雨果结束流亡生活回到巴黎时，他收获了"雨果万岁"的呼声；而当他去世的时候，他的葬礼成为真正意义上的国葬。

正如译者张秋红在《雨果抒情诗 100 首》译后记中所总结的那样，"作为时代的歌手，雨果具有无比宽广的视野与胸怀。雨果的诗歌是法国历史的写照。雨果的灵感来自人类历史与社会现实的广阔舞台。对祖国命运的关注，对自由解放事业的向往，对专制暴政的控诉，对社会非正义的抗议，对人类历史中光明与黑暗的斗争的咏唱，构成雨果诗歌激进的民主主义的基调。这正是法国浪漫主义文学运动领袖的过人之处。"①

四

对雨果而言，实际生活中的现实感也延伸到艺术创作中。他喜欢绘画、雕刻，能够亲手制作精美的画框，他的手不仅是诗人握笔的手，也是一双手工艺人灵巧的手。无论在现实中还是在艺术中，他都习惯去把握那些活生生的东西。

在纪念雨果诞辰 150 周年的时候，有一位名为罗伯特·布德依的作者这样写道："我认为雨果与伏尔泰并驾齐驱，是最精确、也是最完整地表达法国人精神的作家，之所以如此，是因为他从来不曾脱离过现实。他始终、绝对忠

---

① ［法］维克多·雨果著，张秋红译：《雨果抒情诗 100 首》，山东文艺出版社 1992 年版，译者后记。

诚于现实主义。"

雨果的气质是浪漫主义的,他的诗歌是一个充满了想象、自由飘荡着情感的世界,他的思绪犹如奔腾的野马,但是他的双手紧紧勒住了缰绳。雨果具有不同寻常的观察力,无论是波澜壮阔的社会变革还是平平淡淡的生活细节都能够激起他创作的灵感。

现实生活为雨果的文学创作提供了许多素材。他习惯随身携带一个小笔记本,随时记录所见所闻、所思所想以及信手拈来的诗句。他总是在诗境的冥思与对人生的洞察之间出入自如。

青年时期的雨果最初创作的一系列颂歌虽然没有很高的文学价值,只是为了迎合学院的口味,为颂扬当时的人物而作;但是我们从中除了发现他少年老成的语言技巧之外还可以看出他对现实的把握,具体来说是对时政的观察,这种"应时性"不也反映了他的现实主义吗?

在富于浪漫主义色彩的《东方集》(*Les Orientales*,1829)中,我们不仅读到他对自然的描绘和爱情的赞美,也读到了雨果歌颂希腊人民争取独立斗争的诗篇。

《朋友,最后一句话》作为《秋叶集》(*Les Feuilles d'automne*,1831)的压轴之作,更是现实主义与浪漫主义结合的诗篇,它为我们描绘了 19 世纪 30 年代欧洲的黑暗现实:

> 我咬牙切齿地痛恨着压迫,
>
> 因此,当我听到,在世界的某个角落,
>
> 在酷烈的天空下,在暴君的魔掌下,
>
> 人民正在呼天抢地,惨遭屠杀;
>
> 当希腊,我们的母亲,被信奉基督教的国王
>
> 出卖给土耳其刽子手,开膛剖腹,濒于死亡;
>
> 当鲜血淋漓的爱尔兰被钉上十字架;
>
> 当条顿戴着锁链在列强的瓜分下挣扎;
>
> 当里斯本,从前一直美丽而又喜气洋洋,
>
> 如今却受尽密格尔的蹂躏,吊在绞刑场;
>
> 当阿尔巴尼将加图的祖国折腾;
>
> 当那不勒斯吃吃睡睡;当凭借着木棍,

> 那恐惧奉若神明的沉重而可耻的权杖，
>
> 奥地利打断威尼斯雄狮的翅膀
>
> ……

雨果从对这充满压迫的现状的揭露批判到自我使命的觉悟,体现出诗人现实主义的人生态度和浪漫主义的豪情:

> 啊! 诗神应该献身于手无寸铁的人民。
>
> 我于是忘却了爱情、孩子、家庭,
>
> 软绵绵的歌曲和清静无为的悠闲,
>
> 我向我的竖琴加上一根青铜的琴弦!①

1853 年的《惩罚集》(*Châtiments*)便是这样一根"青铜的琴弦",它以现实主义为创作基础,是流放他乡的雨果对"小拿破仑"的批判和清算,是被缚的普罗米修斯对宙斯的反抗和复仇。在这里,我们读到了愤怒、嘲弄和讽刺,也看到了一幅幅历史画面,有多少人成为政变的牺牲品,其中包括那个在镇压人民起义的枪战中被杀死的孩子……

家庭生活的祥和与变故同风云变幻的世事一样提供了创作素材:在《静观集》(*Les Contemplations*,1856)中我们感觉到了一个死亡的阴影,那是一个悲伤的父亲对过早离去的女儿的追思;通过《祖父乐》(*L'Art d'être grand-père*,1877),雨果的孙子乔治和孙女让娜为全欧洲的人所认识并成为他们眼里最幸福的儿童……雨果往往从一个普通的细节或事件出发,使之升华,把它推广为人类的普遍情怀。

晚年的雨果恰如其分地总结了自己的诗歌所具有的四重性,即抒情性、政治讽刺性、史诗性和戏剧性。他的诗歌无不洋溢着情感,而在他的诗集中又总是可以见到现实的影子,浪漫与现实是他手中的金丝与银线,共同编织成华章。

现实也建立起雨果与他笔下人物的联系。著名的传记作家安德雷·莫洛瓦(André Maurois)在他所著的《雨果传》(*Olympio ou la vie de Victor Hugo*)里描述了这样一个细节:"大家知道,现实生活为《悲惨世界》提供了诸多支点。真实生活中的米约里斯主教完全就是书中的米里哀主教,而且有过之而无不

---

① 本文引用雨果诗篇均引自张秋红译《雨果抒情诗 100 首》。

及。这位神圣的主教大公无私,克己自律,宽厚仁慈,言辞质朴而具大义,曾经令所有第涅地方的人肃然起敬。有一位神甫给他当过秘书,他讲述了皮埃尔·莫汉的故事。这是个被释放的苦役犯,被所有的旅馆拒之门外,因为他手里拿的是黄色身份证。于是他敲开了主教的家门,受到朋友般的款待,和冉阿让一样。不过,后来皮埃尔·莫汉并没有像冉阿让那样偷窃主教的银烛台。主教把他介绍给自己的哥哥米约里斯将军,将军对他非常满意,便把他留在身边做勤务兵。现实世界提供了朦胧的原型,艺术家来调节光影(使人物变得生动清晰)。"莫洛瓦接着写道:"后来,小说家还把自己的生活经历融入《悲惨世界》中……"①在小说中,我们可以发现一些少年维克多·雨果的生活轨迹和生活场景,书中的马利尤斯与雨果有着类似的生活经历。雨果本人则在他的《见闻录》(Choses vues)中讲述了这样一件真实的事情:一个冬日,雨果在街头见到一个花花公子对一个妓女无礼,将一大把雪塞到她光裸的脊背里;二人的争吵引来警察,而警察不碰穿礼服的男子,不听那女子的陈述,把她拖进警察所;当雨果欲出面澄清事实的时候,警察要求他签字作证,雨果说,好吧,如果这个女人有罪无罪取决于我的签名,那么我就签。这个女子就是《悲惨世界》中芳汀的影子。此外,雨果还把现实中雇佣剥削童工的社会现象反映在了这部小说中。同样,在描写冉阿让这个苦役犯的形象时,雨果并没有完全凭空想象。他曾经两次参观苦役犯劳作的地方,仔细观察他们的生活,所以我们在书中读到的描写才像纪实报道那么真切,融入作家的同情又具有了感人的力量,有"实"又有"情"。通过《悲惨世界》,我们真正感觉到了人生的悲况。

在写作历史题材的作品时,雨果也一样做了细致入微的考察。早年在创作《巴黎圣母院》这篇小说时,真正用来写作的时间不足半年,而搜集资料却花了三年。这篇小说中最吸引人之处是形象分明的人物,为了塑造这些虚构的人物,雨果采用了最严谨的现实主义态度去了解和勾画他们活动的背景。他阅读了大量历史文献,做了一些考证工作,而且还深入实地寻古探幽,追寻一个路易十一时期的巴黎古城。《巴黎圣母院》的部分章节可以看作是某个时代生活的再现。对于雨果来说,历史同样具有现实意义,因为今天的现实将

---

① André Maurois. *Olympio ou la vie de Victor Hugo*. Paris:Hachette,1972,p.452.

成为历史,而昨天的历史也曾经是现实。

雨果一直呼吁取消死刑。他曾目睹了一个死刑犯人被行刑的过程。1829年,他发表了《死囚末日记》(*Le Dernier jour d'un condamné*),在当时被称为"本世纪第一本现实主义小说"。他的目光跟随着犯人登上了断头台,默数了犯人走过的台阶,就在铡刀落下的那一刻,他转过了头……后来,他在流放地又看到一个死刑犯人因为行刑人的笨拙而备受折磨,欲生不成,欲死不能。这使他忍无可忍,大声疾呼取消这种残忍的惩罪方式。雨果的思想中有突出的人道主义的一面,这人道主义正是建立在现实主义之上的。

总之,雨果的创作来自客观而又充满热忱的观察,他从不歪曲真实,从不悖逆自己眼中的真实。虽然他的现实主义有别于福楼拜、左拉式的现实主义,但他的浪漫主义与其他同流派的作家也有所不同。或许我们可以说,雨果是现实主义中最浪漫的同时也是浪漫主义中最现实的作家。

以上所论及者不过是蜻蜓点水、浮光掠影,而雨果的一生曾经沧海桑田,雨果的作品博大精深,记载着他对现实乃至整个人类命运的观察和思考,所以他的文学比其他浪漫主义作家多了恢宏的气势和深厚的底蕴。这就是"情"与"实"结合的力量,浪漫与现实奏出的强烈交响。我们并不是要给雨果做一个派别上的划分,其实浪漫主义与现实主义的纷争本来就是人为的产物,非此即彼的分类在这里并不适用。安德雷·莫洛瓦认为,19世纪的浪漫主义不只是文学形式的改变,它是更深层次的一种东西,是"人"面对"世界"时所表现的不安和苦恼,这种人与世界之间的矛盾是古典主义所忽略的,而它正是浪漫主义所要抒发的情绪。这个矛盾只有当人去真诚面对世界时才能表达出来。雨果正是这样做的,就像希腊神话中的安泰:只有当他脚踏母亲大地时才能获得无穷的力量。对于雨果而言,浪漫主义是他的风格,而现实主义是主题;浪漫主义是他的气质,而现实主义是一种本质;浪漫主义是他的精神,而现实主义是他的底蕴:它们的契合产生了文学史上的一个伟人和他的伟大作品,仿佛一株参天大树,头顶云霄,脚踏实地——这就是我们所认识的雨果。

(原文载唐杏英等编:《北京2002年纪念维克多·雨果诞辰200周年文集》,外语教学与研究出版社2003年版)

雨果：从"桂冠诗人"到共和国的代言人

——一个 19 世纪法国公共知识分子的思想轨迹

> "一个诗人的身上蕴藏着一个世界。"
>
> ——雨果《历代传说集》

引　言

在法国，"知识分子"一词直到 1898 年德雷弗斯事件(l'Affaire Dreyfus)期间才开始被用来称谓文学艺术界人士和学者。① 巴黎政治学院当代史教授、对知识分子运动历史具有深入研究的学者米歇尔·维诺克(Michel Winock)在其所著《法国知识分子的世纪》(Siècle des intellectuels, 1997)的序言中对"知识分子"给予如下定义："知识分子，指在思想界或艺术创作领域取得一定声誉，并利用这种声誉，从某种世界观或某些道德伦理的角度出发，参与社会事务的人士。"②"知识分子"这个称谓虽然出现在雨果离世之后，但是我们可以发现身为作家的雨果在其几乎跨越整个 19 世纪的一生中捍卫法国人民乃至全人类的正义、自由与和平，一直承担着知识分子的角色。

---

① 在法语中，直到 19 世纪末，"intellectuel"一直被作为形容词使用，表示"精神的，智识的"。直到德雷弗斯事件发生，以左拉(Emile Zola)为代表的一些文艺界的大学界知名人士联名请求重审案件，当时身为记者(后来成为法国总理)的乔治·克雷孟梭(Georges Clémenceau)十分赞赏他们的行动并称他们为"知识分子"，由此，"intellectuel"一词开始被作为名词使用。

② ［法］米歇尔·维诺克著，孙桂荣、逸风译：《法国知识分子的世纪》，江苏教育出版社 2006 年版，作者序第 1 页。

从米歇尔·维诺克的定义可以看出,传统意义上的知识分子本来就具有公共性,而且在现实中,自 18 世纪的伏尔泰(Voltaire)至 20 世纪的萨特(Jean-Paul Sartre),每一位法国大作家都是具有社会介入意识的知识分子。那么何须赘言"公共"知识分子? 这是因为在二战之后,随着知识的专业化、学院化以及社会条件的变化,无论是出于主动的或是被动的选择,越来越多的知识分子退回到学院和专业领域,很少对公共事务发表意见,他们形成了福柯(Michel Foucault)在 70 年代的访谈和著述中所谓的"专业知识分子"(intellectuel spécifique),与传统上作为真理和正义代言人的"普世知识分子"(intellectuel universel)相对立。① 美国加州大学教授拉塞尔·雅各比(Russell Jacoby)在 1987 年出版的《最后的知识分子:学院时代的美国文化》(*The Last Intellectuals:Amercian Culture in the Age of Academe*)②一书中指出,在美国,20 世纪 20 年代出生的一代知识分子成为最后的公共知识分子。他所提出的"公共知识分子"(public intellectual)概念其实是法语中"普世知识分子"概念在英语世界的转译,但是传播范围更广。那么何为"公共知识分子"? 在上述学者的研究基础上,中国当代学者许纪霖在《公共知识分子如何可能》一文中对此词给予了一个很好的阐释,他认为其中蕴含三个含义:"第一是面向(to)公众发言的;第二是为了(for)公众而思考的,即兴公共立场和公共利益而非从私人立场、个人利益出发;第三是所涉及的(about)通常是公共社会中的公共事务或重大问题。"③以此衡量雨果青年时期以后在政治、社会领域中的言行,可以确定地说,他是一个代表普遍的理性、良知和正义的公共知识分子。

在社会分化、知识专业化的后现代语境下,传统知识分子的生存空间发生了巨大变化。然而,在一个受物质和利益主宰的社会,我们仍然需要精神力量的引领与知识分子的担当。正因如此,我们今天才更有必要透过雨果的文学创作和思想发展轨迹去发现和感知一个 19 世纪法国文人如何从个人主义者

① Michel Foucault. La fonction politique de l'intellectuel, *Politique-Hebdo*, 1976, No. 29 novembre-5 décembre,p.31-33.

② Russell Jacoby.*The Last Intellectuals:Amercian Culture in the Age of Academe.*New York:Basic Books,1987.

③ 许纪霖著:《中国知识分子十论》,复旦大学出版社 2003 年版,第 34 页。

成长为真正的公共知识分子,他是如何承担这一种精神力量并在追求公平、正义和进步的道路上影响同代人。

一、踌躇满志的少年"桂冠诗人"

雨果从中学时期开始诗歌创作,15 岁时便以一首长篇颂歌获得法兰西学院诗歌比赛奖状。这一时期,他表达了"我要成为夏多勃里昂,除此别无他志"的志向,少年雨果不仅感动于夏多勃里昂(Chateaubriand)的优美文字,还从这位君主制拥护者身上找到了政治抱负上的认同。作为向夏多勃里昂的政治性杂志《保守者》(Le Conservateur)的致敬,雨果及其兄长在 1819 年创办了文学半月刊《文学保守者》(Le Conservateur Littéraire),其中的诗文大都出自才思敏捷的雨果一人之手,那时他还不到 20 岁。1820 年发表的颂诗《悼贝里公爵》中体现出雨果虔诚的保王思想,得到夏多勃里昂的欣赏,并且为他赢得国王路易十八颁发的第一笔赏金 500 法郎,这也是他第一次以诗歌创作获得报酬。同年,"百花诗社"还授予了这位年轻才俊"大师"称号。1822 年,雨果的第一部诗集《颂歌及杂诗》(Odes et Poésies diverses)出版,路易十八赏赐这位年轻的保王派诗人每年一千法郎的俸金,这使决定投身文学的雨果获得了第一份稳定的收入以及婚姻的保障。继任的查理十世继续嘉奖保王派诗人,向雨果颁发了荣誉团勋章,并邀请他参加加冕大典,之后他写作的《加冕礼颂》虽然在评论界反应平淡,但不久便由官方印刷出版,雨果作为诗人的声望由此提高了。

不过,雨果没有接受夏多勃里昂向他建议的外交生涯,也拒绝了岳父让他进入仕途的要求,他决定以文学创作谋生,这一方面是因为他忠于文学,另一方面也是出于务实之虑,因为自文艺复兴以来法国历代不乏御用诗人。从雨果的早期作品来看,他一边创作着充满少年奇思幻想的小说和戏剧,一边孜孜不倦地写作颂诗这个古板的官方文学样式。到 1826 年,他已有三本诗集出版,全部以颂诗为书名。这些诗作除了赢得国王的好感外很少得到评论界的热烈反响,而正是这种官方认可使雨果产生了经营颂诗的念头。

25 岁之前的雨果体现了较为明显的保王思想,日后在他被称作"共和国之父"时仍然受到一些人的指摘。其实这也无须苛责,因为雨果的文字只是忠实地反映了他在人生观和世界观形成时期所受的家庭影响:父母失和,政见不同,带领拿破仑军队四处征战的父亲常年在外,而母亲则留恋旧政体,一直教育他将波旁王朝视作法兰西历史传统与自由和平的维护者,结果是少年雨果与父亲的疏远加剧了他对保王思想的认同。初入文坛的雨果因博学多才和保王思想而获得政治权力的赏识,成为一个意气风发的少年"桂冠诗人"。在成为独立的、具有自由和批判精神的公共知识分子之前,雨果的写作主题与体裁明显受到自我经验中个人历史、价值、立场的投射,此时的年轻诗人雨果并无社会参与意识,只是以文学为理想,以追求个人成功和幸福为动力,更多的是一个个人主义者。

二、"为进步而艺术"的浪漫派领袖

根据后人所著雨果传记可以发现,25 岁左右是他经历诸多磨砺并迅速成长的一个阶段。在家庭生活方面,他与父亲和解但不久父亲病殁,而他自己也成为年轻的一家之主和三个孩子的父亲,这意味着责任和承担。在政治信仰方面,他对 18 世纪末的革命有了新的认识,开始对旧政体产生质疑,想把君主制和共和制这两种信仰加以调和,在遵循传统的同时萌生革新思想。在文学创作方面,《〈克伦威尔〉序言》(*Cromwell*,1827)体现了他突破古典主义窠臼的创作主张,《东方集》(*Les Orientales*,1829)表明其诗歌创作题材和形式的多样化,《艾那尼》(*Hernani*,1830)来之不易的成功标志着法国浪漫主义的胜利并确立了雨果在文坛的地位。他已经完全脱离了青少年时期的仿作阶段,寻找到自己的表达方式,逐渐变成一个成熟的作家。要成为能够向世人宣传普世价值的公共知识分子,"在思想界或艺术创作领域取得一定声誉"是一个必要的前提条件。尽管此时雨果主观上尚未设想涉足公共领域,但他在文学领域的成就和知名度客观上为日后产生广泛的社会影响做好了准备。

青年时期,雨果的文学观和社会观的成熟和进步是同步一致的。"雨果坚持使文学接近现实的要求,这是他在诗歌与散文中取得重大(虽然是初步的)成绩的真正源泉。雨果还没有介入政治斗争,但却已成为文学解放运动的著名斗士。"①他在诗歌、戏剧、小说领域全面开展写作的同时,也越来越关注社会问题,不过这一时期他对政治和社会问题意见的表达仍然是采用文学话语。

这一时期最能体现雨果对社会问题关注的作品是《死囚末日记》(*Le Dernier jour d'un Condamné*,1829)。在他的所有小说作品中,这是为大众读者了解较少的一部,但是在雨果本人心目中具有重要位置。作者调动了童年回忆和现实考察的种种细节,以第一人称描述了一个死刑犯人的最后时刻,将具体写实和精神内省结合起来,渲染了死刑所带来的恐怖感,表达了对他认为有悖人道精神的极刑的反感。雨果并没有从法律公正性等专业角度来探讨问题,他主要是把死刑看作当时专制制度下社会矛盾的极端体现,从此角度来看,他对法国底层那个充满苦役的牢狱世界的揭露具有进步意义,其中已经可以看到未来《悲惨世界》的影子。法国的雨果研究专家让-贝特朗·巴雷尔(Jean-Bertrand Barrère)明确指出,写作《死囚末日记》"表明了他政治和社会思想演变的一个重要时刻,他人道主义的自由主义从今以后将取代君主政体的理想"②。由此可见,在文学创作上日渐成熟的雨果已经开始在作品中表达改革社会的观点了,只是这部作品是匿名发表的,说明作者在初次介入社会问题时难免心存顾虑和小心谨慎。

自由主义是雨果文学创作和社会问题立场上越来越鲜明的思想基础。浪漫主义本质上就是文学上的自由主义,他通过《玛丽蓉·德洛姆》(*Marion Delorme*,1829)和《艾那尼》这两部打破"三一律"的姊妹剧作已经实践了《〈克伦威尔〉序言》的主张,取得了对古典主义的胜利。在政治思想上,"雨果虽然没有参加政党,但他的立场接近自由派。他希望以后通过和平改良的途径实现社会进步"③。1830 年"七月革命"爆发前两天,雨果着手创作《巴黎圣母院》(*Notre-Dame de Paris*,1831),革命爆发后的第二天,他迎来呱呱落地的幼女

---

① [苏]穆拉维约娃著,冀刚译:《雨果》,上海译文出版社 1990 年版,第 103 页。
② [法]巴雷尔著,程曾厚译:《雨果传》,上海人民出版社 2007 年版,第 75—76 页。
③ [苏]穆拉维约娃著,冀刚译:《雨果》,上海译文出版社 1990 年版,第 103 页。

阿黛尔,这时候的雨果还没有全心介入政治斗争。不过,他见证了民众的战斗和局势的变化,半个月后完成了《一八三〇年七月后述怀》一诗,这是对"七月革命"的歌颂,也是献给被推翻的波旁王朝的挽歌,以示对过去的信仰的告别:

> 全体人民像烈火在燃烧,
>
> 三天三夜在火炉里沸腾
>
> ……
>
> 啊! 这已经覆灭的王朝从流放中来,
>
> 又流放而去,让我为他们哭泣致哀![①]

君王们在离去,雨果在革命中看到了人民的革命性力量。他一方面怀念已然消失的旧秩序,另一方面胸怀普罗米修斯式的救世理想。随着年龄和经验的增长,雨果以前的天主教保王派信念已经动摇,只留下一些宗教和诗意的废墟。

在30年代,受到圣西门(Claude Henri de Rouvroy,comte de Saint-Simon)和傅立叶(Charles Fourier)思想的影响,雨果越来越认识到贫富不均问题的严重性。他由关注罪犯问题而开始思考贫困问题:

> 因为上帝使人类的命运出现贫富的悬殊,
>
> 大多数人累断了腰,承担着穷困的重负;
>
> 只有极少数人才被请入幸福的盛宴。
>
> 这世界的筵席绝不是人人平等,个个自在。
>
> 从底层看来不公正的法律显得多么坏:
>
> 让有钱人灯红酒绿,让贫苦人望穿泪眼!

1830年1月,雨果撰写了这首《为了穷人》,被2月3日的《环球报》转载,产生一定的社会影响。他在诗中呼吁为死于严冬的工人募捐,一方面表达对弱者的同情,另一方面呼吁富裕阶层的良心发现和慷慨捐助:

> 啊,富翁,今日的幸运儿,你在享受中陶醉,

---

① [法]雨果著,程曾厚译:《雨果文集·第八卷》(诗歌),人民文学出版社2002年版,第182、184页。

但愿你不要纵情于酒色,沉湎于歌舞,

浪费穷人所注目的你所有多余的财富;——

啊! 但愿你表现出你的慈悲!①

在《暮歌集》(Les Chants du crépuscule,1835)第六首《在市府大厦的舞会上》中,他描绘了上流社会歌舞升平的场面,但这不是歌颂,而是劝告和警示:"饥饿是逼人堕入风尘的可耻罪人",而富人们"沉湎在五光十色里,什么都视而不见",诗人告诉达官贵人们在张灯结彩的舞会之外,还有一群"在十字街头寻找买主"的风尘女子,她们"闪出一丝苦笑,强掩极度的悲哀"。雨果敏锐地感觉到尖锐的社会矛盾:"法兰西迫切需要的并不是盛宴一场,/这所谓都市到处是痛苦与眼泪。"②

正如雨果研究专家巴雷尔所言,在这一时期,雨果"远不是希望有革命,而是害怕革命"③,因为几年来民众运动总是在动乱———被镇压——动乱中循环。他认为需要以阶级调和来避免社会走向深渊,因此在诗作中常常将富贵者的奢华生活与贫穷者的苦难进行强烈对比,希望前者用富余的财富来减轻贫困人群的痛苦和仇恨。

雨果始终关注弱势人群的痛苦。在《巴黎圣母院》中,卡西莫多朴素的忠诚和正直掩藏在他那难以靠近的丑陋外表下;美丽的艾丝美拉达既是男人们追逐的猎物又注定是一个受社会排斥的流浪姑娘。在取材于现实生活的作品《克洛德·格》(Claude Gueux,1834)中,雨果为一个因贫困而偷窃的罪犯辩护。社会边缘人物已经进入雨果的人物画廊,他的同情心扩大到所有小人物的身上,他们将汇聚在后来的《悲惨世界》中。

从 30 年代开始,雨果通过丰硕的创作成果已经完成他们那一代人在文学形式和语言领域的使命,同时,他已经意识到诗人的社会职责,并且在《朋友,最后一句话》这首诗中明确宣称:"我咬牙切齿地痛恨着压迫",诗人应当成为暴君的审判官,"诗神应该献身于手无寸铁的人民……/我向我的竖琴加上一

① [法]雨果著,张秋红译:《雨果抒情诗 100 首》,山东文艺出版社 1992 年版,第 36—37 页。
② [法]雨果著,张秋红译:《雨果抒情诗 100 首》,山东文艺出版社 1992 年版,第 49—51 页。
③ [法]巴雷尔著,程曾厚译:《雨果传》,上海人民出版社 2007 年版,第 122 页。

根青铜的琴弦!"①他在诗中承诺要弹响"青铜的琴弦",这是表达了诗人的另一重光荣使命,即追求正义和社会进步。在《文哲杂论集》(*Littérature et philosophie mêlées*,1834)的序言中,雨果进一步表达了同样的观点:"今天的艺术不应仅仅追求美,而还要追求善。"这一时期创作的戏剧《国王寻乐》(*Le Roi s'amuse*,1832)、《玛丽·都铎》(*Marie Tudor*,1833)、《吕伊·布拉斯》(*Ruy Blas*,1838)都体现了他反对专制和追求社会公平正义的人道主义思想。雨果的文字已经不再只用来歌功颂德或是吟唱风花雪月,而是增加了愤世嫉俗的批判意识。由此可见,成为知名作家的雨果已经开始把公众事业和人道事业作为自己的使命,以文字启发人们的良知。这是一个即将涉足公共领域的知识分子在自己的文学领域中实践这一使命的第一步。

三、入世的"法兰西世卿"

在法国的文学传统上,文学就是公共良心、公共意识,自由、敏感、富有正义感和批判精神是作家的精神标签,他们自认为是希腊智者、犹太先知和罗马立法者的继承人,有资格代表人类的良心,所以,法国知名作家有成为公共知识分子的传统。正如瑞士学者赫伯特·吕蒂(Herbert Lüth)在《法国知识分子》一文中所言:"在法国,公共事务的最高裁判不是政治家或专家,而是作家。……正是作家就眼前的政治和社会问题做出权威裁定——不是以专家身份,而是以道德家身份。"②身为作家的维克多·雨果完整地体现了他所属时代的公共良知。

在《光影集》(*Les Rayons et les ombres*,1840)中收录了雨果一首长诗《诗人的职责》。诗人被描绘为神话般的英雄,因为其非凡的命运而与众不同:他是先知,上帝的使者;他是火炬,给未来的时代带来思想的光明;他还承担着教化

---

① [法]雨果著,张秋红译:《雨果抒情诗100首》,山东文艺出版社1992年版,第41—43页。

② [瑞士]赫伯特·吕蒂:《法国知识分子》,载[法]费迪南·布伦蒂埃等著,王增进译:《批判知识分子的批判》,中国社会科学出版社2007年版,第82页。

者的职责,他的使命就是为前进中的人类指引方向。"诗人把火焰投向永恒的真理! /让永恒真理大放光华,/为心灵射出光芒神奇!"①诗人追求荣誉的个人抱负同时与他崇高的社会使命感紧密相关。这种精神使命始终贯穿于雨果的全部作品,无论采用何种文学体裁,雨果的作品中一直贯穿着两大主题:一是对人类命运的沉思,二是对政治社会问题的关注。

在青年雨果的身上可以清楚地看到圣西门思想的影响,他赞同后者所谓"贤者会议"的设想,即由科学、工业、艺术等方面的精英来领导国家。巴雷尔在《雨果传》中写道:"意识到自己的天才,感觉到他代表 1800 年出生的一代浪漫主义作家,这是他雄心壮志和坚忍不拔的支柱。大约从 1832 年起,他就抱有由此进入公众生活的希望。"②

1840 年前后,雨果在文学和思想方面都有了充分的积累,真正进入了公众领域。1840 年 1 月,他当选为作协主席;经过五次努力,终于在 1841 年进入法兰西学院;1845 年被授予贵族院世卿之号。从此,他可以在文学之外的讲坛上表达意见。日后的《见闻录》(Choses vues,1887)和《言行录》(Actes et paroles,1875—1876)里分别收入了他关于社会政治问题的各种随想和在各个场合的演说讲稿。

在入选法兰西学院的演说中,他呼唤当今作家的社会责任感:"法国文学伟大传统的继承者们不要忘记:新的时代有新的责任","你们对人心、对心灵有巨大的影响,你们是这精神全力的主要中心之一",他提倡作家要"奉献自己的思想"。③ 雨果相信可以用教育和宣传等和平手段来消除社会矛盾和阶级对立,他在演说中表述了他的社会理想和对当政者的诉求:"民风的温顺,由学校、工场和图书馆给予群众教育;以法律和教育逐步提高人的素质,这就是任何良好的政府、任何真正的思想家应该给自己提出的严肃目标。"④早在

---

① [法]雨果著,程曾厚译:《雨果文集·第八卷》(诗歌),人民文学出版社 2002 年版,第246 页。

② [法]巴雷尔著,程曾厚译:《雨果传》,上海人民出版社 2007 年版,第 141—142 页。

③ [法]雨果著,程曾厚译:《雨果文集·第十一卷》(散文),人民文学出版社 2002 年版,第172 页。

④ [法]雨果著,程曾厚译:《雨果文集·第十一卷》(散文),人民文学出版社 2002 年版,第190 页。

1839年,雨果为革命家巴尔贝斯(Barbès)争取赦免成功。在1846年的贵族院里,他又在两起谋杀国王的犯罪案件里呼吁宽大处理。在1847年6月的贵族院演说《波拿巴家族》中,他描绘了法国当时的社会黑暗并勇于揭露腐败。他在政治讲坛上发表的意见是真诚的,与他在文学作品中的表达是一致的。

二月革命后,雨果意外地被补选为巴黎市议员。于是,他继续恪尽职守地关注民生问题,并在6月份的议会上发表关于国家工场的演说,敦请政治家关心贫困民众,达成阶级和解。身为作家的雨果在演说中常常是贫富阶层之间的调解者,而在六月起义中,他成为真正的战争调停者:作为议员的雨果被派去街垒劝说起义的工人放下武器;作为具有同情心的知识分子,他反对当政者对群众开枪。事实证明雨果这个社会调解人的角色是失败的,因为起义者遭到了镇压,于是他又挺身而出为被捕起义者仗义执言,在他的周旋和营救之下,有些人幸免于流放或死刑。1849年5月,雨果当选为立法会议议员,在7月9日的议会发言中,他陈述了法国存在的种种贫困现象,提议进行互助和公共救济的立法工作,以"摧毁贫困":"贫困是社会肌体上的一种疾病,如同麻风病是人的肌体上的一种疾病。"①作为议员,他深入底层民众的生活,于1851年2月底到里尔市调查了当地的穷苦百姓在卫生和生活条件极为恶劣的地窖里的贫苦生活,并撰写了一篇演说辞,吁请政府改革不合理的预算,投入民生工程,废除低收入百姓的税务,以解决贫困问题。

雨果在1848至1851年间经历了思想上的阵痛和转变,他已经完全进入公共领域,在各种社会问题上大声疾呼,成为为民请愿的代表,并对国际问题表示关注,他的声誉甚至超越了国界。雨果在贵族院的第一次发言中号召法国人民声援反抗奥地利统治者的波兰起义者,赞同美国的废奴运动,和各国人士保持了几乎完全是政治性的通信关系,并且以主席的身份主持了1848年8月的国际和平大会。

公共知识分子的一个重要本质是强烈的道义感。当今闻名世界的文化批评学者萨义德(Edward W.Said)在《知识分子论》(*Representations of the Intellec-*

① [法]雨果著,程曾厚译:《雨果文集·第十一卷》(散文),人民文学出版社2002年版,第202页。

tual,1993)中写道:"真正的知识分子在受到形而上的热情以及正义、真理的超然无私的原则感召时,叱责腐败、保卫弱者、反抗不完美或压迫的权威,这才是他们的本色。"①但是,应该看到,公共知识分子凭借自己在某个专业领域的成就和声望介入一个非专业的领域时也难免发生模糊甚或错误的判断,生活在时代剧变中的雨果这一时期的政治思想不乏天真和幻想,也缺乏对政治形势的准确判断。他在1848年的时候对法国未来的政治方向缺乏明确认识,政治立场也很模糊,曾经以为可以以一种超于党派之上的立场对当权者施加"影响"。② 在议会里,雨果的发言富有激情和雄辩之势,但他并不是经济学家,因此提出的方案往往具有诗人的乌托邦色彩。同时,由于他对共和制度抱有过于文人化理想的态度而对"二月革命"后法国是否立即实现共和表示迟疑,甚至轻信并支持路易-拿破仑·波拿巴(Louis-Napoléon Bonarparte)竞选总统,但是事与愿违的是这位拿破仑三世以一场政变扼杀了共和国。但是,毫无疑问的是,雨果已经从一个自由的知识分子成为人民的代言人。正如学者许纪霖所言,"一个浪漫主义者,只要他还有激情,还有乌托邦的理性追求,最后往往走向激进,走向左翼的怀抱"③,雨果便是一个最经典的范例。

四、流亡的斗士

知识分子与权力的关系往往处于顺从与疏离之一端:当知识分子与体制相互认可时,知识分子会采取顺从的姿态;而当权力偏离正义、公平等价值时,一个真正的知识分子便会表现出批判的姿态。"当整个世界都卑躬屈膝于主宰世界的不正义者面前时,知识分子的准则就是岿然自立,以人类的良知与不公平作抗争。"④

---

① [美]萨义德著,单德兴译:《知识分子论》,生活·读书·新知三联书店2002年版,第13页。
② [法]巴雷尔著,程曾厚译:《雨果传》,上海人民出版社2007年版,第163页。
③ 许纪霖著:《中国知识分子十论》,复旦大学出版社2003年版,第239页。
④ Julien Benda.*La Trahison des clercs*,Paris:Grasset,2003,p.73(Première édition en 1927).

雨果已经成为这样一个富有勇气的知识分子。1851年路易—拿破仑·波拿巴政变后,在政治方向上,雨果向共和国左派发展,在议会的讲坛上积极宣扬所有被他定义为"人权"的主题,为社会伸张正义。他反对政变,参加抵抗,并发表了《告国民书》,呼吁维护宪法,恢复普选,号召民众拿起武器保卫共和国。在逮捕令的威胁下,他仍然奔走呼号,参加街垒战斗。经过斗争的经验和血的洗礼,雨果在残酷的政治现实中终于摈弃了模糊的幻想而成为一个真正的斗士。

最终,雨果与拿破仑三世决裂,并走向流亡的道路。《惩罚集》(*Châtiments*,1853)是一部文学性与战斗性兼备的诗集,其中《最后的誓言》一诗表达了雨果作为流亡者的悲慨和坚定的斗志:

> 我决不屈服! 我毫不怨天尤人,
>
> 我泰然自若,忍住悲痛,给偷生者以蔑视,
>
> 在残酷无情的流亡中,我拥抱你们,
>
> 祖国啊,我的祭坛! 自由啊,我的旗帜!①

"在涉及自由和正义时,全人类都有权期望从世间权势或国家中获得正当的行为标准;必须勇敢地指证、对抗任何有意无意地违犯这些标准的行为。"②被逐出法国的雨果成为一个振聋发聩的持不同政见作家。雨果以笔为枪,写作了《拿破仑小人》(*Napoléon le petit*,1852)等战斗檄文,猛烈抨击篡权者的倒行逆施。他在伦敦和布鲁塞尔的报纸上刊登声明,与路易·波拿巴所代表的权力永远决裂:"我忠于对良知所承担的义务,我将坚持到底与自由一起流亡。自由返国之日,即是我的返国之时。"③

法国20世纪上半叶的作家、哲学家朱利安·班达(Julien Benda)在《知识分子的背叛》(*La Trahison des clercs*)一书中以"clerc"(神职人员)一词喻称知识分子,这固然是源于中世纪的传统,也是因为班达认为知识分子应是超脱世

---

① [法]雨果著,张秋红译:《雨果抒情诗100首》,山东文艺出版社1992年版,第96页。

② [美]萨义德著,单德兴译:《知识分子论》,生活·读书·新知三联书店2002年版,第17页。

③ [法]雨果著,程曾厚译:《雨果文集·第十一卷》(散文),人民文学出版社2002年版,第501页。

俗利益而追求精神价值的人，正如《新约·约翰福音》中"我的国度不属于这世界"所喻示的那样，知识分子捍卫和维护的是真理与正义的永恒标准，是不属于这个世界的。雨果的流亡其实是离开了被世俗和权力约束的世界，在这种疏离中他获得了批判的自由，而批判精神正是一个真正的公共知识分子的另一个重要本质。雨果成为那些伟大的流放者中的一员，在漂泊和孤独中对抗国家理性。之所以有如此勇气，那是因为他们在内心中相信自己掌握并且代表了更崇高更普遍的理性——人类的理性，应当为捍卫社会正义的终极真理和正义而战斗。体制之外的流亡状态蕴含更丰富的反抗资源。雨果以自由为信仰，支持世界各地人民反抗专制的斗争。这个经常独坐海边岩石上的流亡的奥林匹欧把他的声音传播到克里米亚、意大利、美国、波兰、爱尔兰、古巴等国，支持受压迫人民的正义斗争。他甚至在 1861 年的一封书信中谴责英法联军武装侵略中国和洗劫圆明园。

雨果在十八年的流亡生涯中经历过孤独和悲愤，但是他从来没有离开过公共领域，也从来没有被公众遗忘。他成为共和国代言人和人民的偶像，已化作一个传播遥远的声音。一部部文学性和思想性完美结合的史诗性作品——《悲惨世界》（ Les Misérables , 1862 ）、《历代传说集》（ La Légende des siècles , 1859, 1877, 1883 ）等也在此期间问世，渗透了一个作家和思想家的对历史和对人类境遇的沉思，也反映了法兰西人民追求民主共和的革命过程。

1870 年，雨果始终忠于自己的信念，在共和回归法兰西之时返回巴黎，他收获了"雨果万岁"的呼声。正值普法战争国难当头，他完全将个人安危置于脑后。他在《凶年集》（ L'Année terrible , 1872 ）的诗篇中抨击敌人，鼓励同胞勇敢战斗。雨果虽然并不完全理解巴黎公社的革命斗争，但是多次在参议院发言要求赦免公社社员。他为里昂的贫困工人慷慨募捐，呼唤实现真正的自由、平等、博爱，这个信念就是雨果的理想国度。从某种意义上说，雨果的理想主义和人道主义也是以现实主义为依托的。对现实的热爱、观察和思考使得一个资产者雨果能够保持同人民的接触。他受到广大民众的热烈拥戴，去世之际，他的葬礼成为真正意义上的国葬。

结　语

　　雨果所生活的年代正是法国历史上一个政治动荡的时期,他的一生几乎经历了整个 19 世纪,经历了两个帝国(第一和第二帝国)、两个王朝(复辟王朝和"七月王朝")、两次革命(1830 年、1848 年)、两个共和国(第二、第三共和国)、一次政变(1851 年路易-拿破仑·波拿巴政变)、一次战争(普法战争)和一场巴黎公社运动。雨果生活在他的时代中,他始终是一个参与者,他跟随着时代的发展,从不后退。雨果身上体现了一个世纪的精神,那个时代的作家在思想上和文学上所承担的角色,大多数他都先后体验过。

　　雨果不是一个把自己封闭在象牙塔中的艺术家,他不仅是出色的社会观察家,能够体察到社会生活中最细微的变化,而且是一个积极的参与者,将个人的命运与民族的命运紧密相连,他的呼吸与时代的脉搏息息相通。1848—1850 年前的雨果似乎更关注个人荣誉与世俗幸福的追求,而此后的雨果视野更加广阔,融入了对国家命运乃至人类命运的思考。雨果同情和帮助弱势群体,他们是儿童、女人、苦役犯;他批判专制、揭露资产阶级对工人阶级的剥削和雇佣童工的现象、反对死刑。这些现实问题都反映在了雨果后期的文学创作中,他的作品也因此而体现出人道主义关怀。

　　1878 年 5 月 30 日,雨果发表《纪念伏尔泰逝世一百周年的演说》,回顾了这位启蒙思想家充满起伏的社会经历,并总结道:"伏尔泰不仅是一个人,他是一个世纪。……他活过的八十八年,填满了从登峰造极的君主政体到曙光初现的革命之间的距离。"①他对伏尔泰的评价也完全适用于他本人。从佩戴波旁王朝的百合花纹章到高举共和国的三色旗,雨果也经历了一个世纪的政治风云变幻,完成了一个公共知识分子成长和成熟的过程。其间也曾有乌托邦的幻想模糊他的视线,但是他以对现实的深刻感触、不可动摇的正义感和人

---

　　①　[法]雨果著,程曾厚译:《雨果文集·第十一卷》(散文),人民文学出版社 2002 年版,第 501 页。

道主义精神担当起一个世纪的良知。

在当今社会,知识分子的专业化使得其中一些人丧失了对社会公共问题的深刻关怀,或者有一些并不具有公共良知的知识分子为了沽名钓誉而在公共领域滥用话语权。正是在这样的情形下,我们有必要重新阅读雨果并从这位伟人身上发现丰富的精神资源。

参考文献

[苏]穆拉维约娃著,冀刚译:《雨果》,上海译文出版社 1990 年版。

[法]雨果著,张秋红译:《雨果抒情诗 100 首》,山东文艺出版社 1992 年版。

[法]雨果著,程曾厚等译:《雨果文集》1—12 卷,人民文学出版社 2002 年版。

[美]萨义德著,单德兴译:《知识分子论》,生活·读书·新知三联书店 2002 年版。

[美]雅各比著,洪洁译:《最后的知识分子》,江苏人民出版社 2002 年版。

许纪霖著:《中国知识分子十论》,复旦大学出版社 2003 年版。

[法]米歇尔·维诺克著,孙桂荣、逸风译:《法国知识分子的世纪》,江苏教育出版社 2006 年版。

[法]费迪南·布伦蒂埃等著,王增进译:《批判知识分子的批判》,中国社会科学出版社 2007 年版。

[法]巴雷尔著,程曾厚译:《雨果传》,上海人民出版社 2007 年版。

Benda, Julien. *La Trahison des clercs*. Paris: Grasset, 2003(première édition en 1927).

Besson, André. *Victor Hugo: vie d'un géant*. Paris: France-Empire, 2010.

Foucault, Michel. La fonction politique de l'intellectuel. *Politique-Hebdo*, 29 novembre-5 décembre 1976, p. 31-33.

Hugo, Victor. *Œuvres complètes* (15 volumes). Paris: Robert Laffont, 2002.

Jacoby, Russell. *The Last Intellectuals: Amercian Culture in the Age of Academe*. New York: Basic Books, 1987.

(原文刊于 2015 年 2 月《哲学与文化》月刊总第 489 期)

雨果与东方①

维克多·雨果不曾到过东方。

他却经常对东方心驰神往，尤其在 1830 年左右。可是在那时，这样的旅行仍然是漫长和昂贵的。另外，人们也许还没有充分注意到，几乎所有旅至东方的浪漫主义作家都是一些意志坚强的单身汉。（只有拉马丁是携眷挈女，并和朋友一起踏上旅途，一路耗费多半家资，而且途经黎巴嫩时痛失爱女。）雨果没有任何家产，必须靠写作维生，况且自年轻时，他就负担起一个庞大家庭的一切费用。这一切原因使得长途旅行难以成行。

可是，雨果把东方当作了文学描写对象，而且文采炳蔚，以至于任何研究法国的东方学的历史都不能忽视《东方集》的作者。该诗集发表于 1829 年，它不仅对诗人和作家，至少同样对画家和音乐家都产生了即时的和深远的影响。

他在一首创作于 1830 年的诗中写道："我所想看见的，我都梦见它很美。"②对所有西方人来说，东方也是如此，甚至可能首先就是如此：一个梦想，一个通向想象世界的奇妙凭借。

这是否意味着雨果眼中的东方，这个梦想中的东方，缺少任何直接体验的东方，是一个完全异想天开的东方呢？不是。因为雨果是一个渴望无所不知的人，其学识精湛超出长期以来人们的共识。他经常查询典籍，阅读报纸，虚心听取别人讲述他所感兴趣的东西。他博览群书，有时是随性翻阅，但总是笔

---

① 原文题为"Hugo et l'Orient"，该学术报告宣读于 2002 年北京外国语大学主办的纪念雨果诞辰 200 周年国际学术研讨会。

② 《致我的朋友 L.B. 和 S.-B.》，见《秋叶集》。

不离手。虽然这些搜集资料的方法不是很有科学性,尤其是根据我们现代人的标准,但是它们却是行之有效的。

说罢这些,今天,在考虑到这个主题所体现的历史性的同时,我主要想介绍雨果之东方观中的想象世界。要说明的是,这里的想象并不意味着不真实,更不是凭空捏造;而主要指文学创作的想象,这是波德莱尔所歌颂的"各种才华之主宰",任何一个艺术家之主要能事所在。

一

雨果创作《东方集》的时候,东方不仅成为一种时尚,而且具有双重现实意义:文化的和地缘政治上的意义。

文化现实是指对东方学而言。自18世纪以来,该领域取得了突飞猛进的成就。随着对梵文、古波斯文随后是古埃及象形文字的考据认读,对古印度和伊朗一些具有丰碑性文学著作的移译,阿拉伯伊斯兰文学和前伊斯兰文学以及之后的中国文学研究热的再度兴起,西方人忽然间发现了人类历史和文化整个未知的另一面。这些发现开拓了崭新的视野,使西方人不再拘执于用犹太基督教来解释人类文明的渊源。哲学家、历史学家爱德加·基内(Edgar Quinet)随即谈到"东方的复兴"并且将东方主义的贡献与15、16世纪人文主义的贡献相提并论。确实,在那时,人们不时听说,印度史诗的发现对西方的重要性不亚于三百年前对柏拉图的再发现,或梵文是真正的欧洲语言之母,应当和希腊语一样成为学校里的课程。

这种与遥远异域和古老文明的接近是伴随着当时浪漫主义的现代新观念同时出现的。东方文化的发现促使西方人推远了人类文明起源的时间和空间界定。这一思潮削弱了传统上提供历史参照的两个时期的地位:一个是路易十四统治的17世纪,一个是古希腊罗马时期。《东方集》的前言清楚地阐述了这一点:

> 如今人们关注着并前所未有地关注着东方,这一结果的起因是多种多样的,为每个领域都带来了进步。东方学从来不曾取得如此大的进展。

在路易十四的年代,人们热衷于研究古希腊,如今是研究东方。这是迈出了一大步。从来没有这么多的有识之士共同发掘亚洲这一广袤的领域。现在,从中国到埃及,每一种东方语言都有一位专家致力于其研究。

……确实,在那里,一切都是伟大、富裕和肥沃的,如同中世纪,另外一个诗歌的海洋。既然话说到这里,为什么不说出这个观点呢?到目前为止,我们总是执着于通过路易十四时期参看现代,以古罗马和古希腊比照古老。那么,通过中世纪发现现代、到东方发现古老,我们是否会看得更高更远呢?

然而,用文明起源的盛誉来美化东方,或许是将它豪华地埋葬。我们经常发现,浪漫主义的东方观虽然醉心于公之于世的东方语言和文学,却不能同样关注东方国家当时的现实。即使把原来概念上的东方界定于希腊和巴勒斯坦,东方之行也往往失落为废墟之国的伤感之旅、对亡国故都的哀悼、对掩埋于尘土下历史的绝望凭吊。正因如此,在19世纪初,夏多勃里昂以此哀婉之调写成了他的《巴黎—耶路撒冷之旅》。

维克多·雨果的《东方集》中没有这样的情调。其中既没有对东方国家时代现实的精确描述,也没有重复怀古的挽歌。在这部作品中,东方的诗意形象并非一个萦绕着历史阴影的荒漠,而是一个热情洋溢的世界,有声有色,充满爱憎和激情——它的诗意形象是一个充满活力的世界。

另一个现实性是地缘政治意义上的现实性,自从19世纪初开始,在一个世纪的时间里,欧洲和东方的力量对比发生了显著的变化。在谈论该现象的其他方面之前,我们现在关注一下发生在19世纪20年代的悲壮一幕,它使西方的目光都转向了地中海东部地区,并且激发雨果创作了《东方集》中为数众多的诗篇——1821至1827年希腊人民反抗土耳其统治的斗争。

欧洲各国对希腊人民起义长期持否定态度。这是因为拿破仑军事失利(1815年)后,维也纳会议所建立的国际体系的首要目标就是要维持现状,遏制任何颠覆性活动——不管它是试图改变现存各国之间的界限,或是有意改变目前的政治制度争取自由也好。

可是不久,尤其是在希腊人遭遇最初的挫折之后,欧洲各国不能忽视公众舆论了。在法国、英国、德国,支持希腊人民斗争事业的团体层出不穷,进行募捐和宣传活动,发动新闻工作者和艺术工作者投入其中。一些支持希腊独立战争的激进者甚至亲身投入希腊人民的斗争队伍:战死沙场的英国诗人拜伦只是其中最著名的一个。他们赢得了胜利,1827 年在英国、法国和俄罗斯的干预下,三国舰队在那瓦兰摧毁了土耳其和埃及的战船,从而结束了战事,使希腊赢得了自治并最终获得独立。

希腊战争远远不是《东方集》的唯一题材,但是它被雨果认为是一个具有开创意义的事件,显示了东方对西方人的命运从此产生重要影响。诗集的结构安排出这一思想:以希腊战争开篇,然后是对东方这一意象的深化和丰富。诗集序言的结语是意义分明的:

> 此外,在不远的将来,对欧洲列国而言,东方对西方人的生活必定产生一定影响,如同在文学领域一样。值得纪念的希腊独立战争已经使所有民族的目光转向它那一边。欧洲的均衡看来随时会被打破,千疮百孔的现行秩序将在君士坦丁堡那里坍塌。整个大陆都将向东方倾斜,我们将会目睹大事的发生。

在 1829 年,东方不纯粹是诗人文学创作中的一个异域,在诗人眼里,它是一个新欧洲的出路所在,首先因为这里证明了维也纳条约建立的欧洲秩序已经腐朽。经济和地缘政治上的重要性使得欧洲列强争先恐后卷入瓜分奥斯曼帝国的抢夺中。此外,东南欧洲版图的改变也表明欧洲君主专制的神圣联盟(俄罗斯、奥地利、普鲁士)无以维持它一成不变的理想秩序和稳固现存政权的合法性。

从这个意义上说,在君士坦丁堡那边发生的一切关乎欧洲的命运。希腊战争是即将改变 19 世纪西方世界的新生力量的第一声悲壮呐喊:动摇古老帝国上升中的"民族"力量,要求民族独立和自由的愿望,在国际事务中日渐重要的民众舆论。

然而,首先,东方对于诗人维克多·雨果来说,是创作一种新诗歌的契机。我们再来引用一下《东方集》的序言:

> 由此,东方,或作为想象,或作为遐想,普遍占据了人们的思维和想象。笔者也许不知不觉受其驱使。东方色彩似乎已自然而然在所有的思想和梦幻中印下了它的痕迹……

对于这种在他心头涌起的诗意,他只有听凭其驾驭。无论优劣,他接受之并为此而欣慰。况且,他对东方世界素怀一种诗人的热忱,仿佛在那里看见一种崇高的诗歌远远地闪耀光芒。这就是许久以来他想飞奔而去开怀畅饮的甘泉。

这种借助于东方意象而得以实现的新诗歌的新意何在呢?我们简要谈一谈主要方面。通过这部诗集,法国诗歌重现了色彩的斑斓和愉悦,这是自巴洛克时代结束以后被冷落的传统。开篇之作中贯穿全诗的是天上纵横驰突的乌云和火云,"气势磅礴",玉米"黄灿灿",受刑者的嘴唇"发紫"。甚至诗集中经常出现的夜景也闪烁着缤纷的色彩,"蓝色的屋穹,如同赋予它们色彩的天空","白色的清真寺尖塔",波浪上的信号灯和银光粼粼的波涛,墨绿色松柏的身影,这地中海之夜的强烈视觉效果栩栩如生,引人入胜。面对这样的五光十色,那个时代的批评家惊慌失措。没关系,从此,在拉马丁朦胧、素朴、婉约和近乎抽象的景色旁,浪漫主义诗歌的风景在《东方集》中展现了一个绚丽明朗的世界,有如委罗内兹、德拉克洛瓦、特纳或马蒂斯的绘画。

视觉效果之后是听觉的享受。在诗歌旅行中,雨果从东方不仅带回来这些新颖而朴实、色彩斑斓的词汇,而且收获了许多来源于土耳其、波斯或希腊语(现代希腊语,而非学校里教授的古希腊语)的东方情调语汇。Mufti,icoglan,heiduque,vizir,semoun,timariots,saphis①……诗歌中从来不曾响起如此多异邦的语言。同时,这又是一个多好的时机呀,对于一个法国诗人来说,能在自己的诗句中嵌入一个像"palikare"或"klephte"②这样粗犷豪放的词汇是多么快乐的事情。还有这些女子的名字,正如其人,摄人心魄,美得绚丽而伤感:Albaydé(阿尔蓓黛),Nourmahal(努玛哈尔)……那些坚决捍卫法语纯洁到永远的学究可能会怒怼外来语的侵入,批判这大量新词的出现。但雨果毫不在意,他在《〈克伦威尔〉序》中就已经断言,一种僵化的语言离消亡已经行将不远。

---

① 这些具有民族和地方特色的词语意思分别是"伊斯兰教教法说明官""奥斯曼帝国宫廷侍从官""匈牙利古代民兵""土耳其骑兵"等。——译注
② 这两个词的意思分别是"希腊独立战争时的古民兵"和"抵抗土耳其人入侵希腊的游击队员"。——译注

最后,对于一个诗人、一个浪漫主义诗人来说,东方是一个形象化语言十分丰富的天地,是推进浪漫主义所引发的诗歌形象化语言革新的契机。在阿拉伯语或波斯语诗歌的忠实译本中,在《圣经》的《诗篇》或《雅歌》中,雨果得以欣赏到这些"朴实无华"的比喻所体现的奇特之美,它们因为喻体的具象和不事雕琢而与传统修辞大相径庭。雨果深受启发,从而"发现"这些点缀苏丹的匕首的后妃的珍珠①,或是这个在天火燃烧下"像冰块——消融"的被诅咒的城市,或者还有这个"如同镰刀割草一样"在他的子民的额头上挥刀,"用他们被碾碎的血淋淋的骨泥,筑造他自己富丽堂皇的宫殿"的暴君。

这一切是否实际上只不过是异国情调呢?诚然,在该诗集中可以发现传统东方情调的主题,一些17、18世纪东方风格的影子。读者会在其中见到一些熟悉的形象,如被抢的苏丹王妃、残忍的苏丹、奢华与艳情、虎皮和馥郁的芳香。确实如此,然而还有其他,使得这本书不流于一般异国风情作品的窠臼。

从根本上说,异国风情的作品重在视觉表现,向一个陌生的目光展现绚丽旖旎、可望而不可即的异域风情,展示一幅引人入胜而又无法进入的画卷。当然,这种镜面式的、甚至窥视性的特点在《东方集》中也存在,而且在诗集的第一句中就公然出现:"你们可看到那镶着乌边的云彩飘过",或者还有《罗莎娜》的第一句:"她跑呀,跑!你们瞧!"甚至对战争的向往也更似观察的欲望而不是行动的愿望:"我想看到打仗,总是坐在第一行。"自然,这一特点在具有窥情笔调的《浴女萨拉》一诗中表现得最为充分,这首诗在很长一段时间里被认为是最负盛名的一首,尤其是在画家眼里。

虽然如此,这幅画卷还是有许多不同寻常之处,尤其是这个东方不仅被展示在我们面前,它还在说话,以它自己的名义讲述。这种诗歌通常是抒情性的,西方诗人很少为之。在这部诗集中,"我"的角色被东方世界里的"人物"所承担。因为在《东方集》中,一切都在说话,这个世界里有声音、有动感,它如此生动而超出了一幅平面的画卷,是华丽、旖旎、别具情致的异域风光。

另外,这个他乡果真那么遥远,这个异邦果真那么陌生吗?在异国风情的

① 见《东方集》中《苏丹的宠姬》一诗中最后两句:"对于匕首,要的是珍珠;/对于苏丹,要的是后妃!"——译注

幕后,雨果编织了一匹与众不同的文锦。在这里,东方与西方,与其说是对立甚或差异分明,不如说是相交、相近、相融。因此有些诗篇是互相呼应的,在东方世界和西方世界中串联起同一个主题。例如,对那个香消玉殒的姑娘的哀悼就有一个东方版的《支离破碎的蛇身》和一个西方版的《幽灵》。还有不同于此的另一情形:在诗集末,两首拿破仑时期的豪放诗篇联袂而生,表现了两个属于不同民族的人——"一个开罗的阿拉伯人"和法兰西诗人雨果本人——对一个伟人同样的崇敬。

可以说,诗人本人已然东方化,这是因为诗歌的需要。并不是雨果故作东方人的面孔,而是他把东方当作了一个亲密的自我,从某种意义上说,是他自己的一部分,一个他需要乞灵、呼唤和探索的神秘部分,为了给他的诗歌注入新的活力,或许还不止如此,是为了成为完全意义上的诗人。于是,在《遐想》一诗中,对东方的梦想构成了促发灵感的动力,诗歌的灵感正感受着西方萧瑟秋天的肃杀:通过诗歌,为了诗歌,东方——至少是梦中的东方——已化为亲知,成为抒情诗歌的丰富源泉。有些诗篇采用了一种比较特别的表述方式:起先是对一个骇怪的东方进行客观描绘,突然,画者本人却被引入了画面。《努玛哈尔·拉·鲁斯》主要是描写一个阴森、怪异和野蛮动物麇集的森林,似乎纯粹是一个疏远的描绘、一道奇特的异域风景而已;可是最后一个诗段是这样的:

> 好吧! 独自赤身裸体地在青苔上,
>
> 在这树林里,我恐怕比在
>
> 用温柔的声音说话,
>
> 用温柔的目光凝视的
>
> 努玛哈尔·拉·鲁斯面前更欢畅!

仿佛诗人本人为了他自己的东方梦而苦,仿佛这个梦使得本性与他性之间、景与情之间的界限变得越来越微不足道。

是的,《东方集》以各种不同的方式,首先就是要传达这个主旨:东方并不那么遥远。如果东方是西方的他者,那么正是这个他者在近处注视着我们——如此切近以至于我们相互看不清楚。至少对诗人来说是如此。通过这部诗集,雨果想要告知我们的是(他早已预料到这一点):作为诗人,创作艺术和诗歌作品,也许主要就是这样,要接近自身的另一部分,接近它并揭示它——而这个亲密的异己,对一个西方人来说,它的名字可能就是东方。

二

我们已经发现,《东方集》中的东方主要是阿拉伯—伊斯兰世界。雨果后来经常回到这个东方,通常是以诗歌的方式,尤其是在《历代传说集》中。但是,虽然篇幅不多,他的东方也向东推进到更远的地方,直到神秘的亚洲中部,直到印度。

他眼中的印度首先是那些古老的建筑,依山临空而建的壮观寺庙,阴森的迷宫里密布着奇形怪状的植物、野蛮的动物和可怕的神祇。《光与影》中收录了一首写作于 1839 年的诗,诗中探寻了这个令人骇异而又引人入胜的世界。诗的开头是这样的:

> 印度的井潭！墓穴！如星辰密布！
> 迷乱的目光在里面只看到
> 一串串回旋的阶梯和栏杆,
> 冰冷的囚牢、过道和照明的灯光,
> 蜘蛛在梁上编织长长的丝绒,
> 四处都是恐怖的影子,
> 花岗岩顶好似一块破布,
> 透过窟窿看到几颗高远的星星在闪烁,
> 还有芜杂的墙垣、房间和平台,
> 偶然还看到一段楼梯坍塌！
> 地下墓室的恐怖
> 充斥了死气沉沉的无边穹顶！
> 在这个洞穴里,人的思想跚蹰不前！
> 在你的深渊中,我时常面色苍白
> 如置身悬崖边缘或火炉之上,

　　　　或是皮拉内西梦想的巴别塔！

　　　　君若不怕就请进吧！

　　雨果诗歌中还有一系列最具幻觉的诗篇,从《秋叶集》中的《沉思的斜坡》到《历代传说集》中《产生此书的梦境》都重提了这个"巴别塔"①主题,这个虚空的建筑上展现着鬼影幢幢的芸芸众生相。

　　但是,提到印度最多最频繁且最有意为之——如果可以这么说的话——的作品是1864年雨果在流放末期出版的《莎士比亚论》。

　　为什么一本关于英国伟大戏剧家的书会谈到印度呢？

　　这是因为《莎士比亚论》完全是一本恣意汪洋的书。

　　雨果的儿子弗朗索瓦—维克多在翻译《莎士比亚全集》时请父亲为其作序,可是这篇序言很快在雨果的笔下铺陈为长篇大论,洋洋洒洒。自然,雨果在文中介绍了莎士比亚,甚至对莎翁的生平和作品进行了相当严谨细致的研究。然而通过莎士比亚,雨果将自己全部的艺术观加以阐述和发挥。

　　概述的核心问题是关于天才的讨论。

　　何为天才？莎士比亚是其中之一,其他何人？

　　为了回答这个问题,雨果首先列举一个名单,十四人,分作十四个小节,他对人类精神发展史上以及诗歌史上的这些里程碑式的人物分别加以介绍。他们便是：

　　荷马,约伯,埃斯库勒斯,以赛亚,爱日谢尔,卢克莱修,尤维纳列斯,圣约翰,圣保罗,塔西佗,但丁,拉伯雷,塞万提斯,莎士比亚。

　　古希腊,《圣经》,古罗马,中世纪和文艺复兴时期的欧洲。这个名单并不局限于本国(唯一的法国人是拉伯雷),但从表面上看来仍然很"西方",没有超出欧洲及其文明起源希腊—拉丁和犹太—基督教文化范围。

　　其实只是表面如此,在这个名单中可以看到东方那挥之不去的影子。

　　应该读一读这些描述天才的片段,于是我们就会看到东方出现,像是一道奇特的地平线,天才从那里冉冉升起。

　　自从《〈克伦威尔〉序》以来,约伯的诗篇是雨果最常提到的圣经故事之

---

　　①　语见米歇尔·布托《文集》第二卷,子夜出版社。

一。约伯不是希伯来人,他是阿拉伯人:

> 约伯开始了戏剧。这胚胎已是巨人。四十个世纪以前,约伯以耶
> 和华与撒旦相视作为开场;恶向善挑战,于是情节展开。大地就是剧情
> 发生的地点,人间就是战场,各种灾难便是登场人物。……约伯在粪堆
> 上大汗淋漓。……热带的苍蝇在他的伤口上嗡嗡乱叫。约伯头顶这可怕
> 的阿拉伯太阳,它是丑类的培育者、灾难的扩大者,能将猫变为虎、四脚蛇
> 变为鳄鱼、猪猡变为犀牛、鳗鱼变为巨蟒、荨麻变成仙人掌、普通的风变成
> 沙漠的干热风,腐烂的气味演化成瘟疫。约伯先于摩西。在古远的年代,
> 约伯这位阿拉伯人的长老可以与希伯来人的长老亚拉伯罕相提并
> 论。……他是读书之人,熟谙音律,他的诗篇阿拉伯文本已失落,据传以
> 韵文写成。①

这里我们需要重提一下,对雨果来说,戏剧是最完整和最现代的艺术形式,是从此对其他文学样式产生影响的形式。

《莎士比亚论》中的东方,对这些天才——至少是其中部分人——的思想产生影响的东方,首先是印度。

对卢克莱修就是如此,雨果在流亡期间反复阅读这个哲学诗人的作品,并为他那种无穷和神化的自然观所吸引。

> 卢克莱修就是这件晦暗不明的庞然大物,他就是一切。朱庇特寓于
> 荷马,耶和华寓于约伯,而在卢克莱修身上我们看到了牧神潘。……卢克
> 莱修云游四方,勤于思考;思考是另一种旅行。他到过雅典,与诸位先哲
> 过从甚密;他研究了希腊,并想象出了印度的状况。②

这个罗马人的旅行是东方之旅,是越来越远的东方,一直延伸到印度,在这个神秘之尽头就是死亡:

> 某一天,这位旅行家决定走向生命的尽头。这是他最后一次出发。
> 他踏上死亡之路。他要到处看一看,于是先后登上了各种大舟小楫。他
> 踏上战船从特维里约姆到马其顿,登上三层桨战船从卡里丝图斯来到希

---

① 《莎士比亚论》第一部分第二卷第二章第二节。
② 《莎士比亚论》第一部分第二卷第二章第六节。

腊,乘着鸟羽从西莱纳到达萨摩色雷斯岛,又从萨摩色雷斯坐上货轮前往酒神巴克斯所在的纳克索斯岛,并且从那里搭船去了怡人的叙利亚,再从叙利亚乘坐大轮去往埃及,然后从红海前往印度。他还有一个旅行需要完成,他对那个晦暝地域很好奇,便"渡"上一只棺木,自己解开了绳缆,用脚蹬岸,将这阴影里的小船推向幽暗,让无名波涛摇动着漂向远方。①

那么印度究竟是什么?是客观无我的无穷,它超越了个体,又尚未实现个性。人性被超越又有不及,自我被超越却又无我:

> 除去这些人传下的个人作品,还有许多集体作品,如《吠陀本集》《罗摩衍那史诗》《摩诃婆罗多》、斯堪的纳维亚神话史诗《爱达之歌》、英雄史诗《尼贝龙根之歌》……这些作品中一小部分是具有宗教启示和教义色彩的。有数位无名者合作的痕迹。印度诗歌尤其具有这样的特点,它们是梦幻或玄思的境界,博大精深却晦涩不明。这些作品仿佛是一些不食人间烟火者共同创作的。史诗笼罩着传奇般的恐怖。这些书并非只是人力所为,阿什—纳加尔的铭文如是说。

> 这些作品均出自无名氏之手。但是由于"我是人"(homo sum)这样一个重要道理,虽然我们赞赏它们,认为它们是艺术之巅,却更喜爱那些有名有姓的作品。同样美的作品,《罗摩衍那史诗》却不及莎士比亚更能打动我们。某一人的自我比一个泛泛民众的自我更广阔更深刻。

那么,是否最终必定要使东西方泾渭分明并且把艺术的桂冠归于西方吗?西方是产生个体自我的土壤,是人文主义扎根、个性发展的地方;西方最终领先于东方,至少是东方的印度,后者仍然停留在无我的阶段,沉陷于物我无别、缺乏自我、自然与神占据无限的陷阱里。

这里,我们所看到的只是19世纪非常普遍的一种文化思想。

但是,事情并非如此简单。因为,如果"某一个人的自我比一个泛泛民众的自我更广阔更深刻"的话,这个深度和广度到底是什么样的呢?这就是雨果眼中的印度,他心中的印度。

现在让我们来听一听雨果是怎么写埃斯库勒斯的。埃斯库勒斯是古希

---

① 《莎士比亚论》第一部分第二卷第二章第六节。

腊杰出的悲剧作家,雨果认为他是莎士比亚的嫡派师祖,称之为"古代的莎士比亚"。

> 埃斯库勒斯是一个巨人。他具有印度气质。他轩昂的气度令人想到规模宏大的印度史诗,它们是艺术国度里的庞然大物,如果古希腊史诗《伊利亚特》《奥德赛》之类是雄狮,印度史诗就是河马。埃斯库勒斯是一个令人赞叹的希腊人,却不只是希腊人。他身上具有超乎常规的这一东方元素。

看得出来,雨果认为埃斯库勒斯反对排斥曾经启发过希腊人思想的东方文化——而可能正是由于这个排斥产生了西方文明。埃斯库勒斯就是那个目光能够穿透这种激烈的排斥现象并且揭示和总结东西方内在亲缘关系的天才。

> 在全部希腊文学中,埃斯库勒斯是唯一在雅典灵魂中能够将埃及与亚洲智慧兼收并蓄的典范。希腊的智者对这些杳渺之地毫无好感。……金光笼罩下的这些城邦排斥那些遥远如高加索山后缥缈云彩的未知地域,仿佛连太阳也独为希腊所有。……埃斯库勒斯却毫不忌讳。他喜欢高加索,在那里认识了普罗米修斯。在读埃斯库勒斯的作品时,我们感觉他仿佛穿越了远古的荆棘——已经变成今天的煤矿,阔步前进,脚下匍匐蔓延着气息犹存、盘根错节的千年根茎……

我们还是应该这样说,古希腊确实存在与东方的亲缘关系,尽管希腊人讳言之。希腊字母表不是其他,就是腓尼基字母表,不过次序不同而已。埃斯库勒斯因为具有些许腓尼基人血统而更为希腊人。[①]

因此,在埃斯库勒斯身上,人们再一次发现,东方也是他的亲知,是与其天才密不可分的东方部分。即使东方,尤其是印度,通常被认为是最能体现无度、无量、无穷和不定之所在,但在维克多·雨果看来,东方正是构造任何一个真正天才的元素:

> 从前的"审美观",另一种神圣的标准长久以来抑制着艺术发展,最终压制了崇高而抬高庸俗美。这种陈旧的批评尚未完全消亡,正如从前

---

① 《莎士比亚论》第一部分第四卷第七章。

的君主制度。按照这种观点,上文列数的绝对天才都有同一个缺点——逾分,即这些天才是逾越常规的。

这是因为他们心中拥有如许多的"无穷"。

的确,他们不受拘囿。

他们身上蕴含着人所不知的可能……

此为未知。

此为无穷。

倘若高乃依有"此",他应与埃斯库勒斯相媲美;倘若弥尔顿有"此",他可与荷马相提并论;倘若莫里哀有"此",他会与莎士比亚不分轩轾。①

简而言之,西方人啊,只要你们愿意就一直做西方人。但是,假如你们想要有一些天才或者哪怕只是想尝试而已,请你们注意一定不要扼杀这部分无限性,不要填满这一隙空白,它会使你们免受拘囿,不要消泯你们身上具有印度和东方智慧的部分。

正是建立在这一深刻的互补性——天才的人类和人类的天才——基础上,雨果形成了对人类的看法。他写道,人类通过它的天才和智者——它的"灵魂"——而达到统一。雨果宽阔的视野早已超出了艺术本身。东方与西方联结在同一条精神进步的链条上,于是他得出以下结论:

人类的生命因为他们而前进。推动文明行驶的车轮就是他们的使命。……各种各样的人,有时是完全不同的人,会在意想不到之处相会,就在这个相会之处充分显示出进步的必然规律。俄尔浦斯、释迦牟尼、孔子、索罗亚斯、摩西、摩奴、穆罕默德以及他人,他们都是同一链条上的不同链环。②

三

你们可能已经在行文中听到了孔子的名字。而我讲述的雨果的东方之旅

---

① 《莎士比亚论》第一部分第二卷第五章。

② 《莎士比亚论》第一部分第五卷第一章。

也接近尾声:我要谈一谈维克多·雨果眼里的中国。

正如在雨果的作品中,印度的篇幅没有阿拉伯—伊斯兰世界多,中国的篇幅也没有印度的多。但是,中国在他的作品中也出现过,而且这些地方值得我们注意。

在雨果的青年时代,1827年,在写作《〈克伦威尔〉序》的同时,他还写了一篇文章,在这篇文章中,雨果练习了当时一种颇为流行的文学体裁:穿越时代和大陆的文化旅行散记。在这篇旅行散记的开头,中国被简略提及,不过后文中没有再次出现:

> 我们看到(文明之光)出现在亚洲,在印度中部,民间传说是人间天堂之地。如同日光,文明的曙光显现在东方。渐渐地,它在亚洲摇篮里苏醒并伸展,以一只手,在世界的一个角落放置了中国以及象形文字、火炮和印刷术,仿佛是它未来事业的一个端倪。①

从认识他国文化的历史角度来看,这样一篇文章是有其特定意义的,因为它体现了时代的观点。伏尔泰以及其他一些启蒙思想家曾经对中国文化赞叹不已,他们似乎在中华帝国中找到了政治和宗教秩序的典范,而雨果那个时代距离他们的认识已经相当遥远了。半个多世纪之后,中国已经以另外一个形象出现在世人面前:世界上先于其他地区产生现代先进文化萌芽的一个地方,由于某种意义上的自满而停滞不前,与世隔绝。在长达半个多世纪里,欧洲人对中国印象是这样的:一个一成不变、故步自封并为它清高的闭关自守而付出代价的国家。

西方人对中国认识的转变,可以从18世纪下半叶中国所经历的政治民主和经济危机中得到部分解释。但主要是因为欧洲试图强加一种新型的地缘政治秩序,首当其冲的就是英国。中国拒绝西方商业在其境内的扩张,所以西方列强将以一切方式强迫其打开国门。"不平等条约"的时代开始了。

对于欧洲在华所施行的帝国主义政策,雨果至少有过两次激烈的评论。第一次是在1842年,雨果撰写了一篇对欧洲以及世界过去、现在和将来的地缘政治发展进行精彩评述的文章(雨果是无所畏惧的)——《莱茵河》,他

---

① 《历史的碎片》,1834年重新收录于《文学与哲学》。

在文章的结语处引申开去,批判了英国,指出英国应该对第一次"鸦片战争"负责:

> 英国人闯入亚洲。……就在此刻,英国在用毒品麻痹中国人、或至少是使他们昏昏欲睡之后开始以武力猛力地进攻中国。①

到了1861年,当一个英国上尉征求他对英法联军侵略中国的看法时,正在流亡中的雨果对此事件的反应更加激烈,他毫不留情地抨击了拿破仑三世的殖民政策:

> 您征求我对远征中国的意见。您认为这次远征是体面的、出色的,多谢您对我的想法予以重视;在您看来,打着维多利亚女王和拿破仑皇帝双重旗号对中国的远征,是一次有法国和英国分享的光荣,而你很想知道我对这次英法的胜利会给予多少赞赏。
>
> 既然您想了解我的意见,以下便是:
>
> 在世界的某个角落,有一个世界奇迹,这个奇迹叫圆明园。……
>
> 这个奇迹已经消失了。
>
> 有一天,两个强盗进入了圆明园。一个强盗洗劫,另一个强盗放火。……他们一个塞满了口袋,看到这种情景,另一个装满了箱箧;他们手挽手,喜笑颜开地回到了欧洲。这就是两个强盗的故事。
>
> 我们欧洲人,我们是文明人,在我们看来,中国人是野蛮人。这就是文明对野蛮所干的事情。
>
> 在历史面前,这两个强盗,一个就是法国,另一个就是英国。但是我要抗议,而且我感谢你给了我抗议的机会:这是统治者的罪行,被统治者与之无关;政府有时会是强盗,而人民永远不会。
>
> ……在此之前,我证实,发生了一次抢劫行为,作案者是两名盗贼。
>
> 先生,这就是我对远征中国行动给予的全部赞赏。②

没过几个月,雨果写了《致普埃布拉人民的信》,在世界的另一端的墨西哥,他们正在抵抗法国的侵略:

---

① 《莱茵河》结束语(四)。
② 《言与行》之二——"流亡期间"。

有两面三色旗,一面是共和国的三色旗,一面是帝国的三色旗;与你们作对的不是前者,而是后者。……

英勇无畏的墨西哥人民,抵抗吧!

共和国与你们同在……

这二者至少在这一点上是有可比性的,我们发现维克多·雨果的爱国主义总是服从"某种法兰西理想"。这不是那些无所顾忌追求荣耀的信仰者的观念。雨果的这种爱国观念常常被指责为背叛,这一回还有其他场合都没有幸免。但是,如果说雨果四年后写道,法国"太伟大了,并非一个祖国的概念可以容纳的"[1],这是因为在他眼里,法兰西代表着一种共同的理想,不是一个践踏它的国家可以承载的——尽管这个国家、它的军队和国家元首自称为法国人,而且炫耀着1789年以来就飘扬的三色旗,实际上他们只是给它增添了耻辱。

不过现在,我们还是撇下政治不谈,回到艺术的讨论上来。这封致巴尔特勒上尉的信不仅是为保护各民族权利而发表的抗议,雨果也借此机会,通过对那个被焚毁的宫殿的回忆,表达他对中国艺术的定义,以及再一次在他的艺术观里赋予东方一席之地:

在世界的某个角落,有一个世界奇迹,这个奇迹叫作圆明园。艺术有两种原则:一是理念,理念产生欧洲艺术;一是幻想,幻想产生东方艺术。圆明园在幻想艺术中的地位和帕特农神庙在理念艺术中的地位相同。一个简直是非凡民族的想象力所能产生的成就尽在于此。这不是一件稀有的、独一无二的作品,如同帕特农神庙那样;如果幻想能有典范的话,这就是幻想的某种规模巨大的典范。请想象一下,有一种言语无法形容的建筑物,有某种月宫般的建筑物,这就是圆明园。请建造一个梦境,材料用大理石、用美玉、用青铜、用瓷器,用雪松做这个梦境的房梁,上上下下铺满宝石,披上绫罗绸缎,这儿建庙宇,那儿造后宫,盖城楼,里面放上神像,放上异兽,饰以琉璃,饰以珐琅,饰以黄金,施以脂粉,请兼为诗人的建筑师建造一千零一个梦,再添上一座座花园,一片片水池,一眼眼喷泉,加上

---

① 《巴黎》第五章第六节。

成群的天鹅、朱鹭和孔雀。总而言之，请假设有某种人类异想天开产生的令人眼花缭乱的洞府，而其外观是神庙，是宫殿，这就是这座园林。为了创建圆明园，曾经耗费了两代人的长期劳动。这座大得犹如城市的建筑物，是由世世代代建造而成的。为谁建造的？为各国人民。因为，岁月完成的事物是属于人类的。艺术家，诗人，哲学家，过去都知道圆明园；伏尔泰谈到过圆明园。我们常说，希腊有帕特农神庙，埃及有金字塔，罗马有斗兽场，巴黎有圣母院，东方有圆明园。如果说，大家不曾见过它，大家也梦见过它。这曾是某种令人惊骇的不知名的杰作，在不可名状的晨曦中依稀可见，如同在欧洲文明的地平线上显出亚洲文明的剪影。

凡是读过雨果的人立刻懂得了，这位法国诗人，作为艺术家，不完全只从被定义为"理念"艺术的"欧洲"艺术找到认同，并不把被定义为"幻想"艺术的"东方"艺术归于绝对的异己或是简单化为缥缈的异国情调。凡是读过雨果写于流放期间的作品的人，这个已经构思《威廉·莎士比亚论》，已经写过或将要写《撒旦的结局》《历代传说集》《海上劳工》和《笑面人》的雨果，凡是了解这个雨果的人会懂得：最能激发他最细微、最丰富的创作灵感的一种力量使他更加接近这个巍峨壮观的夏宫，这个可望而不可即的建筑，而不是那个过于古典和规则的帕特农神庙。至于我本人，十分惭愧，我尚未见到这个被毁于1860年的夏宫的任何图片资料，我不知道雨果所做的描述是否与事实相符。但是我十分了解，维克多·雨果在这里所描述的艺术观念与他的文学创作完全一致。

这大概不是第一次这个热爱东方建筑艺术的诗人，这个为保护中世纪教堂而努力的诗人为自己的作品提供一个东方建筑——或至少可以说是一个可以容纳东方智慧的建筑群——作为范例。让时光再回到三十年前（回到本篇发言的开头），我们再次引用《东方集》的序言：

> 为什么不会有这样一种完整的文学，特别是一个诗人的全部作品，正如这些美丽的西班牙城市，在其中可以见到一切：柑树成行、清香四溢的河滨大道，向阳光敞开胸怀的节日广场，时而幽暗的曲折窄巷和两边鳞次栉比的各种房屋——它们建立于不同的年代，高低错落，有的白净，有的已被岁月抹上黑色的印记，五颜六色，有的还有雕饰……市中心是哥特式

大教堂,有高耸的尖顶和宽厚的钟楼……最后,在城市的另一端,无花果树和棕榈树后掩藏着东方风格的清真寺,铜色和锡色的圆顶,彩色的门桯,釉亮的墙壁……似一朵芬芳馥郁的硕大花朵绽放在阳光下。

　　……如果有人来问(作者)在这个诗集里想要写什么,他会回答说:清真寺。

从清真寺到宝塔,风格自然不同。这种与另一文化——东方文化的深刻沟通的内心感悟却不因此而改变。当然,这是诗意的感知,但对一个诗人来说,还有什么比这更重要的呢?

维克多·雨果是否真的了解东方? 这个问题,我要向你们请教:各位同事,你们能比我更好地回答这个问题。我至多可以提出这样一个看法:如果了解意味着包容,那么雨果使东方成为一个可以为人所知的名词,一个可以体现这个亲密异己的形象,他很早就视之为一切真正艺术创作的必需,这说明他确实了解东方。19 世纪,人们仍然极力强调民族特性,强调文明和文明之间、人民和人民之间不可调和的差异,在那样一个时代,这样一种思想和感悟至少预示着雨果的作品将扮演文化桥梁的角色。

(原文载唐杏英等编:《北京 2002 年纪念维克多·雨果诞辰 200 周年文集》,外语教学研究出版社 2003 年版。[法]弗朗克·洛朗①著,车琳译)

---

①　弗朗克·洛朗(Frank Laurent),法国勒芒大学教授,雨果研究专家。

从诱惑到困惑

——评安德烈·马尔罗《西方的诱惑》

  1925 年,在经历了第一次冒险的考古之旅后,安德烈·马尔罗(André Malraux,1901—1976)第二次前往法国殖民统治下的印度支那。他创办的《印度支那报》因政治观点有悖于殖民当局而遭遇失败,但是印度支那之旅却使他有机会接近了当时的动荡的中国。在归国轮船的甲板上,这个进行了两次东方之旅的欧洲青年把对东西方文化的认识和领悟、对人生意义的思考书写成了《西方的诱惑》。马尔罗回国后不久就在《新法兰西评论》上发表了其中的片段,1926 年 7 月,格拉塞出版社推出了该书的单行本。① 在马尔罗的所有著作中,《西方的诱惑》经常被人忽略,而实际上,它形成于青年马尔罗的世界观和人生观的形成时期,预示了一个未来伟大的小说家和政治家的思想脉络,是"打开马尔罗所有小说创作的钥匙"②。

  写作于旅途中的《西方的诱惑》由一个旅行于东西方文明之间的人虚构了两个交错于彼此国家和文化中的旅行者,分别是在欧洲游学的中国青年 Ling-W.-Y. 和赴华旅行的法国青年 A.D.,他们的书信往来也是旅行的见证和产物。以书信体来比较不同文化并非新意,这令人想起 18 世纪孟德斯鸠(Montesquieu)的《波斯人信札》(Les Lettres persanes)和阿尔让斯侯爵(Marquis d'Argens)的《中国人信札》(Lettres chinoises)。然而,《西方的诱惑》中的通信更似一场虚拟的对话,其中每个人物所代表的文化在同时相互审视、相互诱惑

---

  ① André Malraux. *La Tentation de l'Occident*. Paris:Grasset,1926.
  ② Pierre Brunel. Introduction aux *Œuvres complètes* d'André Malraux,t.I. Paris:Gallimard,1989, p.XXX.

又相互抗拒,他们犹如作者展开的两面镜子,彼此映鉴又彼此失望。而马尔罗则是两个人物的综合,他为二者设定的年龄(23 岁和 25 岁)恰好与他本人两次前往东方时的年龄吻合,这应当不是巧合。马尔罗在《西方的诱惑》中的成功之处在于他能够交换双重角度来观察和感悟东西方,让这两种文化在他的思想中平等地沟通、对话和批判。移译到中文的书名已经遗失了法语原文中作者有意表达的丰富性和模糊性:西方所产生的诱惑抑或西方所受的诱惑,或者说,东方在受到西方诱惑之时是否亦对西方产生诱惑? 那么,在《西方的诱惑》中,马尔罗是否发现他所处时代的东西方文明可以互为诱惑呢?

一、西方的诱惑?

作品在开卷简要介绍了通信者的文化背景,无论对于中国人 Ling-W.-Y. 还是法国人 A.D.,他们对彼此文化的好奇和了解都来源于书本知识或是物质产品所引发的想象。旅途中的法国青年 A.D.以西方征服者的倨傲目光所想象的东方世界——从阿拉伯、中国的蒙藏部落到内地——无非是各种带有异国情调的成见和偏见的杂陈,是落后和神秘的混合:沙漠、草原、宝塔、巫师、后宫里的嫔妃、驼队、绸缎、当铺、八哥鸟、皇帝、三寸金莲、鸦片,奇怪的语言,等等。Ling-W.-Y.在第一封信中也坦陈自己是带着"敌意的好奇"来到欧洲。"我们从西方拿来最快的就是它的形式。电影、电力、玻璃镜、留声机诱惑了我们,把我们驯服成新式家畜。在城市居民眼里,欧洲简直就是一个机械制造的梦幻仙境。"①

当时的中国国力式微,西方文化继鸦片、枪炮和各种洋货之后冲击了中国人的精神家园,马尔罗显然是了解 20 世纪初中国知识分子思想的,他们一方面秉承了中国传统文化和教育,又已经接触到西学。中国社会已经受到西方先进物质文明"形式"的诱惑,中国青年前往欧洲是要探寻和借鉴能够产生这

---

① André Malraux.*La Tentation de l'Occident.* Paris:Grasset,1926,p.144.如无特别说明,本文引用马尔罗的原文均译自该版本,以下只在文中夹注页码。

些"形式"和强大实力的西方思想。

　　Ling-W.-Y.是一个敏感多思的青年,他努力"摆脱书本"(p.20)去观察当代西方社会中的普通人和现实,考察建筑园林、博物馆和艺术,思考西方的宗教,寻访西方文明的源头。他的足迹从马赛到巴黎,又远至罗马和雅典。马尔罗是一个比较主义者,他曾说:"我们只有通过比较才能够有所感觉……把一尊希腊雕像与一尊埃及或亚洲雕像进行对比,这比熟悉一百尊希腊雕像更能了解希腊人的才华。"①因此,在他的笔下,身在欧洲的 Ling-W.-Y.无时不在对中国和西方的文化进行比较。可以说,这个中国人物是马尔罗反省西方文明的一个他者,是其本人对西方文明进行批判的代言人。Ling-W.-Y.在法国的宫殿、花园、街道、房屋的几何图形中发现了西方思维的理性和秩序,但这是"一种精致有序的土蛮"(p.23);他认识到基督教曾经主宰西方世界的信仰,但从宗教雕塑形象中看到"一种协调的痛苦"(p.25);在罗马,他强烈感受到古墟的魅力,却失望于那些古老的石头充满"阴郁的庄重",失传的是古老文明的灵魂(p.39-40)。总而言之,中国人 Ling-W.-Y.发现,他在国内所了解的欧洲印象无非是一些"幻象"(p.19),来到欧洲却发现了西方的"痛苦"与"焦虑"(p.24),为此感觉到"失望"与"难过"(p.39)。

　　在《西方的诱惑》中,游历欧洲的这位中国青年知识分子并没有被西方的物质文明所迷惑,没有对西方社会和文化产生崇拜。马尔罗赋予了他清醒的目光,因为作家本人痛苦地洞察到了西方文明的危机,他在书中写道:"在西方世界的内部出现了一种无望的冲突,我们发现它正以某种形式表现出来,这就是人与其创造物之间的冲突:思考者与其思想的冲突,欧洲人与其所处的文明或现实之间的冲突,混沌的意识与其通过平常世界里的手段而产生的表现形式之间的冲突。在现代世界的每一次震动中,我都发现了这个冲突。"(p.155)

　　确实,刚刚经历一战浩劫的欧洲人深深陷入思想的迷茫。就在中国人对西方的"赛先生"(科学)与"德先生"(民主)顶礼膜拜的时候,欧洲人自己却丧失了文明的优越感:科学技术带来了物质进步和现代文明,同时也动摇了他们的精神信仰,使原来的思想和道德价值体系解体,令人迷失方向。法国诗人

---

　　①　Cité dans Gaillard Pol.André Malraux.coll.*Présence littéraire*.Paris:Bordas,1970,p.54.

和哲人保罗·瓦雷里（Paul Valéry）1919 年就曾经忧心忡忡地说："我们现在知道，我们所有的文明都会死去"，如同那些古代的伟大文明一样，"历史的深渊对所有人来说都一样可怕"；他指出，在欧洲，战事甫定，经济危机却要风起云涌，而更可畏的是"思想的危机"，只不过它更具隐蔽性，"一阵剧烈的震颤穿过欧洲的脊髓"。① 这个观点深刻影响了当时的青年马尔罗，他在《西方的诱惑》的结尾中以法国青年 A.D. 的口吻表露了悲观："已经不存在我们可以为之牺牲的理想，因为我们知道所有的理想都是谎言，我们根本不知道什么是真理。"（p.159）青年人总是在追寻生活的希望和前景，然而最后，对欧洲已经绝望的青年在文字间充满了伤感，一种绝情的伤感："我对你失去了爱。如同一个没有愈合的伤口，你是我枯死的荣耀和活生生的痛苦。我曾把一切都献给了你，但是现在我知道我将永远不再爱你。"（p.160）这一感伤甚至延续到 1927 年马尔罗发表的另一篇随笔《论一代欧洲青年》（*D'une jeunesse européenne*）中，在一个充满"虚无性""破坏性"和"否定性"思想的时代，"一代青年人面临的将是怎样的命运？"②这个时期的马尔罗还不能把握自己在动荡时代中的方向，无法对自己的诘问给予回答。在全书 18 封书信中，马尔罗让中国人 Ling-W.-Y. 的文字占据了 12 封的篇幅。由此，我们分明地看出，马尔罗有意以他者的目光和口吻表达"对欧洲的反感"（p.56），对自身的文明给予严肃的反思和批判。他试图表明这样一种观点：就现实中的西方而言，与其说它对东方青年产生诱惑，不如说是给西方青年本身产生了困惑。

二、东方的诱惑？

从历史背景上看，马尔罗与许多同时代的欧美知识分子一样，在作品中体

---

① 保罗·瓦雷里题为《思想的危机》（La Crise de l'esprit）的两封书信初次发表是 1919 年4—5 月以英文刊登于英国伦敦 *Athenaeus* 周报上，后收录于瓦雷里本人著作《文艺杂谈》（*Variété*）第一辑（1924 年出版）。本处引文译自 http://wikilivres.info/wiki/La_Crise_de_l'esprit，2009 年 2 月 19 日。

② André Malraux. *D'une jeunesse européenne*, in *Ecrits*. Paris：Grasset, 1927. Cité dans Gaillard Pol. *André Malraux. op. cit.* p.62.

现了 19 世纪末 20 世纪初西方现代主义思潮中的社会危机意识,他们开始质疑西方现代文明的价值核心——理性与科学,怀疑它所依赖的人性基础,于是继承了 18 世纪欧洲人借鉴东方文明反思和批判西方文明的精神,到古老的东方寻找新的希望。瓦雷里说,欧洲也许将成为"它本来就是的现实",那就是"亚洲大陆的一角"。① 对欧洲绝望的马尔罗两次"出走"到印度支那,似乎是受到了东方古老智慧的诱惑,试图为危机中的西方文明寻找新的途径。

马尔罗或许缺乏与中国社会长久的、深刻的接触,但在《西方的诱惑》中对中国的儒释道三种哲学智慧都有精确的认识和真诚的认可。他认为"每一种文明都塑造了一种感觉方式"(p.27),他笔下的中国人 Ling-W.-Y.以一种不卑不亢的姿态对东西方文化中的宗教信仰、生死观、爱情观、艺术观念和手法等各种思维方式进行了比较。比如,儒家思想不像基督教那样对人的感觉造成压迫,佛教中的轮回观念让人感觉到生命是充满可能性的无穷领域,道家思想"天人合一"的宇宙观、阴阳之间的永恒转换和相对平衡对于西方人的思维方式是一种启发。西方人追求的是"动",而中国人的文化精神是"静"。Ling-W.-Y.认为欧洲人不懂得什么是生命,生命被割裂为一个个片段,人是一个有生有死的生物,是一个从世界中抽象出来独立的、与世界对立的人;而中国人把生命看成延续的整体,青年、成年和老年是连续的生命河流,东方传统并不重视人的个体价值,因为人不过是融入宇宙的一个平凡的部分,中国人不留恋短暂的强盛和荣耀而是追求永恒的完美。马尔罗似乎想突破西方分析性的理性思维,以人物之口直言中国思想改变了他的世界观:"我对中国观察了近两年的时间,它对我的改变,首先是西方关于人的观念。"(p.123)当 Ling-W.-Y.参观卢浮宫时,他觉得博物馆里的杰作没有给他带来任何愉悦,在那里,被禁锢的艺术大师们之间进行沉闷的对话,他更喜欢博物馆画廊的窗户所呈现的图景,春天的塞纳河畔像是浪漫主义画家笔下的作品,为花鸟市场旁边的宫殿增添了生命的气息。作为艺术评论家的马尔罗并不自矜于西方艺术传统,他欣赏中国人情景交融和含蓄暗示的艺术表现方法:一幅优秀的中国画"不模仿,不再现,而是写意"(p.96);在以 Ling-W.-Y.的身份介绍中西不同

① Paul Valéry.*La Crise de l'esprit*,*op.cit.*

艺术创作手法时,马尔罗作了形象的比喻:西方人"像是严肃认真的学者,仔细观察记录着鱼儿们的动作,但却可能忽略它们正在水里游动的事实"(p.115)。

如果说中国的古代文明和智慧对包括马尔罗在内的西方人产生了诱惑,那么 20 世纪初中国社会的现实也曾粉碎了他们镜子里的幻想。法国人 A.D.在一封发自上海的信中转述了与一个代表中国旧式文人的王先生的谈话。这位清瘦儒雅的老先生对西方人只有敌意,但却博得 A.D.的景仰,"他身上所体现出来的修养是我在欧洲不曾见过的",他从前者身上看到"唯有精神的贵族才值得尊敬"(p.134)。马尔罗以王老先生之口表述了当时中国之现状:"中国走向消亡"(p.143),那个古老文明的中国将不复存在,整个国家正在变成一个战争博物馆,西方开始征服这个历史悠久的帝国,对传统的摧毁已经无法挽救,中国一代青年学生正在目睹自己的文化经历天翻地覆的变化……满腹经纶的王先生虽然抵触西学,但也不得不承认复古已不可能:"大厦将倾啊!泱泱中国如同墟上建筑摇摇欲坠,此种不安并非来自形势动荡和兵荒马乱,而是自身已经动摇的屋顶重不可支……",马尔罗看到中国人同样面临精神危机:"当孔子的思想遭到破坏,整个国家将会分崩离析。"(p.135)从对东西方文明的考察中,他得出结论:"一种文化只会因其自身的衰微而消亡。"(p.103)王老先生言语间的忧虑实际上正是马尔罗自己对传统中国渐行渐远所产生的忧虑和同情,尤其令人失望的是,他无法从一度对他产生诱惑的东方国度中寻找到解决西方精神危机的方法,从西方带来的焦虑并没有在东方得到化解,处于东西方文化十字路口的马尔罗仍然困惑不已。

三、从诱惑到困惑

法国青年在结束了与王先生的谈话后感慨道:"该如何描述一个正被风蚀的心灵所表现的状态呢? 我所收到的书信都来自像王老先生或像我一样的年轻人,他们感觉无所依靠,遗失了自己的文化,又对对方的文化感到沮丧……"(p.148)在东西方文明都处于变故乱常的时期,马尔罗在两种文明之间寻找方向,它们曾经相互吸引和诱惑,但是诱惑就像镜片一样破碎。在以双重他者的身份进行文明危机下的东西方对话的同时,马尔罗引入了另外一个主题——生命的荒诞,这也是在他本人的小说《人类的命运》(*La Condition humaine*)和加缪的《西西弗斯神话》(*Le Mythe de Sisyphe*)之前,马尔罗较早地涉及荒诞主题。

身着西装的中国青年来到欧洲寻找强国思想,却最终对西方人发出了批判:"在欧洲人心中,主宰生命的巨大力量是一种本质的荒诞"(p.57),"对你们来说,绝对真理曾经是上帝,继而是人;可是,在上帝死了之后,人也死了,于是你们忧心忡忡地重新寻找可以寄托这份奇怪遗产的继承者"(p.128),而他带走对西方的最后一个印象是一个"日复一日更加奇怪的世界"(p.129)。面对中国朋友的批判,A.D.在所写的 6 封信中无意辩解,他谈论更多的是西方价值的沦落和生命的荒诞。"我们在寻找,同时我们的价值却在消失,我们总是遭遇到不可理解和荒诞。"(p.123)在这个历史时期,无论是东方人还是西方人,他们遭受到了同样的荒诞,这是一种精神的虚空和迷失,欧洲已成为"一个巨大的坟场",而"中国走向消亡"(p.159),没有一种文明可以成为人类摆脱荒诞命运的灵丹妙药,正所谓"人类思想在 20 世纪面临的致命问题是,中西方传统文化中的价值观念都遭到正当的普遍怀疑,从一方径直走向另一方都不是出路"。①

20 世纪 20 年代,世界风云动荡之际,世界文明的发展趋势是东西方许多明智之士思考的话题,英国哲学家罗素(Bertrand Arthur Wieeiam Russel)与小说家毛姆(William Somerset Maugham)都曾在此时期先后到达中国来考察东方文明,而在中国、日本和印度也都有文人著书立说阐发观点。其中,梁漱溟先生在讲演《东西文化及其哲学》(1921 年出版)中提出以批评精神将东西方文化"调和融通",曾在中国国内激起热烈反响;几乎同时,另一学者梁启超曾在 1918—1919 年间亲历欧洲后著有《欧游心影录》,亦对中西方社会和文化进行考察。他目睹一战后欧洲的残破与疮痍。但相反的是,他看到欧洲复兴的希望,并把信心带回到中国,对中国青年寄予厚望,认为中国人对世界文明负有大责任,那就是"拿西洋的文明来扩充我的文明,又拿我的文明去补助西

---

① 刘小枫著:《拯救与逍遥》,上海三联书店 2001 年版,第 20 页。

洋的文明,叫它化合起来成一种新文明"①。这样看来,中国人的乐观还是有着中国古老的辩证智慧作底蕴,而马尔罗的悲观是因为他仍然没有突破西方人的思维方式,不过马尔罗后来找到了自己摆脱人类苦闷、孤独和荒诞的命运的方式,做出了决定性选择,那就是冒险、革命和艺术。

结　语

马尔罗在《西方的诱惑》中以文学的形式对东西方文明进行了思辨,这篇作品的风格犹如其作者,充满年轻气盛的张力,跨越时空的文字和意象像是受了旅途中的海风裹挟而来;作者把两年多来积蓄的感悟在即兴的灵感中倾注于文字,其中时常闪现真知灼见;语言上虽没有精雕细刻,但却涤荡着时而激越时而悲慨的情绪。《西方的诱惑》的思想性和哲理性高于文学性,是马尔罗通过中国题材思考人类命运的一个起点。从当时的时代气氛来看,我们可以理解马尔罗的"诱惑"一词之下暗含"困惑"之意,悲观情绪也符合青年人迷茫时期的思想状况。作者从对东西方文明的比较和批判出发,升华到对人类生存的普世核心价值的思考,这也是马尔罗所有创作的共同特征。

（原文刊于 2009 年 5 月《哲学与文化》月刊总第 420 期）

---

① 梁启超著:《中国人对于世界文明之大责任》,《梁启超全集》(第 5 册),北京出版社 1999 年版,第 2986 页。

梦与真：米兰·昆德拉小说中的梦幻变奏

非有而有,非无而无。非有非无而亦有亦无,则梦是已。

——《易经》临卦(卦十九)象

"爱情""政治""流亡""身份""存在""遗忘"等都是经常出现的解读米兰·昆德拉作品的关键词,然而有一词却未得到研究者们的专论,是为"梦"。昆德拉在《小说的艺术》(*L'Art du roman*,1986)中曾把"梦"这种想象称作"现代艺术最伟大的成果"[①],一部伟大作品的特征之一便是"能够把哲学、叙述和梦幻联成同一种音乐"[②]。由此可见,"梦"在其小说美学中的重要地位。本文主要结合《生活在别处》(*La Vie est ailleurs*,1973)、《生命中不能承受之轻》(*L'Insoutenable légère de l'être*,1984)、《慢》(*La Lenteur*,1995)、《身份》(*L'Identité*,1997)、《无知》(*L'Ignorance*,2002)等不同时代的代表作品来分析米兰·昆德拉小说中的梦幻诗学。

一、叙事中的梦:"复调的对照"

昆德拉曾说:"我与卡夫卡(也与诺瓦利斯)一样,我很喜欢让梦和梦所特

---

① [捷]米兰·昆德拉著,孟湄译:《小说的艺术》,生活·读书·新知三联书店1995年版,第78页,第79页。

② [捷]米兰·昆德拉著,董强译:《小说的艺术》,上海译文出版社2011年版,第84页,第109页。

有的想象进入小说。我所用的方法不是'梦幻与真实交融',而是复调的对照。梦的叙述是对位的线条之一。"①确实,昆德拉的作品中不乏梦的痕迹,从内容和结构上与主体叙述形成虚实对应。

(一)青春之梦

《生活在别处》讲述了"抒情年代"里一个残碎的青春故事,一个文学青年的从成长至死亡的经历。主人公雅罗米尔(Jaromil)生于20世纪30年代,经历家庭的不幸和社会的动荡,19岁时便离开人世,风华正茂的少年诗人折翼于厄运之中。正如书名②所暗示的那样,在这个人物的身上可以看到19世纪法国诗人兰波(Arthur Rimbaud)的影子:他们犹如流星划破天际又迅速陨落,他们的青春岁月充满活力、欲望和幻想,又承载了理想的幻灭和现实的折磨。

这部作品的一个独特之处便在于第二部分《克萨维尔》,昆德拉本人在介绍此作的结构艺术时明确指出这一部分采用了"梦幻式叙述"③。这一部分的核心人物是无所不能的克萨维尔(Xavier),他在梦中经历了与一女子的邂逅,从事了一次革命冒险活动,充满神奇色彩:"接着他又看见门开了,女人走进来。她穿着蓝色的裙子。蓝得如水一般,蓝得如同他明天就要投入的新世界,蓝得如同他慢慢却无可抵抗得沉浸其中的睡意"④;"这样的旅程真是很美,一群人像鸟一样,从天上掠过,躲避敌人的伏击,就这样,从屋顶穿越整个城市,绕过一个个陷阱。"(p.105)其实,这个虚构人物正是雅罗米尔的精神载体,他的梦中经历正是初涉人世的雅罗米尔在成长过程中的人生主题——青春、爱情、革命。长达30余页的叙述是完全沉浸于梦境的,克萨维尔似乎只是重复一个活动——睡和梦:"他不是在'过'他的生活,而是在'睡';在这睡眠之生中,他从一个梦跳到另一个梦……"(p.101),而"最美妙的时刻,是一个梦尚

---

① [捷]米兰·昆德拉著,董强译:《小说的艺术》,上海译文出版社2011年版,第84页,第109页。

② "生活在别处"是兰波(1854—1891)诗句的引用。兰波15岁时展露诗歌才华,19岁时便辍笔不作,开始冒险和漂泊生涯。

③ [捷]米兰·昆德拉著,董强译:《小说的艺术》,上海译文出版社2011年版,第84、109页。

④ [捷]米兰·昆德拉著,袁筱一译:《生活在别处》,上海译文出版社2011年版,第91页。本节引文皆同此出处,谨在内文中以页码直接标示。

在继续,另一个梦已经临近的时刻……"(p.109)其实,克萨维尔并非雅罗米尔的成长经历和故事情节之中的实质性人物,他只是昙花一现般从主体叙述中穿越而过,直到雅罗米尔弥留之际才再次出现在主人公的幻觉之中:

> 他想到了克萨维尔:
>
> 开始的时候,只有他,雅罗米尔。
>
> 接着雅罗米尔塑造了克萨维尔,他的翻版,通过克萨维尔他开始了别样的生活,充满梦想和奇遇的生活。(p.388)

克萨维尔的"身世之谜"由此揭开。尽管在短暂生命最终的幻象中,雅罗米尔看到克萨维尔离他远去,但是,他眼前闪现自己的重影(double)时,曾一度感觉到消除了梦想与实际的矛盾、诗歌与生活的矛盾、行动与思想的矛盾。"突然间,克萨维尔和雅罗米尔的矛盾也消失了。两个人最终得以合而为一,成为一个生灵。梦想的男人变成了行动的男人,梦想的奇遇变成了生活的奇遇。"(p.388)

可以说,这个克萨维尔只是主人公的一个幻影,一个镜像,一个想象的自我,在整个小说虚构中处于虚中之虚的位置;但是这一章节的虚幻故事与占据整部小说十分之九的主体叙述——雅罗米尔的人生经历和精神遭遇——形成叙事对位和复调的对照。正如对于克萨维尔一样,对于雅罗米尔而言,"生命就是一种梦。他从一个梦到另一个梦,就好像从此生命到彼生命。"(p.92)由此可见,在《生活在别处》中,梦的故事并未游离叙事中心,而是深化了主题并与主体结构实现了虚实对应。

(二)情欲之梦

在《生命中不能承受之轻》这部作品中,"梦"犹如一个音乐动机反复出现。在一个以"布拉格之春"为背景的情爱故事里,作者以托马斯(Tomas)、特丽莎(Tereza)、萨宾娜(Sabina)、弗朗茨(Franz)这些特定时代背景中的知识分子的个人遭遇探讨了生命之轻与重、灵与肉、忠诚与背叛、个人际遇与民族命运等主题,探讨了人之存在的可能性。

梦在托马斯和特丽莎的共同生活中扮演重要角色。特丽莎总是"旧梦重温,最后把它们变成了铭刻。而托马斯就在特丽莎的梦呓下生活,这梦呓是她梦的残忍之美所放射出来的催眠谜咒"①。特丽莎因为笃爱托马斯且忧虑他的不忠而沉入梦魇不能自拔:"她望着他,眼里充满了爱,但是她害怕即将到来的黑夜,害怕那些梦。她的生活是分裂的,她的白天与黑夜在抗争"(p.59),因为"白天平复了的妒意在她的睡梦中却爆发得更加厉害,而且梦的终结都是恸哭"(p.17),而且"她梦中如此顽强地握着托马斯的手"(p.54)。

特丽莎在梦中遇见了什么?她经常梦见猫儿抓破她的脸,这"猫"具有象征意义,因为它在捷克土语中意味着漂亮女人,她们都是令她害怕的潜在情敌;她经常梦见各种死去的方式以及死后的命运,而且耻辱变成常态。弗洛伊德曾经解释过此类"令人不快的梦":"一个属于潜意识的而且受压抑的意愿在白天痛苦经验的不断激发下,把握时机,支援它们,因此使它们得以入梦"。② 特丽莎的痛苦是无可倾诉、难以言喻的,而通过对梦境的描写,昆德拉深入剖析了这个女性人物的内心世界。从这个意义上说,梦中难道不是蕴含着最大的真实?正如作者在小说中通过人物之口所言:"表面的东西是明白无误的谎言,下面却是神秘莫测的真理。"(p.64)

为情所殇的特丽莎所梦之景多有情欲色彩。特丽莎在偷看了托马斯的画家情妇萨宾娜的一封情书之后产生了这样一个梦:"他们俩与萨宾娜在一间大屋子里,房子中间有一张床,像剧院里的舞台。托马斯与萨宾娜做爱,却命令她站在角落里。"用弗洛伊德的理论来看,这个梦有其明确的刺激来源,来自"入睡以前的经验"③。昆德拉本人在小说中解释道:"我们的梦证明,想象——梦见那些不曾发生的事——是人类的最深层需要。这里存在着危险。"(p.59)在这个梦境的描述中,他有意叙述了这样一个细节:"那场景使特丽莎痛苦不堪,极盼望能用肉体之苦来取代心灵之苦。她用针刺入自己的片片指甲:'好痛哩!'她把手紧紧捏成拳头,似乎真的受了伤。"(p.15)值得一提的是,这一句并非梦象之中简单的视觉描写,而是对人物生存状况的洞察,因为昆德拉在特丽莎这个人物身上着力探求的正是灵魂与肉体这一人类"不可

---

① [捷]米兰·昆德拉著,韩少功、韩刚译:《生命中不能承受之轻》,作家出版社1992年版,第59页。本节引文皆同此出处,谨在内文中以页码直接标示。
② [奥]弗洛伊德著,赖其万、符传孝译:《梦的解析》,九州出版社2009年版,第627页。
③ [奥]弗洛伊德著,赖其万、符传孝译:《梦的解析》,九州出版社2009年版,第103页。

调和的两重性"(p.39)。"灵与肉"正是小说第二部分的标题,其中 15、16、17 三个章节全部为梦的叙述。特丽莎梦见自己"赤身裸体与一大群裸身女人绕着游泳池行走,悬挂在圆形屋顶上篮子里的托马斯冲着她们吼叫,要她们唱歌、下跪。只要一个人跪得不好,他便朝她开枪"(p.56);而"那些女人为她们的共同划一而兴高采烈,事实上,她们又在庆贺面临的死亡,行将在死亡中实现绝对的同一。托马斯的枪杀,只是她们病态操演中的极乐高潮而已。每一声枪响之后,她们爆发出高兴的狂笑,每一具尸体沉入水中,她们的歌声会更加响亮。"(p.57-58)这个荒唐的梦境其实也是人内心意识的反映,但是梦者本人未必能够用理性和逻辑的话语表达出来。昆德拉有意借用非逻辑方式隐喻人物的生存之境,显然他也熟悉弗洛伊德的释梦之道,因为他本人在文中对此梦亦加以解释,原来那是儿时的回忆与当时的经历叠加而引发。

> 她来到他这里,是为了逃离母亲的世界,那个所有躯体毫无差别的世界。她来到他这里,是为了使自己有一个独一无二的不可取代的躯体。但是他还是把她与其他人等量齐观:吻她们一个样,抚摸她们一个样,对待特丽莎以及她们的身体绝对无所区分。他把她又送回她企图逃离的世界,送回那些女人中间,与她们赤身裸体地走在一起。(p.58)

特丽莎一直企望性与爱的统一、灵与肉的合体,然而却总是不能如愿。在梦境的描述和解析之中,昆德拉充分发挥其影射和暗示作品主题的功能。

(三) 流亡之梦

在探讨记忆与遗忘、移民归宿问题的小说《无知》中,昆德拉依然从容地驾驭复调叙事手法,以移居欧洲的两个捷克人——伊莱娜(Irena)和约瑟夫(Josef)的归国经历为两条实线进行叙述,以古希腊史诗人物尤利西斯(Ulysse)的归乡之旅作为虚线来阐发同一主题,同时,读者也不能忽视另外一条若隐若现的"虚线",那就是流亡者之梦。

在白天,伊莱娜的脑中常常闪现一线幻觉,那是故乡的景色——田野中一条小路或是草地间一条小径,闪闪灭灭,转瞬即逝。这种白日梦映照的是甫离故土者的思乡之情。在夜间,梦象则完全改变。"自流亡生活的最初几周起,伊莱娜就常做一些奇怪的梦:人在飞机上,飞机改变航线,降落在一个陌生的机场;一些人身穿制服,全副武装,在舷梯上等着她;她额头上顿时渗出冷汗,认出那是一帮捷克警察。"①这个梦应当是来自恐惧,伊莱娜害怕不能逃脱樊篱,所以象征专制的警察便出现于梦中。令她常常惊醒的另一个梦便是"一群奇怪的女人,每人手上端着一大杯啤酒向她走来,用捷克语冲她说话,嬉笑中带着阴险的热忱。伊莱娜惊恐不已,发现自己竟然还在布拉格。"(p.14)这个梦境分明表现出她对回归故土的恐惧。昆德拉借助梦境道破流亡者对故国的矛盾心理和两难境地:"同一个潜意识导演"在白天展现"已失去的天堂",在夜晚则揭露"已逃离的地狱"(p.16)。而且,这是成千上万的流亡者在国外生活中所共有之梦,昆德拉称之为"群体潜意识大导演"的"最为独特的创造"(p.31)。

这一种流亡之梦是否可以伴随回归而消失呢?事实是,当伊莱娜回到家乡,噩梦继续上演。当看见穿着一条布拉格时代和风格的裙子的自己时,她惊慌失措,恍若隔世,辨别不出自己的归属。"这是个梦吗?她的最后一个流亡之梦?不,这一切都是真的。不管怎样,她觉得从前那些梦提醒她注意的陷阱并没有消失",这便是"回归的恐怖"(p.33)。令人惊诧的是,在布拉格与旧友聚会时,一个熟悉的场景(许多举着啤酒杯的捷克女人,喧闹却无法交流,貌似亲热却已陌生),从前出现在异国的梦境里,如今却出现在眼前,在故乡,可谓旧梦成真!流亡者梦中所担心的距离与隔阂难道不是现实吗?这样亦幻亦真的梦境,即便只有一个,不也足以说明流亡之艰和回归之难吗?昆德拉对梦的营造总是照应着作品的题旨,在虚幻上所费笔墨自有其价值。

昆氏著作无不有梦的存在,《笑忘录》(Le Livre du rire et de l'oubli,1979)虽未在此得以单独陈述,但不可忽略其第六部分——塔米娜(Tamina)在"儿童岛"遗失记忆的奇异经历——亦建立在梦境叙述基础之上。

上述诸梦具有以下一些共性:首先,这些梦或源于恐惧,或源于缺失,其中多数属于否定性不愉快之梦,且具有魂牵梦绕之重复性;其次,形诸文字的梦境显然不是作为生理之梦而存在,而具有强烈的隐喻色彩,是昆德拉小说中复

① [捷]米兰·昆德拉著,许钧译:《无知》,上海译文出版社2011年版,第14页。本节引文皆同此出处,谨在内文中以页码直接标示。

调和变奏艺术手法的重要元素;最后,在昆德拉90年代之前的小说中,梦的空间自有界限,也就是说,梦境与真实之间的边界是明显的,虚实有分,正如其言:"梦的叙述是对位的线条之一。"尤其需要认识的是,昆德拉强调的小说对位法以各条叙述线路的平等性和整体不可分性为原则,也就是说,虚与实之间并非陪衬关系,它们"相互阐明,相互解释,审视的是同一个主题,同一种探寻"①。这也意味着昆德拉赋予梦境与所谓主体叙述同等重要的地位。

二、梦中的叙事:"梦幻与真实交融"

在后期的法语作品中,昆德拉对梦境的使用可以说达到了卡夫卡(Kafka)式的"梦幻与真实交融",试举二例说明之。

(一) 穿越之梦

昆德拉在1995年出版的《慢》中第一次使用法语写作,此作相对之前的小说,形式相当简短,但是一成不变的依然是对位法结构。叙事线条之一是文学用典——18世纪维旺·德农(Vivant Denon)的短篇小说中的故事:过去的古典时代,优雅和抒情的风尚,年轻骑士与贵族夫人独享的幽会之夜,他们对美好感觉的悠然品尝延伸了短暂时光的长度;另一则叙事发生在同一夜晚同一地点,然而,原来的私人古堡改建为向大众开放的旅店,在一夜之间成为20世纪末形形色色的人物表演一出出当代社会风俗闹剧(政治家的"舞蹈"、媒体的骚动和性的暴露)的舞台,充满漫画式的诙谐和讽刺。在两百年间,人类的生活方式"从慢的时代转入到快的时代,也是从保守秘密转入到传播张扬的时代"②,人们丧失了记忆和回味,被速度和遗忘所侵袭:"慢的程度与记忆的强度直接成正比;快的程度与遗忘的强度直接成正比。"(p.39)

为了对比这一反差,昆德拉使用古今并行的两条叙事线条,它们出人意料

---

① [捷]米兰·昆德拉著,董强译:《小说的艺术》,上海译文出版社2011年版,第95页。
② [捷]米兰·昆德拉著,马振骋译:《慢》,上海译文出版社2011年版,第178页。本节引文皆同此出处,谨在内文中以页码直接标示。

地在小说最后 5 个章节里交错。在一个"荒诞之夜"即将落幕的时候,现代人物文森(Vincent)在城堡酒店的院子里"看见一个人,比他年轻一些,穿了一件年代久远的服饰,朝他的方向走过来"(p.156-157)。二人对彼此的装束都十分惊讶,在骑士眼里,面前"这个人装束极不风雅",而当文森问他是否来自 18 世纪,骑士对于此人的"野腔怪调"更觉诧异。他们相互交换了共同的意见:"一个美妙的夜晚"。但是,好奇心和友好气氛很快消泯,文森随意无礼的举动得到的是古代骑士的愤懑和轻蔑。当文森的目光定定地盯住他时,"骑士从这个目光中看到了不说誓不罢休的欲望。这种欲望中有什么东西叫他心乱。他知道这样急于要说,同时也意味绝对无意去听。骑士碰上了这么要说的欲望,也立刻失去了要说什么的兴趣,顿时看不出有任何理由再跟他待下去"(p.160)。

受到轻侮的文森感到惶恐,"他只有一个想法:赶快忘记这个夜晚,整个糟糕的夜晚,抹掉,忘掉,埋葬掉——这时候他对速度有着无限的渴望",于是"他步伐坚定地朝他的摩托车走去……他坐上了就会忘记一切,……就会忘记自己"(p.162)。而古代骑士对刚刚过去的美好夜晚依然感觉回味无穷,他要独自坐在马车里,在梦中把这个感觉慢慢带回巴黎。"我还要瞧一瞧我的骑士,他慢慢走向马车。我要玩味他走路的节奏;他愈往前步子愈慢。这种慢我相信是一种幸福的标志"(p.163-164)。

一个 18 世纪的贵族骑士和一个 20 世纪的庸俗男子梦幻般的相遇令人有穿越古今之感,二者不同的态度和行为方式则反映了不同时代里人的不同精神状态,而虚线和实线的对接和交错令人有错时之感。昆德拉的这一"游戏"手法也令人想到另一部作品《不朽》(L'Immortalité,1990)中歌德(Goethe)与海明威(Hemingway)在冥界的对话。

其实,最独具匠心之处在于小说中自我指涉的写作者暨同源叙述者(narrateur homodiégétique)的想象被巧妙地过渡到一个辅助人物的梦境之中,造成故事内(intradiégétique)与故事外(extradiégétique)两个叙事层次之间、文学虚构与写作行为之间的渗透和模糊。"我"是写作者,是故事的叙述者,也是故事的见证人,而妻子薇拉(Véra)的角色设置看似多余却别有意味。她与"我"到达城堡酒店,共进晚餐,一起散步,而后便在客房中睡去。她并没有亲眼看见城堡里一幕幕表演和闹剧,但是有两次梦醒颇显灵异。第一次在第 26 章,她在噩梦中大叫,醒后惊恐万状,叙述其梦中所见之人是一个满脸凶相、言语激烈的捷克人——此人应是故事中来此参加国际学术会议、忽得同情忽遭奚落的捷克昆虫学者吧? 第二次发生在第 43 章,她声称被收音机里吵闹的音乐惊醒,而实际上房间里并无此物,但是城堡里的好几个角落确实正在上演喧哗的闹剧。"这座城堡闹鬼",薇拉犹如被施以魔法,她的梦中体验与当天夜里城堡里发生的一切有着惊人的相似或应和,仿佛是在睡梦中把所有丑剧和闹剧都感知感觉。而"我"的答复更值得玩味。第一次,"我"对薇拉说:"原谅我","你是我深夜写作的受害者","你的梦好比是一只垃圾箱,我把写得太不像话的废稿往里面扔"(p.92);第二次,"我"又说:"请原谅我。又是我的想象出了错。"(p.144)可见,昆德拉在作品中令"虚构"本身出场,赋予了其重要地位,因为一切或真或假或古或今或虚或实或梦或醒都在虚构的主宰下实现完美的糅合。

可以说,作者在文中看似不经意实则别具用心地表露出"真相":作品中的一切都是"我"所制造的梦幻。整部小说充满了离奇和怪诞色彩,历史与当今、虚构与现实、幻象与真实都通过"梦"统一起来,它们之间的界线是那么模糊和虚幻,可谓似是而非。

(二) 幻我之梦

昆德拉在第二部法语小说《身份》①中以爱情故事为外壳,探讨人类自我认知的困惑。女主人公尚达尔(Chantal)在幼子去世后离开前夫,更换了工作,与滑雪教练让-马克(Jean-Marc)开始新的生活。尚达尔在诺曼底海边小城等待让-马克,然后一起共度周末。故事便从这里开始,叙述中穿插了尚达尔过去的经历和现在的情景。如果以离婚为分界点,她似乎有两段截然分明的生活,有两副不同的面孔。前夫妹妹的出现仿佛向让-马克揭穿了她的身份,她是一个戴"面具"的人,一个"潜伏者"。而让-马克不是也有"面具"吗? 当他听到尚达尔说自己再也得不到男人的回头注视时,便以 C.D.B(西拉诺·

---

① 该作品有三种中文译名:《认》《本体》和《身份》。

德·贝尔热拉克,Cyrano de Bergerac①)的姓名缩写字母给自己的恋人书写情书以予宽慰,由此产生连锁反应,引起两人之间彼此猜疑,直至事实被揭破,恋情结束。

如果把胡塞尔(Edmund Husserl)的现象学引申开来,人类的自我认知亦是彼此之间的意向投射。我在他人的目光中可以是另一个自我,而我亦是他人的镜像。相爱的人最为亲密,互为彼此的参照,他们真的相互了解吗? 在怀疑的时刻,让-马克这样想道:"由于她对于他不再是一个可靠的存在,在我们这个混乱的没有价值的世界里便不再有任何稳定的点。面对着实质发生转移(或者说非实质化)的尚达尔,一种奇怪的含有忧伤的漠然占据了他。不是面对她的漠然而是面对一切的漠然。如果说尚达尔是一个幻影,那么让-马克的全部生活也是一个。"②他甚至想让别人"毁掉这个他过去深爱着而现在变成幻影的小小世界里的一切"(p.68)。于是,对一个基本的参照物的怀疑同时导致对自身的怀疑。

可是,故事并没有那么简单。昆德拉说:"小说的精神是复杂性。每部小说都在告诉读者:'事情要比你想象的复杂。'"③直到小说结尾,读者才会发现受到"蒙骗",原来全部故事都是一枕幻梦:

> 他把她由于喊叫而抖动的身体搂在怀里。
>
> "醒一醒! 这不是真的。"
>
> 她跟着他重复:"不,这不是真的,这不是真的",然后,慢慢地,她安静了下来。(p.101)

读者一直跟随着叙事不知在何时走入了幻境,直到最后才恍然大悟,"醒一醒! 这不是真的",这是让-马克对梦境中尚达尔的呼唤,也同样是作者对读者的警醒。紧接着,掌握戏法的作者在文中以无辜的语气直接发出

---

① 西拉诺·德·贝尔热拉克是法国作家埃德蒙·罗斯唐(Edmond Rostand,1868—1918)同名戏剧中的人物,他暗恋表妹罗西娜,而罗西娜喜欢的克里斯蒂昂虽相貌英俊却无文才,西拉诺便替之撰写情书同时借以抒发衷肠。

② [捷]米兰·昆德拉著,孟湄译:《认》,辽宁教育出版社2001年版,第63页。本节引文皆同此出处,谨在内文中以页码直接标示。

③ [捷]米兰·昆德拉著,董强译:《小说的艺术》,上海译文出版社2011年版,第24页。

一连串疑问：

> 于是我问：谁做了梦？谁梦出了这么一个故事？谁把它想象出来的？她？他？两个人？每个人为另一个人？那么从什么时刻开始他们的真实生活变成了这个凶险而离奇的故事？是在火车钻到英吉利海峡底下的时候？更早一些？……还要更早？……或者更早？在让-马克给她写出第一封信的那一刻？但是那些信，他果真都发出去了吗？或者他只是在想象中写了它们？是在哪个准确的时刻真实变为非真实，现实变为梦？边界那时候在哪里？边界在哪里？（p.101）

在尚达尔和让-马克的故事里，目光与梦境、梦境与真境之间几乎是幻化连接而成。正如作者所意愿的那样，它们之间的界线是极其模糊的，从一个世界到另一个世界的穿越完全是不知不觉的，唯其如此，小说才能以最极致的方式表达其主旨：人的自我认知是脆弱的，是不可承受的脆弱。所谓真实的自我与他人对自我的想象之间几乎是没有屏障的。我是可以自我定义的吗？抑或只是存在于他人的目光中？在小说开头，尚达尔的落寞与失意不是因为"男人们不再回头注视"她这一判断吗？在小说结尾，最后的画面是床头一盏小灯下，尚达尔和让-马克相互依偎，她说："我的目光再也不离开你。"而目光是可以依赖的吗？它产生的难道不是幻影？昆德拉的力量就在于他并不像哲学家那样给予回答，而是在亦真亦幻中揭示人在"世界中的存在"（in-der-Welt-sein）。

由上可见，在昆德拉的其他作品中，梦是片段性的，梦境与真实有着明显区分，虚与实是对位的线条；而在小说《慢》中，梦幻的结构性作用得到提升，虚与实已经产生交错；到了《身份》这部作品中，梦觉不分，梦境完全贯穿叙事，如雾般氤氲笼罩全部篇章，虚实之间界限模糊，实现了"梦幻与真实交融"，达到出神入化之境界。

三、梦幻叙述："不确定性的智慧"

在具体分析了作品中的梦境之后，我们将从理论上进一步探讨昆德拉的梦幻诗学。

首先,昆德拉对梦境的重视是基于其小说观之上的。从根本上说,昆德拉认为"探知是小说的惟一道德"①,且"小说审视的不是现实,而是存在。而存在并非已经发生的,存在属于人类可能性的领域"(p.54)。小说是"关于存在的一种诗意思考"(p.45)。那么,小说的审视对象不局限于现实,它的思考方式也不必以现实主义为唯一选择,自古以来的"摹仿论"已经不再被现代小说奉为圭臬。在《被背叛的遗嘱》(Les Testaments trahis)中,昆德拉如此定义"现代艺术":"以艺术的自治法则的名义反抗对现实的模仿。"②在人类所有"可能性领域"和"诗意"表达方式上,梦都是一个值得开掘的宝藏:"日常生活的无聊中,梦与梦想的重要性增加了。外在世界失去了的无限被灵魂的无限所取代。"(p.10)昆德拉回顾了塞万提斯的小说艺术遗产,发现《堂吉诃德》中的世界已经缺乏唯一、绝对、神圣的真理,"突然显得具有某种可怕的暧昧性","现代世界诞生了,作为它的映像和表现模式的小说,也随之诞生"(p.7)。现代小说作为现代世界的产物,它以"相对性、暧昧性的语言"为特征。梦具有象征性、模糊性、多义性和隐秘性,从而最适宜表达现代小说的精神——"不确定性的智慧"(p.8-9)。所以,昆德拉在作品中经常使用具有隐喻和对位功能的梦境,在他笔下,梦映照的不是现实,而是对存在的思考。

其次,昆德拉接受了欧洲现代文学遗产,将梦境作为艺术的创作来源和创作方法之一。他认为德国诗人诺瓦利斯(Novalis)最早提炼了一种梦的"炼金术",在《海因利希·冯·奥弗特丁根》(Heinrich von Ofterdingen)第一卷中融入了了三个长长的梦境,在第二卷的写作笔记中描绘了一个将"梦幻与现实联在一起,混杂在一起,让人无法区分"的美学意图,可惜这是未竟之作。昆德拉认同法国象征主义诗学:在波德莱尔(Baudelaire)所谓"象征的森林"里,有一片梦域空间,梦不仅是灵感来源,而且被赋予超越现实、创造现实的力量,

①　[捷]米兰·昆德拉著,董强译:《小说的艺术》,上海译文出版社 2011 年版,第 7 页。略有一词之改动。本节涉及该著作的引文皆同此出处,谨在内文中以页码直接标示。

②　[捷]米兰·昆德拉著,余中先译:《被背叛的遗嘱》,上海译文出版社 2003 年版,第 166 页。

"精神的创造比物质更生动"①。兰波、马拉美（Mallarmé）等亦有许多诗篇以梦境为依托，在有的诗作中，梦与实有着明显界限，而在《美好的晨思》（*Bonne pensée du matin*）、《牧神的午后》（*L'Après-midi du faune*）等诗中，梦几近于幻，实消融于虚。昆德拉对卡夫卡推崇备至，认为他虽然没有提出理论但是却实践了法国超现实主义提倡却未能真正实现的"对梦幻与现实的解决办法"，并在 120 年后实现了诺瓦利斯的美学意图："卡夫卡的小说是梦幻与现实丝丝入扣的交融，既是向现代世界投去的最清醒的目光，又是最不受拘束的想象。"他称赞其作品是"一场巨大的美学革新，一个艺术奇迹"（p.102）。昆德拉从奥地利作家布洛赫（Hermann Broche）的《梦游者》（*Les Somnambules*）中读到了梦幻和非理性的逻辑："布洛赫让我们明白了，任何行动，不管是个体的还是集体的，它的基础都是一个混淆的体系，一个象征思维的体系。只要审视一下我们自己的生活就可以知道这一非理性的体系在很大程度上要比一种理性思考更能影响我们的态度……"（p.79）此外，昆德拉还从弗洛伊德的精神分析学说和胡塞尔的现象学那里得到启示。对欧洲各国精神文化遗产的兼收并蓄使其断言："梦幻与真实之融合，这一卡夫卡肯定不熟悉的提法在我看来是极其精彩的。"②

最后，从小说表现手法上来看，昆德拉并不着力于实写白描，而擅长寓重于轻，即以轻松的方式、轻灵的形式来表达严肃的主题和凝重的感受。他推崇 18 世纪英国作家劳伦斯·斯特恩（Lawrence Sterne）的《项狄传》（*Vie et opinions de Tristram Shandy, gentilhomme*）和法国作家狄德罗（Denis Diderot）的《宿命者雅克和他的主人》（*Jacques le fataliste et son maître*）这"两部像庞大的游戏一样构思出来的小说"，认为它们在"轻灵"方面空前绝后，"后来的小说出于真实性的要求，被现实主义的背景和严格的时间顺序所束缚"（p.20）。在昆德拉所采用的"游戏"方式中，诙谐幽默和机智反讽与作品中的哲理思辨形成对比，举重若轻；另一种选择就是虚实相对，以梦态来隐喻人的存在境况，

---

① Charles Baudelaire.Fusée（I）,*Œuvres complètes*.Paris：Seuil，1968，p.623.

② ［捷］米兰·昆德拉著，余中先译：《被背叛的遗嘱》，上海译文出版社 2003 年版，第102 页。

因为没有何物比梦更加轻盈缥缈。正如他在《生命中不能承受之轻》中所言:"梦不仅仅是一种交流行为……;也是一种审美活动,一种幻想游戏,一种本身有价值的游戏。"①昆德拉笔下的梦境甚至是戏谑的、荒诞的、情色的,一切不存在于现实中的或不便于实描的都可以在梦的空间中呈现。梦承载着白昼生活中未能如愿以偿的激情,当它形诸文字,便打破了平常的时间顺序,而它非现实非理性层次的内容拓展了人的生存空间的可能性。他认为,小说"或许还没有开发出它所有的可能性、认识和形式",小说家仍然听得见"游戏""梦""思想"和"时间"这四者的召唤,昆德拉如此表述小说所可能接受的"梦的召唤":"小说是这样一个场所,想象力在其中可以像在梦中一样迸发,小说可以摆脱看上去无法逃脱的真实性的枷锁。"(p.21-22)也就是说,小说应该向梦幻开放,因为梦中存在巨大的想象生产力,或者借用他本人的另一个术语,就是梦境具有一定之"想象的浓度"。昆德拉对梦境、想象和虚构的重视可以说完全具有"新虚构"(la nouvelle fiction)②色彩。

昆德拉本人对于梦幻叙述有过如下准确诠释和高度评价:"梦幻叙述,更确切地说:是想象摆脱理性的控制,摆脱真实性的要求,进入理性思考无法进入的景象之中。梦幻只不过是人类想象的一个典范,而这类想象在我看来是现代艺术的最伟大的成果。"③在数十年的写作中,他持之以恒地将梦幻诗学纳入小说叙述策略,其间经历了两个阶段:在前期作品中,昆氏尚未显示出宏大的雄心,谨慎地把梦境作为间歇的、片段的情节性因素,作为题旨的隐喻和复调叙述手段;而到后期作品,他逐渐产生更大魄力,把梦幻作为结构性因素,以梦境架构整个作品,终实现"梦幻与真实交融"。梦境之用,古今中外文学作品中并不鲜见,然而"现代哲学背景下的梦幻艺术结构已不再拘泥于传统的'神话梦幻',而代之以一种指向精神的'哲理梦幻'"。④ 昆德拉将"哲学、

① [捷]米兰·昆德拉著,韩少功、韩刚译:《生命中不能承受之轻》,作家出版社 1992 年版,第 59 页。

② "新虚构"概念形成于 20 世纪 90 年代的法国文坛,强调虚构的自由,重视想象的空间,因而常常借助神话传说、传奇故事、奇诞、梦幻等表达形式,以表达"更确切的真实"。

③ [捷]米兰·昆德拉著,董强译:《小说的艺术》,上海译文出版社 2011 年版,第 101 页。

④ 李凤亮著:《诗·思·史:冲突与融合——米兰·昆德拉小说诗学引论》,商务印书馆 2006 年版,第 151—152 页。

叙述与梦幻的统一"作为小说美学追求并自觉恒久实践之,尤值得关注。

参考文献

［捷］米兰·昆德拉著,韩少功、韩刚译:《生命中不能承受之轻》,作家出版社 1992 年版。

［捷］米兰·昆德拉著,孟湄译:《认》,辽宁教育出版社 2001 年版。

［捷］米兰·昆德拉著,余中先译:《被背叛的遗嘱》,上海译文出版社 2003 年版。

李凤亮著:《诗·思·史:冲突与融合——米兰·昆德拉小说诗学引论》,商务印书馆 2006 年版。

彭少建著:《米兰·昆德拉小说:探索生命存在的艺术哲学》,东方出版中心 2009 年版。

［奥］弗洛伊德著,赖其万、符传孝译:《梦的解析》,九州出版社 2009 年版。

［奥］弗洛伊德著,高觉敷译:《精神分析引论》,商务印书馆 2010 年版(1984 年第 1 版)。

［捷］米兰·昆德拉著,袁筱一译:《生活在别处》,上海译文出版社 2011 年版。

［捷］米兰·昆德拉著,王东亮译:《笑忘录》,上海译文出版社 2011 年版。

［捷］米兰·昆德拉著,董强译:《小说的艺术》,上海译文出版社 2011 年版。

［捷］米兰·昆德拉著,王振孙、郑克鲁译:《不朽》,上海译文出版社 2011 年版。

［捷］米兰·昆德拉著,马振骋译:《慢》,上海译文出版社 2011 年版。

［捷］米兰·昆德拉著,许钧译:《无知》,上海译文出版社 2011 年版。

Baudelaire, Charles. *Œuvres complètes*. Paris: Seuil, 1968.

Genette, Gérard. *Figures III*. Paris: Seuil, 1972.

Kundera, Milan. *La Vie est ailleurs*. Paris: Gallimard, 1973. Kundera, Milan. *Le Rire et l'oubli*, Paris: Gallimard, 1979.

Kundera, Milan. *L'Insoutenable légère de l'être*. Paris: Gallimard, 1984.

Kundera, Milan. *L'Art du roman*. Paris: Gallimard, 1986.

Kundera, Milan. *L'Immortalité*. Paris: Gallimard, 1990.

Kundera, Milan. *Les Testaments trahis*. Paris: Gallimard, 1993.

Kundera, Milan. *La Lenteur*. Paris: Gallimard, 1995.

Kundera, Milan. *L'Identité*. Paris: Gallimard, 2000 ; première édition en 1997.

Kundera, Milan. *L'Ignorance*, Paris: Gallimard, 2002.

Ricard, François. *Le Dernier Après-midi d'Agnès: essai sur l'œuvre de Milan Kundera*, Paris: Gallimard, 2003.

（原文刊于 2011 年 9 月《哲学与文化》月刊总第 448 期）

经典的童话？成人的寓言

——《小王子》象征意义的重新诠释

各位大朋友、小朋友，今天我们因为对《小王子》的喜爱而相聚在国家图书馆文津大讲堂。在讲座题目中，细心的朋友会发现在"经典的童话"后面出现一个问号，这是我们提出的一个问题，希望通过今天的讲解能够回答这个疑问。

谈到《小王子》，我们脑中会浮现这样一幅图画：浩瀚无际的宇宙，不计其数的星星，其中有一个很小很小的星球就是小王子的家，他喜欢看日落、看星星，也到过其他星球上旅行，还来到过地球。不过，小王子不属于我们地球，他属于这个宇宙里另外一个星球，终究是要离开地球的。那么离开地球之后，他是不是死去了？还是回到了自己的小星球上？这也是一个谜，等待我们去思考。

我们先回到现实中来，认识一下《小王子》的作者安托万·德·圣埃克絮佩里(Antoine de Saint-Exupéry)。写出《小王子》这本书的人是一个什么样的人呢？其实他本来不是一个专业作家，他的职业是飞行员，是一名曾经想当海军却没能如愿的空军飞行员，也是法国最早的一代飞行员。他的一生都献给了飞行和天空，回到地面的时候，他就从事写作，写的也都是飞行的故事，比如《夜航》《南方邮件》《空军飞行员》，也只有长时间在空中飞行的人才会对大地有一种特别的认识和感受，所以写出了《人类的大地》这样的作品。

毫无疑问，《小王子》是圣埃克絮佩里最著名的作品，最早是在1943年出版于美国纽约，而且是英语版和法语版同时面世。这是因为《小王子》写作于第二次世界大战期间，当时法国出现了两个政府，一个是戴高乐将军领导的抵抗力量,另一个是与德国纳粹合作的维希政府。由于这个特殊的政治背景,圣埃克絮佩里前往美国生活居住了一段时间。《小王子》就是在美国写作完成的。在圣埃克絮佩里去世前一年出版于纽约,在法国出版是在三年后的1946年,也就是说作家本人并没有等到《小王子》在自己的祖国出版就去世了。《小王子》还保持着一个世界纪录,它是世界上被翻译最多的文学作品,已有250余种语言的译本,仅次于《圣经》,不过《圣经》是宗教经典,作为文学作品,《小王子》仍然是无法超越的。现在孩子们喜欢的《哈利·波特》也只有60多个语言的译本。这个数据说明,《小王子》确实魅力不可挡,在世界各地都拥有广泛的读者,这一点也许是它的作者在生前没有预想到的。在中国,《小王子》也是被重译最多的法国文学作品,从1979年至今,四十年来出现了64个译本,有的年份甚至会同时出版四五个译本。

今天,我们会分三个步骤来解读这部作品:第一个部分,按照大众的惯常目光去看这部作品,谈一谈我们为什么会把它看作一个童话;然后我们来探讨一下,为什么这部作品不是一部童话;最后,我觉得这本书更重要的一点,是作者的一幅心灵自画像,或者也可以说是表达了我们所有人寻找心灵家园的愿望。

一、童话的若干元素

首先来看看人们对这部作品的定位,大多数人都认为《小王子》是一篇"童话""著名儿童文学短篇小说"。确实,这种说法有一定道理。

从人物来看,主人公是一个孩子,就是小王子,我们就是跟着他的视角来观察世界的。小王子具有非现实性,这一点非常符合童话人物的特点。书中的其他人物有的是人物形象有的是动物形象,而且动物会说话,人和动物之间也有沟通交流。这就营造出了一种非自然的、超自然的特性,这也是童话的一个特点。故事发生的空间是宇宙的各个星球上,涉及我们地球的时候,最主要的场景则是撒哈拉沙漠,那里是一个荒无人烟的地方,距离我们大多数人的生活比较遥远。这个故事没有具体发生的年代,当然,我们可以断定这是一个现代的作品,因为里面出现了飞机,还有飞行员。但是,我们在其中看不到其他有关时代的痕迹。实际上,这部作品写于二战期间,但我们在其中看不到有关战争的描写。由于时间上的模糊性,再加上非现实性特征,这本书很容易在不同时代的人心中都引发遐想。至于故事本身,虽然没有波澜起伏的情节,但是小王子与各种奇特人物和事物的相遇本身就具有非现实性,亦真亦幻,颇有传奇色彩。加上作品本身语言简洁浅显,这一切元素似乎都显示《小王子》就是一部童话作品。

我们先来认识一下这个童话中的小王子。他生活在 B612 星球上,也是这个星球上的唯一居民,这个星球跟他的身体差不多大。小王子的生活很简单,每天的工作是疏通火山,这三座火山都只到他的膝盖那么高,两座活火山可以给他热早餐,那座死火山可以当板凳来坐一坐。小王子常常是孤单和忧伤的,每当悲伤的时候他就会看日落,而他有时候会在一天看 43 次日落。他的星球上有一棵猴面包树,可是它所占据的空间太大,所以小王子需要不停地去除它的幼苗。有一天,突然出现了一株不同寻常的植物嫩苗,长大了以后变成了一朵花。"有一天在太阳升起的那一刻,她绽放了"。这朵玫瑰花很有意思,它很爱美,精心打扮自己。这不是一朵谦逊的玫瑰花,多少还带着点"多疑的虚荣心",因为她自称"是跟太阳同时出生的",不过"她实在太楚楚动人了","小王子的爱慕之情油然而生"。总之,玫瑰花有点小骄傲,有点小得意,而且还有点小任性,总是说自己感冒咳嗽了,总是在期待小王子的关注。不过小王子虽然爱上玫瑰花,可是他的年纪太小了,不懂得爱,并且因此感到很苦恼,不知道该怎么跟玫瑰花相处。于是他就想要暂时离开自己的星球:一方面是因为爱情的别扭而暂时离开,另一方面也是要给自己找点事情干,要增长一下见识。宇宙这么大,小王子想要去别处看一看。

接着,我们跟随小王子遨游太空的足迹,一起认识世界上各种各样的人。他一共拜访了 7 个星球。第一个小星球上住着一个国王,也是唯一的居民,那么他统治谁呢?统治什么呢?所以当他看见小王子时特别高兴,说"哈!来了一个臣民!",因为他终于有一个人可以统治了,于是就开始用"我命令""我禁止"之类的语气来表示自己的权威。不过,这个国王虽然专制,但并不是暴君,他知道自己发出的命令是需要能够得到执行的,而权威要得到服从就必须是合情合理的。小王子要离开的时候,国王想挽留他,想任命小王子担任司法大臣,不过小王子并不想继续这个没有实质意义的权力游戏,也不爱虚荣,就告辞了。

小王子到达的第二个星球上就住着一个爱虚荣的人,他也是独自一人,所以虚荣心无法满足,这时候看见小王子也很高兴,说"哈哈!有个崇拜者来看我了!"他需要别人用言语称赞或拍手鼓掌表示崇拜,不过小王子陪他鼓掌5分钟之后就感觉到单调了,他也不明白一个人需要他人的崇拜有什么用处,就决定离开了。

第三个星球上住着一个悲伤的人,他是一个酒鬼,喝酒是为了忘记。忘记什么呢?他说是为了忘记羞愧。可是因为什么而羞愧?他说是因为喝酒。可见,这个酒鬼喝着喝着就糊涂了,陷入一种恶性循环,既可怜又可恨。小王子看到他这副模样自然很惆怅,也不能久留。

于是他来到第四个星球,这里住着一个既可气又可笑的商人,几十年如一日地埋头算账,他认为这是唯一的正事。他太忙了,小王子的到来成为对他的打扰。这个商人既不锻炼身体,也没有任何休闲,唯一的生活内容就是算账,他脑子里唯一的概念就是"占有",经过日积月累,他说自己占有五亿多颗星球,并把每一次计算的数目写在纸片上,锁在抽屉里,这样就满足了自己的占有欲。小王子告诉商人,他在自己的星球上拥有火山和玫瑰花,而他疏通火山、照顾玫瑰花,这样的占有是对他者有用的。而当他问商人占有如此多的星球有什么用、是否对星球有帮助的时候,商人无言以对。在小王子看来,这个商人和前面那个酒鬼一样都失去了清醒,陷入了思维的怪圈。

小王子来到第五个星球,这里住了一个完全不一样的居民,是一个负责点灯的人。由于星球很小,而且转得又越来越快,昼夜更替过于频繁,一分钟几乎就相当于一天。而点灯人本来早晨熄灯晚上点灯,可以找到休息时间,现在他每分钟就要点灯和熄灯一次,完全不能休息,疲惫不堪。小王子尊敬这个点灯人工作认真勤勉,忠于职守,认为他是一个可以结交的朋友,但是也难免觉得他有点因循守旧,不知变通,总是守着老规定不放,重复着没有意义的机械劳动。

之后,小王子来到了一个更大的星球,这里的主人是一个地理学家,但是跟我们想象的不一样，这位地理学家从来都是宅在家里，他的工作就是记录探险家们带来的信息，也就是说他所了解的山川河流都是来自别人的介绍，而且有很多关于他自己星球的知识他也并不知道，甚至不知道自己的星球上有没有海洋，因为他从不出门去考察。

地理学家虽然知识有限，但是给小王子提供了一条非常有价值的线索，就是去造访地球。小王子穿过沙漠的时候遇到一朵不起眼的三瓣花，他还来到一座高山面前，在这里他第一次了解到什么是回音，山壁之间飘荡着小王子的声音"我很孤独"，这一切都让他感觉很奇怪。小王子在地球上的经历最丰富了，遇到人也遇到一些很有灵性的动物，还有一些自然风物。其中有三个形象需要我们重点去理解。

我们先从蛇开始，故事中的蛇充满神秘色彩。蛇对小王子说："凡是我碰过的人，我都把他们送回老家去。"这句话就可能会有一种特别的暗示。这条说话像谜一样的蛇紧接着跟小王子说："在这个花岗岩的地球上，你是这么弱小，我很可怜你。哪天你要是想念你的星星了，我可以帮助你。我可以……"这是一个伏笔。因为到了故事的最后，当蛇再次出现时，确实就是小王子离开地球的时候了。

第二个非常重要的形象是玫瑰园。小王子在沙漠里遇到一片玫瑰园（这本身也很神奇），玫瑰园里有五千朵玫瑰花，它们长得全都一模一样。这时，小王子感到一丝失意，因为他在自己的星球上爱着玫瑰花时，以为这朵花是独一无二的。他想：

> "我还以为自己拥有的是独一无二的一朵花儿呢，可我有的只是普普通通的一朵玫瑰花罢了。这朵花儿，加上那三座只到我膝盖的火山，其中有一座还说不定永远不会再喷发，就凭这些，我怎么也成不了一个伟大的王子……"想着想着，他趴在草地上哭了起来。

那么如何才能够感觉到自己的玫瑰花是独一无二的呢？小王子紧接着又遇到一个重要的人物，那就是狐狸。狐狸可以看作是小王子的人生导师。小王子最初降落在沙漠上时，一个人也没有遇到，他感到担心和孤独。遇到狐狸时，小王子邀请它一起玩，因为他感到不快活。狐狸告诉他："我不能和你一起玩……还没人驯养过我呢。"这里，作者用了一个动词"apprivoiser"，直接翻译过来，意思就是驯养，比如说驯养动物，或者说马戏团的演员要去驯服一头猛兽等。中文"驯养"一词可能存在一种高下等级概念，而书中的狐狸把"apprivoiser"解释为建立感情联系，并无高下强弱之分，甚至是一种平等和友好的联系。它希望自己和小王子之间是像朋友那样相处。我们来看书中有这么一段话：

"驯养"是什么意思？

……

"这是一件经常被忽略的事情，"狐狸说，"意思是'建立感情联系'……"

"建立感情联系？"

"可不是，"狐狸说，"现在你对我来说，只不过是个小男孩，跟成千上万别的小男孩毫无两样。我不需要你。你也不需要我。我对你来说，也只不过是个狐狸，跟成千上万别的狐狸毫无两样。但是，你要是驯养了我，我俩就彼此都需要对方了。你对我来说是世界上独一无二的。我对你来说，也是世界上独一无二的……"

在我看来，"apprivoiser"是全书中最难翻译的一个词，在众多译者中，只有周克希先生对这个问题最敏感，多次寻找恰当的译法，他在每一版的序言里，都会解释这个词的译法，自己为何要如此翻译。尽管新版修订的时候，周先生接受了大多数译者的选择，回到"驯养"这个词，其实之前的版本中，他曾经把这个词翻译成"跟……处熟"，更加接近"建立感情联系"的意义。

狐狸说，如果建立了感情联系，那么我们对彼此而言就是独一无二的。它把这个道理告诉了小王子。如何建立这种关系呢？狐狸告诉小王子：

"应当很有耐心，"狐狸回答说，"你先坐在草地上，离我稍远一些，就像这样。我从眼角里瞅你，而你什么也别说。语言是误解的根源。不过，每天你都可以坐得离我稍稍近一些……（每天）最好你能在同一时间来，"狐狸说，"比如说，下午四点钟吧，那么我在三点钟就会开始感到幸福了。时间越来越近，我就越来越幸福。到了四点钟，我会兴奋得坐立不安；我会觉得，幸福原来也折磨人哟！可要是你随便什么时候来，我就没法知道什么时候该准备好我的心情……还是得有个仪式。"

一旦建立了驯养关系，也就是小王子跟狐狸成为朋友以后，生活就不再单调了。狐狸说：

> 我的生活很单调。我去捉鸡，人来捉我。母鸡全都长得一个模样，人也全都长得一个模样。所以我有点腻了。不过，要是你驯养我，我的生活就会变得充满阳光。我会辨认出一种和其他所有人都不同的脚步声。听见别的脚步声，我会往地底下钻，而你的脚步声，会像音乐一样，把我召唤到洞外。还有，你看！你看到那边的麦田了吗？我是不吃面包的。麦子对我来说毫无用处。我对麦田无动于衷。可悲就可悲在这儿！而你的头发是金黄色的。所以，一旦你驯养了我，事情就变得很美妙了！金黄色的麦子，会让我想起你。我会喜爱风儿吹拂麦浪的声音……

如果有这种感情联系的话，我们会感觉到这个世界上的万事万物美妙了许多。这个时候小王子终于明白了为什么自己星球上的玫瑰花对他是独一无二的：因为他给她浇过水，给她除过虫子，给她挡过风，所以他们之间存在一种特别的情感联系。狐狸和他说的这段话非常有意义：

> "正是你为你的玫瑰花费的时光，才使你的玫瑰变得如此重要。"

> "人们已经忘记了这个道理，"狐狸说，"但你不该忘记它。对你驯养过的东西，你永远负有责任。你必须对你的玫瑰负责……"

于是，小王子在狐狸这里懂得了友情、爱情和责任。作者在《小王子》里之所以会加入玫瑰花和狐狸这些形象，我们之后也可以从他的生活经历当中找到一些原因。

还是在地球上，小王子又遇到了在铁路上工作的扳道工，扳道工每天分送很多旅客乘着火车来来回回匆匆忙忙，因为"人们对自己的地方从来不会满意"。小王子又遇到一个兜售复方止咳丸的商人，吃了这种药丸可以保证一个星期不口渴，据说这样可以节省53分钟的喝水时间。这也让小王子大惑不解，因为有了这53分钟时间为什么不去喝水呢？

接下来，最重要的人出场了，就是小王子在地球上遇到的飞行员。飞行员是因为飞机故障而降落在沙漠上，其实在这个故事的开始，首先出场的人物不是小王子，是飞行员，他因为飞机故障而降落在这片荒无人烟的沙漠上，然后遇到了小王子。小王子的生活和旅行故事都是通过飞行员和小王子的交流以回忆的口吻和倒叙的方式讲述的。

飞行员小时候想成为一个画家，我们都很熟悉《小王子》开篇那个"蛇吞象"的图画。

在作品的一开始，飞行员首先回忆了他小时候六岁那年的画画经历，就是他在看了一条蛇吞吃一条猛兽的插图之后，画了一条吞吃了大象的蟒蛇。但是令他失望的是，大人们太缺乏想象力了，没有人理解他的画作，说他画了一顶帽子而已。大人们的评价断送了他当画家的梦想，而且使他感觉到成人世界的无趣乏味，于是"孤独地生活着，没有一个真正谈得来的人"。这种孤独直到六年前，已经长成大人的飞行员在撒哈拉沙漠遇到小王子时才结束，他们是因为画画而相遇相知的，因为小王子突然出现在他身旁，和他说的第一句话是："对不起……请给我画只绵羊！"

这个大人和这个孩子的相遇其实不是一种偶然。第一个共同点是他们都是天外来客，从天而降，飞行员是从天上迫降到地面，而小王子是从另外一个星球上来到地球。第二，他们由画而结缘。飞行员本来画了一只我们一般人会想象出的绵羊，但是小王子并不满意，于是他简单画了一只箱子，告诉小王子箱子里有一只羊。但是小王子特别开心，好像一眼看见了箱子里装着的绵羊。这和蟒蛇肚子里装着一只大象的"帽子图"相似。所以孩子是最有想象力的，他们的目光往往是很有穿透力的。

由此我们发现，《小王子》这部作品的一个重要主题就是探讨了成人世界和儿童世界的反差。例如，小王子造访了国王、爱慕虚荣的人、商人居住的星球，每一次他离开的时候都忍不住要说"大人真的很奇怪呀！"，因为这个孩子很难理解大人们满足自己的权力欲望、物质欲望和虚荣心究竟有什么必要和意义。以儿童视角来观察成人的世界，就会发现很多荒诞和奇特之处。

我们说孩子是天生的诗人。孩子天生会将隐喻的思维放在他们的表达里，这些可贵的地方，是我们成年人应该学习的，也是我们在成长的过程中失落的地方。飞行员在介绍小王子居住的 B612 号小行星时，举了一个例子：

这颗小行星只在 1909 年被人用望远镜望见过一次，那人是一个土耳其天文学家。

当时，他在一次国际天文学大会上作了长篇论证。可是就为了他的服装的缘故,谁也不信他的话。大人哪,就是这样。

幸好,有一个土耳其独裁者下令,全国百姓都要穿欧洲的服装,违令者处死,这一下 B612 号小行星的名声总算保全了。那个天文学家在 1920 年重新作报告,穿着一套非常体面的西装。

这一回所有的人都同意了他的观点。

这也是一个很形象的例子,讽刺我们大人有时候只看表象,以貌取人,并不关注实质,而且比较功利。书中还有一个例子:

我之所以要跟你们一五一十地介绍 B612 号小行星,还把它的编号也讲得明明白白,完全是为了大人。那些大人就喜欢数字。……你要是对大人说:"我看见一幢漂亮的房子,红砖墙,窗前种着天竺葵,屋顶上停着鸽子……"他们想象不出这幢房子是怎样的。你得这么跟他们说:"我看见一幢十万法郎的房子。"他们马上会大声嚷嚷:"多漂亮的房子!"

我们每个人在成人化和社会化的过程中,渐渐地脱离了原来的童真和纯洁,被世俗的灰尘模糊了心灵的视线。所以我们看不到"帽子图"里面的大象,我们看到的更多是表象,而不是事物的本质。这场相遇让我们不能不思考,作为成人,我们失去了什么? 我们失去的就是孩子们天生而来的丰富想象力、对世界的好奇心以及纯真的童心。

这是一段非同寻常的友谊,首先是沙漠中的相遇相识,之后是相互认知。飞行员了解了小王子的经历,而小王子的星际旅行也是他认识世界的机会,他到访了大小不同的星球,遇到很多奇特的人,也遇到一些给他智慧启迪的动物。在这个过程中他成长了,明白了很多道理。小王子最终是要离开的,因为它不属于这个地球。那么书中是怎样描述他的消失的呢?

之前我们遇到了沙漠里神秘的蛇,它在故事最后又出现了。正在我们担心小王子会被蛇伤害的时候,小王子倒并不是我们想象那样害怕的样子,反而他和蛇像朋友一样说话,并且在蛇的帮助下离开了地球。可是他不愿意飞行员来送别:

你不该来的。你会难过的。我看上去会像死去一样,可那不是真的……

你是明白的。路太远了。我没法带走这副躯壳。它太沉了。

小王子为什么可以来到地球,走时却带不走这副躯壳呢？一个可能是,小王子在这一路的旅行当中,经历了很多,看到了很多人,他自己变得沉重了。因为他见到了各个星球上一些世俗的、不那么美好的现象,这些是他不愿意带走的,所以他需要把这些东西摆脱掉,恢复成他自己。书中是这样描写他消失时的状态的:

> 只见他的脚踝边上闪过一道黄光。片刻间他一动不动。他没有叫喊。他像一棵树那样,缓缓地倒下。由于是沙地,甚至都没有一点声响。

这个意象很唯美,但是却让故事的结尾变得令人迷惑。有一些小读者分享体会,说读完这本书后一直记不住结尾,原因就是这个结尾太具有开放性,具有不确定性,不符合孩子们情感和认知的常理。一般童话的叙事程式就是,经历各种困难之后,王子和公主,或者孩子和爸爸妈妈又幸福地生活在一起。这是一种确定的、美好的结尾,会给孩子们一种安全感。从这个角度上说,《小王子》不是真正意义上的童话,它也不是真正为孩子们写的。作者有意突出蛇的两面性,即毒性和智性,从而营造了故事结局的开放性,留下一个比较模糊的结尾,这也是导致故事难解的一点:小王子究竟是被蛇毒死了？还是在蛇的帮助下摆脱了形骸躯壳回到了自己的星球上？全书末尾还有这么一段话:

> 对我来说,这是世界上最美丽、最伤感的景色。它跟前一页上画的是同一个景色,而我之所以再画一遍,是为了让你们看清这景色。就是在这儿,小王子在地球上出现,而后又消失。请仔细看看这景色,如果有一天你们到非洲沙漠去旅行,就肯定能认出它来。而要是你们有机会路过那儿,请千万别匆匆走过,请在那颗星星下面等上一会儿！如果这时有个孩子向你们走来,如果他在笑,如果他的头发是金黄色的,如果问他而他不回答,你们一定能猜到他是谁了。那么就请你们做件好事吧！请别让我再这么忧伤:赶快写信告诉我,他又回来了⋯⋯

从成人的理性角度,我们会判断小王子死去了,因为他被毒蛇咬了一口。但是如果童心未泯或以感性为主的话,我们是希望他回到了自己的星球。这两种答案都是有可能,从全书的结尾来看,作者也给我们留下了一个值得期待的开放结局。

二、成人世界的寓言

孩子们一开始可能只能读懂小王子的故事本身,也就是第一层意义,深一层的意义可能需要等到长大一些才能懂。因为孩子们自己正在经历无忧无虑的纯真童年,当然不会理解成人的世故,也不会理解失去童年的体会,更不会想到寻找失去的童年。所以我们说《小王子》不是一般的童话,其实它是穿着童话的外衣给大人看的寓言。

先来看作者自己的表述,在书中第四章中有这样一段话:

我真愿意像讲童话那样来开始讲这个故事。我真想这样说:

"从前呀,有一个小王子,住在一个跟他身体差不多大的星球上,他想有个朋友……"

要知道,在世界各地的童话故事中,往往都有一种叙述的套路,都喜欢以"从前啊"作为开头。而圣埃克絮佩里一边使用童话的各种元素,一边又似乎有意识地拉开与童话的距离。其实作者已经表明了这个故事和童话之间的差别。

首先我认为,它是一部成长小说。成长小说是西方文学里的一个范畴。比如歌德的《少年维特的烦恼》,就是一部非常典型的成长小说;我们熟悉的法国作家司汤达的《红与黑》还有巴尔扎克的《高老头》中都有成长小说的元素。这样的小说里,通常是一个年轻人,一个年轻的男孩子,他经历了环境的变化,增长人生的阅历,寻找到自己的人生道路,然后获得了成长——这就是成长小说的大概脉络。

《小王子》这本小说其实也是一部成长小说。男孩子总是要离开家才能成长的,所以小王子就一路旅行,离开自己的星球,先后到达了七个星球,这是空间上的变化。从时间上来说,细心的读者也会发现,小王子离开地球的时候,正好是他到达地球刚满一年的时间。这一年中,小王子见到了很多很特别的人物,也磨砺了自己,增长了见识。当然他也感觉到一些不好的东西,比如说人性中的虚荣、自大和惰性等,这些都是他想要摆脱的。在成长的过程当中，他经历了从离开到认知、思考，然后到回归自己的星球这几个阶段，这就是他完成寻找自我的过程。他在寻找自己，成为自己，然后他要以某种方式进行回归。很多家长会说小孩子看不懂《小王子》，这很正常，因为这本书的主题是寻找自我和寻找童年，而孩子心里想的是要长大，还没有到怀念的阶段，还没有时间概念。当孩子慢慢长大的时候，真正读懂的时候，说明他承认自己已经告别了童年，已经有一些失去的东西了。

《小王子》在我看来，不仅是成长小说，也是部哲理小说。当然，区别于一般童话的地方也正是其中的哲理性。小王子在旅途中明白了很多的道理。有些道理是作者透露给我们的哲理，不过是以孩子或者是其他的人物之口说出来的。有很多闪烁着智慧的语句，其实就像那些星星一样，散布在书中。比如如下这些话语：

> 那你就审判你自己，这是最难的。审判自己要比审判别人难得多。要是你能审判好自己，你就是个真正的智者。（国王）
>
> 在人群中，你也会感到孤独。（蛇）
>
> 只有用心才能看见。本质的东西用眼是看不见的。（狐狸）
>
> 人们对自己的地方从来不会满意。（扳道工）

还有很多我不能一一列举，然后需要大家自己去发现。

作为一部经典的文学作品，《小王子》和其他的经典作品一样，都是在探讨人在这个世界上的存在方式和存在的意义。

作者在书中首先为人类画了很多幅可笑、可怜或者可气的漫画，嘲讽了人类的种种弱点，比如自私，像商人那样毫无意义地占有星星，比如爱慕虚荣、追求权力，比如自大，像第一个星球上的国王那样以为自己统治整个宇宙。比如惰性，我们在生活中也常常见到有些人会有坏习惯和惰性，就像故事里那个酒鬼，一旦陷入进去就很难自拔，既可怜又可恨。

这本书传递了很多的意义，关于友情，关于爱情，关于工作，关于财富，关于权力，关于知识，关于时间，关于人与自然。其实，我们每个人在这个世界上，都是生活在一系列关系中的，这是我们必须面对的，或许我们可以从《小王子》这本书中得到一些教益。

——友谊和爱情。人首先是情感动物，我们先来看人应该如何对待友情

和爱情。小王子与玫瑰花的故事成为书中最为打动人心的情节。狐狸告诉小王子,只有付出,才能让自己的所爱变得独一无二。但是爱情不是自封在二人世界里,而是要共同面对开放的世界。"相爱不是相互注视,而是要共同注视一个方向。"这就是圣埃克絮佩里对爱情的真知灼见。狐狸告诉小王子,人们太忙碌,没有时间,喜欢到商店里买现成的东西,而朋友是在商店里买不到的,需要花时间和耐心,建立起感情联系,需要建立一种类似"驯养"的关系才能寻找到友情。因此,友情和爱情都是与责任相关联的。

——工作。小王子见到的人当中,堪称劳动模范的就是点灯人,他忠于职守,认真负责。可是由于星球自转越来越快,白天黑夜几乎在一分钟之内交替,这个可怜的人每天开灯熄灯 1444 次,不得休息。小王子觉得他比其他星球上的人更值得尊敬,但是也同情他已经把工作沦为一种机械的动作,生活在一种惯性之中。第四颗星球上的商人不知停歇地埋头数数和算账,用他自己的话来说,"正在干正事,没有闲暇",小王子却觉得对于"正事"的理解大家都不同。我们工作的意义和目的是什么?我们是不是也应该有闲暇关注其他的人和事情?人都需要工作来维生和在社会上立足,我们都需要努力工作,不过工作不是唯一的正事儿,还有其他一些事情同样有意义。

——财富。商人的故事也告诉我们关于财富的道理。当小王子问他占有 5 亿颗星星有什么用的时候,商人张口结舌,因为他要的只是一个巨大的数字,然后写在纸条上塞进抽屉里。其实,像商人这样的人在哪里都存在,只不过占有的不一定是星星。有人占有很多财富,孜孜以求,不知穷尽,已经忘记了人生的目的和价值到底是什么。占有财富是我们的终极目标吗?我们会不会因为忙着挣钱而忘记和忽略了更有价值的人或事情?

——权力。谨慎地使用权力服务于公众的利益,这并没有问题。不过现实生活中,也有人是一味出于私欲追求权力,实际上他所获得的权力常常是暂时的、脆弱的,有些占有权力的人往往不够清醒。第一个星球上的老国王对小王子说:"我命令你打哈欠,我有好几年没见人打哈欠了。"可是小王子被吓着了,打不出哈欠来,国王只好说"那么我命令你一会儿打哈欠"。如果像故事里这个老国王比较通情达理,那还是没有什么危害的。但一个人如果权力欲望膨胀,又没有理性的思考和约束,那就会祸害一方了。

——知识。如何获得知识才最有效?在《小王子》中,地理学家放弃了获得真知的一个重要渠道,就是实践,对地理学家而言就是"行万里路",因此他的知识是有局限的,对自己星球上的山川河流也不了解,完全是闭门造车。当然,他对来访的探险家的人品也会有所甄别,从而判断转述内容的真假,是不是应该写到书里。尽管如此,我们还是对他书上内容的科学性有所怀疑的,因为完全可能是一种伪知识。当然,个人实地考察得到的知识也是有限的,那么就需要将书本知识和实践知识有机地结合起来,既要行路也要读书。

——时间。首先我们来看时间的相对性问题。世界上事物的存在都是有时间性的,地理学家对小王子说,自己记录在书上的都是永恒的事物,而他的玫瑰花只是转瞬即逝,所以没有关注的价值。可是时间的概念是相对的,短暂的美好是不是也会成为永恒呢?小王子在一路上把玫瑰花一直挂念在心里,他甚至觉得可以为她去死。可见,事物的价值并不能以存在时间的长短来衡量。第二个问题,我们应该如何使用时间?我们不能把时间花在无谓的事情上,比如为了忘记羞愧而沉溺于酒精之中。有的时间却没有必要省,比如喝水的时间,为什么要用吃止渴丸的方式节省喝水的时间呢?有些时间我们应该付出,比如寻找朋友和建立感情。狐狸还告诉小王子,正是你为玫瑰花费的时间使得她变得重要。现在的人都感觉时间过得太快,有的时候我们要让时间慢下来,如果我们都像点灯人那样转个不停,永不停歇地重复同一个动作,就失去了真正的生活。

——自然。人与自然如何相处呢?狐狸向小王子介绍了它的单调生活,就是狐狸捉鸡而猎人捕捉狐狸。一方面,这是一个自然的生物链。另一方面,人与动物、植物还存在"驯养"关系,比如,狐狸期待小王子驯养它成为它的朋友,而小王子感觉到是玫瑰花驯养了他。人和自然可以建立一种和谐共生的关系。在《小王子》中,甚至有两种动物的灵性被视为高于人类,一个就是成为小王子精神导师的狐狸,另一个就是神秘的蛇,是它使得小王子的生死成为一个谜。

可见,小王子在星际旅行中遇到的每一个形象、每一个场域其实都体现了一定的象征意义。《小王子》这本书和所有经典作品的伟大之处就在于能够帮助我们人类正视自身,认识我们人类所处的境遇,探讨关于生命的本质等等。

它首先告诉我们,人类在宇宙中是渺小的。作者圣埃克絮佩里是一名飞行员,他会经常脱离我们日常的生活轨道,在高空中俯瞰我们,因此,他很明白人在这个宇宙当中是微不足道的。他对人类命运的种种思考给我们以启发。他说,其实人在地球上只占一点点地方,没有什么可自大的。当然大人们是不会相信的,他们自以为占了好多地方。他们把自己看得像猴面包树一样,觉得自己很厉害。这本书上还有很多的这类的嘲讽:

> 地球可不是普普通通的行星!它上面有一百十一个国王(当然,黑人国王也包括在内),七千个地理学家,九十万个商人,七百五十万个酒鬼,三亿一千一百个爱虚荣的人,总共大约有二十亿个大人。

我们知道,小王子在来到地球之前遇到了好多奇怪的人,这些人或多或少有着这样或那样的缺点。而地球上集中了这么多有缺点的人,其实这也是对我们成人世界的一个自嘲。

我们人类所处的境遇往往是孤独的,这种孤独是始终伴随我们的。小王子一个人住在小小星球上,书中从来没有介绍过他的爸爸妈妈、兄弟姐妹,他是一个孤独的孩子。这也是作者有意为之,因为他想营造一个孤独的人的形象。圣埃克絮佩里自己在四岁的时候就失去了父亲,所以可能更容易体会到孤儿的感觉。人们后来在圣埃克絮佩里的遗著《札记》里发现了这样一句话:"在还需要呵护的年纪,人就过早地被上帝断了奶,我们不得不终生像个孤独的小人儿那样奋斗。"圣埃克絮佩里笔下的《小王子》其实就是描绘人类的孤独境遇,尤其再现了20世纪现代社会中人们的精神孤独。小王子到访的其他星球,除了地球之外,也都是只有一个居民,而且在他看来都是太过奇怪的大人,不能产生心灵的交流和共鸣,于是只能继续孤独的旅行。到了地球上,小王子首先也是降落在荒无人烟的撒哈拉沙漠上,没有看到一个人,只看到沙漠里的一朵三瓣花,一朵不起眼的花。

"你好。"小王子说。

"你好。"花儿说。

"人们在哪儿呢?"小王子有礼貌地问。

花儿看见过一支沙漠驼队经过:

"人们？我想是有的,不是六个就是七个。好几年以前,我见过他们。不过谁也不知道,要上哪儿才能找到他们。风把他们一会儿吹到这儿,一会儿吹到那儿。他们没有根,活得很辛苦。"

三瓣花在沙漠中没有见过很多人,但是在它的目光中,人没有根,是地上的过客,这也是对人类境遇的一种隐喻。遇到大山,小王子喊道:"请做我的朋友吧,我很孤独",然后听到了回声"我很孤独……我很孤独……我很孤独……",这些描述都加剧了这种孤独感。

第三种人类的境遇就是生活往往是荒诞的。所谓荒诞,简单来说就是缺乏意义,缺乏逻辑。这在书中也有所体现,比如,小王子看到人在拥挤的车厢当中,匆匆来往,不知所终;或者是对自己拥有的东西从来都不满意,毫无意义地占有一些虚无缥缈的东西;再或者是机械地重复劳作,有些人生性疏懒,于是就陷入恶性循环或颓废当中,不能做积极的改变,等等。这些都是荒诞的表现和人性的异化。当然,《小王子》当中描述的这种荒诞,并不是圣埃克絮佩里的创见,因为从一战开始,西方的知识界、文艺界就普遍感受到了传统价值观受到颠覆,原有价值体系或者是意义系统被破坏了。在两次世界大战时期的法国就出现了萨特的存在主义思想和加缪的荒诞系列作品以及贝克特、尤奈斯库的荒诞派戏剧等。因此,这是一种集体性的精神症候,而圣埃克絮佩里也生活在这个时代。

那么生命的本质和人生的真谛是什么呢?小王子从狐狸那里学会用心灵洞察一切,因为本质的东西是眼睛看不到的。那一顶帽子其实并不是帽子,是一条肚子里藏着大象的蟒蛇;那只盒子也不是普通的盒子,那里面有一只小绵羊。对小王子来说,星星很美,因为有一朵看不见的花;对飞行员和小王子来说,沙漠很美,因为有个地方藏着一口井。在沙漠里滞留到第八天时,他们喝完了最后一滴水,于是出发去寻找泉水。走了一个下午一个夜晚,他们在拂晓时分发现了一口像村庄里的那种水井,小王子拉住吊绳,转动辘轳,便听到了一种古老的声响,这口井好像被唤醒了一般在歌唱。

> 我们找到的这口井,跟撒哈拉沙漠的那些井不一样。那些井,只是沙漠上挖的洞而已。这口井很像村庄里的那种井。可这儿根本就没有村庄呀,我觉得自己在做梦。
>
> ……水像节日一般美好。它已经不只是一种维持生命的物质。它来自星光下的跋涉,来自辘轳的歌唱,来自臂膀的用力。它像礼物一样愉悦着心灵。当我是个小男孩时,圣诞树的灯光,午夜弥撒的音乐,人们甜蜜的微笑,都曾像这样辉映着我收到的圣诞礼物,让它熠熠发光。

这里的水是有象征意义的,它不只是解渴的水,而是可以给人心灵以滋润的生命的源泉,是我们的初心和生命的本真。人生其实就是一个过程,生命的起点是我们没法决定的,而终点又是确定无疑的。人生的意义其实就在于这一过程、跋涉和寻找,去寻找最本源的那个存在,就像小王子和飞行员在沙漠里头寻找水井一样。小王子说过:"(地球上的人会)在一座花园里种出五千朵玫瑰,却没能从中找到自己要找的东西……"其实世界上有很多人,是在忙碌和盲目地活着。他们挤进快车,可是并不知道要去寻找什么,只是忙忙碌碌转来转去。实际上,我们人类要找的东西,可能就是一朵玫瑰花,或者就在一口水里。生命的意义并不在多,也不在于占有,而在于我们能否寻找到我们心灵所需要的。《小王子》告诉我们,重要的东西是看不见的,在生命中最重要的不是物质的丰硕,而是一种精神的充盈。

三、作者的心灵自画像

我们当然不能说《小王子》是圣埃克絮佩里的自传,但从中可以看到他的影子,所以可以将其看作作家的心灵自画像。下面我们来了解一下《小王子》的创作过程,这或许会有助于我们更好地理解作品。

读者们一定可以感觉出来,书中的飞行员有作者的身影,因为圣埃克絮佩里的人生经历、职业生涯都离不开飞行,他最开始也是维修飞机的机械师,而且有过飞越撒哈拉沙漠的经历。圣埃克絮佩里本人也确实有过一次非常危险的飞行遇险经历，那是在 1935 年底，他驾驶的飞机撞在沙漠的斜坡上，在险境中挣扎了 3 天才获救。

创作《小王子》的想法可能也最早出现在 1935 年，圣埃克絮佩里在前往莫斯科的火车上遇到了一个睡梦中的孩子，是这个我们不知姓名的小男孩让圣埃克絮佩里感觉到孩子的可爱，让他觉得每个孩子都像是一个小王子。从那以后，他就经常在纸上随手画一个孩子的肖像，他称之为"孤独的小人儿"。1942 年的一天，有个美国出版商看到了这些画，就鼓励他把这个小人儿的故事写出来，于是圣埃克絮佩里就开始酝酿心中这个小人儿的故事。那时候，法国在二战开始后已经投降，已成为文艺界名人的圣埃克絮佩里前往美国居住，因此，我们在这时期创作的《小王子》中总是发现一种孤独、忧郁和流浪的感觉。苦闷的圣埃克絮佩里和妻子康素爱萝（Consuelo Suncin）租住在美国纽约长岛的一幢白色房子，在那里避暑和写作，《小王子》就在这里诞生，这幢房子也就被称作"小王子之家"。

作品在美国出版的时候，欧洲大陆还是战火纷飞，大家都很奇怪一向以飞行和行动为主题而进行现实主义写作的圣埃克絮佩里为什么会写一篇童话呢？其实，读懂《小王子》的人就会理解，这不是一篇简单的童话故事，而是一部深刻的作品，它浸透了忧郁、苦闷和孤独的情绪，同时也传递爱、责任、执着追寻以及向死而生的勇气，这与圣埃克絮佩里之前的作品是一脉相承的。

另外，值得一提的是，这本书中很多的精美的图画都是作者自己亲手绘制的插图。本来这部作品就是因画而起，而且出版社本来聘请的著名插画家的绘画风格太过严肃，与这本书不太一致，所以，最终决定由圣埃克絮佩里本人来创作插画。

无论从哪个方面来看，我们都会看到小王子的形象和作家有非常密切的联系。小王子身上有作者的影子，我们也能够从字里行间感觉到圣埃克絮佩里未泯的童心。他用文字把自己幻化成了一个遨游太空的小王子：圣埃克絮佩里本人是一个率性的、向往天空、向往自由的人，小王子也是一样，他是空中的旅者、孤独的流浪者，也是精神的贵族。只有理想主义者才会这样去写作，他在寻找一个诗意的世界。圣埃克絮佩里所追寻的单纯、自然和本真都体现在小王子身上。这并不是说圣埃克絮佩里是以自己的形象塑造了小王子，而是说小王子是圣埃克絮佩里想要寻找回来的那个自己。

《小王子》的故事和人物形象与作者个人感情经历也不无关系。圣埃克絮佩里一生中有三段重要的爱情。他的第一段爱情的女主角是露易丝（Louise de Vilmorin），出身名门，虽然身体略有残疾，她的美丽和才华还是吸引了很多年轻人。圣埃克絮佩里真心爱上了她，并获得姑娘的芳心，两人在1923年订了婚约。但是一方面因为家境悬殊，另一方面因为圣埃克絮佩里在这一年遭遇了一次飞行事故，导致头颅轻微骨折，这让露易丝及家人非常担心他的生命危险，就要求他不再飞行，从事办公室职员的工作，这让圣埃克絮佩里很郁闷。几个月后，两人解除了婚约，圣埃克絮佩里也因此郁郁寡欢了一段时间。在《小王子》中，露易丝可能是柔弱而娇贵的玫瑰花形象的第一个原型。

圣埃克絮佩里直到1930年才遇到他想与之结婚的女人。她就是多才多艺的康素爱萝，来自中美洲国家萨尔瓦多。1927年，康素爱萝的前夫去世。三年后，圣埃克絮佩里遇到她几个小时之后就宣布一定要娶她。1931年，他们走进了婚姻殿堂，直到作家去世。康素爱萝是一个心有柔情的女人，她深爱圣埃克絮佩里，照顾他的生活，同时她也性情奔放，会有一些脾气。玫瑰花与小王子的相处方式与康素爱萝和圣埃克絮佩里颇有相近之处，两人既相互折磨又相互驯服，时常会闹一些小别扭，但是彼此都惦念着对方。圣埃克执行飞行任务的时候，康素爱萝称自己学会了"等待的艺术"，这也颇似小王子把玫瑰花留在自己的星球上而出外旅行。通过小王子的形象，圣埃克也在提醒自己爱即责任的原则。

最后一段恋情发生在1942到1943年间，圣埃克在美国写作《小王子》期间认识了一位美国女记者奈莉（Silvia Reinhardt），这是一位成熟稳重知性的女人。他们经常围绕《小王子》的写作进行讨论，据说是她启发了圣埃克"只有心灵才能洞察一切"的观点。她其实更像是《小王子》中狐狸的智慧形象。

最令人感慨的其实是小王子离开地球的方式，它是否已经预言了作者圣埃克絮佩里告别世界的方式呢？1943年，《小王子》在美国出版之后，作家又重新参军入伍，成为法国空军一员，为国效力。但是，由于身体和年龄的原因，他的飞行受到诸多限制，但是圣埃克絮佩里依然执着地要求出行，开辟航线。

1944年7月31日，他在执行飞行任务的时候，驾驶飞机飞上蓝天，然后消失在地中海的上空，再也没有回来。之后，在长达60年时间里，人们没有找到飞机残骸。有一种说法认为他的飞机被德国人击落。也有很多人愿意相信圣埃克絮佩里有意选择飞行的方式，像小王子离开地球那样告别人世，最终以大海作为归宿。这样的遐想符合人们的接受心理，因为这是对死亡的一种诗性诠释。究竟何种说法正确，仍然是一个谜。不过，据说在十多年前已经找到失事飞机的残骸，并且找到与"Saint-EX（圣埃克）"相似签名的遗物。

最后，我们来看这本书的题献词，在做文学分析时，我们会把这一类的文字叫作副文本，它不是作品的主体，但是会透露一些重要信息，比如，《小王子》的扉页题献辞中写道：

献给莱翁·维尔特

请孩子们原谅我把这本书献给了一个大人。我有一个很认真的理由：这个大人是我在世界上最好的朋友。我还有另外一个理由：这个大人什么都能懂，即使是给孩子看的书他也懂。我的第三个理由是：这个大人生活在法国，正在挨饿受冻。他很需要得到安慰。倘若所有这些理由加在一起还不够，那我愿意把这本书献给还是孩子时的这个大人。所有的大人起先都是孩子（可是他们中间不大有人记得这一点）。因此我把题献辞改为：

献给还是小男孩的莱翁·维尔特

这里就出现了我们之前提到的主题，就是寻找失去的童年。这本书是献给维尔特的，其实也是献给童年的，献给每个人都经历过的纯真童年。那么，谁是莱翁·维尔特？他是圣埃克絮佩里的好朋友，也是一名作家。他们是忘年交，两人年龄相差22岁。维尔特是犹太人，所以在二战期间处境堪忧。作家本来考虑把《小王子》献给妻子康素爱萝，不过康素爱萝建议还是献给老朋友维尔特，因为之前每次他们夫妻产生矛盾时，都是维尔特在自己的家里接待他们，帮助他们重归于好。当然还有一个原因，就是和圣埃克絮佩里一样，维尔特也是一个童心未泯的人。圣埃克絮佩里不知道好友的下落，非常担心他的安危，这份题献辞也表达了一种思念。不过他可能不知道，莱翁·维尔特躲过了战争一劫，1955年去世，那时候圣埃克絮佩里已经离开人世11年了。

几十年来,《小王子》已经成为在世界各地得到广泛阅读的经典文学作品,那是因为它能够唤醒我们内心里的童年和对美好的向往。已经去世的作家三毛曾在《谈心》一文中写道:"如果只有一个月的时间去读书,我就读《小王子》,用一生去品味其中优美的情操。"三毛曾经到撒哈拉沙漠旅行,当她在沙漠里行走的时候,或者当她遥望夜空繁星的时候,是否看得见小王子的星球和听见那颗星星的笑声呢?其实,我们每个人心中可能都住着一个小王子,无论多大年纪,我们可能都有一个小小的角落留给了那个童年的自己,在我们最轻松、最无忧无虑的时候,小王子就会出现。半个多世纪以来,《小王子》这部跨越时空的作品得到世界上那么多读者的喜爱和认同,并启发我们去思考生命的本质和人生的要义,因为一部经典作品中一定蕴含着能够让各个时代的人产生共鸣的意义。

(根据 2019 年 7 月 27 日国家图书馆文津大讲堂"阅读经典"讲座稿整理)

法兰西共和国价值观的
内涵及辩证关系解析

价值观是一个历史性概念。在公元 9 世纪,法国形成民族国家之后,其价值观与中世纪时期其他西欧国家并无差异。在大约 5 个世纪里,受到宗教影响,圣徒成为人的楷模,而骑士精神则体现了人在世俗社会中所追求的价值。在法国大革命之前的"旧制度"时期,君主、贵族的荣誉价值观形成一种传统,等级制度在越来越完备的同时也走上盛极而衰的道路,自由和平等的缺失导致占据越来越多财富的资产阶级要以革命的方式追求自己的权利,平等、自由、安全、财产权被写入 1793 年宪法。然而,法国大革命在约 20 年中波澜起伏,在之后的半个世纪中,共和国和君主制反复更替,共和国价值观经历了漫长的形成过程。

一、法兰西共和国价值观的形成

根据法国大革命史专家莫娜·奥佐夫(Mona Ozouf)的考证,在法国大革命之前有可能已经出现"自由""平等""博爱"的相关表述。确实,早在 17 世纪末,历史学家、教育家和大主教费讷隆(François Fénelon)在其影射路易十四君主专制的著作《忒勒马科斯历险记》(Les Aventures de Télémaque)中有过这样的表述:"幸福的人们皆是自由的、平等的……而且作为真正的基督教信徒,以博爱为重。"①伏尔泰在 1768 年创作的五幕悲剧《斯基泰人》(Les Scythes)中

① François Fénelon.*Les Aventures de Télémaque*(1699):«⋯ les peuples heureux sont tous libres et égaux…et insiste-en bon chrétien-sur la fraternité des hommes».

也有类似的诗句:"我们家在海边风水宝地,那里没有国王与臣民,所有人平等又自由,相亲相爱如兄弟。"①不过,需要说明的是,在这两部作品中,"自由""平等"这两个概念是以形容词形式出现的,伏尔泰在诗句中直接使用了"博爱"这个抽象概念的来源词"兄弟",从表达形式上看,与后来并列的三个抽象名词还有一定差距,但是足以说明,这一思想在大革命之前已经孕育和存在。

大革命时期的法国偏爱以三个词语的连缀作为革命口号,"民族、法律、君主""团结、力量、道德""力量、平等、正义""自由、安全、财产权"或"自由、理性、平等"等。1789年8月26日正式发表的《人权与公民宣言》在第一条倡议"自由"与"平等":"在权利方面,人们生来是而且始终是自由平等的。"可是"博爱"一词并没有出现其中,也并不被认为有必要列入具有法律性质的革命宣言中。

第一个将这三个词语按照现在的顺序在行文中使用的人是年轻的记者、律师、革命家卡米尔·德慕兰(Camille Desmoulins,1760—1794)。1790年7月14日庆祝联盟节②之际,他在报纸上描述了庄严的典礼:"宣誓之后,士兵公民们迅速手挽手,相互承诺自由、平等、博爱,此情此景尤其令人感动。"③而第一次将这三个词语以格言形式进行表述的则是罗伯斯庇尔(Maximilien de Robespierre,1758—1794),他在《关于组建国民自卫军的讲话》中说明了国民自卫军的服装问题:"第十六条:国民自卫军制服胸前应印制'法兰西人民'字样,下方是'自由、平等、博爱'。同样的词语应当印在代表国家的三色旗帜上。"④尽管这个方案未见实施,但该讲话稿在1790年12月中旬已被一些民众团体在全国范围内广泛印发。1791年,"人权与公民协会"这一团体中有一

---

① Voltaire.*Les Scythes*(1768):«Nous sommes tous égaux sur des rives si chères,Sans roi et sans sujets,tous libres et tous frères».

② 1789年法国大革命时由各个城市的国民自卫军自动组织联盟,联盟节于1790年7月14日在巴黎举行。

③ Yannick Bosc.«*Sur le principe de fraternité*».http://revolution-francaise.net/2010/01/19/359-sur-le-principe-de-fraternite,19 janvier 2010(consulté le 19 juillet 2016).

④ Maximilien de Robespierre.*Discours sur l'organisation des gardes nationales*,imprimé mi-décembre 1790.*In Michel Borgetto.La Devise.*:«*Liberté*,*Égalité*,*Fraternité*».Paris:PUF,1997,p.32.

位名为莫摩罗(Antoine-François Momoro)的印刷匠首先将"自由、平等、博爱"印制成格言形式呈现出来。然而,在思想火花激烈迸发的革命年代,"自由、平等、博爱"这一观念并非众所周知或独领风骚,而只是众多革命口号中的一种。这三个词语在思想界和民众中的接受也各有差别,例如,当时的共济会对"平等"一词情有独钟,对"博爱"一词缺乏热情,对"自由"一词则更加冷淡,对三个词语连缀在一起则无动于衷。① 法兰西第一共和国在 1792 年 9 月 21 日颁布宪法,此时在"自由""平等"旁边依然没有出现"博爱"一词。1793 年 6 月 21 日,巴黎市市长让-尼古拉·帕什(Jean-Nicolas Pache,1746—1823)下令在巴黎市区的建筑外墙上刷上如下标语:"共和国统一不可分——誓死捍卫自由、平等、博爱",这是这一标语第一次在公众场合得到使用。不过一年之后,这条标语被悄悄换成了"自由、平等、财产权"。在大革命后期,这个口号被渐渐放弃,在拿破仑帝国和复辟时期则完全消失,直到 1830 年革命才重新被人提及。这三个词语是否应该并列在一起,在 19 世纪的法国仍然是长期争论不休的话题。在第二帝国期间,有人认为应该用破坏性不强、比较缓和的字眼"秩序"和"进步"替代"自由""平等"口号。早期的社会主义者傅立叶(Charles Fourier,1772—1837)和圣西门(comte de Saint-Simon,1760—1825)则认为"博爱"一词足矣,稍后的自由派代表人物蒲鲁东(Pierre-Joseph Proudhon,1809—1865)则觉得"自由"一词就具有足够的力量。皮埃尔·勒鲁(Pierre Leroux,1797—1871)、亚历山大-勒德鲁·罗兰(Alexandre Ledru-Rollin,1807—1874)、拉莫奈(Hugues-Félicité Robert de Lamennais,1782—1854)和菲利普·布歇(Phillipe Buchez,1796—1865)等政治思想家和社会活动家复兴了"自由、平等、博爱"思想,并致力于使其成为共和国的基本原则。经过反复争论,直到自由派和社会主义者达成妥协意见,1848 年,法兰西第二共和国宪法终于将"自由""平等""博爱"并列书写在前言第四条中:"它(法兰西共和国)的原则是自由、平等、博爱。它所依赖的基础是家庭、劳动、财产权和公共秩序。"从此,这三个词语所代表的法兰西共和国价值观才不仅从文

---

① Mona Ozouf.«Liberté,égalité,fraternité».in *Pierre Nora*(dir.).*Lieux de Mémoire*,Vol.Ⅲ:*Les France.De l'archive à l'emblème*.Paris:Gallimard,coll.«Quarto»,1997,pp.4353-4389.

字上而且从法律意义上确定下来。

在此之后,直到1880年,法兰西共和国格言才被铭刻在所有政府部门的门楣上方。第三共和国是法国的共和思想深入人心的时代,这条格言仍然受到一些争议:有人认为应该以"团结"一词替代"平等",因为后者容易让人感觉到平均主义倾向;"博爱"一词也因为是基督教中的语汇而不能得到共和主义者的一致赞同。不过,"自由、平等、博爱"已经被作为共和国精神的象征而保留下来。可是,二战期间的维希政府曾经一度以"劳动、家庭、祖国"一语替换之,并印刷在当时发行的钱币上。最终,第四共和国宪法(1946)重新确立了"自由、平等、博爱"作为法兰西的精神象征和核心价值观。

上述过程反映了现代法国价值观的形成不是伴随着法国大革命的爆发一蹴而就的,而是几经反复。不过,它一经确立便在全世界产生了深远影响,以至于今人如此习惯于这三个词语的并列却忽视了这三个概念各自的内涵、相互关系以及与共和国价值观中其他原则的关联。

二、"自由、平等、博爱"的内涵与辩证关系

"自由、平等、博爱"在形成过程中经过了法国政治思想家们的反复争论和斟酌,是深思熟虑的成果。而它在广泛流传之后,却容易为今天的世人片面和孤立地理解。因此有必要追根溯源去辨析每一个概念本身的内涵以及它们相互之间的关联。

首先,"自由"是法国大革命提出的最响亮的口号,不仅是普通民众的向往,更是凝聚了各位启蒙思想家的共识,狄德罗曾说"自由是上天的馈赠"[1]。从法国大革命开始,各个历史时期的法律文件都承认人的言论自由、信仰自由、行动自由、集会自由等。然而,需要指出,今人在引用"自由"时往往容易

---

① Denis Diderot.《La puissance qui vient du consentement des peuples》, *in l'article* 《*Autorité politique*》, *Encyclopédie*, 1751.

作绝对语,仿佛法国大革命倡导的是爆发式的、没有限制的自由。其实,早在1748年,启蒙思想家孟德斯鸠(Charles Louis de Secondat,baron de Montesquieu,1689—1755)就在《论法的精神》中明确说明:"政治自由完全不是随心所欲。……自由就是做法律所允许的一切事情;如果一个公民能做法律所禁止的事情,他就不再拥有自由,因为其他人也可能这么做。"①第一份《人权与公民宣言》(1789)第二条中也对"自由"给予明确阐释:"自由就是能够做任何不伤害他人的一切事情,因此,每个人行使自然赋予的权利之时唯需遵照的就是保障社会其他成员享受同样权利的限制。"这句含义丰富的话在肯定人之自由的同时说明自由是有界限的:可做"一切事情"但是必须"不伤害他人",可行"自然赋予的权利"但勿损他人权利。1793年的宪法对"自由"进行了更为详尽的定义:"自由是人之所有可以行使不触犯他人权利的行为权力:它以自然为原则,以正义为准则,以法律为界限。它的道德界限体现在如下箴言中:'己所不欲,勿施于人'。"以上说明,"自由"虽然被革命者置于首要位置,但是从一开始,这些早期的法律文献就同时对"自由"进行明确界定,也就是说存在两个界限:一是法律,二是道德。

"平等"一直是法国人价值观中的重要原则。哲学家、社会学家塞莱斯丹·布格雷(Célestin Bouglé,1870—1940)自豪地宣称:"在我们法国,祖国意味着尊重每个公民,使每个公民获得人的尊严、政治生活和社会生活中的平等。"②那么,"平等"是否意味着绝对的平等呢? 实际上,法国人在争取平等和强调平等的同时从来没有否认过差异。《人权与公民宣言》(1789)第一条共有两句话,第一句是"在权利方面,人们生来是而且始终是自由平等的",紧接着第二句就是"社会差异只能建立在公共利益基础之上",这其实从一开始就申明"平等"体现在法律意义上,也就是说人作为公民是平等的,享有同等的权利,但是在为公共利益服务中是存在社会差异的。继而,在第六条进一步

① Montesquieu.*De l'esprit des lois*(1748),éds.Pourrat,1831,t.1,chap.3 «Ce que c'est que la liberté»,livre XI,p.290.

② Célestin Bouglé.«Philosophie de l'antisémitisme»,in *La Grande Revue*,No.1re janvier 1898,p.157-158;Charles Renouvier.*Manuel républicain de l'Homme et du citoyen*(1848).Paris:Garnier,Classique de la politique 1,1981,p.88.

说明："在法律面前，所有的公民都是平等的，故他们都能平等地按其能力担任一切官职、公共职位和职务，除德行和才能上的差别外不得有其他差别。"这里其实也是承认人的品德和能力有所差异。1791 年的第一部宪法在第一条中重申了权利平等，但是再次承认人与人的个体差异："所有赋税同样由各位公民根据其能力分担。"法国大革命之前，作为第三等级成员的资产阶级精明能干、拥有财富却无法获得政治地位，因此把"平等"作为非常重要的诉求，他们倡议"平等"，但是上述法律文件中的表述同时也说明他们对"平等"有清醒的认识：承认差异。应该说，在法国人的平等观念中，平等是尊严的平等、机会的平等、法律意义上的平等，而不是结果的平等，也不是无视差异。正如社会学家多米尼克·施纳普（Dominique Schnapper, 1934—　 ）所言："我们在社会生活中是彼此不同的个体，但是作为公民是相互平等的。"①

那么，"自由"和"平等"这两个观念是否并行不悖呢？其实，现在人们很少理解到这一点：经常被相提并论的"自由"和"平等"之间其实是存在矛盾的。"如果只有自由，不平等就会不断扩大，国家就会因为权贵阶层而灭亡，因为最有财富和最有权势的人总是可以压迫最贫穷和最弱势群体。如果只有平等，公民就会一无是处，也不会通过个人努力而创造成就，国家会因为所有人对每个人的压迫而消亡。"②人们可以以自由的名义破坏平等，例如，就在大革命时期，制宪派成员以选民必须具有财务独立性为理由而采用纳税人选举制；人们也可以以平等的名义破坏自由，例如，当时也有一家之主被剥夺了立遗嘱传承家产的自由。"自由"与"平等"的共同之处似乎是因为它们都是个人权利的诉求，所以经常被人们并列提及。然而，如果自由至上，社会就会始终被强权者所统治，因为强势的人总是获得更多自由；如果一味追求结果的平等，就会使人们丧失个性差异和自由创造的动力。当二者可能产生不平衡时，就需要第三个概念来调节，这就是"博爱"。

"博爱"的法语原文来源于"兄弟"这一词根，本义是兄弟之间的亲情，后

---

① Dominique Schnapper. «Penser la "préférence nationale"», in David Martin-Castelnau (dir.) *Combattre le Front national*. Paris: Vinci, 1995, pp.209-210.

② Charles Renouvier. *Manuel républicain de l'Homme et du citoyen* (1848). Paris: Garnier, Classique de la politique 1, 1981, p.88.

来在广义上比喻人们之间像一家人一样友爱互助。1795 年的《人权与公民宣言》中曾经如此定义"博爱"："己所不欲,勿施于人;己所欲,施之于人。"可见,"博爱"体现的是相互理解和帮助,是一种团结友善的社会关系。哲学家、政治家于勒·巴尔尼(Jules Barni,1818—1878)对于"博爱"的意义和协调作用曾经做过精当的阐释：

> 尊重每个人,也就是每个公民与生俱来的自由是非常正确的……
>
> 平等对待所有公民也是非常正确的。任何特权、任何阶级区分都是与人类的法律背道而驰的……
>
> 自由与平等是严格的法律规定,法国大革命将二者纳入其革命口号中无非就是依法行事。
>
> 可是仅仅遵从严格的法律规定在社会中是不够的,不侵犯他人自由和不破坏源于自由原则的平等,仅此是不够的。为了使一个人类社会真正的人性化,作为人,人们就必须相互关照,共建一个大家庭,像兄弟一般友爱。
>
> 这个新的元素形成人们之间联系的纽带,不仅是彼此尊重的关系,而且是相互友爱的关系,这就是人们所谓的博爱。[1]

由此可见,"自由"和"平等"很早就进入了法律范畴,与它们有所区别,"博爱"更属于道德范畴;它体现的是人与人之间的关系,而不是某个人的身份和状态;它反映的是一种和谐,而不是明文规定的契约;它强调人的社会属性多于个人价值。从某种意义上说,个人幸福("自由""平等")与集体幸福("博爱")之间也存在矛盾。因此,即使在确定了这三个词语之后,它们的排列顺序也曾引发争议。例如,皮埃尔·勒鲁认为应该把"博爱"一词放在中间,哲学家柏格森(Henri Bergson,1859—1941)也赞成这一观点,认为"自由"与"平等"是矛盾的,只有"博爱"才能将二者协调起来。不过,在它们第一次以法兰西共和国格言的形式"集体亮相"的时候,就是我们今天所见"自由""平等""博爱"这样的顺序。无论"博爱"一词被置于中间还是最后,它有如一个坚固的基石,保持着"自由"与"平等"之间的平衡。夏尔·勒努维叶教授

---

① Jules Barni.*Manuel républicain*.Paris:Germer,Baillière,1872,p.6.

（Charles Renouvier,1815—1903）在 1848 年撰写读本传播法兰西价值观的时候,曾经以师生对话的方式来解读"自由""平等""博爱"之间的关系:"得益于博爱,自由和平等就会共同组成一个完美的共和国。博爱引导公民聚集成代表大会,协调他们的权利,以使得他们成为自由的人并尽可能变成平等的人。"①

综上所述,凝聚了法兰西民族智慧的共和国格言是经历了几代人的思想沉淀,方才以三个概念形成完整的内涵和稳定的结构。只是后来,这三个词语被人们习惯性地联系在一起,以至于它们之间的矛盾和曾经引发的争议渐渐被忽略和忘记。

三、法兰西共和国价值观与制度原则的关联

笔者认为,对一国价值观的考察可以分为三个层次:居于内核的就是所谓核心价值观,是相对抽象和恒定久远的精神价值,是一个民族的灵魂和传统,在法国人的价值体系中便是上述的"自由、平等、博爱";居于其中的是制度层面的价值观,体现了在一定时期内一个国家的价值理念和政治、社会制度;最后是社会生活中人们的价值观,比如对幸福、家庭、工作、物质财富的观念,这一层次的价值观可能是最不稳定的,既有恒定的因素,但是也会跟随每一代人的物质条件和精神状态而发生一定变化。第二和第三层次的价值观都与居于第一次层次的核心价值观之间存在一定的源发因生关系。在此,我们暂且不谈容易变化的第三层次生活价值观,仅限于探讨法国核心价值观与制度层次价值观之间的关联。

法兰西第四共和国宪法（1946）第一条正式明确了法国的政治体制:"法国是一个统一的、世俗的、民主的和社会的共和国。"第五共和国宪法（1958）第二条重申了这一重要纲领。以下初步探究上述制度价值观与核心价值观的关系。

---

① 　Charles Renouvier.*op.cit*,p.88.

（一）共和原则

首先,从根本上说,在法国的资产阶级革命中,正是"自由、平等"这面旗帜引导人们推翻君主制,实现共和。虽然经历多次复辟,共和国理念从第三共和国开始终于完全确立下来,共和被认为是法国最重要的国家价值观。于勒·巴尔尼曾经用最简单的语言解读这一政治体制:

什么是共和?

共和的意思是公众的事务,所有人的共同事务。

公众事务,指的是所有同时涉及一个构成国家的社会成员的事务,比如国家领土的完整,祖国的独立和荣誉,公民权利等。此类事务应该是所有人的事情:所有人都必须通过选举、税务和军役来参与其中。

因此人们可以说共和国是所有人来管理所有人。①

在法国,共和主义意味着参与集体生活和公共事业,这被认为是人的社会价值的最高体现形式之一。不仅核心价值观中强调公民权(选举权与被选举权,以及获得公共职位的权利)的"平等",以"博爱"促进公共领域的共同参与及相互团结,即使是"自由"也并不是纯粹自私自利的个人权利。第三共和国的理论家们一方面承认自由是最重要的价值,这令自由派颇为满意,另一方面指出自由和平等概念是伴随着义务的,也就是说要保证所有人生存权利的自由和平等,这样才获得社会主义者的认同。共和国价值观里的自由是一种参与公益事务的自由,需要以社会团体的利益为己任。

（二）民主原则

法国资产阶级革命推翻君主制,推行共和制,其理想是使得主权不再掌握在某一个人手里,而是回到人民手中,如此才能真正实现"自由、平等、博爱",因此,民主原则也是始于大革命时期。按照夏尔·勒努维叶的理解,博爱和团结是民主代表制的前提,在相互友爱和信赖的基础上,公民选举自己的代表,聚集成代表大会,协调他们的权利,以使得他们实现自由和平等。在相互信

---

① Jules Barni.*Manuel républicain*.Paris:Germer,Baillière,1872,p.1.

任、协调统一的"博爱"精神和参与理念下,"民有、民治、民享"的民主制度在法兰西第四共和国宪法第一章"主权"第二条正式确立下来。从理念上说,"自由、平等、博爱"是实现民主的必然条件,然而并非充分条件。事实上,法兰西民主并非直接民主,"民主制度还是一个通过代表制来监督统治者权力的制度"①。为了真正地使国家机器(即使是共和国)能够有效运转,少数人代表多数人行使职责的代表制成为一种现实的选择。公众参与政治生活的机会和可能性是平等的,但是实际上无法获得事实上的平等,是存在个体差异的,并且大多数人的自由需要由少数代表来表达。这既是最具实际操作性的民主方式,其实也偏离了最理想的民主模式。在现实中,法国推行精英政治,几乎所有的从政者都毕业于精英院校,很难说他们是否了解大多数民众的意愿。正因如此,法国当代著名社会学家布尔迪厄(Pierre Bourdieu, 1930—2002)观察到"国家的治理者陷入了一个稳妥的机制,其中的年轻技术官僚通常几乎完全不了解同胞们的日常生活,而且没有什么可以提醒他们处于无知状态","傲慢的技术官僚声称,不管你愿意不愿意,他们可以造就你们的幸福。而真正的民主政治应该有办法避免他们之间相互交换权力,或者是具有蛊惑性的放弃权力……"②政治家孟德斯(Pierre Mendès France, 1907—1982)如是颂扬民主精神及其所体现的价值:"民主,它远远不仅是选举活动和多数派执政,它是一种风俗、美德、审慎、公民意识和对对手的尊重,是一种道德规范。"③可是,真正的民主在最早提倡民主的国家也并没有完全实现,我们只能赞同当代历史学家皮埃尔·罗桑瓦隆(Pierre Rosanvallon, 1948—   )所言:"民主不是一个已经积累完成的资本,而是一种进行中的经历,是一个不断深化的过程"。④

---

① Raymond Aron. «Etats démocratiques et Etats totalitaires», communication à la Société française de philosophie, 17 juin 1939, *Bulletin de la Société française de philosophie*, 1946, in Rémy Freymond(éd.). *Machiavel et les tyrannies modernes*. Paris：De Fallois, 1993 (rééd. LGF, Le Livre de Poche, coll. Biblio-Essais, p.188.

② Pierre Bourdieu. «Post-scriptum», in La Misère du monde. Paris：Seuil, 1993, pp.1449-1450.

③ Pierre Mendès-France. «L'homme d'Etat et le pouvoir», in *La Vérité guidait leurs pas*. Paris：Gallimard, coll. Témoins, 1976, p.35.

④ Pierre Rosanvallon. «Les défaites de la pensée démocratique：1880-1930-1990», in *La France qui dit non. Colloque du* Nouvel Observateur *sur la résurgence de l'extrême droite*. Paris：Maisonneuve & Larose, 1997, p.92.

（三）法治原则

前文也已经提到自大革命开始出现的最早法律文献中就明确指出，自由与平等等个人权利需要以法律为界限。卢梭（Jean-Jacques Rousseau，1712—1778）也强调，"唯有法律才能使人们获得公平与自由。这个体现公众意愿的有益机构在法制上建立人们之间与生俱来的平等。"[1]同时，1755年，卢梭还在《论政治经济》中探讨了自由与权力机构之间的关系："既要保证公众的自由又要维护政府的权威。"[2]这一辩证观点意味着既要保护个体的权利和自由，又要保证公共利益维护者的权力。这个问题可以扩展为个体与社会的关系问题。大约一个世纪之后，托克维尔（Alexis de Tocqueville，1805—1859）在1840年出版的《论美国民主》中从另一个角度提出了寻找个体权利和自由与社会权力机构之间平衡的希望："给社会权力设置宽泛的限制，但必须是可见的和不变的；给个人一定的权利并且保障他们可以毫无争议地使用这些权利；使个人保留自己的些许独立性、力量和个性；提升个人相对于社会的地位并给予支持：这在我看来是我们所属时代的立法者的首要任务。"[3]可见，在理想状态下，政府权力不可以无端地扩大疆界，个人权利也并非没有边际；社会权力机构既是个人自由平等的保障机构，也是个人权利不可逾矩的边界。历史学家、政治家饶勒斯（Jean Jaurès，1859—1914）则相信共和国的公民"能够将自由与法律协调起来，把运动与秩序协调起来"[4]。20世纪的哲学家雷蒙·阿隆（Raymond Aron，1905—1983）也认为，"在一个民主制度中，最重要的首先是法治，这个制度中有法可依，权力不会被任意地、无限

---

① Jean-Jacques Rousseau.*Discours sur l'économie politique*（1755）.Paris：Flammarion，coll.GF，1990，p.65.

② Jean-Jacques Rousseau.*Discours sur l'économie politique*（1755）.Paris：Flammarion，coll.GF，1990，p.65.

③ Alexis de Tocqueville.*De la démocratie en Amérique*.Paris：Gallimard，coll.Folio histoire，1986，t.II.p.450.

④ Jean Jaurès.«Discours à la jeunesse»，lycée d'Albi，30 juillet 1903. cité in *Jean Jaurès. La République*，édition par Vincent Duclert.Toulouse：Privat，2014，p.24.

制地使用。"①法兰西共和国的理念当中有一条原则便是人人遵守法律从而保证所有人的共同利益。因此可以说,法国核心价值观众的"自由"与"平等"既需要法律来保障,又需要法律来限制。

(四) 社会性原则

第四、第五共和国宪法表述中使用的一词是"social(e)",此处的含义在法国《小罗贝尔词典》中以"socialiste"(社会主义)来解释,指的是国家关注最弱势的社会群体并提供帮助,以促进社会和谐团结。这是二战结束后才出现的制度原则,与共和国价值观中的"博爱"精神一脉相承。第四共和国宪法的前言中写道:"国家保证个人和家庭生存发展的必要条件","任何由于年龄、身体或精神状况、经济状况而处于无法工作情形的人有权利从集体中获得适当的生活费用"。1946 年 5 月 22 日的法律规定:"推行社会保险的原则适用于全体公民。"法国在战后发展了相对完备的社会保障体系,确实在社会生活中努力实践"博爱"和"平等"原则。

然而,法国当代经济学家托马·皮凯蒂(Thomas Piketty,1971—)在新近出版的《21 世纪资本论》中分析了自 18 世纪以来的社会不平等现象,并且敏锐地指出:"现代经济增长与知识传播……并未改变资本与社会不平等的深层结构","资本主义无意识地产生了不可承受且不可控制的社会不平等,彻底动摇了我们民主社会赖以为基础的以个人才干为衡量标准的价值观"。②通过建立一整套公共机制,可以使资本为整体利益服务,社会物质财富确实可以得到一定平衡。然而,一方面,资本依然集中,财富分配仍然是没有彻底解决的重要问题。为了实现平等和博爱原则,也就是共和国为大众谋福祉的社会性原则,国家可以通过赋税这一重要手段来实行财富的再分配,托马斯·皮凯蒂也强调对收入和资产实行累进税制。早期的法国宪法文件中就声明,赋

---

① Raymond Aron. «Etats démocratiques et Etats totalitaires», communication à la Société française de philosophie, 17 juin 1939, *Bulletin de la Société française de philosophie*, 1946, in Rémy Freymond(éd.). *Machiavel et les tyrannies modernes*. Paris:De Fallois, 1993 (rééd. LGF, Le Livre de Poche, coll.Biblio-Essais.

② Thomas Piketty.Introduction au *Capital au XXIe siècle*.Paris:Seuil,2013,p.16.

税应该根据公民的能力而分担,法国的中产及以上阶级确实是重要的纳税者。不过,法国在社会保障和福利方面投入巨大,近年曾经讨论对富人征收高额赋税,于是出现著名的巨贾明星纷纷出走投奔其他国家以逃避税负。而近年来法国各地的"黄马甲"运动也反映了生活在社会边缘低收入人群对社会贫富不均现象的不满。可见,"自由"与"平等""博爱"的矛盾有时难以调和,高贵的理想在现实面前往往难以实现。

(五) 宗教中立原则

作为一个具有深厚天主教传统的国家,法国从 20 世纪初开始正式推行政教分离,强调共和国的宗教中立(laïcité)。这个时期的宗教中立并不是剥夺公民的宗教信仰自由,而是主要体现在 1905 年之后政治生活中的政教分离原则。法国在对 2004 年 3 月 15 日《根据宗教中立原则对公立小学、初中和高中体现宗教归属的着装和标志进行限制的法律》的解释中明确道:"体现尊重、对话、宽容价值的宗教中立原则是法国的共和国特性的核心价值","宗教中立原则保障人的信仰自由。它保护一个人信仰或不信仰宗教的自由,允许每个人表达信仰和从容地生活在信仰中并参加宗教仪式。"[①]也就是说,信仰宗教是自由的,但是一个人信仰宗教的方式同时不应当影响到其他人的接受程度和共和国的共同原则。比如,在公立学校场所,张扬性的宗教符号是明令禁止的,但是不显著的宗教符号是被允许的。某种意义上而言,宗教中立原则上是包容各种宗教信仰的,但是并不突出某一种宗教的地位和作用,尤其强调公立教育的非宗教属性。然而,在现实中,宗教矛盾和冲突仍然在所难免。比如,19 世纪末 20 世纪初犹太军官德雷弗斯事件(l'Affaire Dreyfus)曾经将法国分裂成两个阵营,1989 年的穆斯林头巾事件也曾引起很大争议,2015 年《查理周刊》(Charlie Hebdo)因刊登讽刺漫画而引发恐怖事件(有评论认为言论自由的滥用触犯了他人的信仰自由、宗教平等和博爱原则)。自由、平等、公平、正义和包容这些基本的共和国价值在具体的社会现实中并不容易实现。

---

① Loi et exposé des motifs de la Loi «Encadrant, en application du principe de la laïcité, le port de signes ou de tenues manifestant une appartenance religieuse dans les écoles, collèges et lycées publics», 2004.

政治家、律师皮埃尔·瓦尔戴克-卢梭(Pierre Waldeck-Rousseau, 1846—1904)说法国人"一直是一个热爱理想和理性的民族"①。当"自由、平等、博爱"的核心价值与法兰西共和国的制度理念相遇时,前者会起到根本性的指导作用,但是在践行过程中也会因现实条件中而失去光芒,因为没有一个国家、一个社会和一个人是生活在真空中的。

结　语

综上所述,法国的核心价值观从 18 世纪末法国大革命时期初步形成、经过反复争论到 19 世纪中期正式确定,直至 20 世纪中叶最终巩固,经历了漫长的过程。"自由""平等""博爱"三个概念相互之间既有矛盾又相互协调,这句传播深远的法兰西共和国格言是几代思想家的智慧结晶。作为核心价值观,它衍生出公平、正义、民主、法治、宗教中立等共和制度原则,影响着普通法国人在社会生活中的价值观。从精神观念到社会现实,其间的路程漫长而遥远。

每一个民族有其自己独特的核心价值观,体现了一个特定社会群体的特性和传统,具有稳定性和持久性。自古以来,中华民族形成了对自然、对社会、对人生的独特评价标准和价值体系,传承数千载。如今,我们诚然要吸收世界文明的优秀成果,但是更需要在我们传统文化中提炼出体现民族灵魂且又言简意赅的核心价值,以其永恒的光芒照耀一个公平、正义、进步的中国,指导每一个普通的中国人遵循积极健康的道德规范。

参考文献

Aron, Raymond.《Etats démocratiques et Etats totalitaires》, communication à la Société française de philosophie, 17 juin 1939, *Bulletin de la Société française de philosophie*, 1946, in

---

① Pierre Waldeck-Rousseau.《Parlons de la Justice》, discours au Sénat, 28 février 1899. cité in Vincent Duclert(dir.). *La République, ses valeurs, son école*. Paris, Gallimard, 2015, p.247.

Rémy Freymond(éd.).*Machiavel et les tyrannies modernes*.Paris：De Fallois,1993(rééd.LGF,
Le Livre de Poche,coll.Biblio-Essais.

Barni,Jules.*Manuel républicain*. Paris：Germer,Baillière,1872.

Bouglé,Célestin.«Philosophie de l'antisémitisme»,in *La Grande Revue*,1ʳᵉ janvier 1898.

Bosc,Yannick.«Sur le principe de fraternité».http：//revolution-francaise. net/2010/
01/19/359-sur-le-principe-de-fraternite,19 janvier 2010(consulté le 19 juillet 2016).

Bourdieu,Pierre.«Post-scriptum»,in *La Misère du monde*,Paris：Seuil,1993.

Diderot, Denis. «la puissance qui vient du consentement des peuples», in l'article
«Autorité politique»,*Encyclopédie*,1751.

Fénelon,François.*Les Aventures de Télémaque*(1699).Paris：General Books,2012.

Jaurès,Jean. *La République*.édition par Vincent Duclert.Toulouse：Privat,2014.

Loi et exposé des motifs de la Loi «Encadrant,en application du principe de la laïcité,le
port de signes ou de tenues manifestant une appartenance religieuse dans les écoles,collègues
et lycées publics»,2004.

Mendès-France,Pierre.«L'homme d'Etat et le pouvoir»,in *La Vérité guidait leurs pas*.
Paris：Gallimard,coll.Témoins,1976.

Montesquieu,*De l'esprit des lois*(1748).éd.Pourrat,1831,t.1.

Ozouf,Mona.«Liberté,égalité,fraternité»,in Pierre Nora(dir.).*Lieux de Mémoire*,Vol.
III：*Les France.De l'archive à l'emblème*.Paris：Gallimard,coll.«Quarto»,1997.

Piketty,Thomas.Introduction au*Capital au XXIe siècle*.Paris：Seuil,2013.

Renouvier,Charles.*Manuel républicain de l'Homme et du citoyen*(1848).Paris：Garnier,
Classique de la politique 1,1981.

Robespierre,Maximilien(de).*Discours sur l'organisation des gardes nationales*,imprimé
mi-décembre 1790,cité dans Michel Borgetto.*La Devise*：*«Liberté,Égalité,Fraternité»*.Paris：
PUF,1997.

Rosanvallon,Pierre.«Les défaites de la pensée démocratique：1880-1930-1990»,in *La
France qui dit non.Colloque du* Nouvel Observateur *sur la résurgence de l'extrême droite*.Paris：
Maisonneuve & Larose,1997.

Rousseau,Jean-Jacques. *Discours sur l'économie politique*(1755).Paris：Flammarion,
coll.GF,1990.

Schnapper,Dominique.«Penser la"préférence nationale"»,in David Martin-Castelnau (dir.).*Combattre le Front national*.Paris:Vinci,1995.

Tocqueville,Alexis(de).*De la démocratie en Amérique*.Paris:Gallimard,coll.Folio histoire,1986,t.II.

Waldeck-Rousseau,Pierre.«Parlons de la Justice»,discours au Sénat,28 février 1899,cité in Vincent Duclert(dir.).*La République*,*ses valeurs*,*son école*.Paris:Gallimard,2015.

Voltaire.*Les Scythes*(1768).Paris:Nabu Press,2010.

（原文刊于《法语国家与地区研究》2018 年第 2 期）

法兰西共和国价值观在国内外的传播

众所周知的"自由、平等、博爱"经历了长期的酝酿和社会讨论在19世纪中叶被确立为法国的核心价值观与共和国精神,此后,在第三共和国时期以国家意志从社会精英阶层推广到社会各阶层,逐渐深入人心,历经第四和第五共和国而不断发扬光大,并且远播到其他国家和地区,形成具有世界影响力的意识观念。

一、国内传播:共和国箴言

(一) 宪法精神

现代法国的核心价值观经历了漫长的自我构建过程,法国大革命时期出现的"自由、平等、博爱"这三个词语经历了半个多世纪才终于同时出现在法律文件中,并以法兰西共和国箴言的形式被确立为公认的核心价值观。1848年,法兰西第二共和国宪法第一次将"自由、平等、博爱"并列书写在前言第四条中:"它(法兰西共和国)的原则是自由、平等、博爱。它所依赖的基础是家庭、劳动、财产权和公共秩序。"从此,这三个词语所代表的法兰西共和国核心价值观不仅从文字上而且从法律意义上确定下来。在二战期间,维希政府曾经在短暂时期内以"劳动、家庭、祖国"替换之,然而,1946年的第四共和国宪法很快重新确立了"自由、平等、博爱"作为法兰西的精神象征和核心价值观,第五共和国宪法在此问题上坚持了同样的表述。可见,法国的社会核心价值观在约170年中一直被明确书写在宪法中,作为共和国精神而被不断弘扬,并产生永恒价值和深远影响。

（二）大众宣传

从 1880 年开始,为了推行共和国价值观,法兰西第三共和国政府要求将"自由、平等、博爱"三个词语镌刻在各个政府机构建筑的门楣上方,办公大楼入口也必须悬挂国旗——三色旗。这一传统仍然保留至今。2013 年,法国教育部《关于复兴共和国学校教育的指导纲领》强调:"在公立中学、协约管理的私立中学、小学正门墙上需镌刻法兰西共和国箴言,悬挂法国国旗以及欧盟旗帜。在上述学校机构里的显著位置需要彰示 1789 年《人权与公民宣言》。"①2015 年 1 月,巴黎《查理周刊》(*Charlie Hebdo*)遭遇恐袭事件之后,法国政府要求家家户户插国旗以号召全民团结,弘扬法兰西共和国精神。在国旗脱销之后,不乏灵感的法国人一时间以各种创意的方式在自家的窗户或阳台上展示出自制的"三色旗"。

除了官方机构和正式场合,法国人一向注重在广泛流通的物品上宣传共和国价值观。法兰西箴言因其只有 3 个单词组成,因此比较适宜于印制在小面积的物品上。比如,从 1848 年开始,就出现了印有"自由、平等、博爱"3 个单词的钱币,这一做法一直延续至今,无论是在使用法郎还是欧元的时代,硬币背面都印有共和国箴言。2013 年,法国造币局印制了一套可以收藏的纪念银币套装。除了硬币之外,通行邮票也从来都是传播共和国箴言的理想渠道。"自由、平等、博爱"三个词通常会和共和国精神的代言人"玛丽亚娜"这一女性形象共同出现在邮票图案上。

（三）节日与仪式

正式确立 7 月 14 日为法国的国庆节是在 1880 年,距离法国大革命爆发已经过去将近一个世纪。从此,根据法律规定,国庆节放假一天,与传统的宗教节日一样,这说明作为世俗节日的国庆节开始具有重要意义。庆祝活动主

---

① Vincent Duclert(dir.).*La République,ses valeurs,son école,Corpus historique,philosophique et juridique*.Paris:Gallimard,2015,p.396.

要有两个内容:群众自发的活动,如燃放烟花焰火,而更加引人关注的则是官方组织的国庆阅兵仪式。一个多世纪以来,除了个别年份,阅兵式多在著名的香榭丽舍大街上举行,总统在凯旋门下向无名烈士墓献花,点燃火炬,军乐队演奏国歌《马赛曲》,法国空军飞行表演大队——法兰西巡逻兵从香榭丽舍大街上空飞过,飞机喷出的烟雾在空中形成蓝白红三色旗的图案。可见,体现法兰西共和国精神的各个元素都在朴素而庄严的仪式中得到了展示。

法兰西第五共和国的每一位总统在每年 12 月 31 日都会发表新年贺词,自从 1981 年密特朗总统第一次发表新年贺词以来,"共和国万岁!法兰西万岁!"便成为标准的结束语。历届总统的就职演说也以此语结束。在法国,共和国的建立来之不易,几经反复,迄今已是第五共和国,前四个共和国之间都经历了或是封建王朝的复辟或是革命或是战争,因此普遍意义上的共和国精神被法国人视为最高价值,被列在"法兰西万岁!"之前,而法兰西共和国作为共和国这一制度形态的代表也具有了典型价值。

正是通过这一系列仪式化的话语和行为,社会核心价值观才从抽象变为具体,从遥远变得直观,潜移默化地进入社会大众的思想意识中。

(四) 国家领导人的演讲

国家领导人是倡行主流意识形态的主体之代表,法兰西共和国精神和价值观也充分体现在历届总统的演说辞中。首先,每一位法国总统就职演说和新年贺词几乎都会毫无例外地提及共和国价值观,其中出现频率最高的词是"自由",其次是"公平"和"平等"以及"民主",而对共和国核心价值观表述最多的是密特朗(François Mitterrand)和希拉克(Jacques Chirac)两位总统。密特朗 1988 年连任总统,正是法国纪念大革命 200 周年的前一年,他在就职演说中如是传播共和价值观:"在永远时新的价值观建设事业中,在为自由、平等、博爱的奋斗过程中,每一个志愿者都是可贵的。我们明年将纪念大革命 200 周年,愿我们的国家永远保持共和价值观的青春活力和光芒!"①在当年的新

---

① 本文中所引用的法国总统演说文稿均源自 http://www.vie-publique.fr/discours/selection-discours/,2017 年 2 月 8 日—5 月 20 日。

年致辞中,密特朗总统说:"两个世纪前,法国向全世界发出了宣言,我们诚然引以为荣,但是亦有义务忠实于这个信念。"1989 年,密特朗总统在新年致辞中总结道:"我们今年非常自豪地庆祝了大革命两百周年,庆祝法国在争取自由、平等和捍卫人权的斗争中所起的重要作用。两百年过去了,同样的词语,承载着同样的希望,摧毁着欧洲仍然存在专制的国家的巴士底狱。"

1995 年,希拉克当选总统,他在就职演说中表示:"我决心以尊严、朴素和忠于共和国价值观履行即将开始的七年总统任期内的职责",并且要捍卫人民的"自由"和"权利",加强"民主"。这一年,在新年致辞中,希拉克表示法国人民正在建设一个"公平、团结和尊重共和国契约的法兰西","法国正视它的过去,它曾经的困难岁月和光荣岁月,它忠诚于自己的历史和价值观,并且决心捍卫之"。在 1997 年的新年致辞中,希拉克称自己是"共和国价值观的守卫者"。在第二年的新年致辞中,希拉克从另外一个角度表述道:人们需要一个"智慧、负责和确信自己的存在价值就是尊重共和国价值观的政权"。在 2002 年连任总统时,希拉克在就职演说中重申:"我忠诚于《人权与公民宣言》以来引导法国人民的人文理想,将坚持以自由、平等、博爱的信念指引政府各项行动。"可以说,希拉克作为一个传统的法国政治家,在各个场合各种演讲中弘扬和传播法国的核心价值观。年轻一代的国家领导人奥朗德(François Hollande)在 2012 年的就职演说中也表示,"以共和国的共同价值观为核心,使所有法国人平等和睦相处是本人义不容辞的责任"。

2015 年,法国连续遭受恐怖袭击之后,奥朗德 11 月 17 日出席位于巴黎的教科文组织大会,他在演讲中抨击了恐怖主义的野蛮行径,同时表示法国仍然会坚定地捍卫自己的价值观,即自由、平等、博爱以及文化多样性的主张,将会坚强地打击恐怖主义行动。2017 年 5 月 14 日,新当选的法国总统埃马纽埃尔·马克龙(Emmanuel Macron)发表了充满乐观激情和进取精神的就职演说,其中有多处提到法国在价值观上对世界的贡献:"世界需要法国人民曾经带给世界的教益,即勇敢追求自由、努力实现平等、内心向往博爱。"尽管他承认"在过去的几十年里,法国陷入了对自身的怀疑,它感到自己的文化、社会模式和精神信仰都受到了威胁,它怀疑造就法国的一切",但是马克龙号召法国人"一起战胜所有的恐惧与焦虑,为世界做出榜样,向人们展现一个民族如何坚守其民主与共和的价值与原则"。可见,法国国家领导人在国内国际场合对核心价值观的认同和宣扬是"自由、平等、博爱"这一思想的传播渠道之一。

(五) 学校教育

总体而言,法国是一个非常重视在学校中推行价值观教育的国家,不过在不同的历史阶段,价值观教育的推行力度有所不同。2013 年,法国教育部《世俗性原则下的道德教育报告》梳理了这一发展历程:"从 1882 年至 1969 年,法国在小学教育中贯彻了世俗性原则下的道德教育和公民教育";在经历了 60 年代末的社会动荡之后,法国进入了一个社会价值多元化的时期,"从 1969 年之后,道德教育完全从小学教育阶段消失",直到 2000 年重新恢复并逐步加强。

(1)建立阶段(18 世纪末—19 世纪 70 年代)

直到法国大革命时期,在法国约 80 个旧省中,真正的法语使用者只有五分之一。为了宣传革命思想和《人权与公民宣言》,当政者曾经考虑以各种方言印制宣传手册,然而这个庞大计划终因成本高昂而搁浅。从此,法国历届共和国政府一直以推广法语为重要使命,只有统一语言,人民才能理解革命思想和共和国精神。为了推行国家的统一语言和共和国价值观,1792 年,法兰西第一共和国政府向各个地区的城市乡村派遣小学教师,他们被命名为"instituteur",而这个词语派生于"国家机构"(institution)一词,可见教师被赋予了负责公民教育和传播国家价值观的崇高使命。

1848 年,在法国大革命的硝烟散去半个多世纪之后,法兰西第二共和国将"自由、平等、博爱"第一次写入宪法,共和国价值观终于正式确立下来。夏尔·勒努维叶(Charles Renouvier)教授受当时的公众教育部部长希波利特·卡诺(Hippolyte Carnot)委托,撰写了一本介绍公民教育的教材《人格与公民培养的共和国读本》①。这本书以师生对话的方式详细解读了法兰西共和国核心价值观,分析了"自由、平等、博爱"每一个概念的内涵,语言通俗易懂,讲解

---

① Charles Renouvier.*Manuel républicain de l'Homme et du citoyen*(1848).

深入细致。不到 30 年，哲学家、政治家于勒·巴尔尼（Jules Barni）也应政府委托在 1872 年编纂出版了《共和国读本》①，讲授共和观念，以及"自由、平等、博爱"的本质内涵。

（2）完备阶段（19 世纪 80 年代—20 世纪 60 年代）

在第三共和国时期，教育部部长于勒·费里（Jules Ferry）在多次讲话中强调学校教育的世俗性和宗教中立性。② 历史学家、政治家让·饶勒斯（Jean Jaurès）在 1888 年发表《致共和国的教师们》，告诫广大教师所肩负的公民教育职责："他们将成为公民，他们必须知道什么是自由的民主，他们被赋予何种权利，国家主权交付给他们哪些义务"③；1910 年 1 月 21 日，他在议会进行了关于学校教育世俗化的演讲，此外也经常撰写相关文章发表在报刊上。④

1911 年，教育家费尔迪南·毕松（Ferdinand Buisson）写道："学生在习得字母表、毕达哥拉斯定理之外还需要学习其他东西，这就是广泛的品行教育。共和国教师的尊严和学校的高贵之所在，就是要进行这样的教育，同时也不脱离大众教育的基础框架。"⑤同年，在《小学教育新辞典》中，费尔迪南·毕松在"政治"词条下把公民教育与政治生活联系起来："这就是教育孩子要热爱自己的国家，遵守它的法律，履行自己的全部公民义务，而且首先就是要行使权利和政治义务。"⑥他强调了共和国教师在公民教化方面的作用，"他协助、铺垫和将来共同促进了国民精神的发展，提高了国民的政治素质"，"共和国教师不参加竞选，然而他们塑造了选民"。⑦

---

① Jules Barni.*Manuel républicain*.Paris：Germer，Baillière，1872.

② Vincent Duclert（dir.）.*La République，ses valeurs，son école，Corpus historique，philosophique et juridique*.Paris：Gallimard，2015，p.382.

③ Vincent Duclert（dir.）.*La République，ses valeurs，son école，Corpus historique，philosophique et juridique*.Paris：Gallimard，2015，p.448.

④ Vincent Duclert（dir.）.*La République，ses valeurs，son école，Corpus historique，philosophique et juridique*.Paris：Gallimard，2015，p.383.

⑤ Vincent Duclert（dir.）.*La République，ses valeurs，son école，Corpus historique，philosophique et juridique*.Paris：Gallimard，2015，p.453.

⑥ Vincent Duclert（dir.）.*La République，ses valeurs，son école，Corpus historique，philosophique et juridique*.Paris：Gallimard，2015，p.467.

⑦ Vincent Duclert（dir.）.*La République，ses valeurs，son école，Corpus historique，philosophique et juridique*.Paris：Gallimard，2015，p.469，409.

（3）从淡化到恢复阶段（20 世纪 70 年代—21 世纪初）

长期以来,法国青少年价值观教育依托于"公民教育"和"道德教育"这个二元结构,但是"教师们更容易忽视道德教育,而重视公民教育,因为后者更明确和具体,他们忘记了公民教育只有通过道德教育才真正具有意义和价值"①。而公民教育在 70 年代和 1985 年间同样缺失:公民教育在二战后进入初中教育,但是被纳入历史—地理课程中,直到 1985 年重新确立,并在 90 年代中期发展成旨在培育人格与公民意识的课程;而在高中阶段,则没有建立公民教育这一学科传统。从这个意义上说,2000 年在普通中学和职业高中引入公民、法律和社会教育成为一项革新举措,此后相继出台了一些相关教育法令,例如 2004 年"头巾法案"中写道:"学校是学习和传播我们的共同价值观的最佳场所,是让共和国观念深入人心的最好手段。"②2013 年颁布的《学校的宗教中立性宪章》重申:"共和国价值观的传播是国家赋予学校的使命","国家赋予学校向学生传播共和国价值观的使命","所有工作人员有责任向学生传播世俗教育的含义与价值,以及共和国的其他基本原则"。③

直到近年来,法国教育界才重新开始重视道德教育。前教育部长佩永（Vincent Peillon）在一份呈交政府的报告中写道,"在宗教中立原则下坚持道德教育是对能让我们在共和国中根据自由、平等、博爱之共同观念一起生活的规范和价值的认识与思考。它也应该是让这些价值与规范获得实践的教学。"他指出,"传授共和国价值观是赋予学校的使命之一","所有学科的教学以及教育行为都是为了共同完成这一使命"。④ 佩永于是委托历史学家阿

① Jean Jaurès.cité in *Pour un enseignement laïque de la morale*, *rapport remis au ministère de l'Education nationale*, 2013. 法国教育部网站 http://www. education. gouv. fr/cid71583/morale-laique-pour-un-enseignement-laique-de-la-morale.html,2017 年 2 月 10 日。

② Vincent Duclert(dir.).*La République*, *ses valeurs*, *son école*, *Corpus historique*, *philosophique et juridique*.Paris:Gallimard,2015,p.413-415.

③ Jean Jaurès.cité in *Pour un enseignement laïque de la morale*, *rapport remis au ministère de l'Education nationale*, 2013. 法国教育部网站 http://www. education. gouv. fr/cid71583/morale-laique-pour-un-enseignement-laique-de-la-morale.html,2017 年 2 月 10 日。

④ Jean Jaurès.cité in *Pour un enseignement laïque de la morale*, *rapport remis au ministère de l'Education nationale*, 2013. 法国教育部网站 http://www. education. gouv. fr/cid71583/morale-laique-pour-un-enseignement-laique-de-la-morale.html,2017 年 2 月 10 日。

兰·拜尔古尼厄(Alain Bergounioux)等学者进行了一项调查,于2013年4月完成了一份《宗教中立原则下的道德教育报告》。该报告对学校德育状况进行了调查和分析,就德育教学的目标导向和教学方式提出了建议。这份报告明确陈述了道德教育中的价值观内容:"基础的共同价值观应当包括尊严、自由、平等、团结、宗教中立、正义、尊重和消除歧视",并指出"上述价值便是现代人文主义的价值观,也是《人权与公民宣言》、1946年宪法和现行宪法中规定的法兰西共和国价值观。"报告认为"价值观教育是道德教育的核心"。报告强调这些共同价值是法国文化的历史遗产和传统,同时它们也与所处的和所要构建的社会共同发展,"宗教中立原则下的道德教育就是要引导学生关注民主价值的与时俱进特性",因此,道德教育要在"继承和创新"中进行。①根据这份报告中的建议,2014年7月,法国课程高级委员会公布了具体需要实施的《道德与公民教育大纲》②。

(4)加强阶段(2015—2017年)

这一阶段,法国在移民问题和恐怖袭击中屡陷困境,在反思政策失误的同时也开始意识到原来的价值观教育受到当代社会条件的极大挑战,于是从温和转向激进,大力加强共和国价值观的教育和传播,以保证共和价值观的生命力。教育部在动员社会各界加入价值观教育的报告中指出:"如今的社会正在失去方向感,出现了一种相对主义,导致各种价值观鱼龙混杂、良莠不分,尤其是近来的恐怖袭击事件对共和国价值观造成了严重伤害,此时需要动员全体法国人民捍卫价值观,对全社会提出了要求,尤其是学校,学校的作用就是要推行以宗教中立为原则的教育。"③

2015年初,法国教育部下发文件规定和宣传手册,要求强化宗教中立原则与传播共和国价值观,并提出建立从小学到高中的新型公民教育课程体系、

① 法国教育部网站 http://www.education.gouv.fr/cid71583/morale-laique-pour-un-enseignement-laique-de-la-morale.html,2017年2月10日。

② 法国教育部网站 http://www.education.gouv.fr/cid86724/projet-de-programme-d-enseignement-moral-et-civique.html,2017年2月10日。

③ 法国教育部网站:http://www.education.gouv.fr/cid85382/grande-mobilisation-de-l-ecole-pour-les-valeurs-de-la-republique.html&xtmc=grandemobilisation&xtnp=1&xtcr=1,2017年2月10日。

重视和提倡体现共和国价值观的仪式以增强公民的共和国归属感、加强法语教学、加强与学生家长的联系、充分调动社会资源、保护弱势群体和促进社会融合等 11 项举措,同时采取加强教师培训和考核、加强学生纪律监督、开发读本和视频资料等教学资源、调动高等教育与研究资源加强对中东地区和伊斯兰世界研究等具体措施。从 2015 年 2 月 9 日到 5 月中旬,在全国举行推广共和国价值观的工作会议,相互交流情况和分析,确保 1 月 22 日教育部宣布的第一批措施落实到位。这一动员得到有力的落实:在 3 个月间,全国各个学区共举办 1325 场省市级会议,共计 80854 人参加会议,并于 2015 年 5 月 12 日举行了全国总结大会。①

法国教育部还将 2016 年定为"马赛曲之年",因为 2016 年是《马赛曲》作者鲁热·德·里尔(Claude-Joseph Rouget de Lisle)去世 160 周年。国歌《马赛曲》被认为是传承法兰西革命精神和共和国精神的重要载体,因此,教育部要求学校帮助学生了解《马赛曲》的起源,理解歌曲内涵、探究《马赛曲》与法兰西格言"自由、平等、博爱"之间的内在联系等,以达到深入理解和内化共和国核心价值观的教育目的。可见,2015 年以来,法国的价值观教育被置于国民教育的重要位置。

此外,在法国的倡议下,2015 年 2 月 12 日召开了欧盟教育部长非正式会议,3 月 17 日在巴黎发布《关于提倡公民教育以及自由、宽容、非歧视教育等共同价值观的宣言》,宣言重申欧洲各国的共同价值观——尊重人的尊严、自由(尤其是言论自由)、民主、平等、法治和人权,提倡建设一个多元化、非歧视、宽容、公平、团结和男女平等的欧洲社会。

综上所述,法国虽然从未推行多元文化主义,但是一向推崇文化多样性,承认差异,包容多元文化,然而,异质文化仍然必须在共和国"统一不可分"的宪法原则下接受法国的主流价值观。然而,这一目标现在受到现实的挑战。如何处理文化多样性与共和国核心价值观之间的关系,这是目前法国价值观教育和传授过程中一个没有得到妥善解决的重要课题。

---

① 法国教育部网站 http://www.education.gouv.fr/cid85644/onze - mesures - pour - une - grande - mobilisation - de - l - ecole - pour - les - valeurs - de - la - republique. html&xtmc = grandemobilisation&xtnp = 1&xtcr = 2,2017 年 2 月 10 日。

二、国外传播——法兰西精神

（一）语言与教育

语言承载着一个民族的文化、思维方式和价值观念，也是传播一国文化和价值观的重要工具。法国对语言和文化推广的重视体现了法国人一向的精神传统，即自法国大革命以来自诩的"肩负道义"之使命，作为一个在思想和文化上具有历史底蕴的大国，法国认为有必要将它的价值观念传播给世人。密特朗总统在 1981 年的就职演说中明确声称："一个伟大的国家自然要拥有伟大的抱负。"

法语是一门重要的国际语言，曾经在 17 至 19 世纪成为欧洲上流社会的社交语言，在 20 世纪，法语在经济金融、科学技术领域受到英语的竞争。因此，历届法国政府，无论是左派还是右派，一直在语言教学和推广方面不遗余力。

在法国，法语推广是一个跨部委的工作。在政府机构层面，法国总统在法语国家与地区组织常务委员会中代表法国，并且出席两年一度的首脑会议。20 世纪 60 年代，法国就成立了总理直接领导的"法语高级委员会"，汇聚了国内的语言专家，以强化语言保护政策，并坚持法语的纯洁性。面临在经济和科技领域以及日常生活中大量涌现的英语词汇，法国在 70 年代设立"新词语委员会"，创造可以替代英语词汇的法语新词。总理负责协调各机构之间的语言政策和措施，参与这项工作的主要有外交部、国民教育部和文化部。作为法语推广的主要职能部门，国民教育部不仅主管国内教育，而且管理分布在海外的文化研究机构和文化中心。法国文化部 1989 年设立语言司，协调法国的语言政策，负责推动法语推广，并且每年公布年报，陈述国际公约和协定中有关法语的条款在国际组织中的执行情况，以把握法语在世界上的地位。1999年，法国外交部成立国际合作与发展司，负责实施法国的对外文化政策，其所下设的法语处专门从事国外法语推广。2009 年 6 月 23 日，经法国参议院提议,设立了一个副部级联署办公机构——法语事务国务秘书处,负责法语推广、音像产品传播和对外文化关系。在立法方面,法国在1958年第五共和国宪法第二条中明确规定法语是共和国语言,在1975年和1994年先后颁布巴-劳里奥尔法和图邦法,对法语在教育、科技、商业、出版等领域的使用提出具体规定,例如,明确限定电台和电视台播放非法语节目的额度。

在国际舞台上,法国在很长一段时期里是最重要的国际语言,直到一战后签署的《凡尔赛条约》,该条约以英、法双语签立,并且具有同等效力,从此结束了法语在国际条约语言领域的垄断地位。但是,法国多年以来一直保持着向国际组织输送国际职员的传统,以保证法国和法语在多个国际组织中的地位,尤其是在瑞士日内瓦的国际劳工组织、伯尔尼和的万国邮政联盟、意大利罗马的联合国粮农组织以及位于巴黎的联合国教科文组织和世界经合组织,法语是具有重要地位的工作语言。尤其值得一提的是,由于是法国人顾拜旦(Pierre de Coubertin)创立了现代奥林匹克运动会,《奥林匹克宪章》第24条明文规定国际奥林匹克委员会的官方语言是法语和英语,当两种文本存在争议时以法语文本为准。为了维护法语在奥林匹克运动中的地位,法国政府一直以来坚持与各个主办城市签署关于在奥运会举办期间使用和推广法语的协定。这一点在北京2008年奥运会筹备和举办期间亦得到体现。

法国致力于在欧洲确保法语的国际语言地位。2002年,法国联合卢森堡、比利时法语区以及法语国家与地区组织联合制定了一个多年度行动计划,号召欧盟成员国的政府机构和官员以及各国常驻欧盟外交官在工作中更多使用工作语言之一——法语。

此外,法国非常重视通过"法语国家与地区"(francophonie)这一概念来推广或至少是维持自己的影响。首先,广义的"法语国家与地区"泛指世界上在日常生活和交流活动中全部或部分使用法语的人群。据统计,目前法语是世界上使用人口第五多的语言,截至2014年,共有2.74亿人使用法语,占世界人口的4%,其中在行政、教育和日常生活中经常使用法语的人口2.12亿人,分布在40多个国家,其中54.7%生活在非洲。"法语国家与地区组织"(Organisation Internationale de la Francophonie)是一个以语言为纽带的国际性文化组织和政治组织。1969年在尼亚美举行第一次大会时,法国戴高乐(Charles de

Gaulle)总统委派文化部长安德烈·马尔罗(André Malraux)参加,此后"法语国家与地区组织"的影响日益扩大。现在,该组织共有56个成员国家或地区,20个观察员国。进入21世纪以来,"法语国家与地区组织"继续把推广法语、语言和文化多样性作为首要任务,大力发展教育、培训、高等教育和科学研究,同时也把围绕可持续发展和协调发展开展合作作为重要议题。法国虽然不是"法语国家与地区组织"的创办国,但是因其特殊地位而在这一组织中发挥着无可替代的作用和影响,法国政府保持与传统的法语国家之间全方位的密切联系。"法语国家与地区组织"是法国发挥从语言出发进而推广文化和价值观这一独特优势的重要平台。

此外,在国外,法国还努力塑造法语作为教育语言和文化语言的形象。法国高等教育越来越对外开放,注重吸引海外生源。1998年,法国外交部和国民教育部联合部分高校共同创立了法国对外教育专局,就是现在法国教育国际协作署的前身,对外宣传法国的高等教育,并提供留学法国的咨询服务以及开展法语水平测试工作。另外,一些公立大学逐渐在应用语言学学科下开设对外法语教学方向,以培养国内外有志于从事法语教学的师资。法国近年来大力吸引国外留学生,通过设立奖学金和学术交流机制培养能够与本国学术资源对话沟通或互补的国外学术精英。除了少数私立学校(主要是商校)之外,法国绝大多数高校坚持以法语为教学语言,捍卫以法国为核心的法语世界文化,在意识形态、价值观念和思维方式以及文化认同上对外国学生施加影响。

(二)驻外文化推广机构

如今法国不是世界上头等的政治和经济强国,但是法国历来重视文化构建,其文化软实力仍然可以使其跻身于强国之列。法国拥有丰富的文学艺术遗产和不断推陈出新的创造力,大力发展文化产业。法国政府通过电影中心、图书中心对电影业和图书业的生产和发行给予扶持性资助。法国的文学、哲学、社会学、人类学等领域的学术思想以及艺术创作也是法国核心价值观传播的重要学术载体。此外,法国的美食、奢侈品、化妆品等吸引了世界各地的消费者。世界各地的人们对法国文化的欣赏和认同,也是对其内在价值观的认同。法国也拥有历史悠久的文化推广政策,致力于在国内外推广本国文化和发展旅游业,注意营造国家形象和以巴黎为代表的城市形象。法国每年举办2000多个文化艺术节,巴黎、斯特拉斯堡、马赛、里昂、阿维尼翁、戛纳等许多城市是国家级或世界级文化节举办城市或文化机构所在地。"巴黎时装周"从1910年举办至今,已经具有百余年历史。

文化外交是法国外交的特色和成功之处。法国驻外使馆均设有文化处,负责双边文化交流,但是更重要的使命是向国外推广法国文化。20世纪初,法国教育部依托大学资源,在国外建立了法国文化学院(Institut français),以学术讲座形式为国外公众介绍法国文化,第一个法国文化学院1907年出现于意大利佛罗伦萨。二战后,法国在海外又设立一批海外文化中心,传播法国文化。根据2010年12月30日颁布的法令,法国政府拓展了原来法国文化学院的工作范畴,它成为法国外交部设立在海外的文化执行和推广机构,作为使馆文化处的业务延伸和补充,总部设在巴黎,法国原来的教育部长达尔科(Xavier Darcos)担任第一任主席。法国文化学院从普及学术的教育机构发展成组织多种文化活动的法国文化中心。原来设在欧美和中东各国的文化中心也从2011年1月1日开始统一使用"Institut français"的名称和标识,二者的业务范围逐渐统一。现在,这一文化传播机构网络遍布世界各地,在全球96个国家设有分支机构[1],开展文化讲座、艺术展览、文艺表演、电影放映等多种活动,并且设有多媒体图书馆和法国书店,为所在国公众亲近法国文化提供渠道和便利。尤其在全球化的当代世界,法国人以"文化特殊性"和"文化多样性"为原则捍卫自己的文化大国地位,宣传对自由、平等的精神追求。

法语联盟(Alliance française)是法国对外推广法语和法国文化的一个重要机构,1883年创建于巴黎。当时,刚刚从普法战争的创伤中平复过来的法国决定在全世界恢复法兰西语言与思想曾享有的地位和荣誉,建立了一个非营利性的语言文化推广机构——法语联盟。虽然其性质是民营机构,但是历届法国总统都是其名誉主席。法语联盟总部设在巴黎,由基金会经营管理。其经费来源是政府资助与自筹相结合,组织完善,又充分与当地资源有机结

---

① http://www.institutfrancais.com/fr/faites-notre-connaissance-0,2017年5月30日。

合,其灵活的办学模式具有很大的发展活力。如今,法语联盟已经发展成为一个法语语言与文化传播的全球性网络机构,800个学校分布在132个国家和地区,学员最多时达42万名。[①] 根据法语联盟基金会与法国外交部签署的协定,法语联盟与设立在各个国家和地区的法国文化学院(法国文化中心)联合成统一的海外文化推广机构。法语联盟的首要使命是从事法语教学,根据不同受众的需求提供各种有针对性的课程,其学员有儿童也有成年人,他们的学习动机多种多样:工作需要、旅游、移民,也有人学习法语仅仅是因为爱好法国文化。法语联盟在进行语言教学的同时还开展各种文化活动,弘扬法国文化,尤其是传播当代法国的文化形象。法语联盟每年都举办各种展现法国文化及创意的活动:流行音乐、古典音乐、戏剧、讲座、绘画、展览等,此外还组织法语广告之夜、音乐节、博若莱新酒节等活动。提供丰富多彩的法语课程和文化活动的法语联盟无疑是推广法国文化和价值观的又一个有效机构。

(三) 新闻媒体

法国历来将新闻媒体作为传播本国文化和价值观以及体现国家软实力和国际影响的重要手段。下述成立于不同时代的新闻媒体就是传播法国价值观的有效手段。

(1)法新社(Agence France de Presse):法新社是一家历史悠久的国际新闻通讯社,它的前身是法国富商夏尔·路易·哈瓦斯(Charles Louis Havas)于1825年在巴黎创办的一家国外报刊翻译社,很快更名为新闻社,经过收购其他几家新闻报道机构后,于1835年成立了政治新闻通讯社,并逐渐将业务推广到欧洲其他国家。随着光缆、电报等通信手段的不断更新,此后的一个世纪中,法新社不断发展壮大,到1957年,在法国境内开设了25家分社,海外设立59家分社,其中13家位于法国的殖民地。法新社1958年在北京设立办事处,到20世纪末,位于世界各地的办事处达到112家,目前已经在全球200个国家设有150个办事处和50个通讯记者站,在巴黎(欧洲与非洲)、华盛顿(北美)、蒙得维的亚(拉美)、尼科西亚(中东)、香港(亚太)分别设立5个地

---

① http://www.fondation-alliancefr.org/? cat=1,2017年5月30日。

区中心。法新社在其发展历程当中力争保持其独立性和中立性,根据 1957 年
1 月 10 日国民议会通过的法律,法新社是"一个根据商业规则保证运行""具
有民事资格的独立机构"。它由一个 16 人组成的董事会进行管理,但是需要
注意的是其中 3 人是法国总理、经济和财务部长、外交部长委任的代表。法新
社并不是直接面向大众的媒介平台,但是它的新闻会被其他媒体订户所购买,
从而被引述或转载,对世界舆论产生一定影响。

(2)法国国际广播电台(Radio France Internationale):1931 年 5 月 6 日,在
巴黎国际殖民博览会之际,法国创立了殖民广播电台,面向法国海外领土和殖
民地的 1000 万听众,分布在非洲、亚洲和美洲,每天播送 13—24 小时的法语
节目,15 分钟的英语和西班牙语新闻节目。1938 年 5 月更名为世界广播电
台,用 30 种语言对全球广播。1940 年初仍然使用 20 种播音语言。二战期间
中断,直到 1945 年元旦在戴高乐将军的支持下以"对外广播节目"的名义恢
复运行。此后,从 1947 年到 1975 年,法国的对外广播宣传没有得到政府重
视,在 60 年代世界各国国际广播电台的实力中排名 17。1975 年 1 月 6 日,法
国国际广播电台在之前的基础上诞生,以非洲受众为重点(主要听众是非洲
当地人民,而不是在当地生活的法国人);2 月份又创办了面向北美和中美的
西部频道;4 月创办了面向东欧和中欧的东部频道。从 80 年代开始,法国国
际广播电台拓宽了覆盖面,几乎在世界各个地区都可以收听到,80 年代末拓
展到阿拉伯、日本和中国。1989 年之后,法国国际广播电台加强了中文编辑
力量。1987 年,它从法国广播集团中脱离出来,成为独立的国营公司。2010
年 7 月,法国国际广播电台在非洲用豪萨语播音获得成功经验之后,又开始在
非洲 10 个国家使用斯瓦希里语播音,2015 年 10 月开始增设约 4 千万非洲人
使用的曼丁哥语广播。目前,法国国际广播电台每半个小时进行一次 10 分钟
的新闻播音,其间穿插 20 分钟的报道、访谈、辩论、体育、音乐等节目,在 2012
年每周平均制作 327 小时的节目。其资金来源有两种:一是用户听众缴纳的
视听费,二是法国外交部的拨款。现在,法国国际广播电台是仅次于英国广播
公司和美国之音之后的全球第三大国际电台,用法语和 14 种外语向全球 24
小时播音,全世界五大洲 150 多个国家每周约有 3730 万听众收听,其中非洲
听众人数最多。

（3）法语国际电视台（TV5MONDE）：世界上规模最大的三个电视网络之一（另外二者是美国有线电视网和全球音乐电视台），在法国外交部的倡议下成立于1984年2月2日，总部位于巴黎，最初由法国、比利时和瑞士的5家公立电视台联合组建，其名称中的数字5便来源于此。1986年，加拿大魁北克省亦有电视台加入其中。2005年9月19日，法语国际电视台第19次部长会议在比利时布鲁塞尔举行，签署了电视台发展宪章，确立其职责使命和运营模式。各方共同回顾了电视台的创办宗旨，即以多元方式在全世界推广法语视听文化资源，体现法语国家与地区文化的多边特性。根据宪章规定，法语国际电视台是法语世界文化的展示窗口，有责任推广文化多样性，促进法语国家之间的节目交流和出口，是一个重要的合作平台，要反映各国节目的代表性，表达法语国家影视领域的创造力，同时必须对世界时事进行体现法语世界角度的分析。法语国际电视台以法语为运行语言，但是提供12种语言的字幕。作为法国国家与地区组织的执行机构之一，法语国际电视台提供免费、互动的多媒体法语教学平台。分布在全球200多个国家和地区的2.9亿个家庭都可以收看到法语国际电视台，2016年的受众达到5千万，在2015年，每个月有360万网民浏览该台的网络页面。1992年，法语国际电视台拓展到欧洲之外，开办了分别面向非洲、拉丁美洲和加勒比海法语观众的非洲频道和拉美频道，1996年创办亚洲频道。2007年8月，法语国际电视台在中国香港设立地区办事处。2013年1月27日，法语国际电视台在美国设立第一个青少频道。2015年4月8日，在时任法国外长法比尤斯（Laurent Fabius）的见证下，法语国际电视台专门设立了一个主题频道，名称是"法式生活艺术"，内容包括法国时尚、奢侈品、酒店、珠宝、美食、葡萄酒、设计、园林、建筑以及文化历史古迹等，面向中东和亚洲观众，提供英语、中文和阿拉伯语字幕。

法语国际电视台目前的主要资金来源是各个参与国家按照股份比例提供经费，以2014年为例，法国提供的经费占总预算的70%，比利时和瑞士分别占7%，加拿大以及魁北克地区各占4%和3%。近年来，也有非洲国家根据各自情况主动参与共建，此外，广告和协约用户也会带来少量收入。

（4）法兰西全日新闻电视台（France 24）：24小时连续播送国际新闻的法国电视台。早在上个世纪90年代的海湾战争期间，不间断播送新闻的美国有线电视新闻网国际台(CNN International)显示出媒体在影响政治和公众舆论上的强大力量。法国国家领导人也提出创办"法国的 CNN"的宏大计划:2002年,时任法国总统希拉克便希望法国能够成立一家可以与美国有线电视新闻网国际台、英国广播公司世界新闻频道(BBC World News)和卡塔尔半岛电视台(Al Jazeera)相媲美的法语国际新闻频道。2002 年 3 月 7 日,在一次参议院演讲中,他说道:"我们要有抱负创立一家大规模连续工作的法语国际新闻电视台,类似英语世界的 BBC 和 CNN。这对我们国家发挥国际影响力具有重要作用。"①在一次采访中,希拉克再次表示:"像法国这样重要的国家必须要有对世界的看法,而且必须要传播这种看法,当然这种对世界的观察是与我们的传统相符的,与我们对文化、和平、人文思想和世界化的观念是一致的。"②然而,多方论证导致计划延搁,直到 2004 年 12 月 9 日,时任总理拉法兰(Jean-Pierre Raffarin)在一次新闻发布会上终于表态:"我决定采用法国电视总署和电视一台建议的联营公司方案。共和国总统倡议成立的这家新电视台将得到法国所有重要的公立和私营电视台的优势资源,必将有助于我们在当今世界上表达法国的看法,这比以往任何一个时候都显得必要。"③

法兰西全日新闻电视台于 2005 年 11 月 30 日正式成立,2006 年 12 月 6日正式开播。仅仅一个月时间,电视台的网站就吸引了 250 万网民的关注,成为仅次于美国有线电视新闻网和英国广播公司世界新闻频道的第三大国际新闻媒体。2008 年 11 月 12 日,法兰西全日新闻电视台荣获国际广播协会颁发的最佳国际新闻媒体奖。2010 年 10 月 12 日实现 24 小时全天候运行。2013年 12 月,为了庆祝建台 7 周年,法兰西全日新闻电视台推出了一套新的节目,

---

① Jacques Chirac. «Discours de M. Jacques Chirac devant les représentants des Français de l'étranger», http://www.jacqueschirac-asso.fr/archives-elysee.fr/elysee/elysee.fr/francais/interventions/discours_et_declarations/2002/mars/fi002101.html,2017 年 2 月 15 日。

② «Coup d'envoi de France 24», sur le site du *Nouvel Observateur*, https://www.lobservateur.fr/cambresis/2006/12/08/coup-d-envoi-de-France-24/,2017 年 2 月 15 日。

③ «Déclaration de M.Jean-Pierre Raffarin,Premier ministre,sur les mesures contenues dans le "Contrat France 2005"», à Paris le 9 décembre 2004, http://discours.vie-publique.fr/notices/043003191.html,2017 年 2 月 15 日。

采用新的管理模式、网站、台标,其口号是"自由、平等、迅捷"①,直接模仿了法兰西核心价值观的表述。

新闻媒体的客观性与价值导向始终是一个难以厘清的问题。2010年在科特迪瓦陷入政治军事危机期间,2月22日,该国视听传播国家委员会"因不专业的新闻处理方式"决定停止法兰西全日新闻电视台的播送,称在一次当地报道仅有5人丧生的示威事件中,法兰西全日新闻电视台报道的死亡人数大大超过实际人数,指责其支持在野的反对党。如今,在全世界180多个国家的3.15亿个家庭可以收看到法兰西全日新闻电视台,在2016年,平均每周约有5100万观众观看其节目。

法国是世界上较早开始利用视听传媒对外开展宣传的国家之一,最早起步于20世纪30年代,并且带有很强的殖民色彩,之后的发展历程根据历届政府的重视程度和世界形势的变化而经历了高低起伏。在20世纪90年代,对外广播电视媒体不仅是开展文化宣传的工具,而且被视作施展政治影响的地缘战略手段。不过,在过去的半个世纪中,英美传媒异军突起,影响越来越大,法国的对外传媒似乎凸显了力量分散缺乏统一领导的弊端。因此,2007年,时任总统萨科齐(Nicolas Sarkozy)委托有关专家完成了一份关于对外传媒协调行动的方案,该报告提议成立一家股权公司,集中和协调法国所有从事对外宣传的广播电视媒体,即法国国际广播电台、法语国际电视台和法兰西全日新闻电视台。2008年4月,这家股权公司正式成立,暂时取名为"法国对外视听传媒集团"(Audiovisuel extérieur de la France),虽然这个机构是以企业的形式存在和管理,但是在创办方式和经营模式上充分体现了国家意志,并且在5月23日的一份协议明确了该企业与国家之间的关系。"法国对外视听传媒集团"在创办之初隶属于外交部,在2010年1月归属于文化传播部媒体和文化产业司管辖。2013年7月,"法国对外视听传媒集团"正式更名为"法国环球传媒集团"(France Monde Média),一个将历史与现今、将广播与电视以及其他多媒体手段汇聚一处、具有国际性影响的法国传媒机构开始运行。

---

① 这个口号的第三个单词将"博爱(fraternité)"换成了"actualité",意思是新闻时讯不断更新。

总之,近年来,法国对文化与价值观的传播手段进行了重新考量,拓展与整合了视听资源与力量,力图与美国这样一个超级传媒大国相抗衡。这个行动首先是为了法国的"文化安全",即"民族国家为了自身文化遗产、行为方式、价值观免于他文化侵蚀,拥有自身文化身份和文化特征而获得的一种'安全感'"①。当然,作为一个文化和价值观的输出国,作为历史上具有国际影响力的大国,法国没有忘记昔日的荣光,努力在新的全球传播背景下争取"文化领导权",维护大国形象,并将其价值理念融入生活方式、精神与文化产品中,以视听形象和手段,在世界各地继续推广自己的影响。

结　语

价值观传播的有效性归根结底是由国家政治经济实力和文化实力决定的。从 16 世纪法国开始文艺复兴时期之时,到 17 世纪古典主义时期,为建设和发扬法语在欧洲的优势地位以及推广法国文化,法国诗人、作家和人文学者与朝政当权者可谓同心同德同力,共同缔造了强大的法兰西国家形象。18 世纪法国启蒙思想对西方国家无不产生重要影响,如今矗立在美国曼哈顿的自由女神像便是来自法国的礼物。19 世纪,法国建立了一个规模庞大的殖民帝国,在世界各地推广自己的精神遗产和管理模式,直到 20 世纪后半叶逐渐式微。如今,法兰西共和国价值观已经受到现实的极大挑战,然而法国依然通过各种教育和文化政策,对内加强共和国精神教育,对外努力推广一个"伟大国家"的意识和理念。

参考文献

刘建明著:《当代新闻学原理》,清华大学出版社 2003 年版。

Barni, Jules. *Manuel républicain*. Paris: Germer, Baillière, 1872.

Duclert, Vincent (dir.). *La République, ses valeurs, son école, Corpus historique, philos-*

---

① 刘建明著:《当代新闻学原理》,清华大学出版社 2003 年版,第 59 页。

ophique et juridique.Paris：Gallimard，2015.

　　Guide Républicain.L'idée républicaine aujourd'hui.Paris：Delagrave/CNDP，2004.

　　Renouvier，Charles.*Manuel républicain de l'Homme et du citoyen*（1848）.Paris：Garnier，Classique de la politique 1，1981.

　　http：//www.diplomatie.gouv.fr.

　　http：//www.education.gouv.fr.

　　http：//www.culturecommunication.gouv.fr.

　　http：//www.vie-publique.fr.

　　http：//www.jacqueschirac-asso.fr.

　　http：//www.rfi.fr.

　　http：//www.tv5monde.com.

　　http：//www.afp.com.

　　http：//www.france24.com/fr.

　　http：//www.francemediasmonde.com.

　　http：//www.fondation-alliancefr.org.

　　http：//www.institutfrancais.com/fr.

（原文刊于《法语学习》2017 年第 5 期）

比较文学与文化

马拉美与"道"①

　　由于现实生活与艺术之间的矛盾深化成不可化解的焦虑,马拉美在早期诗歌中毅然决然地表达了绝望的解决方式:自杀,或是某种近似的毁灭方式。然而,其中有一首诗②转向另一种途径:因淡泊而归于宁静,心灵的休憩既是超脱亦是创造。那么,追求崇高理想的马拉美,为理想的艺术家赋予"心灵澄澈细腻的中国人"的形象与恬淡气质,这是否纯属偶然? 我们无法断言马拉美比同时代的文人雅士更加深入了解中国,他想象中在瓷器上作画的中国画家形象虽雅趣盎然却很寻常,我们姑且认为这只是出于马拉美与中国文化在直觉上的相契。一个伟大诗人的直觉可以敏锐地直达深层次的精神契合。我认为马拉美就是其中一例。

　　下面我将沿此思路,由表入里,执一方向进行专门探讨。因措辞委婉以致词不达意之处,敬请读者包涵。首先要说的是,初看上去,马拉美具有"天朝帝国"文人之貌:温文尔雅,在我们看来似有多礼之嫌;雅人深致,追求细致入微、精雕细刻,同时崇尚淳朴,尤其喜欢自然山水;浓郁的诗人气质,以文字为信仰;虚心平意,不露圭角。这几笔描述可以说是信手拈来,我肯定还存在其他相似特征。只是以上列举并非无凭无据,已经足以勾勒出相像的轮廓来。其中最后一点尤其典型。中国有句成语"小心翼翼",这种不事张扬的特点是一个民族的性格。切不可望文生义,它根本不是"慷慨大方"的反义词,也不是"心胸狭窄"的意思;相反,我们可以把它理解为心神专注,精益求精,并含

---

　　① 原文标题为"Mallarmé et le Tao",附录于查理·莫隆著作《马拉美精神分析导论》(*Introduction à la psychanalyse de Mallarmé*,1968)。

　　② 即 *Las de l'amer repos...*(《倦怠》)。——译注

有谦卑之意。谨小慎微是为了"成其大"。《道德经》可以说是老子留给中国人的精神遗产,书中阐明了其中的辩证关系:"是以圣人终不为大,故能成其大。"(第34章)还有比这能更好地概括马拉美终生恪守的处世态度的吗?没有人曾经比马拉美能够更加智慧地实践文学上的"无为"艺术。他从不求显达,韬光养晦,却到达荣誉的殿堂;他是公认的伟大诗人,不求留名却产生深远影响;他深居简出,但人们对他的关注却从未停止,正是"不自见故明……不自矜故长"(《道德经》第22章)。

因此,读者自可以看出在马拉美本人及其诗歌周围飘荡着一种中国智慧的氤氲和芬芳。可是对这种表面感觉作何信呢?是把它看作纯粹的巧合、不必夸大的偶然、表浅的类似一笑置之呢?还是一种精神的会通、跨越千年和千里相互辉映的闪光,因为人类的精神状态毕竟只会呈现数目有限的面貌,而且相同的精神类型必然会重复?抑或是一种更加深刻的相似、甚至相通,而且并不一定是有意识而为?

最后一个问题或许会使缺乏敏感的人感到奇怪,他们总是以缺乏史实依据为名而不承认一些关联。对于无形的"氤氲""辉映的闪光"和预见,他们往往不以为然,他们会说:"马拉美曾经读过中国作家的作品吗?他在文字或是言语中对中国有所提及吗?是否存在相关的书信或事例呢?如果没有确凿的历史资料可以佐证,哪里有什么可能性而言?"遇到这些严厉却不无道理的问题,我只能答曰"不知"。但是人类经验远远超越人们可以确信或甚至是科学假设的范围。3700年前中国周朝铸造青铜器的黄种人如何与我交流和沟通呢?然而,他确有其愿,而我也可以领会其意。科学如果不能将真理建立在实证基础上便是失职,灵动的思想却不能因此而折翅不能飞翔。它的职责和快乐就在于预知和预言。

特此说明之后,我不相信,一个"习惯做梦的人",尤其是喜欢马拉美及其诗歌的人,在阅读《道德经》的过程中,那些警句箴言不会令他产生一种奇特而又自然的似曾相识之感。这是遥远的回音,在文字中低语。比如《道德经》第14章中说:

视之不见名曰夷,

听之不闻名曰希,

搏之不得名曰微，

此三者不可致诘，

故混而为一，

是谓无状之状，

无物之象。

而忽然间传来马拉美的诗句：

我的饥饿无法从果实中得到安慰，

却在它们渊博的虚无中寻到美味。

还有，

在我们引以为荣的合葬坟冢上，

唉，愿无沉甸甸的花束来占据。

这难道只是巧合？不，当然不会！"无"这个概念在这两部作品中十分重要，简直可以说，它既是道家学说也是马拉美诗歌中的关键词。

在上面引用的诗句中，"无"（manque）字不同寻常的用法意味深长：不同寻常往往意味着某种深刻的含意，这是美学实践中一条普遍规则。我们熟悉马拉美的诗歌，其中类似的诗句不胜枚举。这里不再赘述马拉美诗歌中的"否定语群"，或者可以说是表面意义上的否定语："无""空""白"。读者不会忘记"空淡素白"的"白色的睡莲"，静默无语的天鹅，演奏"无声之乐的女乐手"圣塞西尔，"怀抱虚空"的曼陀拉，"面无血色的瓦斯科①"，光芒闪烁不定的灯火、房间中空不见影的床，总之，这一系列表示虚空、静止和消失的意象构成了真正的马拉美作品。当然，中国的老子倒骑青牛出函谷关西去之时，应守关之将的请求而留下的经典之作引领我们进入了一种不同意境，但是同样有难以言喻的微妙。不必过于追究其中缘由，下面只摘其精华，从中可以看出二者的相似。

不言之教，无为之益，天下希及之。（第 43 章）

道冲，而用之或不盈。渊兮，似万物之宗；湛兮，似或存。（第 4 章）

---

① 瓦斯科·达伽马（Vasco da Gama，1469—1524），葡萄牙航海家和探险家，历史上第一位从欧洲航海到印度的人。——译注

> 三十辐,共一毂,当其无,有车之用。埏埴以为器,当其无,有器之用。
> 凿户牖以为室,当其无,有室之用。故有之以为利,无之以为用。

(第 11 章)

《道德经》阐释的是一种宇宙观念与道德或精神轨道。解释的方式是以"道"为中心而扩展:"道"是回归本原之道的道路。"道"是起点,亦是终点,这个具有最高价值的概念是宇宙的起源也是智慧的终极,它表面上是空、静、止的。这个核心概念具有亚里士多德所谓"静止"概念的特性:它是宇宙运动的平衡点,乱中之治,动中之安。在我们可以映鉴的能力范围内,"道"为我们描绘了"无为"的完美景象,一切达至平衡的智慧都借鉴于此。从"默"中产生言,而一切明智之言都消失其中。

很容易可以看出这个"道"意味着矛盾,它甚至孕育着一切矛盾,故而成为平衡点。这个至高无上的"无为"概念实际上是最"有为"的力量,因为是它创造了宇宙:其"静"力大无穷,其"空"容纳无限,其"寂"回音无尽。它所包含的矛盾无异于马拉美诗句中表达的意境:"无声之乐的女乐手",这些矛盾必然以同一方式化解。

人们没有充分注意到马拉美的诗歌中存在两种"无声"状态。一种是否定意义上真正的"沉寂",如《悼歌》中的意境:

> 为了早晨高傲的憩息,
>
> 当死亡对戈蒂耶
>
> 只是闭上神圣的眼睛和缄默时,
>
> 一丘青冢像献给苍天的供品,
>
> 突起在路边,里面寄居着幽冥,
>
> 简约的沉寂和厚重的黑夜。①

显然,这个"简约的沉寂"完全不同于"无声之乐的女乐手"的情形:前者是本义上的无声状态,而后者则是"此处无声胜有声";一个是真正的否定,另一个则是肯定;一个类似海底的无声世界,一个是"大音希声"。这个高下之

---

① [法]马拉美著,葛雷、梁栋译:《马拉美诗全集》,浙江文艺出版社 1997 年版,第 64 页。此处将"吝啬"改为"简约"。——译注

分恰好表现了一个难解的法则,被勒内·盖农①称作:"低即是高,方向相反而已。"这是神秘主义的共同法则,我只举其中最典型的例子。圣胡安·德·拉克鲁斯②说,在通往上帝的路上,神秘主义者走在"茫茫黑夜"之中;狄奥尼修斯③把上帝的恩惠比作"黑夜的光明"。在这些情况下,他们所说的这个高层次的"黑夜"显然与低层次的或是地狱的"黑夜"不同,后一种"黑夜"里没有上帝的存在。④ 同样的区别在《道德经》中也是不言自明。如果把形成宇宙核心的这个"空"当作一个一无所有的空,那就是理解的谬误了。相反,它充满了亚里士多德所谓的动力,或者用我们今天的话来说,是潜力。它的静是弹簧松弛之前而不是之后的静止状态,是超越一切动效的静止。在老子看来,智慧就是达到这样一个凝神静气的状态,正如马拉美的诗歌升华至"大音希声"的境界,这是一切"言"与"实"的起始而不是消停。

　　一旦要表述这个处于核心的"空",老子和马拉美自然会遭遇同样的困难。所有的词语都不能一言以蔽之,因为它们都不确切,都只能表达部分和个别的意思。"道可道,非常道。名可名,非常名。"⑤有趣的是,《道德经》这开篇之句的法文直译"Chemin pouvoir cheminer(ou énoncer) pas constant chemin"在字面上与马拉美的《题马拉美小姐扇》中"无道的欢欣"("pur délice sans chemin")何其相似! 我们只能说,这个本义否定的词语要表述一个有别于

---

① 勒内·盖农(René Guénon,1886—1951),法国哲学家,开创了传统主义学派。他原为天主教徒,1912 年在瑞士遇到了一个伊斯兰教苏菲派(Sufi)的教长,被苏菲主义(Sufism)的神秘所吸引,同时也受到其他东方宗教(印度教和中国道教)的影响。所以,他想用东方的宗教"拯救"西方。1930 年,盖农移居到开罗,皈依伊斯兰教,死后葬在开罗。——译注

② 圣胡安·德·拉克鲁斯(San Juan de la Cruz,1542—1591),天主教界译为圣十字若望,他是加尔默罗会的圣徒,16 世纪西班牙的灵修大师,被誉为"神秘主义者中的王子""西班牙最卓越的诗人",在西班牙文学史及世界神秘主义研究中具有重要地位。——译注

③ 狄奥尼修斯(Pseudo-Denys),希腊人,生活在公元 5 世纪或 6 世纪,写有基督教义和神秘主义方面的著述,经常被世人与《新约》中的人物狄奥尼修斯混淆,因此又被称为"伪狄奥尼修斯"。——译注

④ 另外参见室利·阿罗频多注释的《薄伽梵歌》:"这个高层次的状态对芸芸众生而言是黑夜,但对自知自觉的智者来说是觉醒","它难以觉察,是因为它比人类脑力最微妙的感受能力还要微妙。"——原注。《薄伽梵歌》是印度教的经典之一,取材于印度史诗,共有梵语诗偈 700 首。印度著名哲学家、诗人室利·阿罗频多对《薄伽梵歌》进行了注释。——译注

⑤ 见《道德经》第 1 章。——译注

寻常现实的状态,却同时以肯定的方式为这个虚空填充了蕴含无限可能的动感和声音。为此,可以比较以下面两段文字,第一段摘自《道德经》第21章:

> 道之为物,惟恍惟惚。惚兮恍兮,其中有象;恍兮惚兮,其中有物。窈兮冥兮,其中有精;其精甚真,其中有信。自今及古,其名不去,以阅众甫。吾何以知众甫之状哉?以此。

下面是马拉美《音乐与文学》中的片段:

> 我们受绝对之言所影响,知道所谓"当然"就是现实存在。然而又立刻借故排除假象,责备自己轻率武断,因为这会否定我们希望获得的乐趣。其实,那个"真实之外"才是施动者,甚至可以说是主导者。如果我不介意冒天下之大不韪,当众拆解文学的虚构,也就是文学的运行机制,把它的主件打开来看,其实就是"无"。但是,我十分敬佩有人通过艺术的虚构在高不可攀之处投射出意识中的虚空。

> 何用之有?

> 自有妙用。

> 面对这个"空"所产生的高明的吸引力,我们有权利厌倦和摆脱实际之物的牢固势力,把"空"完全抽离出来,赋予它光芒,在虚空的空间里填上写意的、孤独的欢乐。

显然,这里的"虚""无""空"和"虚空的空间"其实被"孤独的欢乐"所占据,它们与道家思想中本原的"空"一样虚无缥缈、变幻莫测,"道"是如此恍惚而又充满理想之像。马拉美的另一段话更加明确了这种神秘主义的相似:"何必要随着语言的游戏把自然之物奇妙地转换成几乎消失的声音震荡呢?只是为了不受任何实物的羁绊,从中引出纯粹的观念。"(《诗的危机》)

在大多数情况下,马拉美的神秘主义仍然是文学层次上的,而且我们可以说,他对诗歌艺术的思考是道家学说在美学上最完美的应用。这并不是说马拉美无视其更广泛的意义。因此,在《杂谈》中谈到语言的多样性时,他声称孕育所有其他语言的那个独一无二的语言在本质上是缄默无声的,因为它一旦有所表达便有可能成为绝对真理,使用这个语言的人便会以神自居。

不完善的语言比比皆是,唯缺那个至高无上的语言:由于思维是在不借助工具、不发出声音的情况下书写那尚属沉默的不朽之言,所以,世界上语言的多样性使得任何人都不可能以独一无二的节拍说出那也许会是真理的物质化身的词语。这个严厉的禁令在自然中普遍存在,如果有人冒犯应以微笑表示歉意,而不应自奉为神灵。(《诗的危机》)

我们在这里看到,由美学扩展到形而上学不是那么轻松自然。归根结底,马拉美虽然是神秘主义者,但他不曾超越他的经验,一个作家的经验。不过在此范围之内,二者之间的契合在我看来是非常充分的,以下将做详细论述。

我前面说过,"道"既是宇宙本原又是智慧的终极。在马拉美看来,这个真理在文学上的反映就是诗歌除了它自身没有任何其他意义。已经形成的作品只是一个符号,是各种特性之间隐性关系相互作用而产生的结果。诗歌萌发之前的无声状态是一个创作心灵的缄默,它所包含的潜力高于任何有形的、确定的、个别的作品,代表了一个没有分化的整体,各种潜在性孕育其中。待这个整体分解、破碎,便出现了词语,沉默分化成片段。"道"便是这样创造了世界及其多样性:"道生一,一生二,二生三,三生万物。"[1]

马拉美在《杂谈》中以类似的方式描述了诗的萌生:

阅读——

这个实践——

随着页面的流动,握住展示纯洁的白色,忘却喧嚣的题目:当极其微小的裂缝中出现被逐字消灭的偶然,空白就会永远不断地回来,刚才还是没有理由的,现在却确定"无"的存在并证明沉默的真实性——

在会意的目光透视之下,纯洁孤独地分散成洁白的碎片,一片又一片,证明"理念"的贞洁。(《文学中的神秘》)

一切创作都是一个落体的过程,创作者总是高于作品,引发诗歌的灵感总是高于诗作本身。可是,绝对的形而上学必要性要求有一个相反运动来弥补这个失落,这样才能维持永远的平衡。因此,一个上升运动始终贯穿在创作过程中。对美的追求成为诗歌的目的和存在理由。它表现在何处呢?当然是在对各种关系的把握:隐喻、象征、各种意象的组织、句法和诗歌结

---

① 原文误以为此段话引自《道德经》第5章,实为第42章。——译注

构,"交替和相对"。

> 大自然已经出现,我们无法添加什么……一切可能的行为,永远而且仅仅在于洞悉其中的关系……(《音乐与文学》)

确实,既然作品是一个片段,对它的补偿就应当是通过建立相互关系让它回归原来的整体,把各个切分的断章连缀起来,用"几个美丽形象的朦胧"来"编织"。几乎所有的艺术家、美学家都知道这个道理。只是马拉美更加敏感地预知到,回归纯粹、未经区分的元语言意味着一种诗句理论——"崭新的词语",一种神奇语言的探索。马拉美最深刻的天赋所在就是他感受到(我不说是领会而是感受到),当诗中的关系交织得愈发紧密并且趋向统一的整体,从而达到全美的时候,它同时也就消弭到无声当中,因为它要回归原初的纯洁,而在这种返璞归真的状态,完美和"希声"是永远联系在一起的。

马拉美的美学魅力即在于此。他对"虚""空""白"的迷恋(用塞尚的话来说是个人的"亲密感觉",而且产生于一系列似乎只能用心理分析来解释的具体体验之后)符合一种形而上学的必要。恕我直言,他的个人情感契合宇宙之道。老子的一切玄秘也在于类似的直觉体验,他看到"为"随着承载意义、效用和宗教价值而消失到"无为"。如果以为智者缺乏行动或是诗人缺乏言语,那就错了。相反,他们是有所为和有所言的,但是他们使这两种创作形式纯化到返璞归真的状态。为什么要写诗?是为了弥补言语的缺陷。为什么会有智者?是为了补赎诸多幼稚的私心杂念。

本文的目的只是为了表现一种最古老的人类智慧与(几乎)最年轻的诗学思想之间的关联。理论上来说,我没有必要进行评论,只需要并列比较。可是,不理解就没有办法进行比较。我担心有的读者在思考这种来自虚无的创作和以回归虚无为己任的哲学与诗歌时不免会问:这岂不是游戏,一种出于自恋的徒劳?所以我暂且来回应这种想法。

归根结底,我们人类思考世界的方式无非两种。第一种是科学的世界观,其特点是不承认造物主,一切事情都必须得以解释,也就是说能够被归于已知的经验。读者可以参阅迈耶松①的著作,根据他的论证,科学性解释排除时间

---

① 迈耶松(Émile Meyerson,1859—1933),法国化学家和科学哲学家。——译注

这个概念。科学的世界观从总体上来说意味着世界上不曾发生什么,出现的新现象完全要用从前的事实来解释,只是一种简单的新旧更替。科学所追求的目标是,而且应当是证明任何现象的完整统一和守恒。我们要注意的是其中并无等级和先后之分。事实是怎样就怎样,美感与智慧无法用科学性来形容。第二种重要的世界观可以被称为造物论。它的前提条件是承认造物主的创造,把横空出世的新事物看作自然而然的事情。这是所有重要的宗教传统都接受的观点,印度、中国、埃及和欧洲的形而上学之间并没有什么根本不同。它们的类似已经多有论述,我不再赘述,这里着重介绍的是马拉美诗学与中国道家思想之间的会通,不过这只是沧海一粟。回到我们说的第二种世界观,重要的是要理解所有造物论归根结底都必然是以"无"为起始的。如果从 A 创造出了 B,真正的创造只是它们之间不同的部分,而这个差别就是从"无"中产生的。因此,在任何以造物论为出发点的体系中都有一个"空",正如在任何科学宇宙观中都必然承认一个不断重新开始的宇宙整体。反过来说,一旦我们在某种理论中发现了"空""虚"等不可言喻的、带有否定性的本初概念,我们可以肯定遇到了造物论。千万不要忘记,这个否定的概念只是表面上的否定,实际上它代表了最崇高的境界,是需要摒弃一切虚幻的现实经过净化才能达到的。

在澄清这个根本问题之后可以看到,老子或马拉美,从"空"和"虚"中或创造世界或创造诗歌,这首先说明他们在上述两种世界观中做出了选择。我们只需要注意这个选择所产生的结果。现在,我们只关注美学上的效果以衡量其影响。艺术作品的起源是可感现象之外的,这首当其冲地排除了所有把作品看作外部或内在现实的反映的理论,也就是说泰纳的学说(无论是否经过改良)、对艺术进行心理分析的观点或者是唯物主义的社会学观点。这些不同的学说所阐明的问题自然有其道理,但都不是主要的。当我们考虑的不是事实或词语,而是它们之间的关系时,我们就靠近了这个可感现象之外的现实。布封简而言之"风格"。然而,这里还需要进一步排除次要的、仅仅依靠理性而建立的关系,因为理性所知的关系是现象之间的可见联系,因而也就属于现象的范畴。那么还剩下什么? 就是艺术家感知到的超越理性的成分,他所预感到、但是难以言喻的部分。最不可言喻的沉默和创造者自身最不可理喻的部分,这就是艺术的真正来源。

形而上学的选择带来奇妙丰富的内涵,这在寥寥几页中难以尽述。以无声为诗歌本源的观念排除了不少"异端",我们可以一一考察。如前所述,首先是所有那些颠倒关系,把艺术当作现实生活的反映和替代品的观点;其次是那些把艺术归于理性,从而在诗中除了简单的音韵技巧之外只看到理性关系的观点;最后是所有那些号称"马拉美派"的观点,它们夸大了马拉美的说法,在有的地方马拉美只是作了辨别区分,而他们则完全割裂关系,没有看到从低到高的升华,以纯洁诗歌的名义割裂了艺术家与人的关系,忽视了贝多芬也曾经受痛苦、马拉美也会思虑。读者们如果环顾自己周围,也会发现这些观点化身为不同的派生形式,在马拉美的问题上就可以发现它们的矛盾之处。马拉美自己的神秘主义选择和体验将作者排除在外,他意识到自己的诗歌产生于无声,它既不是他的生活也不是他的思想,但又与它们相关并且只能通过它们表现出来。他笃信这一微不足道而又至高无上的体验,因而赞同造物论的世界观。这是所有艺术家和神秘主义者的观念,他们曾经梦想成为造物主或者融入造物主的力量当中。我曾经说过,马拉美的诗歌美学表现为道家玄学思想的一个特别应用。也许可以反过来说,实际上,道家学说以及其他一些学说把一种由体验而获得的信念极度发扬光大,而马拉美在自己的领域以自己的方式达到了这个信念。几乎唯有此可以解释其诗歌的光芒。

老子视之为宇宙本原,马拉美以之为诗歌源头,关于这个看似否定的概念,我已经谈论了很久。总之,也可以说,它是人类承认自己无知的一个形象说法。我们之所以把"空"当作起源,那是因为我们对这个源头本身一无所知。科学家正是从这个角度观察问题,因为在他的知识范畴内除了可见真实的等级性,不存在其他的价值等级。对于一个艺术家来说,更加难以解释我们所不知道的这个"空",引用前面提到的马拉美的话来说,为什么它是"更高级的吸引力"所在?为什么会令我们如此感动和着迷,以至于一个艺术家以其毕生精力摒弃自己的日常生活投入这个"空"当中去?这个奇怪的"游戏"值得人们尊敬和祭奠。在研究过这个从否定意义出发的概念后,我们可以看到它的积极意义,它是一种目标和价值。

在造物论中,这个否定与肯定是没有截然区分的,这绝对是个普遍现象。

造物论中讲的是轮回,故而在任何玄学传统中都有一个环状理论。正如我前面所指出的那样,创作是一个落体过程,必然要求有一个反方向的上升运动来补偿,回归到出发点,在成全它的同时取消它的存在。最能说明这种轮回的例子是音乐中的序曲,比如,乐曲从一个音调出发,经过一段音符之旅后又回到原来的音调。一曲终了,令人回味。同样,要想使一首诗歌真正完成它的轮回,就应该让它在我们心里引起曾经在诗人心里激发诗歌的寂静。要注意的是,这会产生一系列高下有别的审美体验。出自平庸心灵的作品在一个平庸的心灵里完成轮回并且带来相应的美感,毕竟它的命运旅途得以完成。当这些玄学理论得到充分理解的时候,我们就会感觉到它们无比宽容大度和善解人意:生命相连,彼此呼应,呈螺旋状上升,我们被引领到顶峰,马拉美就是这样融入其中。

不管是相对还是绝对,问题还是一样:为什么起点就是终点? 奈瓦尔在诗中写道:"第十三个回来了……它就是第一个/这就是唯一,这个唯一的时刻",这是为什么?① 关于人类身体本身所能感知的幸福,为什么心理分析揭示出回到母亲怀抱才是我们埋藏最深的愿望? 我们只能发现规律的必然性和普遍性。马拉美对这个必然性的表达几乎与老子学说一样具有广泛意义。我们知道,在道家思想中,人是地与天之间的协调者,因为宇宙创造是自上而下,从天到地。马拉美说:"为了成全人类的存在,要实现从物质到精神的转化。"这个观点本身并无新奇,但是特别之处在于哲学家老子和诗人马拉美对这个转化的理解方式。

现在可以来说明马拉美为何看上去特别具有中国气质。我们至此所陈述的特征都属于造物论,属于任何以此为基础的形而上学和诗学。下面要说明的是,这个笼统的真理是如何相似地体现在中国哲学家和法国诗人的思想和个性中。

伟大的形而上学相互会通,但是又各有特色。中国的"无为"思想与印度教的静修观表现方式不同,尽管两种观世态度的意义是一样的。印度教表现

---

① 热拉尔·德·奈瓦尔(Gérard de Nerval,1808—1855),法国浪漫主义诗人的代表人物之一,他擅长用神秘的词语表达对宇宙的幻觉,许多艺术手法超前地预告了象征主义、超现实主义的诞生。——译注

为一种衍生状态,从唯一的中心点出发不断生长和扩大。如何形容呢? 简直可以说是爆炸模式! 这是因为令人眼花缭乱的魔法和生生不息的力量。一个"原人"①会产生三个"原人",继而是数百万的"原人"。我们前面也提到"道"呈现出同样的繁生性("道生一,一生二,二生三,三生万物"),但是印度教经典让我们产生更为感性的认识。在我们面前有一个神,神身化为闪烁的光芒,分散到水面上,像是透过树林里繁密的枝叶泻到河面上的阳光,忽见芸芸众生的景象,忽然间又消失踪迹,只留下婆罗门慈祥地端坐。中国的形而上学却表现为另外一种情致:它也谈芸芸众生,但是却像居高临下者,用诗人的意象和行政官员的数字,谈起山脚下村庄里的百姓,有一种虚无恬淡的意境。深奥的婆罗门教义中充满了繁盛景象,仿佛烟花喷发出所有抽象的理念和神灵的形象,纷纷扬扬。比如,薄迦现身战场上,先是涌现了千军万马,号角争鸣,继而出现了一群神灵。当然,在这些纷繁动荡之中始终贯穿着教义的传授。由层层叠叠的神灵雕像堆积起来的场景对有些人具有吸引力,却被另外一些人所厌恶。与此不同的是飘荡在道家思想中超然、揶揄、轻灵的空气。更有《易经》中几何图形和诗意的交织,极其抽象的卦象或用龙的姿态表示预兆②,或是用小狐在穿过稻田的时候不小心弄湿了尾巴来表示虑事不周③。在寂静笼罩的气氛下,要义无须论证而是通过言简意赅的暗示。印度玄学的歌唱尽管非常接近无声,因为这是终极追求,但是在我看来依然是对一个音调渐强的交响段落的回响。而中国玄学是一道闪烁的光芒,渐渐消失到熟悉、细微、神化的宁静中。"惚兮恍兮!"总之,在融合创造和智慧的双重运动中,印度人即使在归隐中也充满了创造的痕迹,而中国人在自然中充满了智慧。马拉美居于何端呢? 毋庸置疑,萦绕他思想的就是道家的玄空,而不是无数累加的力量和无可数计的光芒闪烁。他可以"隐"于凡尘俗事之中。马拉美的作品好像是前生著就,有的人可能生来就是王公贵族,或是在热带河流边流连忘返的孤独者,而马拉美身上中国古代文人的气质与生俱来。简而言之,有的人身上自然具有一种归隐的特性,而他就是其中之一。"归隐"与"自然"是中国人思想中

---

① 印度教义认为"梵天"利用"原人"普鲁沙(Purusha)的身体创造了天地宇宙。——译注
② 见《周易》:"见龙在田,潜龙在渊,飞龙在天。"——译注
③ 见《周易》:"未济亨,小狐汔济,濡其尾,无攸利。"——译注

两个关系密切的词语:道家思想把终极智慧归于退隐于自然当中,令人联想起卢梭在自然中散步的逸致。中国古代文人和马拉美都是世界上最善修炼的人,但是我们又不能否认他们身上的修炼其实化为一种自然。

这里,我们就要回到出发点,不同的是升华过后的回归。马拉美的生活方式充满了中国情调,有的令人赞叹,有的令人不解,比如关注细节、追求精致,过于内敛。我们习惯于接受彰显外向的生活方式,应该承认,这种以"隐"为习惯的情趣在普通人看来有点不食人间烟火的味道。但是,我说过,不应当被表面现象所蒙骗。在面对现实生活时,马拉美并不缺乏勇气,正如庄子和任何其他人一样善于射箭。我们固然承认马拉美的中国气质用我们常见的言行标准来看有些不近人情,但这只是一种精神状态外化的泛音,他的精神世界应当得到公正的评价。

为此必须承认马拉美精神世界的奇特性和晦涩性。老子也是晦涩的。我建议那些持怀疑态度的人对我们所掌握的《道德经》不同译本进行比较。出于借鉴和研究的乐趣,我曾经做过这样的实验。其间的差异虽然不是根本性的,但也算可观,而且毫无疑问,正如我们意识到的那样,是由于表意汉字的模糊性所造成的。老子比孔子高明,而且据说孔子本人对老子也十分仰慕。"吾今日见老子,其犹龙邪!"[1]在马拉美的字里行间,我也经常发现闪烁着这个神奇动物的吉光片羽,具体而微。我们或许可以用《道德经》中的文字来解释马拉美的隐晦。

首先,下面一段是对隐晦的承认:

吾言甚易知,甚易行。天下莫能知,莫能行。言有宗,事有君。夫唯无知,是以不我知。知我者希,则我者贵。(第70章)

在下面一段中我们读到了忠告:

古之善为道者,微妙玄通,深不可识。夫唯不可识,故强为之容。(第15章)

在最后一段里我们看到了狡黠:

上士闻道,勤而行之;中士闻道,若存若亡;下士闻道,大笑之。(第

---

[1] 见《史记·老子韩非列传》。——译注

40 章）

此龙的尾巴不无"狡黠"。老子也未有幸躲过人们的误解。在这一点上，马拉美比中国人还要有过之而无不及。除了偶尔情绪激动，他总是心平气和。他的心灵沉浸到"音乐般"的寂静里，身体归隐于"简约"之中，一切任由后人评说。

（原文刊于 2008 年 12 月《跨文化对话》第 24 辑，[法]查理·莫隆著①，车琳译）

---

① 查理·莫隆（Charles Mauron），法国著名文学评论家。

马拉美与中国古典诗歌

　　中国古典诗歌是由无数各具特性的诗人、风格各异的作品汇成的历史长河。法国现代诗人马拉美（Stéphane Mallarmé）的诗歌为数不多，却以精粹深邃而著称。我们先来简略介绍二者的不同之处。首先，在马拉美的诗歌中，我们会看到智性的光辉多于情感的表达。在这一点上，魏尔伦（Paul Verlaine）的忧郁气质与以抒情为主的中国古典诗歌更加接近；而马拉美追求的是一种近乎客观化的诗歌，在文字中克制个人情感抒发。其次，与中国诗人陶醉于自然、从自然中汲取灵感的特点相反，马拉美喜欢沉醉于沉思和冥想，遁避到心灵世界和梦境中寻找诗歌意象。他的诗歌还有一个重要特征，那就是神秘与晦涩；而诗歌在古代中国却不是曲高和寡，它既是文人作品，也为大众传唱。因此，把马拉美特质鲜明的个人作品与万象纷呈的中国古典诗歌相比较，应该避免牵强附会，不宜把二者不加区分地混为一谈，我们希望通过具体的作品分析揭示出马拉美诗歌与中国古典诗歌之间悠远的回响。

　　笔者在研究法国象征主义文学运动的过程中遇到的一个必须攀越的高峰就是马拉美的诗歌，而对马拉美与中国古典诗歌进行比较研究的动机首先来自阅读作品时的直觉感受，此后又读到法国学者查理·莫隆（Charles Mauron）在《马拉美精神分析导论》中所附文章，题为《马拉美与"道"》。这也许是西方学者第一次专题论述这位法国诗人与中国的关系。

　　在马拉美本人及其诗歌周围飘荡着一种中国智慧的氤氲和芬芳。可是对这种表面感觉作何信呢？是把它看作纯粹的巧合、不必夸大的偶然、表浅的类似一笑置之呢？还是一种精神的会通、跨越千年和千里相互辉映的闪光，因为人类的精神状态毕竟只会呈现数目有限的面貌，而且相同的精神类型必然会重复？抑或是一种更加深刻的相似、甚至相通,而且并不一定是有意识而为?①

可惜,查理·莫隆的发现和所提出的问题并未引起法国学者的兴趣,我国的葛雷先生曾经在著述中有所提及,但似乎也没有受到中国学者的广泛关注。半个世纪前的这篇文章,虽然也只是提出假设,但至少可以为我们中国学者研究马拉美与中国古典诗歌之间的关联提供一些呼应与根据。

可以说,查理·莫隆在文中颇为肯定马拉美与中国的渊源:"马拉美具中国'天朝帝国'文人之貌"②,但他同时承认很难为此提供资料佐证。确实,在目前已发表的马拉美的日记和书信中,并没有发现我们所希望的提及中国的字句。在其诗歌作品中,也只有《倦怠》这首诗中出现了中国人的形象:"我要放弃一个残忍国度贪婪的艺术,模仿心灵澄澈细腻的中国人。"法国学者莱昂·塞利耶(Léon Cellier)认为诗中"神秘的中国人"代表的其实是帕纳斯派(le Parnasse)的诗坛泰斗泰奥菲尔·戈蒂耶(Théophile Gautier)。③ 诚然,戈蒂耶的诗歌以追求静谧、精美而著称,堪称"澄澈细腻",但我们认为这一解释不能完全说明问题。这首诗中确实存在着中国文化背景,描述了诗人对心目中的中国艺术的向往。而戈蒂耶或许只是这种文化借鉴过程中的一个中介。波德莱尔(Charles Baudelaire)在《恶之花》中曾两次提及中国,视之为天堂般遥不可及的目的地,这个没有任何描述的异国他乡还只是一个想象中模糊的"乌托邦"。而兰波(Arthur Rimbaud)在《灵光集》(Illuminations,又译《彩图集》)中表示已经闻到了"中国墨汁"的芳香,中国这个名字所包含的文化元素渐渐得到具体呈现。因为19世纪后半叶,中国被迫与西方世界进行更大规模的交往,法国文人与中国文人的直接接触也已经开始。我们已知的一个事实是,戈蒂耶曾经慷慨收留一位漂泊于巴黎的中国文人丁敦龄,聘为女儿朱蒂特·戈蒂耶(Judith Gautier)的家庭教师,教授中文与中国诗歌。朱蒂特出版

① Ch.Mauron.Mallarmé et le Tao,in *Introduction à la psychanalyse de Mallarmé*.Neuchatel:éd.A la Baconnière,1968,p.221.

② Ch.Mauron.Mallarmé et le Tao,in *Introduction à la psychanalyse de Mallarmé*.Neuchatel:éd.A la Baconnière,1968,p.220.

③ 参见 B.Marchal.*Lecture de Mallarmé*.Paris:Librairie José Corti,p.28。

于 1867 年的《玉书》(*Le Livre de jade*)应当说得益于中国文化的浸染。在文化艺术上,吸引法国人的已经不仅是丝绸与瓷器,中国诗歌已经开始被法国文人作为创作的参照之一。可以推断,马拉美对同时代法国汉学家的研究成果应该不是一无所知,对来自中国的丁先生和戈蒂耶之女的中国题材创作应当有所了解,因为马拉美的好友卡迪尔·孟德斯(Catulle Mendès)曾是朱蒂特的丈夫,此外,他的另一位挚友欧仁·勒菲布尔(Eugène Lefébure)也曾娶一位中国女子为妻。① 尽管没有任何文献资料证明马拉美与任何中国人的直接交往或是中国艺术给予其的影响,但是我们至少可以相信存在上述的间接接触。中国不再是一个遥远而模糊的影子,也不仅是随风而去的墨汁的芬芳,在马拉美的笔下已经出现了一个"心灵澄澈细腻的中国人"在雪白的瓷杯上描绘花卉的形象。

我们无意夸大中国文化对马拉美的影响,这位西方文化语境中的诗人所具有的深邃思想和卓越才华绝不可能归结于仅仅一种灵感的启发,而一定是博采众长加上多思的气质所成就。但是,我们从他的作品和诗论中可以发现在两个显著的方面与中国古典诗歌的相通。

一、马拉美之诗"道"

在阅读马拉美的过程中,我们会惊奇地发现这位法国象征主义大师的诗歌思想与中国的禅道精神不无相通之处。

(一)

安德烈·纪德在怀念青年时代所聆听的马拉美的教诲时说:"啊! 在罗马街的这所斗室中,我们远远离开了纷繁城市的烦嚣,离开了那么多的政治谣传、阴谋和诡计。大家跟随马拉美进入了一种超然的世界……",他进而分析了诗人的精神特质,"马拉美的内心和外表都很淳朴。……马拉美具有一种

---

① 钱林森著:《光自东方来》,宁夏人民出版社 2004 年版,第 158 页。

特殊的品质,在他身上闪闪发光的,正是他的圣洁。在这一方面,他完全不属于世俗,他这个人仿佛在从事某种天赋的圣职。……他是一位圣者。……什么是这种德行的要素、组成成分呢?……这就是对绝对真理的信仰和信心,无论在任何情况下,发生任何事情,无论在马拉美周围发生什么'意外'都不动摇,怀着对真理的无限挚爱,在真理面前,一切都退避、消逝、变得无关紧要了。"①纪德还盛赞诗人把诗歌引向一个完美的境界,"显现出它从未有过的神奇魅力"。我们知道,禅的精神是"纯真""至善""完美",而当禅行者具足了这三种品质时便成为圣者。马拉美并非佛教意义上的禅行者,但是无论在精神上还是诗歌艺术上,他毕生追求的就是"纯真""至善""完美"的境界,以至于成为同时代人眼中一位超凡脱俗的圣者。这是诗人的本真状态,一种不需要修行的自然状态,或者说是无意识的禅行。

但是,青年时期的马拉美也确实经历过一段精神"苦修"。1864 年至1865 年间,诗人尚未探索到属于自己的诗歌道路,进入了创作上的困境和危机,并由此沉入冥思。我们无从知道他当时的所思所想,但可以从此后他与友人的通信中发现他静修后的结果。"在挖掘诗句的过程中,我遇到两个看不到底的深渊,其中之一是我不修佛教却达到了的虚无……"(致卡萨利斯的信,1866 年 4 月 28 日)②马拉美思想中的虚无已不是悲观的虚无,一无所有的虚无,而是一个辩证的、具有创造性的虚无。法国学者雅克·让古(Jacques Gengoux)在《马拉美的象征主义》中对于他的这个发现给予了重视:"表面似否定,其实却最为肯定,这个中心概念就是虚无。"③有的研究者认为马拉美受到了黑格尔辩证法的影响。确实,马拉美阅读过黑格尔,而曾经在海德堡传授过中国哲学的黑格尔或许也是马拉美了解中国道家思想的媒介之一。道家思想的一个核心概念自然是"道":"天下万物生于有,有生于无。"(《道德经》第40 章)道是无,道是有,道是虚,道是实。道中包含了有无和对立。这种否定之否定的辩证思想在马拉美的诗歌作品中时有体现。

形而上的思索唤醒了马拉美的另一个"我":"我的思想自行思想,并达到

---

① [法]安德烈·纪德著,徐知免译:《马拉美》,《译林》2006 年第 1 期。

② Mallarmé.*Correspondance*,*lettre sur la poésie*.Paris：Gallimard,1998,p.297.

③ J.Gengoux.*Le Symbolisme de Mallarmé*.Paris：Nizet,1950,p.13.

一种纯粹的理念。……我要告诉你的是,我已非我,亦非你所知的斯特凡,而是精神宇宙通过我来进行自省和发展的一种能力。"(马拉美致卡萨利斯的信,1867 年 5 月 14 日)①这令我们想到王国维把诗歌的意境分为"有我之境"和"无我之境",而马拉美正是达到了"无我之境":"以物观我,故不知何者为我,何者为。"(《人间词话》)从马拉美对自己的玄思的总结中可以感觉到他几乎达到"庄周梦蝶"所比喻的"物我同化"境界:"不知周之梦为蝴蝶与? 蝴蝶之梦为周与?"(庄子《齐物论》)人超脱了自我,体味到宇宙的玄境。这一精神体验给马拉美的诗歌创作带来了全新的境界,那就是在主观与客观相即相融中,观照心性,抽象万物,达成一种超验性诗歌。

作为诗人的马拉美,他的玄思并不以哲学为取向,而是为了寻找诗歌美学上的前景。马拉美的精神苦修是诗歌世界中的禅行,因为诗歌也是一种宗教,"对大地作出神秘教理般的解释是诗人的惟一使命"(马拉美致魏尔兰的自传信,1885 年 11 月 16 日)②。"大抵禅道惟在妙悟,诗道亦在妙悟"(严羽《沧浪诗话·诗辩》),经过精神"苦修"的马拉美也达到了"悟"的境界,得到精神的转化,他突破了写作上的迷惑,解脱了创作上的桎梏,从此告别了波德莱尔的诗风,确立了独特的马拉美诗歌美学。

查理·莫隆认为,"马拉美的诗歌美学表现为道家玄学思想的一个特别应用。也许可以反过来说,实际上,道家学说以及其他一些学说把一种由体验而获得的信念极度发扬光大,而马拉美在自己的领域以他自己的方式达到了这个信念。"③下面我们在马拉美的诗歌作品中来寻找一些印证。

(二)

我们首先来看马拉美的一首散文诗《白色的睡莲》。一个炎热的夏日,叙述者划船去寻访一位朋友的朋友,在芦苇丛中停留的片刻,他发现自己不知不觉已经进入"一位我将要向她致敬的陌生人"的园圃:

---

① Mallarmé.*Correspondance*,*lettre sur la poésie*.Paris:Gallimard,1998,pp.342–343.

② [法]马拉美著,葛雷、梁栋译:《马拉美诗全集》,浙江文艺出版社 1997 年版,第 379 页。

③ Ch.Mauron.Mallarmé et le Tao,in *Introduction à la psychanalyse de Mallarmé*.Neuchatel:éd.A la Baconnière,1968,p.234.

在这个季节，一个如此美丽的邻近之处，一位隐士的择居之所是池塘深处，这片自然景色最符合我的趣味。她一定是把这片水晶般的池塘当作荫蔽于午后炽热阳光下的一块心中明镜；她常来光顾，柳树上寒银般的水雾似乎很快变成了她那熟稔每一片绿叶的澄澈眼波。

在好奇的猜想之中，他听到女主人的脚步声走近，又停下。"脚步声时远时近，曼妙而隐秘，使人联想到她遮掩在轻纱中的倩影。"如果她出现，神情也许是"沉思、傲慢、愤怒或兴高采烈"，他决定带着"无瑕的遐想"离开：

告别即是相会……将散落在孤独中纯洁的空影尽收眼底，就像是为了纪念而采摘一朵蓦然出现的神奇睡莲，它用自己空淡的白色包裹着一种虚无，这虚无由无瑕的遐想、无须实现的幸福和因害怕而屏住的呼吸构成，带着这一切悄然离开：我轻轻击浆，不叫它破碎这幻想，不叫我的逃遁而激起的水花声在突然出现的人脚下透露了我掠走了理想之花的风声。

这段半途而弃的寻访给访问者带来了极大的享受，他收获了"想象的战利品"，体味着一种幻想的恬美，也就是他理想中的那朵"白色的睡莲"。

这令我们想到中国古诗中很多以寻隐不遇为题材的诗作，比如贾岛的《寻隐者不遇》，我们赞同程抱一先生对这首诗以及它所代表的一个"中国诗歌中的重要主题"所作的结构性分析：寻访常常构成一次精神体验；隐者的缺席从某种意义上来说是要求寻访者与他在精神层次上相遇。在这首诗中，童子答问的四句诗（他提供的信息越来越模糊）其实表明了智者精神升华的四个阶段。第一句说明了所居住之地，第二句介绍了他的去处，第三句表现了他融入自然之境，第四句则体现了他完全超然出世的境界。① 如果对照此言来读马拉美的《白色的睡莲》，我们发现其中也基本呈现了这四个阶段，只不过是寻访者本人得到精神上的领悟。总之，共同之处在于"隐"的意义胜于"现"，"空"的价值高于"有"，因为"空"的概念中反而蕴含永恒和无限的可能，"有"却意味着有形和有限。但是，在类似主题中，中国诗人往往都是寻禅问道，如常建的《破山寺后禅院》：

① F.Cheng.L' Ecriture poétique chinoise.Paris：Seuil,1991,p.175.

> 清晨入古寺
>
> 初日照高林
>
> 曲径通幽处
>
> 禅房花木深
>
> 山光悦鸟性
>
> 潭影空人心
>
> 万籁此俱寂
>
> 但余钟磬音

这首诗的艺术意境与《白色的睡莲》也有相通之处。期待会晤的人物不曾出现,池塘的女主人和禅房都掩映在花草树木之中。两首诗都不乏对景物的描绘,有日有树也有水,一切都在"曲径通幽处";色彩和光线的交织令人心旷神怡,而唯一可闻见的声音越发使得那份寂静可以掂量。总之,这两个作品的意境都可以用虚空宁静来概括,会晤的实现与否并不重要,重要的是人与景谐,思与境偕,寻访者的精神已经得到净化和升华,而"心"之"空"尤为重要,诗人向"空"寻求无限。

唐朝诗人王维常常以禅法入诗,把"空""寂""幻""闲"等禅趣饶有意味地表现出来:"古木无人径/深山何处钟/泉声咽危石/日色冷青松"(《过香积寺》)。而马拉美颇似王维所谓"天机清妙者"(《山中与裴秀才迪书》),"审象于净心"(《绣如意轮象赞》),超尘绝俗,他的诗歌空间也多为"虚""空""无"所占据。诗人的笔上仿佛附了一种具有消除作用的气息,随着笔触的延伸而抹去刚刚被命名的物体,产生一种有名无实或虚无缥缈的表现效果。这种否定一切的意向在很多诗篇中时有出现,而"空""无""消失"等表示否定逻辑的词语被频繁使用。比如,"我的饥饿无法从任何果实中得到安慰/却在它们渊博的虚无(leur docte manque)中寻到美味","和记忆的缺失(le manque de mémoire)一起坠落"。

在《悼歌》中有这样几句:

> 向着这个不复存在的故人,
>
> 虚无大声喊出它的思想:
>
> "天涯的回忆啊,你可知什么是大地?"

天地间传来渐行渐弱的回答:"我不知晓!"

在虚无的审判庭前,人是默默无闻的过客,最终消失在虚无里。在这短短几句诗中除了一句疑问,另外三句中都含有否定和消失的概念。

在另外一首小诗中,作者用烟圈的形态来比喻诗意以朦胧为美:

我们的心曲

徐徐抒发

飘散成圆圆的烟圈

又销魂到别的圆圈

马拉美喜欢用白色表示虚空,用镜子意象表示虚幻,落日被比喻为"美丽的自泯"(le suicide beau),它要坠落到那尚"不存在的坟茔"(mon absent tombeau),还有"弹奏寂静的乐师"等,恰如"道之出口,淡乎其无味,视之不足见,听之不足闻",但是却"用之无可尽"。(《道德经》第35章)

在马拉美的诗歌中,虚无到极致的应属下面这首原题为《十四行诗之自寓》的作品,这也是他所有诗作中最幽晦难解的一首。它通篇充满生僻的字眼,并且只押两个韵"-yx"和"-or",而且以"-yx"为韵可以说是诗人绝无仅有的创造。由于此诗的不可译性,我们原文摘录如下:

Ses purs ongles très haut dédiant leur onyx,

L'Angoisse,ce minuit,soutient,lampadophore,

Maint rêve vespéral brûlé par le Phénix

Que ne recueille pas de cinéraire amphore

Sur les crédences,au salon vide:nul ptyx,

Aboli bibelot d'inanité sonore,

(Car le Maître est allé puiser des pleurs au Styx

Avec ce seul objet dont le Néant s'honore).

Mais proche la croisée au nord vacante,un or

Agonise selon peut-être le décor

Des licornes ruant du feu contre une nixe,

Elle,défunte nue en le miroir,encor

Que,dans l'oubli fermé par le cadre,se fixe

De scintillations sitôt le septuor.

这里我们要探讨的是这首诗可能具有的意义。从词汇角度来看,全诗中有很多表示否定意义的词语,尤其是在第二诗节对空屋的描写中,如"空荡荡的客厅"(salon vide,第5句),"没有一个ptyx"(nul ptyx,第5句),其中的名词"ptyx"其实是诗人自创的词语,并无任何对应的所指,后两句诗是对该不知何名之物的描述:"无形"(aboli)亦"无声"(inanité sonore,第6句),它的主人是"虚无"(le Néant),并且是它的主人引以为豪的唯一物件(第7句)。第三诗节中似乎出现了窗外的背景,但是窗户本身又是"虚幻"的(vacante)(第9句),所见一缕金色的光也在"失去"光芒(agonise),唯一的生物是神话中的水神,可它也"消失"(défunte)在镜子里,只有最后一句中能看到存在之物,那也是映照于镜中闪烁的北斗七星,可惜镜子只是"被封闭的遗忘"(l'oubli fermé,第13句)。综上所述,这首诗里的中心意象就是"空":在房间里空无一物,所谓的"ptyx"有名无实,镜子里反射的是空虚的景象,并且镜子本身也是框架里的空洞。这首诗的一个可能的寓意是:深夜里,冥思苦想(l'Angoisse,第2句)的诗人在灯下"寻诗",不仅是在寻找诗句本身,而且在寻找写作的意义。正如贝特朗·马沙尔的精辟之言,这是关于虚空的诗(poème de l'absence),同时也表现了诗的虚空(l'absence de poème),[①]因为诗的写作是一个脆弱的行为,会时常被虚无吞没。可想而知,诗人在创作这首诗时的状态已经无限接近禅家的"空心灭想"之境。

在马拉美的诗歌思想中,这种否定一切可名之物、有形之物的逻辑颇有几分近似禅宗中"菩提本无树,明镜亦非台;本来无一物,何处惹尘埃"的空明境界。那么,这种虚空意境的营造是否仅仅是一种语言的技巧和艺术表现手法呢? 如此认为的话,就是割裂了马拉美的哲学思考与诗歌写作探索的关系。他之所以在诗中营造"虚空",是因为他有意脱离可见的现实世界,他要有一颗"空"的心,这样,从虚无中诞生的、无限的理想世界才能够居于其中。也就是说,诗歌上的"虚空"是马拉美对世界本体思考的结果,诗道合乎心道。

---

① B.Marchal.*Lecture de Mallarmé*.Paris:Librairie José Corti,pp.177-178.

（三）

在马拉美为数不多的诗篇中有一组"挽歌"系列，追念了同时代的著名诗人和艺术家，其中有致诗人泰奥菲尔·戈蒂耶的《悼歌》《爱伦·坡墓》《波德莱尔墓》《魏尔兰墓》《悼瓦格纳》《悼沙瓦纳》等。在每一首诗作中，马拉美都能洞悉人物的特质，令逝者的生命意义在文字间焕发与众不同的光彩。不过，纵观这一组写作年代跨越了 20 年（从 1874 年到 1894 年）的诗，我们还是能够发现马拉美的一个诗歌理念始终贯穿其中。

首先，死亡作为马拉美的诗歌主题并没有一般文学作品中的悲剧色彩，而却因为类属于"无"或"虚无"这一母题而具有了辩证的、积极的意义。在《悼歌》中，马拉美赞颂戈蒂耶是"不朽的天才"，但他并不希望诗人的重生："我不需要你的亡灵显现，因为我已把你放进斑石垒成的居所"。纪念的仪式并不是悲哀，手中举起的"空杯"是对一位缺席的伟大诗人的祭奠，同时这个动作也分明表示诗人无形的存在。因为石墓封存的只是诗人的形骸，诗人洞悉世事的目光永远清澈，不朽的作品像鲜花一样不会凋谢。借这首诗，马拉美从对戈蒂耶个体的歌颂升华到对整个诗人群体命运的思考："哦，你注定是我们诗人幸福命运的象征！"，因为诗人的幸运在于他的存在可以因为作品而延续到生命消失之后。在《波德莱尔墓》这首十四行诗中，前两个诗节以波德莱尔的笔锋勾画了一系列阴森和丑陋的意象，恍惚间我们像是回到了《恶之花》的世界；在诗的末尾，"我们即使中毒也愿不辍吮吸"的"一壶鸩酒"便是波德莱尔留给世间的作品，这个隐喻可谓意味深长：一个被诅咒的诗人用他传世的独特作品告诉我们什么是永恒。"正如不朽终于改变了他自身。"《爱伦·坡墓》的第一句诗以坚定而磅礴的气势宣告了诗人的荣誉并不仅仅依存物质的存在，"不朽"这个词在此处恰好反过来是"死亡"的别称。当美国人打算仅仅以一块没有碑铭石刻的石头为爱伦·坡立墓时，马拉美在这块朴素的石头上看到了一个被逐出天堂的诗人在凡间的命运，在诗篇的结尾，作者把爱伦·坡所遭受的不公待遇（没有雕饰的坟墓）转变为一种荣耀："至少还有这块花岗岩/向着未来的飞短流长永远显示着棱角。"由此可见，这一系列以"墓"命名的悼诗看似追悼生命与实体的消失，是"有""实""形"的空缺，实质上却是否定之否定,是对"虚""无"的肯定,因为它们赋予"无形的存在"以"实质的意义"。诗人和艺术家们在世间凡身肉体的存在形式可能是醉鬼、流浪者、不幸的人、叛逆者、默默无名或被诅咒的人,但是死亡却赋予他们永恒的价值,艺术家只有在自己的作品中才能找到在尘世间被湮没的身份和公正的名誉。穿越了虚无和死亡,永恒的生命终于升华,这就是马拉美笔下死亡主题中"有"与"无"的转换。查尔斯·查德威克(Charles Chadwick)在《象征主义》一书中高度评价马拉美实现了"从虚无中取得某物、从死亡中创造生命的抱负"①。

除了这些献给诗人和艺术家的挽歌,还有一首悼亡诗值得一读,这首无题的十四行诗是无名氏在冥界致一个"被哀伤幽禁的孤独人"——她的未亡夫的心声。诗句中有很多表示"空缺"的词汇,寓示着妇人已经辞别人世,如"被遗忘的木柴"让我们想到壁炉里的火已经熄灭,"从前的座椅"上"我的影子"还没有被炉火照亮,她"无力"的手指无法掀起陈放鲜花的墓石,虚无的意境仿佛可以从"徒劳敲打的午夜钟声"中听到。最令人迷惑的是第一诗节的后两句诗:"在我们引以为荣的合葬坟冢上/唉,愿无沉甸甸的花束来占据"。在原文中,"s'encombrer du manque"(被空缺占据)构成了奇特和矛盾的搭配,因此在释义时,有人解释为"花束并不存在",有人解释为未亡人曾经向故去的妻子献花哀悼。无论取何种解释,总之,亡妇谢绝这个不论存在与否的哀悼方式,因为一切有形的、物质化的方式在她看来都是不需要的。借用亡妇人的形象,马拉美表达了这样的想法:人的复生存在于文字和意念之间,不需要借助有形的形式。

> 希望经常来拜访的人
> 不必在墓石上陈设太多的鲜花,
> 我无力的手指苦于难以掀起。
> ……
> 夜晚中你低唤我的名字,
> 而我只消借你双唇的气息便可复生。

整首诗表现的是生者与死者之间的交流,达到了"真中有幻、动中有静、

---

① [英]查尔斯·查德威克著,周发祥译:《象征主义》,昆仑出版社1989年版,第43页。

寂中有音、冷处有神"(吴雷发《说诗菅蒯》)的意境,尤其是最后两句诗传递了一种空灵的气息,是物质的形式与精神的实质之间的对立,有形的存在与无形的存在之间的转化,或简而言之,是"有"与"无"之间的辩证关系。在马拉美的多数作品中都体现了诸如动与静、生与死、短暂与永恒、有限与无限等矛盾理念之间辩证的对立与统一,仿佛是用文学作品诠释了中国的道家"有无"相对而又相生的思想。

(四)

什么是诗?马拉美从"一朵花"中洞悉了诗歌的本质,"我说:一朵花!把声音中异于花萼的任何轮廓都忘记,所有花束里都不存在的东西便婉转地升起,它即是美妙的概念本身。"(《诗的危机》)①这个理想化的表述通过否定一切外在性而抽离出诗歌语言的纯粹本质,而且颇得"言者所以明象,得象而忘言;象者所以存意,得意而忘象"(王弼《周易略例·明象》)的意境。

马拉美写过许多题扇诗,这一点也非常符合中国文人的风尚。这里我们来读其中的《题马拉美夫人扇》,看看诗人从扇子当中悟出何道。

> 言语只在轻摇慢曳之间
> 化成一行未来的诗句
> 从风雅仙府冉冉腾逸
> 婉转低回,清风拂颜
> 此扇可就是你身后
> 为了映照它而在的明镜里
> 那轻飞的翅翼
> (微不可见的灰烬
> 每一次挥去
> 却又飘落
> 令我心伤)
> 它总是这样出现

---

① Mallarmé.*Poésies*. Paris:Bookking international,1993,p.196.

在你勤勉的双手之间

马拉美从扇子形象中捕捉到一些特征,如从摇动的姿态联想到翅膀和飞翔,继而联系到灵动的诗句从中飘逸而出,突出了诗人的诗歌理念——诗只是一种空灵的节奏而已;诗人用镜子反射和衬托翼动的形态和意义:镜子是为了证明它的存在而存在;每一个诗句的诞生都抹去冥思无果的遗憾,可是无奈还是会袭来,不免令人伤感;正如扇子不断摇动才会产生清风,诗歌也创作于勤勉的双手之间。马拉美以丰富的想象和精巧的比喻,将深刻、抽象的诗学思想和创作感受浓缩在扇子这个意象中,在寻常之物中发现了诗之"道",以形象的方式表述了他对诗歌的定义:"诗歌通过回归质朴节奏的人类语言来表达存在的神秘意义,我们的生活因它而真实,诗是我们唯一的精神使命。"(马拉美致奥非的信,1884 年 6 月 27 日)①

广而言之,很少在作品中流露个人情感的马拉美把自己的写作才华运用在诗歌中来探索形而上的诗艺,用诗歌语言对诗进行本体论思考,因此,他的创作从整体上来说就是为了寻找诗"道"。

二、马拉美诗之"隐"

除了上述马拉美与道的精神会通,我们还发现马拉美诗歌与中国古典诗歌在诗艺上的相通。

(一)

马拉美的诗歌以隐晦著称,从某种意义上颇为契合中国文化中"隐"的特征,即"含有深意,藏而不露"。"含蓄"是中华民族的性格特征,艺术上的寓意隽永是其中的一种表现。除了这种伦理契合之外,含蓄效果主要是中国古代文人的一种美学追求:"蓝田日暖,良玉生烟,可望而不可置于眉睫之前",这才能算作"诗家之景"(司空图《与极浦书》);"远人无目,远树无枝;远山无

---

① Mallarmé.*Correspondance*, *lettre sur la poésie*.Paris:Gallimard,1998,p.572.

石,隐隐如眉;远水无波,高于云齐"(王维《山水论》)的景象可谓意味深长。刘勰在《文心雕龙·隐秀》中表述了文学中"隐"的特征:

> 隐也者,文外之重旨者也;……夫隐之为体,义生文外,秘响旁通,伏采潜发,譬爻象之变互体,川渎之韫珠玉也。故互体变爻,而化成四象;珠玉潜水,而澜表方圆。始正而末奇,内明而外润,使玩之者无穷,味之者不厌矣。

无论是对以含蓄为宗旨的中国诗人还是法国象征主义诗人而言,平白无味或直抒胸臆的语言在诗歌中是不可取的。他们之间的相通基于一种类似的审美追求,那就是意境。诗人王昌龄在《诗格》中写道:

> 诗有三境,一曰物境:欲为山水诗,则张泉石云峰之境,极丽绝绣者,神之于心,处身于境,视境于心,莹然掌中,然后用思,了然境象,故得形似。二曰情境:娱乐愁怨,皆张于意,而处于身,然后驰思,深得其情。三曰意境:亦张之于意,而思之于心,则待其真矣。

以此品味马拉美的诗歌,可以看出他不事"物镜"与"情境",而专注于"意境",也是最高之境界。马拉美反对帕纳斯诗派如描写静物般的写诗方式,"他们把事物拿来完整地展示,一览无余,缺少神秘感","我认为,正相反,应当有所寓意。静观事物,它们激起的遐想中飘逸出的意象才是诗歌。"(《谈文学运动》)[1]在创作长诗《海洛迪亚德》的过程中,马拉美发现了一个"崭新的诗学":"不要描绘事象事物本身,而是描绘事象产生的效果。诗句不应当由词语组成,而是由意构成,在感觉面前,所有的言辞都匿去痕迹。"(致卡萨利斯的信,1866年10月30日)[2]他强调了"意"和"效果"的价值,认为它们比客观事物和词语本身更重要。这一主张与中国清朝王夫之不谋而合,后者在《姜斋诗话》提出:"无论诗歌与长行文字,俱以意为主。意犹帅也。无帅之兵,谓之乌合。李、杜所以称大家者,无意之诗,十不得一二也。烟云泉石,花鸟苔林,金铺锦帐,寓意则灵。"

"隐",首先需要诗歌具有暗示力,用间接手段表达深意,为读者提供领会

---

① Mallarmé.*Igitur*,*Divagations*,*Un coup de dés.* Paris:Gallimard,1976,p.391.

② Mallarmé.*Correspondance*,*lettre sur la poésie*.Paris:Gallimard,1998,p.206.

和遐想的空间。这种艺术手法存在于所有民族的诗歌中,但是在中国诗歌传统中尤为显著和突出。汉语中用"言外之意""弦外之音"等表示暗示的效果。唐朝文学评论家司空图有两句诗最能概括暗示手法的艺术表现力:"不着一字,尽得风流。"(《二十四诗品·含蓄》)千年以后,马拉美用另一种语言对这八个字作了最好的回应。他说:"直言其事,这就等于取消了诗歌四分之三的趣味,这种趣味原是要一点一点去领会的。暗示,才是我们的理想。充分使用这种神秘便构成了象征。"(《谈文学运动》)[1]马拉美为暗示增加了隐秘色彩,并把暗示延伸到象征这个核心概念。中国诗人追求的是"韵味"或"神韵":司空图在《与极浦书》《与李生论诗书》这两封书信中概括了他的诗学思想,即"像外之像""景外之景""韵外之致""味外之旨",这是中国诗的审美趣味。法国象征主义诗歌运动出现之后,1894 年,法国文学评论家圣安东尼(Saint-Antoine)用"allusion"(含蓄)和"prolongement"(延伸)来作为暗示性诗歌的注脚,在不同语境中与中国诗论家们产生呼应。可是,马拉美的追求还在这些之外。由于他的诗歌创作以精神世界为旨归,其暗示性更加唯心主义和神秘主义,欲超脱日常的感觉和局限,趋向一种玄思状态。这样,马拉美把暗示引申到了隐晦的阶段,产生深邃幽晦的效果。

(二)

"隐"需要依赖于文字创造的意境而产生。

发掘物象的特征并进行丰富的联想是赋予作品意义的一种手段,独特的隐喻和象征当然是暗示艺术的一个重要方式。中国诗歌拥有丰富的暗示手法,如比兴、象征、双关、用典等修辞手段,善于曲折表达思想感情。例如,当我们读到"千山鸟飞绝/万径人踪灭/孤舟蓑笠翁/独钓寒江雪"(柳宗元《江雪》),文字间展开的是冬天的雪景,可是诗的意义是否止于此呢?寓意是在景色之外的。当我们读到马拉美的诗句"落寞而生的花除了留恋/她那无神眼波中的影子已经别无所爱"(《海洛迪亚德》),我们需要领会这并不是一朵花的故事,而是孤芳自赏的海洛迪亚德的命运,她拒绝人世间的一切诱惑,沉

---

① Mallarmé.*Igitur*,*Divagations*,*Un coup de dés.* Paris:Gallimard,1976,p.392.

浸于自我的理想世界中,默默"等待一个未知的事物,抑或是永远不得而知的秘密",这也是理想主义诗人的象征。马拉美也十分擅长在一个意象上凝聚深意,比如,处于创作困境的诗人的怅惘和对诗歌理想王国的向往不是直接表白的,而是通过"蓝天"这个意象来暗示的,这个象征从在《苍穹》这首诗中萌发,到《海风》中更加吸引了诗人去逃遁物质的现实世界:"逃!逃向那里!我感到鸟儿们陶醉于/无名的泡沫和蓝天之间!/沉入大海的这颗心将一无所恋……"。从这寥寥几句诗中我们能够感觉到由暗示而带来的强烈艺术张力。这也就是刘勰在《文心雕龙·宗经》篇中概括的"辞约而旨丰,事近而喻远"的文风。

中国诗歌主要以情景交融而生意境,如"采菊东篱下,悠然见南山"。李商隐的诗歌最为隐曲委婉,除了上述表现手法,他最擅通过虚实相间来达到"隐"的效果。梁宗岱说:"马拉美酷似我国底姜白石。他们底诗学,同是趋难避易(姜白石曾说,'难处见作者',马拉美也有'不难的就等于零'一语);他们底诗艺,同是注重格调和音乐;他们的诗境,同是空明澄澈,令人有高处不胜寒之感;尤奇的,连他们癖爱的字眼如'清''苦''寒''冷'等也相同。"(《诗与真》)笔者却认为,诗在"隐"处,最与马拉美相似的中国诗人是李商隐,其诗像"雾里繁花的朦胧凄艳"[1],擅长将实景与虚景叠映、融化,产生幻美的意境,"通篇情思缥缈朦胧、深隐幽微、无端无绪、弥漫混沌;象征的幻想和幻境往往具有多层或多种意蕴,而且很不确定,令人难以捉摸,以致成了千古诗谜"[2]。李商隐诗的朦胧性、梦幻性、象征性、多义性在中国古代诗人中最为突出,在诗艺上与法国诗人马拉美也距离最近。当然,与之不同的是,李商隐的诗中隐晦的多是个人遭际和情感,是不幸的人生体验,仍然属于经验式的象征主义。

喜欢脱离物质世界的马拉美主要通过虚实相生而创造意境。在他的诗中,想象、神话、理想和梦幻世界构成意象的来源,所以作品常常笼罩着一种虚幻朦胧的色彩。如这首写于1863年的早期作品《显灵》:

　　　明月添愁。赛拉芬们垂泪

---

① 刘学锴、余恕诚著:《李商隐诗选》,人民文学出版社1997年版,第26页。

② 陶文鹏著:《唐宋诗美学与艺术论》,南开大学出版社2004年版,第167页。

沉入梦境,手持琴弓,在花雾的

静谧中,拉着断肠的提琴,

白色的呜咽拂过彩云朵朵的苍穹。①

……

落寞的我踟蹰在青石路上,

阳光穿过你的秀发,忽现在夜幕里的长街

你莞尔微笑

仿佛头戴光环的仙女,

她曾走过我幸福孩提时的酣睡,

用她那半拢的双手

撒下一束束洁白的芳星如花雪飘落。

　　在这首诗的开头,天上的景色由声、象、色等各种元素构成,动静有致,拟人和通感的运用使人身入其境,组成朦胧的有声画面;到了后一节,光影的对比增添了虚幻色彩,而"她曾走过我幸福孩提时的酣睡"更是把过去和现在的梦幻联系起来,具有很强的艺术感染力。而且,纯净、柔和的白色把这首诗统一起来,透露出缥缈、空灵的意境。那么,这首诗表达的是对马拉美的生活中一个真实女性的爱恋,是对母亲的怀念,还是对缪斯女神的渴望?"如在眼前"却"见于言外",暗示性作品存在多义性,为我们留下想象的空间。

　　马拉美在那首著名的《一个牧神的午后》中更是把虚幻手法用到极致。在一个晴朗夏日的午后,牧神在苇塘边醒来,吹响了芦笛,却惊吓了水中嬉戏的仙女。她们纷纷逃逸,只留下一对天鹅般的仙女。当牧神想去拥抱她们,她们也一样消失了,怅惘的牧神又沉入梦幻。在这部作品的开头,牧神说:"这些仙女,我欲使她们永存。"然而,睡意蒙眬的他也分不清现实和梦境,"我爱的是一个梦吗?"他的怀疑停留到他的目光接触到"真实的树枝"的那个时刻。那么对于读者而言,牧神以一句"让我们思索吧"而开始的回忆是真是梦难以辨别。整个作品构成一种象征的意境,通过牧神的精神体验,马拉美表达了一种美学追求,即一种依存于梦境的理想世界,而不是对现实的依赖。这个理念

---

　　①　此四句直接引用葛雷、梁栋译:《马拉美诗全集》,浙江文艺出版社 1997 年版,第 5 页。

的表现既在诗句之中,又在诗句之外,好似隐语,需要一点点去领会和解密。无论从结构还是从意象,这首诗不仅带来美感,重要的是它产生了暗示的力量,蕴藉在全部作品中,令人回味无穷。宋朝严羽在《沧浪诗话》中说:"故其妙处,透彻玲珑,不可凑泊,如空中之音、相中之色、水中之月、镜中之像,言有尽而意无穷。"马拉美的诗歌中多有此妙,不同的是,他的诗歌中多用虚境而非实境来产生无穷之"意"。

(三)

"隐"从根本上来说是语言的艺术。

中国文字的精炼简洁和长久形成的诗歌形式使得含蓄和暗示成为必须和可能。叶维廉在分析中国诗的语法和表现时说:"中国诗人能使具体事象的活动存真,能以'不决定、不细分'保持物象的多面暗示性即多元关系,是依赖文言之超脱语法及词性的自由,而此自由可以让诗人加强物象的独立性、视觉性及空间的玩味。"①中国文字具有极强的可塑性、伸张性和模糊性,往往可以以少胜多,传情达意,气韵生动。

然而,对于马拉美而言,仅仅运用法语中现存的语言资源似乎并不能满足他的创作需求。西方的表音文字在音乐暗示性上略高汉语一等,但是分析性语法在增强逻辑的同时也限制了诗人表达意义的空间。到了西方现代诗人那里,他们产生了打破严谨细分性语法的愿望,而马拉美是最早进行这种尝试的。他的早期作品还没有脱离传统语言表述的规则,相对而言较好理解。经历精神苦修的那个阶段也是他寻找诗歌语言突破的一个过渡时期,此后的诗作十分难解,且不谈意义的深远,仅仅是字面意义已经令人捉摸不透。对于任何阅读马拉美的人来说,解析其中个性化的文法是第一步。比如,前面引用的小诗《题马拉美夫人扇》的第二诗节原文如下:

> Aile tout bas la courrière
>
> Cetéventail si c'est lui
>
> Le même par qui derrière

① 叶维廉著:《叶维廉文集》第一卷,安徽教育出版社 2002 年版,第 100 页。

Toi quelque miroir a lui

这里,传统的句法已经支离破碎:词序颠倒,句子成分缺失,而且第一个词"Aile"似乎身兼名词(翼)与动词(飞)双重身份,如果是动词,也体现了诗人臆造的成分,对于"tout bas"(低)也有不同理解,是空间上还是声音的低也难以定论。诗人希望召唤每一个词语的自由和意义而牺牲逻辑的稳定。类似的情况在马拉美的诗作中比比皆是,造成的效果是逻辑关系模糊,从而含义模糊,但是语言紧凑、意象紧凑,效果上有点像中国旧诗中意象的紧凑。

马拉美有意破除陈旧语言的窠臼,他宣称:"纯粹的作品意味着诗人的陈述消失,把创意让给词语,让它们在不均匀的碰撞中创造;它们互相辉映,犹如一颗颗宝石上产生幽然的光芒,取代了从前的抒情气息或主宰句子的个人激情。"这是怎样的诗句呢?"用好几个词锻造出一个迥异于普通语言体系、如同咒语般的、完整的、崭新的诗句。"(《诗的危机》)①与此同时,马拉美大胆地取消了法语诗歌中的标点符号。用我们的现代眼光来看,这是很平常的,仿佛是现代诗歌与生俱来的特征。但实际上,在当时的诗歌写作中,这是不可思议的改变,而正是马拉美在法语诗歌中第一个做了系统的尝试。这也是为了在诗句中获得一种起承转合的自由。查德威克分析了他这么做的原因:"马拉美在晚期的作品中故意省去了所有的标点符号,无疑这是因为它认为点标点的办法不妥当,不宜于尽善尽美地反映他的句法的微妙与复杂。"②或许这位现代诗人从中国古诗里汲取了灵感。反过来说,中国传统诗歌原来也早已蕴含了现代气息。总之,我们看到了二者之间的靠近。

为了实现"意无穷",马拉美在形式上走得很远。他打破法语句法的限制,随心所欲地调动词语,似乎想要获取类似汉语文法和诗歌表现方式里的自由。但是,在既定的语言框架里,如果一味按照自己的意图来移动一块块图板,那么他所完成的"拼图"(puzzle)就必然突破常理,展现的是一幅奇诡的图案。相比于中国古代诗人延展文字里意象空间的自如,马拉美所作的突破的

① Mallarmé.*Poésies*.Paris:Bookking international,1993,p.194,197.
② [英]查尔斯·查德威克著,周发祥译:《象征主义》,昆仑出版社 1989 年版,第46页。

确勇敢大胆却不免使作品显得晦涩难解。

《骰子一掷永远取消不了偶然》是诗人马拉美的绝唱。我们被它的独特形式深深吸引。诗人不仅放弃了格律、突破了文法框架、取消了标点,而且开始用词形构筑意象画面。字体不一,大小不同,白纸黑字疏密有致地排列,打破了一般诗歌整齐划一的版面格式。随着意象的变化,画面也在变化不同的曲线。诗人创造性地把诗页变成了画面,而且具有流动的旋律,令人产生无限的遐思。在作品发表之前,马拉美曾经邀请瓦雷里(Paul Valéry)到自己家中欣赏这首奇诗的出版清样,他的弟子说:"马拉美的近作是经过长久地、精确地思考而进行的一次尝试","他梦寐以求的就是这样一个表达理性思想和抽象想象的思维工具","他之前仔细研究了……字体的黑白分布和疏密对比的效果",瓦雷里还表示,当他第二次看到这部已经被印刷出来的作品时,仿佛看到了一场"表意文字的盛会"①。生活在表意文字世界中的中国人看到马拉美的这部诗作会为之一动而且发出会心的微笑,因为我们眼前出现的是一个西方面孔的诗人手持毛笔模仿中国人,诗中作画、画中作诗,一幅黑白相间、虚实相生、动静有致的画卷徐徐展开,意味无穷……

结　语

我们很难从影响研究的角度来考证马拉美与中国文化的渊源关系,把具有超验色彩的马拉美诗歌与任何一位中国诗人的作品进行单一的对应比较也难免显得生硬,但是通过以上分析,我们却可以感受到他的诗学思想和诗歌艺术在一定程度上与中国古典诗歌美学之间产生悠远的回响。这种跨文化语境中的精神关联与会通值得比较文学研究者关注,它启示我们东方与西方之间的距离其实并不那么遥远,传统与现代之间的对立也并不那么绝对。本文对马拉美与中国古典诗歌之间的诗学会通所作概貌性描述和分析有浮光掠影之

---

① P.Valéry.Le coup de dés,lettre au directeur des Marges.in *Variété*,*Œuvres*,tome I.Paris:Gallimard,1957,pp.622-628.

嫌,旨在抛砖引玉,求教于海内外专家学者批评指正。

参考文献

［英］查尔斯·查德威克著,周发祥译:《象征主义》,昆仑出版社 1989 年版。

［法］马拉美著,葛雷、梁栋译:《马拉美诗全集》,浙江文艺出版社 1997 年版。

刘学锴、余恕诚著:《李商隐诗选》,人民文学出版社 1997 年版。

陶文鹏著:《唐宋诗美学与艺术论》,南开大学出版社 2004 年版。

钱林森著:《光自东方来》,宁夏人民出版社 2004 年版。

［法］安德烈·纪德著,徐知免译:《马拉美》,《译林》2006 年第 1 期。

叶维廉著:《叶维廉文集》第一卷,安徽教育出版社 2002 年版。

Cheng, François. *L'Ecriture poétique chinoise*. Paris: Seuil, 1991.

Gengoux, Jacques. *Le Symbolisme de Mallarmé*. Paris: Nizet, 1950.

Mallarmé, Stéphane. *Poésies.* Paris: Bookking international, 1993.

Mallarmé, Stéphane. *Correspondance, lettre sur la poésie*. Paris: Gallimard, 1998.

Mallarmé, Stéphane. *Igitur, Divagations, Un coup de dés.* Paris: Gallimard, 1976.

Marchal, Bertrand. *Lecture de Mallarmé*. Paris: Librairie José Corti.

Mauron, Charles. *Introduction à la psychanalyse de Mallarmé*. Neuchatel: éd. A la Baconnière, 1968.

Valéry, Paul. Le coup de dés, lettre au directeur des Marges. in *Variété*, *Œuvres*. Paris: Gallimard, 1957.

(原文刊于 2008 年 12 月《跨文化对话》第 24 辑)

当代法国研究中国诗的新尝试

——《诗国漫步》书评

法国作为开启西方汉学传统的重要国家,对中国文学与文化的接受和研究已有三百多年历史。进入 21 世纪以来,随着中国语言与文化在海外的传播与影响日渐深远,法国的汉学领域依然呈现枝繁叶茂的勃勃生机。在这片学术园地中辛勤耕耘的既有法国汉学家,也有旅法中国学者,他们以中西合璧的学术素养把中华文化的海外传播不断向宽广和纵深两个维度推进。在这一群中法学者中,活跃着一个我们熟悉的身影——金丝燕教授:她 20 世纪 80 年代初毕业于北京大学西语系,90 年代初获得法国巴黎索邦大学现代文学博士学位,1997 年出版的法文著作《中国诗歌意象的嬗变(1915—1932)——从法国象征主义诗人到中国象征主义诗人》①对 20 世纪上半叶法国象征主义在中国的接受和影响进行了详尽的史实梳理,为从事相关领域研究的后来学者提供了宝贵的参考资料。

金丝燕教授执教法国多年,现任法国阿尔多瓦大学(Université d'Artois)中文系主任,同时兼任阿尔多瓦孔子学院法方院长,她以自己的学术成就与学术交往致力于建设一个平等交流、互利合作、互通有无的跨文化对话平台。2013年 7 月,金丝燕主编并参与撰写的一部关于中西诗歌对话的法文著作《诗国漫步》(Promenade au coeur de la Chine poétique)②正是法国阿尔多瓦大学中文

---

① Jin Siyan.*La métamorphose des images poétiques 1915-1932-Des symbolistes français aux symbolistes chinois*.Bochum:Edition Cathay,1997.

② Jin Siyan et Lise Bois(dir.).*Promenade au coeur de la Chine poétique*.Artois:Editeur Artois Presses Université,2013.文中引用皆出于此书,仅在括弧中夹注页码。

系与阿尔多瓦孔子学院密切合作的结晶,这也是法国大学的中文系与中国孔子学院努力探索的有效合作模式。

《诗国漫步》一书收录了四位华裔学者和五位法国学者的十篇文章。作为开卷之作的是两篇宏观视角的论文,即金丝燕的《诗歌——中国文学的灵与肉》和让-弗朗索瓦·瑟内(Jean-François Sené)的《浅探东西方诗歌的相遇》,中国学者和西方学者从各自的角度探讨了中西诗歌传统,好似由此开启了一场关于诗歌交流的对话,这也是体现编者匠心独具之处。其余八篇论文各有具体而明确的研究主题,分为两个部分:第一部分五篇论文以中国古典诗歌为研究方向,涉及屈原、汉代女诗人、刘勰《文心雕龙》中关于诗歌音乐性的论述、白居易的《长恨歌》和唐宋词的音韵格律;第二部分的三篇论文则以中国现代诗歌为研究方向,将于坚、北岛和程抱一的诗歌创作为研究对象。或以西方读者为受众介绍和普及中国诗歌,或借鉴西方文学批评分析方法对中国诗歌进行解读,或探寻中西诗学的差异和会通。总之,《诗国漫步》中的十篇雅文建立起跨越古今中西的精神对话。

一、走近中国诗歌

孔子学院以在海外传播中华文化为己任,因此《诗国漫步》中有多篇文章有助于法国读者了解中国诗歌的悠久传统。

诗歌是文学的起源,而在古代中国,诗歌不仅是一种文学艺术,它还是中华民族的一种生活方式,甚至因其具有礼乐教化作用而属于精神道德的范畴。金丝燕在《诗歌——中国文学的灵与肉》的开篇便指出诗歌在中国古代社会中的至高地位:"在古代中国,诗歌是文学的灵魂,滋养着人们的精神","中国诗歌是一种人性的宗教,人们试图在诗歌中表现人在宇宙中的特殊位置","诗歌是中国教育的一个基本内容","诗歌汇集了古代祖先的一切智慧",故而有"诗教"之名。直到20世纪中叶,中国的家庭私塾教育都以诗歌启蒙,韵律、对偶、对仗、象征等是中国人自幼需要熟记于心的作诗手法。这些精辟的表述将我们中国人所熟悉的儒家诗歌理念传播给法国读者,令人对中国诗歌的独特地位产生正确认识。此外,金丝燕还提到中国第一部诗歌总集《诗经》与《易经》《尚书》等并列为"六经",足见诗歌的重要性。

关于中国古代诗歌的艺术性,金丝燕转译了"风骨""文""质"等特有的文学批评术语,以说明中国诗歌在形式与内容、文辞与思想平衡方面的追求,并以"赋""比""兴"为重要的诗歌表现手法。她还依据王力著《汉语诗律学》为法国读者概述了自《诗经》到唐诗、宋词、元曲直至20世纪初中国诗歌体式和韵律的演变。这篇言简意赅的序文性文章令不熟悉中国文化的法国读者可以在最短的时间内对中国古代诗歌进行概貌性了解。

"音乐性是中国诗歌的灵魂",这一点在序言中无法得到充分阐述,但是在后面正文第一部分"中国古代诗歌"中得到补偿,因为金丝燕贡献了另外一篇题为《刘勰〈文心雕龙〉对诗歌音乐性的阐述》的文章。该文是对《文心雕龙·乐府第七》一篇主要内容和观点的法文阐述,同时也参考了《吕氏春秋》《礼记》等上古著作中关于礼乐的片段。文章聚焦的是乐府诗歌,这是诗与乐完美结合的形式,即"诗为乐心,声为乐体",二者以"中和之响"实现礼仪雅正的道德使命。无论是《文心雕龙》这部文论著作还是乐府这种独特的诗歌形式,它们在法国得到的介绍和研究都与它们在中国文学史上的重要性不相匹配。在20世纪中叶,汉学大师桀溺(Jean-Pierre Diény)曾经对汉乐府进行了精深研究,遗憾的是这一课题后继乏人,未得以充分展开。刘勰对于诗与乐关系以及礼乐本身教化作用的认识是中国古代文学理论中具有总结性和代表性的观点,因此,金丝燕对《文心雕龙·乐府第七》的细致阐述虽未见有独创性观点学说,但是这一类的转述从某种意义上说同样具有补充法国汉学界现有研究不足的价值。

在题为《浅论唐宋词》的一篇论文中,法国国家科学研究中心研究员维罗尼克·亚历山大·茹尔诺(Véronique Alexandre Journeau)并没有简单地梳理"词"这种诗歌形式在唐宋时期的发展历史,而是从音乐角度贡献了一份关于中国古代诗歌与音乐关系的专业研究。她首先指出,诗歌与音乐之间既有相辅相成又有竞争关系,在不同时代人们对其中一者的重视会导致诗歌形式的不同,例如唐朝人更重视诗,而唐末出现了更重视音乐的词,这种根据一定词牌写成的诗歌形式在宋代达到鼎盛。作者还以具体的诗词创作为例阐述了二者之间的关系:在词出现之前,后人根据一些已经创作出来的诗作谱曲吟唱,例如王维的《送元二之安西》就启发人们谱写了"渭城曲""阳关曲"等略有变化的曲调;第二种情况是一些诗人根据某种曲调旋律同时进行诗歌创作,例如冯延巳和姜夔等;最后,一种现成的曲牌往往引发了诗人写成许多不同诗词。茹尔诺并未止于泛泛而谈,而是直指关键问题:词其实是由诗作与词调两部分组成,但是它的保存和流传存在一个极不平衡局面,即文学范畴的诗作在历代编纂成诸多选集,而音乐范畴的曲调不易幸存,而且只为少数行家所知,人们往往只知词牌不闻曲调了。正是在此观察基础上,茹尔诺并不着意介绍唐宋诗词的文学成就,而是以音乐部分为介绍重心。她首先提及中国自《幽兰》以来便存在一种文字谱,即以文字记写古琴演奏时的音阶和手法;继而转录了明代《浙音释字琴谱》中《阳关三叠》、《理性元雅》中苏轼的《水调歌头》、清代《文注音琴谱》中冯延巳《清平乐·红满枝》的文字谱,并将之转换为西方人易识的五线谱,还附上原诗、法语译文,并对诗作的主题、声律与古琴旋律进行逐句的对应分析。对这些作品进行具体的音乐性分析构成了论文的中心部分和核心价值。茹尔诺认为诗人借助于音乐丰富了词语的音义表达手段,实现了诗歌与音乐的密切和谐关系,因而使得词这种诗歌形式在宋朝风靡一时。对中国古代诗词的文学结构和音乐结构进行如此专业的对应研究,这在汉学界是鲜见的研究角度和成果,而茹尔诺无疑是法国这一研究领域的开拓者和专家,她不仅熟悉现代古琴大师查阜西在20世纪60年代所编纂的数卷本《琴曲集成》,而且也了解2010年厦门大学教授周昌乐所主持的艺术认知与计算实验室在运用计算机技术转化古琴曲谱方面的最新研究成果。

雷米·马蒂厄(Rémi Mathieu)是法国当代著名汉学家,尤其在中国古代神话研究领域卓有成就,他翻译的《楚辞》全本2004年在法国出版。在《诗国漫步》中,他撰写的文章是《诗之谜,谜之诗:谈屈原》。虽以屈原为题,但实际上这篇文章的第一部分是对中国诗歌中的道家精神进行阐述,"中国诗歌中蕴含着神秘",而且这里的"神秘"一词立刻被马蒂厄理解为道家语境中的"玄"。他上溯到《易经》《老子》以揭示中国人的精神特质,而"中国诗人便是在语言中表达与道家所感悟到的玄道相类似的印象",因为"道在本质上便是一个谜"。对不可名状之道和人在静观世界时油然而生的神秘感的表达,以及具有隐喻和象征色彩的写作方式,这便是雷米·马蒂厄所谓的中国"诗之谜"。之后,在文章第二部分,马蒂厄回归屈原主题,在简要地介绍了中国历史上第一位诗人的生平、作品和创作风格后,他指出诗作《天问》便是一首"谜之诗",这是中国古代史上一篇"奇特而独一无二的作品",因为屈原在作品中提出了一系列古代中国人在面对宇宙时的疑问,这些悬而未决的问题将读者带入关于历史与神话的玄奥中。马蒂厄认为这部作品的神话意义可以与《山海经》和《淮南子》相提并论,《天问》在中国古代诗歌已有的微妙玄通色彩之上又增添了探问宇宙神话的神秘,因此是玄之又玄。雷米·马蒂厄的这篇漫谈性质的文章虽不是关于屈原的专论,但其实包含更加丰富广泛的内容,对于一个普通的法国读者而言,这可以是一篇进入中国古代文化和诗歌世界的启蒙文章。

法国远东学院名誉院长、著名汉学家汪德迈先生(Léon Vandermeersch)为《诗国漫步》贡献了一篇关于白居易《长恨歌》的赏析文章。在对诗人的生平进行简单介绍之后,他将这首长诗分为五个段落加以概括性介绍,令读者对作品的思想内容有所了解。在分析诗作的写作风格时,汪德迈主要有两点评价:首先,就作品本身而言,他认为《长恨歌》是史诗性与抒情性完美结合的作品,甚至可以与雨果诗集《历代传说集》中的最美篇章相媲美,因为从艺术特点来看,它们在气势、生动的描写和深刻的感染力方面比较接近;其次,中国古代诗歌的抒情性看上去具有一种非主观色彩,因为情感完全蕴藉于自然事物之中,从形式上不一定需要主观色彩浓烈的情感抒发,这是有别于西方诗歌传统之处。可以说,汪德迈通过对《长恨歌》的赏析所提出的这一观点也是很多西方研究者对中国诗歌的共同认识。汪德迈先生的诗歌赏析言简意赅,只有两页篇幅,但是文后所附《长恨歌》的法文译诗却是比较难得的全诗译文,且有近30处有助于法国读者了解诗作历史背景的注解。

在法国汉学界,长期以来,中国古典诗歌的光环掩盖了现当代诗歌的成就,不过近年来也出现了一些中法学者的合作翻译,《诗国漫步》也为法国读者提供了一些走近中国现当代诗歌的篇章。法国国家图书馆中文藏书部主任傅杰撰写的文章《于坚档案》便是一个了解中国现当代诗歌的窗口。他在第一部分首先指出,汉语和中国诗歌在20世纪初经历了深刻变化,但是现代诗歌依然继承了古典诗歌美学传统,直到 80 年代的"朦胧诗"中依然可见古诗的婉转恬淡色彩,而之后一些诗歌中则出现个人色彩较浓的象征意象,有曲高和寡的倾向。而作为该篇论文中心人物的当代诗人于坚从事的另一条创作道路,他的诗歌创作与其生活经历是密切关联的,这也正是傅杰的观察和评论角度。他指出,这位当过铆工、电焊工、搬运工、农场工人的诗人擅长从日常生活中汲取灵感,《尚义街六号》《避雨的树》《啤酒瓶盖》《一枚穿过天空的钉子》都体现了他这一时期的生活经验。作为于坚的译者,傅杰重点评介的作品是1992 年出版的《〇档案》,并针对西方评论提出不同的观点:"西方评论家通常认为这首诗反映了集权制度下人的生存状况,是对渗透于中国人日常生活和思想中的官方话语的抗争。可是,我不认为于坚通过这首诗及其丰富多彩的词语承担了政治揭发者的使命,政治不是他的主要兴趣,诗中描写的是对一个具有社会属性的人牲畜般生活的观察,或许带有了洞悉入里的清醒。"这一回归本义的解读无疑是对某些带有成见的西方学者过度阐释的纠正。傅杰还特别指出,这首诗世俗化、平民化的语言是对正统诗歌的革新和反叛,因而被视为"另类诗"。对于于坚这位获得第四届鲁迅文学奖(2004—2006 年)全国优秀诗歌奖的重要当代诗人的介绍无疑有利于法国读者了解到中国诗歌在走过传统、经历嬗变后的发展现状。

二、中国诗歌的西式解读

从 20 世纪六七十年代开始,欧美一些国家可以说是经历一场语言学和文学理论的革命。法国汉学家在研究中国文学时越来越注意借鉴语言学和文学理论与方法,对作品的分析和解读也因此而更加专业和深入。

尚德兰(Chantal Chen-Andro)是莫言作品的主要法译者之一,也是北岛诗歌的译者,对这位中国当代诗人非常了解,所译诗集《在天涯》《零度以上的风景》分别在 1995 年和 2004 年出版。她撰写的《北岛诗歌中的节奏语法》一文运用了语言学分析方法解读了中国当代诗歌代表人物北岛的作品。在《钟声》这首诗里,尚德兰首先对名词、动词和形容词的数量进行了统计,发现北岛在诗中使用的名词数量超过动词,且动词在使用中有名词化倾向,比如表达状态的情况比较多,或者是动词与名词的词性界限不明确等,而真正表示动作性的动词并不多。《钟声》这首诗中动词和动作性的缺乏体现了一种缺乏生命动力的沉闷,这也从某种意义上反映了北岛的历史观:"历史不拥有动词/而动词是那些/试着推动生活的人/是影子推动他们/并因此获得/更阴暗的含义。"(《哭声》)尚德兰还列举了诗中"秋天的腹地""尘世的耳朵"和"死亡的钟声"等"形容词+名词"结构,它们都是抽象与具体意象搭配糅合的隐喻,这是北岛诗歌语言的特点之一。在文章中,她还分析了《走廊》和《零度以上的风景》中的诗篇,说明北岛那些以名词为主体的诗作中断句跨行比较多,而有的诗篇中动词系统比较完整,诗句的连续性也更加明显。正如尚德兰本人所言,这篇论文对北岛诗歌写作特点的探讨虽不详尽,但是却为阅读这位不易为人理解的中国当代诗人提供了线索。

在关于汉代诗歌的最新研究中,阿尔托瓦大学学者桑德丽娜·马尔尚(Sandrine Marchand)提供一份题为《汉代女诗人——第一人称代词"我"在女性诗人作品中的诞生》的论文,令人耳目一新。

作者首先指出,在汉代以前,没有任何一首女性诗人的作品被收入诗集中,尽管《诗经》中已经出现一些以女性声音表达爱情的诗篇;汉朝女诗人为数不多,诗作数量有限,但是已经正式在文学史留下自己的印迹。桑德丽娜·马尔尚根据 1987 年中国学者苏者聪所编纂的《中国历史妇女作品选》进行考察,发现中国古代女性诗歌作品最早可以在古代史学著作寻到踪影,例如《史记·项羽本纪》中记载了虞姬的《答项王楚歌》和戚夫人的《歌一首》,这些诗歌反映了中国古代女性与世界上其他国家的女性同样的从属地位。桑德丽娜·马尔尚认为班婕妤在《怨歌行》中以扇自拟,正是表现了女性常常为男性附属品的生存状况。通过对该诗进行主题和意象分析,她发现了这首作品中有两点值得关注:一是全诗看似状物,描写一把扇子从酷暑到秋凉时节由受喜爱到受冷落的命运,其实贯穿了女诗人哀叹女性遭受类似境遇的主观情感;二是与描述女性爱情心理的男性诗人作品有所不同,班婕妤的诗作更多一分批判精神。

桑德丽娜·马尔尚注意到中国古代诗歌是一种很少出现人称代词的"无

人称诗歌",这引发她思考女性主体是否只是通过这自怜之作方可体现？指代自我的代词"我"是何时又是如何出现在女性诗人的作品中？这个"我"是否具备更高的主体意义与价值？在研究中，桑德丽娜·马尔尚发现汉代有三位女诗人——王昭君、刘细君和蔡文姬的作品中都使用过"我"这一代词。"这是否巧合？这三位女诗人都经历过同样的厄运，即被迫与匈奴和亲。"法国研究者的这一发现不无道理，因为正如她所言："这三位女诗人作品中的'我'都出现在一个不无敌意的异国他乡的环境中，是一种异域的文化使人更加意识到自我的身份，一个脱离本族的孤独自我。"桑德丽娜·马尔尚关于女诗人作品中第一人称代词"我"的研究主要依据最有代表性的蔡文姬展开。她首先分析了第一首《悲愤诗》中"我"的三种表达意义：其一，"我"在文中转述的是他人的话语，例如在"我曹不活汝"和"我尚未成人"二句中，"我"指代的实际上是他人；其二，"我"表达的是一个独立的个体，是真正的第一人称单词，在诗中是背井离乡的女诗人的自称，例如"慕我独得归"；其三，"我"同样是指代自身，但是相当于一个主有形容词，表示"我的"，后面连接的往往是身体、服饰的一部分，例如"翩翩吹我衣""肃肃入我耳"或"儿前抱我颈"。"我"的三种使用情况都"表达了与外界或他者的关系中的自我意识"。而第二首诗中，"我"虽然只出现了两次，但都是在诗篇结尾情感激烈的时刻："儿呼母兮啼失声/我掩耳兮不忍听/追持我兮走茕茕"，这里的"我"表达的正是第一人称作为个人主体存在的我，而且体现了母子诀别时女诗人自我内心的挣扎，反映了责任与母爱、别离与留恋之间的切肤之痛。桑德丽娜·马尔尚还全文翻译了《胡笳十八拍》，"我"字在这首自传体组诗中重复出现了 26 次，既是表达的主体，又是自我描述的客体，但都是指代第一人称言语者本人，此外诗中还数次出现指代自身的"吾"字。在这里，桑德丽娜·马尔尚探讨了一个非常有意义且具有普遍性的问题，也是中国古代诗歌与西方诗歌的差异性之一，即中国古诗中"我"的存在是否与抒情性有必然关系呢？她比较了"我"字出现最多次数的第八拍和"我"字完全没有出现的第五、六、十、十五和十七拍，指出在这后几首诗中，虽然没有第一人称代词，但是表达哀伤和思乡的主观性情感依然十分强烈。确实，中国古诗擅长将人物的情感渗透于自然景物中，这几节诗中的"日暮风悲""冰霜凛凛""原野萧条"等景物已经融合了人的情绪。

相反,第八拍中"我"字重复六次:"为天有眼兮何不见我独漂流？为神有灵兮何事处我天南海北头？我不负天兮天何配我殊匹？我不负神兮神何殛我越荒州？",其实这些"我"具有超出纯粹个体经验的普遍情感价值,桑德丽娜·马尔尚将之称为"咒语式第一人称",且这一类写作方式可以追溯到屈原的《离骚》。

在探讨女性意识的命题下,桑德丽娜·马尔尚还涉及了蔡文姬笔下的身体主题和母爱主题。身体在女性写作中是最常见的主题,在蔡氏作品中,"身"出现过五次,"表现的是肉体之下一副不能主宰自己的身躯",因为"女诗人生活在与自己的身体以及与亲生骨肉的双重分离状态下",她的身体是痛苦的和撕裂的,唯有通过诗歌写作才能实现完整的统一。由此可见,蔡文姬笔下的女性主体生存于肉体与精神的双重痛苦之中。桑德丽娜·马尔尚发现在女性写作中,孕育生命和母爱这一极具女性化的题材却很少被女性作家涉及,可能是因为这一领域不能有力体现女性解放。而蔡文姬本人经历过被身掳继而又与骨肉分离的悲惨境遇,"胡与汉兮异域殊风,天与地隔兮子西母东",因此她在表达母爱时是极具浓烈情感色彩的。总之,桑德丽娜·马尔尚认为《胡笳十八拍》在中国早期诗歌作品中是表达女性声音比较突出的一部作品。她还指出,由于中国汉字和句法的特点,中国诗歌常常具有无人称指代性,蔡文姬的诗歌在继承这一传统的同时,也经常使用第一人称代词,这便是她笔下的女性写作特征,也反映了女性意识的觉醒。

在女性写作视角的观照下,桑德丽娜·马尔尚对中国汉代女诗人蔡文姬的作品进行了非常深入的剖析,相比于我们在古代文学研究中局限于主题阐发的泛泛评论而言,这种分析有助于我们从文学表达手法的细节上更加理解作品。这也启发了我们,西方文学理论分析方法不仅可以用来分析现代作品,也可以适用于古代作品,如果所采用的研究方法是符合所研究作品的特质的话。

三、中西诗歌之相遇

《诗国漫步》中导引部分的《浅探东西方诗歌的相遇》一文出自诗人、翻译家、大学教授让-弗朗索瓦·瑟内之笔。作者坦言自己不识中文,对中国诗歌的了解基于对法国汉学家著述的阅读。他虽然不是熟悉中国诗歌的汉学家,但是他对中国诗歌所作的审视却给我们提供了一种自我审视的借鉴。这篇文章的主要篇幅是对西方诗歌发展脉络的精彩梳理,其中也时常出现对中国古代诗歌的评述,正是在两种平行发展的诗歌传统的相互参照中,让-弗朗索瓦·瑟内向我们揭示了中西诗歌各自的特性。他首先指出,中国古代诗歌所依存的文字两千年来没有变化,依然可以为今人所阅读;而书写西方诗歌的文字却经历了很大的形态变化,流传今日的诗歌需要翻译为现代语言。他还对诗歌在古代中国和古代西方社会中的不同地位进行了论述,指出中国古代诗人的诗文创作往往与政治生涯密切关联,因此享有崇高的地位。另外一个差异是法语很早就传播到国外并产生影响,在其他法语国家与地区也出现了法语诗歌;而汉语却很晚才被输出国外,而且直到 19 世纪末也很少接受来自外部的影响。这个看法显然未必完全正确,因为让-弗朗索瓦·瑟内未必了解古代中国文化对日本的辐射影响或者所接受的来自古代印度的文化影响。在对比中西诗歌传统时,他颇有见地地指出,中国书画同源,而将绘画融入诗歌的法国诗人则到 20 世纪才出现。让-弗朗索瓦·瑟内本人亦从事诗歌创作,因此熟谙西方诗歌的格律;关于中国诗歌格律,他转述了法国汉学家戴密微(Paul Demiéville)的介绍,据此说明东西方诗歌都形成了各自的声律系统,发展了各自的诗歌格律诗形式。此外,由于文化传统迥异,两种诗歌中的主题与意象表现出明显差异。种种差异导致让-弗朗索瓦·瑟内怀疑诗歌的可译性,除非译者本人亦是诗人。但是,他在文章最后不吝笔墨地转录并评析了程抱一的法文诗作,认为他的诗歌具备现代法语诗歌形式同时也蕴含中国古诗之韵味,这便是真正会通中西的诗歌。

　　法籍华裔知名学者程抱一是法兰西学院中唯一的亚裔院士。1977 年出版的专著《中国诗语言研究》(*Ecriture poétique chinoise*)以西方学界熟悉的符号学和结构主义理论解读中国古代诗歌艺术,这项突破中国传统诗话批评的研究使得西方读者更容易接近朦胧神秘的东方诗歌语言,在欧美学界享有很高知名度。程抱一不仅是中法文学作品的翻译家和研究家,同时也用法语直接从事文学创作。那么,这样一位学贯中西的大师所创作的诗歌具有怎样的特质呢？法国国家图书馆东方部主任裴程先生撰写的《唐风遗韵——解读程抱一》一文便揭示了一种中西合璧的诗歌艺术之魅力。

程抱一热爱法兰西语言和诗歌，同时从未停止从中国诗歌传统中汲取滋养，正如裴程所言："在他的法语抒情诗歌中永远萦绕着一个低吟的中国声音。"程抱一正是在两种诗道、两种诗歌语言中寻找到一种"合璧共生"的境界。裴程借用了程抱一《中国诗语言研究》中分析中国诗歌的结构，从宇宙观、意象和格律三个层次解读了他的几首具有代表性的法文诗歌作品。程抱一的诗作通常篇幅短小，言简意赅，用词简单却蓄含深意，有很多诗篇都折射出道家哲学思想。例如，2004年出版的诗集《冲虚集》中一首作品便是《道德经》第42章阐释的宇宙观的一种诗意表达。在法语诗歌写作中，程抱一总是能够恰如其分地找到音义和谐的词语来表达诗歌思想，例如该诗最后一句中"échange-change"无论是从音、形、义上都正确而巧妙地表达了中国自古以来的"易—变"思想。而程抱一本人的创作也正是从东西方两种思想和诗歌传统的交叉和相遇中产生美好的"易—变"，而他的一首诗歌的名字——"美是相遇"便是其美学思想的最好表述。

在分析程抱一用法语写作的现代诗歌时，裴程总是时常回到唐代诗人的诗句中，试图从中寻找到一种跨越时空的应和。确实，在程抱一的声音（诗）里似乎总能听到杜甫、王维、李商隐、李煜等古代诗人的声音（诗）的回响，来自中国古典诗歌的意象和意境在这位现代诗人的作品中隐约呈现。在"风过耳/在云雨之间"等诗句中，人们不难发现充满隐喻和象征的中国意象，而这些古老的意象被移译到异域之后便使法语诗句获得了一种新的生命力，这正是程抱一先生本人所谓"为事物重新命名的陶醉感"。程抱一法语诗歌中音韵和意象的工整严谨都令人联想到中国传统诗歌中微妙的对仗。裴程最经常引用的是《白昼之声》这首诗：

> 你语声在白昼
>
> 总是缥缈的已是熟识的
>
> 日复一日接近
>
> 终于有朝宛然化为面容
>
> 春花初绽

　　向微风,何从掬

　　你秋波在暗夜

　　总是亲切的已是缥缈的

　　夜复一夜遥远

　　终于有夕悄然化为踪影

　　孤星流逝

　　在碎心之心尖

　　法语原诗中精心选择的词语、细致安排的音韵、别具一格的意象在两个诗节中前后呼应,让一个熟悉中国文化的人听到古代诗歌的回响。

　　如果说"美是相遇",那么程抱一便是在法兰西语言中融入了历史悠久的中国诗歌传统,这不是简单的移植,而是形与神睿智而巧妙的融合,它们的相遇成就了一种难以言说的美。

　　综观全书,法国汉学家们钟情的似乎仍然是中国古典诗歌,而华裔学者则是介绍和推广中国现代诗人的主力。无论是探讨中国古典诗歌还是现代诗歌,每篇文章中无不交流着中西对视的目光。在一本150页的书中梳理或评论中国三千年的诗歌传统与流变是不可能的使命,然而这本书中的文字实现了穿越古今、跨越中西的诗歌漫步,虽不能呈现诗国全貌,却也淡淡地勾勒出它的发展脉络。

（原文刊于 2015 年 6 月《跨文化对话》第 33 辑）

赋体文学在法国的翻译与研究

　　"赋"是中国古典文学中的一种特殊文体,在其嬗变的流程中出现了辞赋、骚体赋、散体大赋、抒情小赋、咏物赋、骈赋、律赋、俗赋等形式和称谓,足以说明其种类繁多变体复杂。这种介于诗体与散文之间的中国古代文学体裁在20世纪之前几乎没有引起法国汉学家的重视,直到1920年以后方才逐渐得到更多研究。

　　在此领域有所建树的主要有三位汉学家:曾任法国国立东方语言文化学院图书馆馆长的俄罗斯裔法国汉学家马古礼(Georges Margouliès)对赋体文学情有独钟,以之为博士论文研究课题,早在1925年出版了《〈文选〉中的赋》(Le «Fou» dans le Wen-Siuan, étude et textes),后在40年代所著《中国文学史(散文卷)》(Histoire de la littérature chinoise: prose)中也多次论及赋体作品,是20世纪法国汉学界专事研究赋文第一人;吴德明(Yves Hervouet)1964年出版其博士论文《汉代宫廷诗人——司马相如》(Un poète de cour sous les Han, Sseu-Ma Siang-Jou),该著作也因司马相如是汉赋代表作家而成为一部研究赋体文学的重要文献;至1989年,班文干(Jacques Pimpaneau)出版《中国文学史》(Histoire de la littérature chinoise)教材时,专辟一章介绍早期的赋作,虽然只有寥寥几页的普及性文字,但也说明"赋"作为一种文体正式进入法国的汉语语言文学教材中。

一、法国学者的赋源研究

　　关于赋的起源,自汉以来便有诗源说、辞源说以及清代出现的综合说、民国时期赋出俳词之说。法国汉学家们也都把赋源作为赋学研究中第一个需要解答的问题。

关于赋体与诗六义之赋的关系,中国学界历有争论。马古礼在《〈文选〉中的赋》的绪论中写道:"'赋'原是'古诗之体',有《文选·序》可资证明。其言:'诗有六义焉:一曰风,二曰赋,……'评注曰抒发胸臆为赋。"他认同赋源于诗,不过继而说明"这种没有严格音律的诗歌形式很快发展和独立出来","屈原之作《离骚》被认为是'赋'这种特殊文体的起源,这个观点非常正确,而且《离骚》的成功为赋体的独立做出重要贡献"。① 综合来看,马古礼结合了赋的诗源说和辞源说,意思是赋在尚未形成独立文体之前是诗体一种,之后受到楚辞的影响而形成真正的文体。马古礼在绪论的结尾处提及英国著名汉学家亚瑟·韦利(Arthur Waley)在《郊庙歌辞及其他》(1923 年)序言中的一个观点:"我认为可以说赋在其整个发展阶段都在表现与其起源密切相关的一个特点:赋原本就是一种咒辞。"②马古礼对此观点不予苟同。在他看来,自汉以后任何时代的赋都不具备这个特点,并且援引亚瑟·韦利本人的另一段解释("这并不能通过论证来说明,只是感觉有一种从语言和节奏而得到的感官陶醉")来证明所谓符咒辞说只是亚瑟·韦利的个人感觉,并不具备科学性。③其实,在这个问题上,马古礼过于狭义地理解了亚瑟·韦利所言"赋原本就是一种咒辞"。我们不妨把咒辞说看作是辞源说的一种,如果说辞赋原是一体的话,那么辞的起源便可以追溯到宗教神灵。正如当代赋学研究学者许结在讲述赋源时所说的那样:"整个文学的历史,其开端都与宗教有关……。我们看周公的祝辞,他就是通过曲折的感情的表露和反反复复的词汇的描述,来感动神灵。这种早期的对神灵的感动,渐渐发展为对人的感动,再发展为对自我的感动,所以文学的发展我觉得有这么一条线索。"④而亚瑟·韦利所说"一种从语言和节奏而得到的感官陶醉"正是说明从赋体修辞产生的精神体验令人接近于上古时

① Georges Margouliès.*Le «Fou» dans le Wen-Siuan*,*étude et textes*.Paris:Paul Geuthner,1925,p.7,p.8.

② 参见 Georges Margouliès.*Le «Fou» dans le Wen-Siuan*,*étude et textes* 绪论第 20 页英文引言翻译。

③ Georges Margouliès.*Le «Fou» dans le Wen-Siuan*,*étude et textes* 绪论第 20—21 页。

④ 许结著:《赋学讲演录》,北京大学出版社 2009 年版,第 5 页。

代"辞"的祝祈性质,既说明了赋的美学特征也体现了赋在起源时期的精神品格。

　　吴德明在专著《汉代宫廷诗人——司马相如》的第三章中为了论述"司马相如在文学史上的地位"而详细介绍了赋的起源。两汉之前是否有赋? 辞与赋之间有何关联和区别? 这些不可避免的赋源问题也都是这位法国汉学家所希望探知的。"司马相如可以算作中国文学史上第一个职业作家,他生活在一个文学蓬勃发展的时期,好几种文体形式在这一时期确立起来,而我们所研究的这位诗人以其作品和影响促进了这些新兴文体的形成。为了说明司马相如文学创作的独创性,显然应当先介绍他之前的文学体裁,即'楚辞'。"①吴德明把楚辞视作一种文体范畴,"战国时期楚地出现的这种诗歌从格律、风格和内容上都有别于《诗经》中的作品"②,并且区分了《诗》用于歌而楚辞则用于诵。他进而说明楚辞的抒情性与象征性虽然源于长江地区宗教和巫术仪式,"但是我认为这些诗歌形式考究、辞藻丰富、意象繁多,且具有个人色彩的情感抒发,只能以才华卓越的诗人的创作才能方可驾驭","我们在屈原的诗作中可以发现赋的渊源"③。可见,吴德明充分肯定屈原作品在赋体起源中的作用。同时,吴德明通过研究司马相如的作品并在阅读大量中国文献的基础上观察到赋源的多元化:其一,"与屈原的诗作相比,司马相如的赋更直接地源于战国时期诸侯宫中的娱乐之事"④,所以后来的汉赋也有娱悦皇帝的作用。例如,宫廷娱乐活动中有猜谜、寓言、短剧,为了调动气氛而经常采用设置情境的问答形式,这便是后来汉赋的文体特征之一,而且在第一部以赋名篇的文学作品《荀子·赋篇》中亦可见端倪;其二,吴德明同意一些中国学者的观点,即战国时期纵横家之间的论辩也可能对后来的赋体产生影响,因为司马相如在《子虚赋》和《上林赋》中所呈现的也正是这种王侯之间的论辩;其三,吴德明认为在《战国策》和《史记》所记载的一些短篇作品片段中也可以发现汉赋的前身。可以肯定的是,在吴德明的赋源探讨中,辞源说是主体,而且包括

---

①　Yves Hervouet.*Un poète de cour sous les Han*,*Sseu-Ma Siang-Jou*.Paris:PUF,1964,p.135.

②　Yves Hervouet.*Un poète de cour sous les Han*,*Sseu-Ma Siang-Jou*.Paris:PUF,1964,p.135.

③　Yves Hervouet.*Un poète de cour sous les Han*,*Sseu-Ma Siang-Jou*.Paris:PUF,1964,p.136.

④　Yves Hervouet.*Un poète de cour sous les Han*,*Sseu-Ma Siang-Jou*.Paris:PUF,1964,p.137.

赋出于楚辞和纵横家辞令两种来源,同时,他也兼顾汉朝之前多种文学样式对赋的共同影响,尤其是注意到赋在形成过程中受到战国时期楚地文化的深刻影响,并得到这样一个观点:赋在本质上是一种宫廷文学,民间文化虽有一定作用但不是主要因素。① 总体而言,吴德明对赋源的探讨综合了中国学界、法国汉学界以及日本著名学者铃木虎雄等人的研究成果,提供了一份非常全面的总结和转述,虽无创见,但是呈现了 20 世纪 60 年代法国学者赋源研究中最具专业性和全面性的成果。

班文干在《中国文学史》中明确表达了赋与《楚辞》的关系:"《楚辞》中的诗篇对后世文人产生重要影响,尤其体现在它的两个显著特征:一是丰富的辞藻描绘了神游之灵所经之处的风景颇具神奇之象,二是风景描写与人的思想、情感联系起来,并升华到道德情操。正是基于对此种创作手法的模仿而诞生了一种新的文学形式——赋。"②班文干选择了最为简单明了的介绍方式,虽然在学术性上略逊一筹,但是更适宜于向普通法国读者和学习中国文化的法国大学生普及中国文学常识。

二、马古礼论赋的文体特征及发展演变

关于赋这一类文体的形式特征,吴德明没有专门论述,只是在著作中多次涉及汉赋的文体特点,如问答体、词汇丰富与兀异、夸饰性、韵散结合等。③ 他虽然没有明确区分"骚体赋""文体赋"等体类,不过在介绍贾谊《吊屈原赋》时也对其句式和"兮"字的使用进行细致分析,将这篇作品归于屈原《离骚》《九章》一类,并指明它与汉赋有很大的形式区别。④

而马古礼则在著作中对赋体作品的特质和流变进行了细致的观察和研究。

---

① Yves Hervouet. *Un poète de cour sous les Han*, *Sseu-Ma Siang-Jou*. Paris:PUF,1964,p.144, p.147.

② Jacques Pimpaneau. *Histoire de la littérature chinoise*. Arles:Philippe Picquier,1989,p.62.

③ Yves Hervouet. *Un poète de cour sous les Han*, *Sseu-Ma Siang-Jou*. Paris:PUF,1964,p.137, p.141.

④ Yves Hervouet. *Un poète de cour sous les Han*, *Sseu-Ma Siang-Jou*. Paris:PUF,1964,p.153.

在《中国古文选》(*Kou-Wen chinois，recueil de textes avec introduction et notes*)绪论中，他向法国读者介绍中国辞赋时写道："这两字指的是欧洲文学中并不存在的文学形式，因而无法翻译。"①他解释了"赋"字在汉语中有"叙述""铺陈""描写"之意，但是指出作为体裁其定义非常模糊：它既有"叙述色彩"，又有"诗歌特性"，尤其是"具有一定的韵律"，而这种韵律又"无一定之规"，且"这种特点只有在汉语原文中才能有所体会"②。由此可见马古礼在描述和定义"赋"这种中国古代文学特有体裁时的困难之处，因此，尽管他知道习惯上"赋"在西方语言中经常被翻译为"description（描写）"，但是他在自己的研究中，自始至终选择直接以拼音"*fou*"来表示赋体或赋体作品，这一做法也为后代学者吴德明和班文干所沿用。

马古礼通过研究萧统的《文选》便已发现在不同历史时期赋体的不同特征，所著《〈文选〉中的赋》(*Le «Fou» dans le Wen-Siuan，étude et textes*)由绪论和译文两部分组成。绪论分为三部分：第一部分是介绍《文选》的选文原则和内容编排，第二部分介绍了从《楚辞》到《文选》这段文学时期赋的起源与发展，正是在这一部分中，他研究了赋的体制演变。

马古礼虽然没有直接采用"骚体赋""文体赋"这些明确的名称，但是将二者的文体特征进行了细致的描述。他认为，第一种赋体，即骚体赋，具有以下特征：从主题上看，这一类赋"通常旨在抒发情感表达心灵"，"自然风景只是具有起兴或是映衬情绪的作用"，而"情感表达以哀怨自怀为基调"，这些特点无不体现了屈赋的影响；从文体特征上看，"此类赋作与吊文相近，例如《文选》就将贾谊的《吊屈原赋》归入吊文一类"③。在这种充满抒情色彩的古诗之赋以外，"同时发展出了一种不同的赋体，摒弃了纯粹的抒情和抽象的情感，代之以韵散夹杂的

---

① Georges Margouliès. *Introduction au Kou-Wen chinois，recueil de textes avec introduction et notes.* Paris：Paul Geuthner，1925，p.XVI，p.XVII.

② Georges Margouliès. *Introduction au Kou-Wen chinois，recueil de textes avec introduction et notes.* Paris：Paul Geuthner，1925，p.XVI，p.XVII.

③ Georges Margouliès.*Le «Fou» dans le Wen-Siuan，étude et textes.*Paris：Paul Geuthner，1925，p.8.

诗意描写,更接近于散文"①,这也就是我们所谓的文体赋了。马古礼认为第二种赋也仍然可以从屈原之作中找到渊源,尤其是《卜居》和《渔父》两篇。一方面,马古礼强调这两种赋的差异性,一个主抒情,一个主事形;另一方面,他也指出二者同源,皆源自《楚辞》,然后分向两个不同的方向发展。"它们都统称为赋⋯⋯正是这一名称之下包含着内容体裁各异的作品使得萧统略带夸张地说'今则全取赋名'。"②

关于文体赋,马古礼的介绍更加充分。由于骚体赋的创作则难免会被拿来与屈原原作进行比较,"这第二种赋⋯⋯当然比第一种赋更加盛行",因为它"让作者有更广泛的选择主题的自由","有更多发挥才华的余地","更能体现个性创作特色"。③ 马古礼列举了一些将文体赋发扬光大的汉代赋家,如司马相如、杨雄、班固等人。"最擅长古体赋创作的当属汉代文人。而且可以说,汉代也是这种赋体以最纯粹和完美形式存在的唯一时期,而自晋以后,其形式逐渐变化,过渡到古代散文的领域。"④马古礼进而对汉赋与晋赋进行了对比:"汉代文人从事创作,晋人从事写作。在具有同样才华的情况下,汉人之赋更具率性,而晋人之作更具研习之气。"⑤对于这种文风上的变化,马古礼不仅有独到的观察,而且更有透过现象对根源的探究。在他看来,两晋时期的文人厌倦了动荡不安的社会生活,逃避政治,在哲学思想或神秘主义中寻求寄托,更倾向于抽象的玄理,容易产生一种绮靡雕饰之气,故而不像汉代赋家那样着力于具体事物的描摹敷陈。因此,晋赋比较脱离现实,不那么关心具体事物形象,而是以抽象的情志理思为主导,"在这一点上,它又接近于更直接脱胎于《离骚》的第一种赋体,因为《离骚》本身就是一部极具神秘主义色彩的作

---

① Georges Margouliès.*Le «Fou» dans le Wen-Siuan*,*étude et textes*.Paris:Paul Geuthner,1925,p.8.

② Georges Margouliès.*Le «Fou» dans le Wen-Siuan*,*étude et textes*.Paris:Paul Geuthner,1925,p.9.

③ Georges Margouliès.*Le «Fou» dans le Wen-Siuan*,*étude et textes*.Paris:Paul Geuthner,1925,p.9.

④ Georges Margouliès.*Le «Fou» dans le Wen-Siuan*,*étude et textes*.Paris:Paul Geuthner,1925,p.10.

⑤ Georges Margouliès.*Le «Fou» dans le Wen-Siuan*,*étude et textes*.Paris:Paul Geuthner,1925,p.10-11.

品。同时,晋代赋家也没有完全抛弃司马相如和班固所树立的赋作典范,但是以义理为主,以事类为佐,虽用描写,但是旨在言理"①。在这里,马古礼敏感地觉察到晋赋与汉代大赋的差异。他多次赞扬魏晋文学辞藻之丽与形式之美,认为晋代的辞赋不仅数量众多,而且技艺上日臻完美,成为萧统《文选》的重要组成部分。② 但是,他对两晋之赋的考察又略显笼统和偏颇:一方面玄风炽盛确实波及晋代辞赋,但需知晋赋的主流仍然是三国以来盛行的抒情咏物小赋,这一点没有得到充分的观察和阐述。

《〈文选〉中的赋》的第三部分结合三篇有代表性的作品阐述了赋的文体风貌。第一篇是班固的《两都赋》,被认为是"汉代文赋的代表作",马古礼对作品的主题、结构、语言、风格进行了详细介绍,并给予高度评价,尤其是认为这篇作品"语言自然流露,毫无雕饰的痕迹,仿佛一气呵成"。③ 第二篇作品是江淹的《别赋》,这篇作品被认为是"六朝赋的代表作",不以城阙宫室或是苑猎场面等具体事物的描绘为主,而是着重内心情感抒发。马古礼对这篇作品的内容("表达各种不同类型人物的离愁别绪")、语言("流畅而富有表现力""更适于翻译")进行了简要点评,尤其对它的形式观察入微:"这既不是叙事,更不是描写,而更接近于欧洲文学中的挽歌,结构也似一曲吟唱。作品韵律规整,四、六、七字句间隔交错,频繁使用'兮'字和诗歌中其他常见虚词,而且注意偶数句押韵以及所用之词的音韵,以达到一种诗意的效果。"④ 从以上评述文字可以看出,虽然马古礼并没有明确指出这一时期出现有骈赋或俳赋一说,但是对江淹《别赋》这篇铺采摛文之作的评价基本体现了他对南朝俳赋的认识。而且,马古礼以独到的眼光指出,唐代诗人李华写的《吊古战场

① Georges Margouliès.Le «Fou» dans le Wen-Siuan,étude et textes. Paris:Paul Geuthner,1925, p.12.

② Georges Margouliès.Introduction au Kou-Wen chinois,recueil de textes avec introduction et notes,op.cit,p.XXXI.

③ Georges Margouliès.Introduction au Kou-Wen chinois,recueil de textes avec introduction et notes,op.cit,p.13,p.15.

④ Georges Margouliès.Introduction au Kou-Wen chinois,recueil de textes avec introduction et notes,op.cit,p.17-18.

文》与之有异曲同工之妙①,而《吊古战场文》亦是一篇骈赋。马古礼在绪论中介绍的第三篇作品是陆机的《文赋》,他非常认同其中的创作理念,认为《文赋》"语言整饬,亦不乏优雅和铿锵之辞,但是有时出现重复或空洞之语"②。他后来在《中国文学史(散文卷)》中进一步介绍道:"这是一篇韵律工整的长赋,大多以六言写成,阐述了文学写作的必要品质和需要避免的流弊。"③

马古礼一向把赋视作中国古代的高雅文学,而一般的古文作品则是日常文学。他观察到唐宋时期赋的衰落:赋逐渐失去高雅之气,与之前的赋作体现出不同风格,出现散文化倾向;与此同时,日常文学中的一些记文则在一些文学大家笔下提升了品质,变得更加诗意灵动和优雅,因此二者之间的格调渐趋一致。④ 而到明朝,"赋完全消失,因为它们被世俗化之后丧失了宋文赋中原有的大部分特质,同时也失去了存在的理由"⑤。

综上所述,马古礼对中国赋文学的研究在法国汉学界具有开山之功,他对赋体形制的流变进行了细致的考察,并且不乏个人的真知灼见。

三、赋体作品在法国的译介

(一) 马古礼:一位集大成的开创者

马古礼将上述班固《两都赋》、江淹《别赋》、陆机《文赋》以及萧统《〈文选〉序》翻译成法语,这四篇译文便构成《〈文选〉中的赋》的主体部分。由上

---

① Georges Margouliès. Introduction au *Kou - Wen chinois*, *recueil de textes avec introduction et notes*, *op.cit*, p.18.

② Georges Margouliès. Introduction au *Kou - Wen chinois*, *recueil de textes avec introduction et notes*, *op.cit*, p.19-20.

③ Georges Margouliès. *Histoire de la littérature chinoise:prose*. Paris:Payot,1949,p.106.

④ Georges Margouliès. *Histoire de la littérature chinoise:prose*. Paris:Payot, 1949, p. XXXI, p. XXXV.

⑤ Georges Margouliès. *Histoire de la littérature chinoise:prose*. Paris:Payot,1949,p.XXXVII.

可见,马古礼在选译《文选》中作品时颇具慧眼,他精心选择的三篇赋作分别展现了汉大赋、抒情小赋和文赋的不同特点和风格,正如他本人所言:"希望通过笔者对赋这种文体的整体性介绍以及对代表作的翻译和分析,使读者能够对从起源到《文选》成书时期的赋有一定的认识。"①关于陆机《文赋》的译介,马古礼尤其强调了选译该作是"因为它是《文选》中唯一一篇阐述中国人文学创作理念和文人修养的作品,因此将它介绍给欧洲读者是十分有意义的"②。他尤其提到了《文赋》中的一个观点:陆机提倡研究经典以修炼形式,但是他认为一定要文有新意,倘若前人之文中已有此意,则会毫不留情地批评作品缺乏艺术性。马古礼从这一段论述中更好地理解了中国古代文学的一个创作现象:虽然经常存在语词的相互借用,但是这只是形式的继承,意义的独创性依然得到中国文人的重视。这一翻译案例也充分说明了译者在异国文化认知和传播中所起到的重要桥梁作用。

1929 年,马古礼在《通报》上发表一篇关于《晏子赋》的译介文章,这是关于中国古代俗赋研究的专论。俗赋正是因为《晏子赋》《燕子赋》《韩朋赋》在1900 年出土的敦煌遗书中被发现而为世人所知。在敦煌大量中古时代的写卷中,保存赋体作品大约 33 篇,俗赋大致 17 篇。③ 目前,中国学界普遍认为俗赋源于先秦,流行于秦汉,是中国说唱文学和戏剧的源头,唐以后不再广泛流传。"这些赋作叙述故事,语言通俗,节奏铿锵,押大体相近的韵,风格诙谐,与'深覆典雅,指意难明'的传统文人赋迥然不同。"④关于俗赋,在国内也长期未得到深入研究,因此,马古礼在近一个世纪前的这份研究成果非常值得关注。他之所以了解到这一特殊的赋体,得益于法国汉学家伯希和(Paul Pelliot)1908 年带回法国的大量敦煌文献。马古礼在文章中首先介绍了其研究材料的来源,这些文献当时已经进入法国国家图书馆。"这些作品完全不属

---

① Georges Margouliès.Le «Fou» dans le Wen-Siuan,étude et textes. Paris:Paul Geuthner,1925,p.20.

② Georges Margouliès.Le «Fou» dans le Wen-Siuan,étude et textes. Paris:Paul Geuthner,1925,p.20.

③ 伏俊琏著:《俗赋研究》,中华书局 2008 年版,第 292 页。

④ 伏俊琏著:《俗赋研究》,中华书局 2008 年版,第 1 页。

于高雅文学,具有明显的民间文学特征,而且很可能多数是说唱作品。"①马古礼在一开始就敏锐地发现了这一类赋的民俗特征,但是并没有使用"俗赋"这一名称,因为这个概念直到 20 世纪 60 年代才由中国学者正式提出。② 马古礼在伯希和文献中发现了《晏子赋》和《燕子赋》,并对标题拼音相同的两个作品进行了区分。他简要介绍了《燕子赋》的故事之后,把重点放在了《晏子赋》上,因为它是"此类赋作的一个良好样本"③。《晏子赋》在敦煌遗书中有 9 个写卷,在伯希和的敦煌文献中最多,有 5 个,而马古礼参考了两种版本,编号分别是"伯 2564 号"和"伯 3460 号",其中前一个版本相对完整,后一个则有残缺。马古礼依据"伯 2564 号"写卷提供了《晏子赋》的汉语全文,同时以脚注的方式标注了两个版本之间的差异之处,或有用词不同,或有阙失之处,并补充了"伯 3460 号"写卷中对应之处的文字,共计 37 处。这个对照工作也是一项文献考据工作,同时,马古礼也参考了伯希和的意见,对有些缺漏之词进行了补充,例如他根据伯希和的建议"从节奏和意义的角度补充了'剑虽三尺'中的'三'字"④。在原文之后,马古礼提供了全文的法语译文,并补充了 15 个文化性译注。最后,马古礼概括了他的几点基本认识:一是从《晏子赋》追溯到《晏子春秋》以对比二者在内容和风格上的诸多异同,认为《晏子春秋》并非源本,它们应该都是根据在民间流传已久的同一故事框架而编写的不同版本;二是强调这类赋作体现了民间口语文学的通俗性和对话性特征;三是认为这一类赋作的题材与其他国家的民间文学不乏类似之处,比如俄罗斯和印度的民间故事(马古礼原是俄罗斯人,因此对于俄罗斯民间文学与中国的故事俗赋之间的相似性比较敏感)。总之,马古礼是较早关注到俗赋的汉学家,并通过《晏子赋》和《晏子赋》的译介进行了专门研究,这一研究成果在当时属于世界领先地位,甚至早于中国学者的研究:郑振铎《敦煌的俗文学》一文最早发表于

---

① Georges Margouliès.Le «Fou» de Yen-Tseu.*T'oung Pao*,vol.26,fasc.1-5,1929,p.25.

② 程毅中 1961 年《关于变文的几点探索》中才明确提出:"敦煌写卷中,除了变文之外,还有一部分是叙事体的俗赋。"1963 年出版的游国恩等主编的《中国文学史》中辟有《俗赋》专节。参见伏俊琏《俗赋研究》第 2 页。

③ Georges Margouliès.Le «Fou» de Yen-Tseu.*T'oung Pao*,vol.26,fasc.1-5,1929,p.25.

④ Georges Margouliès.Le «Fou» de Yen-Tseu.*T'oung Pao*,vol.26,fasc.1-5,1929,p.30.

1929 年《小说月报》第 20 卷第 3 号,所著《中国俗文学史》(第五章《唐代的民间歌赋》论及)出版于 1938 年;容肇祖《敦煌本韩朋赋考》发表于 1935 年。不过,马古礼对俗赋的研究相对孤立,并没有足够的资料考察其渊源和发展流变过程。

此外,马古礼在《中国古文选》中介绍和翻译了各个时期的赋体代表作,如屈原《卜居》和《渔父》、王粲《登楼赋》、李华的骈赋《吊古战场文》、杜牧《阿房宫赋》、欧阳修《秋声赋》、苏轼的两篇《赤壁赋》及《黠鼠赋》;后又在 20 世纪 40 年代末出版的《中国文学选编》中译有宋玉《登徒子好色赋》和《神女赋》(它们后来被班文干部分或全文转录于《中国文学史》中)、司马相如《美人赋》、鲍照《芜城赋》等。

关于翻译策略,马古礼有意采取与亚瑟·韦利的意译所不同的译法,采用了他所谓的"原始性翻译",并在绪论中加以解释:"有意牺牲形式而保证意义的理解,与其略过一些难点,把艺术价值高于译文的中国作品进行法文化,从而不利于法国读者理解真正的中国文学,不如进行比较贴近原文的翻译,并且尽可能地把对欧洲读者来说感到怪异的地方标识和解释出来。"[1]在这种思想指导下,马古礼在翻译中完全采用忠实原文的做法,基本都是直译其意,由于汉语比较精炼,马古礼为了行文通顺必然要增加字词和补充句子成分,这些增补之处在早期译文中都被以括弧标示出来,以示与原文有别。此外,译文附有大量脚注,例如长篇大赋《两都赋》43 页译文中译注达 290 处之多,《别赋》和《文赋》也分别有 45 处和 84 处译注。

可是,马古礼的译事之功并未得到学界肯定。法国学者埃米尔·加斯帕东(Emile Gaspardone)1927 年在《法国远东学院学报》上著文对马古礼的《〈文选〉中的赋》和《中国古文选》进行了批判,称之为"一个外国人的文字"[2]。确实,马古礼是移居法国的俄罗斯人,在使用法语进行翻译时未必如母语一样自如,但是他的法语表达完全是通顺流畅的,况且他本人的翻译目标是"意信辞达"。奥地利汉学家赞克(Erwin von Zach,一译查赫)也是《昭明文选》的译者,他在 1928 年第 25 辑《通报》上同时发表了三篇文章分别批评了马古礼的

---

① Georges Margouliès. *Histoire de la littérature chinoise:prose*. Paris:Payot,1949,p.2.

② Emile Gaspardone.《Georges Margouliès,Le Kou-wen chinois,Le Fou dans le Wen-Siuan》,*BEFEO*,1927,No.Tome 27,p.382-387.

三篇赋译《两都赋》《别赋》和《文赋》。① 但是,英国学者翟林奈(Lionel Giles)在 1927 年《非洲和东方研究学院学报》上发表书评给予《〈文选〉中的赋》和《中国古文选》中肯的评价,首先肯定了马古礼这两本著作的"长篇绪论和导论的学术质量,作为一个外国人,他对中国文学文体嬗变十分了解,而且非常熟悉并善于体察历朝历代优秀作家的不同写作风格","他精通汉语,这一点不容否认,但是他失败在(法文)表达艺术欠佳"。② 由此可见,名不见经传的马古礼以赋体文学研究进入汉学界,在引起关注的同时也引发了争议,主要争议之处在于直译方式不易为人接受。然而,客观而言,埃米尔·加斯帕多那和赞克的批评之词其实过于严苛。事实上,我们直到今天也不能否认马古礼是把中国赋体文学介绍到法国的着先鞭者,并没有其他法国学者辨赋体演变和文体考辨这一领域的研究广度和深度上有所突破。此外,苏联汉学家阿列克谢耶夫(Aleksyev Vasiliy Mihaylovich)1944 年发表的《文赋》俄译本是在参考马古礼的译本基础上完成的,马古礼的一些译文也为后世法国汉学家吴德明和班文干所参考和引用。

(二) 吴德明:司马赋的研究专家

吴德明的赋学研究以司马相如其人其作为中心,专著《汉代宫廷诗人——司马相如》前两章以百余页的篇幅介绍了这位汉代文人的生平和他所生活的社会时代背景,偏重于史实研究,从第三章至第十章的近三百页则以司马相如为中心,从主题、结构、词汇、诗律以及司马相如在中国文学史上的地位和影响等方面展开赋学研究。

在研究中,吴德明首先参考中外学者的意见,对司马赋进行了真伪考辨,认为《史记》和《汉书》中记载的《子虚上林赋》《大人赋》《哀秦二世赋》三篇以

---

① Erwin von Zach.«Zu G.Margoulies Ubersetzung des Liang-tu-fu des Pan Ku», «Zu G.Margoulies Ubersetzung des Pieh-fu», «Zu G.Margoulies Ubersetzung des Wen-fu», *T'oung Pao*, 1928, No. 25 p.354-359, p.359-360, p.360-364.

② Lionel Giles.«Georges Margouliès, Le Kou-wen chinois, Le Fou dans le Wen-siuan», *Bulletin of the School of Oriental and African Studies*, 1927, No.4, p.640-643.

及《天子游猎赋》是"真作",而《长门赋》《美人赋》是"伪作"。① 在第五章中,吴德明详细描述了四篇"真作"的主题和结构,尤其是《子虚上林赋》和《天子游猎赋》,不仅考证作品中所描绘的地域和所涉及事件,而且还对古代中国的游猎活动以及自古以来中国文学中以此为主题的作品进行细致介绍。他发现司马赋作中"现实主义的描绘手法"与"充满神奇色彩的想象成分"并存,并通过"语言魅力"及"完美的形式"呈现出缤纷而又和谐的艺术画面。② 在第六章中,吴德明考察了司马相如作品中的专有名词和具体名词,例如,在研究《大人赋》时,他写道:"司马相如的作品中,空间的转移甚于时间的流动:它首先是一幅在中国空间里展开的画卷,是对他所处时代的物质世界的描绘,其次才是在中国历史长廊中的漫步。这体现在作品中人名数量要少于地名数量:有 60 个人名,而地名达到 100 个。"③而且,他还注意到这些人名地名更多来自历史典故和神话传说。吴德明甚至精确地统计出一部作品中涉及的数十种动物、植物、石头、金属类别,以说明"司马相如拥有丰富的词汇",这项工作体现出法国汉学家令人赞叹的实证分析能力和严谨扎实的学术风格。在第七章中,吴德明着力于介绍司马赋中对人的动作神态、景物等进行描绘的语汇,例如,司马相如善于变换词语来描述同一个动作,在景观描写中绘声绘色,种类繁多且富有变化,极尽铺陈之能事,而且擅用比喻。第八章篇幅略短,吴德明介绍了司马相如赋作的音乐格律,从音节多少句子长短来说明其作品的音乐性,从而完成了对作品的全方位研究。

《汉代宫廷诗人——司马相如》中还有两章值得一提:在第三章中,吴德明用大量篇幅梳理了从屈原、宋玉、荀子到汉初陆贾、贾谊等人的作品,也涉及与司马相如同时期的文人,例如写作了第一篇"七体"赋——《七发》的枚乘,这一章基本上是赋从起源到司马相如生活年代的早期历史;在第九章中,吴德

---

① Cf. Yves Hervouet. *Un poète de cour sous les Han*, *Sseu-Ma Siang-Jou*. Paris: PUF, 1964, p.178.

② Cf. Yves Hervouet. *Un poète de cour sous les Han*, *Sseu-Ma Siang-Jou*. Paris: PUF, 1964, p.286.

③ Cf. Yves Hervouet. *Un poète de cour sous les Han*, *Sseu-Ma Siang-Jou*. Paris: PUF, 1964, p.306.

明则介绍了司马相如对他之后汉代赋家创作的影响,这种影响甚至延续到清末。他对这位汉代赋圣给予高度评价:"显然,所谓汉赋直接出于司马相如之作。构成此种赋体的大部分元素确实在他之前已经出现,然而司马相如是一个集大成的开创者。"①总体而言,《汉代宫廷诗人——司马相如》是一部作家论,充分体现了法国汉学家吴德明在赋学研究领域深厚的学术素养。

吴德明继而翻译了《〈史记〉卷一百一十七〈司马相如列传〉》,以及《昭明文选》中司马相如的全部作品(《子虚赋》《上林赋》《上疏谏猎》《喻巴蜀檄》《难蜀父老》《封禅文》《哀秦二世》等篇章,《长门赋》除外),几近周折终于在1972年结集出版,全书共286页。② 在翻译过程中,吴德明不畏偏僻的辞藻语汇,努力辨识每一种动物、植物和矿物的名称,附有详细的学术性注释,汇编成索引。这部译著还复制了日本学者泷川龟太郎译本的中文原文和注释。此外,在70年代,吴德明还受邀为《法语大百科全书》《东方文学辞典》等辞书撰写了"宋玉""司马相如""赋""汉代文学"等与中国赋文学相关的词条。③ 吴德明的上述两部专著和译作出版后,一些欧美汉学家纷纷撰写书评,给予很高评价,认为其翻译和研究成果是西方汉学界研究司马相如的权威之作。

顺便补充的是,关于司马相如的作家作品研究,马古礼在《中国文学选编》中也译有《史记·司马相如列传》的片段,并翻译了《美人赋》,其中的片段被班文干转引于所编《中国文学史》中。1958年,法国远东学院教授埃米尔·加斯帕东曾在《亚细亚学报》上发表文章《司马相如最早的两篇赋作》④介绍《子虚赋》和《上林赋》,这是后来吴德明写作论文的参考文献之一。

---

① Cf.Yves Hervouet. *Un poète de cour sous les Han*, *Sseu-Ma Siang-Jou*. Paris:PUF, 1964, p.378.

② *Le Chapitre 117 du Che Ki*:*Biographie de Sseu-ma Siang-jou*,traduction avec notes par Yves Hervouet,Bibliothèque de l'Institut des Hautes Études Chinoises,vol.23.Paris:PUF,1972.

③ Yves Hervouet, «Fou», *Encyclopaedia Universalis*, vol. 7, 1970, p. 192 - 193; «Sung Yu» et «Ssu-ma Hsiang-ju», in Jaroslav Prusek et Zbigniew Slupski(éd.), *Dictionary of Oriental Literatures*, vol.I(East Asia).Londres:1974,p.167,164-165.

④ Emile Gaspardone.Les deux premiers fou de Sseu-ma Siang-jou,*Journal Asiatique*,1958,No. 246,p.447-452.

（三）当代汉学家的赋作译介

班文干在《中国文学史》中专辟一章论赋,主要涉及的作家作品有《楚辞》、宋玉《神女赋》和《登徒子好色赋》、贾谊《吊屈原赋》、司马相如的生平和《美人赋》、班固《两都赋》和张衡的另一篇《两都赋》、曹植《洛神赋》和陆机《文赋》,其中大多直接收录了马古礼和吴德明的译文。在对中国早期赋作进行评论时,班文干提出个人见解:"这些作品的主旨大多是为了赞美一个地方,如一所猎苑或是一座都城,或是赞美女子,虽有抒情色彩,但它们最主要的价值是语言的雕饰,无论是词汇句式还是音韵都力求形美,而这一部分的魅力在翻译中都会失色。而爱情赋则对我们西方读者具有阅读兴趣,因为它们更接近于原始时代萨满色彩的吟唱,具有情色意味,仿佛在神灵与呼唤神灵护佑的通灵人之间存在一种爱慕关系。"①班文干认为这一特色在《神女赋》《登徒子好色赋》和《洛神赋》中保留了痕迹并得以发展。班文干的这一见解在之前的赋文研究中并无多见,可以代表一部分当代西方学者的观点。

关于赋体作品的翻译,需要补充的是当代著名汉学家桀溺（Jean-Pierre Diény）在 1987 年发表的一篇论文《解读王粲》中译有《游海赋》,并在与班彪《览海赋》、曹丕《沧海赋》的对比中探寻王粲之文描写景物气象更广、更具备象征性思考等特色。②

在法国唯一以单行本发行的赋体文学作品是庾信的《哀江南赋》。最早介绍这部作品的是马古礼,他在《中国文学史（散文卷）》中首先介绍了这篇骈赋的创作背景,并指出作品的一大特征便是刻意用典文中兼有明典与暗典,还将《哀江南赋》与班固的《两都赋》、贾谊的《过秦论》和李陵的《答苏武书》相提并论,认为庾信或受汉朝文风的影响,加上"南北二朝不同文风的巧妙融合,以及庾信本人诗才出众,造就了其作品的特殊文采"③。

---

① Jacques Pimpaneau. *Histoire de la littérature chinoise*. Arles: Philippe Picquier, 1989, p.66-68.

② Jean-Pierre Diény.Lecture de Wang Can(177-217),in *T'oung Pao*,vol.73,fasc.4-5,1987, p.306-312.

③ Georges Margouliès.*Histoire de la littérature chinoise:prose,op.cit.* p.136-137.

半个世纪后,当代翻译家米歇尔·库特勒(Michel Kuttler)将《哀江南赋》全文翻译成法语,列入法国异域出版社的"俄尔浦斯诗丛",1995年出版。在译者序中,米歇尔·库特勒指出这是一部"融会个人际遇与朝事更迭"的作品,书名源自战国时期宋玉《招魂》诗篇中"魂兮归来哀江南"一句。[①] 作为译者,库特勒认为"《哀江南赋》体现了中国人对于用典的爱好",因这篇作品"处处用典""曲言陈事",需要熟读经典方能参透其意,而这也正是中国古代文人的基本素养。[②] 对于用典的缘由,库特勒有所探讨:"虽然据事以类义可以产生含蓄委婉的效果,但是因为每一次用典需要故中求新,会造成累复难解之困难,难免会妨碍意义的传达。那么为什么要使用这种的表达方式?"[③]库特勒没有给予法国读者明确的解释,但是从后文中我们可以总结出他所推断的三条理由:其一是庾信处境尴尬,因为身不由己侍奉北国国君而有愧于故国,故而选择借用典故暗示心声,他在《哀江南赋》中写道:"信生世等于龙门,辞亲同于河洛,奉立身之遗训,受成书之顾托",这便是自比于司马迁忍辱负重写《史记》,以"立德立言";其二,用典可以减少语辞之繁累以求诗句之经济;其三,庾信援古证今或是借古抒怀,恰好可以在文字中跨越时间鸿沟,将亘古至今的事理联系起来,他不是回述历史,而是向人们展示历史的故事可以重演。[④] 可以说,从探讨用典出发,库特勒深刻地理解了庾信这个亡国诗人的情怀。对于文中遍布的典故,译者坦言他所使用的翻译策略是尽量直译字面意义,不求甚解,以保证行文的诗意,不以释义而累赘诗句。但是,译文后面附有520个注解,涉及文中的几乎所有典故,足见库特勒译事之用心。尤其值得称赞的是,译者在译文之前以列表的方式介绍了《哀江南赋》中各个段落的主旨大意或主要事件,例如"第1—40句,庾信家族历史直至其父去世","第41—

---

① Yu Xin.*Lamentations pour le sud du Fleuve*.traduit du chinois et présenté par Michel Kuttler. Paris:La Différence,*Orphée*,1995,p.7,p.8.

② Yu Xin.*Lamentations pour le sud du Fleuve*.traduit du chinois et présenté par Michel Kuttler. Paris:La Différence,*Orphée*,1995,p.8-11.

③ Yu Xin.*Lamentations pour le sud du Fleuve*.traduit du chinois et présenté par Michel Kuttler. Paris:La Différence,*Orphée*,1995,p.9-10.

④ Yu Xin.*Lamentations pour le sud du Fleuve*.traduit du chinois et présenté par Michel Kuttler. Paris:La Différence,*Orphée*,1995,p.10-11.

58句,庾信早年生活经历","第59—79句,梁朝盛世繁荣景象"等,从中可以一目了然地看出个人历史与社会历史的交织,这对于法国读者了解这篇长作无疑十分有益。译者还精确地说明《哀江南赋》的序有528字,阐述了诗作的题旨,文有3376字,并且在翻译中进行了形式上的区分:序以散文体译出,而正文则被翻译成诗行的形式。因此,总体而言,库特勒所译《哀江南赋》以一篇"史诗"的面貌呈现于法国读者眼前。在庆幸这一名篇佳作被移译到法文的同时,我们也遗憾骈赋这一特殊的文学形式在法国汉学界似乎没有得到清晰的定义和认识。

总之,赋体文学作为中国古代文学中的一种独特文体,文体繁复,其韵味美感会在翻译中遗失并导致散文化倾向,从而难以像中国古代诗歌那样在国外读者中产生广泛影响。在20世纪,得益于马古礼、吴德明、班文干、库特勒等汉学家的译介,赋体文学进入法国人的学术视野,出现了一些专业性和普及性著作,而且可以说是翻译与研究同步举进,然而推广有限,仍然需要更多的译者和研究者来开拓这一园地。

参考文献

伏俊琏著:《俗赋研究》,中华书局2008年版。

许结著:《赋学讲演录》,北京大学出版社2009年版。

Diény,Jean-Pierre.Lecture de Wang Can(177-217).in *T'oung Pao*,vol.73,fasc.4-5,1987.

Gaspardone,Emile.Georges Margouliès,Le Kou-wen chinois,Le «Fou» dans le Wen-Siuan.In *BEFEO*,Tome 27,1927.p.382-387.

Gaspardone,Emile.Les deux premiers fou de Sseu-ma Siang-jou.in *Journal Asiatique*,1958,vol.246,p.447-452.

Giles,Lionel.Georges Margouliès,Le Kou-wen chinois,Le «Fou» dans le Wen-siuan.in *Bulletin of the School of Oriental and African Studies*,1927,vol.4,p.640-643.

Hervouet,Yves.*Un poète de cour sous les Han,Sseu-Ma Siang-Jou*.Paris:PUF,1964.

Hervouet,Yves.Fou.in *Encyclopaedia Universalis*,vol.7,1970,p.192-193;«Sung Yu» et «Ssu-ma Hsiang-ju»,in Jaroslav Prusek et Zbigniew Slupski(éd.),*Dictionary of Oriental Literatures*,vol.I(East Asia).Londres:1974,p.167,p.164-165.

Le Chapitre 117 *du Che Ki*:*Biographie de Sseu-ma Siang-jou*,traduction avec notes par Yves Hervouet, Bibliothèque de l'Institut des Hautes Études Chinoises, vol. 23. Paris: PUF,1972.

Margouliès,Georges.*Le «Fou» dans le Wen-Siuan*,*étude et textes*.Paris:Paul Geuthner, 1925.

Margouliès,Georges. *Le Kou-Wen chinois*,*recueil de textes avec introduction et notes*.Paris:Paul Geuthner,1925.

Margouliès,Georges.Le «Fou» de Yen-Tseu.in *T'oung pao*,vol.26,fasc.1-5,1929.

Margouliès,Georges.*Histoire de la littérature chinoise*:*prose*.Paris:Payot,1949.

Pimpaneau,Jacques.*Histoire de la littérature chinoise*.Arles:Philippe Picquier,1989.

Zach,Erwin(von).«Zu G.Margoulies Ubersetzung des Liang-tu-fu des Pan Ku», «Zu G.Margoulies Ubersetzung des Pieh-fu», «Zu G.Margoulies Ubersetzung des Wen-fu», in *T'oung Pao* 25(1928),p.354-359,p.359-360,p.360-364.

（原文刊于《北京大学学报》（哲学社会科学版）2017 年第 6 期）

浅述两汉魏晋南北朝散文在法国的译介

直到 20 世纪,除先秦诸子哲理散文之外,中国其他历史时期的散文在法国的译介相对滞后,此为学界共识,但其缘由未有讨论。笔者不揣冒昧,探究原因有二:其一,从艺术性角度而言,与中国古诗相比,在法国读者眼中,散文似乎并不能代表中国文学的特色,他们认为形式短小、含义隽永、融合视觉效果和音乐性的中国诗歌提供了与西方分析性语言、思维的一个差异性范例,而中国古代散文的艺术特色未得到充分认识。况且,在法语中,散文一词"prose"及其派生的形容词"prosaïque"本身就含有缺乏诗意和艺术性的意义。其二,从内容上看,对法国读者而言,中国的小说和戏剧以其丰富曲折的故事情节更能反映中国古代的历史社会现实,也更能带来阅读的愉悦;而更注重风景描写、个人观点表达和个人情感抒发的散文无法给普通的法国读者带来以上的阅读和审美效果。因此,与中国古典诗歌和小说在法国翻译和传播的悠久历史相比,散文作品的译介仍然不够全面系统。直到 20 世纪以来,两汉魏晋经唐宋以至明清文学散文方才引起关注,完善了中国古代文学在法国的学术研究版图。

俄罗斯裔法国汉学家马古礼(Georges Margouliès)曾师从于法国著名汉学家伯希和(Paul Pelliot),是第一个对中国古代散文给予足够重视并进行系统研究的欧洲学者,他在 20 世纪中期编撰的《中国文学史》(*Histoire de la littérature chinoise*)①分为散文卷(1949 年)和诗歌卷(1951 年),他对于中国古

---

① Georges Margouliès.*Histoire de la littérature chinoise*:*prose.* Paris:Payot,Bibliothèque scientifique,1949,VIII–336 pp.*Histoire de la littérature chinoise*:*poésie.* Paris,Payot:Bibliothèque scientifique,1951,pp.419.

代散文的研究最为全面深入,考镜源流,梳理历代文风的演变,勾勒散文发展变迁之迹,尤其善于把握中国古代散文的文学性分析,其研究成果在半个世纪后仍然无人超越。相对其他学者而言,曾经担任巴黎东方语言学院图书馆馆长的马古礼因接触丰富藏书和资料而贡献了相对丰富和具有开创性的研究成果。此外,我们亦参考桀溺(Jean-Pierre Diény)、班文干(Jacques Pimpaneau)等当代法国汉学家的相关论述和译介成果,力图比较全面地考察两汉魏晋南北朝散文①在法国传播和研究的得失。

一

自两汉以降,中国古代散文逐渐脱离经学之气,产生文学的自觉,向着更加文学化、个性化和多样化的方向发展,发展了一种真正文学意义上的散文。魏晋南北朝是中国历史上的一个大分裂时期,也是一个思想活跃而开放的时期,散文的发展也呈现出与前朝各代不相同的轨迹。

西汉初年著名的政论家、文学家贾谊的著作主要有辞赋和政论散文两类。马古礼早在 1925 年出版的《中国古文选》(*Le Kou-wen chinois. Recueil de textes avec introduction et notes*)中翻译了《过秦论》《论积贮疏》《陈政事疏》此三篇名作。② 他认为贾谊的散文不仅具有政治和实用价值,而且文辞铿锵有力:"一个有志青年仿佛把他洋溢的热情全部用来阐述一个他所热衷的论题。……他虽为朝官,但更是一个才华横溢的文人。对此,我们应当感到庆幸,因为政治风云时过境迁,而他的作品却永存后世,视野恢宏,立论高远,说理透辟。"③马古礼进而对贾谊的策论文章进行了文体分析并给予高度评价:"言辞有力,虽为平常语词,但是被赋予节奏,行文中时有激越的文辞,文采之外别添了一份

---

① 两汉魏晋南北朝时期,中国散文体裁渐趋多样化,本文只涉及普通意义上的散体文,赋体诗文在法国的译介将另文著述,《史记》等史传散文亦不在本文论述范围之内。

② Georges Margouliès. *Le Kou-wen chinois. Recueil de textes avec introduction et notes*. Paris:Paul Geuthner, 1925, p.56-67.

③ Georges Margouliès. *Histoire de la littérature chinoise:prose*. Paris:Payot, Bibliothèque scientifique, 1951, p.52.

独有的悲慨。他的文章风格,以及西汉一代的文学语言,被许多文人认为是中国文学中最优雅的文字。"①汉代另一位文章大家董仲舒同样擅长畅言时事,纵论古今。《论衡》说:"孝武之时,诏百官对策,董仲舒策文最善。"不过,马古礼认为他的行文风格"深受《左传》等儒史经学著作影响",文章广援儒理,用势平均,不失庄重,但是"与贾谊的焕然文采相比略逊一筹,稍显平淡"②。汉代其他各家的散文被译到法文的还有晁错《论贵粟疏》、司马相如《上书谏猎》、李陵《答苏武书》、杨恽《报孙会宗书》、班昭的《班昭上书》以及汉高祖、文帝、景帝的诏书、书信等文献,均由马古礼翻译选入其译作。

二

汉末魏初的文章世家是曹氏父子。鲁迅在《魏晋风度及文章与药及酒之关系》一文中曾说这一时期的文风是"清峻,通脱",称曹操本人是"一个改造文章的祖师"。不过曹操的文章传世很少,即使是最著名的《让县自明本志令》也没有翻译为法文。著有《典论》的曹丕比较擅长散文,可惜大部分篇章都已散佚,也没有作品被介绍法国。马古礼在《中国文学史(散文卷)》中对曹操、曹丕父子的文学成就仅有简略介绍:"这位戎马一生、久战沙场的武将同时也颇有文学造诣,是一个富有才华的诗人和作家。这种文学才华似乎具有家族渊源,因为他的儿子、魏国的开朝皇帝也是著名文人,而且青出于蓝而胜于蓝。他(曹丕)的作品抒发意气,间有凄楚委婉,具有独特的感染力。"③关于曹植这位"魏晋时期乃至中国文学史上最负盛名的诗人之一",马古礼提到他的传世散文作品有近百篇,但是与中国历代文人对曹植的高度评价有所不同,马古礼认为他的散文多而不精,虽然"文采斐然",然而"恃才滥作,许多作

---

① Georges Margouliès. *Histoire de la littérature chinoise*:*prose*. Paris:Payot, Bibliothèque scientifique,1951,p.54.

② Georges Margouliès. *Histoire de la littérature chinoise*:*prose*. Paris:Payot, Bibliothèque scientifique,1951,p.56.

③ Georges Margouliès. *Histoire de la littérature chinoise*:*prose*. Paris:Payot, Bibliothèque scientifique,1951,p.94.

品不仅气势不足,而且缺乏足够个性"①。

在马古礼发表这一评价的三十年后,对曹氏父子的诗文抱有浓厚研究兴趣的法国著名汉学家桀溺主持编制了《曹植全集通检》(*Concordance des oeuvres complètes de Cao Zhi*)②,作为法兰西学院汉学研究所汉学通检提要文献丛刊之六,1977 年出版。这一古籍原文索引以 1957 年国内印行的清朝经学家丁晏十卷《曹集铨评》为底本,考证修订其中贻误,并将之全文复制,其中卷一至卷五为诗歌辞赋,卷六为颂、碑、赞、铭,卷七为章、表,卷八为令、文、七、咏,卷九为论、说,卷十为诔、哀辞。这一巨制无疑为法国汉学家提供了对曹植诗文进行深入研究的基础。

这一时期,"三曹"之外,"建安七子"文学成就卓著,他们的诗歌、辞赋在 20 世纪的法国得到相对充分的研究,而散文作品虽然代表汉末到西晋散文骈化过程中的重要环节,但是可能因为作品散佚导致散章零篇居多,故而未能得到法国汉学家的重视。桀溺曾著文《解读王粲》,也曾为《法国百科全书》(1968 年)撰写"曹丕""曹植"和"建安七子"等词条,③他称"建安文学是中国文学最灿烂的历史时期之一",但是其中基本论述的都是诗歌成就,几乎没有提及这一时期的散文发展。

三

魏晋时期的"竹林七贤"以嵇康、阮籍为领袖,马古礼在著作中着重描绘了他们的名士风度,并且有一段文字介绍嵇康之文:"在嵇康的散文作品中,最令人惊讶的是长篇大论之多,好言玄理之甚。……他常以老庄之道鞭挞传

---

① Georges Margouliès. *Histoire de la littérature chinoise : prose*. Paris : Payot, Bibliothèque scientifique, 1951, p.94.

② Jean-Pierre Diény dir. *Concordance des oeuvres complètes de Cao Zhi*. Paris : Collège de France, Institut des Hautes Études Chinoises, «Travaux d'index, de bibliographie et de documents sinologiques» (Ⅵ), 1977, pp.xxvi, , p.542, p.205.

③ Jean-Pierre Diény. «Ts'ao Tche (Cao Zhi)», «Wou-ti (Wudi), empereur de Chine», «Kien-ngan (Jian'an), les sept poètes de la période», *Encyclopaedia Universalis*, Paris, 1968.

统礼法。虽然辞达而理举，却多为长篇累牍。玄学易理往往难以言明，故而作者若有意清澈阐述，便不能不仔细剖析，正反相驳，反复答辩，偶尔难免有冗词之嫌。奇特之处在于，尽管嵇康完全以超脱礼法为追求，但却未能脱离儒家学说的分析和理说方式。其思想阐述之所以困难，文章之所以冗长，正是因为过于玄妙的思想与过于逻辑的表达方式之间的不相协调。"①这一段话体现了一个外国汉学家旁观者清的目光，不仅看到嵇康之文形式上的特点，并且道出了这个弃儒向道的文人思想上的矛盾和不纯粹性，这与中国学者对嵇康"半儒半道""外道内儒""儒道合流"等看法大体一致。

在 20 世纪法国汉学界，对嵇康进行专门研究当属侯思孟（Donald Holzmon）的成就最为卓著。这里引起我们关注的是他在 1957 年出版的《嵇康的生平与思想》（*La Vie et la pensée de Hi K'ang*）第三章。② 这个章节中出现了嵇康散文作品的翻译，如《养生论》《释私论》《宅无吉凶摄生论》《声无哀乐论》等，这些代表作成为侯思孟论述嵇康思想的作品资料。他首先在魏晋时期动荡不安的社会背景下来理解嵇康与传统文士不同的精神追求，进而引用其作品加以说明："嵇康玄理散文的形式特点使之难以分析。要么是《养生论》和《释私论》这样关于修道生活及得道之不易的短小论说文，要么便是如同《养生论》的驳论之类的驳难文章，重在逐一破解怀疑者的诘难。尽管嵇康属文没有系统的论述，其玄学思想大致上仍是脉络清晰：获得长生的途径，得道之人的心理世界，长生的境界及其与参玄悟道的类同之处，以及长生存在的历史和哲学依据。"在《养生论》中，侯思孟看到了嵇康基于道家理念的"养生之道"："与我们西方哲学家相反，嵇康时代的中国人不相信神能离开形而独立存在；神若要存在，则必然寓于形内。因此'养身'是'养生'的必要条件。……在散文《养生论》中，他道出了此类'上药'的妙用以及'凡所食……莫不相应'的重要性。而日常肴醴则无养生之宜：'滋味煎其府藏，醴醪鬻其肠胃……。五谷香芳……易糜速腐'。所食之物应为奇草上药，'金丹石菌，

①　Georges Margouliès. *Histoire de la littérature chinoise：prose*. Paris：Payot, Bibliothèque scientifique, 1951, p.97.

②　Donald Holzmon. *La Vie et la pensée de Hi K'ang*（223–262 *ap. J.–C.*）, publié pour le Harvard Yenching Institute, Leiden, E.J.Brill, 1957, I–VII + 1–186 p. 以下引文出自第 83–91 页。

紫芝黄精’，因为它们‘澡雪五脏……练骸易气，染骨柔筋’。宜涤垢泽秽，专气致柔，宛如赤子，性几于道。”侯思孟指出，嵇康将长生与道契合，其实是皈依了最古老的道家传统，而他对有关长生的哲学与心理命题的探讨方式，是最异于前人的地方。侯思孟对《释私论》的认识也独有见地，认为它是嵇康最为匠心独运的文论，因而也是最艰深难懂的篇章之一。“这篇散文对求道者提出了几项生活准则。文章篇幅较长，内容晦涩，要点之一是对‘私’（意为‘自私’）一词的新解。对嵇康而言，这个词不再含有罪过之意，而成为一个纯心理学的词汇。私，是隐匿思想，有言不发，克制情感。嵇康警告那些‘背颜退议而含私……’的‘行私者’：若‘抱□而匿情不改，诚神以丧于所惑。’。嵇康对人类心理洞烛幽微，他提出的释私之法即言无苟讳，而行无苟隐。通过‘虚心’忘我，求长生者才能达到目的：无措而抱一，无非而绝美。嵇康进行心理研究的目的与他的其他玄理作品一样，都是与道合一，长生不死。”侯思孟倾向于将这篇难解的《释私论》解读为一篇心理分析论文：“中国人自有哲学起就十分关注人之用心，但嵇康在思考这个问题时对人类心理的分析可谓入木三分，让人为之惊叹。”作为一名西方学者，侯思孟以更广阔的哲学视野来审视嵇康，别有见地，也更加有利于西方人理解千年以前特定历史时期一个中国文人的丰富思想：“嵇康的玄学思想是建立在个体能够直悟真理的公设上。相信这一公设，嵇康便摆脱了从前的哲学体系以及与之相应的信条和世界观对他的思想束缚，同时也使他的哲学与研究个体心理密不可分了。”侯思孟认为《宅无吉凶摄生论》及其驳论是关于天命与自由意志的政论，这也是“西方中世纪之初所有修士关心的问题”。《声无哀乐论》这篇有关美学与道德、情感的论文则被侯思孟认为是嵇康论辩文中篇幅最长、辩理最为精到之作。侯思孟发现嵇康的文字反映了他的复杂思想：“这些反名教的惊世言论足以说明嵇康的思想在本质上属于道家。但其作品中又包含不少儒家内容，《管蔡论》和《明胆论》已有例证。”侯思孟的这一判断与中国学者所见并无二致，不过，他更多地看到了嵇康思想的独特性：“尽管深受古代思想浸淫，却独发己见，有所创新，其关注对象已转向生命本身，转向个体的精神世界。所以我们才注意到，在嵇康的思想中，心理分析占据了很大一部分，而政治则退居一隅，须知心理学在古代道家思想中所受关注是极其有限的。嵇康的心理分析亦非如刘劭和其他同时代人那样给心理特征简单归类。他的心理分析直指人的内心,关乎心怀信念而在'向上的意愿与堕落的欢乐'(波德莱尔语)之间挣扎的人,体现的是'有两个灵魂居住在我心胸'的浮士德式的冲突,这在我们现代社会已是屡见不鲜。"除了嵇康散文的思想价值,侯思孟也发现了嵇康玄理散文的文体特点,我们可以将之概括如下:既有超验的直悟,也有绵密的析理,既有引经据典,也有庄子式的巧辩;既有自然之理,也有晦涩之辞。总体而言,侯思孟深入嵇康的文字,时常借鉴西方的学术思想作为观照,终得以对这位魏晋名士的思想有了精辟解读。

在 20 世纪,两晋文人名士之间的论辩文往往成为西方汉学家洞察这一时期中国社会政治和精神思想的窗口。移居法国的匈牙利裔汉学家白乐日(Etienne Balazs)在 1948 年发表的文章《在虚无主义反叛与神秘主义隐逸之间》①中便援引嵇康以及鲍敬言的文章以说明公元 3 世纪汉亡之后中国政治思想的丰富性。至 21 世纪,当代汉学家让·乐唯(Jean Lévi)继续了对这一话题的关注,他在 2004 年出版的译著《两位隐逸名士的无政府思想》②中翻译了三篇辩论:鲍敬言的《无君论》(存于葛洪《抱朴子·诘鲍篇》),嵇康反驳张叔辽的《难〈自然好学论〉》以及嵇康反诘密友向秀的《答难养生论》。让·乐唯主要是从政治思想史的角度来解读这三篇论述文,认为嵇康推崇"越名教而任自然",他的养生论中其实也"隐含了对权力和社会组织的批判"③,而且这些论辩文章至少可以反驳西方人的两种成见:其一,大多数西方人认为历史上中国人除了专制制度外不曾有过其他政治思想,而两晋之际一些名理家们的辩论说明这一时期中国人曾经有过乌托邦式无政府思想的萌芽;其二,很多人认为自希腊以来西方盛行的思想辩论在中国是不存在的,而这三篇论辩文足以说明这种直言不讳、辩理清晰、针锋相对的思想论战在中国曾经大行其道,而且论辩亦是中国人表达哲学思想所偏爱

---

① Etienne Balazs.Entre révolte nihiliste et évasin mystique,repris dans *La Bureaucratie céleste*. Paris:Gallimard,1968.

② Jean Lévi.*Eloge de l'anarchie par deux excentriques chinois.Polémiques du troisième siècle traduites et présentées par Jean Lévi*. Paris:Editions de l'Encyclopédie des nuisances,2004.

③ Jean Lévi.*Eloge de l'anarchie par deux excentriques chinois.Polémiques du troisième siècle traduites et présentées par Jean Lévi*. Paris:Editions de l'Encyclopédie des nuisances,2004,p.28.

的形式。①

然而,从艺术角度而言,马古礼仍然认为,"嵇康的诗胜于文",并且广而言之,"就整个魏晋南北朝时期而言,大多数中国文人的诗歌创作都要高于散文创作,无论是在数量上还是在艺术价值上,只有最上乘的散文形式才能产生优美的作品,因为它们几乎与诗歌融为一体,大多数的散文作品缺乏清晰、准确和有力的表达"②。在这里,我们可以发现,相对于这一时期发展起来的论说文等散文体裁,马古礼最推崇的还是文学性和抒情性更强的文体——"赋"。这可能也代表了大多数法国汉学家的态度,也导致魏晋散文翻译研究的缺失。关于嵇康之文,鲜有翻译,唯有班文干教授所译《与山巨源绝交书》片段被收入《中国古代文选》,③其为难得。

此外,"竹林七贤"中以嗜酒闻名的刘伶得到马古礼的关注,《酒德颂》被他翻译为法文,④他还翻译了西晋初年李密的名篇《陈情表》。⑤

西晋文学家陆机的传世作品较多,除了大量诗歌辞赋之外,还有《辨亡论》和《吊魏武帝文》等二十余篇散文。马古礼仍然以更多的篇幅来介绍他的辞赋,但是对其散文风格的介绍多于魏晋时期的其他作家,评价也最高,因为他认为陆机的散文作品中,文学性多于政论色彩,体现了当时散文内容和形式更加文学化的趋势。格外引起马古礼关注的是陆机的文体风格:"具有完美的节奏和严整的韵律,……对仗工整,文辞高雅,开辟雕琢文辞之风,成为初唐文章模仿的对象。"⑥虽然马古礼在此处没有明确指出陆机是骈文的奠基者之

---

① Jean Lévi. *Eloge de l' anarchie par deux excentriques chinois. Polémiques du troisième siècle traduites et présentées par Jean Lévi.* Paris: Editions de l' Encyclopédie des nuisances, 2004, p.11.

② Georges Margouliès. *Histoire de la littérature chinoise: prose.* Paris: Payot, Bibliothèque scientifique, 1951, p.97.

③ Jacques Pimpaneau. *Anthologie de la littérature chinoise classique.* Arles: Philippe Picquier, 2004, p.298-301.

④ Georges Margouliès. *Le Kou-wen chinois. Recueil de textes avec introduction et notes.* Paris: Paul Geuthner, 1925, p.124-125.

⑤ Georges Margouliès. *Le Kou-wen chinois. Recueil de textes avec introduction et notes.* Paris: Paul Geuthner, 1925, p.124-125.

⑥ Georges Margouliès. *Histoire de la littérature chinoise: prose.* Paris: Payot, Bibliothèque scientifique, 1951, p.102.

一,但是对其作品的艺术风格有着准确的把握。他称赞陆机之文具有诗意化色彩,在论、疏这一类文章中也竭尽可能地赋予它们在主题和体裁允许范围内的文采;在吊、颂一类的文体中,陆机也尽展才华,多用四六韵语,抑扬顿挫,悠然有味。马古礼在研究过程中还发现陆机擅长作序,并指出前人多在描写性的赋之前作序,而陆机也喜欢在抒情性的赋之前撰写序言,而且有些序文的篇幅之长、言辞之美,完全可以独立成文。

　　东晋王羲之因书法之美而文字传世颇多,虽然并不都是文学作品,但是《兰亭集序》是千古传诵的佳作,也是魏晋时期序跋文的代表作之一。马古礼翻译了这篇作品①并给予了中肯的评价:"《兰亭集》以其深刻的哲学思想和简单优美的形式而成为名篇,它在形式上没有严格规整的节奏,颇似汉朝散文的特点,但是文风清秀,富有韵律,是一篇真正出自诗人手笔的散文之作。"②马古礼由此引申到对这一时期散文特点的观察:虽然它们行文质朴,没有达到陆机之文在外在形式上的整饬之美,但是它们依然蕴含诗意色彩。其实,晋宋时期的文人擅长以同样严格的文字内在节奏和韵律来取代诗句字数上的格式美。作为一名外国学者,马古礼对东晋文风的观察颇有见地。班文干在《中国文学史》中把此文作为这一时期散文作品的代表作,翻译了序文的第二段,并进行了内容主题分析,即记叙朋友聚会的欢乐之情和兰亭周围山水之美,抒发人生无常的感慨。③ 他后来将《兰亭集序》重新翻译为法文,收入《中国古代文选》中。④

四

　　"陶渊明的散文作品数量不多,但是极具个性和才华,并且有几篇文章堪

---

① Jacques Pimpaneau. *Anthologie de la littérature chinoise classique*. Arles：Philippe Picquier, 2004, p.126−128.

② Jacques Pimpaneau. *Anthologie de la littérature chinoise classique*. Arles：Philippe Picquier, 2004, p.107.

③ Jacques Pimpaneau. *Histoire de la littérature chinoise*. Arles：Philippe Picquier, 1989, p.255−256.

④ Jacques Pimpaneau. *Anthologie de la littérature chinoise classique*. Arles：Philippe Picquier, 2004, p.301−303.

称名副其实的杰作。"①马古礼认为东晋末期南朝宋初期文学家陶渊明与王羲之一样,文字质朴,并不刻意追求外在格律,但是以内在韵律取胜,虽为散文,但仍然可以看出是出自诗人手笔;陶渊明的文字同样被认为具有汉风,但是摆脱了严肃沉重的感觉,行文流畅,词语间的组合产生特有的节奏和意蕴,而质朴的意蕴往往比形于外的格律更加难以实现。马古礼感慨时代改变了这种朴素的文风:"倘若六朝之文以陶渊明的文体为严格规范,唐朝韩愈提倡的古文运动便就无由而生了,这种质朴而诗意的风格当然不会成为古文运动的批判对象。"②他最早翻译了《桃花源记》《归去来兮辞》《五柳先生传》三篇作品,收入1948 年出版的《中国文学作品精选》中。他尤其欣赏《桃花源记》:"这是一篇别出心裁之作,是一篇纯粹的叙述之文,表面看似平淡细致的史传手法,实际寄寓深意。形式与内容之间的反差,加之流畅的风致、质朴的语言,产生强烈的艺术效果,造就一部玲珑的杰作,尽管后世多有仿作,但是不曾被超越。"③

1985 年,里昂大学学者莱昂·托马(Léon Thomas)在《宗教历史杂志》上发表《试解读〈桃花源记〉》④一文,对作品进行了比较深入的思想性研究。他首先翻译了全文,但是对于其文体的归类表示犹豫:这篇作品具有明显的叙事和虚构色彩,但是也不便于归于小说一类,这 320 字的短文甚至具有中国诗歌的特点——言简意赅,文字兼具质朴与文雅,因而也可以被视作一篇散文诗。在介绍陶渊明的生平时,莱昂·托马引发出对其思想的探讨:陶渊明是不是无神论者? 他是否受到一些宗教和哲学影响? 莱昂·托马指出当时的中国处于动荡不安的分裂局面,道家学说盛行,陶渊明的作品必然受到当时社会思潮的影响。在作品分析中,"桃花林"这个意象被认为具有一定的道家色彩和象征意义,意味着长生与永恒。而鲜花盛开的不寻常美景从审美感觉上也营造了

---

① Georges Margouliès.*Histoire de la littérature chinoise:prose.* Paris:Payot, Bibliothèque scientifique,1951,p.102.

② Georges Margouliès.*Histoire de la littérature chinoise:prose.* Paris:Payot, Bibliothèque scientifique,1951,p.108.

③ Georges Margouliès.*Histoire de la littérature chinoise:prose.* Paris:Payot, Bibliothèque scientifique,1951,p.109.

④ Léon Thomas."La Source aux fleurs de pêcher"de Tao Yuanming:essai d'interprétation.*Revue de l'histoire des religions*,1985,No.1,p.57-70.

一种神话意境。武陵渔人发现的如此世外桃源必然被赋予了精神层面的寓意。这个与世隔绝之地因是"绝境"而体现出与现实世界的不同,而且外人的窥勘也只能是偶然,最终仍然"不复得路"。莱昂·托马认为《桃花源记》中对渔人发现奇异世界的描述颇似萨满对神秘宇宙的探寻,且其探访路径常常是岩洞、溪流或山间隧道,而这些元素正是武陵人进入桃花源的路径,因而这个故事从形式上看具有一定的萨满教色彩。同时,莱昂·托马认为陶渊明对桃花源的描写体现了一种道教理想,这是一种对"回归本源"的向往。陶渊明所想象的乌托邦不是一个怪诞不经的场所,这里可以看到无所不在的"道"不受任何羁绊,发挥至善至美的作用;桃花源里的景象完全是《道德经》第八十章中描写的"小国寡民"安居乐业、自给自足的生活。莱昂·托马甚至发现《桃花源记》中"鸡犬相闻"一句几乎脱化自《道德经》第八十章中"鸡犬之声相闻"。因此,陶渊明是以虚构故事的方式描写了自老庄以来道家思想中的一个理想社会,而且鼓励世人去寻找或实现之,因为,与西方类似的故事相比,在桃花源里这个宁静祥和的世界里,武陵渔人受到款待,曾经融入其中,也就是说,来自现实世界的人并未受到压抑和排斥。总而言之,通过文本对比和分析,莱昂·托马认为《桃花源记》虽然并没有提出任何教义理论或主张,但是隐约蕴含宗教情怀和丰富寓意,表现了一种宇宙和谐的观念。

1990 年,翻译家保罗·雅各布(Paul Jacob)勘定、翻译、注释的《陶渊明全集》在伽利玛出版社"认识东方"丛书中出版[1],共 445 页。陶诗在法国已有移译,而这是他的散文作品第一次全部被翻译成法语,有助于法国读者对陶渊明的文学创作有一个全面的了解。班文干在 2004 年出版的《中国古代文选》中不仅选译了陶渊明的代表诗作,而且翻译了《祭程氏妹文》《自祭文》《五柳先生传》《桃花源记》《与子俨等疏》《归去来兮辞》六篇文章列入文选。[2] 陶渊明隐逸文人的形象在法国的传播过程中得到充分展现,班文干称赞他是中国文学史上的重要人物,对后世李白、苏东坡等诗人产生深刻影响,正如其自传散

---

① Tao Yuan-ming. *Œuvres complètes de Tao Yuan-ming*. Trad. du chinois, présenté, annoté par Paul Jacob. Paris:Gallimard, 1990, p.445.

② Jacques Pimpaneau. *Anthologie de la littérature chinoise classique*. Arles:Philippe Picquier, 2004, p.274-297.

文《五柳先生传》中所体现的那样,他不恋仕途、归隐田园、安贫乐贱的高尚人格成为中国古代文人的典范。

五

　　南朝晋宋交替之际的山水诗人谢灵运以诗歌名世,亦有多篇散文传世,马古礼指出其文体类繁杂,包括表、疏、书、序等各体。在研究谢灵运的过程中,他首先将之与陆机相提并论:二人虽然性情不尽相同,但在人生经历上不乏类似之处,都是出身名门,曾经参与政务,却遭贬抑,终遇杀身之祸;二人的文学成就中诗赋、散文的比例也大体相当,而且好用四六韵文,并且"他们代表了一个时期文人风度的发端与终结"①。谢灵运行文骈俪,但并不刻意藻饰雕琢,"去饰取素"的文风在马古礼看来也代表了晋宋时期的散文特点。马古礼还将谢灵运与陶渊明的文字风格进行了对比:前者的散文形式更加整饬,而后者更多散体文,比如,谢灵运"经常使用长句,且字数相当,句式类同"②。虽然马古礼不曾使用"骈文"这一中国古代文学的特有术语来说明,但是他确实敏感地发现谢文中骈文句式更多;同时,他也指出,谢灵运并不拘于一式,其文字节奏多样化,而且节奏之间的转换自然流畅。谢灵运的辞赋多有序言,而且序亦有韵,这一特点也得到法国汉学家的注意。马古礼对谢文的自然主题当然格外关注,他援引《山居赋》序中"今所赋既非京都宫观游猎声色之盛,而叙山野草木水石谷稼之事"来说明谢灵运的作品中的显著主题——怡情山水。这正是谢灵运的创新之处,他摈弃传统汉大赋的题材,开辟了赋文创作的新局面,对后世诗文产生重要的影响。马古礼对谢文也进行了简略的思想性研究,认为他的作品与前人之文一样体现了魏晋时期的文人心态,并以《辨宗论》为例解释儒、释、道三家在晋宋时期融合发展的历史面貌。可以说,谢灵运的文学成就在 20 世纪后半叶得

---

　　① Georges Margouliès. *Histoire de la littérature chinoise : prose.* Paris : Payot, Bibliothèque scientifique, 1951, p.113−114, p.116.

　　② Georges Margouliès. *Histoire de la littérature chinoise : prose.* Paris : Payot, Bibliothèque scientifique, 1951, p.115.

到更多法国学者的研究,可是,其山水诗歌的光芒显然掩盖了散文成就。

六

　　在研究魏晋南北朝文体变迁的过程中,马古礼指出中国的诗文形式在这一时期主要出现两种趋势:一种是具有诗歌倾向、重视灵性抒发、具有玄道意味的作品,注重辞韵格律和藻饰的辞赋是其中的主要形式;另一种则是逐渐摆脱格律限制和繁缛之辞的散体文,并不追求外在形式,韵律被内化或是退居其次,这种质朴理性的文风源自儒家的思想规范。马古礼认为,在魏晋南北朝这三个多世纪中,第一种诗歌辞赋仍然是中国文学的主体,直到齐梁之时,文学创作的散文化逐渐成为一种趋势。这种走向规范化的趋势类似 16、17 世纪之交古典时期之初的法国文学。①

　　诗文兼备的史学家沈约被马古礼认为是齐梁文学的代表人物,因为他的创作比其他文人更明显地体现了这个过渡时期的特点和变化,即辞赋的衰落和散文体的发展。② 在散文领域,沈文数量丰硕,而且体裁丰富,既有章表奏疏乃至皇帝诏诰等公文,也有史学著作和论说文章,还有一些艺术性散文。沈约的文章或骈或散,马古礼也发现他有些作品声律工整,而在一些论说文中则偏于散体,但是总体而言,其文与诗赋具有同样的特点,"自觉地注重行文规范和技巧,自发之气不足",故而"有些文字质感不足"③。梁武帝笃信佛教,作为其重臣,沈约先后写了《形神论》《神不灭论》《难范缜神灭论》等宣扬佛教的论辩文章,"在这一点上,沈约也是他所生活的时代的典型代表"④。

---

①　Georges Margouliès. *Histoire de la littérature chinoise: prose*. Paris: Payot, Bibliothèque scientifique, 1951, p.108-109, p.121.

②　Georges Margouliès. *Histoire de la littérature chinoise: prose*. Paris: Payot, Bibliothèque scientifique, 1951, p.121.

③　Georges Margouliès. *Histoire de la littérature chinoise: prose*. Paris: Payot, Bibliothèque scientifique, 1951, p.120, p.122.

④　Georges Margouliès. *Histoire de la littérature chinoise: prose*. Paris: Payot, Bibliothèque scientifique, 1951, p.122.

骈文是一种从修辞手法逐渐发展形成的表达样式,由于注重句式、韵律而与散体文对立,其特点是以四六句式为主,讲究对仗和声律,修辞上注重藻饰和用典。它产生于魏晋,盛于六朝,是中国古代文学一种独有的体类,与辞赋和散文都有交织之处。近年来,国内学界多把骈文纳入散文一类进行研究,例如刘振东、高洪奎、杜豫所著《中国古代散文发展史》第二编《自觉追求形式美的时期——魏晋南北朝的散文》中专辟第二章为《骈体文成熟与广泛流行》,故本文亦循此分类。法国学者对于骈文的研究并不深入,马古礼在《中国文学史(散文卷)》中论述魏晋南北朝文学时并未使用"骈文"一词,只是在介绍东汉蔡邕辞赋时使用过"四六"二字,认为他是较早使用四六句的辞赋家。①之后,他在介绍陆机、谢灵运等人的作品时所使用的表述也接近于骈文的特点,这是因为这一时候辞赋作品的逐渐骈化渐成风气。齐梁以后的骈文则更加成熟和完备,所以马古礼介绍沈约时也评论到他的一部分文章声律工整。与沈约同时代的孔稚珪最著名的作品是骈文《北山移文》,马古礼选译了这篇作品收入所编《中国古文选》中。②"四六盛于六朝,庾徐推为首出"(程杲《四六丛话序》),可见庾信、徐陵在骈文发展史上的重要地位。后者几乎没有得到法国研究者们的关注,马古礼在文学史中介绍了庾信的生平和创作风格,但是他的作品中唯有《哀江南赋》③一篇在1995年被当代翻译家米歇尔·库特勒(Michel Kuttler)译为法文。令人遗憾的是,至今骈文这一特殊的文学形式在法国汉学界似乎仍没有得到清晰的定义、认识和研究。

结　语

在法国,两汉魏晋南北朝的散文研究显得相对薄弱:学者们的研究兴趣大

①　Georges Margouliès. *Histoire de la littérature chinoise : prose.* Paris : Payot, Bibliothèque scientifique, 1951, p.88.

②　Georges Margouliès. *Le Kou-wen chinois. Recueil de textes avec introduction et notes.* Paris : Paul Geuthner, 1925, p.135-139.

③　Yu Xin. *Lamentations pour le sud du Fleuve.* traduit du chinois et présenté par Michel Kuttler. Paris : La Différence, *Orphée*, p.7-8.

都集中在其他文学朝代,即使是在魏晋南北朝文学渐渐得到更多关注的时候,诗歌和辞赋等韵文仍然是汉学家们的主要研究对象,他们对于这一时期的散体文,也多是在论及某位作家时偶尔涉及,缺乏系统的学术研究。

　　这一领域的翻译和研究缺失的另一原因是,这一时期也是中国文学的文体变化发展的动荡时期,诗文辞赋等各种文学样式纵横交错,文笔难分,形式多样,难以辨识。况且,受到历史上刘勰"晋世不文"的观点以及20世纪社会思潮的影响,国内学术界对魏晋南北朝时期散文的研究曾经抱有偏见,直到20世纪80年代之后才逐渐繁荣。实际上,这一时期是中国历史上一个思想活跃的时期,无论是在内容、题材和风格上,散文都出现多样化发展趋势,序跋体、游记体、书信体、章表体、论说体、哀吊体、骈体等诸体散文百花竞秀,有待于国内外学者共同努力以取得更大的学术进展。

参考文献

Balazs, Etienne. Entre révolte nihiliste et évasin mystique. Repris dans *La Bureaucratie céleste*. Paris: Gallimard, 1968.

Diény, Jean-Pierre. «Ts'ao Tche (Cao Zhi)», «Wou-ti (Wudi), empereur de Chine», «Kien-ngan (Jian'an), les sept poètes de la période», in *Encyclopaedia Universalis*, Paris, 1968.

Diény, Jean-Pierre (dir). *Concordance des oeuvres complètes de Cao Zhi*. Paris: Collège de France, Institut des Hautes Études Chinoises, «Travaux d'index, de bibliographie et de documents sinologiques» (VI), 1977, xxvi + 542 + 205 pp.

Holzmon, Donald. *La Vie et la pensée de Hi K'ang* (223-262 *ap. J.-C.*), publié pour le Harvard Yenching Institute, Leiden, E.J.Brill, 1957, I-VII + 1-186 p.

Lévi, Jean. *Eloge de l'anarchie par deux excentriques chinois. Polémiques du troisième siècle traduites et présentées par Jean Lévi*. Paris: Editions de l'Encyclopédie des nuisances, 2004, 95 p.

Margouliès, Georges. *Le Kou-wen chinois. Recueil de textes avec introduction et notes*. Paris: Paul Geuthner, 1925.

Margouliès, Georges. *Histoire de la littérature chinoise: prose*. Paris: Payot, Bibliothèque scientifique, 1949, VIII-336 pp.

Pimpaneau, Jacques. *Histoire de la littérature chinoise.* Arles: Philippe Picquier, 1989.

Pimpaneau, Jacques. *Anthologie de la littérature chinoise classique.* Arles: Philippe Picquier, 2004.

Tao Yuan-ming. *Œuvres complètes de Tao Yuan-ming.* Trad. du chinois, présenté, annoté par Paul Jacob. Paris: Gallimard, 1990, 445 pp.

Thomas, Léon. "La Source aux fleurs de pêcher" de Tao Yuanming: essai d'interprétation. In *Revue de l'histoire des religions*, 1/1985, p.57-70.

（原文刊于《国际汉学》2015 年第 2 期）

唐宋散文在法国的翻译与研究

唐宋时期,中国古代散文继往开来,得到重大发展。自从明朝朱右、唐顺之、茅坤承等人推崇唐宋八大家以来,其余响犹至今日。法国汉学界对中国散文的研究自然受到中国国内学术传统的影响,因此,对唐宋散文的翻译和研究仍然以八大家为重点。

一、韩、柳相提并论:古文运动奠声誉

较早翻译唐宋八大家散文作品的是俄罗斯裔法国汉学家马古礼(Georges Margouliès)。他在 1925 年出版的《中国古文选》(*Le Kou-wen chinois. Recueil de textes avec introduction et notes*)中收入了韩愈的《原道》《师说》《进学解》等16 篇作品,[①]大多选自《古文观止》。最引起他关注的是韩愈在唐宋时期古文运动中的作用,在 1949 年出版的《中国文学史(散文卷)》(*Histoire de la littérature chinoise : prose*)中,马古礼指出韩愈的功劳在于使诗歌与散文有了分野,在当时追求绮丽的风气中提出把文章的教化作用置于艺术追求之上。[②]在马古礼看来,韩愈是古文、散体文和骈文的集大成者,而古文影响最大,因此,他崇尚儒学古风,反对绮靡的文风,文章不可以文害意,而应"文以载道",

---

① Georges Margouliès. *Le Kou-wen chinois. Recueil de textes avec introduction et notes*. Paris : Paul Geuthner, 1925, p.177-219.

② Georges Margouliès. *Le Kou-wen chinois. Recueil de textes avec introduction et notes*. Paris : Paul Geuthner, 1925, p.186.

而韩愈的才华在于他在文中能够做到不事雕琢的典雅。"韩愈发起的古文运动标志着中国散文发展的重要转折。"①同时,马古礼主张不要只看见一人殊荣而忽视了之前古文运动的先驱。他在介绍六朝文赋同时存在骈俪和质朴两种风格时便提到古文与今文的概念及区别,并指出两个世纪之后韩愈提倡的唐宋时期古文运动其实发源于南北朝时期。② 在论及唐初文学发展状况的时候,马古礼认为韩愈提倡古文运动无非是"顺势而发"③,他之前已有陈子昂等初唐文人揭橥复古的旗帜,韩愈固然文采出众,但主要是成熟的时机造就了他在文学史上的独特地位,对于他的才华和影响不必贬低但是也不必过分褒扬。"在世之时,韩愈的文章并没有得到广泛认可,直到身后两个世纪方才得到同一流派文人的重新发现,继而产生重要影响。因此,韩愈作品的声名是经过反复长期的斗争才最终确立下来。如果说韩愈被誉为古文运动的倡导者,是因为他的文章确实成为这一流派的典范并最完备地体现了其特色。"④马古礼还进一步分析了韩愈散文中的两个阙失:其一,是在中国文人作品中常见的山水主题在他的文章中没有明显的存在,他关注更多的显然不是自然风物而是人事;其二,他的散文缺乏诗意,这是由于他的古文主张就是反对六朝以来的骈俪文,不过他的文章因此而富有慷慨之力。在主题研究上,马古礼敏感地发现韩愈的一些文章中表现了文人的落魄生活,而这一题材在其他中国文人的作品并不多见,他们或是避之不提,或是抱着一种安贫乐道的心态,而不像韩愈这样对贫贱文人或下级官吏的艰难生活直言不讳。⑤ 马古礼还指出了韩愈思想上的偏激之处,那就是他作为一个纯粹的儒家弟子,一心复兴儒学,因此对他所处时代佛道流行的现象表现出强烈的排斥和批判,《原

---

① Georges Margouliès. *Histoire de la littérature chinoise* : *prose*. Paris : Payot, Bibliothèque scientifique,1949,p.186.

② Georges Margouliès. *Histoire de la littérature chinoise* : *prose*. Paris : Payot, Bibliothèque scientifique,1949,p.134.

③ Georges Margouliès. *Histoire de la littérature chinoise* : *prose*. Paris : Payot, Bibliothèque scientifique,1949,p.152.

④ Georges Margouliès. *Histoire de la littérature chinoise* : *prose*. Paris : Payot, Bibliothèque scientifique,1949,p.153.

⑤ Georges Margouliès. *Histoire de la littérature chinoise* : *prose*. Paris : Payot, Bibliothèque scientifique,1949,p.190.

道》这篇文章便是一例。① 总体而言，马古礼对韩愈其人其文的评价不乏中肯的意见。

20世纪二三十年代留学法国的中国学者徐仲年(Hsu Sung-Nien)1932年在法国出版《中国诗文选》(*Anthologie de la littérature chinoise：des origines à nos jours*)，在书中介绍韩愈为唐宋八大家之首，指出他不仅是诗人而且也是伟大的散文家，并翻译了《原道》《原性》和《论佛骨表》三篇散文作品。由于徐仲年在文选中并没有设立散文这一体裁，这三篇论说文都被安排在哲学作品类别中。关于这些作品的思想性，徐仲年指出，韩愈"并不真正了解老子的道家学说，他的《原道》一文并没有体现深刻的思想，而《原性》一文不过是孔子学说的概括"。他"生活在一个尊佛向道的时代，却坚持将儒家思想奉为圭臬"，所以"勇敢地撰写了《论佛骨表》一文劝谏皇上不要迎请佛骨入京"。徐仲年还从文笔角度称赞《论佛骨表》"虽然文字简朴，但是行文有力，具有古雅之风，兼有由衷而发的悲慨之情，是一篇真正的散文杰作"。②

中国文学教授班文干(Jacques Pimpaneau)在1989年出版的《中国文学史》(*Histoire de la littérature chinoise*)中用重要篇幅介绍了韩愈："韩愈和柳宗元发起了古文运动，反对前朝盛行的讲究排偶、辞藻、华而不实的骈文，提倡质朴自由和有利于反映现实、表达思想的文章传统，但是又并不亦步亦趋。"③班文干在简要回顾韩愈的政治生涯之后，主要结合其论说文阐述其文学思想。他首先援引了《原道》开篇中"博爱之谓仁，行而宜之之谓义，由是而之焉之谓道，足乎己而无待于外之谓德"来说明韩愈复兴儒家思想、提倡文以载道的主张，要学习先秦两汉古文，遵从社会伦理，方能有平和之心和质朴之文。"韩愈反对佛道，强调儒家学说。他知道这不仅需要从思想上而且需要从语言上进行斗争"④，故而提倡回到有利于表达思想的古朴文风。班文干认为韩愈的

---

① Georges Margouliès.*Histoire de la littérature chinoise：prose*.Paris：Payot，Bibliothèque scientifique，1949，p.186，p.187-189.

② Hsu Sung-Nien.*Anthologie de la littérature chinoise：des origines à nos jours*.Paris：Librairie Delagrave，Collection Pallas，1932，p.38，p.504-506.

③ Jacques Pimpaneau.*Histoire de la littérature chinoise*.Arles：Philippe Picquier，1989，p.256.

④ Jacques Pimpaneau.*Histoire de la littérature chinoise*.Arles：Philippe Picquier，1989，p.258.

一些文章颇有抨击色彩,例如,他撰写了《论佛骨表》谏迎佛骨入京,班文干引用了其中"况其身死已久,枯朽之骨,凶秽之余,岂宜令人宫禁?……今无故取朽秽之物,亲临观之……"一段说明韩愈"尊儒反佛"的思想。《师说》是韩愈的名篇,班文干翻译了其中第一段:"古之学者必有师。师者,所以传道授业解惑也。人非生而知之者,孰能无惑? 惑而不从师,其为惑也,终不解矣……",以说明韩愈重视教师的作用,抨击当时士大夫之族耻于从师的错误观念,倡导从师而学的风气。1941 年,在韩愈众多散文中,《祭鳄鱼文》这篇"檄文"中格外引起班文干的兴趣:"韩愈作为潮州刺史,戏仿了鞭笞强贼的政令文(其实是隐射此类政令的无效),以恩威并用的语气劝诫鳄鱼迁离当地恶溪之水。"他尤其发现韩愈在此文中"不乏幽默色彩"。① 此外,班文干也注意到韩愈散文中的抒情作品,并评价道:"这位以文传道的文人也是一个性情中人,他由兄嫂抚养成人,与其侄自幼相守,感情深厚。在其病亡之际,韩愈写下的哀悼文字便是例证。"②《祭十二郎文》令班文干感触颇深,他在著作中用整整一页翻译了其中的重要段落,并对其文字风格大加赞赏:"韩愈摒弃他所处时代追求绮丽的文风,行文自然,质朴的情感仍然能够感动今天的读者。"班文干认为同样感人至深的还有《马说》这篇文章,韩愈在中自比为未遇伯乐的千里马,体现了他怀才不遇的心情。他在《中国文学史》中全文翻译了这篇短文。除上述篇章之外,班文干还翻译了《送穷文》并将其收入《中国古代文选》(*Anthologie de la littérature chinoise classique*)中。

从以上描述中可以看出,法国汉学界对韩愈散文的翻译和介绍基本上散见于中国文学史著作和文学选集当中,其代表作大多得以移译,翻译最多的当属《原道》一篇。尽管他在古文运动中的作用和散文风格都得到充分介绍,但是关于韩愈的专门性研究尚未出现。

与韩愈并称"韩柳"的柳宗元散文成就卓越,体裁多样,有山水游记、论说文、传文、序文以及寓言故事等,马古礼发现柳宗元的文多于诗,散文是他的创作重心,他也十分欣赏柳宗元的散文,赞扬其散文品类的多样性,而且根据

① Jacques Pimpaneau.*Histoire de la littérature chinoise*.Arles:Philippe Picquier,1989,p.259.

② Jacques Pimpaneau.*Histoire de la littérature chinoise*.Arles:Philippe Picquier,1989,p.259.

《古文观止》翻译过《驳复雠议》《桐叶封弟辨》《捕蛇者说》《愚溪诗序》《小石城山记》5篇。① 他对柳宗元散文的研究文字其实不多,而且几乎完全建立在韩柳二人的比较研究基础上。"韩愈,作为流派掌门人,他的职责是破旧立新,树立主张;而柳宗元则在艺术化方向上进行了更多努力,他的作品比韩愈的作品更具艺术性,无论是在叙事体、论说体还是描摹状物方面都提供了将新文学主张应用于创作的典范,相比于韩愈熟练而平淡的文章,柳宗元在艺术价值上进一步确立了古文运动的地位,他在新的文体风格中注入了更多的灵动和流畅。"② 为了便于法国读者进一步了解柳宗元与韩愈的各自的特点和异同,马古礼还以法国文艺复兴时期龙沙(Pierre de Ronsard)与杜贝莱(Joachim Du Bellay)这两位文人在七星诗社中的不同作用来加以类比。可以说,马古礼对柳文更加欣赏,认为他的作品不仅具有古文运动所提倡的质朴清晰等特点,而且在语言节奏和气势上更加精妙,尤其是他文中的描写虽不事奢华却依然形象典雅。马古礼还认为柳文经常包含深邃的哲学思想,并对其矛盾性进行了简短评述:有时,他表现出明显的怀疑主义,例如著名的《天说》一文表现出对天意主宰的质疑;有的时候,他又表现出迟疑,产生一种佛教神秘主义倾向。③ 总而言之,马古礼对于柳宗元的文学成就给予高度评价:"哲理性、语言的音乐性、对自然万物的描摹和诗性描写,这些特征对于开展古文运动极为有益,表明他们所提倡的文体可以以它特有的诗意方式将精微的思想、丰富的情感完美地表达出来,并不妨碍文学创作的艺术性。不要忘记,我们在柳宗元身上所发现的这些优点——深邃的哲思和诗意的画面——正是所有中国艺术作品的主要特质。它们在柳宗元身上表现得格外突出,但是在韩愈身上则荡然无存。"④马古礼一方面把柳宗元奉为中国文学的优秀代表;另一方面贬低韩

---

① Georges Margouliès. *Le Kou-wen chinois. Recueil de textes avec introduction et notes*. Paris: Paul Geuthner, 1925, p.220-230.

② Georges Margouliès. *Histoire de la littérature chinoise: prose*. Paris: Payot, Bibliothèque scientifique, 1949, p.190-191.

③ Georges Margouliès. *Histoire de la littérature chinoise: prose*. Paris: Payot, Bibliothèque scientifique, 1949, p.196.

④ Georges Margouliès. *Histoire de la littérature chinoise: prose*. Paris: Payot, Bibliothèque scientifique, 1949, p.196.

愈的文风,有些用语失之偏颇。不过,马古礼紧接着又为韩愈"开脱"了几句:韩愈是古文运动的发轫者,唯恐华而不实的文风卷土重来,因此坚决抛弃与之对立的一切元素,故而其文平实有余却优美不足;而柳宗元已无此忧,只需将古文主张应用于创作实践,故而敢于在新的文风中重新恢复文学作品固有的唯美元素,将二者融会贯通,因此其文深婉有致。

班文干对中国文学的评价基于大量的作品翻译,他的研究可能也参考了一些20世纪中国学者的成果,认识颇为全面。他对柳宗元的评价较为中肯:"柳宗元仰慕《史记》和《汉书》,也写了一些具有传记色彩的作品,有的近似唐朝流行的传奇,而且他的故事短章具有寓言性质。他的山水文章表现了在自然中的感悟。"①他认为柳宗元的文章"比韩愈更多了几分愤世嫉俗、辛辣讽刺和理性"②,尤其是其代表性寓言作品《三戒》最能体现针砭时弊的特点。在组成《三戒》的三个故事中,班文干节译了不为人熟知的《临江之麋》和《永某氏之鼠》两则以及序言:"吾恒恶世之人,不知推己之本,而乘物以逞,或依势以干非其类,出技以怒强,窃时以肆暴,然卒迫于祸。有客谈麋、驴、鼠三物,似其事,作《三戒》。"在1998年编著的《中国古代散文选》(Morceaux choisis de la prose classique chinoise)中,班文干则选译了《捕蛇者说》《种树郭橐驼传》和《河间传》三篇作为法国大学中文系学生的阅读材料;《天说》《封建论》和《乞巧文》得以翻译和选录到2004年出版的《中国古代文选》中。在思想性方面,班文干认为柳宗元继承了儒家思想,并且还是一个怀疑论者,并在《中国文学史》中翻译并引用了《小石城山记》的最后一段"噫!吾疑造物者之有无久矣,及是,愈以为诚有。又怪其不为之中州而列是夷狄,更千百年不得一售其伎,是固劳而无用,神者倘不宜如是,则其果无乎? 或曰:以慰夫贤而辱于此者。或曰:其气之灵,不为伟人而独为是物,故楚之南少人而多石。是二者余未信之"来说明柳宗元的怀疑论思想,即无可验证的绝对是不可知的。班文干虽然未就此展开讨论,但是他从这篇山水短文中洞察到柳宗元对唯心主义天命论的质疑。班文干进一步的研究中还发现柳宗元的思想也受到佛、

---

① Jacques Pimpaneau. *Anthologie de la littérature chinoise classique*. Arles:Philippe Picquier, 2004,p.354.

② Jacques Pimpaneau.*Histoire de la littérature chinoise*.Arles:Philippe Picquier,1989,p.261.

道的影响。① 关于柳宗元在古文运动中的主张,班文干指出,他提出回到简洁有力的文风,更加重视表达的内容,但是这并不是说他不注重文辞的表达艺术,他既反对"文而无质",也反对"质而无文",他所追求的是"文以明道"。②

二、欧阳修的译介:文学散文与史论散文并重

唐宋八大家中的欧阳修在北宋中期的文坛上占有崇高的地位,是诗文革新的领袖。这一点得到中外学者的普遍认可。徐仲年在《中国古今文选》中称欧阳修为"宋朝最杰出的文学大师",他发现和提携了诸多年轻才俊,他们当中的苏氏父子、王安石、曾巩、梅尧臣等人都是北宋文学的中坚人物,"可以毫不夸张地说,正是得益于欧阳修,宋朝才形成了自己的文学"。他评价欧阳修本人的散文风格"具有古风的质朴流畅,而且毫无迂腐做作之气",而且"欧阳修也是一位历史学家,我毫不犹豫地将其置于班固之上"。③ 徐仲年节译了欧阳修所撰《新五代史》里的名篇《伶官传》中后唐庄宗耽溺俳优而身死国灭的片段,选入文选中第五部分"历史著作"。④ 顺便一提法国当代汉学家蓝克利(Christian Lamouroux)于 1997 年发表的《前事之师,后车之鉴:读欧阳修(1007—1072)历史著作有感》。⑤ 在这篇论文中,作者主要研究了欧阳修在《新唐书》和《新五代史》中体现出来的历史观,即重视历史发展的延续性,前代历史为当今治世之鉴,治国之道当从前代的秩序和混乱中吸取教训。蓝克利的研究角度虽然与文学无关,但这是我们发现的关于欧阳修的唯——篇专

---

① Jacques Pimpaneau. *Anthologie de la littérature chinoise classique*. Arles: Philippe Picquier, 2004, p.354.

② Jacques Pimpaneau. *Anthologie de la littérature chinoise classique*. Arles: Philippe Picquier, 2004, p.353.

③ Hsu Sung-Nie. *Anthologie de la littérature chinoise: des origines à nos jours*, op.cit. p.46.

④ Hsu Sung-Nie. *Anthologie de la littérature chinoise: des origines à nos jours*, op.cit. p.431.

⑤ Christian Lamouroux. Entre symptôme et précédent: notes sur l'œuvre historique de Ouyang Xiu(1007-1072), *Extrême-Orient, Extrême-Occident*, vol.19(La Valeur de l'exemple. Perspectives chinoises), 1997, p.45-72.

题研究。

同样,马古礼在介绍欧阳修时首先称赞了他在《新唐书》和《新五代史》中的史学成就,并将之与班固相提并论:"无论是从详细而精确地结构安排还是从精致优雅的语言表述来看,欧阳修都步法班固之《汉书》,而且是班固当之无愧的继承者。"①欧阳修的传世文章达两千余篇,书信、政论、史论、序跋、叙事、抒情等各体兼备,马古礼对其丰富的散文创作产生深刻印象并进行了分门别类的清点:首先,欧阳修是古文运动后书信创作最多的作家,超过500篇;墓铭碑状文字百余篇;论说文有30余篇,虽然数量不是最多,但是其中很多篇流传甚广;收入文选的公文有150多篇。② 由于马古礼当时所掌握的资料有限,他的统计未必准确,尤其是在公文这一类别,因为我们知道欧阳修的写作公文逾千篇,公文理论也很系统。不过,马古礼强调的是,从这一时期开始,文人们已经倾向于把实用公文写作与文学性散文区分开来,有大量公文没有被纳入文学作品选集中。马古礼还注意到欧阳修的散文体现了对自然事物的关注,山林鸟虫、田园风光经常出现在他的文字中;同时,在论说文中,他"长于说理,逻辑严密,甚至不乏激烈和犀利","谋篇立意无可挑剔,立场坚定,用语精当,他呈给皇帝的谏文和与王安石的书信都体现了这些特点"。③ 关于欧阳修的文体,马古礼承认其散文的艺术品格,而且认为于平易中追求雅致更为不易:欧阳修的文章尽管"偶尔难免疏忽",但是总体而言,"能于平易自然中追求婉曲有致,更增添作品的诗意和魅力",且文辞"纡徐委备""声韵和谐",而一般的文人往往只能在平易中流于平淡。④ 从以上论述可以看出,马古礼虽然很少论及欧阳修的具体作品,但是对其文学成就以及艺术风格的把握还是较确切的。此外,在1925年的译著《中国古文选》中,他翻译过《朋党论》《纵

---

① Georges Margouliès. *Histoire de la littérature chinoise : prose*. Paris : Payot, Bibliothèque scientifique, 1949, p.214.

② Georges Margouliès. *Histoire de la littérature chinoise : prose*. Paris : Payot, Bibliothèque scientifique, 1949, p.214-215.

③ Georges Margouliès. *Histoire de la littérature chinoise : prose*. Paris : Payot, Bibliothèque scientifique, 1949, p.220.

④ Georges Margouliès. *Histoire de la littérature chinoise : prose*. Paris : Payot, Bibliothèque scientifique, 1949, p.219-220.

囚论》《醉翁亭记》等 8 篇散文。①

　　班文干认为自唐以来的"古文运动到欧阳修的时候终于得以确立,骈俪文不再是文章的主流"②,这是对欧阳修在诗文革新运动中承前启后作用的高度评价。至于欧阳修的散文风格,班文干则以"平易婉转"来形容。他还指出,西方读者不必受自身文化影响,把这些推崇朴素古道的中国古代文人想象成缺乏生活情趣的老古板,欧阳修就曾写过著名的《醉翁亭记》,表达在山林中游赏宴饮的乐趣。班文干的主要贡献体现于作品的翻译,他精心选译了《朋党论》《送徐无党南归序》《释秘演诗集序》《与高司谏书》《醉翁亭记》《卖油翁》等名篇,包含了政论、序文、书信、游记、寓言故事等多种体裁,收入《中国古代文选》中。③ 此外,需要补充的是皮埃尔·布里艾尔(Pierre Brière)翻译了欧阳修的《秋声赋》《祭石曼卿文》《梅圣俞诗集序》《纵囚论》《洛阳牡丹记》片段等 12 篇散文,共 45 页,1997 年以《辩诬堂及其他》④为题在法国北方一不知名的出版社结集出版,一共印行 200 余册。也许这部译文集并未充分地体现出欧阳修散文简洁优雅的风格,但是不乏为一次有益的尝试和突破,欧阳修因此成为唐宋八大家中有个人作品选集在法国出版的第一人。

三、苏氏父子译介:苏轼独领风骚

　　继欧阳修之后,宋代的三苏在文坛占据重要地位。苏洵擅长散文,马古礼译有《六国论》和《管仲论》,⑤但对作品没有进行具体研究,只是对其散文的

---

　　① Georges Margouliès.*Le Kou-wen chinois.Recueil de textes avec introduction et notes*.Paris:Paul Geuthner,1925,p.245-262.

　　② Jacques Pimpaneau.*Histoire de la littérature chinoise*.Arles:Philippe Picquier,1989,p.264.

　　③ Jacques Pimpaneau.*Anthologie de la littérature chinoise classique*.Arles:Philippe Picquier,2004,p.376-385.

　　④ Ouyang Xiu.*La salle du Discernement du Vrai et du Faux et autres textes*.traduit par Pierre Brière,Saint Quentin:Cazimi,1997,p.45.

　　⑤ Georges Margouliès.*Le Kou-wen chinois.Recueil de textes avec introduction et notes*.Paris:Paul Geuthner,1925,p.245-262,p.263-270.

整体风格有所论述。国内学者通常认为苏洵的学术渊源来自战国时期纵横家的思想,马古礼也明确指出苏洵常以《战国策》为阅读经典和写作典范,因此他尤擅史论和政论,其文章风格也脱胎于之,结构缜密,说理周详,纵横恣肆,且以曲折多变、纡徐宛转见长。但是,马古礼也认为,苏洵的散文在论点鲜明的同时喜欢"以气御文,难免将个人好恶强加于读者,令人不能完全苟同"①。

苏轼之名胜于其父。马古礼认为,"欧阳修的散文成就高于诗歌,而苏轼的诗名更高,但是他的散文创作仍然丰硕,可与欧阳修相提并论,成为宋朝中期最重要的散文家和文坛领袖"。马古礼在苏轼的作品集发现有两百余篇政论或史论文章,因此推断他在年轻时曾经深受父亲苏洵崇古尚古的影响,他的文章"议论明畅,笔势雄健,以其出色的才华,这种形式上的完美对他来说应当是轻而易举。……但是其言辞让人感觉那未必是由衷之言"。尤其是马古礼提到了苏轼一篇颇得欧阳修赏识的应试之作《刑赏忠厚之至论》,其中苏轼将杜撰之言托于圣人并当作史实来立论,这种虚妄行为倒也说明苏轼"散淡随意"的诗人气质其实并不适合他父亲所钟爱的文体。苏轼"乐于吸收自古至今优秀作家的文体优点,无论是上古周朝的文字还是同代曾经提携过他的文人领袖欧阳修,他都怀有景仰之心"。同样,他也非常敬重古文运动领袖韩愈,曾经撰文予以赞扬。但是,马古礼对于苏轼睥睨六朝之文颇有微词,认为他为了歌颂韩愈发起古文运动的功绩而赞同其否定六朝诗文的态度是不可取的,"韩愈之言可以理解,因为出于论战的需要而往往言辞激烈;而苏轼的轻率态度则令人不解"。不仅如此,马古礼还写道:"无论从气质还是才华而言,苏轼都无限接近于陶渊明或谢灵运一类文人,而非韩愈等唐代作家。"②

马古礼翻译过苏轼《贾谊论》、《喜雨亭记》、《石钟山记》、前后《赤壁赋》、《潮州韩文公》等10篇散文,③注意到各类体裁在苏轼文集中均有体现:数量最多的是谈史议政的论说文,数量较多且名篇佳作比较集中的是随笔散记,东

---

① Georges Margouliès. *Histoire de la littérature chinoise：prose*. Paris：Payot, Bibliothèque scientifique, 1949, p.225.

② Georges Margouliès. *Histoire de la littérature chinoise：prose*. Paris：Payot, Bibliothèque scientifique, 1949, p.227-229.

③ Georges Margouliès. *Le Kou-wen chinois. Recueil de textes avec introduction et notes*. Paris：Paul Geuthner, 1925, p.271-298.

坡赋中也有不少令人称道的作品,除此之外还有一些公文,而碑铭文和序跋文数量不多。显然,马古礼对于苏轼的论说文无多好评,认为他的史论文章往往"立意偏颇","为了说理周详而不能将古人置于当时的历史条件中加以审视,他一方面执着于个人观念,一方面不了解真实的政治生活,因此将一切与其个人原则相悖的言行都以罪论之"。马古礼在苏轼文集中几乎没有发现祭悼文,而且认为他的散文"虽然充满飘逸、诗意和哲理但是很少流露个人情绪",并由此展开了对苏轼的性格及思想的讨论。首先,他认为这说明苏轼并不是一个多愁善感之人,不似其他文人多流于人之常情,并且推断这可能受到父亲苏洵性格遗传,或是受到所读《战国策》中政客形象的影响;继而,马古礼可能自己意识到这种臆测过于主观,所以更倾向于从苏轼的道家思想上寻找原因,马古礼还列举了苏轼的两篇文章借以说明:其一是《超然台记》有曰"物有以盖之矣。彼游于物之内,而不游于物之外"和"物非有大小",故而事物的重要性乃人之赋予,而快乐的秘籍则在于懂得超然事物之外;其二是《赤壁赋》中苏轼通过"天地曾不能以一瞬,自其不变者而观之,则物与我皆无尽也"表达了将短暂的人生融于无限的自然以达至永恒的心境。总而言之,在马古礼看来,可能正是苏轼本人庄禅旷达的生活态度使他不轻易表达悼逝之情。① 其实,苏轼之文虽有略情之处,但是马古礼亦有失察,例如苏轼在《祭文与可文》中哀悼以画竹闻名的好友文同,情真意切,悲恸之情溢于言表;半年后,他又写作了《文与可画筼筜谷偃竹记》,在这篇画论中他深情追忆故友,见画中竹"废卷而哭失声"。笔者认为,苏轼的散文记事抒情,处处可见真性情,可能是因为文中常常合景存情且含蓄深沉,其中蕴藉的情感不易于被一个外国汉学家所体悟。

相比于论述文而言,马古礼对苏轼的山水游记更有兴趣,并在评论中经常将之与欧阳修的写景文章进行对比。自然描写虽在二者的文章中都占有重要地位,但是他们描绘自然的方式不尽相同。欧阳修常"以宁静之心凝视自然,摹山范水,并寻求融身于美景之中";苏轼则"出于浪漫的气质和高邈的哲思

---

① Georges Margouliès.Histoire de la littérature chinoise:prose.Paris:Payot,Bibliothèque scientifique,1949,p.229-231.

而乐于寻找不平常的自然之景,例如他喜欢捕捉月色下变幻的景致,并且运用奇特的比喻更加突出它的奇妙怪诞"。马古礼捕捉到东坡笔下不同寻常的自然姿态,可谓观察细致了解深入。他还援引《昆阳城赋》为例,该文描写了昆阳故城遗迹,千年之前的昆阳之战场面被苏轼点化为"兀若驱云而拥海""虎豹杂沓而横溃",确实是翻空出奇,充满奇幻的想象。"苏轼经常竭尽能事营造突兀离奇之意境,这是因为他认为事物充满变化性并且具有非现实性。"①

马古礼对自汉以来的赋体流变有深入研究,故读东坡赋最有心得。他发现"苏轼作赋不分古体近体",也就是说,古体赋和近体赋的特点都存在于他的赋文创作中。我们知道,流传后世的东坡赋有二十多首,马古礼对它们进行了划分,并认为古体赋居多,而近体赋只有两首,即《滟滪堆赋》和《天庆观乳泉赋》。在古体赋风格中仍然可以区别出不同形式,例如《屈原庙赋》中虽"诗句长短不一,但大多以'兮'字收尾,形似宋玉之赋",也就是说这是一首接近楚辞体的赋文。《服胡麻赋》附有具梦幻色彩的"奇特序言","叙事风格颇似《赤壁赋》和《黠鼠赋》",而"行文自由,但是每句皆以'兮'字结束。这种无论奇数句偶数句都以'兮'字终了的特点少见于赋,更多见于'骚'"。马古礼发现有几首苏轼赋"韵律整饬,具有六朝辞赋的风格,而锻字选词则接近古风,古今相宜得彰"。在苏轼的赋文中,马古礼认为有一类颇具共性,它们以对话的形式引入议论,而东坡居士本人正是赋文中主要发表意见者,"特征最为明显的便是《秋阳赋》,它与宋玉的《风赋》结构类似,又与欧阳修的《秋声赋》声气相通"。由此论断可见马古礼对中国历代文赋研究之深,时时在类比中考察脉络演变和因承关联。他并不止于表面的比附,还能见异于同:"当然,由于语言变化的自然结果,《秋阳赋》的语言表达和总体格调不及宋玉《风赋》和汉赋意境高远和情感崇高,苏轼之赋常常格调不拘,轻松随意。"此外,马古礼还提到苏轼的《黠鼠赋》与欧阳修同名之作的互文关系,《后赤壁赋》中的景色描写,而这种"在景色中阐发哲理的写作手法……与他所崇拜的庄子的文字有几分相似"。最后,马古礼对于东坡赋总体上给予较高

---

① Georges Margouliès. Histoire de la littérature chinoise : prose. Paris : Payot, Bibliothèque scientifique, 1949, p.233.

评价:"在这些作品中,他善于将赋这种文体与韩愈古文运动以来形成的散文化语言风格完美地契合在一起,东坡赋的艺术风格是看似构思散淡随意,实则增添了作品的魅力。"①而且,综而述之,苏轼被认为是唐宋古文运动的集大成者。

苏轼的散文同样得到班文干先生的重视,在 1989 年出版的《中国古代散文选》中,他为学习汉语的法国大学生选录了《李氏山房藏书记》和《留侯论》两个名篇。在 2004 年出版的《中国古代文选》中,他又选译了另外 9 篇,分别是:《答秦太虚书》和《答李端叔书》两篇书信体散文,《赤壁赋》和《后赤壁赋》,短文《记承天寺夜游》,寓言散文《程氏爱鸟》,哲理散文《日喻》,《净因院画记》和《文与可筼筜谷偃竹记》两篇画论。从篇目选择上看,班文干尽量涉及了不同题材的东坡散文,而且大多数译文之前都有一小段简介,或介绍写作背景或介绍文章主题;从篇目数量上看,苏轼也是入选《中国古代文选》散文篇目最多的作家。2003 年,班文干将所译苏轼散文名篇以《自述》为题结集出版,②2010 年,宋代文学和思想研究专家斯特凡·费飏(Stéphane Feuillas)整理和翻译了苏轼的六十余篇碑铭文,结集出版。③ 译者认为苏轼在这种特殊的中国古代文学体裁中既尊重了官方命题文学的局限,又在主题上最大限度地拓展了创作的可能性,突破了碑铭文平淡无味的固有缺陷,融入对自然风物的描绘和对世道人生的冥思,充分展现了文学才华。而这本近 600 页的苏轼选集不仅译文流畅优美,而且在选题方式上也将为法国汉学家译介中国古代经典作家提供新的思路。借助以上两部单行本译著的出版,苏轼成为唐宋八大家中在法国流传最广的大家。

关于苏氏父子三人,徐仲年在《中国诗文选》中的简单评价基本代表了中国学者的观点:"苏洵以博学著称,苏轼的文学声誉最高,而苏辙则在父兄之

---

① Georges Margouliès. *Histoire de la littérature chinoise : prose.* Paris : Payot, Bibliothèque scientifique, 1949, p.233.

② Su Dongpo. *Sur moi - même.* trad. par Jacques Pimpaneau. Arles : Philippe Picquier, 2003, p.196.

③ Su Shi. *Commémorations*, texte établi, traduit et annoté par Stéphane Feuillas. Paris : Les Belles Lettres, coll. Bibliothèque chinoise, 2010, p.591.

后相对受到冷落。"①除了马古礼所译一篇《六国论》发表于 1925 年②,苏辙的
散文作品尚未进入法国汉学界的翻译和研究视野。

四、曾巩、王安石:他乡难遇故知

在国内,唐宋八大家中的曾巩在明清时期曾受到文人的高度赞扬,但是
在 20 世纪的学术界则未受重视。同样,曾巩也很少出现在法国汉学家的研
究视野中。徐仲年的《中国诗文选》对其只有一次提及,而且只言片语都是
贬抑之词:"曾巩是一个注重循规蹈矩的道学家,但是文才平庸,缺乏突破
陈规的独创性,其文颇似枯燥无味缺乏起伏的平原。"③此言固然偏激,倒也
反映了大家公认的曾文略少情致的缺憾。然而,马古礼却另有见解:"曾巩
传世作品数量不多,文风平实朴质,没有任何修饰和造作,直接表达一个朴
素清晰的思想,完全通过精选文眼和锻词炼句来产生文韵。"须知马古礼在
研究中国古代散文的过程中一向偏爱形象性和抒情性散文,却对文风质朴
的曾巩散文评价颇高:"曾巩并不像司马光那样刻意追求言简意赅,他的文
章本身短小精炼,因为遣词造句都极为朴实自然而看似毫无特色,却不失为精
品。它们表面平易,实际内敛蕴藉,非一般作者所能至。"马古礼此语超过了
他对韩愈之文的评价,并且他对曾巩的欣赏并非空洞敷衍之言,而是建立在对
作品入微体察的基础上,例如他特别注意到曾巩文中对文言虚词中的连词有
独具匠心的使用:"大多数中国文人在一句话中把连词作凑数之用,并无实际
意义,而曾巩则能够将之用来起承转合,统领词句。"关于曾巩作品的思想性,
马古礼自然也观察到其"醇于儒"的特点,因而对当时盛行的佛教持抨击之

---

① Hsu Sung-Nien. *Anthologie de la littérature chinoise : des origines à nos jours.* Paris : Librairie
Delagrave, Collection Pallas, 1932, p.46.

② Georges Margouliès. *Le Kou-wen chinois. Recueil de textes avec introduction et notes.* Paris : Paul
Geuthner, 1925, p.299-301.

③ Hsu Sung-Nien. *Anthologie de la littérature chinoise : des origines à nos jours.* Paris : Librairie
Delagrave, Collection Pallas, 1932, p.46.

态,不过他的立场不似韩愈那样激烈,而依然保持其固有的冷静平和,略施嘲讽,《鹅湖院佛殿记》一文便是此类"平淡中见犀利"杂文中的代表作。① 由上可见,马古礼对曾巩的研究虽然没有长篇大论,但是他能透过曾文表面的平易看到内潜的气质与底蕴,比 20 世纪中国学者给予曾巩的评价更高。在 1925 年编译的《中国古文选》中,马古礼选译了《寄欧阳舍人书》一篇。② 此后,直到 2004 年出版的《中国古代文选》,方有曾巩一篇《墨池记》被班文干先生翻译为法文。③

无论在政事还是诗文领域,王安石比同侪友人曾巩更负盛名,他在国内得到更多研究,被认为是文学成就卓著的一代名相,然而他的散文在法国同样很少得到研究关注。徐仲年在《中国诗文选》中并没有选录王安石的散文篇目,除了介绍他致力变法的经历之外,只提及他是唐宋八大家之一,并以"王安石笔力雄健和倔倔刚毅的文字一如其人"④一言带过。马古礼译有王安石《读孟尝君传》《同学一首别子固》两篇文章,⑤不过他对其散文创作的评价不比曾巩散文更高,而且仅有一段评论文字。首先,他肯定了王安石的散文成就,但是仅仅一言代之:"王安石数量众多的作品中优点是明显的。与曾巩一样,他时常以看似简单实则经过精心推敲的语句来产生强烈效果。"在下文中,他对王安石文章的点评体现了一种辩证的态度,因为一个特点既可能是优点也可能产生缺点:第一,王文给人一种"博学强识"的印象,但是"其中各种成分往往没有完全融会贯通形成统一,因此难免有拼凑之嫌";第二,马古礼认为王安石的文章"情韵不足",不过"在一些能够触动他的主题上便会一改冷峻的面孔,比如在涉及变法的议论中,他总是表现出一个政治斗士刚毅果敢、气势

① Georges Margouliès. *Histoire de la littérature chinoise : prose*. Paris : Payot, Bibliothèque scientifique, 1949, p.221-222.

② Georges Margouliès. *Le Kou-wen chinois. Recueil de textes avec introduction et notes*. Paris : Paul Geuthner, 1925, p.302-305.

③ Jacques Pimpaneau. *Anthologie de la littérature chinoise classique*. Arles : Philippe Picquier, 2004, p.375.

④ Hsu Sung-Nien. *Anthologie de la littérature chinoise : des origines à nos jours*. Paris : Librairie Delagrave, Collection Pallas, 1932, p.46.

⑤ Georges Margouliès. *Le Kou-wen chinois. Recueil de textes avec introduction et notes*. Paris : Paul Geuthner, 1925, p.306-310.

磅礴的精神面貌。"①总体而言,可能是因为王安石的文章长于说理而庄厉峭刻,故而给马古礼造成艺术感染力较弱的感觉。同时,这也说明马古礼作为一名西方学者,在评价中国作家作品时并不完全依据发源国学术意见的影响,而是经常保持自己独立的视角和态度。

作为对唐宋古文运动的总体评价,马古礼在《中国文学史(散文卷)》中写下了这样的一段话:"由韩愈和柳宗元发轫,在公元10世纪得以普及和发展,古文运动在11世纪的文人笔下终于达到后世难以企及的完美。从12世纪开始,中国人开始标举韩愈、柳宗元、欧阳修、苏洵、苏轼、苏辙、曾巩七大古文派散文家。以历史学家著称的司马光不在其列,而之后王安石被增列其中,史称'唐宋八大家',他们的文章流传甚广,至今享有盛名,代表了古文运动的最高成就,也是中国唐宋时期文学的主流。"②而在法国,唐宋八大家中韩愈、柳宗元、欧阳修、苏轼所得到的译介和研究相对充分,而其他四家的翻译研究则比较薄弱。

五、其他名家名篇:译作胜于研究

自八大家之后,马古礼在《中国文学史(散文卷)》中述及的宋代散文家还有三位。首先是南宋永嘉学派代表人物叶适。"他是一个多产作家,创作了大量诗文,散文以谏词、散记和长篇政论为主要形式。"之所以介绍叶适,不仅是因为他的文章流传较广,而且因为马古礼认为"他的散文的优点和缺点都能体现这一时期中国散文创作的特点"。具体而言,叶适的文字风格"简洁流畅而不失高雅",马古礼发现在他的六十多篇文章中时常出现四六对偶句式,颇似六朝遗风,同时又保持了古文运动以来清晰明畅的文风;但是同时也存在理气浊重的不足。"他创作了一些精致优雅的作品,描写生动,而且蕴含哲理

---

① Hsu Sung-Nien. *Anthologie de la littérature chinoise: des origines à nos jours*. Paris: Librairie Delagrave, Collection Pallas, 1932, p.46.

② Georges Margouliès. *Histoire de la littérature chinoise: prose*. Paris: Payot, Bibliothèque scientifique, 1949, p.235.

气息,《台州重建中津桥记》便是一例,近似宋初文风。然而,如果仔细比较,还是可以发现叶适的文章略逊一筹:文气偏浊,时而沉入道德理说,尤其是缺乏个性色彩和文势起伏。"①在马古礼看来,道德教化、个性不足和文风沉重不是叶适一人的行文特点,而是这一时期的普遍文风。

马古礼善于把中国文学的发展历程置于相应的历史时期中进行考察,他对南宋时期的政治动荡有所关注,而宋金对峙时期北方文学的主要代表人物便是诗文词曲各体皆工的元好问。马古礼在其文集中清点了"237篇散文作品",其中有36篇碑铭文,47篇散记,"有一些精美之作"。马古礼认为他的文风更加接近韩愈和曾巩,只在《叶县中岳庙记》等少数篇章的风物描写中效仿柳宗元,尤其是这一篇与柳宗元的《石头城记》最为相似。"元好问的散文中诗意不足,作为北方文人,他并不着力于自然风景描写,但是他擅长叙述,《济南游记》和《东游记略》便是体现了这种叙述风格,简洁而生动。"马古礼还发现元好问所著序跋文和论说文体现了他的"博学多识和批判精神",这一类文字不仅"清晰流畅"而且"逻辑缜密,始终伴有道德哲理色彩"。②马古礼再一次指出南宋末年的文学创作更重哲理,师工有余而灵气不发。正因如此,他仍然将元好问置于二流文人之列,并且认为唐宋八大家之后的文人大多如此。

最后,马古礼提及南宋末年的爱国将领和著名文人文天祥,"他的633篇散文作品包含了各种体裁,由于在朝廷任职,所以他的文集中有大约130篇公文和146篇公函"。马古礼认为,尽管这些公务文函中也体现了文天祥的斐然文采,但是不足以施展他的才华,因为他具备两大优点——"音韵考究"和"极具感染力的情感抒发",这在诔词一类的文章中得到更加充分的体现。马古礼还发现文天祥文风质朴,但是"好用历史和文学典故"。总体而言,文天祥更具诗人气质,他的散文成就虽然没有诗歌成就卓著,却是在盛产诗人的宋朝"体现这种呼唤诗兴而作文的最后一个代表人物"。③

---

① Georges Margouliès. *Histoire de la littérature chinoise : prose*. Paris : Payot, Bibliothèque scientifique, 1949, p.244.

② Georges Margouliès. *Histoire de la littérature chinoise : prose*. Paris : Payot, Bibliothèque scientifique, 1949, p.245-247.

③ Georges Margouliès. *Histoire de la littérature chinoise : prose*. Paris : Payot, Bibliothèque scientifique, 1949, p.248-251.

上述之外,我们所发现唐宋时期被偶尔涉及的散文作品还有马古礼在《中国古文选》中选译的魏征《谏太宗十四疏》、骆宾王《为徐敬业讨武曌檄》、王勃《滕王阁序》、李白《与韩荆州书》和《春夜夜宴桃李园序》两篇、刘禹锡《陋室铭》、白居易《醉吟先生传》、王禹偁《待漏院记》和《黄冈竹楼记》、范仲淹《岳阳楼记》、李格非《书洛阳名园记后》、司马光《谏院题名记》、周敦颐《爱莲说》等。此外还有艾梅里(Martine Vallette-Hémery)在《风之形——散文中的中国山水》(Formes du vent-paysage chinoise en prose)中翻译的范仲淹《岳阳楼记》、吴龙翰《黄山纪游》和苏门四学士之一晁补之的《新城游北山记》,班文干先生在《中国古代文选》中选译的范仲淹《严先生祠堂记》和周敦颐《爱莲说》。以上名篇佳作的翻译成果足以令人欣慰,不过并未得到汉学家门的足够重视和研究兴趣。

总体而言,在 20 世纪,唐宋散文在法国的译介工作在零的基础上有所突破,名篇佳作多有移译,但是仍然显得零散和薄弱,缺乏全面和系统性的研究成果。从译介对象而言,唐宋八大家的散文作品因其在古文运动中的重要影响而得到相对较多关注。从受众分布来看,大多数译介成果仍然局限在少数汉学研究者和一些汉语学习者的范围,与唐诗宋词在法国的普及程度相比,这一时期的散文作品仍有很大翻译和研究空间。

参考文献

Hsu Sung-Nien. *Anthologie de la littérature chinoise*：des origines à nos jours. Paris：Librairie Delagrave, Collection Pallas, 1932.

Les Formes du vent, paysages chinois en prose. traduit par Martine Vallette-Hémery. Amiens：Le Nyctalope, 1987.

Lamouroux, Christian. Entre symptôme et précédent：notes sur l'œuvre historique de Ouyang Xiu(1007-1072). in *Extrême-Orient, Extrême-Occident*, vol.19(La Valeur de l'exemple. Perspectives chinoises), 1997, p.45-72.

Margouliès, Georges. *Le Kou-wen chinois. Recueil de textes avec introduction et notes*. Paris：Librairie Orientaliste Paul Geuthner, 1925.

Margouliès, Georges. *Histoire de la littérature chinoise：prose*. Paris：Payot, 1949.

Ouyang Xiu.*La salle du Discernement du Vrai et du Faux et autres textes*,traduit par Pierre Brière.Saint Quentin:Cazimi,1997.

Pimpaneau,Jacques.*Histoire de la littérature chinoise*.Arles:Philippe Picquier,1989.

Pimpaneau,Jacques.*Morceaux choisis de la prose classique chinoise*.Paris:Editions You-Feng,1998.

Pimpaneau,Jacques.*Anthologie de la littérature chinoise classique*.Arles:Philippe Picquier,2004.

Su Dongpo.*Sur moi-même*.trad.par Jacques Pimpaneau.Arles:Philippe Picquier,2003.

Su Shi.*Commémorations*,texte établi,traduit et annoté par Stéphane Feuillas.Paris:Les Belles Lettres,coll.Bibliothèque chinoise,2010.

（原文刊于《北京大学学报》（哲学社会科学版）2016 年第 5 期）

明清散文在法国的翻译与研究

在法国汉学界,译介中国古代文艺性散文成就最大的当属曾任法国国立东方语言文化学院图书馆馆长的俄罗斯裔法国汉学家马古礼(Georges Margouliès)。他在译著《中国古文选》(1925 年)中,又在专著《中国文学史(散文卷)》(1949 年)中对从先秦到明清代的中国历代散文的发展演变进行详细梳理,其中可见他对明清两代散文的主要发展阶段和代表人物及作品的译介。至 20 世纪下半叶,法国年轻一代汉学家对明清散文比之前其他历史时期的文学散文投入了更多的兴趣,取得了相对丰硕的成果。

一、明代散文在法国的翻译和研究

中国传统散文在中唐北宋达到繁盛,在经历南宋理学时代和元代顿滞阶段之后,明代散文继往开来,在复古和创新之间徘徊,峰回路转之间展现了一些别样的文学风景。

(一) 明初散文

明朝初年政权稳固后,文坛上出现了一派反映元明之际社会现实和人们思想状态的作品,他们以明初诗文三大家——宋濂(1310 — 1381)、刘基(1311—1375)和高启(1336—1374)以及宋濂弟子方孝孺(1357—1402)的作品为代表。马古礼译过宋濂的代表作《阅江楼记》和刘基《司马季主论卜》①,

---

① Georges Margouliès.*Le Kou-wen chinois.Recueil de textes avec introduction et notes.* Paris:Librairie Orientaliste Paul Geuthner,1925,p.316-319,p.320-321.

着重介绍了后者:"刘基是他所处时代最重要的作家,也是 11 世纪之后最优秀的中国作家之一……就禀赋和文采而言,无人能出其右。"①由于马古礼本人对六朝诗赋的偏好和对艺术性散文的欣赏,他对刘基评价甚高:"可以说,他属于擅长在散文中挥发诗意的最后一代文人,同时也善于在诗文中融入渊博的学识,并且他能够师法古文典范,是六朝之后最接近先秦古风者,颇得屈原和庄子之遗风。"马古礼统计了刘基著有格律诗 1188 首、乐府诗 325 首,除《郁离子》和《春秋明经》两部文集之外还有 261 篇散文短章。他对刘基辞赋颇感兴趣,认为 8 首赋中有《述志赋》等 5 首属于骚体赋,不仅在形式上而且在怨愤精神上都与屈原一脉相承,进而对此进行了细致分析。在辞赋之外,以寓言说理讽世的杂文集《郁离子》最得马古礼的欣赏:"这是一部完全具有古典风范的作品,它所蕴含的哲理和阐发哲理的方式都与先秦诸子百家的文集有异曲同工之处,同时彰显生动而独特的个性,摆脱了简单的模仿。"另一部文集《春秋明经》则被认为与《国语》和《战国策》风格近似。此外,马古礼发现刘基在序跋文、论说文、散记等常见体裁中同样体现了一流作家的语言艺术,可以与欧阳修和曾巩的文章相提并论,由于他在思想和文风上都与前辈接近,因此将二人各自的优雅和准确完美地融合在一起。此外,刘基的名篇《松风阁记》被法国当代汉学家艾梅里(Martine Vallette-Hémery)翻译选入中国风景游记散文集《风之形——散文中的中国山水》(*Formes du vent - paysage chinoise en prose*)中。

马古礼准确地观察到由元至明的文风演变:一是自南宋至明初理学之气的盛行,二是明初文人着意于传统的恢复。马古礼认为刘基的作品虽然亦有时代的痕迹,但是他的成功之处在于不受流弊影响。他虽然并未完全脱离宋元理学的轨辙,但这并没有遮掩其个性的光华,那就是在生动形象的叙述中展现出来的洗练明畅与瑰丽雅致并重的风格。一般的文人在模仿中难免因袭前人,而刘基虽然也师法古人,但是终能摆脱昔人窠臼,别出心裁。因此,马古礼提到,元代文人虞集(1272—1348)或欧阳玄(1274—1358)固然不乏才华,但

---

① Georges Margouliès.*Histoire de la littérature chinoise*:*prose*.Paris:Payot,1949,p.259-265.本页中未标明其他来源的引文皆同此处。

是事仿有余而创新不足,与他们相比,刘基的作品体现了更多的个性色彩和更高的艺术价值。

也许由于资料所限,马古礼对于"明初第一才子"——高启只字未提,而在靖难之变中因拒绝为燕王朱棣草拟即位诏书而惨遭杀害的一代名儒方孝孺引起了他的关注。早年,他翻译过方孝孺的《深虑论》①,在他身上看到"经学和道德教化并不只停留在学识层面,而且根植于心"。他发现方孝孺的作品中诗作数量相对较少,而文章较多,多为谈议古今的史论与政论,而且"题材与风格如此文如其人的实为罕见"。他指出方孝孺是一个深受儒家思想浸染的文人,"忠义思想对其熏陶之深,以至于他的作品风格也与为人风格完全一致:尽管言辞质朴,却庄重而深刻,虽不刻意追求韵律,却善于在长句中运用对仗以增强说辩的效果。这种雍雍大度的风格颇有古代文士之范。"马古礼认为方孝孺的文章有庄重之气,缺乏诗意的抒情,不过"方孝孺身上自有一种正义之气,因此当他论述到仁义气节之时总是可以情怀悲慨令人动容"。在任何体裁中,刚正不阿的方孝孺在主题与风格上都保持一致,那就是"道德思想的阐发,而且说理缜密周详,言辞通达晓畅,正是古文改革所希望达到的文风"②。在马古礼看来,方孝孺应该是代表文以载道的典型中国文人,不过,他的文章中并没有虚伪的道学家面孔,而是道文并重。

在马古礼对中国明代散文的考察中,有些内容可能会因资料有限或个人审美趣味而予以充分篇幅,例如明初散文中以歌功颂德为主题、以雍容典雅为风格的"台阁体"没有得到具体阐述,前、后七子的文学复古运动文学也未有提及。然而,马古礼笼统地指出了明初文坛的一些流俗:模拟变成了因袭,文辞畅达,但是文出一辙,关乎教化,缺乏个人特色和新意。他敏锐地感觉到这一阶段的中国散文发展状况与法国 17、18 世纪之交的法国古典主义文学创作颇有几分类似。③ 从另一方面来看,马古礼也观察到一些中国学者没有关注的细节,例如,他注意到明朝散文中书信体的流行,而且从跨文化角度将之与

---

① Georges Margouliès.*Le Kou-wen chinois.Recueil de textes avec introduction et notes*. Paris:Librairie Orientaliste Paul Geuthner,1925,p.322-325.

② Georges Margouliès.*Histoire de la littérature chinoise:prose*.Paris:Payot,1949,p.267-269.

③ Georges Margouliès.*Histoire de la littérature chinoise:prose*.Paris:Payot,1949,p.270.

书信体同样流行的 17 世纪末、18 世纪初的法国文学进行类比。"在这两个国家(相应的历史时期),都出现了文学创作形式的完美化倾向和创造性的逐步退化,对自然世界的疏离和启发性灵感的缺乏,对抽象理念和笼统言辞的爱好。这样的特点容易产生理论性、知识性和评论性著作。由于创造性写作具有难度,那么以熟稔的技巧对生活性事件进行描述、对日常谈话和思考加以转述,便促成了书信体的流行。"①马古礼的这一番观察和点评颇有道理:法国 17 世纪后半叶古典时期理性主义盛行,文学创作的清规戒律应运而生;中国宋元以后儒家理学已经确立统治地位,唐宋古文运动的成果也已普及;在统一的思想和规则下,当然就会产生风格相对统一的文学作品。虽然相隔时空和文化背景,不过从文学创作活动的内在规律来看,二者确有一定可比性。马古礼对中国文学的考察也因具有了这样的比较文化视角而体现了独特的价值。

至 21 世纪初,班文干教授编写的《中国古代文选》(*Anthologie de la littérature chinoise classique*)中选录了此前没有被翻译的一些明初散文名篇,其中一些篇章是复古派之外的一些散文作品,而且大多具有一定的故事性,例如宋濂《秦士录》和《尊卢沙》两篇,刘基文集《郁离子》中《工之侨献琴》一篇。②

(二) 明中期散文

明朝中期的全才儒者王守仁(王阳明,1472 — 1529)传世影响深远,国内学者通常更重视其哲学和思想成就,而马古礼对其文学成就也有所研究。据其统计,王阳明诗作不多,文章有 577 篇,其中半数是公文,三分之一是关于时事的议论或书信,还有其他各种文体和少数骚体文赋。马古礼尤其关注到他的文章中书信数量较多,体现了时代特色。除了博学和道学之气外,马古礼认为王阳明的文章也颇有独创性,那就是虽然用词平易,但是往往通过词语巧妙搭配的句式达到生动的效果。在马古礼看来,明代行文的特点是多使用长句,偏离古文的精炼;而王阳明则化缺点为优势,善于使用虚词和赘词,利用长句制造出起承转合的感觉,达到更好的叙述效果。"因此,王守仁最终为中国文

---

① Georges Margouliès. *Histoire de la littérature chinoise*: *prose*. Paris: Payot, 1949, p.277.

② Jacques Pimpaneau. *Anthologie de la littérature chinoise classique*. Arles: Philippe Picquier, 2004, p.709-736.

学开辟了一条道路,把句式结构的散延转化为优势,使句式表达更加生动丰富。"①另外,马古礼认为王阳明具备不同一般的观察力,擅长在日常生活场景中捕捉具有意义的细节,用以阐述和佐证他所要表达的抽象道理。这也是许多明朝文人的特点,即在儒家思想的影响下,他们更多地关注和表达现实世界和日常生活。王守仁的《尊经阁记》和《瘗旅文》曾经被马古礼翻译到法国。②

明朝嘉靖年间的唐宋派得到了马古礼的关注,被认为是"融合了韩愈以来的古文运动和南宋朱熹理学的双重影响",他们"又一次提倡恢复古文,以韩愈为师,认同朱熹的思想,以学识和载道为原则,在散文中排斥任何诗性。这种诗文分野的做法并不妨碍他们效法王阳明遣词造句以达到长句叙述的效果,而简雅生动也就成为他们最主要或许是唯一的优点"。马古礼虽然认识到唐宋派文论中文学与理学之间的关系,但他并没有像一些中国学者那样强调唐宋派文论得力于阳明心学,而更敏感于二者之间字句章法的传承关系。

在嘉靖三大家中,马古礼对唐顺之(1507—1560)和归有光(1507—1571)进行了研究。他曾经译有唐顺之的《信陵君救赵论》③,介绍了唐顺之的文集中收录363篇文章,数量不算多,体现了作者文章质量的追求。唐顺之的散文作品中几乎没有赋文,这一点可能导致马古礼对唐宋派产生不重诗性的看法。而唐氏散文中有近半数是书牍文字,再度引发了马古礼对于中法两国书信体裁的类比思考。他"最擅长的题材当属那些关于历史、文学和道德的评论,他的大多数序跋文、书信和论述文都以此为题,体现了他的博学多识、说理周详和思考缜密"④。但是,"这些言论往往是重复古人思想,并没有新意"。马古礼认为唐顺之喜好长句,但是文风平易,无论在思想内容还是在字句上都以拟古为宗旨,持守甚坚,而问题就在于唐文尽管"有文法、有文理、有道学",但在

---

① Jacques Pimpaneau. *Anthologie de la littérature chinoise classique*. Arles: Philippe Picquier, 2004, p.274.

② Georges Margouliès. *Le Kou-wen chinois. Recueil de textes avec introduction et notes*. Paris: Librairie Orientaliste Paul Geuthner, 1925, p.329-336.

③ Georges Margouliès. *Le Kou-wen chinois. Recueil de textes avec introduction et notes*. Paris: Librairie Orientaliste Paul Geuthner, 1925, p.337-341.

④ Georges Margouliès. *Histoire de la littérature chinoise: prose*. Paris: Payot, 1949, p.275-279, p.279-281.本段引文皆同此处。

"摹古之中缺乏个性、情感和诗性的体现"。对于外国汉学家的这一评价,一方面,我们要看到其中的中肯之处,即继承传统的过程中如何表达时代精神和个性色彩的问题,另一方面也要看到唐顺之在其"本色"文章主张下还是写作了一些情理并至、率意信口之作,主要就体现在他的尺牍文字中,但是平实之笔可能导致内在的情趣被忽视。

归有光的散文通常被认为是代表了唐宋派的最高成就。马古礼认为,与唐顺之相比,归氏散文更加"色彩盎然",更具"谐韵",更加"细致"和"传神"。① 不过,这种差别只是"因气质不同而外显,从本质上说,他们共同遵从道学理念、师法韩愈、重视经学,因而文章矩度并无二致"。具体而言,他们的作品富有经学气息,语言以清淡朴素见长,书写自然和抒发诗性不足。马古礼在归有光的文集中清点出序跋、笔记、碑状、书信等共 775 篇,其中书信 232 篇,并总结出他的作品体现了个人及其所处时代文学创作的如下特色:其一,他在文字中更多地"谈论个人生活与人之常情,善于捕捉生活中的平常细节和场景,并以简洁生动的语言加以呈现";和王阳明一样,他擅长"以生活实例来佐证抽象的哲理"。其二,归有光善于叙事,例如他撰写的《张贞女狱事》等系列作品"颇似欧洲的短篇小说,细节简练而情节跌宕"。国内亦有学者称归氏作品有"小说气息",可见英雄所见略同。马古礼进而指出这种在日常生活中寻找创作素材和散文叙事化的倾向可见于当时不少文人笔下,乃至成为明清作家的普遍的创作趋势。究其原因,马古礼认为,他们对自然的静观和情感抒发有所弱化,与此同时,儒家理学引导他们更多地关注日常人伦,因此体现在文字中,叙述成分增多,而描写自然的成分减少。其三,与叙事风格相辅相成的是,归有光的文字句式更加灵活多变,富有动感,更重视描述情节而不苛求文字韵律。马古礼认为从个人阅读经历而言,归有光吸收了《史记》和《春秋三传》的养分,这与国内学者称其所作"有《史记》风神"大体一致。总之,归有光"以平易自然的文章风格表达个性",并且"提倡文学要表达民众的疾苦和心声","他的一些充满生活气息、风格朴实自然的题跋、书牍和笔记可以与韩愈的上乘文章媲美"。

---

① Georges Margouliès.*Histoire de la littérature chinoise*:*prose*.Paris:Payot,1949,p.275－279,p.279－281.本段引文皆同此处。

关于明中期散文的翻译,还有马古礼所译明代著名谏臣杨继盛(1516—1555)之妻张贞所书《请代夫死书》①,以及艾梅里所译马中锡(1446—1512)的《中山狼传》、归有光的代表作《项脊轩志》等。

(三) 晚明散文

在唐宋派之后,马古礼将关注的目光转移到晚明的公安派上。需要指出的是,他在研究明代散文的表述中一直不曾使用这些流派的名称标签,但是对某一群体作家所体现的文学主张和风格是有清晰认识的。所谓公安派的代表人物是袁宗道(1560—1600)、袁宏道(1568—1610)和袁中道(1570—1626)兄弟三人,其中"袁宏道为主将,其禀赋与成就远在其他兄弟二人之上"②。"这位不拘格套的多产作家以反对过分复古蹈袭的面貌出现",马古礼认为内容和形式上千篇一律的复古派必然不能延续下去,袁宏道等一类主张独抒性灵的作家的出现是文学发展的自然规律。"在袁宏道的作品中,很难发现模拟因袭,他似乎喜欢自然流露天性,任情自适……这种不落窠臼的主张使得他能够展现自己的个性,文字也不乏诗意流露。"马古礼从明朝末年社会动荡的历史背景和袁宏道本人所受禅佛思想的影响来解释他以性情抒发来逃避痛苦的社会现实。在文字特点上,"袁宏道常用长句,灵动俊快,活脱鲜隽,偶尔也有爱奇尚异和幽曲僻涩之处"。此外,与大多数国内学者只强调公安派反道学色彩不同,马古礼从一个外国学者的旁观立场发现袁宏道的性灵文章有其相对性,"归根结底,他也是时代的产物","同样喜欢论儒义理",终难逃脱传统道学的藩篱,"因此这种反驳是表浅的而且是注定以失败而告终",所以到明朝末年再次回归正宗古文,最终确立了"尊经复古"的思想。马古礼言之不详,一笔带过,大概指涉的是以张溥、张采为代表的复社,并顺便提及他早年译过张溥的《五人墓碑记》。③ 此外,马古礼还译有许獬(生卒不详,约 1616 年前

---

① Georges Margouliès.*Le Kou-wen chinois.Recueil de textes avec introduction et notes.* Paris:Librairie Orientaliste Paul Geuthner,1925,p.342-344.

② Georges Margouliès.*Le Kou-wen chinois.Recueil de textes avec introduction et notes.* Paris:Librairie Orientaliste Paul Geuthner,1925,p.281-283.

③ Georges Margouliès.*Le Kou-wen chinois.Recueil de textes avec introduction et notes.* Paris:Librairie Orientaliste Paul Geuthner,1925,p.329-336.

后在世)的《古砚说》。①

应当说,相对于之前中国留法学人徐仲年所著《中国诗文选》②中明清散文的缺失,马古礼对这一历史时期的散文研究具有突破性贡献。就明朝散文而言,他的论述能够呈现出主要发展脉络,对于从明初到晚期的文学流变和主要代表人物有准确的把握,不过总体而言还是停留在轮廓性的描述,难免遗漏,考察有失全面。比如,晚明的竟陵派未被提及,或许是因为清朝桐城派对其的批评延宕至民国初期,因而导致马古礼未能有机会接触和阅读这一派别作家的文集。他对公安派的先声李贽(1527—1602)也未有只言片语,至于明末公安、竟陵的派外别传张岱(1597—1679)之作更是没有进入马古礼的视野,这或是因为他有意将之纳于更宽泛的风格流派而未作细分,或是因为资料有限而未有认识。而班文干选译的李贽的三篇杂文《赞刘谐》《题孔子像于芝佛院》和《童心说》充分反映了"童心说"代表人物李贽反对道统文学、提倡个性解放和思想自由的主张。

所幸的是,前辈未竟之事得以后续,至20世纪末,中国明代散文得到当代法国汉学家们的更多关注,有一些作品被翻译为法文。著名翻译家谭霞客(Jacques Dars)于1993年翻译出版了游记散文集《徐霞客(1587—1641)游记》③,列入伽利玛出版社"认识东方"文丛。这也是被翻译为法文的第一部明代散文集。著名汉学家桀溺(Jean-Pierre Diény)指导他的学生开展了明代文学的研究。艾梅里的博士论文《袁宏道作品中的文学理论与实践》④在其指导下完成于1979年,并于1982年出版。在这部关于袁宏道的专论中,作者首先介绍了晚明时期中国的历史、社会、政治和宗教思想背景,而主体部分则是

---

① Georges Margouliès.*Le Kou-wen chinois.Recueil de textes avec introduction et notes.* Paris:Librairie Orientaliste Paul Geuthner,1925,p.342-344.p.345-347.

② Hsu Sung-Nien.*Anthologie de la littérature chinoise:des origines à nos jours.*Paris:Librairie Delagrave,Collection Pallas,1932.

③ Xu Xiake.*Randonnées aux sites sublimes.*traduit,présenté et annoté par Jacques Dars.Paris:Gallimard,*Connaissance de l' Orient*,1993.

④ Martine Vallette-Hémery.*Théorie et pratique littéraires dans l' œuvre de Yuan Hongdao*,1568-1610.Paris:Collège de France et Institut des hautes études chinoises,Mémoires de l' Institut des hautes études chinoises(vol.18),1982,p.LXXV-377,p.113-125.

主题研究,阐述了明代文人的"复古思潮",而在"文学与自我"的标题下,作者所要探讨的其实是以袁宏道为代表的公安派文论核心——性灵说与趣。尽管这两个关键词因其在中国文化中的特殊而复杂含义而经常被以拼音方式直接表达,但是它们所表达的对人性、个性、自由的认识,书写自我真情以及淡化道德说教色彩的文学思想和生活态度更容易被西方读者所接受。作者还结合作品分析了这一文学理论在袁宏道小品文中的实践和体现。最后一部分则更强调美学层次的文学实践,如散文语言如何替代诗歌语言抒发性灵,以及自然山水在文字中的表现。这部优秀的学术专著对于了解法国研究明代文学具有开拓意义,因而在1983年获得法国汉学界以19世纪汉学家儒莲命名的最高学术成就奖。之后,艾梅里选译了袁宏道的代表作,题为《云与石》①,于1997年出版。此外,艾梅里还翻译了袁中道《爽籁亭记》《西山十记一则》等三篇散文收入中国游记散文选集中②,以及传记文章《徐文长传》和体现其文学创作思想的《文漪堂记》;她还翻译了洪自成的《菜根谭》③和屠隆(1544—1605)的《冥寥子游》④,分别于1995年和1997年出版,成为法国当代成就最大的明代文学研究专家和翻译家。与《菜根谭》在中国一度流行的情况相符,其法译本在初版之后也在2002年和2011年再版,说明这部语录体散文的传播范围已经超越法国汉学界,而成为大众读物。桀溺教授的另一位学生布里吉特·特布尔-王(Brigitte Tiboul-Wang)于1991年完成了以张岱为研究对象的博士论文《张岱〈陶庵梦忆〉:一部中国艺术散文杰作》⑤。这部论文并不探讨理论,其特点是侧重文体分析和译述并举:第一部分完全从文体修辞角度对所研究

① Yuan Hongda.*Nuages et Pierres.* traduit du chinois par Martine Vallette-Hémery. Arles:Philippe Picquier,1997,pp.205.

② Martine Vallette-Hémery. *Formes du vent-paysage chinoise en prose.* Amiens:Le Nyctalope, 1987,p.73-82.

③ Hong Zicheng.*Propos sur la racine des légumes*, traduit par Martine Vallette-Hémery. Arles: Philippe Picquier,1995.

④ Tu Long. *Le Voyage de Mingliaozi.* traduit par Martine Vallette-Hémery. Paris:Sequences, 1997.

⑤ Brigitte Tiboul-Wang.*Souvenirs rêvés de Tao'an*, Zhang Dai(1597-1681):*un chef-d'oeuvre de la prose poétique chinoise*,sous la direction de Jean-Pierre Diény.Thèse de doctorat:Langues et civilisations de l'Asie orientale:Paris 7,1991.

作品的句式和比喻、拟人、重复、排比等修辞格进行具体细致的分析,意在展现这部明代文学作品的语言魅力和艺术表达力;由于此前《陶庵梦忆》并没有法译本,因此仅有第一部分的论述会有空中楼阁之嫌,于是第二部分便是论文作者提供的选译篇章,共59篇,它们成为第一部分论述的基础。这两部分相辅相成,完成了一份可信的张岱作品研究。布里吉特·特布尔-王继而补充翻译了《陶庵梦忆》的其余一半篇章,1995年全文出版,列入伽利玛出版社"认识东方"丛书。① 而张岱的《西湖七月半》《湖心亭看雪》《庞公池》和《西湖梦寻》中散文名篇被选入艾梅里的《风之形——散文中的中国山水》散文集中。②

二、清代散文的翻译与研究

清代的散文继往开来,在语体、文体和题材上都在两百多年间逐渐经历了嬗变,这一点得到法国一些汉学家的关注,有不少作品被翻译到法国。然而,这一时期,作家如林,文章似海,从卷帙浩繁的著作中得一全貌实为难事。

(一) 马古礼对桐城派散文的研究

马古礼的《中国文学史(散文卷)》在开始介绍清代文学时首先指出,清朝虽为满人所建,但是在学习汉文化方面比起之前的元朝更是有过之而无不及,因此中国的文学传统得以继续和发展。

至于明末清初的散文成就,马古礼指出这一时期与前朝相比并没有出现新的思想和文风,不过还有一些文人在文学史上留名,第一个进入其视野的是朱彝尊(1629—1709),被认为"博通经史"并"代表了当时的文学正统"。③ 马古礼认为朱彝尊的散文作品"从艺术性来说并无特色",主要成就体现在"考

---

① Zhang Dai.*Souvenirs rêvés de Tao'an*.traduit par Brigitte Teboul-Wang.Paris:Gallimard,1995.

② Martine Vallette-Hémery. *Théorie et pratique littéraires dans l'œuvre de Yuan Hongdao*, 1568-1610.Paris:Collège de France et Institut des hautes études chinoises,Mémoires de l'Institut des hautes études chinoises(vol.18),1982,p.LXXV-377,p.113-125.

③ Georges Margouliès.*Histoire de la littérature chinoise:prose*.Paris:Payot,1949,p.284-288.

据之详",而且这也是那一时期的文学主流风气,即以考经问典为主事,而艺术性创作则被置于偏隅。一向关心赋文演变的马古礼发现朱彝尊的赋作虽然也有诗意的闪光,却总体而言受到博学之气的压抑,他以师古为法、以质朴为风,有考古之气,却已经不能再通过文字展现古人的思想,换而言之就是有形无神。马古礼统计出朱彝尊的序跋文有 479 篇之多,占据文集的一半数量,而且极尽考据之能事;他的书牍文字虽然篇数不多,但是其中有一些表达了他师法汉唐的文学主张。

马古礼指出在朱彝尊这一代明末清初文人之后出现了"将经学之气规范化和系统化的文学流派——桐城派"①。确实,桐城派集中国古文之大成,在清朝前后流衍两百余年,是清代散文的发展主流。马古礼介绍方苞(1668—1749)是桐城派的奠基人,他对其所做研究以 1914 年整理出版的《方望溪文抄》为资料来源,其中收录文章 223 篇,包括论说文、序文、书信等各种体裁,但是考据文章相对数量更多,有 31 篇。马古礼发现这些文章往往"围绕作者所关心的同一主题",而且尊奉儒家思想的方苞在文中经常以"考辨真伪""阐述义理"为己任,言辞简约雅正,条理逻辑清晰,但是"不尚藻彩"。"在序、记一类的文章,这位道学家时不时展现出令人愉悦的叙事才华",马古礼认为这是继承了明代王阳明经归有光以来在散文中吸收叙事气息的创作手法。"正是由于对记叙文的喜欢,方苞也写作一些时文和描写人物身世的传记文章。在这一类文体中,他的表达句式更加灵活自由,不求韵律,描人状物寥寥几笔便可栩栩如生。"在马古礼看来,方苞"师承韩愈,以世道和经书为研读对象,而不流连于山水之间",并援引《将园记》说明方苞即便在这样的文章中不可避免地要描写自然风物,也只是匆匆一笔带过,转而把更多的笔墨用来表达体会和议论。

马古礼由此总结了桐城派散文的两大特点:一是以尊奉理学不偏不离为内在原则,二是以言之有物、叙述精严为外在风格。这可以说是对方苞义法说的正确理解和把握。他幽默地点评了这种尊古义法的文风:"文人们的写作

---

① Georges Margouliès. *Histoire de la littérature chinoise*:*prose*.Paris:Payot,1949,p.288-289.

方式越来越像是不可复制的稀世古物之收藏者。"①也就是说,个性化的创作被置于道统经学之后。

"桐城三祖"中的刘大櫆(1698—1780)未得到马古礼的关注,在方苞之后吸引其注意的是另一位继承者姚鼐(1731—1815):"在他身边形成了一个真正的文人团体,从而将桐城派的理论在整个中国范围内发扬光大。"②在马古礼看来,姚鼐的作品中并没有出现新的元素,体现了与前辈们类似的特点,即艺术性散文数量有限,而考证评注文章丰富,尤其值得一提的是他所编纂的《古文辞类纂》,这也是马古礼在研究中国古文过程中备有的案头书:"这部文集当然为桐城派的推广有所贡献,而且也是十八世纪诸多文学选集中最著名和最有章法的一部,尤其是评论丰富,注释完备。"姚鼐著作丰硕,马古礼提到其《九经说》《三传补注》《庄子章义》等经学著作,认为他的主要精力在于发扬义理和考证文字。他发现《惜抱轩文集》中诗篇之外的文章共330篇,包括史论、序文、书信等各种体裁。马古礼总结出姚鼐的文字风格有如下几点:语言质朴雅致,句式较长,没有明显的韵律节奏,越发朝着散体文的方向发展;不善描写,却工于叙事。他还发现姚鼐善于寻找所应师从的对象,例如,《岘亭记》中可以看出欧阳修《醉翁亭记》的影子,而《张冠琼岷遣文序》可与韩愈最好的记叙文章相提并论。"这说明姚鼐除了擅长理性博学文章也不乏文学的感性和悟觉。"

马古礼指出中国古文发展到清朝在语体和文体上的变化有二:一是句子的长度渐渐延展,使得语言表达与思想活动更加契合;二是散文中出现了叙事化倾向,将对生活和观察和摹状引入文字,产生了一些生活化的气息。

正如中国国内对清代的散文研究几乎都聚焦于桐城派而兼及阳湖派,马古礼在清代散文所作巡检中也以桐城派为主要脉络,但是在论述清中期散文时介绍了以张惠言(1761—1802)为代表的阳湖一派。张惠言的著述文字并不多,马古礼所研读的《茗柯文编》收录文章近百篇,其中赋文18篇,哀祭文9篇,墓志铭6篇,马古礼认为从篇章分布来看,张惠言的文集仿佛把读者带回

---

① Georges Margouliès.*Histoire de la littérature chinoise*:*prose*.Paris:Payot,1949,p.289-291.

② Georges Margouliès.*Histoire de la littérature chinoise*:*prose*.Paris:Payot,1949,p.294-297.

到六朝时代,另有24篇序跋文和6篇人物传记与他所处时代的文风是基本相符的。偏爱赋文的马古礼很兴奋地在张惠言的作品中看到赋的比重较高,也发现他在行文造句方面力图恢复骈散不分的魏晋古文,然而"这种对六朝之文的回归与桐城派的经学复古在本质上是大同小异"①,马古礼的这一评语道出了阳湖派有意突破正统文学又实际上难以摆脱时代影响的矛盾性。他敏锐地发现张惠言在赋文的诸多细节上努力实现前朝赋的节奏和韵律,有些作品中甚至可以清晰地看出对宋玉、班固、司马相如的模仿痕迹,可惜是形古神今,终难以实现古典赋的神采,而且也难免流露出所处时代的风气。从以上可以看出,马古礼对阳湖派文学精神和创作实践的评价可谓切中肯綮,它既是桐城派的一个支流也是一支逆流,不过由于桐城派的盛行而难以与之分庭抗礼。从另外一个角度,马古礼还将阳湖派的出现与法国18世纪理性盛行时期出现的前浪漫派文学进行了简要的类比,认为它们都是对传统古典主义的一种反叛。②

桐城派的发展几乎贯穿了整个清朝时期,作家林立,难以一一罗列。而马古礼选择曾国藩(1811—1872)作为晚清桐城派的代表。"曾国藩曾在《欧阳生集序》中自豪地回顾了桐城派的历史并不吝赞美之辞。"他继承桐城派的古文理念,师法韩愈,而又自立风格。"他不像张惠言那样试图回归六朝之文的骈俪和藻饰,而是接受所属时代的语言特点",奇偶并用,并"善于利用句式的起承转合来表达思想,理气不滞,文气酣畅",马古礼认为这正是曾国藩为文的新意,他还发现曾氏文章经世致用的主张。曾国藩的书牍文字得到高度赞赏,马古礼不仅看到了它的文献价值:"这些书信成为了解当时政治历史和时代风俗的丰富资料",而且还指出他的家书"行文自然生动,语言表达清晰而又通俗,思想表达十分透彻,堪与唐宋时期最好的书牍文字相媲美"。③

清朝末年的文坛得到马古礼关注的是被称作桐城派最后一位代表人物的林纾(1852—1924),称其行文"生动有气势,个性鲜明","文风渐离桐城派的学术气息,而上溯唐宋,尤以柳宗元、欧阳修和苏东坡为楷模"。马古礼对其不同题材的文章进行了评价:在《罗孝子之事略》一类的人物传记中,林纾善

---

① Georges Margouliès.*Histoire de la littérature chinoise:prose*.Paris:Payot,1949,p.297-301.

② Georges Margouliès.*Histoire de la littérature chinoise:prose*.Paris:Payot,1949,p.302.

③ Georges Margouliès.*Histoire de la littérature chinoise:prose*.Paris:Payot,1949,p.297-301.

于"以清晰流畅和不动声色的文字达到一种感人的效果";在一些哲理小品中,他"或借用历史典故或借用讽喻手法推理至一个具有普遍意义的结论,近似韩愈《杂记》中的手法";他的游记文章富有文采,"颇得柳、欧、苏三师的遗风",例如《游方广岩记》富有"诗意的描写,为清代文人所少见,令人想到苏轼的《赤壁赋》和《石钟山记》";而他的哀悼文和祭奠文"形式整饬优雅","充满诗意和情意",且经常出现自然风物的描写;在记叙文中,林纾则擅长把握细节,形象生动;他的翻译作品译序文字行文通俗,更接近于曾国藩家书的风格,在这样的文章中,他经常向中国读者介绍外国文学作品并给予中肯评价。①

马古礼最后简略提及的清末文人是康有为、梁启超和章炳麟,他们生活在中国古典文学的终结时期,但仍然深受古文的浸染。但是清朝末年文风的变迁已经从曾国藩和林纾的文字中有所体现,即"古文的句式结构逐渐被收放更加自如的句式所取代,而中国的古典散文也走向了更加自由的现代散文",直至稍后不久出现的白话文,而且中国文学的发展不可避免地与"它在清朝末年开始接触了解的国外文学"产生更加密切的联系。

(二) 清代散文在法国的翻译

在翻译方面,桐城派文学并没有得到厚遇,目前所知的仅有方苞的代表作《狱中杂记》由班文干先生译出,选入 2004 年出版的《中国古代文选》。而其他很多在 20 世纪被陆续翻译到法国的清朝散文作品多是正统文学之外的小品文,可能是此类散文较多地反映了士人的世俗情趣和心态:题材日渐生活化,既有山情水态,也有世道人心,文中有人,抒发性气,而且语言更加接近今文而又保留了古文的典雅。

早在 1907 年,曾在印度支那任教的法国汉语教师皮埃尔·奥古尔(Pierre Aucourt)在《法国远东学院学报》上发表了他所翻译的《扬州十日记》,译名为《一个扬州人的日记(1645)》②。明末清初抗清将领史可法(1601—1645)的幕僚王秀楚以幸存者的身份记述了顺治二年(1645 年)清军对扬州居民连续

---

① Georges Margouliès.*Histoire de la littérature chinoise*:*prose*.Paris:Payot,1949,p.309-312.

② Wang Xiuchu. *Journal d'un bourgeois de Yang-Tcheou* (1645). trad. par Pierre Aucourt, *Bulletin de l'Ecole Française d'Extrême-Orient*,1907,vol.7,no.1,pp.297-312.

十日的大屠杀,它虽非史学著作,却真实客观地记录了当时的暴行,以第一人称叙述,人物言行和场景描写都十分翔实生动,是一篇具有史学价值的记叙文。皮埃尔·奥古尔的译文忠实可信,表达平实,人物的对话和行为的细节都给予了保留,对文中涉及的历史人物姓名和主要地名不仅在译文中同时以拼音和汉字表示,而且以脚注形式进行解释。译者在第一个脚注中还交代了他所依据的原本是友人"从北京带回的《明季录十四种》,版本信息不全,该书还收录了其他一些记述明人抗清的故事"。此外,他介绍了译书之时所遇巧合之事:一本名为《革命先锋》的小册子也原文刊登了王秀楚的《扬州十日记》。奥古尔认为当时中国人刊登此文具有鲜明的宣传意图,即借古喻今,号召人们推翻清王朝的统治。正是奥古尔第一次将这篇文章翻译为西文,之后在 1914 年才出现第一个英译版本。相隔一个世纪后,法国埃克斯—马赛大学中文系教授、明清文学研究专家彼埃·卡赛(Pierre Kaser)重新翻译了这篇作品,以单行本《扬州十日——一个幸存者的日记》①出版。该译本的特点是依据了现存各个原著版本进行翻译,严谨有序,而且最大的贡献在于译文之前的长篇引言,既介绍了大屠杀的发生背景以及史可法的事迹,以便于法国读者充分理解原文,还介绍了真实性、流传、接受和影响等围绕作品本身的问题,此外译文后附有所涉及人物和事物名称的中文。

沈复(1763—1832)的《浮生六记》最早在 1935 年由林语堂翻译成英文,此后出现多个英文版本,还被翻译为日语、韩语、德语、俄语、意大利语、丹麦语、捷克语等 12 个语种。1966 年,比利时汉学家李克曼(Pierre Ryckmans)完成了《浮生六记》的翻译,并由著名比较文化学者艾田蒲(René Etiemble)推荐到法国伽利玛出版社,可是该出版社恰好已经与邵可侣(Jacques Reclus)签立了同一部作品的翻译合同,李克曼遂将其译作在比利时出版。② 1967 年,邵可侣翻译的《浮生记——一个穷书生的回忆》③在巴黎出版,著名汉学家戴密微

---

① Wang Xiuchu. *Les dix jours de Yangzhou. Journal d'un survivant*, traduit et présenté par Pierre Kaser. Toulouse:Editions Anacharsis,2013.

② Shen Fu. *Six récits au fil inconstant des jours*. trad. par Pierre Ryckmans. Bruxelles:Editions F. Larcier,1966.

③ Shen Fu. *Récits d'une vie fugitive. Mémoires d'un lettré pauvre*, trad. par Jacques Reclus. Paris: Gallimard,coll. *Connaissance de l'Orient*,1967.

（Paul Demiéville）在为该译本所作序言中提到了这桩译事上的巧合："在《浮生六记》的法译工作上，我们受到了款待！两位同样优秀的汉学家，一位身居远东，一位身在欧洲，在互不知情的情况下，同时花费了数年工夫来精心翻译同一本著作。"①既然两个译本几乎同时问世，细心而好奇的读者难免会去对它们进行对比。从整体而言，邵可侣的译本似乎更加拘泥于原文，序作者戴密微对此发表了体面之辞："（邵可侣先生的译本）忠实谨严，我曾将译文与原文进行仔细对照——这对我来说也是一个重新阅读原著的好机会。可以说，翻译中不乏难点，但是译者没有任何马虎和遗漏，在必要之时对文本进行了深入研究。而且，译文的风格与原著的风格保持了难得的一致，令人有阅读的愉悦。"②而有学者对两个译本中同一段落进行比较，对李克曼的译本评价更高，认为他的翻译不仅忠实，而且行文更加通达雅致，更像是一部以法语写作的文学作品，这就是李克曼本人所推崇的翻译理念："译者的理想境界便是遁于无形。"③1982年，李克曼将其所译《浮生六记》的版权转移到法国布格瓦出版社进行重版，并于1996年和2009年再版。而邵可侣的译本借助实力雄厚的伽利玛出版社和"认识东方"丛书的品牌效应得到更广泛的推广，在1977、1986、1990和2005年多次再版。需要说明的是，由于《浮生六记》中最后两章的真伪历来争论不休，因此，两位法译者都选择了只译前四卷的做法。

《浮生六记》这部作品在海外的流传之广可能在许多中国学者的思度之外。主要原因可能在于这部作品叙述了平凡之人的质朴天性，传递了一种既体现东方文化元素又具有普世意义的生活态度。正如谭霞客在《中国文学辞典》中为《浮生六记》所撰写的词条所言："我们立刻被叙述者本人及其妻子的形象所吸引，从而领悟到他们恬淡自适的生活艺术和活在当下的生活态度。正是这种人情味让此书在世界各地获得知音。沈复对生活的感悟也带给我们感悟，他宁静的声音穿越了数个世纪，仿佛就在我们身边倾诉，充满亲情，令人

---

① Paul Demiéville.《Préface》aux *Récits d'une vie fugitive. Mémoires d'un lettré pauvre*, *op. cit.* p.19.

② Paul Demiéville.《Préface》aux *Récits d'une vie fugitive. Mémoires d'un lettré pauvre*, *op. cit.* p.19.

③ Simon Leys.《Postface du traducteur》, in Shen Fu. *Six récits au fil inconstant des jours*. Paris：JC Lattès, p.261.

无比感动。"①这部作品的自传性质也令西方读者很感兴趣。李克曼译本的一段封底文字解释了《浮生六记》题材上的独特性："沈复的文字看上去非常朴素,只是叙述一些家常琐事,并没有波澜起伏的情节,但是却完成了一部独树一帜的作品。传统上,中国文学并没有发展出一种自传体裁,而沈复的作品生动形象,情真意切,尤其是它的主题是隐私生活(这是中国语言里最近才出现的表达方式),具体而言就是夫妻之间的情感生活(《浮生六记》中最动人心弦的就是叙述者的妻子陈芸的形象),他们一心想在强大的世俗藩篱之中建设和保护他们的隐私空间。"这对渴望突破礼教、追求个人幸福而且懂得知足常乐的东方伉俪很容易打动法国读者,无论东西方文化和生活方式差异如何,人们爱美爱真追寻幸福的精神是相通的。正如译者李克曼所言："沈复拥有一种我们现在最需要的生活秘诀——诗意的生活,它并不专属于少数幸运的先知,而属于所有那些懂得在浮生中拥有生活勇气和发现即时幸福的人。"

到了 20 世纪最后十年,清朝散文作品越来越得到法国汉学家们的重视。1991 年,著名汉学家谢和耐(Jacques Gernet)翻译了明末清初思想家和文论家唐甄(1630—1704)年的《潜书》(译名为《一个无名哲人的著述》)②,译著长达 360 页,列入伽利玛出版社"认识东方"丛书。在译者序中,谢和耐称唐甄为"中国 17 世纪最杰出的哲学家和作家之一","经历短暂的仕途生涯","只与当时为数不多的几位学者保持交往","在独守清贫的境况中用 30 年完成《潜书》"。译者还介绍说唐甄"在很长时间中亦不被中国人所了解,直到 20 世纪中叶方才被重新发现,因其对封建专制制度的深刻批判而获声誉"。《潜书》是一部论文集,内容涉及哲学、伦理、政治等方面,谢和耐对唐甄及其作品都给予高度评价："他将其一生对至善、至真、至静的追求和思考以一种令人赞叹的文笔凝聚其中。"

以研究明代作家袁宏道著名的当代学者艾梅里将翻译兴趣延伸至明末清初文人身上,于 1992 年出版了冒襄(1611—1693)的自传体散文作品《影梅庵忆语》。冒襄在这篇四千余言的自叙中回忆了他与秦淮名媛董小宛的情感生

---

① André Lévy(dir).*Dictionnaire de littéature chinoise*.Paris:PUF,2000,p.266.

② Tang Zhen.*Écrits d'un sage encore inconnu*.trad.par Jacques Gernet.Paris:Gallimard,1991.

活,写作年代早于沈复的《浮生六记》,被认为开创了我国古代忆语体文学。与25年前被翻译到法国的《浮生六记》一样,对于法国读者而言,无论从题材还是体裁上而言,这都是一部很有吸引力的作品:才子佳人缠绵悱恻的爱情故事,中国古代名士名媛优雅的生活方式,怀旧的气息,诗意的表达方式。很快,法译《影梅庵忆语》在1994年、1997年再版。

清代张潮(1650—1709)的随笔体格言小品文集《幽梦影》1997年在法国出版,译者依然是艾梅里。有心的法国读者注意到张潮与法国17世纪《思想录》(Pensées)的作者帕斯卡尔(Blaise Pascal)和写作《品性》(Les Caractères)的拉布吕艾尔(La Bruyère)生活在同一个历史时期,而且他们三人的作品都是格言体。从评论来看,法国读者十分喜爱这一传达生活的艺术和智慧的作品,认为它具有跨越时空的价值。该译作在2011年得以再版,证明了这部清代小品文的魅力。

1996年,著名汉学家桀溺翻译了《郑板桥家书》①,完整地翻译了其中16封家信,共175页。法国海蓝墨出版社在译本的装帧上追求尽善尽美,采用了三折页的方式:中间的书页是译文,右边的页面是译者注释,左边的页面则翻印了郑板桥(1693—1765)本人的书法字迹。这种精美的装帧将郑板桥这位中国古代书画家、文学家的才华全面地呈现于法国读者眼前,受到学术界、出版界以及普通读者的赞赏,引发了一些学者的书评。关于《郑板桥家书》的本身内容,学者们普遍认为家书的内容涉及了作者对人生世道、求学、文学历史的思想,简单而又深刻,而且译文质量高,注释部分让那些不甚了解中国古代文化的人也容易理解作品的内容。评论家蒂耶里·吉沙尔(Thierry Guichard)在杂志《天使簿》发表的书评中更是说《郑板桥家书》是"1996年法国出版界的一部精品",体现在三个方面:一部中国清代的文学杰作,精湛的翻译质量,匠心独运的装帧。② 他尤其提到,如此装帧精美的书籍售价只有150法郎,只相当于一个知名出版社的一本普通小说的售价,实在是值得购买,并且相信这本初版印刷600本的书籍能够拥有不止600个法国读者。

---

① Zheng Banqiao. *Lettres familiales.* traduit du chinois par Jean-Pierre Diény. La Versanne: Encre Marine, 1996.

② Thierry Guichard. Lettres familiales. in *Le Matricule des Anges*, no.016 juin-juillet, 1996.

最后需要提及的是著名汉学家谭霞客在 2003 年出版了他翻译的李渔（1611—1680）《闲情偶寄》，书名为《李渔的私房书札——中国人的幸福艺术》①，这也是他的最后一部重要译著。1994 年，作为彼埃·卡赛先生关于李渔小说研究博士论文答辩的评委，谭霞客重新发现了这位清朝文人丰富而生动的作品，从而萌生了翻译计划。他认为《闲情偶寄》以其丰富的题材、独有的灵感和风趣的笔触而成为"一部独一无二的文学杰作"。这部译著内容充实，逾三百页，除"词曲部""演习部"之外，囊括了《闲情偶寄》其他设计饮食养生、居家生活等各部的大部分篇章，依据主题和内容进行了适当调整和编排。该书装帧精美，图文并茂，融入了图章、绘画、书法等中国艺术元素，充分体现了将艺术与生活融于一体的主旨。

除了上述作品集之外，尚有艾梅里的《风之形——散文中的中国山水》中选入了袁枚（1716—1798）等人的游记散文②，班文干先生在《中国古代文选》翻译编选了黄宗羲（1610—1695）的《怪说》、姜宸英（1628—1699）的《〈奇零草〉序》、郑日奎（1631—1673）《与邓卫玉书》③以及乾隆三大家之一袁枚一篇表现兄妹手足之谊的哀祭散文《祭妹文》④。

余　论

综上所述，马古礼对中国古代文艺性散文的研究在法国汉学界独树一帜，清晰地描述了历代散文文体的特征和嬗变。虽然总体而言，法国学者对明清代散文的研究不尽全面和系统，但是一个世纪以来的译介工作取得了前所未

①　Jacques Dars. *Les Carnets secrets de Li Yu. Un art du bonheur en Chine*. Arles：Philippe Picquier，2003.

②　Martine Vallette-Hémery. *Formes du vent-paysage chinoise en prose*. Amiens：Le Nyctalope，1987，p.125-152.

③　Jacques Pimpaneau. *Anthologie de la littérature chinoise classique*. Arles：Philippe Picquier，2004，p.737-743.

④　Jacques Pimpaneau. *Anthologie de la littérature chinoise classique*. Arles：Philippe Picquier，2004，p.762-764.

有的成绩,出现了更多的名家名篇译文、文集译本和专门研究,在深度和广度上都有突破性进展,尤其是明清后期的小品文脱离经学之气,更加注重普通人生活经历、情感和伦理,得到更多法国读者的青睐,这些作品的传播广度超出了之前历代散文作品。诚然,明清散文诸派的历史、思想和艺术以及大量的作家作品研究都还有很大空间,有待于当今法国学者给予更多关注。

参考文献

Dars, Jacques. *Les Carnets secrets de Li Yu. Un art du bonheur en Chine*. Arles: Philippe Picquier, 2003.

Guichard, Thierry. Lettres familiales. in *Le Matricule des Anges*, n 016 juin-juillet, 1996.

Hong Zicheng. *Propos sur la racine des légumes*. trad. par Martine Vallette-Hémery. Arles: Philippe Picquier, 1995.

Hsu Sung-Nien. *Anthologie de la littérature chinoise: des origines à nos jours*. Paris: Librairie Delagrave, Collection Pallas, 1932.

Les Formes du vent, *paysages chinois en prose*. traduit par Martine Vallette-Hémery. Amiens: Le Nyctalope, 1987.

Lévy, André (dir). *Dictionnaire de littéature chinoise*. Paris: PUF, 2000.

Margouliès, Georges. *Le Kou-wen chinois. Recueil de textes avec introduction et notes*. Paris: Paul Geuthner, 1925.

Margouliès, Georges. *Histoire de la littérature chinoise: prose*. Paris: Payot, Bibliothèque scientifique, 1949, VIII-336 pp.

Pimpaneau, Jacques. *Histoire de la littérature chinoise*. Arles: Philippe Picquier, 1989.

Pimpaneau, Jacques. *Anthologie de la littérature chinoise classique*. Arles: Philippe Picquier, 2004.

Shen Fu. *Six récits au fil inconstant des jours*. trad. par Pierre Ryckmans. Bruxelles: Editions F. Larcier, 1966.

Shen Fu. *Récits d'une vie fugitive. Mémoires d'un lettré pauvre*, trad. par Jacques Reclus. Paris: Gallimard, coll. «Connaissance de l'Orient», 1967.

Tang Zhen. *Écrits d'un sage encore inconnu*. trad. par Jacques Gernet. Paris: Gallimard, 1991.

Tiboul−Wang, Brigitte. *Souvenirs rêvés de Tao'an, Zhang Dai* (1597−1681): *un chef−d'oeuvre de la prose poétique chinoise*, sous la direction de Jean−Pierre Diény. Thèse de doctorat: Langues et civilisations de l'Asie orientale: Paris 7, 1991.

Tu Long. *Le voyage de Mingliaozi.* traduit par Martine Vallette − Hémery. Paris: Sequences, 1997.

Vallette−Hémery, Martine. *Théorie et pratique littéraires dans l'oeuvre de Yuan Hongdao,* 1568−1610. Paris: Collège de France et Institut des hautes études chinoises, Mémoires de l'Institut des hautes études chinoises (vol.18), 1982, LXXV−377 p.

Wang Xiuchu. «Journal d'un bourgeois de Yang − Tcheou (1645)». trad. par Pierre Aucourt, in *Bulletin de l'Ecole Française d'Extrême−Orient*, 1907, vol.7, n° 1, pp.297−312.

Wang Xiuchu. *Les dix jours de Yangzhou. Journal d'un survivant*, traduit et présenté par Pierre Kaser. Toulouse: Editions Anacharsis, 2013.

Xu Xiake. *Randonnées aux sites sublimes.* traduit, présenté et annoté par Jacques Dars. Paris: Gallimard, «Connaissance de l'Orient», 1993.

Yuan Hongda. *Nuages et Pierres.* traduit du chinois par Martine Vallette−Hémery. Arles: Philippe Picquier, 1997, 205 pp.

Zhang Dai. *Souvenirs rêvés de Tao'an.* traduit par Brigitte Teboul − Wang. Paris: Gallimard, 1995.

Zheng Banqiao. *Lettres familiales.* traduit par Jean−Pierre Diény. La Versanne: Encre Marine, 1996.

（原文刊于《国际汉学》2018 年第 4 期）

中法文学交流的历史图景和思想结构

——评《中外文学交流史:中国—法国卷》

　　中国比较文学的一个重要学术领域是中外文学关系的研究,钱林森教授是中法文学关系研究领域的重要学者,多年来笔耕不辍,成果丰硕,从《中国文学在法国》(1990 年)和《牧女与蚕娘》(1990 年)到《法国作家与中国》(1995 年)和《光自东方来》(2004 年),每一部著作都是研究中法文学关系的年轻学者的必备参考。新著《中外文学交流史:中国—法国卷》(2016 年)是钱先生十年磨一剑的学术成果,集多年比较文学研究之大成,繁博赅瞻,莘莘大观,十六开本凡五百余页,又为学界贡献了一部扛鼎之作。

　　自 20 世纪后半叶以来,伴随着人文科学在全球范围的纵深发展和横向联动,比较文学在国内外都经历了和正在经历着问题视野和理论方法的革新,从影响研究到平行研究,从后殖民批评到新跨文化批评,学术领域不断突破疆界和推陈出新。正如"中外文学交流史"丛书总序中所言:"中外文学关系研究仍属于传统范型,面临着新问题与新观念的挑战。我们在第三种甚至第四种模式的时代留守在类似于巴斯奈特所谓的'史前恐龙'的第一种模式的研究领域,是需要勇气与毅力的。"①笔者认为,中国比较文学是从中外文学关系研究开始发展的,它是基础性研究,没有这一根基,新的枝芽便无所附着;新的理论、观念和方法其实并不能取代之前的学术传统,而是一种丰富和拓展,只要原来的园地中尚有需要开垦和挖掘的空白,就应该赞叹耕耘者这种孜孜不倦

---

① 钱林森著:《中外文学交流史:中国—法国卷》,山东教育出版社 2016 年版,总序第 3 页。

的坚守。在《中外文学交流史：中国—法国卷》一书中，钱林森教授耕耘的是传统的园地，但是融入新的养分，借鉴了新的理念和方法，因此呈现了新的图景和结构。

一、重构中法文学交流的历史图景

钱林森教授在著作前言中声明："若要绘制中法文学交流关系的图式，必须把与该关系相关联的其他文化文本和社会历史文本交织而成的互文性凸显出来。"①在更为广阔的历史背景和思想史背景上考察中法两国的文学交流历史，是《中外文学交流史：中国—法国卷》的重要特点和成功之处。作者挖掘了一些鲜为人知的历史材料和文学文本，从双方相互寻找、发现并且互遣使节的 13 世纪开始梳理源远流长的文化交流史，重构了一幅多维立体的历史图景。

众所周知，从 16 世纪始，长期旅华的一些西方传教士在中西文化交流中起到了重要的桥梁作用。长期以来，从事海外汉学的研究者们着力于传教士活动和著述的梳理，从事比较文学研究的学者关注的是作家作品之间的关联。然而，从远在中国异乡的传播者到法国文学中的接受和影响，这一过程又是如何进行的？尤其是在中法文化交流的早期。由于法国大规模派遣赴华传教士是在 17 世纪路易十四时期，无论在法国还是中国，研究 17、18 世纪中法文化交流和文学关系者众，16 世纪法国作家视阈中的中国形象则少有论述。例如，拉伯雷（François Rabelais）《巨人传》第四卷中描述了代表东方智慧的中国"神瓶"，蒙田（Michel de Montaigne）在《随笔集》（*Essais*）中有关于中国的两段赞誉性的描述，这一中国形象是如何形成的？在《中外文学交流史：中国—法国卷》中，作者不仅论及早期意大利传教士门多萨（Juan Gonzales de Mendoza）的《中华帝国志》（*Historia del Gran Reino de la China*）在西方世界的传播，而且

---

① 钱林森著：《中外文学交流史：中国—法国卷》，山东教育出版社 2016 年版，前言第 1 页。

介绍了在发现东方的背景下，作为文化传播者的传教士的中国见闻在法国思想界产生的影响。例如，路易·勒罗阿（Louis le Roy, 1510—1577）曾在所著《论宇宙事物的多样性和变迁》（*De la vicissitude ou variété des choses en l'univers*, 1575）中向当时的法国知识界传递了关于中国国家治理与科技发明（尤其是印刷术）的信息，这些文字从表述上来看应该来源于意大利传教士的著作，而法国思想家在接受传教士的文字之后完成了文化传播过程的中间环节。同样，很少有人知道 17 世纪自由主义思想家拉莫特·勒瓦耶（La Mothe Le Voyer, 1588—1672）曾经大量参考了传教士金尼阁（Père Nicolas Trigault）《基督教远征中国史》（*Histoire de l'expédition chrétienne au Royaume de la Chine entreprise par les PP.de la compagnie de Jésus*）中的材料和观点，在 1641 年出版的《论异教徒的道德》（*La Vertu des païens*）中专列章节论述"孔夫子"。于是，之前未曾引起关注的一些新鲜史料的发掘帮助我们了解到中国文化在早期进入法国的时候所形成的传播链条，也更加理解了法国作家笔下中国形象的成因。

另一方面，若有论及文艺复兴时期法国作家关于中国的描述，为人所知的是拉伯雷《巨人传》和蒙田《随笔集》中涉及中国的文字，钱林森教授在之前的著作中介绍的亦是这二位法国人文主义巨子。在新著中可见作者进一步开掘史料的潜心，例如与蒙田同时代的传教士和散文家皮埃尔·夏隆（Pierre Charron, 1541—1603）的《智慧三论》（*De la sagesse livre trois*, 1601 年）提供了16 世纪法国学者认识东方的又一例证，这一新的材料使我们相信，中国进入16 世纪法国人文学者的视野并不是孤零二例，一定还有更广泛的传播范围。

同样引人关注的还有 16 世纪末、17 世纪初的法国作家弗朗索瓦·贝罗阿尔德·德·沃维尔（François Béroald de Verville, 1556—1629），他是一位对东方题材感兴趣的作家，在其《一个真实的故事，或幸运王子游记》（*L'Histoire véritable, ou le voyage des princes fortunés*, 1610）和《成功之术》（*Le Moyen de parvenir*, 1610）中，中国不仅被认为是智慧的发源地，而且中国人物形象已经正式进入文学创作，而且钱教授通过文本分析，认为弗朗索瓦·贝罗阿尔德·德·沃维尔为 18 世纪法国作家的东方题材小说开了先河。这个发现说明中国人物形象进入法国文学作品的年代比我们的认识推前了一个世纪。毫无疑问，中法文学交流史隶属于史学范畴,实证性是其重要属性,史料是研究的基础。在这一点上,《中外文学交流史:中国—法国卷》提供了这一领域的研究成果中一些鲜为人知的文本和历史材料,把中法文学交流史的学术研究视野推向了更久远的世纪。

当作者分析17世纪法国传教士对中国文学的译介时,我们欣慰地看到白晋(Joachim Bouvet)对《诗经》的翻译、马若瑟(Joseph de Prémare)翻译的元杂剧《赵氏孤儿》和创作的《儒交信》以及中国题材的章回小说、殷弘绪(Francois Xavier D'entrecolles)译介的《今古奇观》故事、赫苍璧(Julien-Placide Herieu)译介的《古文渊鉴》等作品,都以真实的文学文本出现,不是停留在信息的介绍层面,而是得到了与中文原作的对照分析。这一细致入微的勘探和解析满足了普通读者以及学者们对原始文本的好奇,使人们真正深入地了解中国古代文学作品在法国早期的流传和接受。这一扎实的考据和阐释工作完全建立在翔实的文献资料基础上,并通过比较文学的实证影响研究方法得以实现,

总体而言,在《中外文学交流史:中国—法国卷》中,作者对16至18世纪中法国人对中国人宗教、伦理、哲学、文学的认知过程进行了细致的爬梳和分析。这一过程并不是一条直线,其中有递进式的承继发展也有螺旋式的反复,因为在久远的历史年代中,欧亚大陆两端相距遥远的两个国度的相遇相知难度重重。17世纪上半叶的拉莫特·勒瓦耶在《论异教徒的道德》中赞誉孔子并将之与苏格拉底相提并论,而17世纪下半叶的费讷隆(Fénelon,1651—1715)却又在《苏格拉底与孔夫子的对话》(Socrates et Confucius)一文中拒斥孔夫子并刻意将他与苏格拉底拉开距离。而作者的功劳就在于把"中国形象"的生成和变化脉络通过真实可信的历史和文学文本展现出来,没有流于泛泛而谈,向读者清晰地呈现了历史的传承和变替的线索。

此项研究的成败取决于史料的丰富与准确程度,而作为从事中法文化和文学交流史的专家,钱林森教授数十年来在国内和法国遍寻相关书籍,积累了丰富的学术资料,从传教士的著作到当代法国汉学家的著述,这些都构成了数量众多的第一手资料。钱教授本人还组织了一些国内学者翻译了相当数量的英法文资料到中文,而其他学者关于法国汉学的译著和专著也都在其关注的视线之内,书后附录的数十页参考文献便是作者考据繁复的证明,而正文中完

备的注释更是体现了资料的翔实与学术的严谨。在丰富的史料基础上,作者根据时间向度和论述需要加以剪裁,详略得当,分析透彻,以学理映照史料,以实证印证学理,成功地勾勒出源自13世纪直至18世纪中法文学与文化交流的历史图景,而且著作中所呈现的历史图景并不虚幻和模糊,而是真实和清晰的。

若有求全责备之处,则是作者虽然向前把历史的梳理追溯到源头,但是却由于身体原因和时间所囿,未能将这幅历史图景向后延展到中法文学交流更加丰富和深入的19世纪和20世纪。某种意义上说,这部中法文学交流史中止于18世纪,停留于一部断代史,而不是通史,这不能不说是一个遗憾。不过,倘若续写后一段历史,呈现在我们眼前的应该是另外一部同样规模的巨著,所费心力可以想象。

二、在双向互动中探寻"思想的结构"

比较研究领域传统意义上的影响研究除了重视实证性之外,往往以探讨某种特定的文学传统对他国文学的影响为研究范式,难免陷入某种中心主义。而钱林森教授在《中外文学交流史:中国—法国卷》中努力在双向互动中探寻"思想的结构"①,这主要体现在两个方面:第一,作者并不讳言中国立场,但是却成功地回避了以某国文学为"宗主"的倾向,将中法两国文化作为平等的交流和对话主体;第二,作者虽然以治史为使命,但并不满足于资料的收集、整理与复述,而是志在探讨文学交流史所内具的思想结构,正如严绍璗先生所希望的那样,该著作"从一般的'表象事实'的描述深入到'文学事实'内具的各种'本相'的探讨和表达"②。

《中外文学交流史:中国—法国卷》以16—18世纪为叙述重心,在这一段历史时期,往赴西方的中国人少,而来华西方传教士众,依照叶隽先生的侨易

---

① 钱林森著:《中外文学交流史:中国—法国卷》,山东教育出版社2016年版,第8页。

② 转引自钱林森著:《中外文学交流史:中国—法国卷》,山东教育出版社2016年版,第12页。

学新说,传教士的活动属于"传播型侨易"①,他们因"侨"而"易",通过"物质位移"和"精神漫游"起到了双向作用:西学东渐与东学西渐。无论是被归化的中国人,还是法国传教士这一侨易共同体,作者对他们的活动不仅进行细致陈述,而且进行深入的剖析,着力于"间性关系"的研究。如果没有对18世纪初留法学人黄嘉略(1679—1716)的生平事迹和几近失传的著述(《汉语语法》《汉语字典》和《玉娇梨》译文)的整理,没有对他在两种文化相遇中的桥梁作用的认识,我们可能也很难了解和理解他的两位法国合作者弗雷莱(Nicolas Fréret,1688—1749)和傅尔蒙(Etienne Fourmont,1683—1745)在中法文学与文化交流中的成就。同样,如果没有对法国17世纪耶稣会传教士白晋、马若瑟的《诗经》翻译进行分析,如何解释这些最古老的中国诗篇在18世纪英年早逝的法国诗人谢尼埃(André Chénier,1762—1794)的写作中留下的痕迹? 我们又如何发现谢尼埃对《诗经》的诗性解读是对前人的超越? 正是在马若瑟翻译的元杂剧《赵氏孤儿》和殷弘绪译介的《今古奇观》的文本基础之上,伏尔泰(Voltaire)改编创作了悲剧《中国孤儿》(L'Orphelin de la Chine)和小说《查第格》(Zadig)中的"割鼻"情节。这说明,在文化交流过程中,上述侨易主体入乡随俗,欣然接受和传播异国文化,同时也孜孜不倦推广本国文化(如黄嘉略传播中国汉字和文学,法国传教士在西方历法、天文学、数学、建筑等领域的学术推广),不仅自己产生精神层面的质性变易,而且成为两种文化之间的"流力因素"②。作者在著作中充分展现了这种双向互动的文化传播过程,把中法文学关系正确地表述为两种文化平等对话和交流的历史性探讨。

《中外文学交流史:中国—法国卷》一书史实详备,但绝不以编年史的复述为终极目标,通观全书,作者有意探寻中外文化交流的一种内在机理。试以"帕斯卡尔公案"为例。熟悉在华西方传教士历史的学者无人不知"中国礼仪之争",法国哲学和文学研究者也都了解帕斯卡尔(Blaize Pascal)的《致外省人书简》(Lettres provinciales)和《思想录》(Pensées)这两部具有文学价值的哲学著作,并且知道其中鲜明的宗教论战色彩。然而,了解帕斯卡尔援引中国例

① 叶隽著:《变创与渐常:侨易学的观念》,北京大学出版社2014年版,第34页。
② 叶隽著:《变创与渐常:侨易学的观念》,北京大学出版社2014年版,第18页。

证的人并不多,更是很少有人了解帕斯卡尔在《思想录》中提出"二者之间哪一个更可信?是摩西还是中国?"这个问题的缘由。其实这是因为人们往往拘于一隅,以自己习惯的视角观察问题,于是便难以勘察到事情的来龙去脉。而钱林森教授在《中外文学交流史:中国—法国卷》中以贯通的视线来观察和阐释"帕斯卡尔公案",在互相参照的历史体系中辨析"本相"。摩西与中国之辩被置于"中国礼仪之争"和法国神学论争的双重背景下进行理解。首先需要清楚,在耶稣会传教士以儒化耶的传教政策下,为什么还会出现持续近一个世纪的"中国礼仪之争"?异质文化的接触往往先从器物开始,中国的丝绸、茶叶和瓷器很容易获得西方人的喜爱,正如法国传教士带来的自鸣钟等礼物也会得到中国皇帝的欣赏。制度层面的交流更进一步,中国的君主制度也曾得到伏尔泰等思想家的赞誉,中国皇帝也对西方的天文、几何、历法充满兴趣;然而,涉及更高层次的礼制时便已容易出现障碍。直至"道"的层面,即两种文化各自的核心层面,文化交流触及根源问题,于是产生了怀疑和碰撞。叶隽教授在侨易学中提出的"三维要素"——道、度、器——或许可以为上述现象进行解释。① 不过,因"侨"而致"易",其实"易"也是有限度的。究其根本,"中国礼仪之争"并不局限于中国的地理范围,而是天主教各个教派之间的争斗、中国朝廷与罗马教廷之间的较量、东方和西方两种文明之间矛盾与冲突的集中体现。几乎与此同时,在 16 世纪末经历了宗教战争的法国,宗教论争不断加剧,具有浓厚宗教思想的帕斯卡尔参与了冉森派与耶稣会之间激烈的神学论战,而"中国礼仪之争"在这一时期从教会所在地梵蒂冈波及法国神学界和思想界,正是在这样的背景下,帕斯卡尔参与了论争,并且在著述中留下了关于中国个案的思考。是相信基督教创造世界和《圣经》中的年表,还是承认遥远的东方有更久远的人类纪年?何为起源?这便是最高层次"道"的问题。帕斯卡尔并没有给出答案,而是鼓励人们去探求一个"模糊难解"的中国,去寻找一个"光明的启示"。而我们却可以在《中外文学交流史:中国—法国卷》这部著作中揭开一个帕斯卡尔与中国之间关系的谜题,只是这一认识在相互

---

① 参见钱林森著:《中外文学交流史:中国—法国卷》,山东教育出版社 2016 年版,总序第 3 页。

割裂的不同领域难以达到,需要在一种"交流"或是"关系"的空间里才能获得。作者全面而深入考察了帕斯卡尔中国观的形成动因,它受到帕斯卡尔本人所处的法国历史文化背景、宗教因素和中国社会文化因素的共同影响,主体与客体、集体想象和个人因素交互发生作用。对于当今比较文学学者而言,重要的并不是断言真伪,也不仅仅是陈述事实本身,而是需要以极深研几的态度探求形成事实的动因和思想结构。此外,从这一例证可见,自从有文明的接触之后,双向互动便是自然生成的模式,每一种文明都必然会在与另一种文明的参照中反观自身,在质疑和对照中确立自己的价值。探寻他者参照体系下自我构建的命题,这便是《中外文学交流史:中国—法国卷》整部著作想要建立的"思想的结构",无论是我们需要认识他者还是追求对自身文明的客观认知,这都是极其重要的,也是梳理和探讨文学与文化交流史的意义所在。

"中外文学交流史"丛书旨在建立一个"文学想象的世界体系",钱林森教授所著"中国—法国卷"构成了其中一个重要部分。这部著作没有满足于简单的译介与传播问题,而是把法国的中国形象生成演变历史、汉学发展史以及两国的文学与和文化交流史编织成一个互文的记忆场,努力还原一个多向度的中法文化交流历史图景,兼顾史实与脉理,从表象进入本相,致力于在互动流变的空间中探寻自我构建和认知他者的途径。

(原文刊于 2017 年 7 月《跨文化对话》第 37 辑)

艾田蒲与钱钟书

法国著名作家和汉学家艾田蒲(一译"安田朴", René Etiemble, 1909—2002)被认为是当代西方最杰出的比较文学与比较文化学者。他对中国哲学和文学都有深入研究,把从事中法文化交流当作毕生坚持的生活道路和治学道路。1934年,他曾与留法诗人戴望舒结为好友①,并翻译茅盾、丁玲、张天翼、施蛰存等现代作家的小说。如果人生多一些机缘巧合,艾田蒲和钱钟书(1910—1998)这两位年龄相仿、学术兴趣相近的青年才俊也许有可能在巴黎结识。可惜的是,当钱钟书1937年从牛津大学毕业后偕同妻子杨绛抵达巴黎时,艾田蒲似乎大多数时日并不在巴黎,先是辗转到外省当了一段中学教师,接着远行到了美洲。后来,艾田蒲虽也曾到访中国,可惜与钱钟书一直无缘晤面。

经过近半个世纪的世事动荡,开始改革开放的中国终于重新恢复了与西方的学术交流。1982年,艾田蒲在法国收到了第3期《中国文学》杂志,他通过其中《钱钟书与比较文学》一文发现了这位中国学者的比较文学观与自己的学术思想不谋而合,如融贯东西、在不同民族的文学作品中寻找共同的人性情感和文学规律等。艾田蒲对于中国同仁的学术成就肃然起敬,同时唏嘘感慨:"这恰是我30余年来竭尽全力而不得,一直向那些欧洲中心论者阐述甚至灌输的思想。"于是,他兴笔在文旁空白处批注:"对中国(比较文学)的新方向至关重要。"②此时,他已经把钱钟书这位不曾谋面的中国学者当作自己的

① 戴望舒于1932年11月初赴法,1935年春回国。

② René Etiemble. Double révélation!. In *Ouverture(s) sur un comparatisme planétaire*. Paris: Christian Bourgois Editeur, 1988, p. 235; in *Nouveaux essais de littérature nouvelle*. Paris: Gallimard, 1992, p. 237.

"知音"了。1985 年,在巴黎召开的第 11 届国际比较文学与世界文学学会上,艾田蒲发表了题为《比较文学在中国的复兴》的演讲,用五分之一的篇幅评述了《钱钟书与比较文学》这篇文章,并欣然公开表示:"我们素不相识,但是在半个世纪中,一个法国人与一个中国人,我们共同致力于同一个研究课题并拥有共同的学术思想:我们是在同一条艰难道路上并肩行进的战友,而且达至同样的结论。"①此外,他还评论了钱钟书巨著《管锥编》,称其中所揭示中西文学间会通之处不可悉数,并且也印证了他本人 1983 年在《金瓶梅》法译本序言中表述的思考。艾田蒲了解钱钟书曾说过自己所从事并非比较文学,而只是运用了这个领域的一些研究方法,但是他依然十分赞同钱钟书关于比较文学的言论以及研究实践,而且充分认识到他对中国比较文学所作贡献,视之为领军人物,令人看到比较文学在中国复兴的希望。如今,以回顾的眼光来观察这 30 年我国比较文学的历程,中国学术界也普遍认为 1979 年《管锥编》的出版是一个重要标志。因此,我们不得不感慨艾田蒲慧眼识英雄,而且也要佩服他目光如炬,对中国比较文学的发展了如指掌并充满信心。

到了 1987 年,法国克里斯蒂安·布尔戈瓦(Christian Bourgois)出版社同时推出了钱钟书先生两部作品的法文版,一是小说《围城》(*La Forteresse assiégée*)②,二是文艺专著《诗学五则》(*Cinq essais de poétique*)③。艾田蒲撰写书评《双重发现!》向法国读者推荐这两本不可错过的好书。这篇文章被艾翁两次选入自己的文论集——《通向一种全球性比较主义》(*Ouverture(s) sur un comparatisme planétaire*,1988)和《世界文学新论文集》(*Nouveaux essais de littérature universelle*,1992),足见他对钱钟书的重视与推崇。对于《围城》,他说这是恃才傲物的钱钟书独一无二的小说作品,敢于拿中国传统婚姻作为创作题材,值得大家蜂拥抢购。他在书评中着重介绍了《诗学五则》,该书由法

---

① René Etiemble. Double révélation!. In *Ouverture(s) sur un comparatisme planétaire*. Paris:Christian Bourgois Editeur, 1988, p.235; in *Nouveaux essais de littérature nouvelle*. Paris:Gallimard,1992,p.237.

② Qian Zhongshu.*La Forteresse assiégée*.trad. par Sylvie Servan-Schreiber et Wang Lou.Paris:Christian Bourgois Editeur,1987.

③ Qian Zhongshu.*Cinq essais de poétique*.trad.par Nicolas Chapuis.Paris:Christian Bourgois Editeur,1987.

国学者、驻华外交官郁白(Nicolas Chapuis)选译自钱钟书的不同著作:前三篇《中国诗与中国画》《通感》和《诗可以怨》选自1985年出版的《七缀集》(由《旧文四篇》和《也是集》两部合编);《宋诗》一篇选自《宋诗选注》第二版,而《诗分唐宋》即《谈艺录》(1984年新版)首篇。艾田蒲首先推荐法国读者比较容易接受和理解的《诗可以怨》一文,文中不仅举用南唐后主李煜诗作、韩愈的文论为例,而且还援引雪莱、缪塞等西方诗人的诗句来说明"诗可以怨"乃是古今中外共通的文学主张。艾田蒲从这些旁征博引的文字中再次得到共鸣,他在书评中写道:"尽管历史的偶然造成差异,无论是中国人还是法国人,大家都能懂得这些在几乎所有文学中都能发现的常量和不变因素正是说明种族主义愚蠢性的确凿证据。"①他认为人们应当排斥的是种族主义观点,而不是亚洲、非洲、阿拉伯这些欧洲以外的文学,而且应该以合适的教学方法让孩子们从小学开始就接触到比较文学。接着,他鼓励法国读者阅读《通感》一文;钱钟书不仅从中国古代诗文和文论中来说明"通感"这种艺术手法,并且追溯到古希腊荷马史诗和亚里士多德的《心灵论》来证明"通感很早在西洋诗文里出现"②,到19世纪更为欧美现代派诗人所熟用。艾田蒲认为钱钟书丰富的引文再一次证明"在东方诗学与西方诗学中不存在任何对立","数百年以来,中国古代诗人就沉浸在他们和我们共同的通感中"。③《中国诗与中国画》一文则介绍了不同艺术门类之间的"通感",而且在这一点上,钱钟书依然从容自然地"打通"中西:"'无声诗'即'有形诗'和'有声画'即'无形画'的对比,和西洋传统的诗画对比,用意差不多。古希腊诗人(Simonides of Ceos)早说:'画为不语诗,诗是能言画。'"④艾田蒲十分钦佩钱钟书博古通今、中西合璧的艺术素养,竟然能够把西塞罗、达·芬奇的相关言论信手拈来。在一个中国比较文化者的著述里,他欣喜地发现他们声气相通,那就是以宽阔的心怀和视野在各国文化和文学中的求同存异。在艾田蒲看来,钱钟书为真正的比

---

① René Etiemble.«Double révélation!», in *Ouverture(s) sur un comparatisme planétaire*.Paris:Christian Bourgois Editeur,1988,p.238.

② 钱钟书著:《七缀集》,生活·读书·新知三联书店2004年版,第122页。

③ René Etiemble.«Double révélation!», in *Ouverture(s) sur un comparatisme planétaire*.Paris:Christian Bourgois Editeur,1988,p.239-240.

④ 钱钟书著:《七缀集》,生活·读书·新知三联书店2004年版,第34页。

较文学和世界文学贡献良多,因此真诚地写道:"让我们感谢这位大师!"①当然,他最后也不忘呼吁法国读者去把《诗学五则》这本书"抢购一空",而且希望此书早日再版。正是由于像艾田蒲这样的重要汉学家的大力推荐,无论是文学创作还是评论研究,钱钟书作品逐渐受到法国读者和学者们的喜欢与重视,被视为20世纪中国文学中的名著。

1988年,艾田蒲集数十年精力所著中国和欧洲文化关系史两卷《中国文化西传欧洲史》(L'Europe chinoise,又译《中国之欧洲》)②得以出版,该书以广阔的学术视野、深厚的学术功力和独特的批判精神得到西方学术界高度的评价,荣获当年巴尔桑比较文学基金奖(Prix de la Fondation Balzan-Comparatisme)。从时间上推断,一向能够以最快速度接触和阅读西文新书的钱钟书先生应当对艾田蒲的学术成就和理论有所了解。此外,1990年3月,艾田蒲被聘为中法比较文化研究会名誉会长,钱钟书先生对此应当有所耳闻。然而此时,他们都已是耄耋老人,无论是行走还是通信都已不便。从杨绛所著回忆录《我们仨》的结尾之处我们得知,钱钟书先生晚年身体欠佳,著述不多,从1994年开始便住进医院,直到1998年岁末去世。③ 因此,我们很遗憾地尚未发现任何钱钟书评述艾田蒲或者记述二人之间交往的文字。

作为晚辈学人和旁观者,我们可以从这两位令人高山仰止的学术大师身上看到许多相通之处。首先从个人禀赋上来看,艾田蒲和钱钟书都可以说是自幼聪颖,喜好读书,而且具有语言天赋和博闻强识的才能。从所接受教育来看,他们首先都拥有深厚的本国文学、文化素养,钱钟书先生少年开始熟读诗书,国学基础笃实,1929年被清华大学外文系录取,1935年又以第一名成绩考取英国庚子赔款公费留学生,赴牛津大学英文系留学,其学问体系可谓中西合璧。而艾田蒲先生虽家境贫寒,但少时便喜欢在阁楼上寒窗苦读,大学时学过哲学,并且很早就对中国文化感兴趣,于是师从法国汉学家葛兰言(Marcel Granet),受益颇多,对中国古代经典及近、现代文学无不精通,也是一位学贯

---

① René Etiemble. «Double révélation!», in Ouverture(s) sur un comparatisme planétaire. Paris: Christian Bourgois Editeur, 1988, p.240.

② René Etiemble. L'Europe chinoise. Paris: Gallimard, 1988.

③ 杨绛著:《我们仨》,生活·读书·新知三联书店2003年版,第165页。

中西的大家。另外,他们都很早形成自己的学术兴趣:钱钟书在大学期间建立会通中西的学术观念,因才华出众而受到罗家伦、吴宓、叶公超等老师欣赏,被视作殊才;艾田蒲自称在年幼时便有意识成为比较文化学者,用了30多年终于修成正果。而且,作为一个优秀的比较文化、比较文学学者,他们都有意识地学习多门语言。钱钟书先生能够阅读多门欧洲语言,所以才能在学术研究中引经据典、博采众长;而艾田蒲先生熟稔十几门语言,甚至是一些非常偏僻的稀有语种。当然,最能够在两位学者身上产生共鸣可能性的是相同的学术理路。艾田蒲对比较文学学科的贡献主要有两点,一是早在1963年的重要学术论文《比较不是理由》中提出"比较诗学"概念,①所谓法国派影响研究和美国派平行研究应当相互结合和补充,在世界文学中寻找属于一切文学美的"永恒不变的东西";二是提倡突破欧洲中心论,反对以西方思想意识来贬低非洲文学、亚洲文学或美洲印第安文学等,实现真正的总体文学。钱钟书先生虽然不以比较文学为己任,但是也曾提出类似观点,客观上极大地推动了中国比较文学的发展。学界评价他的治学方法就是"打通时代、学科、国别、语种以至文化系统等壁障"②,搜集古今中外的相同相通的资料,在参互比较中求文学的共同规律,即寻求共同的"诗心""文心",正所谓"东海西海,心理攸同;南学北学,道术未裂"③。从某种意义上说,钱钟书先生曾经在80年代初与学者张隆溪的谈话中呼应过艾田蒲关于"比较诗学"的学术设想,他认为"比较文学的最终目的在于帮助我们认识总体文学乃至人类文化的基本规律,所以中西文学超出实际联系范围的平行研究不仅是可能的,而且是极有价值的。这种比较惟其是在不同文化系统的背景上进行,所以得出的结论具有普遍意义。……文艺理论的比较研究即所谓比较诗学、是一个重要而且大有可为的研究领域"④。而且,他本人在治学经历中也一直践行着这种理念和方法。由此可见,在相同时代、不同空间里,两位学术泰斗在基本学术思想上确实不谋

① Réné Etiemble.«Comparaison n'est pas raison».In *Ouverture(s) sur un comparatisme planétaire.* Paris:Christian Bourgois Editeur,1988,p.136-138.

② 钱钟书作品集:http://www.eywedu.com/Qianzhongshu/index.htm.

③ 钱钟书著:《谈艺录》,中华书局1998年版,第1页。

④ 张隆溪:《钱钟书谈比较文学》,《读书》1981年第10期。

而合。最后值得一提的是,他们不仅都是批评家,而且也是作家,都创作过诗歌、小说,他们的文字都是文理并茂、妙趣横生的。

总之,两位宗师或许不曾谋面,但是这并不妨碍二者之间的精神会通。这段鲜为人知的神交给予我们很多启示,为我们提供了东西方文化交流又一则精神会通的范例。他们的学术成就成为永传后世的精神遗产,他们宽广的学术视野和深厚的学术素养更是后辈学人们努力学习的榜样。

参考文献

钱钟书著:《管锥编》(全五册),中华书局 1979 年版。

张隆溪:《钱钟书谈比较文学》,《读书》1981 年第 10 期。

钱钟书著:《谈艺录》,中华书局 1998 年版。

杨绛著:《我们仨》,生活·读书·新知三联书店 2003 年版。

钱钟书著:《七缀集》,生活·读书·新知三联书店 2004 年版。

Qian Zhongshu. *Cinq essais de poétique*. trad. par Nicolas Chapuis. Paris：Christian Bourgeois Editeur, 1987.

Qian Zhongshu. *La Forteresse assiégée*. trad. par Sylvie Servan-Schreiber et Wang Lou. Paris：Christian Bourgeois Editeur, 1987.

Etiemble, René. *L'Europe chinoise*. Paris：Gallimard, 1988.

Etiemble, René. *Ouverture(s) sur un comparatisme planétaire*. Paris：Christian Bourgeois Editeur, 1988.

Etiemble, René. *Nouveaux essais de littérature nouvelle*. Paris：Gallimard, 1992.

（原文刊于 2011 年 8 月《跨文化对话》杂志第 28 辑）

比较文学的一种研究视角:文化形象学①

对一部作品、一个文学中的异国形象所进行的研究,即文学形象学,在当今继续产生了一些颇有价值的研究成果,或许法国除外,而正是在法国由让-马里·卡雷(Jean-Marie Carré)奠定了这一研究的基础。形象学在法国受到的质疑或冷落值得我们思考,这个现象反映了学院批评的方向选择:或者几乎专门从事文本分析,或者是隐隐约约附和了艾田蒲(René Etiemble,1909—2002)的成见,以为形象研究是历史学家、社会学家或政治家的领域。确实,历史学家已经将之纳入研究范围,留给文学研究者一个局部问题。实际上,正是文学研究者最早提出这个问题——形象的"文学转换",却未曾有意考察此类现象的历史和社会影响,于是,巴尔登斯贝格(Fernand Baldensperger,1871—1958)或阿扎尔(Paul Hazard,1878—1944)的思想史遗产看似与文学研究者无关,其实却是任何关于旅行记述或形象研究的著作中令人期待的延伸思考。

十余年来,笔者一直致力于文化形象的研究(尤其是西班牙与法国之间的联系)。因此,本文有意对文化形象的研究和思考进行一个理论总结:首先明确"形象"的含义以确定我们的研究范围,避免误会或主观臆断;然后介绍其他人文学科为我们的研究方向和研究方法带来的贡献。我们不会忽略历史学在我们所研究问题上的决定性影响,从史学引发的最新思考出发,我们将努力重新赋予一个在法国受到冷落的研究方向在总体文学和比较文学这一广泛

---

① 原文标题为"Une perspective d'études en littérature comparée:l'imagerie culturelle",刊于1981年第8期罗马尼亚杂志《综览》(*Synthesi*)。

的学科领域中不应缺失的意义。

一

首先应该从比较文学这一学科的早期定义出发（或者说是重新出发）：半个世纪前，保尔·梵·蒂根（Paul Van Tieghen, 1871—1948）赋予比较文学研究一部作品或一个文学当中异国成分的使命。当然，很长一段时间里，在类似观点的支持下，出现了一些关于"异国倾向"、作品的"影响"和"流布"研究，不过它们都或多或少属于一种以目的论、机械论和实证主义为主导的文学观，已经不能满足研究者的需要。

但是，如果把这个定义里的"文学"替换成"文化"，我们就可以在关心文化适应、文化传统脱离、文化异化或社会文化历史问题的人种学家、人类学家、社会学家、民族思想史学家的众多研究中发现一些我们的局限和问题。那么为何不从现在开始就借鉴相邻学科领域研究者们已经开始进行的思考呢？希望大家理解的是，文学研究者并不是要放弃文学，转而研究社会学，他思考的问题已经更加丰富多元，但并不是要像历史学家那样无限制地扩张"领土"，文学研究者不再（或者是尚未）拥有这样的手段。我们要做的是将文学和其他文化研究方法进行对照（例如，文学"形象"在必要时需同其他图像表达方式相互参照，如出现于不同历史时期的版画、报刊、副文学作品、漫画等），也有必要把对文学的思考放置于涉及社会文化的总体分析当中，要做到这一点，就要消除文学与副文学、高雅文学与大众文学、文学与人文学科、文学与史学之间一些主观臆断的界限。

因此，文化形象研究（形象被视作在文学化和社会化过程中获得的异国认知的总和）要求研究者不仅考虑文学文本，还要考察它的生产和传播条件，以及作家写作、思考和生活经历所需的一切文化材料。此种类型的研究引导研究者进入汇聚各方面问题的交叉口，形象便成为一种效果明显的显影剂，揭示以某些模式（例如种族主义、好战主义等）存在的一种思想意识形态的运行机制。尽管如此，当研究者必须从文学文本（通常是小说，其中有关于异国形象的描述)出发来研究形象时,文学特性是不可否认的。但是显而易见的是,这种文学和文化的双重要求,加上形象研究及文学事实研究视角的改变有可能使我们重新界定研究领域。

最宽泛意义上的形象概念,在研究工作中呼唤一个定义或假设。它可以被表述如下:任何形象都源于一种自我与他者、本土与异域关系的自觉意识,即使这种意识十分微弱。因此,形象是两种文化现实之间能够说明符指关系的间距所产生的结果。或者说,形象是对一种异域文化现实的认识,生成(或接受和传播)这一认识的个人或集体通过它同时也揭示和反映了他们自身所处的意识空间。

上述定义看似笼统、平常或令人费解,但是它在一开始就排除了不属于我们的研究角度。首先是民族心理学(或人种心理学),它们从事的是定性和描述性研究,所要提炼的是标准化形象,在方法论上类似于描述一种"普通人"或"一般人"形象,这也是该学科的预设前提。其实完全不可能找到一种与所有约定俗成的看法保持相同距离的"平均值"异域形象。相反,在我们看来,形象学要能够鉴别在同一文学、同一文化中同时并存的各种形象。这就是我们在思想史中所说的各种"观点",文化形象便是从这些不同的思想意见中发展而来并且具有合理性。研究各种形象就会理解不同的思想观点,反过来亦是。这就是为什么我们把思想史视为形象学研究的必然延伸。

其次,上面的定义有助于排除一系列从视觉光学中借用的词汇(如感知、目光、棱镜、审视、视像等)。可能在这里或那里,出于习惯用法或方便考虑,这些词汇还会保留。但是,现在我们已经知道形象是一种想象和认识,是情感和思想的混合物,我们需要理解它们所产生的交响共鸣。这个定义最直接的结果就是排除了形象学经常陷入的一个伪命题:以被"关注"的现实为根据,来对比某一形象的"真伪"或"真实度"。这样的问题说明人们很容易把形象看成现实的"相似物"(所以就出现了"感知谬误"的说法)。但是这就径直落入了经常受到指摘的参照性幻觉的陷阱:以何为标准来衡量形象的"真伪"呢?根据何种客观数据判断形象与所谓真实的"忠实度"?事实上,与追究(相对于现实的)"真实度"相比,形象研究应当更着意于形象与某种已经存在的文化模式的符合程度(这里是指存在于"注视者"文化而非"被注视者"文化中的文化模式,需要了解这个文化模式的产生基础、组成成分、运行方式和社会功能。形象在一定程度上可以说是一种言语,言说他者的语言;从这个意义上说,它显然指向一种它所表达符指关系的现实。但是,真正的问题是形象产生的逻辑,要寻找它之所以"真"(而不是"伪")的内在逻辑。研究形象,就是要理解生成它、证明它以及使它类似或有别于他者的一切因素。

于是最后,我们了解到文化形象的复杂性特征之一,它要求研究者重新调整形象学的某些研究目标。异域形象也可以表达出关于本国("注视者"国家)一些难以设想、表述、感觉、承认的情况。异域形象可以通过隐喻传递出本土文化一些尚未得到明确描述的现实。这就是为什么形象学研究不能仅仅固守形象的文学"转换"(仿佛此类研究可以局限于文学文本!),而是迟早都会涉及主导一国文化的思想观念和建立起认知机制的价值体系(即思想意识机制)。研究异域形象是如何书写的,也就是研究相异性赖以存在的思想意识基础和体系如何产生决定性作用。

尽管笔者建议了上述定义,进行了详细说明并指出了其中的合理性,形象的意义仍然不够清晰,它成了一个随处可见的词语,由于看似方便好用,所以被到处滥用。因此,笔者希望对一个文本、一个文学或一种文化中"形象"可能出现的两种可以辨别的特殊形式进行思考:文化成见(stéréotype)①和神话(mythe),需要在一开始先暂设它们之间没有任何连续性,即文化成见可能变成一个潜在的神话,而神话可能产生一系列文化成见。现作如下解释。

对文化成见的研究经常会因真伪问题和文化层面上的负作用而变得复杂。通常认为成见是一种"粗略""空洞""简单"的形象。那么,它为什么会产生令人不愉快的效果?众所周知,它对现实进行了过度简化和变形,所以人们把成见当作对现实蹩脚的"复制"(其中也能发现类似推理的错误!),而现实是丰富多样和变化的……在辨识出文化成见之后,我们就想把它们分门别类,但是这个想法很快就会被批判的念头取代:每当文化成见出现的时候(历

---

① 综合考虑形象学研究中"stéréotype"一词的内涵以及各种使用语境,本文将之译作"文化成见",前人亦有译作"套话"和"刻板印象"。——译注

史、地理教科书、日常谈话、大众传播物等),我们就会对清除成见的必要性进行广泛思考,因为更好的表述和做法或许是存在的。

如果我们暂且同意把一切文化都看作是一个创造、生产和传播符号的空间(这是等于把一切文化现象都视作一个交际的过程,而且是在运行机制和功能上多样化的文化过程),文化成见所表现出的就不是一个(作为一个产生多种意义的可能性描述的)符号,而是一个必然指向唯一意义和阐释可能的"信号"。文化成见是一个单义信息交流的标志,是一种正在固定的文化标志。在一种文化中,或者说在某一种社会文化领域中,想象(或者说是任何文化都包含的形态生成能力)被简化成单一信息,而文化成见就是单一形态和单一语义的具象表现。有人会说这只是一个假设,比如,很难认为广告类型的文化成见只会释放出唯一的信息,那么可以更准确(也更简单)地说,文化成见释放的实际上是一个"基本的"的信息,这种具象传播的是一个最基本、最主流、第一个也是最后一个形象。

如果我们对文化成见的生成进行思考,就会发现它遵循一个简单的制作过程:模糊一个事物特征和本质,使得从特殊到一般和社会文化层面上的从个别到整体的推衍不断成为可能。在文学上,文化成见的表述往往被形容词化,相当于形容语,于是特征就变成了本质。交际意味着一种象征化过程(当然,这么说显得有点理论化色彩,甚至是理想主义),可以产生多重意义,而文化成见所产生的交际信息完全是表语化的表达方式,最常见的表述是"某个民族是(或不是)……""某个民族擅长(或不擅长)……"。文化成见通常采用现在时的表述(在某些小说中与过去时叙事产生截然分明的奇特效果),这是一个表达恒定状态事物本质的时态。由此产生了文化成见的模式化,它在所有批量生产的文化产品(如 19 世纪的"工业革命"文学、连载小说、通俗小说、广告招贴画、宣传品等)中得以推广。

在此情形中,文化成见的效用显而易见。它是对认识最大程度的简化,它就一个最可能广泛的交际系统释放出最少量的信息。文化成见确实是一种概述,是对一种文化、一种意识形态和文化系统的象征性表达。将特征提升至本质的做法使得一个社会文化被简单化地表述出来。文化成见包含了对他者的定义,因此是一种集体认知的表述,乐于在任何历史时期得以通行。需要补充的是,如果意识形态主要是以(道德、社会)规范与话语的融合为特征,那么文化成见就很好地表现了这种融合,或者说是在社会文化方面特别成功和有效的结合。

事实上,文化成见是以隐含的方式建立了一种固定的等级标准,一种关于世界和一切文化的真正对立。说法国人嗜饮葡萄酒,意味着这个自行定义(成见并不总是对他者的描述)以先入为主的、简单的方式将法国人与喜欢啤酒的德国人、喜欢喝茶的英国人对立起来,而且这种对立的目的是要把嗜饮葡萄酒者的品位视作高于嗜饮啤酒者和嗜饮茶者。这岂不是一个把现实简单化的例子? 还有这样一个文学史实:1870 年至 1914 年间,法国出现了一些具有民族复仇主义色彩的文学作品,其中大量使用这种常见的对比方式来说明文明与野蛮之间的对立。文化成见就是以对立的方式进行表述,它在陈述的当时就在进行证明。它对思维进行极大幅度的简略化,是以本身尚待证明的判断作为论据:它已经显示应当被论证的命题。文化成见是把一个文化进行固化的表征,还表现出一种重言式逻辑,一切批判性思维都被排除,突出的是个别基础性描述。

我们还要看看表达文化成见的描述是如何形成的。这类描述始终混淆了两类彼此独立却可以互补的事实:自然和文化,属性与行为。毫不奇怪,文化成见中会出现有关身体和生理的词汇:自然属性被用来说明了一种文化行为:"某个民族不擅长……",这是因为文化成见维持了描述性内容(就是我们所说的话语)和标准性内容(就是上文所说的等级)之间典型的意识混淆。描述性内容(身体特征)与标准性语言(比如"低人一等")被混为一谈。例如,种族主义思想就建立在一些以文化成见为表现形式的意识形态话语碎片中,而这些成见又建立在对他者(与一个被认作标准和发表成见的"我"相对而言)体貌特征的贬低或不正常的错误推理基础上。

这个例子使我们理解文化成见是如何把一些描述变成了神话而神话又如何强化了文化成见。在本文的有限篇幅之内,笔者不可能对神话进行大量论述。我们只需要了解神话与意识形态之间在性质和运行机制上的同源类似,社会学家和人类学家是最先发现这一点的。至于神话的功能和作用,在一个具有历史和书写传统的社会,它的功能是双重的,不过这就回到了神话在"原始"思想体系中的作用:它一方面起到凝聚群体的作用,甚至是通过一种具有凝聚性的叙事来弥合矛盾;另一方面,它起到补偿作用,在社会和精神层面,神话对一种文化当中的缺失或者说是作家个人或群体感受到的缺失起到弥补作用。

从上述意见出发,就可以发现在某些历史、社会和文化条件下,一个文化成见是如何被纳入神话化过程。当然,对"神话"一词的滥用需要我们严谨慎重:相对于一般的形象问题,神话一词更加适用于一些"典型形象"、政治人物或历史人物形象(拿破仑神话,圣女贞德神话……)。显然,与文化成见和形象类似,神话也同样反照出本土文化,对一个特定文化与社会的自身问题起到揭示作用,因而从这个意义上说也完全属于我们所说的思想史范畴。

二

毋庸讳言,本文中的思考得益于文化人类学和符号学者甚多。尽管在那些拒绝倾听我们意见的人看来会有折中主义之嫌,笔者还是认为现在应该介绍其他人文学科对我们的学科内容和研究方法所带来的裨益。

比较学者需要对文学和文化交流进行思考,必然应该对克洛德·列维-斯特劳斯(Claude Lévy-Strauss, 1908 — 2009)的著作感兴趣。这里特别提及他在《忧郁的热带》(*Tristes Tropiques*)中关于旅行现象和异国情调的观点,在《神话学》(*Mythologiques*)系列著作中对神话的结构性分析和对亲缘体系的研究,在《野性思维》(*La Pensée sauvage*)中对具有历史和书写传统的文化的对比研究以及对种族主义的思考,等等。我们欣然承认,在我们对文学文本中的文化形象进行的分析工作中,列维—斯特劳斯的描述性方法可以用来阐述神话的运行机制,意义重大。确实,正如列维—斯特劳斯所言,这种"结构性"分析有益于揭示出"一系列关系":在对文本进行第一层次的阅读时,这一目标就显示出其积极作用和有效性。

首先必须辨识建立起文本结构的重要对立关系(简单而言:我—叙事者—本土文化 VS 他者—被叙述的人物—被认知的文化)以及基本的主题单

元,它们将便于后面抽离出修饰成分、描述性间歇和叙事中的"磁极"(某一异域元素被作家赋予某种特殊功能),所有这些部分聚集了异域形象的催化剂。这里便可以辨认出前文所说的结构主义方法,它确实是一个重新组织文本的新方法。不过,在研究的一开始,笔者认为需要优先探讨文本本身的运行机制,尝试理解异域文化成分在文学上的转化。

依然在结构主义人类学的观照下,形象研究将对重要的时空范畴进行分析,以理解作家在借用时间和空间坐标时的写作策略。因为时间、空间并不仅是引发异域风景描写的元素,它们也与人物、作家本人之间维系着阐释性关系:如果说它们原先只是辅助性成分,现在已经成为结构叙事的机制。

所有组织或重新组织异域空间的手段都将得到研究:空间确定的方式,对空间的重新审视或幻想所产生的二元对立(高/低,上升/下落形态运动),所有这些对立元素组合及其在文学中的转化(北/南,城市/乡村,疏远/亲近);总之是根据自我/他者的对立对空间进行划分的原则,包含或排除(异域或其他)空间的原则。异域空间常常处于一个神话化的过程:在一个文化形象中,空间既不是连续的也不是一致的,一种神话性思想会提升某些地点的价值,孤立了其他地点,排斥某些地点,又赋予某些地点重要作用,成为自我和某一群体的真正归属区域,而与这一和谐世界相对的另外一部分空间承担了混沌的角色。当然,研究者会关注所有使外在空间与作家的内在空间协调同构的因素,因为一个异域空间确实可以重现和表述一个人物或作家本人的精神状态。于是,文学阅读就会产生地理空间与心理空间之间的阐释性关系,至少可以以隐喻的方式实现。

具体而言,研究者可以努力深入了解空间元素的分配原则、地点的标识程序、被重视的地点(入口、边界、断层、高地等)、被赋予了积极和消极意义的区域以及一切使空间产生象征意义的因素(一些神话学家称之为空间的神圣化)。

我们刚才建议的异域空间(可能也与"本土"空间并存)研究当然同样可以应用于时间研究。在一开始就把文本中提供的具体历史标识整理清楚是颇有益处的,也可以关注历史时间的神话化现象。首先,如果存在历史成见,它们会赋予文本在时序上一种极为重要的年代感。然后,也可以观察所有以历史溯源为目的的运动,这样,政治历史的渐进式线型时间与形象的循环式可逆性时间之间常见的对立就显现出来了。我们也经常发现对异域的描述渗透于一种神话般的时间里,没有任何明确时限,这是一种属于神话的"那个时代"(*in illo tempore*)。

在对文本的组织原则进行初步了解的时候,需要注意自我与他者之间的界线,这主要体现在作品中的人物身上。因此可以建立起人物的关系体系。当然可以从形态特征开始,了解在文本中建立他者范畴的因素(常常是感性而不是理性的),了解形成他者形象的前提,以及超越了他者这一定义的成分,因此也就是在文本的运行中具有特殊符指关系的成分。需要把握一些对我们研究相异性有特殊意义的关系:男性人物和女性人物的选择,他们对本国文化或异国文化的归属(比如法国文学作品中的一个典型例子,就是一个法国男人"艳遇"一个西班牙女郎)。一般而言,研究者可以尝试采用差别化定性研究体系来对相异性进行表述。

最后,文化人类学引导我们在一定时间内把文本(无论是不是文学文本)视作一份关于异域和他者的实证材料,因此需要尝试理解作家的认知过程:关于他者文化(社会习惯、风俗、宗教、饮食起居等)已经言说或不可言说的部分。对西班牙文化形象感兴趣的人无不了解饮食起居内容的重要性,无论是在游记还是小说中。但是在文学作品中,人们务必不能忘记文学样式可能产生的作用和影响(比如16—18世纪西班牙流浪汉小说在文本中的介入并可能被重新化用)。体裁形式的要求当然也不能被忽略,分析中要考虑作家需要遵循其要求,在信息化内容(尤其是要符合"忠实"的美学标准)和文学化(小说,或者说是虚构)形式进行选择。在这个阅读阶段,需要关注的是结构之外的层次,要研究的是文本生成的原则,比如词汇的分布原则。于是,我们就从结构主义阅读过渡到可以称作符号学分析的阅读。

笔者欣然承认从文化人类学到符号学的过渡大大得益于罗兰·巴尔特(Roland Barthes,1915—1980)在《神话学》(*Mythologies*)和《符号帝国》(*Empire des signes*)中的示范,还有他和"弟子"们在《交流》(*Communications*)杂志上发表的一些文章。事实上,这是笔者第三次借鉴符号学的教益:排除以是否符合文化模式的名义来判断形象的真伪性,这一点直接源自艾柯(Umberto Eco,

1932—2016)的研究成果《缺席的结构》(*La Structure absente*)，他本人是从计算机科学中受到启发，将类比符码(多/少)与数字代码(是/否)对立起来。我们将会看到这一基本的直觉认识所产生的其他效果。第二次借用符号学，是将文化成见解释为信号，与作为符号的形象有所不同。确实，形象应当在其所处的文本中被视作一系列符号，它的运行机制需要我们去了解。

我们的形象学研究表现为文本中隐含意义的记录，其目的是清楚地表述出文本中一些成分的语义功能，这些成分也是形象生成所需的材料。依笔者所见，第二阶段的阅读需要对文本进行真正的局部解析，这样才能突破统计词汇或语义单元的枯燥阶段(当然这也是必经阶段)，最终建立起重要词汇和语言表达的网络，它们可以证明和解释结构分析的结果。因而这是第二层次的阅读，符号学被用来支撑语言学分析过程。

我们知道，为了塑造异域形象，作家并没有复制现实：他选择了一定数量被认为可以合理描述异域的特征。在我们目前的研读阶段，就是要说明作家的选择机制，通过对材料本身的研究来观察他的选择原则，以掌握它们在文本中是如何被分布的。但是笔者现在冒昧坦言，这个研究层次其实是以更加深入的一种方式重复了结构主义分析的原则。因此，当我们要研究这些材料的意义本身和材料选择的时候，还需要进入另外一个研究层次。笔者意识到下面将要阐述的阅读方式是有其自身局限的。

既然我们现在涉及关于相异性的写作和写作方式，我们首先指出这一文学转化总体而言遵循两个原则：一是差异化(他者与自我的不同)，二是同化(融合他者与自我)。在研究这两个原则的过程中，从重复性的痕迹和词汇的自动选择中产生了一些更加具体的问题：地点标志，时间标志，外在世界与人物的内心世界的表述，人名地名的选择，以及所有可能形成他者与自我之间对等体系的东西。

需要注意表述中的形容词化，它使得我们理解一些定性手段是如何呈现的。同样，我们也要研究比喻方式，它们可以帮助我们立刻理解一个语义系列如何过渡到另一个系列，证实文本的某些语义坐标(有待与结构主义分析结构进行对照)，并且理解如何书写接受(化为已知和本土文化的内容)或远离(呈现为乌托邦空间、人物不断探求的空间)异域的过程、文化融合或相反的边缘化过程(异域被视作不可消减的成分)。文本中异国语言词汇的性质和出现频率,是否出现注释,异国情调(或者简单而言就是"异国他乡")效果,这些都是需要阐释的内容。最后还要辨别哪些是偶尔借鉴的书面文献,哪些是材料的编纂,哪些是作家个人经历的陈述。不过,这样我们就已经进入到需要文本之外的元素才能解决的一个命题。

显然,为了理解一个文化形象的某个内容是如何得到作家的选择,它是如何对读者产生参照作用的(需要读者自己解读它是否合理或符合对异域的认识),就需要"走出"文本,把文本与一个文化体系、一个明确的历史语境进行参照。因此,符号学赋予我们的研究内容要求我们不仅分析文本的运行机制,还要研究它的功能。而且,在此,我们也发现了结构主义以及所有文学文本的内在阅读的局限,它们以不同的方式重复了上述内容。如果要达到对意义的解读,对一个文学文本在一种文化中所发挥功能的理解,就需要"绕经"历史,并且接受历史学家的教诲。

三

史学研究和史学方法的神奇复兴(在法国被称为"新历史")不会令文学研究者无动于衷:他意识到这个学科复兴与"新批评"所引发的争论毫无关系,那一场争论已经立刻沦为"教派林立"的局面,不同的方法论之间互不相容。如果我们探讨历史学复兴为何产生,就可以发现首要原因便是新方法的融会贯通(历史学家将方法论服从于所从事研究的自身性质,而不是相反)和拓展新的研究领域。

这种"新历史"有意成为"全历史",意思是说每一项研究领域都希望成为整个社会的共同经历。克丽欧①女神重回人间,历史学研究不再偏重于结构和曲线,而是善于把研究结果置于更广泛、更宽松同时也更有雄心的命题当中:或许,期待全部昔日重生的古老梦想正在想方设法变成现实。在传统的经

---

① 克丽欧(Clio),古希腊神话中司管历史的缪斯。——译注

济和社会历史研究之外又增加了研究民族思维观念与情感、社会交往形式以及所有构建一个社会价值观体系的历史学。

文学形象可以被认为是社会赖以建立的价值体系的表现。因此，笔者认为可以考虑向历史学家借鉴一些民族思维观念和情感研究路径的可能性。

可以看到历史学家向人类学家借鉴了时空坐标系，以认知某些行为并理解其机制：不同空间（村庄、省地归属感以及对一个文化区域的归属）的个人和集体意识是如何形成的？时间意识（与过去的关系的体验方式，先辈的地位，文化行为中历史的重要性，尤其是对时间不同的节奏感并不完全是对历史时期的感觉）是如何形成的？第二个体系其实可以被称作长远时间轴。历史学家以追踪事件为主，他把事件重新置放于较长的时间期限中去考察，将研究的目光投放于距今久远的历史现象（对文化产生影响的往往来自于此种范畴）。所谓时间的神话化在这里找到了依据，因为形象形成的时间不是时事更迭的时间，形象的节奏也不是当时的政治、外交事件的节奏。史学曾因不被理解而生怨，如今文学也是如此，还有所谓"宿敌"之类的表述，这些现象正是眷念过去、不合现时的充分证明。文化形象研究如果能够将短期和长期的考察结合起来，呈现出（意识层面）时间的钟摆式运动或是事件的偶然性（一本书或一篇檄文的出版）与超越年代的悠久时间波动之间有意义的交替，就会获益良多。最后，现在的历史学家还拥有了非书面文献、口述材料或实物文献，比如，他开始通过图像材料（如教堂里的还愿画、祭坛后面的装饰屏、陵墓等）来研究情感表达方式，同样，他利用大量文献将历史档案材料与任何其他可能有研究价值的文化材料进行对比参照。这些方法值得文学研究者思考，因为文学研究者往往心甘情愿地局限于文本研究。

如果人们以为笔者是再次证明文本研究与社会语境研究之间的互补性，那就错了，况且某些形式的研究运用不当使文学研究找回平衡简直成为必须。不过，将文本与被奇妙（而且颇有意味）地称作"文本之外"的内容进行对照是另外一种性质。

在这第三阶段的阅读和分析中，必须把结构性分析得到的结果与历史学提供的数据进行对比，并且还需要两种性质的信息：一方面是当时的政治、经济、外交情况；另一方面是主导当时社会文化的力量。要观察文学文本与政

治、社会、文化语境之间是符合还是断裂的关系,文本回应的是何种文化传统
(其中可以看到文学与历史之间的联系),所研究文本处于何种知识和权力场
域,因此也就是说某种异域形象对应的是何种社会文化,归根结底就是对异域
的想象和描述与本土文化之间是如何相关的。

在文学文本与特定的历史、政治和文化语境进行参照研究时,前文所说的
人物研究是很重要的。确实需要指出文学作品中人物形象所承担的功能。异
国人物是一个协同性角色还是一个对立性角色?这个简单的问题具有重要的
思想意义。还有,某一个在社会层面或文化层面处于弱势的人物在作品中是
否处于同样的处境,还是被赋予了特殊的角色?或相反,异域人物是否出现道
德或社会意义上的消极堕落?如何解释作家的这一选择?笔者不怀疑这些简
单的问题在某些文学研究者眼里可能显得有点初级,但是如果能够研究出答
案来,就会解决一个如果局限于文本本身便无法化解的问题:为什么写作?对
成见一类文化形象的引用不仅存在于"通俗"文学,"高雅"文学中也流通这样
一些关于异域的成见,成为最不合理的偏见的载体。

在将文化形象与一种特定的社会文化语境对比参照的时候,我们发现任
何"交际"问题(形象也是一种复杂的交际)都包含四个层次。作为文学研究
者,笔者首先想到的是描述文本和形象的方式。在文本层次,形象表现为经过
作家选择并且面向一定受众的符号的整体。这里不仅有众所周知的发送
者/接受者的模式,还有艾柯所说的,任何符号都意味着一种符码或是说符码
化的接受系统。为了理解这个系统,文学研究者除了进行文本分析,还要进行
多多少少来自第二手资料的研究,就是必须对读者接受群体的社会文化背景
(或者更广泛而言,就是同时能够允许作家进行选择和读者进行解读的标准)
进行研究:无须赘言,这两个机制之间的重合不是必需的,无论是体裁的选择
还是文化形象的选择。

现在我们可以论述包含四个层次的形象问题:(1)在所研究文本中形象
的代表性特征及其运行方式;(2)社会文化规范,它们组成了一定历史时期的
文化主导力量;(3)主导作家选择并且是形象生产所需的文化模式;(4)使得
受众可以辨别形象的符码,使形象的内容在读者眼中成为可信参照的条件。
如果文学研究者不愿意丧失对文本意义的真正阐释,他就必须寻求历史学领

域的信息,以解决研究中上述第二层次和第四层次问题。第一层次的阅读已经被充分揭示,包括其局限。第三层次对我们的研究至关重要,因为它最终需要阐明作家经过深思熟虑的选择,这一点使得形象的书写以及某种意义上文本的平衡性(作家选择的结果)成为可能。

人们也许发现本文的一个关键词是"选择",笔者已经说明是从符号学中借鉴它来应用于我们的研究。我们所进行的不同层次的阅读可能已经赋予这个词语及其机制在所研究文本中的实际作用,但是尚未考虑这些选择机制是否可以从理论上进行研究。笔者只是简单地指出一些可能的等级划分(对异域进行正面或负面的价值表述)。而且需要承认,目前数量不多的关于形象学的研究通常都是关于少数族群/主流族群文学、被统治民族/统治民族文学的主题,它们强调了这种高下对立关系。笔者认为,这种主题尽管内容丰富,却并不是我们研究范围的全部可能性,我们仍然可以进行跨国跨民族研究主题的梳理,以推进文化形象学的进展。如果我们能够在一个系统的整体中,提出一定数量的基本态度模式——它们也是跨文化交流的结果,那么我们就可以更好地说明这些选择机制的合理性,并且以一种新的方式理解一个特定社会的文化中文学的地位和作用。

比较文学的特性之一是关于文学与文化交流的研究。然而,任何关系,即使是文化交流,都隐含着一定的力量关系,这一点似乎并没有得到我们的重视。这样的交流在文学史中一直得以叙述,各种"主义"终结了它们的实践性。但是,文学和文学研究者都不喜欢空洞的表述,只有富有成效的交流才能吸引注意力:绝妙的书札信函,充满智慧的文化传播者,紧跟新作的文学杂志……需要承认,那些毫无成效和负面的交流不是我们所关心的。或许,不是所有交流都可以被视作双边的和交互的。须知在很多情况下,有一些文化和文学的导向恰好是阻碍和无益于交流的:例如,某个人或思想团体在对外交往中并不考虑相互性、冲突的回应或情感的互通。不过,尽管在这样的情况下,仍然存在一种描述异域的"形象"和对他者及其文化的判断。单向交流与双向交流之间的这种根本差异引导我们发现四种交流的可能性、四种基本态度,它们决定了形象运行的四种类型。

1.异域文化现实被作家或一个群体视作绝对优越于自身的民族文化,这种优越性涉及全部或部分的异域文化,在这第一种情形中便出现了"热爱"的态度,后果就是本土文化受到某位作家或某个群体的贬抑。法国哲学家的"亲英情结"主要是源于自身文化中的一种缺失(自由、宽容等)。异域文化可以引进,以弥补缺失,英国的正面形象其实是对法国文化的批判,这是一个微妙的事情。而法国浪漫主义作家对西班牙的热爱却不是如同大家以为的那样是源于对西班牙更好的了解。它与其他时间和空间上的"逃离"是相近的,显示出(还将继续显示)众所周知的"异国情调"或是"世纪病现象"。在启蒙时期,大家讨论的也是同一个西班牙,但是同样的特点在 18 世纪遭受到法国人的批评,在 19 世纪却得到了褒扬。显然,"热爱"会发展出所谓的"幻象"。蒙特朗(Henry de Montherlant,1895—1972)的西班牙幻象(与他的罗马幻象性质类似)正是出现在一部以批评民主和普遍意义上的民众为主题的作品里,他在其中构建了文学和本体论意义上的"贵族"幻象,这一幻象可以在西班牙君主理想和罗马时代的严肃道德中找到根据。

2. 异域文化现实被视作低于自身的民族文化,作家或某个群体对其持否定态度:于是就产生"厌恶"感觉,这种态度反过来导致对全部或部分本国文化的赞扬。19 世纪末,法国作家的厌德情绪推动形成了一种拉丁文化幻象,在各个方面与日耳曼"粗野"文化产生对立。现实中,法国人显然处于弱势:北方民族的优越性体现在工业、经济领域,所以拉丁民族需要显示自己的"精神"优势,以个体力量对抗北方的集体力量……法国不仅在落败于西班牙的时候宣称西班牙在文学和文化上的弱势,因为需要寻找高于对手的优越感,而且在启蒙时期也是如此,因为当时西班牙的弱势可以用来说明法国人有理由批判教会和西班牙的宗教性,后者被认为是一种根本的特异性(例如残酷……),这样的文化元素当然是和法国特有的"高雅品味"和"温雅风俗"大相径庭……在厌恶异域文化的情况下,幻象显然是存在于本土文化一边。

3. 异域文化现实被赋予积极意义,而且它进入了一个本身也具有积极价值的本国文化中。于是,我们就遇到了第一种也是唯一的双向交流,它来自一种互相欣赏:我们把这种态度称作"亲善"。阿佐兰(Azorin,1873 — 1967)等20 世纪下半叶的西班牙评论家表现出对法国文化的欣赏,这不仅源于他们对法国的良好印象,也是因为他们对自身文化有着良好评价,瓦雷里·拉尔博

（Valéry Larbaud,1881—1957）对西班牙文学的态度具有同样性质。

4.最后一种情况实际上是比较文学中最常见的,那就是借鉴异域文化,但是作家并没有表达评价,那么只需要考察其转化机制就可以。然而,我们还是希望理解何为这种文化接受的最初动机。在此类研究中,需要注意到交流现象消弭并且让位于一个正在融合的整体:泛拉丁主义意味着拉丁国家之间的各种交往,但是这种情况不一定是最值得研究的。泛拉丁主义、泛日耳曼主义、泛斯拉夫主义都有必要被置于与其他文化体系的关联上进行研究,交流现象在这种情形下常常变成单向关系。

热爱、厌恶、亲善等态度构成了一个作家或一个群体的异域阐释的最明显表现,它们是基本的精神态度,可以在一个文本或一种文化中说明所有的选择、偏好、排斥、迷恋、沉默、抱怨或热情,这些情绪伴随着对他者的任何判断。

在结束这篇看似为比较研究所做的辩护词——甚至是笨拙的辩护——的时候,不妨在结语中从一个类似的命题出发提出一个值得期待的复兴现象。比如,可以肯定的是,在笔者看来,文学理论中接受美学的一些内容可能与我们的研究在一定程度上方向一致。我们甚至可以说,对外国文学作品的批评接受在很大程度上取决于我们刚才总结出来的接受方的社会价值观和基本态度。在对他者文学的判断中,报刊文章和数据都可以纳入我们先前建议的阅读过程,以便认识意识形态的运行机制。同样,翻译学致力于思考翻译文学在一种特定文学中所起的暂时或长久的作用（特别是伊塔玛·埃温-佐哈尔（Itamar Even-Zohar）和何塞·兰博特（José Lambert）提出的多元系统理论）,这也与我们的一些关注点相一致。还需要说明的是,在上述两种情形下,对历史文化的思考在研究中起着重要作用,重新引入历史学研究方法不仅说明对此类研究的关注,而且是它与我们一直强调的某些原则之间的类似性,无论这种类似性是多么微弱。

笔者希望最后再谈一下之前建议的研究方法。首先,一定要在文化集群的关系（笔者主要是从事西班牙与法国的文学文化关系）上建立起研究计划。其次,人们可能已经发现我们关注的并不是将已有的某种方法应用到局部研究上:我们需要建立一种方法,我们自己的方法,以解决我们之前已经认识到的问题。至于这些问题是否会带领我们暂时远离文学,或是这些问题是不是看起来与文学关联不大,这并不重要。经验告诉我们,这些问题是存在的,这就足够了。而且,没有蹩脚的问题,只存在提问是否合乎依据的问题。我们的方法,就是提出一系列有待验证的研究假设,它们说明我们提出的问题是有依据的。这个方法是结构主义、跨学科和历史学的,关于最后一点,我们补充说明它对研究者而言意味着客观性。

在所有的教诲中,历史学家告诉我们达到客观性是一种幻想。一条规则,一个体系,即使是科学性的,其实也只是反映了人与世界的关系。在这种前提下谈论客观性,就是为了在研究中保持对自己的研究进行思考的可能性。然而,文化形象的研究不可能让研究者保持无动于衷的客观。形象促生立场,呼唤情感。它要求研究者重新审视自身的价值体系,对在研究中逐渐勾勒出来的他者进行思考。形象研究必须帮助我们对自己的文化行为和思维观念产生批判意识。它应当引发对自身文化的反省和重新认知,研究者以及所进行的研究都在这个过程中有所变化。最后,我们回到历史学家马克·布洛什(Marc Bloch,1886—1944)的理想,他以是否可以带来理解现实的能力来说明对过去进行研究的必要性。

（[法]达尼埃尔-亨利·巴柔著,车琳译）

简述法国汉学家沙畹的秦碑铭研究

引 言

　　法国汉学家埃玛纽埃尔-爱德华·沙畹（Emmanuel-Edouard Chavannes）汉学成就斐然,涉及中国历史、宗教、考古、碑铭、边疆和民族等研究领域。在一般的文献研究之外,他尤其重视碑铭研究,多方参考了中国史学和历代金石学领域的著作,在史学研究中引入第一手实物史料,通过多种途径搜集和收购了不少碑铭的拓本,进行了扎实的考据勘定工作,使所从事的碑铭研究起到证经补史的作用。可以说,沙畹的史学研究和碑铭学研究是相辅相成的。并且,沙畹后来对中国的宗教、社会、边疆、民族交流甚至艺术的研究都多多少少得益于碑铭学的滋养。正如法国汉学家马伯乐（Henri Maspero）所言:"他是第一个想到,正如西方学界的做法,古代文物和碑铭的研究可以有益地补充史学文献研究,并提供被文献作者忽视的各种历史信息。"[①]

　　沙畹关于中国碑铭的研究可以大致分为四类:一是对中国秦、两汉和元朝等古代碑铭的研究;二是对一定地域的碑文研究,如《南诏国的碑文》《凤昭凤英世系记》《云南的四份碑铭》《爨宝子碑》等西南边境地区的碑文;三是与宗教相关的碑铭研究,如沙畹曾在1897年据哈喇和林遗址碑铭研究景教与摩尼教,或者据《投龙简》所进行的道教研究;四是涉及中国边疆与域外关系的碑

---

　　① Henri Maspero. Edouard Chavannes, leçon d'ouverture professée au Collège de France le 24 janvier 1921.

铭研究,例如中国新疆和敦煌发现的简牍和文书以及中亚、印度等地发现的碑铭。正是由于在碑铭和考古领域所取得的杰出成就,沙畹当之无愧地在 1903年当选法兰西金石与美文学院院士。

  国内关于沙畹的汉学研究主要涉及其在《史记》译注、边疆学、民族学、敦煌研究、泰山研究和艺术等领域的成果,以及对其汉学成就的总体评价。沙畹诸多卓越的汉学研究成果并没有被系统地翻译到国内,《沙畹汉学论著选译》是为数不多的一本选集,其中没有涉及重要的碑铭学论文。目前国内尚无关于沙畹中国碑铭学的专门研究,仅有法国汉学家戴仁(Jean-Pierre Drège)的一篇论文《沙畹和法国的中国碑铭学》①被翻译为中文,该文列举介绍了沙畹在中国碑铭研究中的各项成果。此外,马伯乐 1921 年在法兰西公学院汉学讲席的开课讲座内容是一篇对沙畹学术成就的总结性概述,已有中文译文,其中间提及了他的碑铭学研究。秦碑铭的翻译和研究是沙畹碑铭学研究的起点,相关著述在国内尚无译文,也没有得到专门研究。本文以沙畹这一标志性碑铭研究成果为研究对象,以观察其研究方法与路径以及可以从中获得的启发。

一、秦碑铭的考证与译介

  沙畹的碑铭学研究起源于《史记》翻译和研究,《史记》为沙畹提供了秦代石刻文的重要资料来源。他 1889 年第一次来华,翻译发表的第一篇汉学著述便是 1890 年在北京由北堂书局印刷出版的《史记·卷二十八·封禅》译文②。沙畹本人后来在《史记》导论中明确指出,他于 1893 年在巴黎《亚细亚学报》上发表的有关中国秦碑铭的学术文章亦得益于阅读《史记》时的发现。这是因为,他在研读《史记·秦始皇本纪》时读到了司马迁记载的秦代刻石文,并

---

  ① Jean-Pierre Drège.Edouard Chavannes et l'épigraphie chinoise en France, *Catalogue des estampages chinois de la Société asiatique(en collaboration avec Richard Schneider et Michela Bussotti)*. Paris:Société asiatique,2002.译文发表于《法国汉学》2002 年第 6 辑第 587—601 页。

  ② *Le Traité sur les sacrifices"Fong"et"Chan"de Se ma T'sien*,traduit en français par Édouard Chavannes.Péking:Beitang,1890,p.XXXI-95.

将它们逐一翻译为法文。这一部分内容引起了沙畹的极大兴趣,于是他在《史记》译注之余进行了专门研究。与此同时,他也开展了对汉代碑铭的研究。1893 年,这两份学术成果在同一年面世,即在巴黎出版的一本专著《中国两汉石刻》①和发表在《亚细亚学报》上近 50 页的一篇论文《秦碑铭》(Les Inscriptions des Ts'in)②。

沙畹关于秦碑铭的研究还见于后来《史记》法译本中:首先是其所译《秦始皇本纪》文中,另外还有第二卷(1897 年出版)附录三③。这三处关于秦碑铭的研究内容和篇幅不尽相同,互相补充:在《史记·秦始皇本纪》法译本中,沙畹忠实地翻译司马迁所录铭文;《秦碑铭》不仅录入《史记》所录秦刻石文译文,而且增加了其他几种铭文的译文,同时对每一种铭文进行了研究性考证,这些是《史记》译本中不能发挥的部分;沙畹在《史记》法译本第二卷末添加了一篇题为"《秦碑铭》补注"(Appendice III:Note additionnelle sur les Inscriptions des Ts'in)的附录,是他随着研究的深入,又对 1893 年发表的文章进行了补充,主要是对 8 种碑铭的前 4 种进行补充说明,对之前文中个别谬误之处进行了更正,而更有价值之处则是添加了他所搜集的 4 种铭文的拓帖图片或原文。上述情况表明,沙畹在 1893—1895 年之间对秦碑铭一直保持关注,其研究是不断丰富和深入的。

鉴于《秦碑铭》一文内容最为充分和全面,本文以此文中 8 种碑铭文的考证与译文为主要研究对象,需要时结合另外两处材料。在《秦碑铭》一文中,除了引言、结语各一页,其余部分主要是 8 种碑铭的考证与译文(37 页)、碑铭文音韵研究(6 页)和秦代瓦刻简介(3 页)。

首先,沙畹介绍的第一篇石刻文是《诅楚文》,应是战国后期秦惠文王时期(约公元前 4 世纪)所刻,发现于北宋。沙畹虽未提及秦楚争霸时举办巫术仪式祈祷天佑的历史文化背景,但是对出现在三块石刻上所祈神名非常关注,

---

① E.Chavannes. *La Sculpture sur pierre en Chine au temps des deux dynasties Han*. Paris: E. Leroux, 1893.

② E.Chavannes.Les Inscriptions des Ts'in, *Journal asiatique*, IXe série, I., 1893, p.473-521.

③ 目前可见的中文资料均根据戴仁的文章把这份附录传为沙畹《史记》法译本第二章附录,实际应为第二卷。

即"巫咸""亚驼""大沈阙(久)湫"。他对每一种神名的含义以及是否在其他文献中出现进行了考证,其中"亚驼"被认为不曾在其他场合出现过。关于《诅楚文》的研究,沙畹广泛参引了北宋欧阳修、黄鲁直、张芸叟、董彦远、王顺伯、姚宽等金石学家的著述,在年代断定上则排除了欧阳修的观点,取信王顺伯,认为是秦惠文王和楚怀王时期所作。沙畹提供了《诅楚文》的三种来源,即明清人编撰的《金薤琳琅》《金石古文》《金石索》,对比了三种版本的些微差异,并认为《金薤琳琅》的版本最为可靠,这也是其译文的原文底本。沙畹还提到了中国学者对于《诅楚文》真实性的质疑,"从实而言,这些质疑影响甚微,我们接受这些质疑,是同意说石刻文可能在宋代得到翻刻,而铭文本身的真实性不应存疑"①。在《史记》第二卷附录三"《秦碑铭》补注"中,沙畹修订了之前文章中两处谬误:一是读音错误,即"久湫"中"久"字曾被误读为"久",在后来他所附的铭文中被标注为"久读作故"②;二是他在脚注中说明,根据耶稣会士汉学家宋君荣(Antoine Gaubil,1689-1759)的记载,可能秦国时期还存在一块更古老的碑石,这是对《秦碑铭》文中所言《诅楚文》是"唯一在秦建立帝国之前流传于世的铭文"③这个观点进行了修订,但是沙畹表示没有找到相关碑文。④

《诅楚文》并未被中国学界归入著名的秦七刻石之列,而沙畹将其纳入秦碑铭研究范围,这说明他以一种更具历史观和发展观的角度来看待问题,把秦看作一个存在历史更长的政治实体,而不局限于历史短暂的秦朝。

沙畹译介的第二份秦碑铭文是秦朝统一度量衡诏书刻文(公元前 221 年),刻在秦权、秦量等度量衡器实物之上。他首先简要介绍了秦统一度量衡的改革措施,继而说明是在《薛氏钟鼎款识》和《积古斋钟鼎彝器款识》两本金

---

① E.Chavannes.Les Inscriptions des Ts'in,*Journal asiatique*,IXe série,I.,1893,p.482.

② E.Chavannes.Appendice:Note additionnelle sur les inscriptions des Ts'in,*Les Mémoires historiques de Se-ma Ts'ie*.Trad.Édouard Chavannes,Jacques Pimpaneau,Yves Hervouet,Max Kaltenmark,Timoteus Pokora.Paris:Librairie You Feng,2015,vol.9,p.545-546.

③ E.Chavannes.Les Inscriptions des Ts'in,*Journal asiatique*,IXe série,I.,1893,p.475.

④ E.Chavannes.Appendice:Note additionnelle sur les inscriptions des Ts'in,*Les Mémoires historiques de Se-ma Ts'ie*.Trad.Édouard Chavannes,Jacques Pimpaneau,Yves Hervouet,Max Kaltenmark,Timoteus Pokora.Paris:Librairie You Feng,2015,vol.9,p.544.

石著作中发现了铭文的拓贴。铭文分为两部分,一部分是秦始皇诏书(原文40字)刻文,另一部分是秦二世加刻诏书(原文60字),两部分内容均被忠实地翻译为法文。沙畹之所以关注此种铭文,应当是非常重视秦朝统一度量衡这一历史性举措,有意从历史器物中发现证明史实的依据;此外,统一度量衡诏书刻文是铭刻在金属器物上的文字,也说明秦代金石记事材料的多样性。

之后,沙畹将研究的重心全部集中于秦始皇完成统一大业后巡游各地记载功德的刻石。世传秦代石刻有 7 处,即位于山东的峄山刻石、泰山刻石、琅琊刻石、芝罘刻石、东观刻石以及位于河北的碣石刻石和浙江的会稽刻石。在翻译之前,沙畹简要介绍历史背景或地理位置,甚而介绍刻石的保存和铭文的流传情况。在资料充分的情况下,沙畹也会描述原石形制。秦刻石中最早一种是峄山刻石,《史记》中虽有提及,但是未录铭文,也是《史记》中唯一没有记载的秦刻石文。沙畹指出,"后世有根据原石拓本翻刻 7 处,最可信者为公元993 年宋代官员郑文宝的翻刻立石","现存西安"。[①] 而他便是根据这一种拓本翻译成法文,包括秦二世加刻铭文。至于其他刻石,沙畹均以《史记》为底本进行翻译。例如,关于泰山刻石,沙畹指出"原文在宋代(12 世纪)尚存","明代尚可辩读 29 字","明以后原文完全遗失",后世保存的拓本(如宋代刘跂和元李处巽留存的拓帖)"与司马迁的记载存在一些明显差异,但是历史学家的文本最为准确"。[②] 同样的版本问题存在于琅琊刻石。沙畹发现《山左金石志》中的拓帖与《史记》中的记载有出入:《史记》中完整地记载了随行官员的名单,而这些内容在拓帖中缺失,而沙畹是根据司马迁的记载进行了完整地翻译。但是译文有一可疑之处,就是年代问题。石刻文的第一句是"维二十八年",但是沙畹的译文是"Il y a vingt-six ans"(意思是"二十六年前"),此处非常明显的谬误令人费解,或许是誊抄有误?对于碣石刻石和会稽刻石,沙畹着墨不多,没有存疑问题,均以译文为主要内容。

沙畹除了介绍了石刻、金属材质上的秦碑铭,还专门介绍了一种"瓦刻"。他首先简单提及中国人房屋屋顶瓦当的形状和作用,继而介绍瓦当文多是简

---

① E.Chavannes.Les Inscriptions des Ts'in,*Journal asiatique*,IXe série,I.,1893,p.486.

② E.Chavannes.Les Inscriptions des Ts'in,*Journal asiatique*,IXe série,I.,1893,p.490.

短的吉祥语,他列举了阿房宫中部分瓦刻的内容,如"维天降灵延元万年天下康宁""与天无极""长生无极""延年"等祝福语。此外,他注意到《金石碎片》中提到七片瓦当上刻有"卫"字,这可能是姓氏标志,瓦当来自秦始皇为卫氏王公所建宫殿。沙畹还列举了三片瓦当上"兰沱宫当"四字说明所谓"兰池宫"可能有误,"池"字应为"沱"字。上述实例说明沙畹注意从实证史料中考据史实的尝试。沙畹对瓦当文的介绍足见他在碑铭石刻研究上的考察详致。

二、关于芝罘刻石和东观刻石的存疑

在《秦碑铭》中,存疑最大之处是芝罘刻石和东观刻石。主要问题有二:第一大问题是,沙畹指出《史记》中在相隔不远处提到芝罘刻石文时年代不同,一次是"二十九年",一次是"二十八年",他认为这不太可能是秦始皇相隔一年在同一个地方刻立两块碑石,这"或许是司马迁的一处贻误",因为他"只记载了一篇芝罘刻石文"。① 实际上,这里可能是沙畹的误解。试读《史记·卷六·秦始皇帝、二世皇帝本纪》中以下相关记载:

> 二十八年,始皇东行郡县,上邹峄山,立石,与鲁诸儒生议,刻石颂秦德,议封禅望祭山川之事情。乃遂上泰山,立石,封,祠祀。下,风雨暴至,休于树下,因封其树为五大夫。禅梁父,刻所立石,其辞曰⋯⋯
>
> 于是乃并渤海以东,过黄腄,穷成山,登芝罘,立石颂秦德焉而去。
>
> 南登琅邪,大乐之,留三月。⋯⋯作登琅邪台,立石刻,颂秦德,明得意⋯⋯
>
> 二十九年,始皇东游。⋯⋯登芝罘,刻石,其辞曰⋯⋯
>
> 其东观曰⋯⋯

从上文中可以发现,秦始皇巡游山东,歌功颂德,无论是在峄山、泰山、琅邪都有"立石"和"刻石"两个步骤。秦二十八年和二十九年,秦始皇确实两次登临芝罘,二十八年是"登芝罘,立石",二十九年"登芝罘,刻石",整个的芝罘

---

① E.Chavannes.Les Inscriptions des Ts'in, *Journal asiatique*, IXe série, I., 1893, p.503.

刻石文是在两个年度中完成的。而沙畹可能并没有深入探究和考据这一细节,才会对司马迁的记载产生疑惑。

第二大问题,沙畹完全没有提到东观刻石,似乎并不知道其存在。在《史记·秦始皇本纪》中有一句:"其东观曰……",沙畹翻译了此句之后的碑铭文,也就是通常被认为是东观刻石文的文字内容。那么,沙畹为何翻译了东观刻石文却不知其名呢? 原来,他把芝罘刻石理解为有两面铭文的一块碑石,并明确写道:"秦始皇的铭文由两部分构成,一部分刻在碑石西面,另一部分刻在碑石东面。"也就是说,沙畹将芝罘刻石文当作碑石西侧的铭文,"Sur la face occidentale on lisait ceci"①(西面有文字如下) ;而将"其东观曰"后的文字当成了碑石东侧的铭文,"Sur la face orientale étaient gravées les deux strophes suivantes"②(在东面刻有以下两节铭文) 。由此看来,沙畹并没有将"东观"理解成另外一个地名,而是作为方位词来理解的。

关于芝罘刻石和东观刻石,从现有文献来看,中国学界大体存在三种观点:第一种观点认为是立于芝罘山上的两块刻石,这是一直以来多数学者的看法,也是人云亦云的说法,现无可考证;第二种观点认为东观刻石确实存在,但是不在芝罘山,而是在芝罘以东的不远处;第三种意见认为东观刻石和芝罘刻石是同一块刻石,不同面上各有一篇刻石文,台湾大学李鍌教授在《白话史记》中持此种观点,这与沙畹的观点不谋而合。1996 年在《秦文化论丛》中发表的一篇《东观刻石位置考》是目前唯一可查找到的专题学术论文③,作者李鼎铉排除了第一种和第三种意见,他认为不可能在同一地或同一石上刻有两篇内容相近的碑铭,并考证"东观"是芝罘以东成山上一处台阁楼榭,那里现存秦代行宫遗址,也有其他历史爱好者考证出"东观"位于其他地方。如果说东观刻石就在芝罘山或附近,那么为什么秦始皇会在一地几乎同时立二石? 而且,"东观"并不是一个确定的地名,那么所谓"东观"究竟在什么地方? 这个问题在中国学界确实尚无定论,而且似乎也没有给予足够关注。

---

① E.Chavannes.Les Inscriptions des Ts'in,*Journal asiatique*,IXe série,I.,1893,p.503.

② E.Chavannes.Les Inscriptions des Ts'in,*Journal asiatique*,IXe série,I.,1893,p.505.

③ 这篇论文几乎完全被学界忽略,在笔者下载该文之前,中国知网的数据显示 20 余年来该文没有任何下载和引用量。

总之，沙畹将芝罘刻石与东观刻石当作一块碑石，所以丝毫没有提及东观刻石。按照多数中国学者的意见，这可能是法国译者的一个理解谬误。由于他合二为一，因此认为司马迁在《史记·秦始皇本纪》中记录的是 5 篇刻石文[①]，而不是我们一般以为除佚失的峄山石刻文之外的 6 篇。然而，从另外一个角度来看，沙畹解读的可能性是否存在？这一点仍然需要国内史学界在考证后进行评判。

三、秦刻石文音韵研究

沙畹在研究每一种秦刻石文的时候都进行了细致的形式分析。尽管在《史记》或其他金石文志中，刻石文显示为散文体排列，但是沙畹对其内在的节奏和韵律十分敏感。例如，他认为峄山刻石文"由 36 句四言组成，每 3 句一组，形成一个 12 字的诗行。由于汉语字词是单音节，所以这 12 字颇似法语诗歌里一句 12 音节的亚历山大体诗行，不过每句刻石文是有两处顿挫，一个位于第 4 字后，另一个位于第 8 字后。12 句诗又分为两个诗节，每个诗节的 6 句诗押同一个韵"[②]。可见，沙畹认为刻石文属于韵体，故而在翻译的时候自行分列诗节。在介绍琅琊刻石文时，沙畹指出了其在节奏上的独特之处，即第一部分为整饬的 72 句四言，而第二部分则不够规律，有骈散结合的特点。

沙畹如此细致地逐一介绍各刻石文的节奏韵律，可能是因为他深知汉语韵律在翻译之后无法在法语中呈现，故有必要专门讲解形式特点，以便于法语读者对刻石文的文体特点产生更加明晰的认识。不仅如此，沙畹还专门以三页篇幅探讨了刻石文的音韵问题。他认为秦刻石文保留了《诗经》的音韵特点："由于这些篇章采用的是和《诗经》中作品同样的格律，故而可以应用中国学者评论《诗经》的高见来进行分析。"[③]他以类比的方式说明《诗经》与秦刻石文的音韵可以说是与西方中世纪抒情诗人的用韵性质类似，都属于古韵，而

---

① E.Chavannes.Les Inscriptions des Ts'in，*Journal asiatique*，IXe série，I.，1893，p.521.
② E.Chavannes.Les Inscriptions des Ts'in，*Journal asiatique*，IXe série，I.，1893，p.486.
③ E.Chavannes.Les Inscriptions des Ts'in，*Journal asiatique*，IXe série，I.，1893，p.512.

古韵与今韵多有不同,即古代成韵的字在现代诗歌中未必押韵。继而,他介绍说《诗经》中韵类不多,但是每一类中包含许多字,明清学者各有不同的划分,例如顾炎武认为可以分作 10 类,江永以 13 类计,而段玉裁则划分为 17 类,并且提出"同谐声者必同部",一共存在平声、上声和入声三种。沙畹视段玉裁的《诗经》音韵研究最为权威,并将其应用到秦刻石文的音韵分析当中,具体而言,秦刻石文用韵虽然与《诗经》用韵不完全一致,而且偶有例外,但是总体而言可以套用《诗经》的 17 韵。他进而将每一处刻石文的用韵进行逐篇逐诗节的归类,比如峄山刻石文第一诗节的韵字是"王""方""强""明""方""长",这些字属于第十类韵并且同为平声,而第二诗节"理""始""止""起""久""纪"属于第一类韵且同为上声。①

以上可以看出,沙畹的秦刻石文研究是非常全面和系统的,不仅重视历史考证,而且关注形式格律。他对秦刻石文的翻译与研究与对中国古代文学的研究也是相互衔接和融会贯通的。他本人非常重视中国文学研究,1893 年 12 月 5 日在法兰西公学院的汉学讲座第一讲便以"中国文学的社会角色"为题,其中说道:"中国文学传播之广,延续之久,在思想各领域及生活各方面影响之大,使之成为中华民族的伟大导师。如果想认识并了解如此富有生命力的文明,就必须学习中国文学。"②

结　语

沙畹以敏锐的目光发现秦碑铭的历史价值:"秦朝虽短,但却是中国古代为后人留下最为可观的刻石文物的朝代。"③他以贯通古今的历史目光翻译和研究了秦碑铭 8 种:其中有《史记》中 6 篇秦刻石文④(他本人认为是 5 篇,因

---

① E.Chavannes.Les Inscriptions des Ts'in,*Journal asiatique*,IXe série,I.,1893,p.514.

② [法]沙畹著,邢克超选编,邢克超、杨金平、乔雪梅译:《沙畹汉学论著选译》,中华书局2014 年版,第 149 页。

③ E.Chavannes.Les Inscriptions des Ts'in,*Journal asiatique*,IXe série,I.,1893,p.521.

④ 法国汉学家戴仁在《沙畹和法国的中国碑铭学》中有一处错误:"沙畹把记录于《史记》中的八种秦代刻石都译注出来。"(《法国汉学》2002 年第 6 辑第 587 页)

以芝罘刻石和东观刻石为一处），另外一篇《峄山刻石》根据其他材料译出；此外还有两篇并非秦代刻石，其中一篇是战国时期秦国的《诅楚文》，一篇是统一度量衡的秦诏版。《史记》是沙畹汉学研究的基石，也是其中国碑铭学的起点，是秦碑铭研究的重要资料来源。他在《秦碑铭》文末致敬司马迁，感谢这位中国古代史学家以文字记载了珍贵的历史文献。同时，沙畹关于秦碑铭的研究也参考了历代金石学领域的著作，这使得他的研究不局限于翻译，而是拓展到扎实的考释工作。他以碑铭、拓本为第一手实物资料来研究汉学，丰富了研究方法。"沙畹在研究古代历史的过程中，效仿研究地中海文明学者的方法，将考古学和碑铭学结合起来，他的史学研究同时包括对中国古代石雕的考察和研究。而且他在汉学研究中的许多领域多少与碑文研究有些关联。"①总之，从秦汉碑铭石刻出发，沙畹成为较早关注和深入研究中国古代碑铭的西方汉学家之一，取得了卓越的成就，并从碑铭研究通向历史、文学、艺术、宗教、边疆、图志、社会制度、地方风俗等领域，开拓了汉学研究的疆域。

参考文献

李鼎铉：《东观刻石位置考》，载《秦文化论丛》1996 年第 4 辑。

［法］戴仁：《沙畹和法国的中国碑铭学》，载《法国汉学》2002 年第 6 期。

许光华著：《法国汉学史》，学苑出版社 2009 年版。

［法］沙畹著，邢克超选编，邢克超、杨金平、乔雪梅译：《沙畹汉学论著选译》，中华书局 2014 年版。

Chavannes, Edouard. *Le Traité sur les sacrifices* "*Fong*" *et* "*Chan*" *de Se ma T'sien*, traduit en français par Édouard Chavannes, Péking, Beitang, 1890, XXXI-95 p.

Chavannes, Edouard. Les Inscriptions des Ts'in. *Journal asiatique*, IXe série, I., 1893, p. 473-521.

Chavannes, Edouard. *La sculpture sur pierre en Chine au temps des deux dynasties Han*, Paris, E. Leroux, 1893.

Drège, Jean-Pierre. Edouard Chavannes et l'épigraphie chinoise en France. *Catalogue des estampages chinois de la Société asiatique* (en collaboration avec Richard Schneider et Michela

---

① 许光华著：《法国汉学史》，学苑出版社 2009 年版，第 161 页。

Bussotti）.Paris：Société asiatique,2002.

Maspero,Henri.Edouard Chavannes.*leçon d'ouverture professée au Collège de France le* 24 *janvier* 1921.

Sima Qian.*Les Mémoires historiques de Se－ma Ts'ien*.Trad.Édouard Chavannes,Jacques Pimpaneau,Yves Hervouet,Max Kaltenmark,Timoteus Pokora.Paris：Librairie You Feng,vol. 9,2015.

（原文刊于《汉学研究》2020 年秋冬卷）

《史记》在法国

　　《史记》是先秦两汉史传散文发展史上的一座高峰,是我国第一部纪传体通史。在法国,最早译介《史记》的是汉学家沙畹(Emmanuel-Édouard Chavannes,1865—1918),他的译注虽不是全译本,但是规模最大、影响最深。后世的汉学家前赴后继,在120年间接力完成了这部中国史学巨著在法国的移译工作,成为法国汉学史和中华典籍外译史上一段佳话。

一、沙畹的《史记》研究

　　法国汉学家埃玛纽埃尔-爱德华·沙畹被学术界公认为19世纪末20世纪初欧洲汉学泰斗。他著述丰富,成就斐然,涉及中国历史、宗教、考古、碑铭、边疆和民族等研究领域。

　　在巴黎高等师范学院求学期间,沙畹把研究兴趣从哲学转向东方学,24岁时以法国驻华使团译员身份于1889年第一次来到中国,并在华生活了4年。在这段时间里,他认真研读《史记》,并由此开始了自己第一项真正的汉学研究。他翻译发表的第一篇汉学著述便是1890年在北京出版的《史记·卷二十八·封禅书第六》译文①;沙畹本人在后来的法译《史记》绪论中明确指出,他于1893年在巴黎《亚洲学报》上发表的有关中国秦朝碑铭的学术文章

---

　　① *Le Traité sur les sacrifices* "*Fong*" *et* "*Chan*" *de Se ma T'sien*,traduit en français par Édouard Chavannes,Péking:Beitang,1890,p.XXXI-95.

亦得益于阅读《史记》时的发现。沙畹回国后担任法国亚洲学会秘书长，参加东方学杂志《通报》的编辑工作，并且被任命为法兰西公学院（Collège de France）教授。这一时期，他开始致力于《史记》的翻译和研究工作。

沙畹的《史记》译注工作并非纯粹的翻译工作，他在译文之前著有导论，分为前言、五个章节、结语和附录几大部分，对《史记》的作者、时代背景、史料来源、史学研究方法和后世流传情况进行了全面研究，逾两百页，完全可以独立成书，作为《史记》研究专著，对于法国学界乃至普通读者了解这部中国史学著作大有裨益。

在前言中，沙畹首先交代了他所译《史记》依据的是 1888 年上海图书集成印书局出版的《乾隆钦定史记》，所依据的评注为《皇清经解》（1860 年再版）及《续皇清经解》（1888 年版）；此外，关于西汉历史，他在翻译中主要参考了 1873 年印行的班固《汉书》。需要指出的是，在整个《史记》的译介工作中，沙畹并不拘泥于中国学者的经书评注，而在多处以中西文化比较的眼光提出了个人见解。

在导论第一章中，沙畹探讨了《史记》的作者问题。他从《史记·太史公自序》出发，介绍了这部《太史公书》的作者生平。司马迁秉承父亲遗志著作史书，通常被认为是《史记》的唯一作者，而沙畹认为《史记》的作者应当是司马谈、司马迁父子二人，其依据有二：其一，《太史公自序》中提到司马氏世代为太史，司马迁的父亲司马谈身为太史令却无幸亲临汉武帝的封禅大典，抱憾离世，去世时托付遗志于子："今天子接千岁之统，封泰山，而余不得从行，是命也夫！余死，汝必为太史，无忘吾所欲论著矣。……迁俯首流涕曰：'小子不敏，请悉论先人所次旧闻，弗敢阙'。"因此，沙畹认为司马谈构思了《史记》，司马迁子承父业。其二，沙畹认为司马谈精通易理，深受道家思想濡染，[1]司马迁在《太史公自序》中不是介绍父亲"学天官于唐都，受易于杨何，习道论于黄子"吗？而司马迁尊崇孔子，专门著有《孔子世家》一篇，将其置于王侯世家之列。沙畹关注到班彪在《前史略论》中批评司马迁："其论述学，则崇黄老而

---

[1]　Cf.Sima Qian.*Les Mémoires historiques de Se-ma Ts'ien*,tome I.trad.par Édouard Chavannes. Paris：Ernest Leroux，1895，p.13.以下在文中夹注页码。

薄《五经》",他认为班彪误读了司马迁,《史记》中"崇黄老"的部分乃其父司马谈所作,这就说明《史记》完全有可能是子续父书,故书中有观点相左之处。《史记》中的篇章大都以"太史公曰"为结语,对于这一称谓的指称,沙畹也进行了探讨。他不赞成雷慕莎(Rémusat)和毕欧(Biot)等汉学家把"太史公"完全指认为司马谈的看法,而是认为这一官名在书中指代父子二人,因为他们都相继担任这一官职。沙畹还认为虽然《史记》中大多数篇章无法区分是哪一位"太史公"所为,但是在有些地方还是可以辨认出两位父子太史公的不同思想和观点。

由于沙畹认为司马谈构思了《史记》的大纲,甚至撰写了其中的一部分,所以在作者生平部分,他十分正式地给予司马谈相当篇幅加以介绍。在论述司马迁本人的生平时,沙畹主要涉及两点。其一,沙畹重点谈到李陵之祸,援引《报任安书》(沙畹另行翻译了司马迁的这封信并附录于书后),并移译《史记·太史公自序》中"昔西伯拘羑里,演周易;孔子厄陈蔡,作春秋;屈原放逐,著离骚;左丘失明,厥有国语;孙子膑脚,而论兵法;不韦迁蜀,世传吕览;韩非囚秦,说难,孤愤;诗三百篇,大抵贤圣发愤之所为作也。此人皆意有所郁结,不得通其道也,故述往事,思来者"一段,可见其对司马迁忍辱偷生、发奋著书、立不朽之言于世的心理动因有着深刻理解。其二,沙畹称赞司马迁游历广泛,博学多识,但是"博学抹灭了独到的观察,他确实广泛搜集资料,但是却不能通过描写史实发生之地的环境还原历史的生动,自然环境在其书中完全不存在"。在作者介绍中,沙畹还将中国古代史学家与古希腊史学家进行对比,认为后者在描述历史时生动自在,融入了史学家自己的灵性,而司马迁的史著更重于客观描述事实,个人色彩不鲜明。

绪论的第二章以"武帝年间"为题,从外交和内政两个方面对汉武帝统治时期历史背景进行介绍和分析,对外政策方面主要介绍了汉朝对于边疆少数民族武力制衡和张骞通使西域,内政方面则介绍了汉武帝的经济社会发展政策。沙畹解释说,这一部分介绍有助于读者了解司马迁如何在著作中记录当代史,观察他如何呈现他本人所处社会的政治、经济、宗教、文化生活等,如何阐述汉朝与匈奴等边疆民族的关系。他称赞司马迁是"第一个科学地介绍外族的中国历史学家,在他的记述中,中国不再是一个唯我独尊的中央之国,它学会如何更好地认识邻国,尽管高度发达的文明使这个国家难免表现出高傲的姿态,但是它正在努力了解邻国外族并与之交往","司马迁反映了时代特点,在其著作中以重要篇幅涉及这些蛮夷邦国。"同时,沙畹指出,汉朝在焚书坑儒的秦朝之后带来了新的文化气象,贤人志士得到尊重,所以司马迁在《史记》中不仅为帝王将相著书立说,也为平凡出身的有才之士列传。可见,沙畹把《史记》置于时代环境、历史背景中加以考察,在横向与纵向轴中宏观、立体地进行审视,以发现其思想价值。可是,相比于个性显著的古希腊史学家而言,沙畹似乎始终难以在《史记》中看见司马迁的个人性情,所以他一再指出司马迁经常只是借鉴和转述他人提供的史料,缺乏个人创见。

在第三章中,沙畹探讨了司马迁撰述《史记》的史料来源。他认为中国的史学传统并不重视个人知识产权,习惯于视前人著述为公共领域,自己之言与他人之言往往混合一处,他还引用《太史公自序》中"余所谓述故事,整齐其世传,非所谓作也"一句作为佐证。沙畹认为《尚书》是司马迁撰写上古史的主要资料来源,其他文献来源还有一些古代神话传说、五行之说、《诗经》《春秋》《国语》《左传》《战国策》以及先秦诸国的史志和诸子书。关于近史,司马迁主要参考的是《楚汉春秋》,同时,司马谈父子所担任的太史令官职也使得他们得以接触当时的官方文献,因此资料更加确凿,而且人物事件的描写更为生动。沙畹并不满足于列举文献,他侧重于分析司马迁在何种程度上参考了哪一种著作,例如,经过考证对比,他认为《史记》参考的是今文《尚书》中的9篇,而非古文《尚书》,并给出例证说明司马迁在引用文献时如何更改字词。沙畹认为《史记》的古史记载并未提供新鲜内容:"人们阅读《史记》前几卷时不免有些失望,因为从中看到的几乎都是古代经典中已知之事,存疑之处并未释疑。"虽然沙畹认为《史记》在史料上更多的是借鉴和转述,但是他肯定了司马迁的三大贡献:一是他广泛收集和严格甄选资料的严谨态度;二是他甚至在《史记》中记录和保存了一些珍贵的史料,如某些几乎失传了的文学作品片段、秦代碑铭和汉朝文献等;三是在写史上的方法突破:与西方史学传统不同的是,中国古代史书一向分为记言和记事两类,互不干涉,而司马迁能够融合二者,并且他能够把官方文献和地方风物、名人贤士的高谈阔论和江湖市井人物、诗词歌赋和民间歌谣传说等各种庞杂的材料融合一体,构成一部内容丰富、史实详尽的史学巨著。

沙畹在导论第四章"史学研究方法"首先介绍了《史记》的结构,即本纪、表、书、世家、列传各体例的内容和特点,司马迁"开创的这一史书体例确立了他一流正史学家的地位,为后世所效仿"。沙畹更加认可的是司马迁的史学批评方法:一、他善于遴选史料,在《史记》中凝练了中国古代文献的精华;二、他富有判断力,能够甄别真伪,去伪存真,保证了《史记》的信服力;三、如果一个事实有多种可能的说法,司马迁以认真的态度陈列各家之言,而不轻易妄下结论。沙畹同时指出,司马迁这种脚踏实地的理性主义态度使他在面对传说与历史混沌难分的时期时显得无能为力,比如他叙述的历史始于五帝而舍三皇,因为此前是否为信史难以有史料确定;此外,沙畹肯定《史记》中的年表为司马迁所独创整理,但是他经过对比发现,其中某些年代的断定与《竹书纪年》等其他史书有所出入。在这里,我们不能不对沙畹这位严谨治学的法国汉学家肃然起敬。

在最后一章"《史记》的境遇"中,沙畹简略陈述了《史记》成书以来在中国历朝历代的流传情况以及《史记集解》《史记索隐》《史记正义》等各种经释注本,并认为相对于古希腊时期塔西陀等史学家的作品而言,《史记》的保存情况良好,而且它在后世引起的注释和研究兴趣也说明了这部史学巨著所得到的尊崇。

最后,在结语中,沙畹以比较文化的眼光和客观中立的态度评价了《史记》,认为古希腊史学著作以议论风生和哲理思考见长,而《史记》以史料编纂和客观忠实为本,而且司马迁为世人奉献了第一部中国通史著作,否则人们对上古时期的中国的了解只能是片段和不全面的。应当说,沙畹评《史记》主要还是从史学价值和文献考据角度进行的,倘若他能够在有生之年继续移译列传部分,或许能够更好地发现《史记》的文学性和司马迁的个人性情。因此,沙畹虽然肯定其对后世中国史书的楷模作用,但尚未达到后来鲁迅所谓"史家之绝唱,无韵之离骚"的高度。

在结语之后,沙畹翻译补充了3份文献:一是司马迁《报任安书》,以便于读者了解作者的写作思想;二是班彪对司马迁《史记》的评价;三是《通鉴纲目》和《竹书纪年》中的年表,以供对比参照。此外,鉴于《史记》中没有关于三皇的记载,所以沙畹在绪论之后附有唐代司马贞补著《三皇本纪》一文。

从这一篇洋洋洒洒深邃博大的法译《史记》绪论足可以看出沙畹的汉学造诣，其时正值他三十而立之年，已然是法国汉学界的生力军。

二、沙畹的《史记》翻译方法

《孔子世家》是《史记》中最重要的篇章之一，也是沙畹生前出版译本中的最后一篇，下面我们以此译文为例来观察他所从事的研究型翻译。

首先，译者精通古汉语，译文忠实于原文，鲜有理解错误，而且不遗漏一字一句；其二，译者基本采用直译方法，并且通顺地移译到法语；第三，如遇特别的语汇或具有特殊文化知识背景的地方，沙畹往往采用脚注加以说明。比如，论及孔子出生，司马迁写道："纥与颜氏女野合而生孔子"。其中"野合"一词被译为"contracta une union disproportionnée avec"[1]，表达了不合规矩的婚姻之意，但是法语中"une union disproportionnée"并非一个常见的表达方式，为说明缘由，译者特意补注："此语意指孔子父母年龄差距过大。"不仅如此，译者还交代了更多的中国传统文化背景知识，在脚注中介绍了中国古代"男八女七"生命周期说，比如"丈夫八岁，肾气实，发长齿更"，"八八，则齿发去"。确实，中国古代礼仪认为结婚生育的合适年龄，男性应该在 16 至 64 岁之间，女性应该在 14 岁至 49 岁之间，凡是在此范围之外便不合礼仪，孔子的父亲叔梁纥迎娶颜征在时已 72 岁，故称之为"野合"。沙畹所译《史记》中，往往一页纸只有寥寥几行是译文，而大多数页面均为脚注所占据，可见其备注周详。例如，关于"孔子生鲁昌平乡陬邑"一句中的地名"陬"，沙畹交代了它在古代不同典籍中的汉字写法。所有其他专用人名和地名也都在脚注中一一说明，并标明汉字名称。在整篇《孔子世家》译文中，备注达 560 处之多。第四，沙畹在翻译过程中有多种典籍进行参照，以求把最真实确切的意义表达到法语。文中有孔子"适周问礼，盖见老子云"一句，译者在脚注中说明"盖……云"这

---

① Sima Qian. *Les Mémoires historiques de Se-ma Ts'ien*, tome V. trad. par Édouard Chavannes. Paris: Ernest Leroux, 1905, p.154.

一语式其实表达的是一种不太确定的推测,是作者司马迁可能面临两种资料版本不能确定一处时的谨慎说辞,于是沙畹进一步参考其他一些文献,介绍老子与孔子是否晤面这一情节在不同史料中的记载。另外,关于老子送行孔子时的临别之语("吾闻富贵者送人以财,仁人者送人以言。吾不能富贵,窃仁人之号,送子以言,曰:'聪明深察而近于死者,好议人者也。博辩广大危其身者,发人之恶者也。为人子者毋以有己,为人臣者毋以有己。'"),沙畹进行了忠实的翻译,并不随意增添只言片语,但是唯恐读者不解其意,便在脚注中说明此处老子之言的用意是指摘孔子学说中智、孝、忠等伦理纲常。第五,沙畹翻译《史记》并非以纯粹的译者身份出现,他更是一个研究者和评论者,因此考据翔实。他为《孔子世家》所作第一条脚注便是提醒读者:该篇译文之后附有一篇说明,考据司马迁关于孔子生平的某些陈述;在 10 页纸的《孔子世家》译后记[①]中,沙畹肯定了司马迁是第一个为孔子立传的人,但是认为《孔子世家》中存在史实或年代方面的疑问,并且多方参引其他典籍以资说明。当然,并非每一篇译文之后都有类似的考据文章,但是译者对于存疑之处都在翻译之外进行了详尽的核实和注释,以最大限度地提供历史参照维度。

最后,译者在每一卷之后都附有索引,把本卷中各篇译文中专有人名和地名以拼音为序一一列出并给予简略的法文解释,并提供中文名称便于对照。在一个没有高科技的时代,印刷排版皆为不易,尤其是译本中法文、汉字、汉语拼音均有出现,对于贻误之处,译者也以最严谨的态度在全书后列出勘误表。

三、《史记》全译本在法国的出版情况

1895 年,沙畹在法国亚细亚学会的资助下,在厄耐斯特·勒鲁(Ernest Leroux)出版社印行了法译《史记》第一卷,直到 1905 年,陆续出版了 5 卷(共 6 本,其中第三卷分列两本)。《史记》分为十二本纪、十表、八书、三十世家、七

---

① Sima Qian.*Les Mémoires historiques de Se-ma Ts'ien*,tome V.trad.par Édouard Chavannes.Paris:Ernest Leroux,1905,p.233-242.同一时期,沙畹由翻译进行更进一步研究,撰写了《孔子》一文,发表于 1903 年 2 月 15 日《巴黎杂志》(*Revue de Paris*)第 827—844 页。

十列传,"凡百三十篇,五十二万六千五百字"(《史记·太史公自序》),沙畹生前出版的译注至卷四十七《孔子世家》止。从 1889 年到 1905 年,沙畹以一人之力,极尽考据之能事,集十余年之功译注《史记》,为西方读者推广介绍这部中国古代史学巨著贡献了最美好的青年时代。年过四十之后,他仍有著述发表,但多集中于考古、碑铭和宗教研究,尤其是注释和研究敦煌文献,并未再有精力投入《史记》翻译,直至他去世为止,终未完成全译本,令人惋惜。① 无可争议的是,沙畹所译注之法文版《史记》是其汉学研究生涯中的标志性成果。

继 1895—1905 年版本之后,巴黎亚德里安·麦松奈文美洲和东方出版社(Librairie d'Amérique et d'Orient Adrien Maisonneuve)于 1967—1969 年再版了这五卷本,又出版了其补遗卷作为第六卷,包括沙畹去世后留下的 3 篇译文(世家第十八至第二十,即《陈涉》《外戚》《楚元王》),至此沙畹共翻译出版《史记》原著 130 篇中的前 50 篇,近原作五分之二。当代汉学家戴密微(Paul Demiéville)为重版《史记》撰写了序言,康德谟(Max Kaltenmark)重新审定并补译了《荆燕世家第二十一》和《齐悼惠王第二十二》,捷克汉学家鲍格洛(Timoteus Pokora)撰写了《〈史记〉译文目录》,最后附有总索引。该书被列入联合国教科文组织代表性著作选集中国系列丛书。沙畹未注解的《史记》部分法译初稿现存于巴黎吉美(Guimet)博物馆。虽已年代久远,沙畹所译注的《史记》由于其忠实的翻译、严谨的考据和完善的注释而具有长久的生命力,这个法文本传播到英国和德国,成为欧洲汉学界研究《史记》的重要参考,尤其是对于后来俄罗斯汉学家的《史记》翻译工作提供了帮助。随着信息技术的进步,这部法译汉学经典已经被数字化,在法国国家图书馆和加拿大魁北克大学图书馆的电子资源库中均可查阅。

在 20 世纪,沙畹之后的法国学者的《史记》译介和评述往往是零散性的研究。俄罗斯裔法国汉学家马古礼(Georges Margouliès)译有《管晏列传》《屈原列传》和《游侠列传序》共 3 篇。此外,当代汉学家吴德明(Yves Hervouet)

---

① 亦有论沙畹已完成全部译文,但是未能全文出版,因后大部分未及进行注释考订工作,今手稿收藏于巴黎吉美博物馆。

曾翻译《史记·司马相如列传》①，在此基础上进行了司马相如的作品研究。在法国的《史记》译介中，一般而言，学者们对《史记》的历史价值和文学价值都表示认同，但是往往在研究中更加重视其历史文献价值，从史传散文角度进行的文学性研究明显不足。唯有班文干(Jacques Pimpaneau)教授旗帜鲜明地把《史记》中的部分篇章纳入他所编写的中国古代文学教材和阅读篇目：他在20世纪80年代末出版了以《史记》中篇章作为古汉语学习素材的教材《古汉语启蒙：〈史记〉节选》②，在1998年出版的《中国古代散文选》中，他选译了《管晏列传第二》1篇；在2004年出版的《中国古代文选》中，班文干摘录了沙畹所译《殷本纪第三》《乐书第二》《楚元王世家第二十》3篇，并新译《项羽本纪第七》《赵世家第十三》《伯夷列传第一》《廉颇蔺相如列传第二十一》等11篇。2009年，班文干教授编纂了自己之前所译《史记》全部篇目，主要都是沙畹译本中未有涉及的列传部分共30余篇以及原著中的附录部分，以《〈史记〉中的中国名人列传》③为书名单行出版。之后，他又不遗余力，翻译了其他列传篇章，几乎完成了《史记》全书的一半有余。

至2015年，跨越百年之后，经过三代汉学家的接力合作，《史记》法译本全部完成，在华裔出版人潘立辉先生主持的巴黎友丰书局正式出版。④ 这套九卷本译著包括沙畹所译注《史记》前50篇、班文干教授所译世家和列传77篇、吴德明所译1篇、康德谟所译2篇。这也是第一个西方语言的《史记》全译本，是中国古代典籍外译的一个标志性事件，也是法国汉学研究的一座丰碑。

---

① Sima Qian. *Le Chapitre 117 du Che Ki*: *Biographie de Sseu-ma Siang-jou*, traduction avec notes par Yves Hervouet, Bibliothèque de l'Institut des Hautes Études Chinoises, vol. 23. Paris: PUF, 1972.

② Jacques Pimpaneau. "*Shi ji*": *initiation à la langue classique chinoise à partir d'extraits des* "*Mémoires historiques*" *de Sima Qian*. Paris: Librairie You-Feng, 1988-1989.

③ Sima Qia. *Mémoires historiques. Vies de Chinois illustres (choix)*, *chapitres I à XXXII, XLV, LXVI, LXVIII des biographies, partie V des Mémoires historiques, et annexes*; traduction, introduction et notes de Jacques Pimpaneau. Paris: Librairie You-feng, 2009.

④ Sima Qian. *Les Mémoires historiques de Se-ma Ts'ien*. Trad. Édouard Chavannes, Jacques Pimpaneau, Yves Hervouet, Max Kaltenmark, Timoteus Pokora. Paris: Librairie You Feng, vol. 9, 2015.

参考文献

Pimpaneau, Jacques. *"Shi ji" : initiation à la langue classique chinoise à partir d'extraits des" Mémoires historiques" de Sima Qian.* Paris : Librairie You-Feng, 1988-1989.

Sima Qian. *Le Chapitre 117 du Che Ki : Biographie de Sseu-ma Siang-jou*, traduction avec notes par Yves Hervouet, Bibliothèque de l'Institut des Hautes Études Chinoises, vol.23. Paris : PUF, 1972.

Sima Qia. *Mémoires historiques. Vies de Chinois illustres (choix) , chapitres I à XXXII, XLV, LXVI, LXVIII des biographies, partie V des Mémoires historiques, et annexes* ; traduction, introduction et notes de Jacques Pimpaneau. Paris : Librairie You-feng, 2009.

Sima Qian. *Les Mémoires historiques de Se-ma Ts'ien.* Trad. Édouard Chavannes, Jacques Pimpaneau, Yves Hervouet, Max Kaltenmark, Timoteus Pokora. Paris : Librairie You Feng, vol. 9, 2015.

（原文刊于 2013 年 9 月《跨文化对话》第 30 辑）

古希腊罗马史学文献与中国史学文献

——历史与理性①

    16 世纪末欧洲学者初识中国文献之时,古老、悠长、简明的中国史学著述传统令其赞叹不已。他们惊讶地发现,中国的史学记载可以追溯到西方所定的世界历史纪元之前,于是对此产生强烈的研究兴趣。自从他们进行了初步的丛林探索之后,西方人对中国史学的了解更加深入和细致。然而,笔者遗憾于专著此题的学术研究不尽完善。我们难以遍览卷帙浩繁的中国史学著作,亦难以描述其真实特性。原因很简单:中国古文的阅读难度妨碍了我们进行必要的全面认识和深入研究。中国的重要史籍无不是构思缜密的鸿篇巨制,每一部分均需置于整体当中方可领会。我们只不过是些短视的参观者,面对这些规模宏大的历史建筑,难免一叶障目。

    那么,我们西方人对中国史书有何评价呢? 西方汉学的先驱者沙畹(Edouard Chavannes)认为它是"奠定学科基础的、无比丰富的采矿场"。采矿场,也就是一个原材料的矿藏,而不是一座大厦。下面几个出自最权威汉学家的比喻也是大同小异:中国史学家何许人? "耐心的收藏家",档案保管员,至多是历史编撰者;他们的作品如何? "一串不连贯的史实","缺乏关联的各个说法"的汇辑,或美而言之,是"灵巧的拼接艺术""材料的汇编",更有人借用化学术语,宁愿称其为"混合物",而不提"化合物"。我刚才所引用的五、六位学者的看法概括了中国史籍的一个基本优点,同时也是缺点:史料搜集严谨细

---

① 原文标题为"La littérature gréco-latine et la littérature chinoise—Histoire et raison",刊于1980 年 1 月第 38 期《日佛文化》。——译注

致,却不善于有机地联系和清楚地叙述。这一被广泛认同的观点不无道理,然而我对其所褒所贬都不敢冒昧苟同:中国史学家不应受此过分评语,高估或轻视对他们皆不适宜。

我们先来观察一些简单的事实。我们不难发现中国史书在叙事中连词出现频率之高,尤其是那些不仅表示时间关系而且表示因果关系的连词。这些关联词的精心使用表明作者尽力表现事实之间的关系而非仅仅罗列事实而已。其次,中国史学家对叙事艺术并非一窍不通,比如,他们擅长以一种看似客观的手法事先做一番不动声色的铺垫,渐而影响读者的立场。法国专家米歇尔·朗波(Michel Rambaud)曾撰写过一部关于罗马帝国的缔造者和古罗马杰出历史学家之一——恺撒的专著,名为《恺撒史评中的史实变通艺术》(*L'art de la déformation historique dans les Commentaires de César*)。他重点分析了恺撒的"先行解释性叙述"手法:在承认自己的错误或失败之前,先在书中巧妙地引入一些具体事实为后面解释自己的失误作铺垫,从而博得谅解。同样,在中国史书中,叙述的线索时常间断,插入一些简短的事实描述或心理描述,其中有许多段落可称为"先行解释性叙述"。此种方法犹如小说中所谓"伏笔"。本应在后面故事中交代的环节却提前说明,看似漫不经心,却是有意为之。透过这个现象,我们应当不再把中国史书看作无章的堆砌。实际上,史料的安排皆经过深思熟虑,或是暗藏玄机。

值得一提的还有诸多历史故事中反复出现的三部曲叙事结构:首先是引问,以问题引出人物,故事开始;然后,相关人物就前面的问题给予反应和回答;最后是结论,交代其说辞所产生的效果。此外,在这个简单的结构中,我们看不到英雄人物和智者的独特历史作用,他们很少主动行事,只是受外界特定的激发而有所表现。他们不是现存秩序的革新者或破坏者,相反,他们是维护秩序和正义的人。他们的英明并不体现在脱离某个具体问题而存在的个人抱负、主张或计划中,而是在于具备处变不惊的能力。这种三段论叙述反映了一个非常古老的道德理想——"无为",或者至少在需要有所作为时,应权通变被认为比冒险精神更重要。在这种情况下,历史叙述中"形"与"意"关系密切,即形散而神不散。至于开场时提出的问题,这是让英雄人物展现风采的事件,是否只是一个偶然性的问题呢?后面的章节往往就会告诉我们,这个问题的出现自有原因。因此,尽管在特定的时间范围内,每个人物传记似乎自成一体,事实上却与全书的其他部分构成一个相互关联的整体,其中意义自现。

在我看来,中国史传家们并非史料编纂者,而是名副其实的历史学家,他们不仅善于记录而且善于创造。中国史书分为记言和记事两种基本形式,这里我以记言部分为例作详细论述。中国史学家经常会让笔下的历史人物发表言论,如同古希腊或意大利的史学家一样。人们非常诧异地发现中国历史学家赋予言辞的作用与古希腊最智慧、最多思的历史学家的作品中言辞的作用完全相同,因为很多专家以为中国史学家似乎并不具备古希腊历史学家的综合概括性思维。

自古以来,中国文人认为历史作品中记言与记事各占半壁江山,而且这种做法确有其源:先祖皇帝左右各奉史官,左史记言,右史记事,各有所司。提出此理论者或许只是把他们在远古年代的史籍中所观察到的二元性加以制度化和稳定化。把这两种记史方式归结于恪尽职守的左右史官的形象,这也表明历史书写的客观性,因为历史人物的言与行必须予以同样准确的记载。

这个理想是否实现了呢?应当如何认识历史作品中不厌其详的人物言论与对话呢?无论在中国还是西方的历史著作中,真实性问题同样存在。可能除了没有任何证人记录的私密性会谈,人们通常给予中国史学家们充分信任,认为他们所记载的任何言辞都有据可查,即使不是逐字逐句至少在大意上没有偏差。亦有一些评论家严谨有加,产生怀疑。公元5世纪,《三国志》的评注者裴松之就认为书中有些预见过于精确,或批评作者笔下的历史人物所操言语与所处时代不符。唐朝的刘知几著有一本研究历史方法论的杰出著作①,发展和深化了这一批评思想。他坚决维护历史真实,反对当代的历史学家为了避俗求美而用古体去写当时人物的言语,或将古代圣人雅言借于尚未完全汉化的蛮族首领。

上述评语,尽管言之成理,也只涉及文字形式,并未质疑其历史真实性之根本。因此有必要进行一种更有突破性和实质性的批评,为此,我谨以公元3世纪末的《三国志》为例来展开论述。该书记载了汉朝末年三国鼎立时期的

①　唐朝刘知几(662—721)著有历史评论著作《史通》。——译注

历史,其中记录了很多历史人物的言论和对话。叙事中出现的零言散语都不在讨论范围之列,此处只研究对历史事件或作预测或作评述的言论。

仅以人物心理或语言文体等内在标准不足以衡量和证实历史人物言论的真实性。可是,除了史书之外,可靠的历史印证材料我们又少有掌握。像法国里昂曾发现记载有古罗马皇帝克劳狄(Claude)一段言论的铭文,而已知的塔希陀(Tacite)的著述却与这份史料有出入,从而可以看出史学家在整理历史人物言论的过程中有所发挥。在我们所谈论的中国史学家陈寿所处的时代,朝廷的策议和文武官员的劝谏未必均有书面记录。而作者并未说明是转引官方文献档案还是个人的推测。当作者以要事之名强调一个历史细节时,比如说魏文帝命人记录司马朗的言论,即使历史档案中有所记载,作者也未必原封不动地抄录下来。在西方历史著作中也是如此,当历史学家撒路斯提乌斯(Sallustre)叙述喀提林(Catilina)的阴谋时,他会避免照搬西塞罗(Cicéron)本人的长篇演说辞《反喀提林》(*In Catilinam*),尽管这份资料他不可能没有。同样,蒂托-里维(Tite-Live)在《罗马史》(*Histoire de Rome*)中也没有引用罗马政治家卡托(Caton)的言辞,而是以其口吻"伪造"言论,并以模仿其风格为乐。这一切仿佛表明史学家与小说家似有相通之处,追求的目标是"源于真实而高于真实"。

有时亦有官方文件至少能够部分证实所记言辞的真实性。例如,官书曾记载汉末高明谋臣荀彧的规谏之功,尤其是两次在危急关头贡献良言。《三国志》有意将两段言论详尽引录。可以说,官史记载证明了这两段文字的历史可靠性,即便史学家的表述文字不一定完全一样,至少内容是真实可靠的。可惜,我们很少能做到这样的历史印证。

相反,让我们对言辞的真实性产生怀疑的线索还在多数,并且让人思索这样一个问题,即史学家用文字除了记录真实言语之外是否另有他意?

我们首先来看不同版本史书之间所记录言论的出入。例如,在曹操身边有一位当时最权威的战略家郭嘉。公元 198 年,曹军围攻要塞,但敌人顽强抵抗,曹操意欲退攻。此时,郭嘉建议坚持进攻。他的这番言论,在 3 世纪后半叶的两部不同史书中各有一个版本。其中的相同之处说明它们之间可能存在借鉴关系,或是来源于同一原始资料。但二者之间的不同之处则表明作者在论述过程中各有自由发挥。

在同一书中也可能出现前后矛盾的奇怪现象。在不同章节，因上下文不同，同一内容的言辞在这里完整呈现在那里简略概述，这种情况姑且不谈。下面这个例子说的是著名的官渡之战前夕，曹操大军守城，问计荀彧。陈寿在《三国志》中给荀彧前后安排了两段完全不同的陈言，两段辞令都论述完整、合情合理，但是第一段主要论述曹操与其对手的力量比较①，第二段则是回顾历史上的楚汉相争②。在这两个都为人熟知的版本中，后世的历史学家，如袁宏或司马光，都不愿择其一端。他们认为如果把这两种说法都连缀起来便是还原了历史上发生的那段真实言论了。后代的史书作者在面对不同史料时通常会采取如是态度：宁愿互相结合而不作取舍。

我们继续探讨"言"的问题。有时，读者会在记事中发现记言的破绽。一般而言，作者在生平传记中都极尽赞美之事，若有指摘也会另择他处。为歌颂笔下的人物，作者往往会把某某嘉言某某良策归于其名下，或以其口来评论某计策的高明之处。这些完全是歌功颂德的虚构之言，因为细心的读者会在其他章节中发现某某嘉言从不存在，或是某某良策另有出处。

公元207年，曹操出兵攻打北方蛮族乌丸，他另辟蹊径，出其不意地进攻敌人，令其晕头转向。此计谋归功于谁呢？此人正是郭嘉，《郭嘉传》记述了他献计的论述过程。③ 可是在另外一章，出现了一个边塞男子来作向导，他说洪水导致"道绝不通"，需行山路。④ 由此可见，关于同一个取胜的计谋出现了

① 见《三国志·武帝纪》：绍复进临官渡，起土山地道。公亦于内作之，以相应。绍射营中，矢如雨下，行者皆蒙楯，军大惧。时公粮少，与荀彧书，议欲还许。彧以为"绍悉众聚官渡，欲与公决胜败。公以至弱当至强，若不能制，必为所乘，是天下之大机也。且绍，布衣之雄耳，能聚人而不能用。夫以公之神武明哲而辅以大顺，何向而不济！"公从之。——译注
② 见《三国志·荀彧攸贾诩传》：太祖保官渡，绍围之。太祖军粮方尽，书与彧，议欲还许以引绍。彧曰："今军食虽少，未若楚、汉在荥？阳、成皋间也。是时刘、项莫肯先退，先退者势屈也。公以十分居一之众，画地而守之，扼其喉而不得进，已半年矣。情见势竭，必将有变，此用奇之时，不可失也。"太祖乃住。遂以奇兵袭绍别屯，斩其将淳于琼等，绍退走。——译注
③ 见《三国志·程郭董刘蒋刘传》：嘉言曰："兵贵神速。今千里袭人，辎重多，难以趣利，且彼闻之，必为备；不如留辎重，轻兵兼道以出，掩其不意。"太祖乃密出卢龙塞，直指单于庭。虏卒闻太祖至，惶怖合战。大破之，斩蹋顿及名王已下。——译注
④ 见《三国志·武帝纪》：秋七月，大水，傍海道不通，田畴请为乡导，公从之。引军出卢龙塞，塞外道绝不通，乃堑山堙谷五百余里，经白檀，历平冈，涉鲜卑庭，东指柳城。未至二百里，虏乃知之。——译注

两段前后不一致的说法,并且有两个互不相干的出谋划策者。类似的矛盾在其他记事当中也不少见,但是可能出现在记言当中更加令人惊讶,因为记事是一种叙述的转换,而记言则是引用,同一个事件可以有一千种叙述方式,而原则上来说,引用的言语只有一种。

下面要说的是第二类问题,这回不是言语矛盾的问题,而是缺乏真实性。史书中存在许多引发争议的预见性言论,对此我只略提一句。尽管很难确定预言真实与否的界限,但是这些限度经常被逾越。这是由史学家的使命所决定的。确实,中国史学家的责任在于教育子孙后代管理人民和治理天下的本领,以史为镜认识过去从而预知将来。为了告诉后世历史可明鉴未来可预见,史学家广泛罗列各种事例以表现他们敏锐的直觉、睿智的预见和前瞻性视野。这就是为什么预言和预见取代了评论成为中国历史叙述中的基本要素。这样的史书难道不是有别于"机械的罗列"吗? 如果不进行长期思考,不对历史做可信的诠释,如何编撰一部展望未来的教材呢?

而史学家的预见似是而非,这表明,就整个这一类型的言论来说,所谓的发言者无非是史学家本人的代言人,他记录的其实并非别人的言语,而是把自己的话语借给了笔下的人物。还存在另外一种缺乏真实性的"言",虽没有前一种情形明显,但是也能说明问题。我们经常会发现所议之事与所答之言奇怪地脱节,所研究的情形或事件与本应提供解决方案的言论之间互不相关。面对一个迫在眉睫的问题,发言的智者顾左右而言他,答非所问。下面我们来看几个例子。

在《三国志》曹操传纪《武帝纪》中简略提到,曹操之所以能够成功攻取下邳城,是因为他的两个谋士献计引河水淹城。① 同书中另外一章转引了两位谋士的言语,可是却无一处提及淹城之计,更没有谈到任何作战策略,只是谈到敌军首领及其将领的性情。② 这段纯粹的心理分析得到的结论就是胜利在

---

① 见《三国志·武帝纪》:时公连战,士卒罢,欲还,用荀攸、郭嘉计,遂决泗、沂水以灌城。——译注

② 见《三国志·荀彧攸贾诩传》:是岁,太祖自宛征吕布,至下邳,布败退固守,攻之不拔,连战,士卒疲,太祖欲还。攸与郭嘉说曰:"吕布勇而无谋,今三战皆北,其锐气衰矣。三军以将为主,主衰则军无奋意。夫陈宫有智而迟,今及布气之未复,宫谋之未定,进急攻之,布可拔也。"乃引沂、泗灌城,城溃,生擒布。——译注

望,只需奋力出击就可取胜。究竟曹操为何能够攻下下邳?《三国志》从两个不同角度提供了两种答案。从记事部分来看,这是用计成功;但其深层原因在记言部分反映出来,即人的因素起决定作用,因此对敌人进行性格分析十分重要。

公元196年是这段乱世之秋的关键一年。曹操面临一个决定性的选择。他企图挟天子以令诸侯,从而在与各方的争斗中获取制胜法宝。但是,此大胆之举也令其犹豫,他担心受到汉献帝身边诸将的阻挠。此时,荀彧劝说曹操不宜迟疑。他是如何说的呢?他没有对政治和军事时局进行任何细致分析,却竭力论证行动的合法性,好像是在帮助曹操克服胆怯心理。① 实际上,行动的原则已经确定,令曹操犹豫的只是行动的方式方法。显然,荀彧的说话对象主要是读者而非曹操,其真正目的在于向后人为这样一个有争议、可能有损曹操英雄形象的政治行为进行辩护。

在上述所举事例中,可见问题与答案的论证过程之间存在距离。显而易见,这些言辞表面上是解答问题,其实却服从于其他目的,说话对象不仅是眼前的对话者而更有其他听者。总之,这些言论听似事后之言,而不像是在紧急情况下所说。于是我们就产生这样一个想法:无论是从内容还是从形式上看,"言"是想象的创作。中国史书有记言和记事的传统之分,那么可以说这其中的半壁江山有人为之嫌。

第三个意见也会开罪于中国历史学家。我们刚才所谈到的记事与记言上的自相矛盾在这里看不出来。作者想把记言纳入记事,为此需要使用一些常规性的叙述手段。可是当我们仔细研究这些记言与记事之间的衔接方式时,我们不无惊讶地发现,这些方法可以来回替换使用,也就是说,作者可以脱离具体情景把这种格式化的行文技巧套用在任何言论或人物对话上。

这些套路数目有限,整理出来会很有意思。这里只略作评述。史书中的发言人或对话者,也就是说话人,通常分为两个层次。位高为主,或是王公贵族或是文臣武将,任何对话题事件具有决定权的人;位低是仆、谋士、武官、文

---

① 见《三国志·荀彧攸贾诩传》:彧劝太祖曰:"……诚因此时,奉主上以从民望,大顺也;秉至公以服雄杰,大略也;扶弘义以致英俊,大德也。天下虽有逆节,必不能为累,明矣。韩暹、杨奉其敢为害! 若不时定,四方生心,后虽虑之,无及。"太祖遂至洛阳,奉迎天子都许。——译注

员、朋友、母亲、妻子,拥有建议和劝告的权利。这样便构成对话双方。同级之间的对话比较少见,通常所见都是错误观点为一方,比如普通的、寻常的看法;正确观点为一方,展现的是高明谋士的智慧。

对话场景往往分成三部曲。中间阶段是最重要的也是唯一不可或缺的,就是意见的表述。如果这个意见来自位高者,则表现为对某个决定的评述,这个决定可能已经实施也可能尚未实施。如果来自位低者,会出现三种可能——建议、劝谏或鼓励,每种形式都有约定俗成的表达方式。第一个阶段是表述意见之前的引问。可以有两种情况,引问可以自上而下(这是征求建议),也可以从下而上(这是寻求解释)。一种常见的变化形式是欲扬先抑,君主禁止任何进谏:对于勇敢的谋士来说,禁令无疑是最有效的激将法。引问情节也可以表现为争议:一个方案或看法会引发争论,这种情况下,错误意见会引发正确意见,或是君主表达某种意图而明智的谋臣勇于揭示其谬误。最后第三阶段是简短的结论,有决定权的人接受或拒绝所呈意见。

史学家可以变化对话双方的态度和上述三个情节之间的关联方式,从而提炼出一些普遍适用的结构。以上归纳可以帮助我们发现某一个故事与常规模式相比具有怎样的独创性。我不必赘述,前面的介绍已经足以表达我想引起注意的重要现象,即人物言辞或对话引导方式的雷同。确实,我们发现同一段言论或对话可以毫无区别地置于上述任何一种结构中,而内容不会有重大变化。

我们先来看这样一个现象:史书中说话人的身份似乎无关紧要。《三国志》中裴松之的评注弥足珍贵,其中摘录了同时代其他一些历史著作(现已失传)的片段,从而可以就同一史实的不同记录版本进行比较。有时我们看到这样一个现象:好几个历史学家记录同一个特定事件中的人物言论,言语本身被忠实地转述,而说话人的身份在不同版本中各不相同。难道说这些矛盾的出现每次只是由于特殊原因,如抄录者的笔误或是随意涂改?还是应当直接承认这个事实:"言"与"事"相比,不具备个人专利,并不为某一个人所属。实际上,以笔下人物为名,说话的其实是历史学家本人。

既然言语与说话人之间不存在必然联系,同一说辞可以出自此人或彼人,那么同一个人言语不一致也就不足为奇。事实也是如此。为什么曹操最主要、最强劲的对手袁绍没有首先想到操纵天子呢？他身边不可能没有一个谋士想到这一点。《三国志》的作者陈寿提到袁绍的谋士之一郭图曾经进言但未被采纳。[①] 但是当时的一份历史文件记载了同一位郭图意思完全相反的话，他竟然打消了袁绍以天子为庇护的企图。[②] 由此便得到同一幕重要历史情景的不同演绎：郭图作为袁绍身边最有影响的人物之一，自然会参与议政，他一人居然会持两种截然相反的观点。不过，郭图扮演什么角色并不重要，重要的是两位历史学家都认同一点：袁绍方面对此也有讨论而袁绍本人做了错误选择。

为什么曹操在排除对手之后没有自己登基呢？对于这个难题，当事人似乎曾经与其亲戚也是亲信之一夏侯惇进行商议。不过，二人之间的对话可能是秘密进行的，总之，大家只能得知其否定的结果，两位历史学家对其中情节的描述各有不同。说法一：夏侯惇建议曹操篡权未被曹操采纳，这一情节当然刻画了英雄人物曹操的无私与忠诚；说法二：曹操本人觊觎皇位，却是夏侯惇成功地劝说其放弃了念头，这个版本则表现了曹操的宽容和明智。[③] 至于夏侯惇，他在这个事件中只是个配角，扮演两个矛盾的角色亦无所谓，他的作用其实是为了衬托主角这方面或那方面的优点。

或许有人会说，相互矛盾的两个作者当中总有一个人是对的，另一个人是错的。这就是传统的评论观点，千方百计要考辨出历史上真正的郭图如何、夏侯惇如何。下面还有一例，关于同一议题竟有三种迥异的说法。讨论的问题

---

① 见《三国志·董二袁刘传》：初，天子之立非绍意，及在河东，绍遣颍川郭图使焉。图还说绍迎天子都邺，绍不从。——译注

② 见《三国志·董二袁刘传》裴松之注中指出《献帝传》与陈寿《三国志》的矛盾之处。在《献帝传》中，郭图、淳于琼曰："汉室陵迟，为日久矣，今欲兴之，不亦难乎！且今英雄据有州郡，镲动万计，所谓秦失其鹿，先得者王。若迎天子以自近，动辄表闻，从之则权轻，违之则拒命，非计之善者也。"——译注

③ 见《三国志·武帝纪》，陈寿引用了其他史书材料并指出其中矛盾之处。《魏氏春秋》曰：夏侯惇谓王曰："天下咸知汉祚已尽，异代方起。自古已来，能除民害为百姓所归者，即民主也。今殿下即戎三十余年，功德著于黎庶，为天下所依归，应天顺民，复何疑哉！"王曰："'施于有政，是亦为政'。若天命在吾，吾为周文王矣。"曹瞒传及世语并云桓阶劝王正位，夏侯惇以为宜先灭蜀，蜀亡吴服，二方既定，然后遵舜、禹之轨，王从之。及至王薨，惇追恨前言，发病卒。孙盛评曰：夏侯惇耻为汉官，求受魏印，桓阶方惇，有义直之节；考其传记，世语为妄矣。——译注

非常重要。某日,刘备来投奔曹操。他时年 28 岁,除了四处逃亡、不断易主之外没有做过任何值得一提的事情。曹操对他盛情款待,并委以重任。当时的曹操忙于征战于众多强大的对手之间,他如何能预知这个年轻的刘备后来会成为他最大的敌人、与魏抗衡的蜀国的开国君主?然而史学家们都不接受曹操这样一个善于识人之人未能察觉危险的事实。于是必须把历史写成曹操是在充分了解情况的前提下对潜在的对手宽怀大度。他们解释说,曹操想争取民心,而如果对刘备这样一个无伤大碍的逃亡者都不能容的话,公众舆论是不会理解和接受的。曹操给刘备留下活路并非出于短见无知而是有所考虑。这是三位史学家的共同观点。陈寿在《三国志》中写道:"备来奔。程昱说公曰:'观刘备有雄才而甚得觽心,终不为人下,不如早图之。'公曰:'方今收英雄时也,杀一人而失天下之心,不可。'"①相反,《魏书》的作者未提及程昱,据他而言,曹操就此事征求了另一位谋士郭嘉的意见,是他分析了形势并建议曹操留下刘备,结果和前部史书一样。第三种说法来自《傅子》②,同样说到郭嘉,但是这回他的角色正相反,他要取刘备的人头未被应允。

因此,在这三位历史学家的笔下,推理与结论都一样,但是留容刘备的主张忽而来自曹操本人,忽而来自郭嘉,而在第三种说法中则来自叙述者本人。而灭刘备的坏主意被分别转嫁给了程昱、某个无名的谋士和郭嘉。三位作者都给自己提出了同样的问题,推导出了同样的结果,而这过程中角色的分配只不过是个形式问题,每个人各有见解。

下面的例子更加值得关注,因为这是在同一本书中,同一个人物扮演了不同的角色。事关《三国志》中曹操对其主要对手袁绍的看法。这个看法是变化的。公元 195 年,曹操要平定所辖领域内一个小范围叛乱,袁绍愿意向他提供援助和保护。就在曹操准备接受的时候,谋士程昱劝其保持自己的独立。③两年后,曹操收到袁绍一封侮辱性的信函,敢怒不敢言,深感自己势力不敌。

① 见《三国志·武帝纪》。——译注

② 《傅子》是魏晋之际著名学者傅玄(217—278)所撰的一部讨论当时政治得失、品评历史人物才量功过的著作,收录了大量有关三国纷争及人事沉浮的故事。——译注

③ 见《三国志·武帝纪》:秋九月,太祖还鄄城。布到乘氏,为其县人李进所破,东屯山阳。于是绍使人说太祖,欲连和。太祖新失兖州,军食尽,将许之。程昱止太祖,太祖从之。——译注

这时,荀彧语重心长地宽慰曹操。① 时间又过去了两年,一切都发生了变化:曹操自认为与袁绍势均力敌可以对决,这时是他鼓舞诸将不必惧绍。② 同一年,曹操忽然对手下将军刘备说,袁绍在他眼中已经不算什么,自己只有一个对手,那就是刘备。刘备闻言大惊,连手中的筷子也不能持。③ 这也是三国故事中的一个著名情节。

在四年之间,曹操对袁绍的态度从畏惧到无畏,这个变化当然是因为曹操接连取胜,军事和政治势力日益壮大。然而,在我刚才列举的四个情形中,讨论的主题却并不是力量均衡问题,而只是两个对手的性格与能力。在程昱和荀彧想方设法鼓励惊慌失措的曹操时,他们只是对主子和敌人进行性格上的比较。后来轮到曹操来振奋军心时,他所采取的方式并无不同。场合不同,但是说话内容基本相同。《三国志》中多次论述到这两位重要将领的对比,陈寿无时不提的这个比较其实概括了他的战争理论思想,一个与他同时代的许多历史学家都认同的思想,并且可以追溯到汉初刘邦与项羽之间著名的楚汉相争。每当《三国志》中出现曹操和袁绍的交锋,就会重提他们的个人差异为论据。由谁来表达并不重要。这样,同样的论据可以忽而由他人用来说服曹操,也可以忽而由他自己用来说服旁人。说辞不变,只是言者不同。

为什么史学家在这些不同场合时而以此人代言时而以彼人代言呢? 我们

---

① 见《三国志·荀彧攸贾诩传》:自太祖之迎天子也,袁绍内怀不服。绍既并河朔,天下畏其强。太祖方东忧吕布,南拒张绣,而绣败太祖军于宛。绍益骄,与太祖书,其辞悖慢。太祖大怒,出入动静变于常,众皆谓以失利于张绣故也。钟繇以问彧,彧曰:"公之聪明,必不追咎往事,殆有他虑。"则见太祖问之,太祖乃以绍书示彧,曰:"今将讨不义,而力不敌,何如?"彧曰:"古之成败者,诚有其才,虽弱必强,苟非其人,虽强易弱,刘、项之存亡,足以观矣。今与公争天下者,唯袁绍尔。绍貌外宽而内忌,任人而疑其心,公明达不拘,唯才所宜,此度胜也。绍迟重少决,失在后机,公能断大事,应变无方,此谋胜也。绍御军宽缓,法令不立,士卒虽众,其实难用,公法令既明,赏罚必行,士卒虽寡,皆争致死,此武胜也。绍凭世资,从容饰智,以收名誉,故士之寡能好问者多归之,公以至仁待人,推诚心不为虚美,行己谨俭,而与有功者无所吝惜,故天下忠正效实之士咸愿为用,此德胜也。夫以四胜辅天子,扶义征伐,谁敢不从? 绍之强其何能为!"太祖悦。——译注

② 见《三国志·武帝纪》:是时袁绍既并公孙瓒,兼四州之地,觽十余万,将进军攻许,诸将以为不可敌,公曰:"吾知绍之为人,志大而智小,色厉而胆薄,忌克而少威,兵多而分画不明,将骄而政令不一,土地虽广,粮食虽丰,适足以为吾奉也。"——译注

③ 见《三国志·先主传》:是时曹公从容谓先主曰:"今天下英雄,唯使君与操耳。本初之徒,不足数也。"先主方食,失匕箸……——译注

可以根据下面例子提出假设。211年，曹操开始西征古都长安方向的关中。在这个动乱地区，通道关口均被敌人严格把守。曹军先设疑兵从前面强攻，之后突然调转方向，两渡黄河，迷惑了敌军，从而制胜。那么这一计策归功于谁呢？在《三国志》的第一章《武帝纪》中，曹操本人在众将领面前点评此计，仿佛那是他本人深思熟虑的结果。① 可是在介绍其手下将领徐晃的另外一章中，曹操为难之时，是徐晃献上这一制胜的计谋。② 历史学家把这个战术策略忽而归功于首领忽而归功于他手下的将军，这只不过是遵循了史传的传统，在各自的传记中为传主歌功颂德而已。这里还是不宜把有关这场胜仗的说辞与表现方式混为一谈。历史学家必须清晰地陈述史实，所以这两篇言辞讲述的军事方案完全相同；但是他又必须评判是非功过，所以自相矛盾也没关系，他所依据的史料在确定功劳所属时可能也是如此。

“言”的歌颂作用让我们能够理解为什么史学家在一系列大同小异的叙事方式中选择这个或那个。能够享有良相将才的名声当然是至高的荣誉，而史学家本人也有可能遭遇到来自要求为祖先立传的一些人的家族压力。贾诩的情况就值得研究，陈寿在《三国志》中把他的传记与两名杰出的功臣相提并列。③ 其实贾诩只不过是个胆大妄为、足智多谋的野心家。作者给他安排了好几段完全不足信的重要言论，俨然是曹操廷中里最有远见卓识、最善出谋划策的重臣。陈寿所处时代的一份文件可以为我们揭示其中缘由：原来贾诩的后代在魏晋时期位居高职，这正是在陈寿生活的年代。

所有这些我们刚刚看到的问题，如记言与记事的矛盾、答非所问、雷同的叙述手段，在我看来，这些事实都证明，我们本以为史书中的人物言论是官方

---

① 见《三国志·武帝纪》：诸将或问公曰："初，贼守潼关，渭北道缺，不从河东击冯翊而反守潼关，引日而后北渡，何也？"公曰："贼守潼关，若吾入河东，贼必引守诸津，则西河未可渡，吾故盛兵向潼关；贼悉辎南守，西河之备虚，故二将得擅取西河；然后引军北渡，贼不能与吾争西河者，以有二将之军也。连车树栅，为甬道而南，既为不可胜，且以示弱。渡渭为坚垒，虏至不出，所以骄之也；故贼不为营垒而求割地。吾顺许之，所以从其意，使自安而不为备，因畜士卒之力，一旦击之，所谓疾雷不及掩耳，兵之变化，固非一道也。"——译注

② 见《三国志·张乐于张徐传》：太祖至潼关，恐不得渡，召问晃。晃曰："公盛兵于此，而贼不复别守蒲阪，知其无谋也。今假臣精兵蒲渡坂津，为军先置，以截其里，贼可擒也。"太祖曰："善。"——译注

③ 见《三国志·荀彧攸贾诩传》。——译注

或非官方史料的引录,其实绝大部分甚至全部都是历史学家的创作,在一本兼具多用的史书中,它们除了陈述事实之外还有其他作用。我建议把它们看作历史学家在陈述历史的过程中插入的隐蔽性个人评论。中国史学传统要求历史学家力求谨慎。一般来说,史书中并不排斥个人见解,但它必须与正式的史实叙述区分开来,因此会以简短的评论或赞语形式出现在章节末尾。可是,这个客观性要求却与另外一个职责相抵触,即教化子孙后代。历史为后世之鉴,历史著作必须对过去作出清楚的阐述才能起到这样的作用。简单来说,记言与记事各司其职:记事之史客观记载史实,记言之史借用古代人物之口对史实进行"加工",从而阐发历史意义。

我这里要重申一句,至此我们只是研究了对历史事件进行思考的言论,不包括叙事中的言语。因此,我忽略了那些具有蛊惑性、神秘性和强烈戏剧色彩等特定作用的言辞,我还排除了一些生动的对话,每个对话者的言语都极具个性,栩栩如生地刻画出人物的心理。这些言语是否具有真实性呢?这是另外一个问题,它们属于记事范畴,因此涉及记事的客观性问题。在这些类型之外,我们主要谈到的是"作者之言",当历史学家想对历史事件添加个人见解的时候,就会出现这样隐蔽性的评论,它们最能体现出他的个人创造,对历史给出一个合理的见解并揭示史实中蕴含的借鉴意义。

如果我们回头来看古希腊—罗马时期的史著传统,就会发现与中国史书的诸多相似。古希腊—罗马史学家对记言也有相同的喜好,况且在那个时代,历史也是修辞的一部分。如果把古代人物的话语张冠李戴、自由发挥,他们也并不认为这是什么错误。所以蒂托—里维以他自己的方式重写了另一位史学家波利比乌斯(Polybe)书写的汉尼拔(Annibal)战争中双方人物的对话。在古代希腊和罗马,如同在中国古代一样,"言"往往只是修饰,激昂雄辩的演讲,其华丽的风格用来点缀朴实的历史记述。它也经常被当作训练口才的练习:古希腊—罗马历史学家常常受到诡辩家和政治辩论家们演说艺术的启发;中国史学家们则是中国辩论家和哲学家们的弟子,战国时期,诸子百家周游列国寻求明君倾听他们的政治主张。无论是希腊人、罗马人,还是中国人,他们都热爱雄辩艺术。还有一个相似之处:他们的历史都十分重视伟人的性格,语言于是成为挖掘人物心理的最佳工具。无论是塔希陀还是司马迁,他们通过言语来揭示人物内心、思想和隐秘的动机。

可是刚才顺便提到的这些相同点还不是我的主题。重要的是要在西方史著传统中找到与中国史书传统中类似的"作者之言"。在中国史书中，言事相兼，"言"是透明的"伪装"，体现了历史学家对历史再现的充分参与。这种做法在古希腊—罗马历史著作中也同样存在。它甚至在公认的最睿智、最深刻、最伟大的古希腊历史学家修昔底德（Thucydide）那里起着至关重要的作用。法国研究古希腊的最优秀学者之一雅克琳娜·德·罗米利（Jacqueline de Romilly）女士著有《修昔底德的历史与理性》（Histoire et raison chez Thucydide）一书。本文的题目便由此书名而来。确实，她对修昔底德的历史著作中言论的分析与我们对中国史书已作的分析有很多惊人的相似之处。

根据罗米利女士的看法，修昔底德在让史实自己说话的同时也努力揭示它们之间的逻辑关系，以使历史尽可能清晰可辨。他的作品完全具备客观性，但是作者的参与也最深入。"言"在其中占有重要地位，这当然就不足为奇。确实，言语承担着表现对立双方的特点、揭示深层原因和心理动机、以及使笼统的论述具体化的任务。这也是我们在中国历史著作中发现的"言"的作用。在修昔底德的著作中，叙事之前通常先有一番言辞，而故事只是为了核实说话人的意图。如果好几种观点发生冲突，最合理的预见总是能够充分实现。另一名古希腊研究家路易·包丹（Louis Bodin）谈到一个战争计划，对这场战争的记述正是为了证明其正确性，他说："一切安排都是为了揭示其中蕴含的教训，这个教训虽然是针对士兵的，但也要告诉读者。"中国史书中的前瞻之言比比皆是，其作用也是如此：告诉后人如何分析政治军事形势，用经验来教会认知事物之间常见的相互关系和社会变化规律。修昔底德通过计算来解释历史事件中的偶然性并将其降到最低，但他同时也不忽视事物之间可能的相互影响，而中国史学家也反复强调应权通变之术，其实二者非常接近。我还要补充一点：根据罗米利女士的观点，修昔底德在史书中几乎只表现领袖人物的唯一一项才华的运用和成功，那就是智慧，而道德从属之。这个特点也颇近似于《三国志》：在那个尔虞我诈的乱世，曹操也是以其足智多谋、善于识人察世而超越对手的，而且他对待下属也是无所顾忌地重才不重德，这点常为人所指摘。

　　修昔底德和《三国志》的作者陈寿有一个共同想法：使历史变得容易理解并且赋予其借鉴意义。他们使用的是同一种方法：夹叙夹议，在陈述历史的同时加入对历史事件的思考，而其中的言论部分成为精彩之处。他们两位都在尊重史实的前提下书写了看似杂乱无章而实则结构分明的历史。因此，我在文章开头提到的西方人对中国史学家的批评在我看来是有失公允的：这些被视为"编纂家"的中国人实际上完全可以与最高明的古希腊史学家相提并论。

　　当然，这两位史学家之间也存在重要区别。最主要的不同在于此：他们都努力要掌握历史并赋予历史以理性的使命，但是其中一个富有独特的个人才华，而另一个人拥有的是传承的智慧。修昔底德的作品是独一无二的个人智慧的成功，而陈寿的作品是集体努力的结晶。前者是卓越的个人才华的成果，而后者是世代相传的哲学家、史学家们经验的结晶。这个差异体现在他们对言论对话的设计构思上，正如我们先前所见，他们的思想就表达于此。修昔底德笔下的人物所作论述以逻辑和抽象为特征，力图分清所遇问题的主次，而且将其提升到纯粹理念的对立。陈寿笔下的人物言论的特征是喜欢回顾历史典故和圣人名言，不厌其烦地旧调重弹。

　　在历史人物言论的再现中同样存在古代希腊与古代中国之间政治和文化背景差异。根据古希腊时代的演说规律，修昔底德喜欢使用两种观点、两种言论相互反衬等一些演说手段，这种针锋相对的辩论在他及其同时代人看来是发现真理的最好方法。这种方式也为中国史学家所熟知和运用，他们在需要引导君主发现或改正错误的时候就会使用问答法，如同苏格拉底的对话。不过，中国史学家的脑海中时常浮现一个充满智慧的谋士形象，所以会选择一个有发言权的人作为代言人，他一开始就会以无可辩驳的方式表达一个开明的意见、提供解决问题的真理。在这种情形中其实并无真正的辩论，或者君主采纳良言，或者拒绝忠告，但旋即后悔莫及。

　　在这篇发言中，我试图辩驳一种在西方较为普遍的观点。如果说，中国史学家的优点在于其客观公正性，缺点是不擅长推理归纳，都未免过于草率、有失偏颇。中国史学家的史料搜集工作实际上服从一个全局观念，他们对史实的干预大大超过了原则上他们所受限制的范围。这些干预尤其显著地体现在他笔下历史人物的言论或对话中，我已证明它们一方面缺乏历史可靠性，另一方面,它们承担着诠释历史意义的任务。贵国①与中国的交流源远流长,你们的史传传统吸收了中国文化的滋养,正如我们法国文化受到古希腊—罗马文化的熏陶。我相信,关于这个问题,你们也会提出一些真知灼见,对我的意见给予补充或更正。这个问题在你们看来或许微不足道,然而对于中国史学家而言,对这个问题的解答决定了对积淀于历史文献传统中的一笔丰富史学宝库的正确评价。

(原文刊于 2011 年 5 月《跨文化对话》第 27 辑,[法]桀溺著,车琳译)

---

① 指日本。桀溺先生写作此文时旅居日本进行汉学研究。——译注

附录:历年学术成果一览

一、专著:

1. *Entre tradition poétique chinoise et poésie symboliste française*(《法国象征主义诗歌修辞及其与中国诗歌的会通》),法国 L'Harmattan 出版社 2011 年版。

2.《当代外国文学纪事(1980—2000)·法国卷》(执行主编),商务印书馆 2015 年版。

3.《法国文学简明教程》(教材),外语教学与研究出版社 2017 年版。

4.《孔夫子及其弟子名言录——〈论语〉选注》(教材),法国 Charles Moreau 出版社、外语教学与研究出版社 2020 年版。

二、译著:

1.《说服——关于雄辩的对话》,天津百花文艺出版社 2000 年版。

2.《瞥见幸福颜色》(合译),友谊出版公司 2004 年版。

3.《女人心事》(合译),作家出版社 2005 年版。

4.《电影导演论电影》,世纪文景出版社 2008 年版。

5.《法国文学与中国文化》(合译),中央编译出版社 2019 年版。

6.《诗意扬州》(合译),外语教学与研究出版社 2020 年版。

三、主要论文:

1. Une année universitaire à Bordeaux(《法国波尔多留学记》),刊法国《国际教育杂志》(*Revue Internationale d'Education*)1995 年第 8 期。

2.《曾朴——中法文学交流的先驱者》,刊《外国文学》1998 年第 2 期。

3.《雅克·普雷维尔诗译》(译文),刊《外国文学》2000 年第 3 期。

4.《"人间"并非"喜剧"》,刊《1999 年北京纪念雅克·普雷维尔诞辰 100 周年研讨会文集》,外语与教学研究出版社 2000 年版。

5.《谈巴尔扎克的现实主义》(译文),刊《外国文学》2000 年第 5 期。

6.《雅克·普雷维尔的诗歌语言特色》,刊《2000 年北京外国语大学纪念雅克·普雷维尔诞辰 100 周年研讨会文集》,外语与教学研究出版社 2002 年版。

7.《浪漫与现实的交响》,刊《北京 2002 年纪念维克多·雨果诞辰 200 周年文集》,外语与教学研究出版社 2003 年版。

8.《曾朴对雨果作品的翻译》,刊《北京 2002 年纪念维克多·雨果诞辰 200 周年文集》,外语与教学研究出版社 2003 年版。

9.《雨果与东方》(译文),刊《北京 2002 年纪念维克多·雨果诞辰 200 周年文集》,外语与教学研究出版社 2003 年版。

10.《"吾书人间圣经"》(译文),刊《法语学习》2003 年第 1 期。

11.《课堂上的互动教学》,刊《中国法语专业教学研究》,上海外语教育出版社 2005 年版。

12.《非文学时代的文学教学》,刊《2007 年北京外国语大学教学研究论文集》,外语与教学研究出版社 2007 年版。

13. Traduire l'intraduisible—une étude de la traductibilité de la poésie chinoise classique(《译不可译者——中国古典诗歌的可译性研究》),收录于法国 Honoré Champion 出版社 *Le Rêve et la ruse dans la traduction de poésie*(《诗歌翻译的梦想与技巧》论文集),2008 年 5 月。

14.《马拉美与中国古典诗歌》,刊《跨文化对话》2008 年第 24 辑。

15.《马拉美与"道"》(译文),刊《跨文化对话》2008 年第 24 辑。

16.《安德烈·马尔罗:〈西方的诱惑〉》,刊《哲学与文化》月刊 2009 年 5 月。

17. Paul Claudel et la poésie chinoise classique(《保罗·克洛岱尔与中国古典诗歌》),刊《保罗·克洛岱尔与中国研讨会论文集》,武汉大学出版社 2010 年版。

18.《从文本回归抒情——法国当代诗歌评述(1980—2000)》,刊《外国文学》2011 年 3 月。

19.《封闭的文本》(译文),刊《思想与诗学》2011 年 5 月。

20.《历史与理性——中国史学文献与古希腊罗马史学文献》(译文),刊《跨文化对话》2011 年 8 月。

21.《艾田蒲与钱钟书》,刊《跨文化对话》2011 年第 28 辑。

22.《梦与真:米兰·昆德拉小说中的梦幻变奏》,刊《哲学与文化》2011 年第 448 期。

23.《浅述沙畹〈史记〉译介》,刊《跨文化对话》2013 年第 30 辑。

24.《20 世纪 60—70 年代法国"原样派"知识分子的中国观》,刊《中国比较文学》2014 年第 2 期。

25.《雨果:从"桂冠诗人"到"共和国之父"——一个 19 世纪法国公共知识分子的思想轨迹》,刊《哲学与文化》2015 年第 489 期。

26.《两汉魏晋南北朝散文在法国的翻译与研究》,刊《国际汉学》2015 年第 2 期。

27.《当代法国研究中国诗的新尝试——读金丝燕主编〈诗国漫步〉》,刊《跨文化对话》2015 年第 33 辑。

28.《唐宋散文在法国的翻译与研究》,刊《北京大学学报》(哲学社会科学版)2016 年 9 月第 5 期。

29. Mallarmé et la poésie chinoise classique(《马拉美与中国古典诗歌》),刊 Modernités 2016 年 9 月。

30.《中法文学交流的历史图景和思想结构——评〈中外文学交流史:中

国—法国卷〉》,刊《跨文化对话》2017 年第 37 辑。

31.《赋体文学在法国的翻译与研究》,刊《北京大学学报》(哲学社会科学版)2017 年 11 月第 6 期。

32.《2016 年法国文学概览》,刊《法语国家与地区研究杂志》2017 年 9 月。

33.《法兰西共和国价值观在国内外的传播》,刊《法语学习》2017 年第 5 期。

34.《法兰西共和国价值观的内涵及辩证关系解析》,刊《法语国家与地区研究》2018 年第 2 期。

35.《明清散文在法国的翻译与研究》,刊《国际汉学》2018 年 9 月第 3 期。

36.《自我虚构》,刊《外国文学》2019 年 1 月。

37.《探索符合学生认知规律的法语语音教学方案》,刊《2017 年北京外国语大学教学研究论文集》,外语与教学研究出版社 2019 年版。

38. Approches de la littérature française dans l'enseignement du français langue étrangère(《高校法语专业法国文学教学理念与实践》), 刊 Synergies Chine 2019 年总第 14 期。

39.《浅述沙畹秦碑铭研究》,刊《汉学研究》2020 年第 2 辑。

40.《主题批评》,刊《外国大学》2021 年 1 月。

41.《汉魏六朝诗在法国的译介与研究》,刊《国际文学》2021 年 6 月第 2 期。

四、主要科研项目:

1. 主持国家社会科学基金后期资助项目 1 项(“中国古代文学 20 世纪在法国的译介与传播”)

2. 担任国家社会科学基金项目子项目负责人 3 项(“当代外国文学纪事(1981—2000)”“经典法国文学史翻译工程”“中国文化域外传播百年史(1807—1949)”)

3. 主持省部级项目 1 项(“欧盟的工作语言及互译机制研究”)

后　记

一九八九年,我与北外的相遇是一个美丽的意外。由于当年省招办在高考志愿指南上漏印了北外的招生计划,我成了没有报考北外却被录取的五名学生之一。感谢命运的安排,还应该感谢当时素不相识的法语系华纯和汤海丽两位招生老师,她们发现我填报的所有大学第一志愿都是法语,于是欣然成全了我学习法兰西语言的愿望,尽管我来到北外完全在意料之外。

在北外校园里,从学生到老师,我已经度过了三十余年时光,也就是与法语相伴了三十余年。于北外,于法语,我都没有厌倦。晨读园、操场是我上学时天天朗读课文的地方,主楼一、二层教室和露台是我和同学们上课和练习法语会话的场所,电教中心在外语学习资源仍然匮乏的年代有着全校最高级的教学设备和视听材料。如今,校园已经发生了很多变化,图书馆焕然一新,体育馆、逸夫楼拔地而起,电教中心新近也安装了智慧教室……没有改变的是林荫道、操场和千人礼堂,以及主楼和宿舍楼的建筑风格。于是,我一边在不知不觉中接受了新鲜事物,一边在熟悉的风物中保持一种归属感。

我要感谢从字母和音标开始教我法语的所有老师:陈丽瑜、汪秀华和梁少敏老师给我正规的法语启蒙,周洵强、童佩智和孙桂荣老师帮助我完善了法语语法体系并提升了语言运用能力,韩贻周和陈玮老师在泛读课上拓宽了我的阅读视野,穆大英和徐伟民老师让我感受到两种语言互译过程中的挑战,唐杏英老师的听力和口译课训练了我的语言交际能力,周柏华老师为我们提供宝贵的视听学习资源,当然还有王炳东、庄元泳、沈大力、薛建成、张学斌和丁一凡等学术有成的老师给予我在语言学、翻译学、文学和社会文化等学科领域的基础铺垫。老师们严格而又不失温和的教学激发了我的专业兴趣,让我感受到法语看似烦琐的语法体系其实体现了一种和谐与严谨,而我也在一种管理严格、课程丰富的教学体系中受惠良多。本科即将毕业的时候,我遇到了人生道路上又一个意外:陈振尧系主任和张纯理书记通知我留校任教。当老师本不是我的初心,但是师恩必报,既然老师们如此信任我,我应该回报北外法语系的培养。

在一个有传统的大学里,坚守和发扬宝贵的教学和学术传统是一份使命和职责。每一个教师都是这根链条上一个环节或是纽带。2016年,我惊喜地得知北外法语专业创始人韩惠连老师的近况,因为系里并没有她的任何资料,连校志上也没有留下她的姓名。一个秋日的下午,我和同事戴冬梅一起去探望她老人家。韩老师当时已是104岁高龄,身体健康,神色安宁,就像我们慈祥的祖母。在这位经历了世事沧桑的老前辈身边,一切工作上的烦累都不值一提,我们两个晚辈学生心中按捺不住的是激动,深刻感受到的是薪火相传的责任感。北外东院主楼南侧一楼和二楼的走廊,三十多年来,我不知走过多少遍。它也是一条岁月的走廊。我曾经想象在这里遇见唐祖培、宋国枢、郭迪诚、鲍文蔚、谢戊申、郑福熙、李廷揆、周世勋老师,也想象过金国芬、姜文霞、司徒双、董纯老师夹着讲义向我笑盈盈地走来……我虽然不曾有缘有幸成为他们的学生,但是他们依然是我的精神导师,因为从我的老师们那里,我深知他们或者学术造诣深厚或者教学有方,唯有景仰二字可以表达晚生的心情。还有许多老师在这道岁月的楼梯和长廊上从青春走到白发,于是又有新的老师在不同时期加入到我们这样一个越来越大的家庭中来。北外八十年,法语系七十有一,一代代老师建立的优秀教学传统和积累的宝贵教学经验需要我们传承下去并且推陈出新。

在北外当老师的岁月里,我把最多的时间和精力投入到教学中,因为我始终坚信,教书育人是一个大学的根本,也是一个老师的本分。大道至简,既然身在校园,当用至真的情怀和至简的方式回归求知问道的本质。二十七年过去了,我并不后悔大学毕业时接受了系里的安排。也许有人会觉得校园里的生活过于平淡,然而我却觉得正是一张张青春的面庞使不再青春的我保持工作的热情,我也能从学生在课堂上听讲的神态、互动的状态和课后作业中感受到每一个人的情绪、思想、心理和习惯。在这里,我像我的老师们一样坚守讲台;在这里,我愿意跟学生们分享关于语言和文化的点滴知识以及文学带来的人生感悟,我和学生们一起成长。我应该感谢一届又一届的学生丰富了我的生活和对人生的思考。毕业季,他们像鸟儿一样飞走,也会时而传递回来远近不同的消息,偶尔也会飞回来探望。我愿意像一棵树,守望和祝福他们。

北外校园方寸虽小,精神博大;学问可以微观至字母,也可以宏观达天下。我们在北外所接受的教育告诉我们,语言学习是一门扎实的学问,并且可以通过语言知晓古今中外。所以,三十年来,徜徉在校园里,我从来没有觉得局促单调,因为我们的精神空间广袤而充盈。"淡泊以明志,宁静以致远",在北外,我很庆幸自己有一方淡泊的天地,可以专心教书、潜心读书,可以在时间和精力允可的时候从事感兴趣的学术研究,顺其自然,并无多求。在这个文集中,我不揣浅陋,把宁静时刻写下的一些文字会集在一起,仍然怀着当学生时交作业的惶恐心情,在北外八十华诞之际敬献给母校一份心意,敬献给法语系各位前辈老师一份感激,权作为入学三十余年的一个学术汇报。大约只有这样一个朴素的想法可以平息我心中的忐忑。

最后,感谢所有曾经给予我教诲的老师们,感谢我的家人、朋友、同事和学生,感谢你们见证和陪伴我在北外校园里的学术生涯,感谢你们默默的鼓励和支持,我们一起行走在路上……

车　琳

统　　筹:张振明　孙兴民

责任编辑:卓　然

封面设计:徐　晖

版式设计:王　婷

责任校对:杜凤侠

图书在版编目(CIP)数据

悠远的回响:中法文学与文化/车琳 著. —北京:人民出版社,2021.12
(新时代北外文库/王定华,杨丹主编)
ISBN 978－7－01－023533－2

Ⅰ.①悠…　Ⅱ.①车…　Ⅲ.①文学研究-文集　Ⅳ.①I0-53

中国版本图书馆 CIP 数据核字(2021)第 129352 号

悠远的回响

YOUYUAN DE HUIXIANG

——-中法文学与文化

车　琳　著

人民出版社 出版发行

(100706　北京市东城区隆福寺街 99 号)

北京新华印刷有限公司印刷　新华书店经销

2021 年 12 月第 1 版　2021 年 12 月北京第 1 次印刷
开本:710 毫米×1000 毫米 1/16　印张:27.25　插页:1 页
字数:430 千字

ISBN 978－7－01－023533－2　定价:116.00 元

邮购地址 100706　北京市东城区隆福寺街 99 号
人民东方图书销售中心　电话 (010)65250042　65289539

版权所有·侵权必究

凡购买本社图书,如有印制质量问题,我社负责调换。

服务电话:(010)65250042

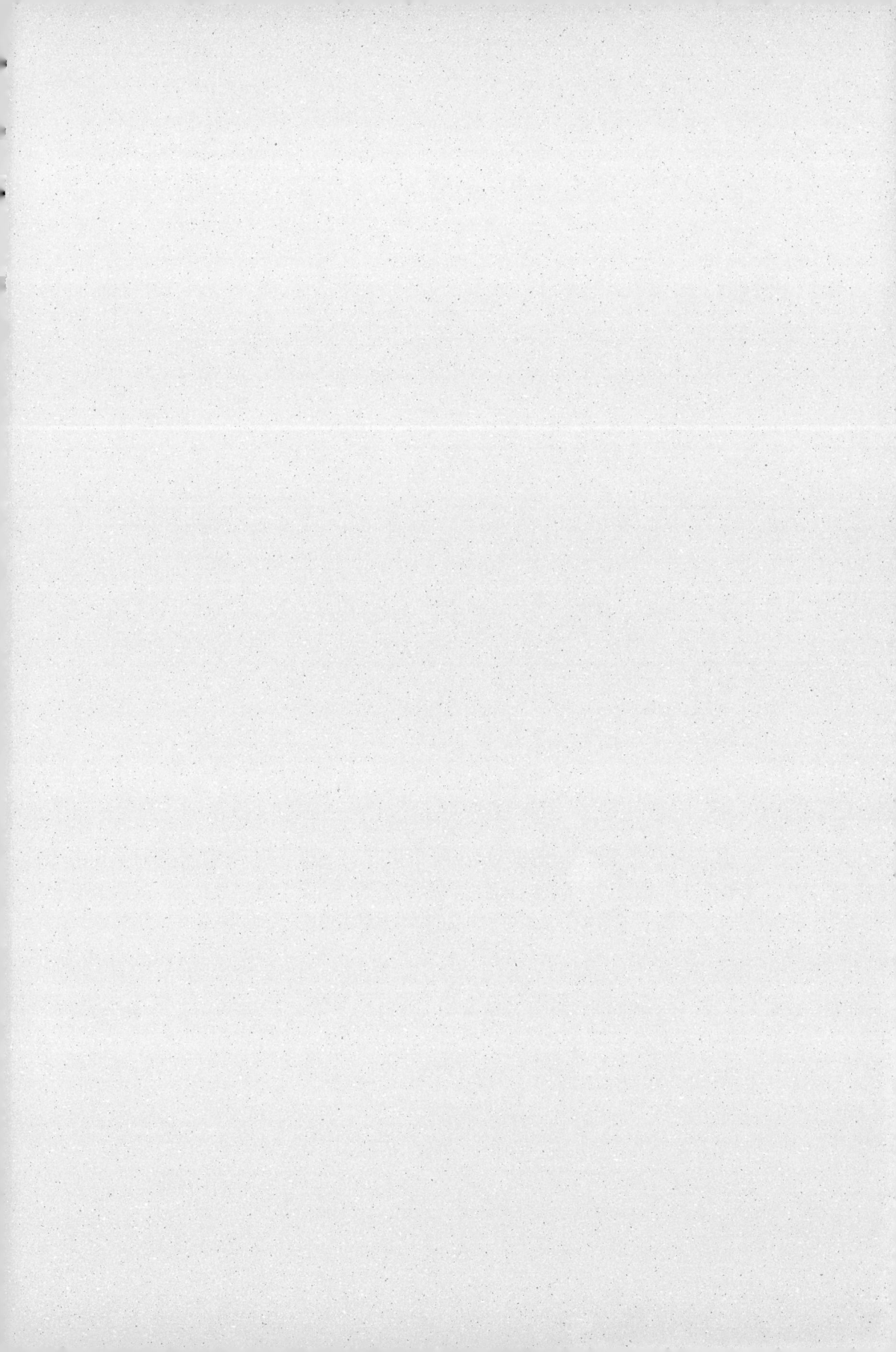